BASTEI
LÜBBE

Von Monica Dickens sind außerdem bei BASTEI-LÜBBE erschienen:

11247 Mariana
11286 Immer wehte der Wind
11311 Der Engel in der Ecke
11529 Das Geheimnis um Peter Clive

Monica Dickens

Jeden Donnerstag

Aus dem Englischen übertragen
von Fini Lesser

BASTEI
LÜBBE

BASTEI-LÜBBE-TASCHENBUCH
Band 11548

Titel der englischen Originalausgabe
Thursday Afternoons

Lizenzausgabe: Gustav Lübbe Verlag GmbH, Bergisch Gladbach
Printed in West Germany März 1990
Einbandgestaltung: Adolf Bachmann
Titelillustration: Pino Daeni
Satz: hanseatenSatz-bremen, Bremen
Druck und Bindung: Ebner Ulm
ISBN 3-404-11548-1

Erstes Kapitel

Geben Sie dem Arzt nur die Krankengeschichte, nicht die Aufnahmekarte.«

Der Anschlag an der Tür zur Klinik war sehr groß und klar und hing genau gegenüber den Bänken, auf denen die Patienten saßen. Vielleicht hatten die schon vertrauten Worte ihre Wirkung verloren, weil sie so lange warten mußten und dabei nichts anderes vor sich sahen als die grüne Tür mit dem staubigen Oberlicht, aus der mit ihrem »Der Nächste bitte!« die Krankenschwester auftauchte, mit langem Rock und steifer Taille wie die Frau im Wetterhäuschen; denn ein Patient nach dem andern, wie er da auf dem Stuhl rechts von dem großen Schreibtisch des Arztes hockte und ihm die Krankengeschichte im grünen Einband reichte, legte unfehlbar seine Aufnahmekarte darauf.

Ob er wohl je aufhören würde, sich darüber zu ärgern, dachte Steven Sheppard. Manchmal gab er die Karte zurück und sagte sanft: »Das brauche ich nicht.« Manchmal sagte er: »Behalten Sie das lieber bei sich, sonst werden Sie das nächste Mal nicht vorgelassen.« Manchmal reichte er sie wortlos hinüber oder ließ sie auf dem Schreibtisch liegen, wo sie seinen Blick während der Behandlung ablenkte, bis er sie dem Patienten zusammen mit der Arzneikarte zurückgab, mit der dieser zur Spitalsapotheke ging.

Manchmal nahm er keine Notiz von ihr, und sie fiel zu Boden, wenn er die Mappe öffnete; dann mußte die Schwester um den Schreibtisch herumgehen und sie aufheben. Wenn sie gerade am Waschbecken oder in einem der Untersuchungszimmer beschäftigt war, ging der Patient auch wohl ohne die Karte fort, und sie mußte ihm, ihr Häubchen mit der Hand festhaltend, durch den Wartesaal nachjagen.
Es war ganz gleich, was von alledem geschah; die Karte erschien getreulich beim nächsten Besuch wieder. Legte man sie nicht geradezu auf den Schreibtisch, so wurde sie wie ein Talisman in der Hand gehalten, in eine große Handtasche gesteckt oder aus ihr hervorgezogen, oder auch vertrauensvoll hingereicht als Antwort etwa auf eine so verblüffende Frage wie: »Wann waren Sie zuletzt beim Zahnarzt?«
Die Schwester hätte gewünscht, daß die Patienten nicht so begriffsstutzig wären in bezug auf ihre Karten, die nur dazu dienten, sie an Miß Meiklejohn in der Registratur vorbeizusteuern. Am Donnerstagnachmittag war es die Aufgabe der Schwester, Dr. Sheppard Unannehmlichkeiten soweit wie möglich fernzuhalten. Zu diesem Zweck öffnete sie Türen, reichte ihm Handtücher und Gummihandschuhe, adressierte Briefumschläge und stand, während er schrieb, das Löschpapier hochhaltend, hinter ihm, bereit, es auf die schon eingetrocknete Tintenschrift hinabflattern zu lassen. In einer medizinischen Abteilung gab es nie viel zu tun, keine Verbände, Umschläge oder Narkosen wie in der chirurgischen, orthopädischen oder in der Zahnklinik. In der Zeit zwischen dem Hinausgeleiten der abgefertigten Patienten zu der einen Tür und dem Hereingeleiten der nächsten zur andern lehnten sich die Schwestern gewöhnlich an die Wand hinter dem

Arzt zurück und schauten auf die Uhr, ob es schon Teezeit war.

Aber die Dr. Sheppard zugeteilte Schwester, Audrey Lake, fand immer genug zu tun, um ihre Anwesenheit zu bekunden. Sie stand wartend an seiner Seite mit dem aufmerksamen Gesichtsausdruck eines gewissenhaften Statisten, die Hand in Bereitschaft, vorzustoßen und schon im voraus das Formular, das er brauchte, aus dem Gestell zu nehmen. Manchmal hielt er sie mit Absicht zum Narren, indem er den Patienten fragte: »Vielleicht sollten wir das Bein nochmals röntgen lassen?« und, wenn sie triumphierend den in allen Einzelheiten ausgefüllten grünen Bogen vor ihn hinlegte, auf dem nur noch seine Unterschrift fehlte, sagte: »Nein, Schwester. Ein Massageformular, bitte.«

Es war angenehm, Dinge wie Ohrenwaschel und Eiterbecken gereicht zu bekommen, ohne mit den Fingern knipsen zu müssen, wie es bei manchen Schwestern nötig war, um sie aus ihrer Geistesabwesenheit zu wecken, aber Schwester Lake reichte ihm immer Sachen, die er nicht haben wollte. Er brauchte nur von einem Kehlkopf zu reden, um aus dem Augenwinkel her einen Spatel stumm warten zu sehen, und die bloße Erwähnung von Geräuschen im Kopf genügte, um Ohrenspiegel, Specula und Ohrenpinzette herbeizuzaubern. Wenn er einen Augenblick lang mit der Arzneikarte in der Hand nachdachte, setzte Schwester Lake triumphierend das Datum ein. Wenn er einen Patienten lange ausfragte und selbst ihre Scharfsichtigkeit währenddessen nichts mehr zu tun ersah, stand sie immer mit ihrem horchenden Ausdruck da, bis sie fand, daß sie schon lange genug aus dem Gang der Dinge ausgeschaltet war, dann machte sie ein- oder zweimal die Runde zum Waschbecken und zurück.

Einmal hatte er sich mürrisch umgeblickt und gesagt: »Schwester, vielleicht könnten Sie sich ein Paar Schuhe anschaffen, die nicht quietschen.« Sie war wie angewurzelt stehengeblieben, hatte ihn wie ein verwundetes Tier angesehen und war den Rest des Nachmittags betont auf den Zehenspitzen herumgegangen. Ihre ganze Freizeit an jenem Abend hatte sie damit verbracht, Paraffinöl in den Saum zwischen den Schuhsohlen und dem Oberleder zu reiben – ohne Erfolg. Am nächsten Tag kaufte sie eine Flasche schwarzer Schuhfarbe und verwandelte ein ganz neues Paar brauner Pariser in Dienstschuhe, was zur Folge hatte, daß sie nur noch ihre Sportschuhe oder ein abgetragenes Paar Pumps zu ihrem Kostüm tragen konnte.

Er hatte dasselbe einmal zu der Schwester gesagt, die ihm assistierte, als Schwester Lake auf Urlaub war. Sie hatte keck geantwortet: »Ja, wenn Sie mir das Geld dafür geben, Herr Doktor«, und mit ihm gelacht und war weiter mit munterem Gequietsch in der Klinik herumgegangen.

An den Tagen, wo Sheppard mit klarem Kopf und einem heimlichen Gefühl erwachte, daß großes und dauerhaftes Glück für ihn fast in Reichweite lag, mit der Überzeugung, daß die Menschen im Grunde liebenswert sind, seine Arbeit wichtig war und beinahe jede Situation eine humorvolle Seite hat; wo er sich Mühe gab, mit Leuten ins Gespräch zu kommen – mit dem Mädchen im Tabakladen, mit Kellnern und vollkommen fremden Menschen im Regent's Park; wo er seinen Hund vor dem Frühstück spazierenführte, wo er verzogene Kinder spateln konnte, ohne daß sie zuckten, und eigensinnige Männer mit Darmgeschwüren zu überreden vermochte, das Rauchen für immer aufzugeben –; wenn so ein Tag auf einen

Donnerstag fiel, war Schwester Lakes Nacken die ganze Zeit rot vor Freude von dem Augenblick an, wo er mit einem fröhlichen »Tag, Schwester! Wie geht's?« hereinstürmte, bis zu dem, wo er ihr seinen weißen Mantel mit einem: »Na, das haben wir sehr flink gemacht heute, nicht?« zuwarf und pfeifend zu den Krankensälen hinaufging, während sie mit verträumten Augen, den Mantel in den Händen, mitten in dem Durcheinander von Handtüchern, Mappen und Papierknäueln zurückblieb.

An den Donnerstagen aber, wo er müde und aus Furcht, sie anzufahren, besonders höflich zu den Patienten war, wo es ihm nichts ausgemacht hätte, wenn ganz England an Blattern gestorben wäre, wenn er nur die Medizin hätte aufgeben und etwas Zeit für sich hätte haben können, und wo Schwester Lakes Rückseite ihn so rasend machte wie ihre Vorderseite und ihre bloße Anwesenheit im Zimmer bewirkte, daß ihm zu eng in seinem Kragen wurde, erwog er manchmal ernsthaft, ob er die Oberschwester bitten sollte, ihm eine andre Assistentin zu geben. Aber er tat es nicht gerne, da er sich schon früher einmal darüber beklagt hatte, daß er nicht jede Woche dieselbe Schwester für die Klinik bekam. Damals hatte Oberschwester Lillie geschnaubt und ihm Schwester Lake zugewiesen.

Oberschwester Lillie war klein, vierschrötig und herrschsüchtig; sie hatte zu schwache Beine und ihre winzigen Füße steckten in Schnallenschuhen. Ihr Häubchen trug sie sehr hoch auf der Spitze des Kopfes und schien ein Abkommen mit der Wäscherei getroffen zu haben, um ihre Schürzen steifer gestärkt zu bekommen als alle andern. Sie benahm sich so, als wäre die Abteilung nicht für die Ärzte und Patienten da, sondern als ob diese dort nur geduldet wä-

ren. Die ihr unterstellten Schwestern waren »ihre« und waren immer im Recht. Sie erkämpfte von der Oberin außerordentliche Freizeit für sie und kaufte ihnen Bäkkereien zum Tee; aber wenn sie ihre drei Monate beendet und die Abteilung verlassen hatten, sagte sie ihnen auf der Treppe kaum ›guten Morgen‹. Sie pflanzte sich gern mitten in der chirurgischen Klinik auf, als ob sie auf einer Verkehrsinsel stände, und regelte den Verkehr der Patienten, die in die Untersuchungszimmer hinein- oder aus ihnen heraustrippelten, und der Schwestern, die Umschläge machten und Elastoplast um Krampfadern wickelten, und starrte den Chirurgen wütend an, wenn er zu viele Handtücher schmutzig machte. Eine Kombination von Katarrh und Mißbilligung, beides chronisch bei ihr, hatte ihr den Spitznamen »Die schnaufende Lillie« eingebracht. Sie war schon zehn Jahre an der Klinik, und niemand kümmerte sich um sie. Vor langer Zeit, als sie noch eine Stationsschwester war, hatte sie einen Fall von permiziöser Anämie geheiratet, ihn wütend gepflegt, bis er starb, und dann ihre Arbeit im Krankenhaus wiederaufgenommen. Sie lebte bei ihrer Schwiegermutter in einem Halbhaus außerhalb Dynsfords und fuhr jeden Morgen mit dem Rad ins Spital, wobei sie freigebig ihre altmodischen langen Hosen zeigte.
Abgesehen davon, daß sie die einzige verheiratete Schwester am Margaretenspital war oder vielleicht ebendarum, war die schnaufende Lillie die einzige, die sich unempfänglich zeigte gegen Dr. Sheppards Reize. Er hatte eine ungemein langsame Art zu sprechen, fast ohne die Lippen zu bewegen, die es einem unmöglich machte, ihn im Operationssal durch die Maske hindurch zu hören, aber die Oberschwester Grainger in der medizinischen Frauenabteilung bewog, ihm nach Beendigung seiner Visite in ihrem

Sitzzimmer Tee zu servieren. Er wollte ihren Tee nicht; er wollte gewöhnlich gar nichts nach der Klinik am Donnerstag, als in seinen Wagen steigen, seine Privatvisiten machen und nach Hause fahren. Tee war schon recht, aber er wäre lieber auf dem Rückweg nach London irgendwo ausgestiegen und hätte ihn so getrunken, wie er ihn liebte, mit viel Wasser und sehr wenig Milch, einem scharfen Aufstrich auf heißem, mit Butter bestrichenem Toast und der Abendzeitung daneben, statt stark und voller Milch, an einem wackeligen Bambustisch, mit abscheulichen, kleinen, wie Granaten geformten Zimtkuchen und einer Fortsetzung von der nie endenden Geschichte von Schwester Graingers Erlebnissen am Brigittenspital in Stockholm, einem utopischen Etablissement offenbar, das sich in allen Einzelheiten vom Margaretenspital unterschied, mit Ärzten, deren Kunst der der englischen um Jahre voraus war. »*Das* war Krankenpflege, Herr Doktor. *Das* war Medizin.«
Steven hatte vor, ihr eines Tages zu sagen: »Wenn es gar so fabelhaft war, warum, zum Teufel, gehen Sie nicht dorthin zurück?«, den Bambustisch umzustoßen und davonzugehen. Eines Tages hatte er es fast gesagt, als er sich plötzlich gesehen hatte wie einen andern in diesem stickigen Raum, der nur für Frauen bestimmt war und doch so unfraulich wirkte, wie er da saß in seinen teuren gestreiften Hosen, sich den Appetit fürs Abendessen verdarb mit den Kuchen, die ihm die Zähne verklebten, und liebenswürdig war. Er war impulsiv aufgestanden und hatte tatsächlich begonnen: »Es wundert mich wirklich, Schwester –«, als glücklicherweise eine Lehrschwester zur Tür hereingeschaut und gefragt hatte, ob sie gehen könne, und aus dem Zimmer wieder hinausgefeuert worden war, um die Wäsche zusammenzulegen, be-

vor sie ans Gehen auch nur denken konnte. Dr. Sheppard, dessen Impuls verraucht war, entschlüpfte immer noch voller Liebenswürdigkeit in dem Luftzug, der hinter ihr entstand.

Liebenswürdig sein, diplomatisch sein, höflich sein. An Leuten interessiert sein, die, selbst wenn man stürbe, nicht einen Finger für einen rühren würden, aber die dachten, daß man fünf Jahre an einer Universität studiert und zwei Jahre praktiziert hatte, einzig um Herzklopfen zu kurieren, das durch Überessen verursacht war. Sich die Hände reiben und an Betten in Treibhausmilieus »Nun, wie geht's« sagen. Pflichten gegenüber Leuten haben, an denen einem nichts lag, nur weil man mehr wußte als sie.

Arzt sein war ihm als eine einfache, natürliche Sache erschienen. An Steven war es ergangen wie ein Ruf: klar und unmißverständlich hatte der seine verworrenen Überlegungen über die Zukunft verdrängt und ihm gezeigt, was er tun sollte. Es war sein letztes Semester in der Schule gewesen. Im Herbst sollte er nach Cambridge gehen, um die Rechte zu studieren wie sein Vater, immer schon eine ausgemachte Sache, seit er denken konnte, und es war ihm nie ein überzeugender Einwand dagegen eingefallen. Andere, unbestimmte Ideen hatten von Zeit zu Zeit sein Gehirn erfüllt: ein Bergwerksarbeiter zu werden und für die Unterdrückten zu kämpfen, ins Auswärtige Amt einzutreten, sich auf einem Frachtdampfer anheuern zu lassen und um die Welt zu fahren, Priester zu werden, Schullehrer. Aber nachdem die erste Begeisterung verflogen war, erschienen alle diese Dinge nicht mehr als das richtige. Nie konnte er sich seine Zukunft so vorstellen, daß er geradeaus auf etwas losging, was er lieber tun wollte als alles andere.

Dann aber kam jener heiße Samstagnachmittag, als

der Haufen gemähten Grases hinter der Cricket-Hekke nach Sommerpicknicks roch, als die Spieler, die gerade hineingehen wollten, im Sonnendunst vor dem Pavillon leuchteten und eine Lerche sich oben, viele Meilen hoch, festgesungen hatte und das Herz ihr fast zersprang vor Freude über die Himmelsbläue. Er war Schiedsrichter bei einem Match der Unterklasse gewesen. Noch jetzt sah er den spindeldürren kleinen Buben vor sich – Cartwright junior hieß er, James Cartwright –, wie er mit langen ernsthaften Schritten rückwärts gehend seinen Lauf abmaß. Steven, am Dreistab, einen Grashalm im Mund, hatte ihm träge nachgeblickt unter dem Schirm seiner Kappe hervor, auf die er Cartwright juniors Kappe gestülpt hatte. Es war zu heiß, als daß man sich hätte über dieses Kinderspiel ärgern können, zu heiß, um mehr zu tun, als die Sache auf eine väterliche Art zu überwachen und Gott zu danken, daß man nur Schiedsrichter war und nicht spielen mußte. Bei jedem Schritt des Bowlers zitterte das eine seiner dünnen Beine, das gerade das Gewicht des leichten Körpers trug. Er sah wie ein aus Pfeifenputzern gemachtes Spielzeug aus, wackelig, nicht zusammengenommen. Er erreichte das Ende seines Laufs, schlug tapfer einen Absatz in den Boden, drehte sich herum, als ob er fallen wollte, und warf sich, ein ununterscheidbares Durcheinander von Armen und Beinen, rückwärts gegen das Tor.

Er bowlte ein wide. Das war nicht ungewöhnlich. ungewöhnlich war, daß das Abwerfen des Balles ihn mitten im Spielfeld in eine sitzende Stellung gebracht hatte und er brüllte wie ein in der Falle gefangenes Kaninchen. Steven stieß durch den Schwarm kleiner Knaben, der sich, noch bevor er zu ihm gelangt war, um den kleinen Cartwright gesammelt hatte wie Fliegen um eine Wunde. Er dachte zuerst, Cartwright habe die rechte Schulter gebrochen. Sie hing in einem sehr seltsamen Winkel vom Nacken herab, und der dünne Arm in dem mannhaft aufgekrempelten Ärmel hing unmittelbar von einem Knoten unterhalb des Schlüsselbeins herunter, über dem sich das Hemd bauschte. Der Anblick dieses Knotens ließ den kleinen Cartwright gerade lange genug mit dem Schreien innehalten, um sich zu erbrechen.

Plötzlich kniete Steven nieder, faßte den Ellbogen des Knaben mit der einen und seinen Vorderarm mit der andern Hand und stieß ihn nach oben und quer. Er wußte nicht, warum er das tat, aber als er den Arm in der Hand hatte, erschien das das natürliche. Ein leichtes Krachen des Arms, und Cartwright junior war wieder in Ordnung. Er erbrach sich noch einmal, bevor Steven ihn vom Spielfeld wegführte und die aufgeregte Schar wegstieß, die um seine Beine herumkrabbelte mit Rufen wie »So etwas« und »Gott«.

Nach diesem Vorfall wußte Steven, daß er Arzt werden würde. Jener Augenblick, als der Arm, der sich so falsch ausgenommen hatte, eingeschnappt war und so richtig wurde, hatte ihm die tiefste Befriedigung gebracht, die er je empfunden. Eine Zärtlichkeit, nur der Liebe einer Mutter vergleichbar, strömte von ihm zu dem Wesen, das an seiner Seite dahintrabte. Er liebte Cartwright junior unendlich dafür, daß er geheilt war. Wie fasziniert war er fortwährend um ihn bis zum Semesterschluß und fragte ihn immer wieder, wie es ihm gehe; es wurde ihm heiß vor Stolz, wenn er den Knaben wieder weit bowlen sah, er befühlte seinen Arm nach dem Spiel und bewegte ihn im Gelenk, so daß Cartwright junior, dessen Vater ihn in etwas barschem und verlegenem Ton vor solchen Dingen gewarnt hatte, Steven so sehr wie möglich mied. Er verstand nicht, was sein Vater meinte, aber dies, was immer es auch war, sah danach aus. Damals war es Steven so einfach erschienen, daß er Arzt werden sollte. Sein Vater, für den das Jus nie etwas anderes gewesen war, als eine mäßig lukrative Möglichkeit, sein eigener Herr zu sein, hatte nur die üblichen Einwände erhoben, die Steven mit aller Leichtigkeit einer klaren Absicht widerlegen konnte. Die Prüfungen waren nicht einfach gewesen, aber die Tatsache, daß man wie ein Nigger sechs Jahre arbeiten und durchkommen mußte, selbst wenn man dadurch die Verbindung mit der übrigen Welt für immer verlor, die war klar genug und erwies sich als möglich. Und dann würde man Arzt sein und sein eigenes Leben führen und die außerordentliche Befriedigung genießen, daß Leute gesund wurden, weil man es haben wollte.

Aber dann begann, schon mit Stevens erster Stellung als Sekundärarzt, das Liebenswürdigsein. Das Zuhören, das Überreden, das Den-Leuten-immer-zur-Verfügung-Stehen, während eigentlich sie einem zur Verfügung stehen sollten, da man doch ihnen einen Dienst erwies.

Steven war ein hübscher Mann. Er hatte dunkle, nachdenkliche Augen, in denen die Leute Dinge lasen, die gar nicht drin waren. Sein schwarzes Haar, das sich schon bei dem kleinen Jungen nie von einem Punkt in der Mitte des Kopfes geradeaus gelegt hatte, wuchs jetzt in der Form einer Witwenhaube und ließ die Ecken seiner breiten Stirne frei. Seine Bewegungen waren gelenkig und anmutig, und die Kleider saßen ihm so natürlich am Leib, als sei Adam in einem Anzug erschaffen worden. Er hatte eine vorstehende, amüsiert lächelnde Oberlippe, die sich kaum bewegte, wenn er mit seiner leisen, undeutlichen und freundlichen Stimme sprach. Er zog Leute an, Leute, die er nicht mochte. Sie erzählten ihm Dinge, die er nicht wissen wollte. Sie lebten von seinem Charme und sonnten sich in dem chemischen Etwas, das er ausstrahlte Sie zwangen ihn, aus sich herauszugehen, erwarteten zu viel von ihm und belasteten ihn mit Verpflichtungen, zu denen ein anziehender Mensch verurteilt ist.

Nicht sein Können und sein Eifer allein hatten die Praxis, die er in Dynsford gekauft hatte, so erfolgreich gemacht. Er war »fabelhaft nett«, ein »sehr vernünftiger Mensch«, »so verständnisvoll, meine Liebe, und so interessiert«, je nach dem Typus des Patienten. Zarte Damen sagten, er sei *sympathique*. Er hatte viele Freunde, mehr als seine Zeit erlaubte, und die, die er am liebsten mochte, waren die von ihm unabhängigen Leute, die auch keine Zeit zu haben schienen. Wen er nicht besonders liebte, obwohl sie anscheinend seine Freunde geworden waren, das waren diejenigen, die sich nie dem Charme entziehen konnten, den er unwillkürlich ausstrahlte. Wenn er genötigt war, sie kalt zu behandeln, so bemerkten sie es entweder nicht oder vergaben es ihm nur zu gerne und entschuldigten Grobheit oder Sarkasmus, indem sie ihm sagten, sie wüßten, wie müde er sei.

Die Menschen versuchten immer, ihn in ihr Leben hineinzuziehen, indem sie ihm Geständnisse machten, zu denen er sie ermutigt hatte. Sie fragten ihn um Rat und legten, wenn er nicht schnell genug auswich, ihre Lasten großmütig auf seine Schultern, auf die sie trotz seines geringen Interesses schwer genug fielen.

Immer wollte jemand etwas von einem; darauf lief es hinaus. Das bedeutete es, Arzt zu sein. Und je älter

und erfolgreicher man wurde, je mehr die Praxis sich erweiterte und die Erfahrung sich in einem aufhäufte wie ein Bankguthaben, von dem jeder abheben konnte, desto unmöglicher wurde es, dem allem zu entkommen.
An dies alles dachte Steven, als er am letzten Donnerstag im Mai durch die Außenbezirke von Dynsford fuhr. Er dachte oft an solche Dinge, wenn er gerade mit jemandem wie George Marshall zusammen gewesen war, mit dem er heute zu Mittag gegessen hatte. Es war ein spätes Mittagessen geworden, denn Stevens Londoner Klinik am East Central Krankenhaus war besonders voll gewesen, und es hatte früh geendet, weil er noch in seine Dynsforder Klinik fahren und rechtzeitig in die Stadt zurückkehren mußte, um seine Privatvisiten zu beenden. Er war fortgegangen, ohne seinen Kaffee zu trinken, und hatte George in dem interessanten Konflikt mit sich allein gelassen, ob er ein großes Glas Port bestellen solle oder ein kleines.
Für George schien es keinen wichtigeren Grund zu geben, am Nachmittag ins Büro zurückzukehren, als rechtzeitig zu seiner Tasse Tee und den mürben Keks zu kommen, die er sich jede Woche aus Edinburgh schicken ließ. George war ebenso alt wie Steven und verdiente ebensoviel Geld – mehr sogar, wenn die südafrikanischen Minen ihre Pflicht taten. George hatte eine Wohnung in Chelsea, in die er immer früh genug zurückkehren konnte, um Cocktail-Gesellschaften zu geben, und ein Haus in Berkshire, in dem er so viele Weekends verbringen konnte, wie er wollte. Er konnte bei Golf-Matches mittun und bei Cricket-Matches zusehen. Er konnte rechtzeitig ins Theater kommen, was ein Glück war, denn er hatte nicht ganz die Statur, um sich an den Knien der an-

dern Leute vorbeizuquetschen. George konnte Verabredungen immer einhalten. Er mußte es nur vorher wissen, damit er es in sein Buch schreiben konnte oder auf den Chagrinlederblock, der auf seinem Schreibtisch lag; das war alles. Auch Steven hatte einen Block auf seinem Schreibtisch, und er sah teuer aus mit seinem weichen Maroquinrücken, denn die Patienten wollten, daß man solche Dinge hatte, wenn man in Wimpole Street ordinierte. Er hatte für jeden Tag ein neues Blatt, und jedes Blatt wurde immer vollgeschrieben, aber nie mit Notizen wie »Sandown 3 Uhr« oder »Gents and Players. Lunch Wilf«. Manchmal stand darauf »Cocktails Mr. and Mrs. Collyer« oder »Sherry, Sir H. H. Claridges«, von Miss Minden, die einen weißen Mantel und, seit sie die Dr.-Kildare-Filme gesehen hatte, weiße Strümpfe und Leinenschuhe trug, hoffnungsvoll ganz unten hingeschrieben.

Aber wenn Steven je zu »Cocktails, Mr. and Mrs. Collyer« oder »Sherry, Sir H. H. Claridges« kam, war die Luft schon voll bis zur Decke von stehenden Rauchschwaden, die Gastgeber wurden unruhig wegen ihrer Dinnerverabredungen, und nichts war mehr übrig von den appetitlichen Platten mit Gabelbissen, als ein großes beflecktes, weißes Tischtuch, bestreut mit ein paar Sandwiches, deren Ränder klafften, was anzeigte, daß die Anchovispaste bereits trocken wurde.

Heute beim Lunch hatte George gesagt: »Möchtest du nicht mit Ruth dieses Wochenende nach Four Winds kommen? Annette und Stewart werden da sein, und einige andre Leute kommen am Samstag zum Tennis. Marion wird wahrscheinlich für den einen Tag herüberkommen. Sie will das Kind nicht zu lange allein lassen.«

»Ich würde es gern tun. Ich habe seit Wochen nicht

Tennis gespielt. Ich kann's aber noch nicht bestimmt versprechen. Muß erst sehen, was für Fälle ich habe.«

»Was für Fälle du hast!« George lehnte sich in seinem Sessel zurück und lachte über ihn. »Wirklich, Stevie, wenn man dich hört, könnte man denken, du seist ein um seine Existenz kämpfender junger Mann, der gerade sein Messingschild an einem Halbhaus in Kidderminster angebracht hat, und nicht ein geradezu unerlaubt erfolgreicher Arzt im Westend, auf dessen Türschwelle sich die alten Damen gegenseitig tottrampeln.«

Steven lachte. »Warum gerade Kidderminster?«

»Nun – du kannst jeden beliebigen andern von diesen Orten nehmen, wo nie jemand reich wird. Halte den Burschen mit dem Stilton-Käse auf. Komm morgen nachmittag mit mir, dann brauchst du dich nicht abzuhetzen. Kellner!« Georges großes unschuldiges Gesicht nahm den angespannten Ausdruck an, den es immer hatte, wenn er Essen bestellte. Er drehte sich in seinem Sessel herum.

»Unmöglich«, sagte Steven zu Georges Hinterkopf, der sich mit einer Fettfalte statt eines Nackens in seinem Kragen verlor. »Ich habe eine Million Sachen morgen vor und Samstag früh.«

»Und Sellerie«, sagte George zum Kellner. Er drehte sich um und atmete aus. »Dann schieb sie einmal auf. Was hat es für einen Zweck, es soweit gebracht zu haben wie du, wenn du nie Zeit für dich selbst hast? Du mußt dich ein bißchen kostbarer machen. Du hast keine Ahnung, wie das den Wert erhöht. Ich werde dir etwas sagen. Wahrscheinlich würdest du überhaupt nicht zu arbeiten brauchen, wenn du fortgingest und dich irgendwo verstecktest. Die Leute würden einfach für das bloße Vergnügen zahlen, mit

Minnie am Telefon zu sprechen und zu hören, daß du sie nicht empfangen kannst.«
»Nun, vielleicht kann ich Samstag nachmittag kommen«, sagte Steven. »Ich lasse es dich noch wissen. Ruth wird wohl jedenfalls kommen können. Ich glaube nicht, daß sie etwas vorhat.«
George schabte sich Stilton mit der kleinen silbernen Schaufel heraus. Er sagte nichts. Die Leute mochten gewöhnlich Stevens Frau nicht ohne Steven. Sie mochten sie eigentlich auch mit ihm nicht, aber sie war wie eine Untertasse, die zur Tasse gehörte; man konnte den einen Teil nicht ohne den andern einladen, denn sie schien nie selbst etwas vorzuhaben. Als Steven aufstand, um zu gehen, hatte George gerade wieder über Dynsford zu sprechen begonnen.
»Warum du bei all deiner Arbeit in London noch in diesem primitiven Spital weitermachst, kann ich nicht verstehen. Jede Woche pilgerst du hinaus, um ein paar zerfallende Oberstengattinnen und krampfadrige Kassenpatienten anzuschauen, wo dir doch die Leute in London drei Guineas zahlen für das Vergnügen, ›Ah‹ zu dir zu sagen.«
Dies war ein Lieblingsaperçu von George und Steven so vertraut, daß er seit langem aufgehört hatte, darüber zu lachen oder sich die Mühe zu nehmen, zu erklären, warum er noch immer sein Dutzend Betten und seine Donnerstags-Klinik im Margaretenspital behielt.
Dynsford war seine erste wirklich erfolgreiche Praxis gewesen. Vorher, bald nach beendetem Studium, war er Assistenzarzt in Chester gewesen, dann der Teilhaber eines andern Arztes in Wales und – nach einem Jahr in London, um seinen Doktorgrad zu erwerben – drei Jahre lang in eigener Praxis auf der Isle of Wight. Aber alles dies waren nur Flugversuche gewe-

sen, sozusagen. Er hatte durch sie und durch seine Spitalsarbeit sehr viel Erfahrung gewonnen, und die Isle of Wight brachte ihm Ruth, aber Dynsford war für ihn wichtig gewesen. Dort begann erst wirklich sein Erfolg, der ihn im Alter von neununddreißig Jahren als Spezialisten in der Wimpole Street landen ließ.

Der Wohnbezirk von Dynsford war sehr reich. Er liebte Möbel, Autos, teure Fleischsorten und frisches Gemüse im Winter. Er war wählerisch in bezug auf Ware, so daß ein zugleich so tüchtiger und liebenswürdiger Arzt sich hier am richtigen Platz befand.

Stevens Privatpraxis ging gut, und seine Kassenpraxis war groß und interessant, da das Margaretenspital das einzige große Krankenhaus in einem Umkreis von vierzig Kilometern war. Als er seine Privatpraxis verkaufte, folgten ihm viele seiner Dynsforder Patienten nach London. Er war es wert, daß man seinetwegen in die Stadt fuhr. Und stammte man aus den Tagen, wo er noch allgemeiner Arzt gewesen war, so rechnete er einem nur zwei Guineas. Man konnte den Besuch bei ihm ja immer mit Einkäufen verbinden.

Seine Kassenpatienten konnten ihm nicht folgen, aber da er damals mit interessanten Fällen in Verbindung bleiben wollte, behielt er seine Stellung als unbezahlter Arzt mit einem Dutzend Betten in den Sälen der medizinischen Abteilung, und als diese besonderen Fälle durch andere ersetzt wurden und nach diesen wieder andere kamen, und sein Ehrenamt an einem großen Londoner Krankenhaus bereits alles in den Schatten stellte, was Dynsford zu bieten hatte, hielt er die Sache noch immer aufrecht und bedauerte dies nur, wenn er müde war und der Verkehr oder der Nebel die Fahrt hinaus zu einer Qual

machten. So konnte er auch einen Fall, der seiner Meinung nach besser von London weg sollte, anderswohin schicken, und überhaupt liebte er seine Dynsforder Patienten.
Er hatte seine Donnerstag-Klinik im ganzen gerne, trotz Schwester Lake, obwohl er jedesmal, wenn er sie krebsrot aufspringen sah, sobald er die Türe öffnete, wünschte, daß ihre Dienstzeit in der Abteilung vorüber wäre.
Die Schwestern durften nicht auf den Drehstühlen der Ärzte sitzen, aber Donnerstag nachmittag war die schnaufende Lil sicher aufgehoben, denn sie hatte Dienst in der Frakturenklinik, und so setzte sich Schwester Lake in Stevens Sessel und überlas ihre Krankengeschichten, während sie auf ihn wartete. Als er heute hereinkam, führte sie aufspringend ihre Hand an den Kopf, denn sie hatte eine neue Frisur probiert, das Haar wurde rund um ein Band gedreht. Es war gerades, glattes Haar, und während es vorne ganz ordentlich aussah – wie es ihr der Taschenspiegel bestätigt hatte, knapp bevor Dr. Sheppard hereinkam –, hingen hinten einige Strähnen heraus, und eine, die sie gestutzt hatte, um zu sehen, wie eine Locke vorn wirken würde, ragte geradeaus hinter ihrem rechten Ohr hervor. Ihr weißes Häubchen war an der Innenseite der Rolle befestigt. Der aufgebogene Rand sollte einen Rahmen bilden wie einen Heiligenschein, aber sie hatte ihn mit dicken schwarzen Nadeln so stark zusammengezogen, daß er in Verbindung mit dem schmalen Gesicht darunter den Eindruck hervorrief, als sei sie in einer Tür zerquetscht worden. Was ihrem Gesicht an Breite fehlte, war durch Länge ersetzt, und ihr Kinn schien überhaupt nicht zu enden und war nach vorn umgebogen wie ein Hockeystock. Genau genommen war sie

nicht häßlich: Nase und Mund waren nicht abstoßend, und sie hatte freundliche, milde Augen unter eckigen, ungezupften Augenbrauen, aber irgend etwas fehlte. Nicht Farbe war es, denn die Röte, die auf ihrem Hals kam und ging, breitete sich oft bis zu den Augen und manchmal sogar bis zum Haaransatz aus. Man konnte fast zusehen, wie sie diese lange Fläche hinaufkroch, so wie die Sonne sich über ein Feld verbreitet, wenn der Wind die Wolken verjagt. Aber es war keine Wärme in ihrem Gesicht, keine Vitalität, kein Wechsel des Ausdrucks. Steven bewegte kaum die Lippen, wenn er sprach, und doch war sein Gesicht so lebendig, daß man die Augen nicht davon abwenden konnte. Wenn Frauen mit ihm auswärts aßen, erkannten sie oft erst beim Weggehen überrascht Bekannte, denen sie sonst während des ganzen Dinners zugewinkt und zugenickt hätten.

Aber wenn Schwester Lake mit einem sprach, war, obwohl sie die Lippen bewegte und sogar beim Lachen die Zähne bis zum Zahnfleisch entblößte, nichts in ihrem Gesicht, was die Aufmerksamkeit des Zuhörers gefesselt hätte. Und da ihre Konversation gewöhnlich auch nicht viel Inhalt hatte, hörte man nicht oft zu, wenn sie etwas sagte. Sie bemerkte das nicht, denn sie hörte sich selbst viel zu aufmerksam zu. Sie konnte nie von sich absehen, und statt die Dinge einfach zu tun und zu sagen, sah sie sich sie tun und hörte sich sie sagen, als sei sie eine Gestalt in einem Film.

Ihre Rolle an diesem Nachmittag, wie sie sie auffaßte, war, die »unentbehrliche Stütze des großen Mannes« zu sein. Wie die Klinik je ohne sie hatte bestehen oder ohne sie würde weiterbestehen können, wenn man sie in eine andere Abteilung versetzte, darüber wollte sie gar nicht nachdenken. Der Titel der Szene war: Dr. Sheppard wäre erledigt ohne Schwester Lake. Wie, zum Beispiel, wäre er in seinen weißen Mantel hineingekommen, wenn sie ihn nicht gehalten und den Kragen im Nacken glattgestrichen hätte, wo das dichte schwarze Haar, das von Silberfäden durchzogen war wie teure Überrockstoffe, in eine kleine Spitze auslief.

»Danke, Schwester.« Steven stellte sein Köfferchen auf den Schreibtisch, wobei er ihren Aufbau von gegen schwarze und rote Tintenfässer gelehnten Federstielen umstieß, die er nie benutzte. Er steckte das Stethoskop in eine Seitentasche und hängte den Reflektor auf die Ecke des Papiergestells, von wo ihn Schwester Lake wegnahm, da er die Arbeitsfähigkeitsbescheinigungen zerknitterte; sie legte ihn auf den Schreibtisch, wobei sie den Riemen so sorgfältig zusammenrollte wie ein Matrose seine Seile. Steven suchte in seinem Koffer nach gewissen Aufzeichnungen, die er brauchte, und die Schwester sah ein Paket Zigaretten und einen Roman mit einem Bibliothekszettel; intime Einblicke, dachte sie, in das Leben des wirklichen Mannes, der sich hinter dem Arzt verbarg.

»Sind's heute viele? Ich möchte nicht gerne bis spät bleiben.« »Einunddreißig, Herr Doktor. Sieben davon sind Rezepterneuerungen und Injektionen und neun neue Patienten«, antwortete Schwester Lake flink, mit der genauen Gruppierung vor Augen, die sie draußen auf den Bänken durchgeführt hatte.

»Schön. Zuerst also die Rezepterneuerungen und Injektionen, dann die neuen Patienten und dann die Alteingesessenen. Schnell, bitte.«

Steven setzte sich auf seinen Drehstuhl und schraubte die Kappe seines Füllfederhalters ab. Schwester Lake ging zur Tür hinüber, daran denkend, ob ihr

Haar hinten wohl in Ordnung sei, und rief: »Kommen Sie, Mrs. Pithers, *bitte*, der Herr Doktor wartet schon.« Und eine kleine braune Gestalt mit randloser, ovaler Brille kam herangetrabt und hielt Steven ihre grüne Mappe und die Aufnahmekarte hin, wie ein Stafettenläufer seinen Stab überreicht.

»Es ist mein Pankreas«, verkündigte Mrs. Munn liebenswürdig. »Das ist mein Leiden.« Die junge Frau, die neben ihr auf der letzten der drei Bänke gegenüber der grünen Tür saß, drehte den Kopf herum, sah, daß Mrs. Munn zu ihr sprach, und lächelte ein wenig. Sie war mager und flachbrüstig, hatte einen langen, runden Rücken und trug braune Hosen aus Trikotstoff, Schuhe mit hohen Absätzen und einen losen gelblichen Mantel, den sie mit den in den Taschen geballten Händen um sich geschlagen hielt. Obwohl sie einen grünen Schal um den Kopf gewunden hatte, konnte man bei ihr auf rotes Haar schließen nach ihrer glatten, sommersprossigen Haut und ihren bläßlichen Augen, die wie nackt wirkten unter den schwachen Augenbrauen und Wimpern. Man merkte es gleich, daß sie eine neue Patientin war, denn sie kannte Mrs. Munn nicht.
Mrs. Hannah Munn, 73, Station Walk, Redwood, Poliklinikpatientin Nr. CA 101, 69 Jahre alt. Diagnose: Diabetes Mellitus, war eine Besucherin von Dr. Sheppards Klinik gewesen, solange das Personal des Margaretenspitals zurückdenken konnte. Sie kam jeden Monat zur Untersuchung, und falls sie nicht verhindert war, noch öfters. Außerdem kam sie zweimal am Tag in die Allgemeine Abteilung, um ihre Insulininjektionen zu bekommen.
»Die arme alte Mutter Munn«, sagten die Leute, »tagaus, tagein muß sie hier heraufwandern.« Aber oh-

ne ihre Spitalsbesuche hätte Mrs. Munn überhaupt keinen Lebenszweck gehabt.
Sie lebte allein in etwas wie einem abgeschlossenen Korridor, der ein Fenster an dem einen und eine Tür am andern Ende hatte und höchst passenderweise ein Wohnschlafzimmer genannt wurde, denn das Wohnen war dort nur erträglich, wenn man schlief. Sie hatte keine Freunde, und ihre nächste Verwandte war an einen Großgärtner in Neuseeland verheiratet, aber ihre Verbindung mit der Welt draußen wurde Tag und Nacht aufrecht erhalten durch das Rangieren von Lastzügen vor ihrem Fenster und eine Zisterne vor ihrer Tür, die gluckste, wenn man den Wasserhahn in der Küche aufdrehte. Der Kreislauf ihrer Monate bewegte sich um das Zentrum ihrer Spitalbesuche, wie der andrer Leute um den Zahltag, und der ihrer Tage um ihre Injektionen, wie der andrer Leute um die Mahlzeiten, denn sie aß sehr wenig und ignorierte fröhlich die ihr vorgeschriebene Diät. Eigentlich sollte sie ihre Mahlzeiten unten mit der Familie ihrer Wirtin einnehmen, aber sie fühlte sich auf eine hinterhältige Art über Mrs. Larter und deren dicken Mann und ebenso dicke Tochter erhaben, wenn sie sagte, daß ihr nicht schmecke, was immer die andern so hörbar genossen, und wenn sie in ihrem Zimmer oben ihre Lippen vornehm über einer Tasse Tee kräuselte. Außerdem konnte sie zwar diesen lieben Leuten da im Spital versichern, daß sie jeden Bissen genau nach der unverständlichen Vorschrift auswöge, die man ihr mit so viel Mühe erklärt hatte, aber es war unmöglich, diese vor Mrs. Larter hin und her zu schwenken und ihr vorzuschreiben, 50 Gramm mageres Rindfleisch, 50-80 Gramm Brot, 15 Gramm Butter, 160 Gramm Himbeeren, Topfen, 50 Gramm Rahm, Tee, Kaffee, Sodawasser und Fleischextrakt zu kaufen.

Glücklicherweise war ihr Zuckerleiden kein allzu schweres, denn sie lebte fast nur von Bäckereien und Semmeln, die sie in einem Laden unter der Eisenbahnbrücke kaufte und mit einer ausdauernden Methode, die in endlosem Saugen und Malmen bestand, im Bett verzehrte. Sie bekam eine Pension und machte ein wenig sogenannte Bedienung, ihr Leben aber war das Spital. Sie ging schon zehn Jahre hin, seit jenem Tag, wo ihr im Woolworth-Warenhaus plötzlich schwarz vor den Augen geworden war und sie auf einem fremden Bett in einem Flanellnachthemd mit Halskrause wieder aufgewacht war und man ihr eine Rede darüber gehalten hatte, daß sie keine Süßigkeiten essen dürfe. Auch späterhin war ihr von Zeit zu Zeit schwarz vor den Augen geworden, an andern unpassenden Orten, und man hatte sie zur Neudosierung des Insulins für ein paar Tage ins Spital gebracht. Sie trug dasselbe Paar Hüte seit zehn Jahren: im Winter einen Teewärmer aus Persianerimitation und im Sommer einen Suppenteller aus schwarzem Stroh, den sie jedes Jahr wusch und trocknen ließ, wobei sie den Rand auf der einen Seite durch ein Bein ihres Bettes und auf der andern mit ihrer Bibel flachpreßte, bevor sie neue Blumen daraufnähte. Violett und weiß waren sie dieses Jahr – Stiefmütterchen, hatte das Mädchen im Warenhaus gesagt, ohne sich die Mühe zu nehmen, hinzusehen, aber Mrs. Munn wußte, daß es Anemonen waren.
Das Lächeln, das die Frau in dem grünen Turban ihr zukommmen ließ, war nur flüchtig gewesen, eine Sekunde später hatte es ihr Gesicht schon verlassen. Sie hockte in ihren Mantel gewickelt da, ihr Geist war auf sie selbst und ihre Augen auf das schmutzige Pflaster gerichtet, das der Mann vor ihr über seinen Karbunkel auf dem Hals geklebt hatte. Mrs. Munn

versuchte es noch einmal. Sie wußte, wie es um neue Patienten bestellt war. Ihr, die hier mehr zu Hause war als sonstwo auf Erden, machte es nichts aus, aber die Spitalsatmosphäre machte Fremde oft ängstlich, besonders, weil sie nicht wußten, was ihnen fehlte.

»Was ist eigentlich Ihre Krankheit?« fragte sie einladend.

Die andre sah sie mißtrauisch an und sagte – so als sei damit der Gegenstand erschöpft: »Es ist leider sehr schwer zu erklären.«

»Sie denken wahrscheinlich, es ist Krebs«, sagte Mrs. Munn vergnügt. »Die Neuen glauben das oft. Und dann sagt ihnen der Doktor, daß es nicht Krebs ist – er ist sehr tüchtig –, und sie haben sich umsonst gesorgt.«

Die junge Frau schien nicht zuzuhören. Sie blickte jetzt über ihre Schulter und nickte jemandem zu, wobei sie mit dem Mund Worte formte. Ein kleiner Junge mit langen Beinen in blauen Hosen kam langsam heran, von einer Bäckerei rundherum kleine Stückchen abbeißend. Er hatte gerades, kupferfarbenes, über der Stirn quer geschnittenes Haar, eine erwachsene kleine Nase und einen Babymund, und was an Farbe in seinem Gesicht vorhanden war, lag in den violettgrauen Flecken unter seinen Augen.

»Woher hast du diese Bäckerei, Liebling?« Seine Mutter zog ihn an sich und strich seinen Sweater glatt.

»Die Dame dort hat sie mir gegeben.« Er zeigte auf das Buffet, wo freiwillige Barmherzige Schwestern in Kretonnemänteln diejenigen mit Tee und Bäckerei labten, die während der Geduldsprobe des Wartens Schwächeanfälle erlitten.

»Aber Liebling, du hast ja zu Mittag gegessen, bevor wir herkamen.« Sie beugte sich über die Stuhllehne

und fuhr fort, an ihm herumzuzupfen, seinen Sweater herunterzuziehen, seine Krawatte zu richten, völlig unnötigerweise, denn der Knabe war sehr nett anzusehen.
Er trat einen Schritt zurück und fuhr fort, um die Bäckerei herumzuessen. »Ich weiß, Mutti, aber wir sind schon so lange hier.« Er hatte eine hohe singende Stimme, keine wimmernde, obwohl sie von hinten aus seiner Nase herauskam; eine gleichmäßige, gefügige kleine Stimme.
»Ist das Ihr Kind?« fragte Mrs. Munn, über und über lächelnd und ihre Anemonen schüttelnd.
»Ja, er heißt Tom. Seinetwegen bin ich eigentlich da, aber er läuft immer weg, und ich habe Angst, daß er nicht da sein wird, wenn ich drankomme.«
»Aber«, sagte Mrs. Munn, jetzt ganz zu Hause, »Dr. Sheppard behandelt keine Kinder. Sie müssen mit ihm zu Dr. Burrows gehen, Montag und Freitag auf der Kinderabteilung.«
Toms Mutter sah bestürzt drein. Sie ließ Tom los, der sich davonstahl. »Aber man hat mich speziell zu Dr. Sheppard geschickt. Er muß mich vorlassen. Herr Dr. Munroe hat mich geschickt – von der Chirurgischen, wissen Sie.«
»Herr Munroe, nicht Doktor«, verbesserte Mrs. Munn.
»Jawohl. Er hat mir vor fünf Jahren den Blinddarm herausgenommen, da bin ich eben wieder zu ihm gegangen, wie ich in diese Gegend zurückkam. Das war am Dienstag – ich mußte zwei Autobusse nehmen, und Tom wurde übel und heute wieder dasselbe –, ich möchte das nicht morgen alles noch einmal durchmachen. Es ist auch wegen der Zeit, wissen Sie. Ich kann nicht warten.«
»Ist es so schlimm?« fragte Mrs. Munn, die vor Neu-

gier verging, aber die Frau hatte sich wieder abgewandt und hörte sie nicht.

»Dr. Sheppard wird mich sicher vorlassen. Er muß mich vorlassen. Ich hab einen Brief für ihn von Dr. Munroe.« Sie zog ein Kuvert aus der Tasche, die auf der grünen Mappe neben ihr auf der Bank lag.

»Ja wenn Sie einen Brief haben, das ist was anderes.« Sie betrachteten beide den Talisman von hinten und vorne, und als wollte er seine Macht zeigen, öffnete sich gerade die Tür der Klinik, und Schwester Lake erschien mit besorgtem Gesichtsausdruck. Dr. Sheppard hatte eben gesagt: »Guter Gott, so spät schon!« und war sich mit den Fingern durchs Haar gefahren, wodurch es aber nie in Unordnung geriet.

»Sind noch Patienten da?« rief Schwester Lake. Eine Frau in einem Schutenhut stand in der ersten Bank auf und machte einige unsichere, stoßweise Bewegungen nach vorwärts. Die Schwester faßte sie und schob sie hinein, als ob Dr. Sheppard eine Flamme wäre, die ausging, wenn er nicht sofort mit einem Patienten gefüttert wurde. Danach, kam Schwester Lake wieder heraus und hielt die Tür hinter sich offen. Sie betrachtete die Leute streng, geladen mit Verantwortung.

Toms Mutter beugte sich wieder über die Rückenlehne der Bank und zischte ihren Sohn an. Mrs. Munn stieß sie in die Seite: »Gehen Sie«, sagte sie. »Sagen Sie der Schwester, daß Sie eine neue Patientin sind. Die neuen müssen zuerst hineingehen. Sie hätten sich sowieso vorne hinsetzen müssen. Warum haben Sie ihr das nicht schon früher gesagt?«

»Aber ich bin keine neue. Ich bin schon so oft in diesem Spital gewesen.«

»Sie sind aber neu bei Dr. Sheppard.«

»Ja, aber deswegen bin ich keine neue Patientin. Ich

darf nicht aus der Ordnung gehen. Die Leute werden sonst böse.« »Sie sind aber eine neue. Sie müssen es ihr sagen. Es ist nicht recht, daß Sie gegen die Regeln verstoßen, hören Sie?« Es war zwecklos, mit Mrs. Munn auf ihrem Gebiet zu streiten, aber die Junge schüttelte immer noch den Kopf und flüsterte, indem sie ihren Mantel um sich schlug: »Nein, ich kann nicht. Ich möchte nichts tun, was nicht recht ist. Hoffentlich dauert es nicht mehr lange.« Sie wandte sich wieder um und schaute auf die elektrische Uhr an der Wand hinter dem Buffet, deren Zeiger ruckweise von einer Minute zur andern zuckte.
»Wenn Sie es ihr nicht sagen, werde ich es ihr sagen.« Mrs. Munn stellte sich auf die Zehen, um über die andern Patienten hinwegsehen zu können, und rief zuversichtlich: »Schwester!«, aber während des Wortwechsels hatte Schwester Lake die erste alte Patientin angewiesen vorzurücken und war wieder in der Klinik verschwunden. Sie hörte Mrs. Munn, aber sie schloß die Tür, ohne nochmals hinauszuschauen. Wahrscheinlich wieder eine Patientin, die außer der Reihe hineingelassen werden wollte. Sie versuchten es immer wieder und erzählten irgendwelche Geschichten von einem letzten Autobus. Man mußte fest bleiben – wie sie immer zu Schwester Green sagte: »Es ist nicht anständig. Wenn man es der einen zuliebe tut, muß man es allen zuliebe tun, und wohin käme man da?« Die Patienten waren oft so schwierig. Einst, als Dr. Sheppard zu spät gekommen war, hatten die Patienten gebrummt und, als er schließlich kam, versucht, sich durch die Tür zu drängen, und sie, Schwester Lake, hatte sich quer vor diese stellen müssen wie – wer war es nur? – jenes Mädchen, dessen Arm man zerbrochen hatte, als sie ihn durch den Türriegel steckte.

»Verstehen Sie nicht, daß Dr. Sheppard sehr viel zu tun hat?« hatte sie die Leute gefragt. »Dies ist nicht sein einziges Spital.« Sie konnte sich jetzt noch hören, wie sie das damals gesagt hatte, sich mit jener geheimnisvollen, bezaubernden Londoner Welt identifizierend, die ihn nur drei Stunden jede Woche für sie freigab.
»Führen Sie diese Patientin hinein, damit sie sich auszieht, Schwester«, sagte Dr. Sheppard, ohne aufzublicken, als sie wieder eintrat, »und schicken Sie mir die nächste gleich herein. Rasch, bitte.«
Schwester Lake wirbelte schnell herum, zerrte einen dicken alten Mann mit erhöhtem Blutdruck herein und zog sich in das Untersuchungszimmer zurück, um die Frau im Schutenhut auf dem Diwan so herzurichten, wie wenn dieser der Opferstein in Stonehenge wäre.

»Das ist ungerecht«, sagte ein Mann in der Uniform eines Autobuschauffeurs, als die grüne Tür sich hinter dem Dicken geschlossen hatte. »Ich bin vor der Dame hier gewesen, und ich müßte zuerst drankommen.«
»Entschuldigen Sie«, sagte Miss Smythe, die ein Keuschheitsleibchen aus gelber Spitze trug und nach Lavendelwasser roch. »Ich bin schon seit zwölf Uhr hier, und da waren Sie noch nicht da.«
»Ganz richtig«, sagte ihr Nachbar, der an chronischem Kopfnicken litt, das sich jetzt noch verstärkte. »Die Dame war die zweite, und ich komme als dritter dran. Sie müssen in der Reihe bleiben wie alle andern.«
»Ich habe aber einen Brief«, widersprach der Autobuschauffeur. »Einen Brief von der Garasch, in dem steht, daß ich eine öffentliche Einrichtung bin und

zuerst drankommen muß. Es ist nicht in Ordnung, daß ich nicht als Nächster drankomme!«
Der Mann mit dem Karbunkel auf der Bank dahinter beugte sich vor: »Warum haben Sie's der Schwester dann nicht gesagt? Wenn Sie einen Brief haben, müssen Sie ihn der Schwester zeigen, und sie läßt Sie gleich vor.«
»Richtig, ganz richtig.«
»Warum haben Sie's der Schwester nicht gesagt?«
»Sie kann's doch nicht von selbst wissen.«
»Manche Leute ...«
Die Menge auf den Bänken begann über den Chauffeur zu murren, und einer flüsterte dem andern zu, wie blöde der sei. »Sie hat ihn ja nicht verlangt, nicht wahr?« Der Chauffeur war unglücklich. »Sie hätte sagen sollen: ›Kommt jemand zuerst dran?‹ hätte sie fragen sollen. Und ich hätte gesagt: ›Ja, ich‹, hätt ich gesagt.« Er war ein großer plumper Mann, seine Hände hingen hilflos herunter, als ob ihnen das Steuerrad fehlte. Er stand auf, stellte sich zur Tür und schaute finster auf die Bänke hinab.
»Also, ich geh als Nächster hinein«, verkündete er. »Ich hab das Recht, zuerst hineinzugehen. Ich muß einen Doppeldecker nach Barnet hinüberfahren, um vier Uhr. Ich werd jetzt schon Unannehmlichkeiten haben, weil ich so lange hier war.«
»Natürlich gehen Sie als Nächster hinein«, sagte Miss Smythe und zog ihr Strickzeug wieder aus dem wattierten Kretonnebeutel.

Als Miss Smythe an der Reihe war, trippelte sie gesetzt auf ihren schmalen Schnallenschuhen zum Schreibtisch, glättete die gerippten Baumwollstrümpfe über ihrem Knie, befeuchtete sich die Lippen,

räusperte sich mit hoher Stimme und wartete, bis der Arzt sein Händewaschen beendet haben würde.
Er kam herüber, während er sich abtrocknete. »Nun, Miss Smythe?« sagte er in dem gewinnenden, vertraulichen Tonfall, den er jetzt nicht mehr hätte vermeiden können, selbst wenn er gewollt hätte. »Wie geht es unsrer Miss Smythe?« ›Blöder Kerl‹, dachte er bei sich, ›warum sagst du nicht: Wie geht es Ihnen? Oder glaubst du, du kannst die arme Alte kurieren, indem du zimperlich bist?‹ Er warf das Handtuch irgenwohin in die Richtung des Waschtisches, Schwester Lake hob es auf, faltete es zusammen und legte es zum Trocknen auf den Sterilisator.
»Meinem dummen Kopf geht es nicht besser, Herr Doktor«, sagte Miss Smythe sachlich, »ich habe zwei Anfälle diesen Monat gehabt – recht arge Anfälle. Meine Schwester wollte den Dr. Sedgewick holen, aber ich sagte, nein, ich würde lieber warten und zu Ihnen kommen.« Miß Smythe hatte seit fast zwanzig Jahren Anfälle verschiedener Art, geschwollene Beine, Ischias, Verdauungsstörungen, Herzklopfen, undefinierbare Magenschmerzen – sie hatte schon lange vergessen, wie es war, wenn man sich ganz gesund fühlte. Der Zahnarzt hatte ihr alle Zähne ausgezogen und sie für den Bruchteil einer Sekunde der schnaufenden Lil mit einem »Da, ich hab Ihnen gesagt, daß das schuld ist« gezeigt, bevor er das anscheinend normale Gebiß in den Kübel für die schmutzigen Verbände warf. Ein Chirurg hatte ihr den Blinddarm herausgerissen, ihn mit der Zange von sich gehalten und dieselbe Bemerkung gemacht, während die im Operationssaal Anwesenden über ihre Masken hinweg auf das anscheinend ganz gesunde Stück Gewebe schielten.
Gegenwärtig hatte Miss Smythe Anfälle von betäu-

bender Migräne. Steven hatte seit zwei Jahren ohne Erfolg gegen sie angekämpft, indem er die Symptome erleichtert hatte, anstatt die Ursache zu behandeln. Man konnte eine Neurose nicht heilen, ohne dem Patienten den ursprünglichen Gedanken oder Wunsch aufzudecken, der, vor langer Zeit ins Unbewußte verdrängt, jetzt als symbolisches Symptom auftauchte. Die Symptome wechselten, aber sie verschwanden erst, wenn der Patient ihrer psychischen Ursache ins Gesicht sah; aber wie sollte man Miss Smythe, die nicht einmal einen Stier auf dem Feld anschauen wollte, dazu bringen, zu erkennen, daß alles, was sie brauchte, ein Mann war?

Wie konnte man überhaupt Leute psychisch behandeln, die man nur einmal in vierzehn Tagen zehn Minuten lang zu Gesicht bekam? Privatpatienten konnten es sich leisten, Neurosen zu haben und von ihnen geheilt zu werden, denen schenkte der Arzt viele Stunden seiner Zeit, aber ein Spitalspatient durfte nur greifbare Beschwerden haben, die durch eine Blitzdiagnose, ein hingekritzeltes Rezept und langes Schlangestehen vor dem Apothekenschalter geheilt werden konnten.

Und doch hätte man so viel für diese Leute tun können, wenn man nur Zeit dazu hätte.

Er schaute auf seine Uhr, als Miss Smythe durch die Tür neben dem Waschbecken hinausging. »Haben Sie je Freud gelesen, Schwester?« fragte er, indem er Miss Smythes Krankengeschichte mit dem Löschblatt trocknete.

»O ja, Herr Doktor.« Schwester Lake trat zum Schreibtisch und legte ihre Hände auf den Rücken. Sie hatte nie eine Zeile von Freud gelesen, nur einmal einen Artikel über ihn in einer Sonntagszeitung, und das genügte wohl.

»Nun, da haben Sie's.« Steven wies mit der Hand auf den Sessel, auf dem Miss Smythe gesessen hatte. »Die Unbefriedigtheit in Person.« Schwester Lake setzte ihre intelligente Miene auf, und Steven bemerkte aufblickend, wie die Röte ihren Hals hinaufstieg. Mit plötzlicher Neugier sah er sie zum ersten Male als Mädchen statt als ein Paar dünner Arme, einen Kopf und ein Paar schwarzer Beine, die aus einer panzerartigen Uniform herausragten. Hatte je ein Mann – würde je ein Mann –? Vielleicht hätte er dieser Miss Smythe ›in embryo‹ gegenüber Freud nicht erwähnen sollen, aber sie bezog es sicher nicht auf sich selbst. Das tat niemand. Vielleicht war es besser so.
Nachdem sie ein wenig gewartet hatte, ob er noch mehr Weisheitsperlen vor ihr verstreuen würde, sagte Schwester Lake: »Mrs. Darby im Untersuchungszimmer ist fertig, Herr Doktor. Blutdruck 190/110, Puls 66.«
»Schön.« Er stand auf, und sie folgte ihm in ihren quietschenden Schuhen.
»Ihr Stethoskop, Herr Doktor.«
Der Teufel hole dieses Weib. Aber warum eigentlich? Er brauchte sein Stethoskop. Sie war wahrscheinlich eine tüchtige Krankenschwester. Aber das war die Schwierigkeit für die Frauen. Daß sie in ihrem Fach tüchtig waren, genügte nicht. Alles ging heute langsam vor sich und machte ihn nervös. Weil Steven es eilig hatte, gab es den ganzen Nachmittag hindurch Hindernisse. Die Röntgenaufnahme des einen Patienten war unauffindbar, ein andrer hatte seine Aufnahmekarte verloren und war lieber ohne die Krankengeschichte hereingekommen, als daß er ohne die Karte vor Miss Meiklejohn getreten wäre, so daß man ihn wieder hinausschicken und warten lassen mußte, während Schwester Lake zwischen der Registratur

und der Aufnahmekanzlei hin und her lief und nicht in der Klinik war, als Steven sie für einen Umschlag brauchte. Zweimal wurde er von seiner Sekretärin ans Telefon gerufen und um Anweisungen gebeten in Dingen, die sie wahrscheinlich schon selbst erledigt hatte. Die Patienten schienen entschlossen, ihm ihre eigene Lebensgeschichte wie auch die der Frau ihres Vetters zu erzählen, die voriges Jahr in Brighton genau dieselben Symptome gezeigt hatte. Antworten auf einfache, sachliche Fragen bekam man nur auf dem Umweg einer endlosen Erzählung, und wenn man den Leuten die Rede abschnitt oder sie drängte, brachte man sie aus dem Konzept, und sie verschwiegen die wichtigsten Dinge, bis die Konsultation vorüber war. Wenn Steven die Mappe geschlossen und sie auf den langsam immer höher werdenden Haufen auf dem Fensterbrett geworfen hatte, brachten sie zaghaft, als wär es ein Strauß welkender Blumen, das vor, wonach er geangelt hatte.
Es war heiß in der Klinik trotz der weit geöffneten Fenster hinter ihm, durch die das Quietschen der den Hügel hinauffahrenden Fahrzeuge hereindrang. Ein Vogel zwitscherte schüchtern, und ein Mann schaufelte Koks von einem riesigen Haufen im Hof und führte ihn in einem eisernen Schubkarren weg, wobei er »O sole mio« pfiff. Er pfiff es noch immer, als er mit dem geleerten Schubkarren zurückkam. Mrs. Delacroix wunderte sich, warum Steven wohl so lange über seine Schulter zum Fenster hinausblickte. Er tat es, weil er sehen wollte, ob der Strich Himmel zwischen dem Kokshaufen und der Dachecke der Totenhalle immer noch blau war. Es war ein bewölkter Morgen gewesen, aber der Himmel hatte begonnen, sich aufzuhellen, als Steven nach dem Lunch auf dem Weg hierher war. Als er Dynsford erreicht hatte,

war es ein Nachmittag geworden, an dem man gerne, die Hände hinter dem Kopf verschränkt, an einem Hügelabhang gelegen und sich die heiße Sonne auf die Augenlider hätte brennen lassen. Er wünschte, daß er so bleiben und auf ihn warten möge, bis er seine Arbeit beendet hatte, damit er auf der Rückfahrt das Dach herunterlassen konnte und zu seiner Rechten die von Streifen goldener Wolken umgebene untergehende Sonne hatte. Er mußte drei oder vier Privatvisiten in London machen, und er wollte sie erledigen und früh nach Hause kommen, denn Ruth ging heute abend aus, und er hatte sich selbst Dinner mit Lektüre und Weiterarbeit an seinem Manuskript versprochen.

Aber da war jetzt Mrs. Delacroix in ihrem Tweedkleid mit Jäckchen und Imitations-Tirolerhut, die immer tat, als sei sie noch eine Privatpatientin, mehr daran gewöhnt, Ärzte in ihrer Privatordination aufzusuchen als in Spitälern. Sie war die Witwe eines zugrunde gegangenen Rechtsanwaltes und lebte mit ihrer ungelenken, halbwüchsigen Tochter in einem ebenerdigen Sommerhäuschen, das nach Butterbrot und feuchten Geschirrtüchern roch. Sie konnte es sich nicht leisten, eine Privatpatientin zu sein, aber nie würde sie Dr. Sheppard oder irgendeinen andern vergessen lassen, daß sie einst eine gewesen war. Sie ließ die notwendigen Formalitäten in der Registratur und Aufnahmekanzlei mit vornehm uninteressierter Miene über sich ergehen und faßte ihre Mappe mit den Fingerspitzen an und einem leichten Lachen, um zu zeigen, *wie* abgeschmackt das alles war. Sie saß neben ihrer Tochter auf der Bank, beide in Bücher aus der Zweipfennig-Bibliothek vertieft, in welche sie die Lesezeichen aus Zelluloid steckten, die noch aus den Tagen stammten, als sie bei Boots abonniert waren.

Lebhaft den Saal betretend, empfand sie, wie angenehm es für Dr. Sheppard sein mußte, jemanden von seiner eigenen Klasse unter all diesen langweiligen Leuten zu sehen, und so setzte sie sich mit hoch übereinandergeschlagenen Beinen bequem hin, um zu zeigen, daß sie seinesgleichen war. Kathleen stand neben ihr, ein Mädchen von plumpem und adenoidem Habitus, den Bauch herausgestreckt, mit dicken Waden, die unter dem kurzen Turnanzug einer unnützen kleinen Privatschule herausragten, welche fast nichts kostete und ihr noch weniger beibrachte. Sie hatte eine gerade Mähne von löwenfarbenem Haar, das in eine lange Franse geschnitten war, und blickte unter ihr hervor voll finsterer Feindseligkeit auf die Welt im allgemeinen und ihre Mutter im besonderen.
»Ist das nicht scheußlich«, sagte Mrs. Delacroix, indem sie mit der Zehe ihres übergelegten Beines gegen Steven wippte. »Kathleen hat einen schrecklichen Ausschlag bekommen. Einen Ausschlag, denken Sie nur! Sehen Sie sich das Kind an. Haben Sie je in Ihrem Leben etwas so Scheußliches gesehen?«
Schwester Lake stellte das Licht ein, bevor er sie darum gebeten hatte, und Steven stand auf und drehte Kathleens Gesicht, es mit der Hand am Kinn haltend, von einer Seite zur andern. »Seit wann hast du das?« fragte er. Kathleen öffnete den Mund, um zu antworten, aber Mrs. Delacroix sagte: »Lieber Gott, lassen Sie mich nachdenken. Es kommt mir vor, als ob es schon eine lange Zeit wäre, aber es kann nicht lange her sein, denn ich bin zu Ihnen gekommen, sobald ich nur konnte. Ich weiß, ihr Ärzte wollt immer, daß wir gleich kommen, wenn etwas los ist. Es ist dann viel einfacher für Sie, nicht wahr? Ich meine, es gibt doch Leute, die warten und warten, bis es so arg ist,

daß der Doktor nichts mehr tun kann, und dann wollen sie, daß er sie gesund macht – ich weiß, was die Ärzte darüber denken!«
»Juckt es, Kathleen?« fragte Steven.
»Jucken?« lachte Mrs. Delacroix. »Wie der Teufel.«
Steven ging sich die Hände waschen. Schwester Lake reichte ihm das Handtuch und sagte irgend etwas zu ihm mit leiser Stimme, nur um Mrs. Delacroix zu zeigen, daß sie und er gegen Mrs. Delacroix miteinander verbündet waren, und nicht er und Mrs. Delacroix gegen die übrige, minderwertige Welt.
»Ich bin ziemlich sicher, daß es Impetigo ist«, sagte Steven, setzte sich nieder und begann Kathleens Krankengeschichte zu schreiben.
Mrs. Delacroix ließ einen wohlerzogenen Aufschrei hören. »Nein, Herr Doktor. Das kann's nicht sein. Ich meine, ich dachte immer, das wäre etwas, was man von Schmutz bekommt, nicht? Und Kathleen hat nie mit so was zu tun gehabt – nicht im Traum würde ich es zulassen. O Kathy!« Sie schielte mit gespieltem Abscheu zu ihrer mürrisch dreinblickenden Tochter hinauf. »Bist du nicht ein schreckliches Kind? Ist sie nicht ein schreckliches Kind, Herr Doktor?« Steven blickte aus dem Fenster. Der Himmel war noch blau.
»Es kommt sehr häufig vor«, sagte er. »Sie bekommen es von Handtüchern und derartigen Dingen. Es ist sehr ansteckend.«
»Ach, aber Kathleen geht nicht in eine Schule, wo Kinder so etwas bekommen. Ich meine, ich habe immer acht gegeben. Ich weiß, manche Leute verstehen nicht, wie wichtig diese Dinge sind, und das macht den Ärzten das Leben so schwer, nicht wahr? Aber seit mein Mann Blutvergiftung hatte ... aber damals kannten wir Sie noch nicht. Damals wohnten wir noch in der Stadt.«

»Das hat nichts mit Blutvergiftung zu tun«, sagte Steven und zog die Arzneikarte heraus. »Es ist nur eine einfache Hautinfektion.«

»Oh, ich weiß, ich weiß *natürlich*... ich war nur...«

»Schau her, Kathleen«, sagte Steven zu der Figur, die über ihm ragte wie Epsteins »Genesis«. »Ich werde dir einen Puder geben, der den Ausschlag abtrocknen läßt, und ich werde dir auch Bestrahlungen verschreiben.« Aus dem Augenwinkel heraus sah er, wie Schwester Lake ein grünes Röntgenformular aus dem Gestell zog.

»Aber natürlich«, sagte Mrs. Delacroix. »Alles, was Sie verschreiben. Was wird es kosten?« fragte sie beiläufig, obwohl sie genau wußte, daß Kathleen es umsonst bekam, da sie krankenversichert war.

Schwester Lake hatte das Formular ausgefüllt und reichte es Steven hinüber, der seine großen aufrechten Anfangsbuchstaben S. B. S. hinsetzte, einen Punkt hinter jedem Buchstaben und einen flotten Strich darunter. Sie hätte es im Schlaf nachmachen können. Mrs. Delacroix zog ihr Vormerkbuch heraus. »Wann soll ich also mit ihr herkommen, damit sie diese großartigen Strahlen bekommt? Sie wird doch nicht Brandwunden oder so was bekommen, wie? Ein Bekannter, den wir in der Stadt...«

»Besprechen Sie das alles mit der Röntgenschwester«, sagte Steven. »Sie wird Sie vornehmen, wann sie kann. Kathleen, du mußt sehr achtgeben und nur deine eigenen Handtücher, Schwämme und Waschlappen benutzen. Was mit deiner Haut in Berührung gekommen ist, darf mit niemandes andern Haut in Berührung kommen. Verstehst du mich?« Er blickte zu ihr empor, wobei er eine Braue in die Höhe zog. Kathleen hörte ihn. Mrs. Delacroix sagte im Gei-

ste, was sie oft laut zu ihren Freunden sagte: »Meine Liebe, mein Doktor ist ein so hübscher Mann. Er ist ein Londoner Arzt, weißt du. Er kommt eigens einmal in der Woche heraus.« Sie schlug jetzt ihre Beine auseinander und beugte sich entsetzt von Kathleen weg. »Ein Paria!« sagte sie und betonte das Wort auf der ersten Silbe. »Ein Paria!« wiederholte sie, aber diesmal mit dem Ton auf dem i, um sicherzugehen. »Da hörst du, was er sagt, Kind. Du darfst deinen Aussatz nicht über das Haus verbreiten. Ich jedenfalls will das greuliche Zeug nicht bekommen.« Sie zog ihren Tirolerhut zurecht und spitzte die Lippen.
»Ach, Mamm – i!« Es war das erste Wort, das von Kathleens Lippen kam.
Steven stand auf und streckte ihr die Hand hin. Nur so konnte er dieses Weib loswerden. Sie sprang auf. »Oh«, lachte sie, »Sie wollen, daß wir gehen, natürlich. Ich vergaß. Sie müssen wohl noch eine Unmenge von langweiligen Leuten vornehmen, Sie armer Mann. Sind wir nicht schrecklich, daß wir Sie mit unsern blödsinnigen kleinen Sachen behelligen?« Als sie ihre Handschuhe aufnahm, kam ihr ein Gedanke. Wenn sie nur hätte sagen können: »Kommen Sie doch auf ein Gläschen herein, wann immer Sie an unserm Haus vorbeifahren.« Sie hob den Kopf und zog ihre Nasenflügel herunter. Nun, es hatte eine Zeit gegeben, wo sie das hätte sagen können. Sie hoffte, daß Dr. Sheppard dachte, daß sie in der Lage war, ihn einzuladen, es aber für zwecklos gehalten hätte, da er sich immer nur so kurz in Dynsford aufhielt.
Steven beugte den Oberkörper leicht vor und sah ihr in die Augen, als er ihr die Hand reichte. Er dachte daran, daß Ugly auf dem Vordersitz seines Autos wartete und das Fenster mit seiner Nase befeuchtete.

»Es ist wirklich ein reizender Mensch, nicht, Kath?« sagte Mrs. Delacroix, als Schwester Lake sie in den Korridor entließ, der in den Wartesaal zurückführte. Kathleen knurrte und begann, eine Schuppe von ihrem Gesicht zu reißen.

Der Minutenzeiger der elektrischen Uhr sprang auf die Ziffer zwölf, und gleichzeitig begann die Turmuhr von St. Mary, die der Vikar immer nach dem Radio einstellte, ihre klägliche Nachahmung von Big Ben. Steven nahm sein Stethoskop von Mrs. Milligans Brust und wartete geduldig auf die vier dünnen Schläge. Die Uhr von St. Mary schlug immer, wenn er versuchte ein Geräusch zu hören. Vorige Woche hatte er gedacht, daß er an Mrs. Milligans Herzen etwas gehört habe, aber heute war er dessen nicht mehr so sicher. Als die Uhr von St. Mary ihre nicht sehr überzeugende Verkündigung beendet hatte, beugte sich Steven wieder vor und horchte aufmerksam. Seine Augen gingen durch Mrs. Milligan hindurch und waren auf etwas hinter ihr geheftet, während sie den spitzigen Ausschnitt ihres grünen Pullovers offen hielt, als entblößte sie ihre Brust, um den Pfeil zu empfangen.
Steven befand sich in einem Tunnel, der von der schalldämpfenden Erde umgeben und vom Boden bis zur Decke von einem Riesendynamo ausgefüllt war, der alles andre aus seinem Kopf verdrängte. Und jetzt – von weit unten her im Tunnel, wo die See brüllte, wenn man das Stethoskop ein klein wenig auf der Haut bewegte – erhaschte er einen Augenblick lang ein kaum hörbares diastolisches Herzklappengeräusch. Oder? Hatte er es sich nur eingebildet, weil er es erwartete? Nein ... da war es ... nein ... Die Tür des Untersuchungszimmers öffnete

sich wie mit einem Donnerschlag, und Steven blickte unwillig auf die rundliche, lächelnde Schwester, die jetzt hereinkam. Schwester Lake winkte ihr aufgeregt zu, still zu sein; daher blieb sie, wo sie war, und zeigte auf die Uhr, dann auf ihren Mund und schließlich auf Schwester Lake, die ärgerlich den Kopf schüttelte. Die dicke Schwester machte alle Bewegungen einer Person, die eine Tasse zum Mund führt, und vergaß auch den gekrümmten Finger nicht. Schwester Lake machte mit dem Mund ein längliches »Nein«, worauf die andre Schwester noch einmal auf die Uhr wies und ein Wort formte, bei dem sich ihr Mund bis zu den Ohren auseinanderzog.

Steven ließ sie in diesem verrückten Mienenspiel fortfahren und kehrte in seinen Tunnel zurück. Die dicke Schwester, die schon lange genug Spitaldienst tat, um zu wissen, daß man einen Auftrag ausrichten mußte, auch wenn der Empfänger der Botschaft tot war, trippelte aufgeregt auf den Zehenspitzen, die Augen auf Stevens Rücken gerichtet, durch das Zimmer.

»Die Oberschwester läßt Ihnen sagen, daß Sie zum Tee kommen sollen«, flüsterte sie.

»Ich mag keinen Tee.«

»Ja – aber...« Schwester Lake war die Vorgesetzte der dicken Schwester, daher konnte sie ihr nicht widersprechen, aber andrerseits war die Oberschwester Schwester Lakes Vorgesetzte. »Aber die Oberschwester hat gesagt.«

»Ich gehe nie zum Tee am Donnerstag.«

»Aber, bitte, Schwester, die Oberschwester hat gesagt, Sie sollen kommen.« Sie sah die Szene vor sich, wie sie in die Frakturenklinik zurückkam und die Oberschwester zu ihr sagte: »Was machen Sie hier?

Ich habe Ihnen doch gesagt, Sie sollen Schwester Lake ablösen«, wie sie auf Dr. Sheppards Klinik zurückgeschickt, von Schwester Lake wieder fortgeschickt wurde, wie sie hin und her lief und vielleicht am Ende selbst keinen Tee bekam.

»Dann sagen Sie der Oberschwester, daß ich keinen Tee mag«, flüsterte Schwester Lake und beobachtete Steven, im Falle er etwa seine Hand nach etwas ausstreckte.

»Aber wenn sie nun sagt –« In Stevens Stethoskop klang ihr Geflüster wie der Anprall und Gegenprall von Meereswogen auf dem kiesbedeckten Boden einer Höhle.

Er drehte sich um: »Um Himmels willen, könnt ihr Weiber euch nicht anderswo unterhalten? Ich brauche eine halbe Minute Ruhe, um das Herz hier abzuhorchen.« Schwester Lake wurde blutrot. Die dicke Schwester verhielt sich das Lachen mit der Hand. Mrs. Milligan blickte sie mißbilligend an.

Da sie sah, daß die andere Schwester nicht nachgab, zuckte Schwester Lake mit dem scharfen Rand ihrer Schultern, sagte: »Entschuldigen Sie, Herr Doktor«, und ging zum Fensterbrett, um ihre Manschetten zu holen. Sie hatte keine Lust, die Klinik zu verlassen. Während sie weg war, konnte alles mögliche geschehen. Wer weiß, was Dr. Sheppard vielleicht brauchte, und Schwester Phillimore war nicht an ihn gewöhnt. Sie wollte auch nicht, daß Schwester Phillimore die Möglichkeit gegeben werde, sich an ihn zu gewöhnen. Sie schritt langsam zur Tür, damit Steven Zeit hatte zu sagen: »Gehen Sie nicht fort, Schwester«, aber er horchte wieder und wartete, bis das gemarterte Tier – denn so klang das Quietschen ihrer Schuhe – aufgehört hatte, seinen Tunnel hinunterzugehen.

Auf den Bänken draußen saßen noch fünf oder sechs Leute. Sie mußte sich beeilen, sonst würde Dr. Sheppard am Ende fort sein, bevor sie zurückkam. O je, Mrs. Dovey und Mr. Cann; keiner von den beiden würde ihn lange aufhalten. Mrs. Munn – die blieb vielleicht nur so lange drin, bis man ihren Harn untersucht hatte. Ob Schwester Phillimore das wohl gut machen würde? Fast wäre sie umgekehrt, um sie zu erinnern, daß Dr. Sheppard wollte, daß man Fehlings Reagens benutzte und nicht Benedicts. Wer war das in dem grünen Schal? Schwester Lake erinnerte sich nicht, die Frau schon gesehen zu haben. Ein beunruhigender Gedanke kam ihr.

»Sind Sie vielleicht eine neue Patientin?« fragte sie scharf.

»Ja, Schwester, sie ist neu«, sagte Mrs. Munn triumphierend, aber Toms Mutter widersprach: »Nein, ich bin keine neue. Ich war schon sehr oft bei Dr. Munroe.«

»Waren Sie schon einmal bei Dr. Sheppard?«

»Nein, Schwester.«

»Nun, dann sind Sie natürlich eine neue Patientin. Warum haben Sie das nicht früher gesagt? Sie hätten schon längst hineingehen sollen. Dr. Sheppard nimmt die neuen Patienten immer zuerst vor. Mein Gott ...« Ihr Gesicht war ganz verzogen vor Angst. »Warum, um Himmels willen, haben Sie nichts gesagt, als ich fragte?«

»Ich dachte ...«

»Ich hab es Ihnen gesagt, nicht wahr?« krähte Mrs. Munn. »Ich hab es ihr gesagt, Schwester, aber sie wollte nicht hören. Ich hab auch versucht, es Ihnen zu sagen, Schwester, aber Sie waren zu beschäftigt. Ich wußte, daß sie im Irrtum war. ›Sie sind eine neue Patientin‹, habe ich gesagt. ›Ganz gleich, bei wem

Sie schon früher waren, beim Dr. Sheppard sind Sie eine »Neue«, hab' ich gesagt.«
»Auf jeden Fall gehen Sie jetzt als Nächste hinein«, sagte Schwester Lake. »Der Doktor wird sehr böse sein, aber da kann man nichts machen. Und wenn er Sie jetzt nicht vornehmen will, werden Sie eben nächste Woche wiederkommen müssen, fertig.«
»Aber das kann ich nicht –« Toms Mutter sprang auf. »Er muß mich heute vornehmen.« Sie hätte es doch vorher wissen können, daß so etwas geschehen würde. Und jetzt hatte sie den Doktor böse gemacht, und er würde sie vielleicht nicht vornehmen, und sie wagte es nicht, noch eine Woche in der Nähe von Dynsford zu bleiben. Selbst wenn er sie vornahm, so war das Bild, das Schwester Lake ihr von ihm gemacht hatte, nicht das eines Mannes, der, wie Dr. Munroe gesagt hatte, ihr sicherlich helfen würde. Sie wollte jetzt nicht hineingehen; sie würde es schon irgendwie deichseln. Sie blickte sich nach Tom um, zog ihren Mantel um sich und steckte ihre Tasche unter den Arm.
Die dicke Schwester kam aus dem Saal. »Der nächste Patient, bitte.« »Diese Patientin muß zuerst hineingehen, Schwester«, sagte Schwester Lake. »Sie hätte schon längst hineingehen sollen. Sie ist eine neue Patientin, aber sie hat es die ganze Zeit nicht gesagt.
»Dr. Sheppard wird wütend sein«, sagte Schwester Phillimore fröhlich. Es war nicht ihre Schuld. »Er wird immer rasend, wenn Sie nicht die neuen Patienten zuerst hineinlassen, nicht wahr?«
Schwester Lake blickte sie scharf an. Woher wußte sie das? Ach ja, sie hatte einmal, als sie selbst krank war, hier Dienst gemacht. Damals, als sie solche Unannehmlichkeiten hatte, weil sie trotz Verbot an einem Donnerstag aufgestanden und zum Dienst er-

schienen war, mit Beinen wie aus Watte, und es sich ihr fortwährend im Kopf gedreht hatte, bis sie im Sterilisierraum zu Boden gesunken war.

Toms Mutter blickte von einer zur andern, wie sie so über sie verhandelten. »Ich will keine Unannehmlichkeiten verursachen«, sagte sie, »vielleicht ist es besser, ich gehe nicht hinein.«

»Unsinn«, sagte Schwester Lake. »Sie müssen jetzt hinein, sofort. Beeilen Sie sich. Der Doktor wartet schon.« Sie faßte ihren Arm.

»Ach, aber mein kleiner Junge. Seinetwegen bin ich gekommen. Er ist nicht weit weg – vor einer Minute war er noch hier. Da ist er, beim Buffet. Ich laufe nur hinüber, ihn zu holen.«

»Nein, Sie gehen jetzt hinein«, sagte Schwester Lake. »Holen Sie das Kind, Schwester, ich werde es dem Herrn Doktor erklären.«

»Was für ein Spiel ist das heute, Schwester?« fragte sie Steven, als sie Toms Mutter in den Sessel beim Schreibtisch schob. »Ich kann doch nicht den ganzen Tag hierbleiben.« »Entschuldigen Sie, Herr Doktor.« Schwester Lake legte die grüne Mappe vor ihn hin, genau parallel zum Rand des Schreibtisches. »Das ist leider noch eine neue Patientin. Ich weiß, Sie nehmen die Neuen nicht gerne erst gegen das Ende vor, aber sie hat nicht gesagt, daß sie neu ist. Ich habe alle gefragt, aber sie sagte nichts. Das sind eben die Schwierigkeiten.« Sie sah sich und Steven als Verbündete, die miteinander gegen die Dummheit der Patienten ankämpften. Steven öffnete die Mappe und schlitzte den Briefumschlag auf, der seine Adresse in Mr. Munroes Handschrift trug. Es war richtig; er tat gerne das zeitraubende Aufnehmen der Krankengeschichte und die Untersuchung neuer Patienten zu Beginn ab, aber jetzt sagte er nur: »Nun,

tut nichts, Schwester. Machen Sie nicht so eine Affäre daraus.« Schwester Lake errötete und ging hinaus, als die dicke Schwester mit Tom zurückkam.
Nachdem er den Brief gelesen und die chirurgische Krankengeschichte durchgesehen hatte, rückte Steven seinen Sessel vorwärts und lächelte das Paar vor sich an; das Kind, das an ihrem Knie lehnte und mit den Ziernägeln am Rande des Pultes spielte, schien sich hier viel mehr zu Hause zu fühlen als die Mutter.
»Nun, Mrs. Garrard, Dr. Munroe fragt mich, ob ich Ihnen helfen kann. Vielleicht erzählen Sie mir, was los ist.«
»Also – ich komme wegen Tom, Herr Doktor. Ich weiß, ich hätte eigentlich in die Kinderklinik gehen sollen, aber ich hab nicht warten können, wissen Sie, Herr Doktor. Ich kann nicht länger in Dynsford bleiben. Vorige Woche war ich bei Herrn Dr. Munroe – er hat mir vor fünf Jahren den Blinddarm operiert, wissen Sie, und war sehr nett damals – und er hat gesagt, daß ich zu Ihnen gehen soll, da hab ich noch eine Woche gewartet, aber ich kann nicht länger hierbleiben.« Sie sprach langsam, ihre Stimme hob sich nie. Es war die Stimme einer Besiegten, die nichts mehr vom Leben erwartete.
Steven sah wieder auf den Brief: »Können Sie etwas für diese Frau tun? Ihr Fall ist sehr traurig und scheint mehr auf Ihrer Linie zu liegen als auf meiner, obwohl sie eigentlich eher praktische Hilfe braucht als medizinische.« Das war typisch für Munroe. Alles, wobei man nicht schneiden mußte, lud er jemand anderem, gewöhnlich Steven, auf.
»Nun, vielleicht erzählen Sie mir mehr darüber«, sagte er mit einem raschen Blick auf die Uhr.
»Mami«, sagte der kleine Junge mit seiner seltsamen singenden Stimme, »wann gehen wir nach Hause?«

»Sch.« Seine Mutter schüttelte ihn erschrocken.
»Hör mal, mein Lieber«, sagte Steven, »vielleicht gehst du und spielst ein wenig mit der Schwester, während deine Mutter und ich uns miteinander unterhalten, hm?« Er sah sich um und weckte Schwester Phillimore aus ihrem Tagtraum am Fenster. Sie lächelte Tom freundlich an, und er ging ganz vergnügt mit ihr in eines der Seitenzimmer und zog nur seine Hand weg, die sie zu halten versuchte.
Mrs. Garrard zuckte die Schultern. »Es würde nichts ausmachen, Herr Doktor. Er hat bereits so viel gesehen und gehört, was er nicht hätte hören und sehen sollen. Er ist wie ein kleiner alter Mann, sagt meine Mutter, mehr wie ein kleiner alter Mann als wie ein Kind, der arme Kerl. Darum will ich ihn ja auch fortschicken.«
»Ja?« fragte Steven ermunternd.
»Ich werde es Ihnen offen erzählen, Herr Doktor.« Ihr glattes Gesicht nahm auch Verurteilung vorweg, falls er sie verurteilen wollte. »Ich bin meinem Mann davongelaufen, sehen Sie, so steht es.« Da hatte sie es gesagt. Sie hatte gedacht, was sie wohl sagen würde, aber obwohl er nicht viel sprach, dieser Dr. Sheppard, konnte man doch so leicht mit ihm reden, daß es ihr entschlüpft war, fast ohne daß sie es gemerkt hatte. Sie beobachtete ihn, um zu sehen, wie er es aufnahm; aber er nickte ihr nur ernst zu, den Kopf leicht zur Seite geneigt, was seine Art war, Patienten zu Geständnissen zu ermutigen.
»Ich habe ausgehalten, solange ich konnte, Herr Doktor, und wenn es nur um mich gewesen wäre, so hätte ich wohl weitergemacht, trotz allem, aber es war wegen des Kindes, wissen Sie, das war die Sache. Alles andere hätte ich ertragen können, aber es war, daß ich dachte, Tom kriegt nicht das, was sein

gutes Recht ist, deswegen war's, Herr Doktor. Sie verstehen mich?«
Steven hörte zu und wartete. Im Augenblick sah er noch nicht, was für eine Rolle er in dieser Sache zu spielen hatte, ja, nicht einmal, was für eine Sache es überhaupt war, aber es hatte keinen Sinn, die Frau zu drängen. Man mußte ihr erlauben, die Angelegenheit auf ihre eigene Art zu erzählen. Ihr empfindungsloses Gesicht trug einen Ausdruck von undurchdringlicher Verschwiegenheit, als wolle sie dadurch ihre gemachten Geständnisse entwerten. Ihre langen Hände lagen lose im Schoß. Sie hatte die in Hosen steckenden Beine an den Knöcheln kreuzweise übereinander gelegt und hielt die Füße unter dem Sessel. Sogar ihre Stimme war ohne Leben und anämisch, und Steven wunderte sich, daß sie die Energie aufgebracht hatte, den Schritt zu tun, von dem sie ihm eben erzählte.
»Ich habe ihn verlassen, Herr Doktor – vor drei Wochen war's – und habe Tom hierher nach Reddage zu meiner Mutter gebracht. Als Mädchen habe ich hier gelebt, darum hat mich Dr. Munroe behandelt. Na, mein Mann hat mich noch nicht gesucht – er ist zu sehr anderweitig beschäftigt.« Sie zog die Lippen zu einem flüchtigen Lächeln auseinander. »Aber wenn er uns suchen wird, dann wird er uns hier suchen. Er weiß, daß ich nirgends anderswohin gehen kann. Drum muß ich noch vorher fort, sehen Sie. Ich war so aufgeregt, als man mir sagte, daß Sie am Donnerstag keine Kinder behandeln, denn dann hätte ich Tom hier behalten müssen, wo doch Arthur jeden Augenblick über uns kommen kann.«
»Hat Ihr Mann den Jungen mißhandelt?« fragte Steven.
»Nein, Herr Doktor, das kann man nicht sagen, eher

das Gegenteil. Er ist vernarrt in das Kind, aber auf die unrichtige Art, wissen Sie; er weiß nicht, was gut für ihn ist, verstehen Sie.«

»Hat er das Kind krank gemacht?« Was hatte er, Steven, mit der Sache zu tun? Hatte Munroe ihn nur einfach als Beichtvater empfohlen?

»Man kann nicht sagen, krank *gemacht,* Herr Doktor. Das Kind war krank gewesen – Lungenentzündung hat es gehabt, und es war ein Wunder, daß es die Krise überstand –, aber im Krankenhaus in der Great Ormonde Street sagten sie, daß es niemandes Schuld sei. Nein, es war nachher, wissen Sie. Der Doktor dort sagte mir, daß ich das Kind aufs Land bringen müsse. Nun, ich berichtete das meinem Mann, und er wollte nichts davon hören. Behauptete immer, ich würde versuchen, ihm Tom wegzunehmen.«

Sie hielt einen Augenblick inne – sie war jetzt weit weg von der Klinik und durchlebte wieder jene Szene in der Küche in der Gray's Inn Road, als Arthur so geschrien und sie gewußt hatte, daß Mrs. Goldie alles durch die Wand hören konnte. Und Tom war die ganze Zeit über mit seiner Eisenbahn auf dem Boden gesessen und hatte jedes Wort aufgefangen.

»Darum wollte ich es nicht gern tun. Schließlich hatte er ja recht mit dem, was er sagte; es war ebensosehr sein Kind wie meins. Das Spital hätte Tom in ein Landheim geschickt, oder ich hätte ihn hierher zu meiner Mutter bringen können. Aber er wollte es nicht, und da blieb Tom hier und hat sich nie recht erholt, verstehen Sie, er spielt nur mit dem Essen herum – sein Appetit ist wie der eines Vögelchens –, und später, als mein Mann den Streit in der Fabrik hatte und seine Arbeit hinwarf, da konnte ich es mir nicht leisten, Tom zu kaufen, was er brauchte.«

»Da haben Sie beschlossen, durchzugehen?«

»Nicht sofort. Ich fürchtete mich zuerst. Ich fürchtete mich davor, daß er uns nachkommen würde, und vor dem Gerede, das wäre für uns alle nicht gut gewesen, nicht wahr? Nein, erst bis zum letztenmal – diese neue, na –, ich meine, er ist schon früher mit andern Frauen weggewesen, aber noch nie so lange wie diesmal, und noch dazu mit einer aus dem Haus! Ich konnte einfach nicht dableiben, ich hätte den Leuten nicht ins Gesicht sehen können.« Sie senkte die Lider mit den spärlichen Wimpern und hob sie wieder, um zu sehen, wie Steven es aufnahm. Vom Schal umrahmt, sah ihr Gesicht mit den stillen Zügen entrückt und madonnenhaft aus. Aber es war eine steinerne, eine selbstgerechte Madonna, aufreizend in ihrer Entrücktheit, unbarmherzig in ihrer Keuschheit. Steven, der sich Arthur als einen kräftigen Mann in Hemdärmeln vorstellte, mit lauter Stimme und rotem Gesicht, dessen Bart schon eine Stunde nach dem Rasieren wieder sichtbar wurde, konnte verstehen, warum er mit andern Frauen davongegangen war.

Aus dem Untersuchungszimmer hörte man das Kind etwas Unverständliches sagen, und Schwester Phillimore prustete vor Lachen.

Durch das Fenster kam der Geruch des heißen Makadams, und der pfeifende Mann mit dem Schubkarren war wieder da. »Und was wollen Sie eigentlich, daß ich in der Angelegenheit tue?« fragte Steven.

»Die Sache ist die, Herr Doktor. Ich gehe jetzt nicht mehr zu meinem Mann zurück. Ich habe nun einmal den Schritt getan und werde ihn nicht wieder rückgängig machen.« Mrs. Garrard wartete auf Tadel, und als keiner kam, fuhr sie fort: »Ich muß mir eine Arbeit suchen. Ich kann nicht zu Hause bleiben; mein Vater verdient nicht so viel, und die Mutter hat schlechte Füße. Jedenfalls wird mich Arthur dort suchen, sobald er genug von seinem Seitensprung hat. Wenn er weggeht, ist es nie für lange, sondern nur für eine kurze Zeit, und dann kommt er nach Hause zurück und erwartet, alles so vorzufinden, wie er es verlassen hat. Nun, diesmal wird er es nicht so vorfinden.« Bei dieser angenehmen Aussicht öffneten sich ihre Lippen wieder zu einem kurzen Lächeln. »Darum kann ich Tom auch nicht hier lassen, wie ich schon Herrn Doktor Munroe gesagt habe, und er meinte, ich solle zu Ihnen gehen und Sie werden das Kind untersuchen und mir ein Zeugnis geben, daß er in ein Landheim kommen muß, wohin Sie Ihre erholungsbedürftigen Kinder schicken. Arthur wird ihn dann nicht finden, und ich werde mir irgendwo eine Stelle suchen, wo er mich nicht finden kann, und dann, wenn das Kind sich ein bißchen erholt hat, kann ich vielleicht einen Posten finden, wo ich es bei mir haben darf.«

Steven lehnte sich in seinen Sessel zurück, streckte die Beine aus und verschränkte seine Finger. Er sah Mrs. Garrard an und überlegte, und sie sah ihn an, nicht bittend, nicht stolz; sie legte einfach ihr Schicksal in seine Hände. Wenn er tat, was sie wünschte, so lief es fast darauf hinaus, einen Mann seines Besitzes berauben zu helfen; konnte man das tun, ohne auch die andere Seite der Geschichte zu hören? Er würde es gern tun. Mrs. Garrard tat ihm leid. Nein, sie erregte eigentlich kein Mitleid, eher ein ziemlich bedrückendes Gefühl von Verpflichtung. Die eintönige, gleichmütige Stimme hatte ihn ermüdet und mit ihrer Mattigkeit seine eigene Vitalität niedergeschlagen, so daß er jetzt keine schnelle Entscheidung treffen konnte.

Er zog die Beine ein und stand auf. »Nun, ich werde

den Jungen erst einmal untersuchen«, sagte er, »und dann sehen, was ich für Sie tun kann.«
Mrs. Garrard stand ebenfalls auf. »Ich danke Ihnen sehr, daß Sie mich angehört haben, Herr Doktor«, sagte sie. »Es war sehr liebenswürdig von Ihnen.« Er steckte sein Stethoskop in die Tasche und ging auf das Seitenzimmer zu. Sie wollte mitkommen, aber er hinderte sie daran. Sie setzte sich gehorsam wieder hin, zog ihren Mantel um sich und wand ihre Füße wieder um das Stuhlbein.

»Oh, grüß Gott«, sagte jemand, als Schwester Lake in das Speisezimmer trat, »ich dachte, Sie kämen am Donnerstag nie zum Tee. Stevie's Klinik ist also schon zu Ende?«
»Nein«, sagte sie leichthin, »Phillimore hat mich abgelöst.« Sie tat immer so, als wüßte niemand, was sie für Dr. Sheppard fühlte, obwohl alle schon so lange davon wußten, daß sie aufgehört hatten, darüber zu sprechen. Es war eben etwas, das zur armen, guten Lake gehörte und das nicht mehr zu Bemerkungen einlud als ihre Handschrift oder die Form ihres Gesichtes.
Sie guckte ohne besondere Erwartungen in das »L«-Fach des Briefhalters. Ihr Brief von zu Hause kam immer am Montag. Sie schenkte sich am Seitentisch Tee ein und trug ihn an ihren Platz am unteren Ende des Tisches der Stationsschwestern. Sie hatte noch nicht die Prüfung gemacht, die sie berechtigen würde, eine Schleife unter ihrem Kinn zu tragen, die mit einem Band um ihren Kopf befestigt war, aber als provisorische Stationsschwester mußte sie an dem höheren Tisch sitzen, um ihre Autorität gegenüber den Rangjüngeren zu wahren. Drei oder vier Stationsschwestern aßen Brot und Marmelade am Tisch

in der Fensternische. An den geringeren Tischen war mehr Lärm, und es wurden mehr Brotkrumen verstreut.

»Was gibt's zum Tee?« fragte sie.

»Es gab Marmelade,« sagte eine Schwester, die den Inhalt eines halben Töpfchens auf ihrem Teller hatte, »aber Sie sind ein bißchen spät dran für solche Delikatessen.« Sie zeigte auf das leere Marmeladeschüsselchen.

Schwester Bracken, die um zwei Tage rangjünger war als Schwester Lake, sprang auf. »Ich hole Ihnen noch welche aus der Küche, wenn Sie wollen«, sagte sie und ergriff das Marmeladeschüsselchen.

»Nein, danke«, Schwester Lake runzelte die Stirn. »Ich möchte nichts als eine Tasse Tee, dann muß ich zurücklaufen, bevor Phillimore etwas anstellt. Nebenbei, Sie können auch nicht in der Küche aus und ein gehen. Das ist Sache der Mädchen.«

»Aber ich tue es immer. Die Mädchen kommen zur Teezeit nie hier herein, die haben viel zu viel zu tun.«

»Es macht vielleicht nichts, wenn es eine Lehrschwester tut, aber es sieht wirklich nicht sehr gut aus, Schwester, wenn es eine dienstältere tut. Die Frau Oberin sieht es sicher nicht gern.«

»Och, hole der Teufel die Oberin«, sagte Schwester Bracken gedankenlos und blickte sich hastig um, um zu sehen, ob jemand sie gehört hatte. Es war anstrengend, am Tisch der Stationsschwestern zu sitzen nach den sorglosen Tagen unter dem gemeinen Haufen. Solange man zu den Jüngeren gehörte, sehnte man sich nach der Zeit, wo man eine Schleife tragen, mit den Ärzten die Runde machen und an den freien Tagen der Oberschwester Saalaufsicht führen würde. Das zu erreichen, arbeitete man, machte Prüfungen und ertrug Beleidigungen. Deswegen verbrachte man im Sommer seine Freizeit mit einem Chirurgiebuch im Garten, ging im Winter mit der Gynäkologie zu Bett und wachte um drei Uhr in der Früh auf, um zu finden, daß das Licht an war, die Zigarette ein Loch ins Leintuch gebrannt hatte und die Gynäkologie mit dem Rücken nach oben auf dem Boden lag.

Wenn man aber das Ziel seines Ehrgeizes erreicht hatte, wünschte man oft, man könnte wieder eine Lehrschwester ohne Sorgen sein. Verantwortung zu tragen, war interessant, aber es machte einen um fast zehn Jahre älter, wenn die Stationsschwester auf Ferien war und die Oberschwester ihr Wochenende antrat mit einem: »Wenn dieser Mann stirbt, während ich weg bin, so werde ich Sie dafür verantwortlich machen.« Man mußte die jüngeren Schwestern anlernen, von denen manche mehr wußten als man selbst. Wenn man zu streng mit ihnen war, haßten sie einen, und man hörte im Sterilisierraum, wie sie nebenan im Spülraum über einen redeten. Wenn man zu nachsichtig und freundlich war, nützten einige das aus und gingen ihre eigenen, gesetzlosen Wege. An allem, was in der Abteilung schiefging, war man schuld, selbst wenn man gerade seinen freien Tag hatte.

Mit zweiundzwanzig sah Schwester Bracken aus, als wäre sie achtzehn, aber sie sagte, sie fühle sich, als wäre sie dreißig. Ihre Mutter kam fast um vor Stolz, wenn sie an sie dachte, und sagte bei jeder möglichen Gelegenheit: »Meine Tochter ist eine provisorische Stationsschwester, wissen Sie.« Schwester Bracken war selbst auch stolz auf sich und versuchte, sich so zu benehmen, wie Leute gleich Schwester Lake es für richtig hielten.

»Was Besonderes heute nachmittag?« fragte sie, als sie sich wieder hinsetzte.

»Nicht viel,« sagte Schwester Lake, »aber eine volle Klinik, wir hatten sehr viel zu tun.« Das sagte sie auch, wenn nicht viel zu tun war. »Wir hatten eine ganz anständige Gelbsucht. Dr. Sheppard hat sie aufgenommen.«

»Sie wollen mir erzählen, daß er sie aufgenommen hat?« sagte eine Schwester vom andern Ende des Tisches mit vollem Mund. »Sie wurde mitten im Tee hereingebracht und hat seitdem nichts als erbrochen. Diese Gans von einer Lehrschwester hat sie in ein Bett ohne Einlage gelegt. Gott weiß, was die Oberschwester sagen wird, wenn sie zurückkommt. Wann kommt Stevie zur Visite? Ist er schon bald fertig?«

»Wird nicht mehr lange dauern«, sagte Schwester Lake. »Ich gehe jetzt zurück. Ich wollte, der Tee wäre nicht so heiß.«

»Gießen Sie ihn in Ihre Untertasse.«

»Oh, das *kann* ich nicht.«

»Nun, ich tue es. Ich muß zurücksein, bevor er heraufkommt, aber ich werde deswegen nicht meinen Tee versäumen, nicht einmal seinetwegen.«

Der Gedanke, daß Steven fertig sein könnte, bevor sie zurück war, machte Schwester Lakes Magen unempfänglich für irgendwelches weitere Essen oder Trinken, daher ließ sie die noch halbvolle Tasse stehen, entschuldigte sich und lief hinaus.

»Liebe«, sagte Schwester Horrocks und stopfte sich das letzte Stückchen Marmeladebrot in den Mund, »ist eine wunderschöne Sache.«

Als Schwester Lake zurück in die Klinik kam, dachte sie zuerst, Steven sei fort. Schwester Phillimore war allein da und untersuchte etwas an dem Tisch neben dem Waschbecken. Sie hatte die Flamme des Spirituskochers viel zu hoch aufgedreht. Aber kein weißer Mantel lag unordentlich über der Sessellehne. Hatte

er ihn anbehalten wie schon einmal und ihn auf dem Weg hinauf zu den Sälen irgendwo hingeworfen zum Ärger der schnaufenden Lil, als sie am Ende der Woche die Wäsche zählte? Es sähe Schwester Phillimore ähnlich, so etwas nicht zu bemerken. Sie hatte natürlich kein Verständnis für die Geistesabwesenheit eines Mannes, der mit wichtigen Dingen beschäftigt war. Und es würde nicht ihre Schuld sein, wenn der Mantel verlorenging. Schwester Lake hatte das eine Mal voll Freude für Steven gelitten, aber das nächste Mal schickte die Oberschwester sie vielleicht zur Oberin, und da sie nächstes Jahr das Staatsexamen machen wollte und danach vielleicht Oberschwesterposten im Spital zu haben waren, so war es besser, sie wurde so wenig wie möglich zur Oberin geschickt.
»Dr. Sheppard ist also fort, Schwester?« fragte sie, aber als sie näher kam und sein Köfferchen noch auf dem Schreibtisch stehen sah, atmete sie erleichtert auf. »Warum sind Sie nicht bei ihm drin, wenn er einen Patienten untersucht?«
»Weil er zu Dr. Munroe gegangen ist«, sagte Schwester Phillimore, ohne sich umzudrehen. »Teufel!« Die blaue Flüssigkeit, die sie in einer Proberöhre kochen ließ, zischte plötzlich heraus und bespritzte die weißen Kacheln hinter dem Flaschengestell.
»Schwester!« Die andere lief rasch zu ihr hinüber. »Was, um Himmels willen, tun Sie? Die Flamme ist viel zu hoch. Und wenn Sie die Röhre hin und her bewegen, dann – und warum benutzen Sie nicht den Halter? Kein Wunder, daß ihr Schwestern immer Brandwunden bekommt und euch die Finger infiziert. Und die Flaschen müssen zugekorkt sein. Man hat Ihnen doch bestimmt gesagt – Benedict's!« fuhr sie los. »Sie wissen doch, daß Dr. Sheppard nur Feh-

ling's Probe haben will. Lassen Sie, ich werde das weitere machen. Sie können jetzt gehen.« Sie blies die Flamme aus und schoß umher, um die herumliegenden Lakmuspapierschnitzel und verbrannten Zündhölzer aufzulesen.

»Ach«, jammerte Schwester Phillimore, »warum haben Sie es ausgeblasen? Das war das letzte Zündholz. Und der Vorratskasten ist zugesperrt, und die Schwester ist beim Tee und hat die Schlüssel mitgenommen.«

»Wer hat heute alles vorbereitet, Schwester?« fragte Schwester Lake, schraubte den Oberteil des Kochers ab und zog den Docht herunter.

»Ich.«

»Nun, Sie wissen ja, daß Sie nachzusehen haben, ob genug Zündhölzer da sind. Es ist wirklich schrecklich. Man sagt euch diese Dinge so oft, aber das macht euch gar keinen Eindruck. Zum Verrücktwerden. Ich bemühe mich, die Abteilung in Ordnung zu halten, aber ihr andern tut einfach nicht mit. Auf jeden Fall sollte eine Schwester immer Zünder in der Tasche haben.« Sie zog eine Schachtel aus ihrer eigenen Tasche und zündete den Kocher wieder an, der jetzt ruhiger brannte. »Einer der Punkte, die man euch in den Lektionen beibrachte, war, was die Taschen einer Schwester enthalten sollten: Schere, Füllfeder, Zünder, Wörterbuch der Krankenpflege, ein reines Taschentuch, Stecknadeln – und nicht zwei Bonbons in einer zerrissenen Papiertüte, Puder und Lippenstift und einen zerdrückten Brief vom Freund.« Das Inventar von Schwester Lakes Taschen, das jede Woche überprüft wurde, wenn sie ihr altes Kleid gegen ein reines eintauschte, war immer einwandfrei. Wenn sie Zivil trug, übersiedelte ihre Schere in ihre Handtasche, wo sie, in ein Taschentuch ge-

wickelt, bereit lag, um zwischen die Zähne jedes Beliebigen gesteckt zu werden, der einen epileptischen Anfall bekam.
Schwester Phillimore streifte ihre Ärmel herunter und zog die Manschetten an. »Es tut mir leid«, sagte sie lächelnd. »Kann ich jetzt gehen, bitte? Gibt's was Schönes zum Tee?«
»Das ist Mrs. Munn, nehme ich an«, sagte Schwester Lake und machte eine Kniebeuge, um ihr Auge auf die Höhe des abtropfenden Urinometers zu bringen.
»Ja, sie ist im Seitenzimmer. Kann ich – –?«
»Ja, Sie können gehen, Schwester. Ach – hören Sie, Schwester.« Schwester Phillimore steckte ihr Gesicht, das einem runden Apfel glich, wieder zur Tür herein.
»Wenn Sie heute abend die Klinik aufräumen, vergessen Sie nicht, alle diese Reagenzgläser mit Spirituslappen und Pinzetten zu reinigen. Sie sehen scheußlich aus. Ich weiß nicht, was die Ärzte sich denken würden.«
Als Steven zurückkam, der sich von Dr. Munroe Mrs. Garrards Geschichte hatte bestätigen lassen, legte Schwester Lake ein schön geschriebenes Formular auf den Schreibtisch vor ihn hin. Er lachte. »Diese Verrückte! Sie ist schon wieder vollkommen geladen mit Zucker. Schwester, um Himmels willen, geben Sie ihr noch eins von diesen Dingern.« Er streckte die Hand nach dem Papierhalter aus, aber sie kam ihm zuvor und zog ein Diätformular für Diabetiker heraus, während er noch unter den Aufnahmeformularen herumsuchte. »Sie *muß* es einfach lernen, sich zu behandeln. Ich habe nicht genug Betten, um sie immer wieder aufzunehmen. Erklären Sie ihr das mit so einfachen Worten wie möglich und versuchen Sie, es ihr verständlich zu machen. Ich habe keine Zeit dazu.« Er schaute auf die Uhr. »Es ist ohnehin schon

spät geworden. Die Frau mit dem Kind hat mich aufgehalten. Trauriger Fall, nicht? Ach, Sie waren ja nicht da. Schade. Ich hätte Sie gerne die Brust des Knaben abhorchen lassen. Er hat einen unverkennbaren Fleck auf dem linken Lungenflügel.«

Der Tee, den Schwester Lake getrunken hatte und der die Ursache war, daß sie dieses Vergnügen versäumt hatte, stieg ihr als ein Klumpen von Enttäuschung in die Kehle. »Haben Sie ihn aufgenommen, Herr Doktor?« fragte sie. Sie konnte durch Schwester Green, die in der Kinderabteilung beschäftigt war, mit dem Jungen in Verbindung bleiben, so daß sie eine intelligente Auskunft zu geben vermochte, wenn Dr. Sheppard nächste Woche von ihm sprechen sollte.

»Nein, ich will versuchen, ihn in das Heim in Cheshire zu bringen. Das ist der beste Platz für ihn, denke ich. Schon gut, Schwester. Kümmern Sie sich nicht um mich.« Sie stand hinter ihm und wartete, um ihm aus seinem weißen Mantel zu helfen. »Gehen Sie nur und sehen Sie zu, was Sie mit Mutter Munn machen können. Sie möchten sicherlich schon zu Ihrem Tee kommen.« Er sagte es freundlich, aber für Schwester Lake war es nur ein Beweis, daß er nicht bemerkt hatte, daß sie schon vor einer halben Stunde zum Tee gegangen war.

»Guten Tag also, Herr Doktor«, sagte sie stolz, nahm das Diätformular und ging mit ihren quietschenden Schuhen in das Seitenzimmer; sie fühlte Stevens Augen auf ihrem Rücken, obwohl sie tatsächlich in seine Tasche blickten, wo er die Krankengeschichten suchte, die er für die Saalvisite brauchte.

Er fand ein Paket Zigaretten, zündete sich eine an und warf das Zündholz auf den Boden. Wenn Oberschwester Grainger ihn rauchend den Korridor zu ihrer Abteilung herunterkommen sah, würde sie in ihr Wohnzimmer stürzen, um eine der Aschenschalen aus getriebenem Messing zu holen und sie ihm hinhalten, bevor sie die Doppeltüre zum Saal öffnete. Steven trat ans Fenster, duckte den Kopf, um hinaus und hinauf zu blicken, und sah, daß der Himmel noch blau war und das Dach der Totenhalle noch in der Sonne schimmerte, obwohl der Hof schon im Schatten lag. Es wäre ein guter Abend zum Golfspielen gewesen, wenn er früher daran gedacht hätte. Er hätte geradeswegs nach Wentworth fahren und seine Privatvisiten auf dem Rückweg erledigen können. Aber es war schon etwas zu spät geworden, um jetzt noch einen Partner zu finden, und allein zu spielen war zwar nützlich, aber langweilig. Nun, jedenfalls hatte Ruth Dinner für ihn angeordnet, und wenn er nicht käme, würde sie fürchten, daß Mrs. Hankey beleidigt sein könnte.

Er zog den Kopf wieder herein und hörte jemanden an die Saaltür klopfen. Ging ihn nichts an. Seine Klinik war zu Ende. Das Klopfen wiederholte sich, und er sah, wie der Türknopf zögernd herumgedreht wurde. Wieder ein Klopfen. Als er sein Köfferchen aufnahm und zur Tür neben dem Waschbecken gehen wollte, öffnete sich die andere Tür und Mrs. Garrard kam herein. »Oh, da sind Sie ja, Herr Doktor, ich dachte, Sie wären vielleicht schon fort.«

»Gehe gerade. Haben Sie in der Aufnahmekanzlei alles erledigt?«

»Ja, die Dame war sehr nett. Sie hat alles wegen Tom arrangiert. Er soll gleich hinfahren. Was sie davon erzählte, klingt sehr vielversprechend, und ich bin Ihnen sehr dankbar, Herr Doktor, für alles, was Sie getan haben. Sie waren sehr nett zu mir«, sagte sie ohne Ausdruck. Sie blieb stehen und sah ihn mit ihrem unbeweglichen Blick an und mit halbgeöffnetem Mund, als hätte sie noch nicht alles gesagt. Sie wollte offenbar noch etwas, aber hatte er nicht schon genug für sie getan? Er öffnete die Tür und sagte munter: »Nun, das ist schön. Ich werde ein Auge auf ihn haben, und Sie müssen mit mir in Verbindung bleiben. Lassen Sie mich Ihre Adresse wissen, sobald Sie eine feste haben.« Er schloß die Tür wieder resigniert, als sie näherkam und, ihre Handtasche auf den Schreibtisch legend, sagte: »Deswegen wollte ich Sie gerade fragen, wenn ich Sie noch bemühen darf.«

»Nun also?« fragte er geduldig und haßte ihre vollkommene Hilflosigkeit, die Demut, mit der sie wartete, daß er ihr erlaubte zu sprechen.

»Es ist wegen der Stellensuche, Herr Doktor. Sie waren so nett zu mir, daß mir einfiel, ob Sie vielleicht von jemand wüßten. – Sehen Sie, wenn ich zur Vermittlung gehe, dauert es so lange, und ich muß von hier so rasch als möglich weg, das sehen Sie wohl ein.«

Wofür hielt ihn eigentlich diese Frau? Für eine Stellenvermittlung? Das hatte man davon, wenn man Leuten half. Das nahm nie ein Ende. Man lieh jemandem fünf Pfund, damit er eine Rechnung bezahle, und bevor man es merkte, sorgte man für die Erziehung seiner Kinder. Er war verärgert.

»Es tut mir sehr leid, Mrs. Garrard,« sagte er, blickte auf die Uhr und öffnete wieder die Tür, »aber ich habe es sehr eilig. Sie fragen besser die Aufnahmebeamtin. Das ist die richtige Person, nicht ich.«

»Ich getraute mich nicht. Sie schien sehr beschäftigt zu sein.« »Nun, das bin ich auch«, sagte er so unfreundlich, daß er gleich danach die Tür wieder schließen und fragen mußte: »Was für eine Art Arbeit suchen Sie?«, um nicht ihr, sondern sich selbst gegenüber die Unfreundlichkeit wieder gutzumachen, die sonst vielleicht seinen Seelenfrieden gestört hätte.

»Hausarbeit, Herr Doktor. Ich bin ein gelerntes Stubenmädchen. Das ist das einzige, was ich kann«, sagte sie ergeben. »Ich dachte, Sie kennen vielleicht jemanden, der – ich kenne nämlich niemanden.« Wie zuvor, gab sie sich auch jetzt in seine Hände, indem sie ihm die Verpflichtung auflud, ihr Geschick zu regeln. Es wäre komisch, wenn jetzt die Schwester mit dem Pferdegesicht hereinkäme. Wie entsetzt sie wohl wäre, zu finden, daß der große Wimpole-Street-Spezialist, vor dem man ihrer Meinung nach Palmen streuen und das Haupt in Sackleinen hüllen sollte, behandelt wurde, als wäre er eine aus einem einzigen Mann bestehende Dienstmädchenvermittlung in der King's Road. Ruth hätte jetzt hier sein müssen. Sie würde nichts Komisches daran finden. Dienstboten waren für sie ein so ernstes Problem wie Tuberkulose. Sie war mit Leib und Seele dabei, wenn es galt, Küchenmädchen für vollkommen fremde Leute zu finden, mit denen sie in Teestuben ins Gespräch gekommen war. Sie tat es gerne. Sie – das war eine gute Idee.

»Hören Sie,« sagte er, indem er verzweifelt die Gelegenheit wahrnahm, sich von dieser Frau zu befreien, deren Hilflosigkeit einen solchen Zwang auf einen ausübte, »Sie sollten zu meiner Frau gehen. Vielleicht kann sie Ihnen helfen.« Ihr Gesicht erhellte sich nicht einmal. Sie nahm seinen Vorschlag mit der Gleichmütigkeit einer See-Anemone auf und wartete, ob noch etwas käme. Er stellte sein Köfferchen hin, langte in seine Westentasche nach einer Karte und warf sie ihr hin.

»Da«, sagte er. »Suchen Sie sie auf. Sagen Sie, daß

ich Sie geschickt habe – im Falle ich vergesse« – und entwischte.

Bis Steven seine Patienten in den beiden medizinischen Abteilungen besucht und eine Tasse Tee mit Zimtkuchen und einer Dissertation über die schwedische Technik der subkutanen Injektionen von physiologischer Kochsalzlösung von Schwester Grainger bekommen hatte, war es fast sechs Uhr geworden. Er holte Hut und Tasche aus dem Arztzimmer mit seinen Ledersesseln, in denen nie jemand saß, seinem Kamin, in dem nie ein Feuer brannte, und seinen Aschenschalen, die zu reinigen niemandes Aufgabe zu sein schien, und ging quer über den kiesbestreuten Platz vor dem Spital zu dem Gittertor, wo sein Auto stand zwischen einem Ambulanzwagen und dem Wagen des Pathologen, der einer Keksdose auf Rädern glich. Die Sonne, die auf den Hausdächern auf der gegenüberliegenden Seite der Straße tanzte, verlieh dem viereckigen, grauen Krankenhaus sein schönstes Aussehen. Wie mit Alpenglühen übergossen, so daß jedes Fenster gleich einem Heliographen die Sonne zurückwarf, hatte es eine gewisse Pracht, wie es da hoch über der Stadt lag, gleich einer italienischen Bergkirche, so nah wie möglich dem Himmel gebaut. Aber im Augenblick, als die Sonne ihren Zenith verlassen hatte und hinter die Dächer gesunken war, als die Ziegelmauern des Spitals wieder kalt und grau wurden und alle Fenster erloschen, war es wieder zu einem unheilschwangeren Gefängnis geworden, hier oben hingesetzt, um die Stadt, die rundherum nach allen Seiten abfiel, daran zu erinnern, daß Krankheit ein Verbrechen war.
Der junge Potter, Stevens Sekundärarzt, begleitete ihn zum Auto in dem Bewußtsein, ein Teil des impo-

nierenden Anblicks von zwei Ärzten im Konsilium zu sein. Er war ein dicker Bursche aus Cornwall, hatte ein wie aus rosa Plastellin modelliertes Gesicht und graue Flanellhosen, die zu kurz und um die Oberschenkel zu eng waren. Schwester Cope, die ihnen aus dem Fenster einer Teeküche nachschaute, amüsierte sich darüber, wie er Stevens Gang nachahmte, die Hände in den Taschen vergrabend, wodurch er seine Hosen noch enger machte, den Kopf aber hielt er gedankenschwer gesenkt und stieß ihn rasch seit- und aufwärts, wenn er auf Bemerkungen bejahend antwortete. Er hielt seine weichen Lippen beim Sprechen fast ganz geschlossen und vergaß dies nur, wenn er erregt war.

Nachdem er sechs Monate unter Steven gearbeitet hatte, karikierte er geradezu dessen Benehmen im Umgang mit Patienten. Wenn er zum Beispiel eine Krankengeschichte in der Abteilung aufnahm, pflegte er sich dem Bett ohne Eile zu nähern. Steven hastete nie, wieviel er auch zu tun haben mochte, denn da er immer viel zu tun hatte, so brauchte es schon einer wichtigeren Sache, ihn aus seiner Ruhe zu bringen. Der junge Potter, sein Stethoskop um den Hals, den weißen Mantel offen, hielt die Hände in den Taschen vergraben und den Kopf leicht geneigt. Steven war groß und hatte schon so vielen Leuten zugehört, daß die leichte Beugung seines Nackens ihm zur Gewohnheit geworden war. Für den jungen Potter, der kleiner war als die meisten Leute, war diese Haltung unbequem und zwang ihn, mit einer vertrauensvollen Miene von unter seinen gelben Brauen her emporzublicken.

Es war manchmal sehr schwierig, die Aufmerksamkeit einer Schwester zu erregen, aber man konnte sich doch nicht selbst eine Wandschirm holen.

»Ach – Schwester!« rief er dann einer vorbeifliegenden Gestalt nach. »Könnten Sie vielleicht den freien Schirm bringen und den Rivarocci, bitte«, und die Schwester überließ die Sache einer andern, die sie wahrscheinlich einer noch rangjüngeren übergab, die hörbar sagte, als sie einen Wandschirm über Potters Fuß heranrollte: »O je, muß ich bei ihm bleiben? Ich bade gerade die alte Großmutter.« Steven wäre natürlich von übereifrigen Frauenzimmern in Manschetten umgeben gewesen. Bei seinem Sekundärarzt steckte ein achtzehnjähriges Mädchen mit aufgekrempelten Ärmeln und einer bespritzten Schürze ihren Kopf hinter den Wandschirm und sagte: »Bitte rufen Sie, wenn Sie mit der Krankengeschichte fertig sind, dann komme ich und bleibe da, während Sie untersuchen.« Der junge Potter pflegte höflich den Kopf zu neigen, sich mit geschlossenen Knien niederzusetzen, sich vorzubeugen und zu sagen: »Nun, gnädige Frau«, oder: »Meine junge Dame« oder: »Herr so und so« oder: »Alterchen« je nach dem Patienten, »lassen Sie hören.« Er hatte sich sämtliche Kunststückchen Stevens angeeignet, hörte zum Beispiel Nebensächlichkeiten sehr ernst an und scherzte über Furchtbares; nur waren seine Scherze so schwerfällig, daß der Patient sie oft ernst nahm und voll Schrecken mit der Nachricht fertigzuwerden suchte, daß der junge Potter sein Bein am Oberschenkel mit einem rostigen Federmesser abschneiden werde.
Als sie beim Auto angekommen waren, sah Schwester Cope, daß Steven mit einem Fuß auf dem Trittbrett innehielt, wobei er mit seinem Geld in der Tasche klingelte. Der junge Potter zeichnete mit seinem Spreizfuß Muster in den Kies und blickte unter der Stirn zu Steven empor.

»Ich werde das Radium nächste Woche mitbringen«, sagte dieser, »nehmen Sie also die Frau etwas früher auf, denn sie ist recht nervös. Hatte einen schrecklich hohen Blutdruck, als sie bei mir zur Beobachtung war.«

»Aha, Suggestionshysterie«, murmelte Potter, der gerne jeder Sache einen Namen gab.

»Wahrscheinlich«, sagte Steven. »Nun, das ist alles, denke ich. Vergessen Sie nicht, daß der alte Mann heute abend Blut bekommen muß. Sie können ihm in ein paar Tagen noch einen halben Liter geben, wenn keine weitere Hämatemesis eintritt. Aber beobachten Sie ihn.«

»Jawohl, Herr Doktor. Nebenbei, Herr Doktor –« Der junge Potter machte einen Schritt vorwärts, seine Ohren stachen rot von seinem gelben Haar ab. »Darf ich fragen, ob Sie mir einen Gefallen tun könnten?«

Steven schloß wieder ergeben die Tür des Autos. Vielleicht würde er doch einmal wegkommen.

»Die Sache ist die, ich bleibe hier nur noch drei Monate, wie Sie wissen, und ich habe eine schwache Möglichkeit, ans Londoner Allgemeine zu kommen. Dort würde ich Sir George Levinsons Assistenzarzt, und ich dachte, vielleicht könnten Sie für mich ein Wort bei ihm einlegen. Sie kennen ihn doch wahrscheinlich.«

Steven kannte Sir George. Er wußte auch, daß der heftige alte Mann mit dem Rabbinerbart und den spöttischen Augen alle außer den gescheitesten und tüchtigsten jungen Männern zu Brei zu zermalmen pflegte. Er würde Steven nicht dankbar sein für den jungen Potter, und der junge Potter würde Steven wahrscheinlich nicht dankbar sein für die Abfuhr, die seine nicht gargebackene Intelligenz am Londoner Allgemeinen erleiden würde. Aber er schloß die Autotür wieder und zog sein Notizbuch heraus, um es sich vorzumerken.

»Ich werde natürlich für Sie tun, was mir möglich ist, aber ich kann nicht garantieren, daß er Sie nimmt. Und wenn er es tut, werden Sie wie ein Nigger arbeiten müssen, um vor ihm zu bestehen. Ist Ihnen das klar?«

»Ja, natürlich, Herr Doktor. Ich werde arbeiten. Es ist sehr liebenswürdig von Ihnen, Herr Doktor. Ich wußte, daß Sie es tun würden. Es liegt mir sehr viel daran, den Posten zu bekommen – ich meine – ich hoffe, Sie nehmen es mir nicht übel, daß ich Sie darum bat, aber ich wußte, daß Sie mir helfen würden, wenn Sie können«, sprudelte der junge Potter heraus, der wieder vergaß, seine Lippen zusammenzuhalten.

Das war es eben; die Leute nahmen einfach an, daß er ihnen helfen würde. Darum baten sie ihn immer um Gefälligkeiten und verwickelten ihn in Sachen wie die, dem jungen Potter zur Sekundärarztstelle beim alten Levinson zu verhelfen, wozu er paßte wie die Faust aufs Auge, und machten ihn nachher gewöhnlich verantwortlich, wenn es nicht gut ausging. Er würde dem alten Mann einen diplomatischen Brief schreiben, und der mochte dann den Jungen nehmen oder nicht, ganz wie er wollte. Und was den jungen Potter anging – er würde ihm zu seiner Chance verhelfen, und danach mußte er allein seinen Weg machen. Steven würde sich nicht mit seiner zweifelhaften Karriere belasten. Dies sagte er zu sich selbst, sah jedoch ganz klar die Besuche und Briefe, die Bitten um Rat und das Warten des jungen Potter an seiner Türschwelle voraus. So war es bei vielen anderen vor ihm gewesen, und so würde es zweifellos auch in Zukunft sein. Man konnte anscheinend

nicht durchs Leben reisen, ohne Schützlinge mitzuschleppen wie Steine in den Schuhen.
»Schön, alter Junge, ich werde sehen, was ich tun kann.« Er öffnete die Tür und stieg ein, wobei er sich in der Taille abbeugte und seine langen Beine hinter sich nachzog. Der junge Potter winkte ihm einen fröhlichen Gruß nach, als er davonfuhr, und wandte sich, um über den Kiesplatz zurückzugehen. Schwester Cope, die sich für alles interessierte, was Hosen anhatte, beugte sich aus dem Fenster, aber verschwand sehr plötzlich wieder, als die Oberschwester in die Küche trat, um zu fragen, ob die Magenkranken heute noch ihr Essen bekommen würden.

Ugly hatte es sich auf dem Rücksitz bequem gemacht und lag dort, als hätte er keine Knochen, um sich zusammengeringelt wie ein Schneckenkuchen. Sobald Steven einstieg, war er mit zwei Sprüngen auf dem Vordersitz neben ihm, zuerst das Vorderteil und dann die langen, schwarzen Beine, die strampelnd an der Sitzlehne hinunterglitten.
»Ugly, um Himmels willen – –« Steven hielt den Arm vor sein Gesicht, aber der Hund leckte mit triefender Zunge an ihm herum. Die Ohren hatte er nach hinten gestreckt und die Augen quollen ihm hervor. Steven konnte ihn gerade so weit abhalten, um den Motor anzulassen und die Gänge einzuschalten, und fuhr durch das Spitalstor, wobei Ugly sich fest gegen seinen linken Arm drückte, als sei er entschlossen, so viel weiße Haare wie möglich auf Stevens schwarzem Überrock zurückzulassen.
Ugly war das befriedigende Ergebnis einer Kreuzung der meisten Gattungen von großen Hunden. Sein breiter, schlangenartiger Kopf war reiner Bullterrier

bis auf die Ohren, die die eines Collie waren. Er hatte den starken, tiefbrüstigen Körper des deutschen Schäferhundes, die Hinterbeine eines Lurchers und Spuren von Fuchshund in seinen dicken, einwärts gedrehten Vorderpfoten, dem wie ein Banner hochragenden Schwanz und der Zeichnung seines schwarz-weißen Fells. Manchmal spitzte er wie ein Vorstehhund, und schwache Erinnerungen an seine Schäferhundahnen rührten sich unangenehmerweise in ihm beim Anblick der schmutzigen Herde im Hyde Park. Er war so gefühlvoll wie ein Spaniel, so verrückt wie ein reinrassiger Barsoi und so befangen wie ein junges Mädchen auf ihrem ersten Ball. Steven hatte ihn vor vier Jahren bei einem Ferienaufenthalt in Cornwall erworben. Er und Carol hatten ihn in einem Bauernhof gefunden auf einem ihrer Spaziergänge, die Ruth nie mitmachen wollte, »wegen des Windes«. Der Hund war in einer Art Unterstand unter einer Regentonne angekettet, und man sah an seinem weißen Hals, daß er sein ganzes Leben lang angekettet gewesen war.

Carol und Ugly hatten sich sofort ineinander verliebt, es lief einfach ab, wie es im Buche steht. Sie mußten ihn kaufen. Der Bauer, der Ugly bis dahin selbst das Wenige, das er ihm zu essen gab, mißgönnt hatte, entdeckte plötzlich seine Brauchbarkeit als Wächter der Kühe; es war gelernte Arbeit, und die hatte ihren Preis.

Ruth mochte Ugly nicht. Sie wollte, daß Steven ihn auf der Isle of Wight zurückließe, nach dem Ferienaufenthalt vor drei Jahren. Noch lange war es eine ihrer stehenden Phrasen gewesen: »Jedesmal, wenn ich den Hund anschaue, erinnert er mich . . .«

»Nun, und warum nicht?« sagte dann Steven mit einer Stimme, die barsch klang vor Elend. »Ich habe nicht die Absicht, Carol zu vergessen.«

Sobald sie die Stadt verlassen hatten, hielt Steven, um das Dach herabzulassen. Er tat dies erst jetzt, denn früher einmal hatte die Hilfe des jungen Potter diese ganz einfache Sache äußerst kompliziert, und schließlich hatte man das Auto zu einer Garage fahren müssen, um das Dach wieder schließen zu lassen.
Steven ließ Ugly hinaus, und der Hund verschwand mit einem unmöglichen Standsprung über ein Tor in ein Feld hinein. Als Steven bereit war, weiterzufahren, saß er da und pfiff und tutete, bis der Hund auf der andern Seite des Tors erschien; es war ihm offenbar ganz unmöglich, den Sprung in der umgekehrten Richtung zu wiederholen.
»So komm doch, Ugly«, sagte Steven und beugte sich hinüber, um die Türe links zu öffnen. »Wenn du hinübergekommen bist, kannst du auch zurückspringen. Los. Herüber! Herüber, du Lump!« Er erhob mahnend die Stimme und klatschte neben sich auf den Sitz, aber Ugly, der anscheinend vergessen hatte, wie er seine Hinterbeine zu gebrauchen pflegte, geriet in eine Raserei und versuchte, sich durch den Spalt unter dem Tor durchzuzwängen, der vielleicht groß genug für einen Terrier gewesen wäre. Nachdem er seinen flachen Schlangenkopf durchgezwängt hatte, blieb er stecken mit herunterhängenden Vorderbeinen, während sein Hinterteil mit dem wie verrückt wedelnden Schweif in die Luft ragte. Seine angstvollen Augen quollen heraus wie bei einem Basedowkranken, als Steven maßvoll fluchend ausstieg und ans Tor kam. Er preßte den Kopf des Hundes zurück, klatschte auf die oberste Stange und stieß hohe ermutigende, von Armbewegungen begleitete Rufe aus. Ugly ging rückwärts und beugte die Hinterbeine zum Sprung, während er mit den Vorderbei-

nen trampelte wie ein Pferd. Steven merkte, daß er selbst auch die Knie beugte in dem Bestreben, den Hund über das Tor zu bringen, aber es wurde nichts daraus. Ugly fuhr einfach fort zu trampeln und machte keine Miene zu springen. Sein ganzer Körper schien zu schreien: »Ich kann nicht! Ich kann nicht!«
»Der Teufel hole dich«, sagte Steven und machte sich daran, den Draht, mit dem das Tor befestigt war, loszumachen.
An einem aufgerissenen Finger saugend, setzte er die Fahrt nach London fort, während Ugly zusammengekauert dahockte und nach neuen Freuden Ausschau hielt, bis ein plötzliches Halten bewirkte, daß er seine Nase gegen die Windschutzscheibe schlug, worauf er in seine Schneckenkuchenlage zurückkehrte und augenblicklich einschlief.

Im Sommer 1939 bedeutete eiliges Fahren auf der Great West Road dasselbe wie ein Versuch, den altmodischen Walzer in einem überfüllten Saale zu tanzen; der wohlwollendste Fahrer konnte da zu einem Menschenfeind werden.
Niemandes Reise konnte so dringend sein wie die eigene. Jeder andere war ein Verbrecher, eine Gefahr für die Öffentlichkeit. Lastautos mit umfangreichen Hinterteilen hatten sich verschworen, die Straße zu versperren. Die Verkehrslichter hatten sich verschworen, bei einer Annäherung rot zu werden. Alle diese dumm aussehenden Leute, die sich in sitzender Stellung durch den Raum tragen ließen – diese flachstirnigen Jünglinge, die Mädchen, deren Gesicht nur aus einem Mund zu bestehen schien und aussah wie eine in einen bunten Schal gebundene geplatzte Rübe, die ehrbar steifbehuteten Männer, die hintereinander saßen wie auf Schienen, die Reichen, so sehr daran

gewöhnt, gefahren zu werden, daß der Nacken ihres Chauffeurs ihnen so vertraut war, wie ihr eigenes Gesicht im Spiegel, die ängstlich ihre Richtungssignale gebende ältere Frau, der Autobuschauffeur, der wußte, daß er bei einem Zusammenstoß am besten davonkam – alle diese Leute hatten sich auf die Straße begeben zu dem einzigen Zweck, sie zu verrammeln. Es gab zwei Methoden, mit dem Problem fertigzuwerden, an einem Sommerabend zwischen sechs und sieben Uhr nach London hinein oder aus London herauszukommen. Die eine war, sachte dahinzufahren, immer die gleiche Distanz zu dem Mann vor dir einzuhalten, stehenzubleiben, wenn er stehenblieb, und anzufahren, wenn er anfuhr, und nicht, wenn das gelbe Licht erschien, die Finger nicht auf der Hupe und die Augen nicht auf der Uhr ruhen zu lassen, sich nicht zu sorgen, denn wenn man zu spät kam, so kam man eben zu spät, und es gab nichts, wodurch man es hätte verhindern können, außer daß man etwas wie einen Hubschrauber an seinem Auto anbrachte, das einen aus dem Gedränge heraushob. Die andere Methode war die, so nah wie möglich an den Vorderwagen heranzufahren und dann scharf zu bremsen, sofort auf einen niedrigeren Gang umzuschalten und die Kuppelung fest eingeschaltet zu halten, die unter deinem Fuße zitterte wie ein wildes Pferd, so daß man vorwärts schießen konnte, sobald der andere Mann, durch dein Tuten aufgeschreckt, sich langsam bewegte. Steven zog diese Methode vor. Wenigstens gab sie einem eine Illusion von Geschwindigkeit.

Während er so dahinkroch und hielt und wieder anfuhr und in ab und zu entstehende Lücken hineinschoß, merkte Steven, wie er seinen Abend wieder und wieder einteilte und sich im Geiste einen Stun-

denplan seiner Visiten machte und ausrechnete, wann er zu Hause sein würde. Das Auto in die Garage tun: zehn Minuten. Abendessen, während er den Artikel von Blanchard über Verbrennungen las, den er schon seit drei Tagen lesen wollte, eine Zigarette, die Nachrichten hören, dann ins Ordinationszimmer und die Schreibmaschine hervorholen und die große vollgestopfte Schreibmappe mit dem Bild, das dem Herzog von Windsor glich, wie er im Zylinder auf einem gelben Pferde über ein sechs Stangen hohes Tor setzt.
Wenn er an den Kreuzungen Glück hatte, konnte er gegen sieben bei Mrs. Casson sein. Eine Viertelstunde bei ihr – dann konnte er um halb acht bei der kleinen Marshall auf der anderen Seite des Parks sein. Dort wieder eine Viertelstunde – wohl eher eine halbe Stunde, wenn Marion Marshall zu Hause war. Dann käme er etwas nach acht spätestens zu Mrs. Dudley. Er würde die Person im Sanatorium bis zuletzt lassen, da dieses nur eine Minute von seinem Hause entfernt war. Es würde vielleicht besser sein, zuerst den Wagen in die Garage zu stellen und zu Fuß hinzugehen. Der Teufel hole diesen kriechenden Haufen Kinderwagen vor ihm! Wenn er sie nicht überholte, so wußte der liebe Himmel, wann er in die Stadt kam. Sagen wir zwanzig Minuten bei Mrs. Casson, wenn der Mann da war und ihm ein Gläschen anbot, was aber nicht anzunehmen war. Er konnte den kürzeren Weg über Lisson Grove nehmen.
Mehr als einmal erwischte er sich bei diesen unfruchtbaren Überlegungen und Einteilungen, eine Gewohnheit, die in der letzten Zeit zugenommen hatte, besonders wenn er müde war oder viel zu tun hatte. Das Mißliche bei solchen Einteilungen und

Vorfreuden auf die Freizeit war die kindische Enttäuschung, die er empfand, wenn nicht alles plangemäß ablief.

Alls Steven in der Heston Road auf den Wechsel der Verkehrslichter wartete, öffnete er im Geiste schon seine Haustür mit dem halbkreisförmigen Oberlicht. Die Uhr in der Diele zeigte halb neun. Ugly stürzte zur Küchentreppe, und seine Nägel klapperten auf dem Linoleum, als er zu seinem emaillierten Schüsselchen hinunterflitzte. Zehn Minuten von Mrs. Dudley zum Sanatorium, fünfzehn Minuten dort, vielleicht, wenn es ging, ohne unhöflich zu werden, nur zehn Minuten – – genug, Steven.

»Zwangsneurose«, sagte er laut. »Demnächst werde ich anfangen, Knöpfe zu zählen, Ugly.« Und er streckte die Hand aus, um den Kopf des Hundes gegen seinen Hals zu pressen – ein etwas grober Zärtlichkeitsbeweis, den dieser liebte. Ugly wachte auf, erhob sich etwas und krachte gegen die Windschutzscheibe, als der Baby-Ford vor ihm, in dem einige mit künstlichen Blumen geschmückte Mädchen in weiten Kaninchenfellicapes saßen, plötzlich zur Seite schwang, um einem zusammengekrümmten Radfahrer in schwarzem Alpakarock Platz zu machen, der sich plötzlich entschlossen hatte, rasch ein wenig nach Richmond zu fahren.

Mrs. Eularia Casson war unangenehm, aber gewinnbringend. Sie litt an chronischem Ischias, der immer akut wurde, wenn ihr Mann oder ihr Sohn sie vernachlässigte, der erstere seiner Geschäfte wegen, der letztere wegen des eleganten und mondänen Gesellschaftskreises, in den Cassons Marmeladen ihn eingekauft hatten. Sie wohnte in der Fitzjohns Avenue in einem Hause, aus dem an ungeeignetsten Stellen Balkone und rote Türmchen herauswuchsen. Vor dem Haus wurde für teures Geld ein Alpengarten instand gehalten, den nie jemand ansah. Auf dem Kiesplatz zwischen Garten und Haus stand ein dunkelblauer Packard komplett mit Chauffeur und Casson juniors grüner Jaguar komplett mit Automobilklubabzeichen und einem nackten Mädchen aus Chrom auf der Kühlerhaube.

Der Chauffeur, der den Packard mit einem Sämischleder putzte, hielt inne, um Stevens grauem Buick einen Blick zuzuwerfen, den Blick eines Jockeys, der es sich leisten kann, ein schönes Jagdpferd zu bewundern, und machte eine träge Bewegung, wie um Steven die Tür zu öffnen. Aber dieser war schon aus dem Auto gestiegen und die Vordertreppe hinaufgelaufen. Ein Diener öffnete ihm die eine Hälfte der Doppeltür.

In der Halle ließ sich Mr. Casson gerade von einem säuerlich dreinblickenden Dienstmädchen in den Mantel helfen. »Ach, da sind Sie ja, Sheppard«, sagte er. »Meine Frau erwartet Sie schon seit dem Tee. Sie hat einen schlechten Tag gehabt.«

»Das tut mir leid«, sagte Steven. »Ich kann am Donnerstag nie früher kommen.«

»Ach ja, viel zu tun – wer hat nicht viel zu tun?« sagte Mr. Casson, der wie eine Birne aussehende Sohn eines Obstzüchters aus Neuseeland, der sich bemühte, der Vorstellung Hollywoods von einem großen Geschäftsmann nahezukommen, die Verdauungsstörungen eingeschlossen, wie Steven wußte. »Muß selbst gerade zu einer Konferenz – so spät am Abend noch. Diese blöden Kriegsgerüchte.«

»Glauben Sie, daß es jetzt schon zu so etwas kommt?« fragte Steven, der etwas Bestimmtes im Auge hatte, das ihm oft durch den Kopf ging.

»Kann schon sein«, sagte Casson, nickte weise mit

dem Kopf und versuchte seine fleischigen Lippen zu einem grimmigen Strich zusammenzupressen. »Ich wäre gar nicht überrascht, wenn wir alle noch vor Jahresende in Uniform stäken.« Er straffte heroisch seine runden Schultern und rückte vor dem Spiegel den schwarzen Filzhut zurecht, den ihm der Diener reichte.

»Ich würde mich zur Flotte melden«, sagte Steven, seinem Gedanken Ausdruck gebend.

»Oh, seien Sie unbesorgt. Man wird Sie nicht nehmen«, sagte Casson, indem er seinen kurzen Arm ausstreckte und mit den Fingern winkte, damit man ihm Stock und Handschuhe gebe. »So einen berühmten Spezialisten werden sie nicht nehmen.«

»Dich werden sie auch nicht nehmen, mit deinen Plattfüßen und deinem Bauch, du dummer alter Fettklumpen«, dachte Steven und wartete – wie ein Installateur, der wegen der Wasserspülung gekommen war –, bis das Mädchen Mr. Casson abgebürstet hatte und ihn hinaufführen konnte.

Mrs. Casson gehörte zu jenen umfangreichen und im wörtlichsten Sinne ›unbeugsamen‹ Leuten, die nie aussehen, als ob sie sich behaglich fühlten, nicht einmal im Bett. Und dies war ein wunderbares Bett, ein Bett, das einer ausgebreiteten Wolke glich. Die schimmernde Bettdecke war aprikosenfarben, und von der Wand zu ihren Häupten hingen Draperien in gleicher Farbe herunter.

Der Teil von Mrs. Casson, der unter den Bettüchern war, glich einer Schlummerrolle, die ein die Schule schwänzender Junge in sein Bett steckt, um den Aufseher irrezuführen, und der andere Teil, von einem straff anliegenden, tief ausgeschnittenen Nachthemd bekleidet, quoll über die Kissen zur Seite heraus. Sie war weiß bepudert und hatte orangefarbene Lippen;

die spitzen Ausbuchtungen der Oberlippe reichten bis zu ihren Nasenlöchern. Unter dem Chiffonturban kamen flache schwarze Locken hervor. Im Kamin brannte ein elektrisches Feuer, und die Vorhänge des westseitigen Fensters waren zugezogen, um die Abendsonne abzuhalten. Gegen die Scheibe des anderen Fensters schlug vergeblich der Zweig eines blühenden Baumes im Garten. Das Zimmer roch nach Mrs. Casson und nach Mrs. Cassons Freundin in Affenhaar, die mit einem Cocktail in der Hand im Lehnsessel saß. Mrs. Casson richtete es immer so ein, daß jemand bei ihr war, wenn Steven kam. Sie war stolz auf ihn.

Das säuerliche Mädchen öffnete die Tür, blickte auf ihre dünne Nase hinunter und sagte: »Herr Dr. Sheppard, gnädige Frau.«

Steven erschien geschmeidig und leutselig: »Na, na, na, es tut mir leid, Sie wieder bettlägerig zu finden, gnädige Frau.« Und als er die Freundin erblickte, die einen Hut trug, der aussah, als hätte man eine der Dolomitenspitzen mit einem zyklamenfarbenen Band umwunden: »Oh, entschuldigen Sie. Störe ich vielleicht?«

»Nein, nein, keineswegs«, sagte Mrs. Casson und streckte ihm ihre Hand entgegen, die Handfläche nach unten, als ob sie erwartete, daß er sie küßte. »Loretta wird uns entschuldigen. Das ist Herr Dr. Sheppard, Schatz– Mrs. Schumacher.« »Sehr erfreut«, sagte Steven. »Entschuldigen Sie, daß ich Sie stören muß, aber wir schicken Sie nicht für lange weg.« Loretta wäre gerne dageblieben, und Mrs. Casson hätte auch nichts dagegen gehabt, daß sie dablieb und sah, wie sehr sich Steven für ihre Symptome interessierte, aber er trat zurück und hielt die Tür offen, so daß Loretta aufstehen und hinausgehen mußte, wo-

bei sie ihn noch mit einem raschen, abschätzenden Blick umfaßte und beschloß, ihn wegen ihres Katarrhs zu fragen.
Als er von Mrs. Casson nachgerade genug hatte, blickte Steven, während er ihren Puls nahm, auf die Uhr. Er war schon fast eine Viertelstunde da. Es war Zeit zu gehen, wenn er heute abend überhaupt noch nach Hause kommen wollte. Jetzt mußte er nur taktvoll die Leidensgeschichte unterbrechen, die sie sofort wieder aufgenommen hatte, sobald er mit dem Pulszählen fertig war. Er machte einen oder zwei erfolglose Anläufe, die sie beiseitefegte wie Fliegen, bis es ihm gelang, sich an eine ihrer Bemerkungen zu heften und sie zum Halten zu bringen.
»Können nachts nicht schlafen, wie?« flötete er besorgt. »Das gibt es nicht. Ich werde Ihnen etwas verschreiben. Ich glaube, bei Swiss Cottage gibt es eine Apotheke, die bis acht Uhr offen ist. Wenn Sie das holen lassen könnten, hätten Sie heute sicherlich eine gute Nacht.«
Er zog seinen goldenen Bleistift und den Rezeptblock aus der Brusttasche und begann darauf zu kritzeln. Während er schrieb, fing Mrs. Casson wieder an zu schwatzen, und ihre Augen verglasten sich dabei wie bei Leuten, die allzu lange über sich sprechen, aber Steven stand entschlossen auf. Er entschwand auf einer Wolke von Herzlichkeit und bemerkte, daß das säuerliche Stubenmädchen ihn etwas zu liebenswürdig fand. Er mußte Loretta bis Swiss Cottage mitnehmen, damit sie das Schlafmittel hole, aber das hatte er sich selbst zuzuschreiben.
Während sie den Hügel hinunterfuhren, erzählte sie ihm von ihrem Katarrh und versuchte, eine Gratisbehandlung zu bekommen, wie es die Leute bei Cocktailparties taten. Nun, das würde ihr nicht gelingen,

und er würde sie auch nicht den Hügel wieder hinauffahren; er machte dies ganz klar, indem er ihr auf dem Trottoir vor der Apotheke die Hand zum Abschied reichte.
Als sie sich umwandte, um den Laden zu betreten, sah er ohne Bedauern, daß Ugly ihr einige seiner weißen Haare vermacht hatte, die er auf dem Vordersitz gelassen.
In den zwei Jahren seiner Londoner Praxis hatte Steven alle Abkürzungen kennengelernt. Er wußte, welche Wege zu gewissen Tageszeiten die besten waren, welche Verkehrslampen einen nicht im Stich ließen, sondern das grüne Lichtsignal zeigten, wenn man über den Gummistreifen fuhr, und welche Ewigkeiten lang den Weg nicht freigaben, wie die an der Kreuzung der Charlotte- und Goodgestreet. Er war bald im Park und steuerte auf Chelsea los. Endlich war man mit diesen Schützengräben fertig geworden. Komisch, daß man sie, nachdem der erste Schrecken vorüber war, kaum bemerkte. Die tschechoslowakische Affäre voriges Jahr hatte einen wieder mit dem Gedanken an einen Krieg vertraut gemacht. Jeder sprach jetzt ganz munter, ja fast begierig davon, selbst solche Leute, die im vorigen Krieg mitgekämpft hatten und, wenn man C. E. Montague, Hemmingway und Remarque glauben durfte, verbittert waren. Steven selbst war fast während des ganzen Krieges in der Schule gewesen. Krieg, das bedeutete für ihn: nicht genug zu essen zu haben und daß Kameraden, mit denen er vor ein paar Monaten Cricket gespielt hatte, zurückkamen und in der Schule Ansprachen hielten, in der Glorie einer Uniform, die in den Schützengräben von Flandern gewesen war, und daß die Namen anderer Kameraden auf der immer länger werdenden Liste der Gedenktafel er-

schienen. Sobald er konnte, meldete er sich zur Marine, indem er hochdramatisch seine medizinischen Bestrebungen aufgab. Nach drei Monaten Ausbildung und drei ereignislosen weiteren Monaten, während deren er auf einem bewaffneten Schlepper an der Ostküste kreuzte, bemerkte er mit einem Gefühl von verhindertem Heldentum, daß der Krieg vorüber war und er nun doch noch in einem vernünftigen Alter anfangen konnte, Medizin zu studieren. Obwohl die Leute groß daherredeten von einem ›Kreuzzug‹ und ›für die Freiheit kämpfen‹ und ›die Welt vom Faschismus befreien‹, so waren doch ihre Privatmeinungen über den Krieg bestimmt von dem Gedanken, wie weit sie persönlich davon betroffen sein würden. Viele junge Menschen sehnten sich heimlich nach ihm als einem neuen Erlebnis, und dann wieder gab es Leute, denen er, wie ihm selbst, die Möglichkeit einer Lösung ihrer persönlichen Probleme brachte.

Oder erwarteten die meisten ihn mit solchem Gleichmut, weil selbst jetzt noch keiner glaubte, daß er in Wirklichkeit kommen würde? Selbstverständlich machte man Schützengräben im Park – daß im Park gekämpft werden würde, war undenkbar. Niemals würde London gebombt werden. Man hatte Geschichten von Luftangriffen im vorigen Krieg gehört, von Leuten, die in langen Zügen in die Untergrundbahn wanderten; wie glücklich man gewesen, wenn die Nacht naß und stürmisch war, und wie der Zeppelin in Cuffley herunterkam. Man hatte einem sogar die Stelle gezeigt, wo die Bombe heruntergefallen war, ganz nah, nur eine halbe Meile entfernt! Aber es klang alles wie ein Märchen.

Marion Marshall war zu Hause. Sie selbst öffnete ihm die Haustür mit einem: »Stee-ven!« und reckte sich in ihren glänzenden kleinen Pumps empor, um ihm einen gehauchten Kuß zu geben. Steven stand schon seit langer Zeit zu den Marshalls in einer viel innigeren Beziehung, als es die zwischen Arzt und Patient war. Marion war eine seiner ersten Patientinnen gewesen, als er die Dynsforder Praxis gekauft hatte. Sie und George Marshall besaßen unweit von Dynsford ein Wochenendhaus, und sie hatte Steven beibehalten, als er nach London kam.

Sie behauptete, daß sie es gewesen sei, die ihn zur Wimpole Street überredet und ihn eigentlich »gemacht« hatte, als er erst einmal dort war. Sie war einer jener großherzigen Menschen, die einem mit ihren Entdeckungen sozusagen ein Geschenk machen. Es hieß immer: »Wenn du nach Paris fährst, mußt du im ›Bretonne‹ absteigen – das ist das einzig mögliche Hotel« oder: »Du mußt dir die Dauerwellen diesmal von meinem Friseur machen lassen« oder: »Mein kleiner Schneider wird dir dein Kostüm machen, ich werde dir einen Brief mitgeben« oder: »Meine Liebe, du mußt zu meinem Doktor gehen. Es gibt keinen Doktor außer ihm.« Sie empfahl Steven für alles, angefangen von Ohren, Nase und Kehlkopf bis zur Psychoanalyse.

Von Zeit zu Zeit entdeckte sie irgendeinen neuen Medizinmann – einen Osteopathen oder Diätetiker oder einen, der schlechthin alles heilen konnte, nur indem er einem den Nacken streichelte. Ihre letzte Entdeckung war ein Mann, der sich einen ›logischen Naturheiler‹ nannte und der behauptete, daß das Heil des Menschen, der ja im Grunde ein Affe sei, darin läge, zu Nüssen als Nahrung zurückzukehren. Jetzt erst hatte sie Steven zu ihrer scharlachkranken Tochter holen lassen, da Kokosnußmilch und konzentrierte Cachoupillen den Ausschlag nicht hatten

bannen können. »Gott weiß, wie viele Leute sie schon damit angesteckt hat«, hatte Steven gesagt und der alten Dienstmagd, die Marions Kinderfrau gewesen war und seither schon viele Jahre hindurch für Vernunft im Hause sorgte, grimmig seine Anweisungen für Isolierung und karbolgetränkte Leintücher gegeben.
Marion führte Steven hinauf. »Es ist wie ein Spital«, sagte sie, indem sie begeistert die desinfizierte Luft vor dem Zimmer ihrer Tochter einatmete. »Du hast das wirklich fabelhaft gemacht, daß Gilly zu Hause bleiben konnte. Ich fürchtete, daß ich sie in ein Infektionsspital würde geben müssen. Sie kommen von dort immer mit etwas anderem zurück. Ja, wirklich. Gegenseitige Ansteckung.« Sie starrte Steven unter ihrem Büschel von sandfarbigen Locken hervor feierlich an. »Nancy Jordans Junge ist nach seinem Scharlach aus dem einen Tor herausgekommen und in ein anderes mit Diphtherie hineingegangen. Ich habe einmal ein Buch gelesen, in dem stand, daß es weniger gefährlich sei, in der schmutzigsten Wohnung ohne Arzt oder Hebamme ein Kind zu gebären als im modernsten Spital.«
Steven lachte. »Wie aber geht es Gilly?« fragte er.
»Nun, ich glaube, es geht ihr bestimmt besser. Unsere Nannie will es nicht wahrhaben, aber die ist immer eine Schwarzseherin.«
Steven hielt das karbolgetränkte Tuch beiseite, um sie vorangehen zu lassen, und sie betraten das Zimmer, das Gillians Schlafzimmer gewesen war, aus dem man jetzt aber Teppiche Bilder und Möbel entfernt hatte. Das vierzehnjährige Mädchen, dem das geradegeschnittene, sandfarbene Haar über das gerötete Gesicht fiel, saß im Bett in einer Angorajacke ihrer Mutter, ein Brett voll kleiner Porzellantiere auf ih-

rem Schoß. »Tag, Steven«, sagte sie, ohne aufzuschauen. »Was macht Ugly?«
»O danke, dem geht's gut. Er schickt dir einen feuchten Kuß.« Steven zog einen der weißen Mäntel an, die an der Tür hingen, und band sich eine Gazemaske über Nase und Mund. Marion tat das gleiche, indem sie die Nase unter der Maske hin und her bewegte wie ein Kaninchen, während ihre weitoffenen Augen vergnügt dreinschauten.
»Ich habe das Gefühl, als sei ich eben im Begriff, eine größere Operation zu machen«, sagte sie, als sie sich dem Bette näherten. Ihre Tochter blickte von ihrem schwierigen Spiel mit den Tieren auf und prustete heraus, das Kichern ging in Schnaufen über und dieses in einen Hustenanfall.
»Was ist denn so komisch?« fragte Marion mit Würde.
»Du«, hauchte ihre Tochter. »O Gott, du bist schuld, daß meine Augen jetzt tränen. Wo ist mein Taschentuch?« Sie wühlte in den Kissen und schüttete die Tiere auf die Steppdecke.
»Du nimmst dir wohl nie die Maske vor, wenn ich nicht hier bin«, sagte Steven und sprach hinter der Maske noch undeutlicher als sonst. »Hör zu, Marry, ich habe es dir gesagt. Wenn du dich nicht an die Vorschriften hältst, muß ich sie in ein Infektionsspital bringen.«
»Aber ich halte mich an die Vorschriften!« Durch ihren temperamentvollen Ausbruch wurde die Gaze über ihrem Mund feucht. »Ich verbringe ganze Tage damit, Wäsche einzuweichen und Sachen auszukochen. Ich habe schon fast alle alten Kinderzimmertassen zerbrochen.«
»Hm.« Steven legte seine Hand um das Handgelenk des Kindes. »Wie geht es dir, Gilly?«

»Oh, es geht ihr heute viel besser«, sagte Marion und schob ihre Maske hinauf, um besser sprechen zu können. »Ich gab ihr gestern etwas Walnußtee. Er hat Wunder gewirkt.«
»Höre mich mal an«, sagte Steven und zog sein Stethoskop heraus. »Ich wollte, du tätest solche Dinge nicht. Wer behandelt eigentlich das Kind, du oder ich?«
»Oh, natürlich du, mein Lieber, auf deine komische, altmodische Art und Weise.« Marion lachte eine Kaskade. »Du mußt mit der Zeit gehen, wenn du deine Kunden nicht verlieren willst. Prontosil! Das ist seit dem Spanischen Krieg schon nicht mehr modern.«
»Wirklich?« sagte Steven. »Das wußte ich nicht. Sei eine Minute still, bitte, während ich Gilly abhorche.«
Marion konnte nicht lange still sein. Gillians Brust glühte wie ein gekochter Hummer, und sie benutzte gleich die Gelegenheit, da der Pyjama offen war, um sich zu kratzen. Steven stieß ihre Hand weg und gab ihr einen leichten Klaps darauf. »Ist aber ein gutes Zeichen, das Jucken«, sagte er. »Schält es sich schon?« Gillian bemühte sich, nicht zu antworten, da sie wußte, daß ihre Mutter das für sie besorgen würde. »Ohrenschmerzen? Rückenschmerzen? Möchtest du oft weinen?« Gillian zog das Brett wieder herauf und begann die Porzellantiere einzusammeln.
»Strenge dich nicht an«, sagte Marion. »Ich kenne alle Komplikationen und werde es dich wissen lassen, wenn ich welche beobachte.«
Die Tür öffnete sich, und herein kam die Kinderfrau in einem salopp herunterhängenden braunen Wollkleid. Ihr graumeliertes Haar hatte sie zu einer Art Kuchen mitten auf auf ihrem Kopf zusammengedreht. Sie trat mit einem Krug Limonade an das Bett und begann die Kissen aufzuschütteln. »Nanny«,

sagte Marion streng, »wie oft habe ich dir schon gesagt, daß du einen weißen Mantel anziehen mußt?«
»Tjach«, sagte Nanny. »Ich habe keine Zeit für Maskeraden.
Und es ist auch das erstemal, daß ich Sie in so etwas sehe, wenn Sie mich fragen.«
Steven steckte seufzend Stethoskop und Taschenlampe ein. »Ich werde mit George sprechen müssen«, sagte er. »Vielleicht kann er dich zur Vernunft bringen.«
»Oh, Nanny faselt«, sagte Marion. »Jedenfalls, Steven, habe ich neulich in einem Journal gelesen, daß alle diese Vorsichtsmaßregeln absolut passé sind. Infektion sei eine rein psychische Angelegenheit, sagte der Mann. Wenn man sich vor einer Krankheit fürchtet, bekommt man sie. Wenn nicht, dann nicht. Denk an Ehrlich. Er hat nie Syphilis gehabt.«
»Denk an Macfaddyen«, gab Steven zurück, indem er den Mantel ablegte und zum Waschbecken ging. »Er starb an Typhus.«
»Er hatte schon früher einmal Typhus gehabt. Darum studierte er ihn. Wußtest du das nicht? Komm mit hinunter, und ich werde dir etwas zu trinken geben.«
»Ich kann nicht bleiben, Marion, danke vielmals«, sagte Steven, als sie hinuntergingen. »Ich muß noch einige Patienten besuchen und bin ohnehin schon spät dran.«
»Oh, Steven, du *mußt.* Ich habe dir schon einen Drink gemixt.« »Wirklich, Marion, ich möchte lieber weiter. Und es sieht nicht gut aus, wenn man die Patienten mit Gin anhaucht.« »Ach, geh.« Marion schob ihn in den Salon. »Sei nicht so unliebenswürdig. Ich sehe dich nie, und wenn du kommst, bist du kurz angebunden. Ich habe dich nicht mehr so gern,

seit du ein Modearzt geworden bist. Du warst früher nicht so hochmütig, in den alten Tagen in Dynsford. Du solltest ausspannen. Es ist alles eine Frage des Atmens. Ich werde dir einmal zeigen ... Jedenfalls will George dich sehen, nicht wahr, Liebling?«
»Was will ich?« tönte eine Stimme über die hohe Rückenlehne des Fauteuils.
»Steven sehen.«
»Ich sah ihn beim Lunch. Er hat versprochen, dieses Wochenende ins Cottage hinauszukommen.«
»Na, das ist wieder typisch«, sagte Marion. »Erst bleibst du monatelang weg, und dann, wenn du weißt, daß ich bei Gilly gut aufgehoben bin, geht ihr, du und George, zusammen ins Cottage, euch unterhalten. Ich weiß genau, wie es sein wird. Ihr werdet euch blöd aufführen. George wird den 1865er Schnaps öffnen, und ihr werdet bis zwei Uhr früh im Speisezimmer sitzen und denken, daß ihr unendlich unterhaltend seid. Und das nächste Mal, wenn ich hinkomme, werde ich den Alkohol noch in der Küche riechen.«
»Ruth kommt auch«, sagte George, das heraufbeschworene Bild auslöschend. »Und du weißt, daß du Annette und Stewart eingeladen hast.«
»O ja, natürlich. Ruth? Nun, das ist nett, obwohl ich glaube, daß sie sich letztes Mal nicht sehr wohl gefühlt hat.«
»Auf jeden Fall weiß ich noch nicht sicher, ob ich es möglich machen kann«, sagte Steven. »Ich muß warten und sehen, wie es mit der Arbeit geht.«
»Ach, du bist unmöglich.« Marion goß sich wieder aus dem Shaker ein und erzählte Steven alles, was George ihm beim Lunch gesagt hatte. »Nebenbei«, schloß sie, »wenn du Zeit finden kannst, einmal in der Woche in dieses trostlose Spital zu fahren, dann

kannst du auch Zeit finden, zu uns zu kommen. Es ist nur fünf Meilen weiter. Ich werde das Kind am Sonntag im Stich lassen und über den Tag hinunterkommen, und wenn ich dich nicht finde, werde ich – werde ich einen andern Hausarzt nehmen.«
»Würde mir ganz gut passen«, sagte Steven. »Du bezahlst ohnehin nie eine Rechnung.«
Plötzlich sah er, daß er schon zehn Minuten später dran war, als er beabsichtigt hatte, und stand auf. Schade; er hatte George und Marion gern. Es wäre nett dazubleiben, um mit ihnen zu plaudern und zu trinken und dann Dinner zu essen und Bridge zu spielen. Es wäre nett, wenn man jemand wäre, der das tun konnte.
Marion begleitete ihn hinunter. Auf der Stiege sagte sie: »Weißt du, mir ist eingefallen, du solltest dich auf Psychoanalyse werfen. Du würdest Erfolg damit haben, du hast so zwingende Augen.«
Steven lachte. »Ich tue es ja bis zu einem gewissen Grad. Wie könnte ich sonst Kranke heilen? Ich bekomme fast so viele Neurosen wie organische Erkrankungen zu sehen, nur wissen es die Opfer nicht.«
»Ich habe jemanden entdeckt, einen wunderbaren Mann«, sagte Marion und reichte ihm einen von Georges Hüten. »Ich werde mich von ihm behandeln lassen. Er zieht Sachen aus einem heraus, sagt man, wie die Yogis ihren Dünndarm. Steven, komm mit mir heute abend zum Ballett. Ich habe zwei Karten, und George will nicht gehen. Er will ein Boxmatch hören.«
»Ich kann unmöglich, Marry.« Er hatte seinen Hut gefunden und öffnete die Tür. »Ich habe eine Unmenge zu tun. Ich hab's dir ja gesagt.«
»Komm doch, wir könnten nachher irgendwo zu

Abend essen. Führe mich als deine Patientin aus. Mein Ego hat es nötig, neben dir zu sitzen und ›L'Après Midi‹ anzusehen.«
»Geh doch mit deinem Psychoanalytiker«, sagte Steven und schritt die Treppe hinunter.
»Wann kommst du wieder?« Marion schaukelte sich in der Tür hin und her wie ein Schulmädchen.
»Oh – in ein paar Tagen. Früher ist es nicht nötig.«
»Komm morgen. Ich wäre beruhigter«, sagte Marion, und ihr Gesicht wurde plötzlich ernst.

Ärzte achten selten darauf, wie ihre Krankenschwestern aussehen. Glücklicherweise merken die Schwestern das nicht, sonst würden sie ihre Bemühungen aufgeben.
Schwester Morrison jedoch fiel Steven jedesmal auf. Sie war aber auch sehenswert und hatte Beine, deren Schönheit auch die schwarzen Strümpfe nicht verhüllen konnten. Er hatte sie kennengelernt, als sie Stationsschwester am Margaretenspital gewesen, und jetzt, da sie fertig war mit ihrem Hebammenkurs, mit ›Krankenpflege in der Industrie‹ und ›Psychologische Pflege der geistig Defekten‹, holte er sie oft zu seinen Fällen. Sie war groß und biegsam und hatte eine sehr gut geschminkte, olivenfarbene Haut, und jedes Haar ihrer schwarzen Pagenfrisur war an seinem Platz. Selbst mitten im Trubel eines Krankensaals hatte sie immer ihre Gepflegtheit bewahrt, und nun, da sie in ruhigeren Gewässern segelte, war sie so blitzblank wie eine moderne Molkerei. Steven traf sie dabei an, wie sie Mrs. Dudleys Neugeborenes, ein sauberes Indianerchen, in einem schneeweißen Tuch fütterte. Wenn Schwester Morrison sie fütterte, brüllten Säuglinge nie, hatten keine Verdauungsstörungen und erbrachen sich nicht. Mrs. Dudley, ein kleines

Hühnchen von einer Frau, die im Nebenzimmer im Bett lag, sah zufriedener aus als je zuvor in ihrem Leben. Sie manikürte sich, während ihr Gatte ihr die Zeitung vorlas. Er war ein Mann ohne Meinung, am wenigsten über sich selbst, und versteckte sich hinter dicken, schwarzgeränderten Brillengläsern. Um nur das Beste, was zu haben war, für seine Frau zu bekommen, zahlte er Steven eine Menge Geld, das er sich nicht leisten konnte, sprang aber dennoch schuldbewußt auf, wenn Steven hereinkam, und stolperte beim Hinausgehen über seine Füße.

Mrs. Dudley war bei der Geburt beinahe gestorben, konnte das Kind jetzt nicht füttern und würde nie mehr ein zweites haben können und wahrscheinlich eine Quelle steter Sorge für ihren Mann bleiben. Die beiden blickten zu Steven wie zu einem Gott auf, tranken gierig seine Aussprüche und führten auch seine kleinsten Anordnungen mit vertrauensvoller Verehrung aus. Mr. Dudley hätte das ganze Haus in seinen Grundmauern herumgedreht, wenn Steven gesagt hätte, daß es nach der falschen Seite blickte. Steven, der eine Woche nach der Geburt des Kindes zugezogen worden war, hatte ihnen nicht gesagt, daß er Mrs. Dudleys Anämie nie werde heilen können. Er wußte, daß das eine Sache war, die die Leute, welche die ›Zitadelle‹ gelesen hatten, ›Ausnutzung eines einträglichen Falles‹ nannten. War es das? Oder behandelte er Mrs. Dudley weiter, weil er wußte, daß ihr Glaube an ihn sie stärken würde, wie keine Behandlung es vermochte? Er wußte es selber kaum. Er hatte nie Zeit, seine Beweggründe zu analysieren. Entscheidungen mußten instinktiv getroffen werden.

Schwester Morrison hatte im Nebenzimmer das schwächliche Baby in der Stellung eingewickelt, die

es am liebsten einnahm. Sie berichtete Steven nicht mehr und nicht weniger, als er zu wissen wünschte. Er knurrte und sah ihre Tabellen an, die wahre Kunstwerke waren.
»Sind Sie gern auf diesem Posten?« fragte er.
»O ja, Herr Doktor, er ist sehr angenehm. Mrs. Dudley ist leicht zu behandeln. Er ist eigentlich der Schwierige. Er wird immer so verlegen, wenn er bei den Mahlzeiten mit mir Konversation machen muß. Ich bin sicher, er hat durch mich eine schlechte Verdauung.«
»Wäre kein Wunder«, sagte Steven. Ihr Kleid war kurz und ihre Strümpfe so fein wie die einer Pariser Witwe. In seinem eigenen Sanatorium würde er Schwester Morrison zur Oberin machen. »Sind Sie nach diesem Posten frei?« fragte er.
»Ich bin drei Wochen frei, Herr Doktor, zwischen diesem und einem anderen Wochenbettfall. Aber ich hatte eigentlich daran gedacht, mir ein wenig Ferien zu leisten.«
»Nun, überlegen Sie es sich«, sagte Steven. »Ich möchte, daß Sie einen arteriosklerotischen Zeitungsbesitzer übernehmen. Wenn irgend jemand ihn vor einem Schlaganfall bewahren kann, so sind Sie es. Seine gegenwärtige Pflegerin geht gerade noch rechtzeitig, bevor sie selbst einen bekommt.«
»Hm, Herr Doktor, ich habe mir diese Ferien eigentlich fest vorgenommen«, sagte Schwester Morrison, die genug hübsche Verehrer hatte, als daß irgendein Zauber, den Steven bei ihr etwa anwenden mochte, ihr Eindruck gemacht hätte.
»Natürlich, wenn Sie glauben, daß Sie es nicht werden leisten können«, murmelte er und nahm seine Tasche auf.
»Ach, keine Idee. Ich werde es natürlich annehmen,

wenn Sie mich wirklich brauchen.« Schwester Morrison entschied, daß sie das Geld vielleicht mehr brauchte als die Ferien; und Steven ging und sagte sich, wie gut er doch die Frauen zu behandeln verstünde.

Nach der mittleren Durchschnittszeit der verschiedenen Uhren in der Oxfordstreet war es acht Uhr. Im Vorbeifahren sah Steven in der Auslage eines Restaurants kalte Hühner, Tomaten und eine Pyramide von glänzenden Äpfeln und wurde hungrig. Der Lunch mit George schien schon sehr lange vorbei zu sein, und für keines Menschen Magen konnten Schwester Graingers Zimtkuchen als »Tee« gelten. Nur noch eine Visite, und die würde er so schnell machen, als es zu vereinbaren war mit dem Betrag, den diese langweilige Frau ihm bezahlte. Er konnte dann spätestens um halb neun zu Hause sein und würde noch einen langen Abend vor sich haben. Ruth würde wahrscheinlich nicht vor elf zurückkommen. Es wurde gewöhnlich ziemlich spät, wenn sie allein zum Dinner ausging, denn wenn Steven nicht da war und ihr mit Grimassen das Zeichen gab, konnte sie sich nie entschließen, zu gehen.
Nach der Unmenge von Blumen und tropischen Früchten in Mrs. Maclarens Zimmer im Sanatorium zu schließen, hätte man glauben können, daß sie viel mehr eingebüßt habe als bloß den Blinddarm. Sie war eingerahmt von einer duftenden Girlande und umgeben von ausgestopften Tieren mit Schleifen, von Bonbonnieren, den allerneuesten Romanen und bunten Journalen, Körben voll Pfirsichen und Ananas und einer riesigen Melone, die sicher verderben würde, bevor es der Besitzerin einfiel, sie zu verschenken. Sie machte Steven ein Schmollmündchen in ih-

rem weiten Nachthemd, das mit seinem hochgeschlossenen Rüschenkragen und den langen Ärmeln viktorianisch schicklich gewirkt hätte, wenn es nicht so vollkommen durchsichtig gewesen wäre.
Er hätte gewünscht, sie würde ihn nicht vor den Schwestern »Sheppy« nennen. Ein schlankes Mädchen in weißer Schwesternhaube ordnete mit der beleidigten Miene, die Krankenschwestern in luxuriösen Sanatorien annehmen – als wollte sie sagen: »Dafür habe ich Krankenpflege gelernt« –, Nelken in einer Vase auf dem Toilettetisch, den Mrs. Maclaren hatte umstellen lassen, damit sie sich zu allen Stunden sehen konnte, ohne einen Handspiegel emporheben zu müssen.
Steven tat zuerst drüben bei den Blumen den üblichen Ausruf: »Wie schön«, während Mrs. Maclaren sich zurücklehnte und auf sein Näherkommen wartete. Seine übertriebene Liebenswürdigkeit war ein Versuch, den Ton rauher Intimität abzuwehren, den Mrs. Maclaren immer anschlug. Die Schwester, die um acht Uhr hätte gehen sollen, machte sich bedeutungsvoll an der Tür zu schaffen, aber als Steven sagte: »Warten Sie nicht länger, Schwester, ich brauche Sie nicht«, erinnerte sich Mrs. Maclaren an ihren Orangensaft, der in den Kühlschrank gestellt worden war. Würde Vickey vielleicht ein Schatz sein und ihn holen, wenn sie deswegen nicht zu spät zu ihrem Rendezvous kam? »Ist diese fröhliche Intimität mit der Schwester nicht reizend?« fragten ihre Augen Steven. Schwester Vickers gehorchte mit Anstand und schlug nicht einmal die Tür hinter sich zu, sie dachte nur: »Ich hoffe, sie wird mit einem ordentlichen Geschenk herausrücken, wenn sie geht, das ist alles.«
»Nun«, begann Steven. »Die Schwester sagt mir, man habe Ihnen gestern die Fäden herausgezogen.«

»Gott sei Dank, daß es vorüber ist.« Sie schloß eine Sekunde lang die Augen. »Sir Bruce kam und zog sie selbst heraus.« Natürlich, dachte Steven. Fergie war einer jener Chirurgen, die immer mit großartiger Wichtigkeit daherkamen, um kleine Handgriffe zu tun, die die Schwestern spielend hätten machen können. In einem Fall war er täglich gekommen, um in den Allerwertesten eines Kabinettsministers Leberextraktinjektionen zu machen – für jedesmal eine Guinea. »Er ist ein Charmeur, nicht wahr?« schnurrte Mrs. Maclaren. Also dies war heute die Marschroute: Sie würde ihn halb verrückt machen vor Eifersucht, indem sie fortwährend von einem andern Mann redete. Das vorige Mal war ihre Taktik gewesen, einen ausgestopften Panda zu streicheln und an sich zu drücken, und das vorletzte Mal lag sie in blasser Hilflosigkeit hingegossen da. Es wäre ganz interessant gewesen, ihre Technik zu studieren, aber leider eine Zeitvergeudung.

»Ich dachte, Sie würden am Morgen kommen«, sagte Mrs. Maclaren, die sich seit neun Uhr fast ununterbrochen geschminkt und aus Angst, ihr kupferrotes Haar zu zerraufen, auf ihr Mittagsschläfchen verzichtet hatte.

»Nein, ich habe den ganzen Tag schwer gearbeitet und mir das Angenehme bis zum Ende aufgehoben«, sagte Steven galant. »Wie man sich einen guten Wein aufhebt, wissen Sie.«

Mrs. Maclaren bäumte sich wie ein kurzhalsiges Pony. Es war erstaunlich, auf was für primitive Schmeicheleien derartige Frauen hereinfielen. Durch so einfache Mittel erhielt man eine fashionable Popularität aufrecht. Sie würde wahrscheinlich nie wieder krank sein, aber Steven wußte, daß sie fortfahren würde, ihn hin und wieder zu konsultieren. Nun, es war ihr

Geld; wenn sie Lust hatte, es zu vergeuden, so war das ihre Sache. Steven konnte es brauchen, obwohl es ihm leid war um die Zeit, die für wirkliche Fälle hätte verwendet werden sollen. Das Leben wäre so einfach, wenn man nicht Geld verdienen müßte.
Mrs. Maclaren war froh, daß die Schwester hinausgegangen war. Auch Steven war froh, aber aus anderen Gründen. Es war schwieriger für ihn, sein Theater aufzuführen, wenn sich jemand Vernünftiger unter den Zuhörern befand. Mrs. Maclaren schien ganz zufrieden mit dem Theater und fuhr mit ihrem eigenen fort, indem sie sich über den Charme und das Können des Chirurgen erging, der wahrscheinlich nicht wußte, wie irgendein anderer ihrer Körperteile außer ihrem Abdomen aussah; sie schloß: »Sie sollten keine so gut aussehenden Chirurgen empfehlen, wissen Sie, Sheppy. Sie wollen doch nicht, daß andere auf Ihrem Gebiet wildern. Ein Cocktailchen angenehm? In der Lade ist etwas Gin, und irgendwo ist ein Tropfen Cognac. Um diese Zeit pflege ich gewöhnlich ein Schlückchen zu nehmen, um meine Leiden zu erleichtern.«
»Weiß Sir Bruce davon?«
»Freilich!« Sie ließ ein trillerndes Lachen hören. »Er hat auch einen getrunken, das letzte Mal. Er ist ein ganz amüsanter Knabe. Wollen Sie nicht einen? Oh, Sie sind langweilig.« Sie ließ sich zurückfallen, vergrub ihr Kinn in den weißen Chiffonrüschen und schnitt eine jämmerliche Grimasse. »Au, meine Operation. Das zwickt gar nicht schlecht. Glauben Sie, daß ich eine große Narbe haben werde?«
»Würde Ihnen das viel ausmachen?«
Sie sah ihn von der Seite an. »Was meinen Sie?«
»Genug«, sagte er. »Ich gehe, bevor ich mich festlege.«

Im Hinterhof, wo Steven seinen Wagen hielt, bürstete der O-beinige kleine Mann aus der Garage des Nebenhauses den drahthaarigen Bodenbelag seines Taxis aus.
»Abend«, sagte Steven und verschloß die Doppeltüre der Garage wieder. »Schöner Abend, Uncle, nicht?« Dies war keine so intime Anrede, wie es scheinen mochte; der Mann hieß wirklich Onkel, gleichsam ironischerweise, denn sein einziger Neffe oder seine einzige Nichte war ein zu früh zur Welt gekommenes Kind seiner Schwägerin mit deformiertem Gaumen und Wackelkopf.
Die kinderlose Mrs. Uncle, die in einer Gummischürze und Lockenwicklern über der Garage ihr Wesen trieb, litt darunter, daß alle Leidenschaft ihres Mannes seinem Taxi galt. Es war ein schimmerndes Wunder von einem Taxi, von der rundbauchigen Art, wie eine Tramway, mit Schiebetüren vorn und weißgetünchten Gummireifen. Wie eine fanatische Hausfrau mit dem Scheuerlappen in der Hand hinter einem Besucher herstürzt, der ihre Schwelle mit schmutzigen Schuhen betritt, so pflegte Uncle jeden Hagel ignorierend, zwei- oder dreimal am Tage, das Schildchen mit »Taxi« eingezogen, durch die Pfützen nach Hause zu eilen, um die Räder des Wagens zu reinigen.
»-bend, Herr Doktor.« Er grüßte Steven nur mit *einer* Silbe wie er es auch am Morgen zu tun pflegte, und fuhr fort, die Matte anzuzischen wie ein Stallknecht.
»Sieht fabelhaft aus«, sagte Steven und blieb stehen, um das Taxi zu bewundern, dessen pflaumenfarbenes Hinterteil sein Bild konvex wiedergab wie ein Spiegel auf einem Jahrmarkt.

Der Frühlingsabend war jetzt wundervoll, blaßblau schimmerte er über den Schieferdächern und Kaminen. Eine leichte Brise brachte einen schwachen Duft von Straßenteer und Mandelblüten heran. Er hatte sich darauf gefreut, nach Hause zu kommen, aber jetzt war es schade, ins Haus zu gehen. Doch wenn er es nicht tat, würde nichts mehr vom Abend übrigbleiben. Wie schön, wenn man jemand wäre, der nicht seinen Tag zusammenstückeln mußte wie ein Zusammensetzspiel, jemand, der zehn Minuten oder mehr vergeuden durfte, indem er eigenartige Persönlichkeiten in Hinterhöfen anredete, oder der eine Stunde im Park spazierengehen konnte, ohne die Empfindung zu haben, daß, wenn diese Stunde für immer vorbei war, das Zusammensetzspiel nie ausgehen würde. Wenn er einmal in Pension ging, würde er in einem kleinen Dorf in Shropshire auf der Leeseite des Long Mynd wohnen, von einem Ende des Dorfes zum andern schlendern und den ganzen Tag in nutzlosen Gesprächen mit den Einwohnern verbringen. An andern Tagen würde er vorbeigehen, ohne auch nur eine Seele zu sehen, nicht einmal sich selbst, denn er würde nicht einmal Lust haben, in einen Spiegel zu schauen.

Er pfiff Ugly, der sich bei den Abfallkübeln zu schaffen gemacht hatte, verließ rechts herum den Hof, bog wieder rechts in die Wimpole Street hinein und lief dann auf der rechten Seite der Straße die vier schwarzweißkarierten Stufen hinauf zu seiner Haustür. Rechts waren zwei Messingschilder über zwei Glocken angebracht und links ein grüner Handgriff, auf dem »Dienerschaft« stand, und der vor undenklichen Zeiten bewirkt hatte, daß Glocken über der Küchentür gegen Drahtgewinde schlugen.

Steven hatte das hohe Regency-Haus gemietet und

ein Parterrezimmer an einen Zahnarzt untervermietet. Sie benutzten das Wartezimmer gemeinsam und teilten sich in die Abonnementskosten für die Magazine, über die hinweg die Patienten sich feindselig ansahen und überlegten, zu wem der andere wohl käme, und wie lange sie würden warten müssen.

Er schloß die Haustür auf, betrat die gewichste, völlig unpersönliche Halle und suchte sich seine Briefe aus dem Haufen hervor, den man wahrscheinlich erst gebracht hatte, nachdem Miss Minden nach Hause gegangen war. Einer war für Ruth mit einer Briefmarke aus Malta von ihrer Schwester Ursula. Er ließ ihn liegen, damit sie ihn sah, wenn sie heimkam. Ugly war schon um die nadelscharfe Biegung zur Küchentreppe verschwunden, von der jetzt der Duft von Koteletts und Blumenkohl heraufkam – die gute alte Mrs. Hankey. Steven hängte seinen Hut hin und ging nach oben auf den Cocktailschrank im Salon zu. Auf halbem Weg, wo die Treppe sich wandte, war ein Erker, der auf den Streifen kiesbestreuten Gartens hinter dem Haus ging. Im Alkoven gab es einen mit Kretonne überzogenen Fenstersitz, und dies war sicherlich ein idealer Freiluftplatz gewesen in den Tagen, wo man in diesem Haus große Gastereien gab für Töchter in Taftkleidern, mit gepufftem Haar und romantischen Phantasien.

Aus dem Eßzimmer kam dann wohl der Lärm der das Dinner vorbereitenden Dienstmädchen und gemieteten Lakaien, und aus dem Salon tönten die Klänge eines Quartetts. Dort, wo der Lärm und die Klänge zusammentrafen, standen junge Männer in engen Hosen, drehten an ihren Handschuhknöpfen und überlegten, was um Himmels willen sie zu den blumengleichen, unnahbaren Mädchen sagen sollten,

die ihrerseits sich die Hirne zermarterten nach einer Antwort auf dieselbe Frage.
Aber niemand saß jetzt dort außer Ruths Mutter, deren Herz eine kurze Rast nötig hatte auf dem anstrengenden Weg zum Salon hinauf. Auf der einen Seite des Fensters stand auf einem hohen Mahagoniständer eine Vase mit Lupinen, und auf der andern zeigte eine eingelegte Standuhr halb neun.
Er würde rasch zu Abend essen und sich dann an die Arbeit machen. Ruth hatte das Radio wieder nicht abgedreht. Wenn sie die Lichtrechnung zu bezahlen hätte, wäre sie sicher achtsamer. Aber als er die Salontür öffnete, roch er Eau de Cologne, und da saß Ruth auf einem Sessel neben dem Kamin, der mit künstlich gefärbten Binsen gefüllt war; sie las nicht, nähte nicht, hörte auch anscheinend Eric Coates nicht zu, sondern saß einfach da in dem bis zum Hals geschlossenen Hauskleid aus gewachstem Chintz, das ihre Büste zu umfangreich erscheinen ließ, und wartete auf Steven.
Als Mädchen war sie rundlich und rotwangig gewesen und hatte reiches kastanienbraunes Haar gehabt, das der Stolz ihrer Mutter war. Sie hatte es nie abschneiden lassen und trug es jetzt in der Mitte geteilt. Es floß in Wellen, die sie jede Nacht mit Kämmen feststeckte, in den losen Knoten im Nacken zurück. Mit ihren fünfunddreißig Jahren hatte sie noch immer eine sehr schöne Haut, und es gab Frauen, die es als Ungerechtigkeit empfanden, daß Ruth mit so wenig Mitteln die Wirkungen erzielte, um derentwillen sie in Schönheitssalons litten und viele Stunden an ihrem Toilettetisch verbrachten. Da sie nicht rauchte und selten trank, war ihre Haut auch am frühen Morgen frisch. Sie hatte eine schmale Nase, die nie glänzte, und ihre etwas zu dicht nebeneinander-

liegenden, haselnußbraunen Augen waren immer klar und die Hornhaut so weiß, daß sie fast blau schimmerte. Sie zupfte ihre Augenbrauen nicht, und obwohl sie von Natur eine gute Form hatten, machte ihre Dichte den Zwischenraum zwischen ihnen und dem Haaransatz noch schmaler. Ruths Kinn war unentwickelt; sie hatte es sich angewöhnt, sich in die Lippen zu beißen und kleine, nervöse Grimassen mit dem Mund zu schneiden, so daß man jetzt nie mehr seine hübsche, weiche Form sehen konnte, die Steven zuerst in den gesicherten Tagen auf der Isle of Wight wahrgenommen.

Als Steven sie heiratete, war ihre Figur noch nicht aus der Form gegangen. Sehr nett hatte sie ausgesehen in ihrem Hochzeitskleid, das ihre festen und vollen jungen Brüste, den milchweißen Nacken, auf dem die Perlen ihrer Mutter doppelt so gut aussahen wie auf dem Schildkrötenhals ihrer Eigentümerin, und die milchweißen Schultern gut zur Geltung brachte. Die Photographie, die auf dem Klavier im Salon stand, zeigte sie vor der Kirchentür, ihr Schleier hob sich in der Brise, die vom Solent herüberkam, sie trug den Kopf, auf dem das schwere Haar etwas zu tief in die Stirne hing, hoch vor Stolz darüber, daß sie jetzt mit dem großen, jungen Mann sicher verheiratet war, der ungezwungen neben ihr stand, seine Finger in den ihrigen verschränkt. Er war sehr schlank und seine Beine sehr lang in den tadellosen gestreiften Hosen, und sein Haar war so schwarz und glänzend wie sein Zylinder.

Aber seit der Geburt ihres Kindes hatte Ruth ihre Schlankheit nicht zurückgewonnen. Sie nahm nicht so sehr an Fett wie an Gewicht zu, das hinaufgeschoben und hinaufgedrückt werden mußte, und sie verlor die Geschmeidigkeit ihrer Jugend, ohne deren lin-

kische Bewegungen zu verlieren. Mit dreißig war sie schon frauenhaft, hatte aber weder Gleichgewicht noch Anmut. Sie lief unschön mit schwerem Tritt und hatte ungeschickte Hände. Mrs. Hankey hatte ihr verboten, Glas oder Porzellan zu waschen, worüber Ruth sich nicht weiter kränkte, da sie Hausarbeit nicht besonders liebte. Das einzige, was sie zubereiten konnte, waren Süßspeisen, die sie manchmal machte, wenn die Hankey ihren Halbtagsausgang hatte. Sie verbrannte sich die Finger dabei und verdarb sich den Appetit für das Dinner, indem sie große Mengen von Zuckerwerk verzehrte, bevor es erkaltet war.
Auch jetzt stand eine Schachtel mit Schokolade neben ihr. Sie hatte gerade ein Stück in den Mund gesteckt, als Steven hereinkam, und wandte sich ihm langsam kauend zu, die Lippen mit einem der Chiffontüchelchen abtrocknend, die sie gerne in ihrem Gürtel trug.
Steven wußte, daß er in gehobenem Tonfall »Abend, Ruth« hätte sagen sollen, aber bevor er es verhindern konnte, hatte sich seine Stimme enttäuscht gesenkt.
»Ich dachte, du seist zum Dinner ausgegangen, Schatz?« Er ging zum Fenster hinüber, wo der Cocktailschrank aus Rosenholz offen stand; das Licht brannte darin.
Ruth drehte sich herum und sah ihm, das Kinn in die Hand gestützt, über die Stuhllehne hinweg nach. »Ich war zu faul. Ich ging hinauf, um ein Bad zu nehmen, da dachte ich plötzlich daran, was für schrecklich gepfefferte Sachen Betty einem immer vorsetzt, und ich hatte keine Lust mehr. Ich weiß wirklich nicht, warum ich zusagte, aber sie lud mich telefonisch ein, und ich konnte mich nicht rechtzeitig auf eine Ausrede besinnen.«

»Ich würde meinen, es sei leichter, am Telefon eine Ausrede zu gebrauchen, als sie jemandem ins Gesicht zu sagen«, murmelte Steven, ihr den Rücken zukehrend.
»Ich war leider nie eine gute Lügnerin. Ich wollte, ich wäre eine.« Sie beobachtete ihn lächelnd. »Manchmal denke ich, daß, wenn ich dir je untreu wäre, du sofort draufkommen würdest.«
»Und warst du mir untreu?« fragte Steven und hob eine leere Flasche gegen das Licht. »Hör mal, wo ist denn der ganze Cognac hingekommen?«
»Nein, Liebling, was für eine dumme Frage. Natürlich nicht.« Ruth kicherte. »Oh, sieh her, ich habe dir einen Cocktail gemixt. Du brauchst dir keinen zu machen. Er steht dort auf dem Kaminsims.«
Als Steven das Glas aufnahm, hinterließ es einen nassen Ring auf dem Holz.
»Hat sich Betty nicht geärgert, als du ihr im letzten Augenblick absagtest? Sie hat sich wahrscheinlich für zwei Bridgetische eingerichtet.«
»Ich habe nicht mit ihr gesprochen. Ich ließ Welsh sie anrufen und ihr sagen, ich sei nicht wohl. Ich bin tatsächlich heute nicht ganz auf der Höhe und war sehr froh, daß ich nicht ausgehen mußte. Ich dachte, ich bleibe zu Hause und leiste dir Gesellschaft. Ich wollte mit dir auch etwas besprechen, worüber ich mir Sorgen mache. Was ist los – schmeckt dir der Cocktail nicht?«
»Jetzt sehe ich, wo der ganze Cognac hingekommen ist, das ist alles«, sagte Steven und blickte mit schiefem Gesicht auf das Glas. »Schönen Dank, trotzdem, meine Liebe.« Er trat wieder an den Cocktailschrank.
»Nun, du weißt, ich konnte nie Cocktails mixen«, sagte Ruth selbstzufrieden.
»Warum tust du es dann?« murmelte Steven in die

Ginflasche hinein. »Es ist kein Eis da, Ruth. Läute nach diesem Frauenzimmer.«
»Oh, ich möchte lieber nicht.« Ruth richtete sich auf. »Sie trägt jetzt wahrscheinlich das Abendessen auf. Ich will sie nach dem Vorfall heute morgen nicht wieder aufregen.« »Was war heute morgen los?«
»Darüber eben wollte ich mit dir sprechen. Aber nicht jetzt. Trink aus, oder nimm das Glas mit hinein. Geh dich waschen, und dann werde ich dir alles beim Dinner erzählen. Ich habe Steingarnelen bekommen.«
Das ursprüngliche Speisezimmer des Hauses mit der hohen Decke, der dunkelroten Holztäfelung und dem grabmalähnlichen Kamin war im Parterre gewesen, rechts von der Haustür. Dieser Raum war jetzt das Wartezimmer und in geistiger wie auch sachlicher Hinsicht verwandelt. Die Veränderung bestand nicht nur darin, daß der massive Tisch mit den Klauenfüßen, an dem bequem zwölf Leute sitzen konnten, durch einen kleinen viereckigen Tisch aus gutem Mahagoni ersetzt worden war, auf dem eine Messingschale mit Blumen stand und Zeitschriften an allen vier Seiten aufgehäuft waren, als ob jemand mit ihnen Karten spielen wollte; auch nicht darin, daß die Garnitur von zwölf hochlehnigen Sesseln, zwei mit Armlehnen für Mama und Papa, einer bequemeren hatte weichen müssen, auch nicht darin, daß Bilder von Segelbooten und Gänsen von Peter Scott jetzt die verblichenen Flecke bedeckten, welche die dunkelgewordenen Ahnengemälde hinterlassen hatten, noch auch darin, daß das geräumige Buffet (mit Gott weiß was für Künsten) durch die Türöffnung entfernt worden war – sondern darin, daß die ganze Atmosphäre des Raumes nun kalt und unwohnlich war wie die eines Korridors. Früher einmal war

es ein Raum gewesen, in dem bei anregender Geselligkeit eine unglaubliche Anzahl von Gängen leicht verdaut werden konnte. Jetzt hätte dort niemand auch nur ein pochiertes Ei verdauen können. Steven hatte die Einrichtung der Ordinationsräume von dem Arzt übernommen, der das Haus vor ihm bewohnt hatte, und seine eigenen Möbel in die oberen Zimmer gestellt, in denen er und Ruth wohnten. Ihr Eßzimmer war im ersten Stock, genau über dem L-förmigen Salon. Es gab einen Speisenaufzug und eine Hintertreppe aus dem Souterrain herauf, so daß es nicht geschehen konnte, daß Patienten einem nach oben gehenden Lunchtablett oder Staubsauger oder einem nach unten gehenden Bündel Schmutzwäsche begegneten. Nur wenige Patienten wußten, daß Steven sozusagen »über dem Laden« wohnte.

Ugly war im Eßzimmer, als er und Ruth hereinkamen; er wiegte sich vor dem elektrischen Feuer mit geschlossenen Augen hin und her, das Bild eines Hundes, der sich röstet, nur daß das Feuer nicht brannte. Plötzlich gähnte er, streckte sich mit den Hinterbeinen flach gegen den Boden wie ein Windhund und kam dann heran, um sich neben Stevens Stuhl zu setzen. Steven gab ihm eine Kartoffel, die er mit hervorquellenden Augen verschluckte.

»Ich wollte, du würdest ihn nicht bei Tisch füttern«, sagte Ruth. »So erzieht man einen Hund nicht.«

»Liebling, Ugly kümmert sich seit Jahren nicht um Erziehung. Er macht sich seine eigenen Gesetze. Glücklicherweise sind es sehr vernünftige.«

»Er ist jedenfalls viel zu groß für London. Man hätte ihn nie vom Land hereinbringen sollen. Warum schickst du ihn nicht für einige Zeit in einen Zwinger? Der, wo Marion ihren Cairn-Terrier scheren läßt, ist sehr gut.«

»Dabei fällt mir ein, Ruth,« sagte Steven, ihren Vorschlag übergehend, »George und Marion wollen, das wir dieses Wochenende nach Four Winds kommen. Wir müßten wirklich hinfahren, wir sind schon unendlich lange nicht dort gewesen.«
Ruth sagte rasch, indem sie die Stirn ängstlich runzelte: »Ach, Steven, ich kann nicht. Mein graues Flanellkostüm ist in der Putzerei, und für mein neues Leinenkostüm ist es nicht warm genug.«
»Dann zieh was anderes an.« Steven war mit dem Essen fertig und sah seine Post durch, während seine Augen und mehr noch sein Geist mit einem Brief beschäftigt waren, in dem ein Arzt seine Meinung über eine Mitralstenose hören wollte. »Du hast doch eine Unmenge Kleider oben.« »Aber keines paßt fürs *Land.*« Ruth hatte eine sehr leidenschaftliche Art zu sprechen. Sie hob die wichtigsten Worte eines Satzes heftig hervor, und das machte ihre Redeweise unruhig. Nie warf sie unbestimmte, leichte Bemerkungen hin, die ungehört verhallten. Selbst wenn sie leichte Konversation machte, hielt sie die Worte so fest nieder wie einen Fesselballon. »Und Marion sieht immer so comme il faut aus«, fuhr sie fort. »Es ist natürlich leicht für sie, sie kann Hosen tragen und Jungmädchenkleider, aber wenn ich bei ihr bin, habe ich immer das Gefühl, zu städtisch auszusehen. Das ist dumm, nicht, wo ich doch auf dem Land aufgewachsen bin? Aber meine Mutter legte immer gerade deswegen Wert darauf, daß wir nicht schlampig herumgingen. Sie würde in Ohnmacht fallen, wenn sie Marion und Gillian in ihren bunten Drillichhosen sähe. Sie machen eher den Eindruck von Schwestern als von Mutter und Tochter.«
»Was liegt daran, was du anhast?« fragte Steven auf-

blickend. »Guter Gott, in Four Winds ist alles möglich. Erinnerst du dich nicht an Georges schreckliche Fußballhosen und sein kariertes Hemd?«
»Ich finde, er sieht schrecklich aus«, sagte Ruth. »Wer weiß, was die Leute im Ort denken. Ich *könnte* natürlich das gelbe Kleid mit den großen Taschen tragen. Aber da habe ich wieder keine dazu passenden Schuhe.«
»Du kaufst doch fortwährend Schuhe«, sagte Steven. »Das ist ja eine von deinen Krankheiten. Du hast Tausende von Paaren in deinem Schrank. Ich öffnete ihn neulich, als ich meine Hausschuhe suchte.«
»Aber irgendwie habe ich nie welche, die zu den Kleidern passen, die ich anziehen will.«
»Hör mal«, sagte Steven und schlitzte ein anderes Kuvert auf. »Was ich wissen will, ist: kannst du mitkommen oder kannst du nicht? Hast du etwas vor?«
»Nein, Steven, ich kann mitfahren, wenn du fährst, das weißt du doch.«
»Ich weiß noch nicht, ob ich frei sein werde. Ich dachte, du könntest morgen nachmittag vorausfahren, und ich würde am Abend nachkommen, wenn ich mich freimachen kann. Wenn nicht, werde ich versuchen, am Samstag zu kommen.« »Nein, nein.« Ruth legte Messer und Gabel hin. »Ich fahre nicht ohne dich. Ich werde warten und Samstag mit dir im Wagen hinfahren.«
»Sei nicht dumm, Liebling. Vielleicht kann ich überhaupt nicht wegkommen, und dann kommst du um ein Wochenende auf dem Land bei diesem herrlichen Wetter. Es werden sicherlich auch gute Tennisspieler dort sein, das wird dir Spaß machen.« Ruth schüttelte wieder den Kopf mit einem Blick auf das Mädchen, das mit dem Fuß klopfend ungeduldig am Speisenlift stand. »Ich fahre nicht ohne dich. Sie wür-

den es auch nicht gern sehen. Ich weiß, daß sie mich nur einladen, weil ich deine Frau bin.«

»Na, hör mal, Ruth!« Manchmal machte sie ihn so zornig, daß er sie hätte schlagen mögen. »Gott sei dir gnädig, wenn du anfängst solche Dinge zu denken. Der Teufel hole alle Introvertierten«

»Ach, Steven, das ist es nicht. Aber du weißt, ich bin schüchtern. Ich war immer schüchtern.«

»Ja, schüchtern. Du bist krankhaft introvertiert. Es ist lächerlich, wenn eine Frau deines Alters behauptet, daß sie nicht auf eigenen Füßen stehen kann. Was soll aus dir werden, wenn ich sterbe?«

Ruth stützte sich mit beiden Händen auf den Tisch und lehnte sich leicht vorwärts. Jetzt kam etwas Gefühlvolles. »Ich bete manchmal, daß ich zuerst sterben möge.«

Steven konnte sie nicht ansehen, wenn sie so etwas sagte. »Nun, das wirst du aber nicht«, sagte er und lachte, »wenn ich so weiterarbeite ohne einen Feiertag.« Er hörte sie Atem schöpfen, um die gewohnte Litanei aufzusagen, warum sie nicht wegfuhren, ganz allein, wie auf einer zweiten Hochzeitsreise, aber Welsh kam dazwischen mit gebackenen Bananen und Sahne. Sie waren sehr süß und zuckrig, aber Ruth verlangte, daß sie den Zucker auf den Tisch stelle. Danach aß Steven Käse und Keks, und Ruth stocherte in einer Glasschüssel unter den Schokoladen herum.

»Nun, was ist mit dem Wochenende?« fragte Steven, ließ etwas Käserinde zwischen Uglys Alligatorenkiefer fallen und schob seinen Stuhl zurück. »Rufe Marion jetzt gleich an. George sagte, er könnte dich morgen gleich nach dem Lunch abholen und dich mitnehmen.«

»O Steven, ich kann nicht. Voriges Mal spielten sie so

schwierige Spiele mit Bleistift und Papier. Ruf du sie an, und sage ihnen, daß ich mit dir zusammen kommen werde.«

»Keine Zeit. Habe eine Unmenge zu tun. Schau, es ist fast neun Uhr. Trinken wir den Kaffee im Salon, dann können wir die Nachrichten hören.«

»Was willst du denn heute abend tun? Gehst du noch mal aus?«

»Nein, ich habe heute schon genug für die Menschheit gearbeitet. Jetzt werde ich einmal ein wenig für mich arbeiten.« »Willst du schreiben?«

»Jawohl.« Steven stand auf und bürstete seine schwarzweiß gestreiften Hosen ab.

»So!«

»Übrigens«, sagte er und ließ sie durch die Tür vorangehen, »du wolltest mir doch etwas Wichtiges sagen?«

Ruth kniff ihn in den Arm und blickte über ihre Schulter nach Welsh hin, die ohne viel Begeisterung Teller in den Aufzug stellte. »Nicht jetzt«, flüsterte sie, »ich werde es dir gleich sagen.«

Ruths Erzählung ihrer häuslichen Schwierigkeiten begleitete die wichtigsten Radionachrichten. Sie unterbrach sie, als Welsh mit dem Kaffee erschien, und nahm sie gleich wieder auf, während Steven den neuesten Kommentaren zu dem Bündnis zwischen Italien und Deutschland zuzuhören versuchte.

Unten in der Küche sagte Welsh zu Mrs. Hankey und dem Hausmädchen, mit denen sie zu Abend aß: »Sie hat ihm erzählt, was ich zu ihr gesagt habe.« Sie war ein blutarmes, mageres Mädchen mit matten Augen und kraftlos herunterhängenden Handgelenken und trotz ihres braunen Kleides und Organdyschürzchens nicht elegant genug, um einer Wimpole Street-Klientel die Tür zu öffnen. Ruth, die zu den Frauen gehörte, die glauben, was in den Inseraten steht, hatte sie aufgenommen, weil sie gute Zeugnisse besaß und mit dem Zunamen gerufen wurde. Sie saß jetzt am Tisch, den rechten Ellbogen aufgestützt, und stocherte mit der Gabel in ihrem Essen herum, während sie mit der herunterhängenden Hand am Schuhabsatz zerrte.

»Was war es doch, was du sagtest, Phyll?« fragte das Hausmädchen, das eine so gute Erziehung genossen hatte, daß es jeden bewunderte, der es wagte, grob zu werden.

»Ich hab es dir schon einmal gesagt. Muß ich mir mein Mundwerk vielleicht ganz abnutzen, weil du die Sachen nicht gleich beim ersten Mal verstehst?« sagte Welsh, die auch ungefragt ihr Gespräch mit Ruth wiederholt hätte. »Ich sagte zu ihr: ›Hören Sie, Mrs. Sheppard,‹ sagte ich, ›wenn Herr Dr. Sheppard und Mr. Nosgood sich wirklich beklagt haben, daß ich die Haustür nicht schnell genug öffne, dann sollten sie mir das persönlich sagen.‹ ›Ja, ich wiederhole nur, was sie mir gesagt haben‹, sagte sie, schon ein wenig unsicher, ob sie im Recht ist, ›mehrere Patienten haben sich beklagt, daß man sie vor der Tür hat warten lassen.‹ ›Na, das ist das erste Mal, daß ich so etwas höre‹, sagte ich. Und dann sagte ich zu ihr: ›Oben lasse ich mir von Ihnen befehlen, gnädige Frau. Unten lasse ich mir nur von den Herren Doktoren befehlen.‹« Mrs. Hankey schüttelte langsam ihr breites, rotes Gesicht. »Es war nicht recht von Ihnen, Phyll. Sie hätten sie nicht so behandeln sollen.«

»Sie macht mich rasend«, sagte Welsh. »Sie versteht so viel vom Haushalt wie der liebe Augustin, und doch glaubt sie, sie kann mir befehlen.«

»Schließlich«, sagte Mrs. Hankey feierlich und lud

sich einen Haufen von Himbeermarmelade auf das dick mit Butter bestrichene Brot, »schließlich sind wir bei ihr angestellt. Da hilft nichts. Eine Dame hat 's Recht, denen ihre Meinung zu sagen, die sie bezahlt. Zupfen Sie nicht an Ihrem Schuh, Phyll.«

»Na, sie braucht nicht zu glauben, daß ich auf ihr Geld angewiesen bin«, sagte Welsh, spießte eine Kartoffel auf die Gabel und blickte sie mit Begeisterung an, bevor sie sie in den Mund steckte. »Er ist richtig. Ich arbeite gern für ihn. Möchte auch gern mit ihm spielen.« Sie zwinkerte dem entsetzten Hausmädchen zu. »Ja, und dann sagt sie: ›Ist Ihnen nicht gut, Welsh? Soll der Herr Doktor Sie vielleicht wieder untersuchen? Vielleicht brauchen Sie ein Tonikum?‹ Hach, hoffentlich nicht so ein Tonikum, wie was er mir das letzte Mal gab – sticht mir mit einer Nadel in den Oberschenkel, der freche Kerl.«

»Man sagt aber, er ist ein sehr tüchtiger Doktor. Einmal war doch sein Name in der Zeitung, weil er die Schauspielerin behandelt hat – wie hieß sie doch nur –, die's auf der Bühne erwischt hat.«

»O ja, bei den Frauenzimmern ist er sehr tüchtig«, sagte Welsh. Sie setzte sich nur so weit aufrecht als nötig war, ihre Tasse zum Nachfüllen hinzureichen, und sank wieder zusammen. »Glauben Sie, ich habe keine Augen im Kopf und sehe nicht, daß er viel mehr Frauenpatienten hat als Männer? Mich wird kein Doktor drankriegen zum Heiraten, ich hab bei zu vielen gearbeitet. Machen alle gern Seitensprünge, und die Frauen wissen nichts. Da haben Sie's – da läutet das Telefon wieder. Nicht eine Minute hat man Ruhe, nicht einmal beim Essen. Wartet mal, ob die Gnädigste abhebt. Faule Person.« Sie lehnte sich in ihrem Sessel zurück und horchte, den Kopf zur Seite geneigt.

Das Telefon läutete weiter. »Gehen Sie nicht abheben, Phyll?« fragte Mrs. Hankey vorwurfsvoll.
»Sie braucht nur quer durch den Salon zu gehen. Ich muß hinauf in die Halle laufen.«
Im Parterre wurde eine Tür geöffnet, und Stevens Stimme ertönte: »Zum Teufel warum geht denn niemand zum Telefon? Welsh, wenn es für mich ist, ich bin nicht zu Hause.« Ruth und Welsh hoben gleichzeitig jede ihr Hörrohr ab und führten eine dreiseitige Konversation mit einer angstvollen Stimme am andern Ende, bis Ruth endlich bemerkte, was los war, und sagte: »Schon gut, Welsh, danke. Ich antworte schon. Ach, entschuldigen Sie«, sagte sie zu der Stimme, die jetzt nicht nur angstvoll, sondern auch verwirrt klang, »ich sprach nur zu dem Mädchen.«
Vor der Tür zum Ordinationszimmer blieb Ruth stehen und horchte auf das immer wieder unterbrochene Klappern der Schreibmaschine; ein Anlauf, dann eine lange Pause, was bedeutete, daß Steven nachdachte; dann wieder ein wütender Anlauf, als ob er seine Gedanken festzunageln versuchte, bevor sie entwichen. Klopfen oder nicht klopfen? Es ist wirklich abgeschmackt und unwürdig, an des eigenen Gatten Tür klopfen zu müssen wie ein Dienstbote, dachte Ruth, die, ihr langes Hauskleid raffend, in der Halle stand, aber Steven konnte es nicht leiden, wenn man ihn störte. Es war ohnehin ganz einerlei, denn er antwortete nicht auf ihr Klopfen, und so öffnete sie die Tür. Steven blickte unwillig über seine Schulter.
»Mrs. Crosbie ist am Telefon. Willst du mit ihr sprechen?« »Ich sagte dir ja, daß ich nicht zu Hause bin«, antwortete Steven und wandte sich wieder dem Schreibtisch zu.
»Entschuldige, Liebster, aber das letztemal, als sie

anrief, ärgertest du dich, daß ich dich verleugnete, denn du hättest gerne mit ihr gesprochen.«
»Nun, heute will ich *nicht* mit ihr sprechen«, sagte Steven und tippte weiter. Ruth wartete einen Augenblick, ob er noch etwas hinzufügen würde; dann ging sie hinaus. Auf dem Tisch in der Halle sah sie einen an sie gerichteten Brief und setzte sich auf die eichene Truhe, auf die die Leute gewöhnlich ihre Hüte legten, um ihn sogleich zu lesen.
Ursula schrieb genau, wie sie sprach. Sie ist sehr amüsant, dachte Ruth und stellte sich das kleine lebhafte, blonde Persönchen als die Seele von Malta vor, genauso, wie sie die Seele von Seaview, Fareham, Weymouth und Gibraltar gewesen war – überall wo sie mit Sandy gelebt, hatte sich ein ganzer Sternenhimmel von Seeoffizieren mit ihren Frauen um die beiden gedreht. Es war ein stehender Scherz in der Familie, was für ein Glück es gewesen sei, daß Ursula noch nicht erwachsen war, als Ruth Steven kennen lernte. Man nahm an, daß Ruth, die mit Steven sicher verheiratet war, sich nichts daraus machte, daß er und Ursula so gerne beisammen waren, und auch nichts aus ihren vertraulichen Scherzen, die sie immer zu verstehen vorgab. Sandy gab nie etwas vor. Er sonnte sich in seinem Ruf, unfähig zu sein, etwas zu würdigen, was über die »Tolle Woche« im »Palladium« hinausging.
Ruth, die Steven gerne noch etwas Freundliches sagen wollte, bevor sie wieder hinaufging, öffnete die Tür zum Ordinationszimmer: »Ich habe gerade einen Brief von Ursie bekommen. Ich muß dir vorlesen, was sie darüber schreibt, wie sie den Höchstkommandierenden zum Dinner hatten.« Ungleich ihrer klügeren Schwester neigte Ruth dazu, von Sandys Regimentskameraden als von »No. 1«, dem »Chef«

und dem »Unteren« zu sprechen, genau wie sie Steven nachahmte, indem sie von »Streptos« und »Staphylos« sprach und ihre Anfälle von Übelkeit als »D. und V.« bezeichnete. Sie las ihm Ursulas Geschichte vor, wobei sie die Stelle, auf die es ankam, verdarb und eine Seite zurückblättern mußte, um sich zurechtzufinden.

»Ha, ha«, sagte Steven und tippte weiter.

Als sie gegangen war, hörte er auf zu schreiben, riß das Blatt aus der Maschine, zerknüllte es und warf es nach unsterblicher Autorenmanier in den Papierkorb. Er hatte Unsinn geschrieben, während Ruth im Zimmer war, weil er wußte, daß er sie am raschesten loswurde, wenn er weitertippte. Bevor sie ihn unterbrochen, hatte er, sich vortastend, sein Hirn von dem Gedankengerümpel zu reinigen versucht, das die Ereignisse des Tages dort zurückgelassen hatten. Nach halbstündiger Plackerei war er dem wunderbaren Zustand durchaus noch nicht nähergekommen, da bloß erdachte Dinge so wirklich werden, daß sie die Seele ungerufen heimsuchen und nicht erst in unwilligen, steifen, unnatürlichen Haltungen hineingezogen werden müssen. Nur ein- oder zweimal in seinem Leben hatte er lange genug mit der Schreibmaschine allein bleiben können, um sich in jene Verzückung hineinzusteigern, wo die Phantasiewelt zur Realität wird, der Leib ganz Hirn ist und weder Hitze noch Kälte noch Hunger spürt, und wo der Dichter in einer Einsiedlerhöhle oder mitten auf dem Piccadilly Circus sein könnte, ohne wahrzunehmen, daß er anderswo ist als in den Worten, den einzig wahren Worten, die jetzt auf dem Papier sichtbar werden, so daß er ausruft: »Ich hab's!«

Jahrelang hatte Steven zu denen gehört, die sagen: »Ich könnte natürlich auch einen Roman schreiben, wenn ich nur Zeit dazu hätte.« Dann war Mark Stainer mit seinen Magengeschwüren zu ihm gekommen. Kein Wunder, daß Mark Stainers Magen durchlöchert war wie ein Sandstrand nach einem Regen. Er war ein Verleger, die treibende Kraft seines Unternehmens, arbeitete fünfeinhalb Tage der Woche in seinem Büro, empfing viele Leute und wies noch mehr ab, lud Autoren diplomatisch zum Mittag- und Abendessen ein, las Bücher und Manuskripte bis zum Morgengrauen – und fand irgendwie noch Zeit, jedes Jahr mindestens einen Roman zu schreiben. Als Steven sich eines Tages von ihm verabschiedete und sagte: »Ich würde natürlich gerne einmal etwas schreiben, wenn ich nicht so viel zu tun hätte«, wurde er plötzlich der Hohlheit seiner Worte inne und wünschte, er hätte sie nicht geäußert. Wenn dieser ausgemergelte, magenkranke kleine Kerl mit der domartigen Stirn die Zeit dazu fand, warum konnte er es nicht? Offenbar war es nicht notwendig, aufs Land zu ziehen, die Telefondrähte zu durchschneiden und sich alle Freunde zu entfremden, um ein gutes Buch zu schreiben. Seit einiger Zeit ging ihm eine Geschichte im Kopf herum, die Geschichte eines Arztes, aus seinem eigenen Leben genommen, aber von einer Folgerichtigkeit und Wohlgeformtheit, die das Leben nicht besitzt.

So hatte er sich eine Schreibmaschine gekauft und, als er einmal zum Fischen ins Wyetal gefahren war, zu schreiben begonnen. Mark Stainer hatte ihm versprochen, sein Buch zu veröffentlichen oder jedenfalls, es zu lesen. Und Ruth hatte ihren Freunden erzählt: »Steven schreibt ein Buch.«

Am Anfang behandelte er seine Sitzungen mit der Schreibmaschine mit Ehrfurcht. Eine heilige Stille wurde dem Haus auferlegt. Man stürzte ans Telefon

und zur Haustür, um das Läuten abzukürzen; man verschob die Mahlzeiten zu seiner Bequemlichkeit. Manchmal schlich Ruth sich in die Halle und blieb vor der Tür zum Ordinationszimmer stehen; sie lächelte, wenn das Tippen wie Maschinengewehrfeuer klang, und runzelte mitfühlend die Stirn, wenn das Rattern nur ruckweise zu hören war. Sie wußte nicht, daß das Maschinengewehrfeuer gewöhnlich nur bedeutete, daß Steven etwas abschrieb, was er schon geschrieben hatte, und daß er in den langen Pausen, da sie sich ihn, den Kopf in die Hand gestützt, in tiefen Gedanken vorstellte, wahrscheinlich im Zimmer herumging, zum Fenster hinaussah, sich im Laboratorium die Hände wusch oder sich gar dem Befund eines Patienten wieder zuwandte – allem, was immer die körperliche Qual erleichterte, ein Buch zu schreiben, das nicht geschrieben werden wollte.
Denn der Roman ging nicht gut vorwärts. Sein Titel, »Der reißende Strom«, war das einzig Fließende darin. Nach einiger Zeit wurde Ruth es müde, mit gedämpfter Stimme zu fragen: »Wie geht es damit?« und Steven nur mit einem Knurren antworten oder von etwas anderem reden zu hören. Sie hatte sich ausgemalt, wie er ihr einzelne Kapitel vorlesen und sie um ihre Bewunderung oder ihren Rat bitten und wie sie ihm beides geben würde. Er würde das Buch »Meiner Frau« widmen oder »R., ohne die dieses Buch usw. usw.« Er hatte ihr noch nichts daraus vorgelesen. Einmal als er zu einem Patienten weggerufen wurde und die Schreibmappe mit dem Pferdekopf auf dem Schreibtisch hatte liegen gelassen, hatte sie verstohlen ein wenig darin geblättert und war enttäuscht gewesen, es so durchschnittlich zu finden. Es war wie das Buch irgendeines Beliebigen. Aber Steven war nicht irgendein Beliebiger, und sein Buch

hätte anders sein müssen: wie – das konnte Ruth, deren literarische Erfahrung sich auf die Auswahl des Mädchens in der Leihbibliothek beschränkte, nicht sagen. Es war natürlich großartig, daß Steven überhaupt schreiben konnte, aber Steven konnte ja alles, was er anpackte.

Ihr Interesse an dem Roman erlosch bald. Er war nur noch eine Störung, etwas, was Steven die Mahlzeiten versäumen ließ, ihn verdrossen machte und sie ihres Rechtes beraubte, bei ihm zu sein. Sie fragte nur selten nach dem Buch und wagte es oft, ihn zu unterbrechen, während er schrieb.

Nachdem sie jetzt das Zimmer verlassen hatte, ließ Steven die Hände müßig auf den Tasten ruhen und horchte, wie sie schweren Schrittes hinaufging und oben die Diele überquerte. Er versuchte, sich in den Operationssaal zurückzuversetzen, wo er seinen jungen Helden verlassen hatte, der gerade seinen ersten Kaiserschnitt machte. Dieser Teil, wie er ihn geplant hatte, sollte den Lesern das Drama und die Schönheit einer großen Operation vergegenwärtigen: das wunderbar aufgebaute Kreisrund der Szene, deren Mittelpunkt der strahlend beleuchtete Fleck pulsierenden Gewebes ist, um den die gesichtslosen, weißen Gestalten sich dicht drängen wie Maden. Hinter ihnen die Instrumente, die die äußersten Strahlen des großen flachen Lichtkörpers auffangen. Dahinter, halb im Schatten, kreisen die Sterne zweiter Größe und hinter ihnen steigen die Reihen der bewegungslosen Zuschauer hinauf in das Dunkel der hohen Kuppel. Die Konzentration aller Augen, Ohren, Gedanken, Hoffnungen und Pläne steigert Kunstfertigkeit und Mißgriffe gleichermaßen und spannt die Nerven zu solcher Reizbarkeit, daß manchmal der geringste Scherz, die Spannung zerreißend, wie ein

Windstoß wirklichen Humors durch die ganze Gruppe fährt; und dann die Begeisterung, die auf die unvermerkte Anspannung folgende Müdigkeit, das Bewußtsein des Vollbrachten, welche sich selbst der Lehrschwester mitteilen, die sich mit den blutigen Tüchern im Ausgußraum abmüht.
Aber nichts von alledem kam aufs Papier. Es war lächerlich, er konnte die Dinge nicht beschreiben, die er so genau kannte, daß er sie nicht wirklich zu sehen brauchte, um sie innerlich wahrzunehmen. Wenn es sich noch um Grubenarbeiter gehandelt hätte oder die Fremdenlegion oder die Unterwelt von Chicago, so hätte er es verstehen können. Aber das – das müßte doch von seinen Lippen fließen wie freie Rede.
Er hatte dies einmal Mark Stainer geklagt, und dieser hatte erwidert: »Aber mein lieber Dr. Sheppard, warum quälen Sie sich? Sie sind ein ausgezeichneter und erfolgreicher Arzt. Warum wollen Sie, der das alles kann, darüber schreiben? Das ist etwas für uns, die wir das nicht können und uns für unsre Unfähigkeit zu entschädigen suchen.« Das war Mark Stainers Art zu reden, in pedantisch gedrechselten Phrasen, die die Leute glauben machten, daß sie etwas bedeuteten. »Wenn nicht der Drang zu schreiben in Ihnen stärker ist als alles andere,« fuhr Stainer fort, »so bleiben Sie bei Ihrer Medizin und preisen Sie Gott dafür, daß Sie Ihr Leben aus erster Hand statt aus zweiter leben können.« Er schaute Steven unter dem Dom seiner Stirn hervor mit seinem samtigen Blick gerade an. »Sie tun das Gute unmittelbar, wir nur mittelbar, wenn überhaupt.«
»Aber ich möchte ungeheuer gern schreiben«, hatte Steven entgegnet. Dies hätte eigentlich eine ärztliche Konsultation sein sollen, aber die Rollen waren zeit-

weilig vertauscht. Während sie von Mark Stainers Fach sprachen, war er das Orakel und Steven der eifrige Schüler. »Ich weiß, daß ich schreiben könnte,« fuhr er fort, »wenn ich nur Zeit dazu hätte.«

»Ach Zeit!« seufzte Mark mit seiner schwachen, körperlosen Stimme, indem er die Hände erhob und wieder auf die Knie fallen ließ. »Zeit ist ein Gut, das unsereiner so entschlossen suchen muß wie den heiligen Gral. Wenn Sie wirklich schreiben wollen, werden Sie die Zeit dazu finden.« »Ich will«, wiederholte Steven, »Gott weiß, warum, aber ich weiß, daß ich will.«

Der Psychologe wendet seine Kunst selten auf sich selbst an. Steven, wohlgeübt, die Beweggründe seiner Patienten zu analysieren, durchschaute seine literarischen Bemühungen nicht als das, was er bei den anderen sehr eindrucksvoll »Fluchtsymbole« genannt hätte. Er würde den »Reißenden Strom« wahrscheinlich ebensowenig vollenden, wie er beim Tennisunterricht oder bei den abendlichen Squash-Stunden durchgehalten, jenes weltabgeschiedene Fischergasthaus wieder besucht oder die immer geplante einsame Wanderung mit Ugly unternommen hatte. Diese Dinge erfüllten eine Zeitlang ihren Zweck, aber das angestrebte Ziel wurde damit nicht erreicht – die Flucht vor den Menschen, die immer noch mehr von ihm erwarteten, als er ihnen gab.

Wenn man schrieb, war man mit sich selbst allein – darum wollte er schreiben.

Von den Prüfungen und Spielen in der Schule angefangen, war er sein Leben lang erfolgreich gewesen in allem, was er unternahm. Daher sah er nicht ein, warum er nicht etwas aus diesem Buch sollte machen können, wenn es nur einmal niedergeschrieben war.

Wenn es nur einmal niedergeschrieben war ... Seine

Zigarettendose war leer, und er erhob sich, um das Paket aus seiner Arzttasche zu holen. Wo zum Teufel war diese Tasche? Sie war nicht im Ordinationszimmer und auch nicht auf dem Tisch unter dem Kleiderrechen, auf den er sie gewöhnlich warf, wenn er heimkam.
»Ruth!« rief er hinauf. Sie hatte die Salontür geschlossen und das Radio angedreht. Er ging hinauf und fand sie an ihrem Sekretär, wo sie zu einem unnötig lauten Variétéprogramm Briefe schrieb.
»Schon fertig?« Sie sah erfreut auf.
»Nein. Wo, zum Teufel, ist meine Tasche?« Er stellte im Vorbeigehen das Radio leiser und begann, das Zimmer zu durchsuchen.
»*Ich* weiß es nicht, Schatz. Wo hast du sie hingelegt, als du nach Hause kamst?«
»Wenn ich das wüßte, würde ich sie nicht suchen«, brummte er. Er war sonst sehr ordnungsliebend, und daß er seine Tasche verlegte, war eine seiner wenigen Schwächen. Kaum je legte er sie zweimal auf dieselbe Stelle, und einzig Miss Minden, die sich einbildete, ihn besser zu kennen als er selbst, war imstande, sie rasch aufzustöbern. Ruth suchte sie immer sehr umständlich, fand sie aber nur selten, selbst wenn sie in ihrem Schlafzimmer war.
Auch jetzt stand sie auf und begann im Zimmer herumzuwandern, suchte zweimal an denselben Orten und folgte Steven, als er hinausging.
»Laß nur«, sagte er. »Ich werde sie schon finden. Ich wollte ja nur eine Zigarette.«
»Warum sagtest du das nicht? Ich habe eine Unmenge hier oben.«
»Ich sagte: eine Zigarette, nicht die scheußlichen, runden Dinger, die du kaufst. Aber es macht nichts. Es war mir nicht so dringend damit.«

»Wie geht es vorwärts?« Sie blieb oben auf der Treppe stehen, während er hinunterging. Er tat, als hörte er nicht, und schlug die Tür des Ordinationszimmers hinter sich zu.

Er überlas, was er geschrieben hatte. Sein Patient lag nun auf dem Operationstisch, und sein Chirurg hatte Mantel, Maske und Handschuhe an. Es war sehr langweilig. Wenn es ihn langweilte, wie würde es auf den Leser wirken? Er starrte vor sich hin auf das Briefgestell und folgte seinem geschwungenen Oberteil mit den Augen, ordnete Miss Mindens Blumen auf der Tischecke neu, ohne sie zu berühren, und beugte den Kopf, um sein Spiegelbild aus dem Glas von Turners »Venedig« an der gegenüberliegenden Wand zu entfernen. Er stand auf und ging dorthin, wo er es sehen konnte. Da, jetzt sah er es. Er konnte nicht aus dem Fenster schauen, die Musselinvorhänge waren zu dicht. Er sah sich im Spiegel vor dem Kamin, neigte sich vor und überlegte, ob er so alt aussah, wie er war. Erst neulich hatte er zu Ruth gesagt: »Ich erinnere mich genau, wann ich mein erstes graues Haar bekam. Es war gerade hier im Scheitel. Carol riß es mir aus.« Sie hatte ihn von der Seite angesehen, und er hatte das verbotene Thema fallen gelassen. Er bürstete sein Schläfenhaar hinauf, daß es sich lockte, und strich es mit der Hand wieder flach. Wenn er nur eine Zigarette hätte, das würde ihn wieder in Gang bringen. Er spazierte behutsam den Kaminvorsatz entlang und erwog, was er jetzt schreiben würde. Dann trat er in das kleine Untersuchungszimmer und stellte sein Gewicht fest. Vielleicht sollte er wieder nach seiner Tasche suchen? Die Krankengeschichte der Frau mit dem hohen Blutdruck war drin. Sollte er nicht Mrs. Crosbie anrufen? Vielleicht brauchte sie ihn wirklich. Alles, alles, was nur einen gültigen Grund abgab, die Mühe des Schreibens aufzuschieben. Schließlich mußten Dichter auf Eingebungen warten – warum nicht auch er? Aber er hatte schon genug geschrieben, um zu wissen, daß die Muse nicht aus dem blauen Himmel zum Schriftsteller herabgeschwebt kommt, sondern nur zögernd sich ihm nähert, eine Hand auf dem Rücken, nachdem er ihr in hartem Ringen den Weg gebahnt hat.

Das Telefon läutete, und er erhob sich und starrte es an. Als es schwieg, nahm er die Muschel ab und hörte Ruth sagen: »Dr. Sheppard ist leider nicht zu Hause. Kann ich ihm etwas ausrichten?«

»O Gott«, sagte eine weibliche Stimme. »Ich glaube, ich sollte ihn eigentlich nicht belästigen, aber ich wollte ihn nur fragen, was ich tun soll. Meine Kleine nämlich ... Er behandelt sie wegen ihres Herzens. Sie ist eben aufgewacht und« – die Worte überstürzten sich – »sie gefällt mir gar nicht.«

»Hier ist Dr. Sheppard«, unterbrach Steven.

»Oh, ich dachte ...« sagte Ruth vorwurfsvoll.

»Oh, man sagte mir, Sie wären ausgegangen, Herr Doktor«, rief Mrs. Crosbie.

»Bin eben zurückgekommen«, antwortete Steven energisch. »Was ist los mit dem Kind, wie?.. So ... so ... sie kann nicht? Gut, ich komme sofort. Halten Sie sie warm.«

Er rief die Oxygen-Gesellschaft an und gab ihnen die Adresse, suchte wieder nach seiner Tasche und erinnerte sich, daß er sie im Auto liegen gelassen hatte. Ugly, der mit seinem sechsten Sinn immer voraussah, wann man ausgehen würde, wartete schon in der Halle und sprang mit sich drehendem Schweif die fliesenbelegten Stufen hinunter. Während Steven zur

Garage hinüberlief, dachte er ohne Bedauern an den unausgeführten Kaiserschnitt in der Schreibmaschine und sagte sich: »Es ist unmöglich, beides zu vereinigen. Kein Wunder, daß ich das Buch nicht fertig bekomme.« Doch war er Mrs. Crosbie nicht böse, sondern sehr dankbar dafür, daß sie ihm eine stichhaltige Entschuldigung geliefert hatte, den Kampf aufzugeben. Schon hatte er den »Reißenden Strom« vergessen, und sein Hirn war nur noch mit dem beschäftigt, was er durch das Stethoskop hören und was er dagegen unternehmen würde.

Zweites Kapitel

Die Marshalls wohnten eigentlich in einem kleinen Haus in Berkshire, aber sie nannten es ein Wochenendhäuschen, genauso wie sie ihre riesig lange Yacht eine Badewanne, den Champagner mit Austern, den sie vor einer Theatervorstellung einnahmen, ein Glas Bier und ein Sandwich und einen Morgencocktail im Savoy, das neben Georges Büro lag, »ein wenig ins Wirtshaus gehn« nannten.
Das Wochenendhäuschen stand in einer ländlichen Gegend von Heide, Rhododendron und Golfplätzen und wurde in der Woche der Ascot-Rennen um ungeheures Geld vermietet. Auf dem gemähten Rasen neben dem Tor stand ein rohes Brett mit der Aufschrift »Four Winds«, und wenn noch ein Brett dagewesen wäre mit der Aufschrift »G. W. Marshall« und ein kleiner Briefkasten in Gestalt einer Hundehütte auf einem Sockel, dann hätte das Ganze eines jener Grundstücke am Rande von New York sein können, die die Kluft zwischen Vorstadt und wirklichem Land überbrücken und weder das eine noch das andere sind.
Steven kam früh am Samstagnachmittag an und fuhr die Auffahrt zwischen blühenden Büschen und Koniferen entlang. Der giebelige rote Ziegelbau, dessen ersten Stock der Efeu und die Kletterrosen noch nicht erreichten, hatte seinen Namen daher, daß er auf einer leichten Anhöhe stand und den milden

Winden ausgesetzt war, die über die fünfte Bahn des Golfplatzes bliesen.
Als sie hielten, sprang Ugly über die Seitenwand des offenen Wagens und verschwand durch die Hallentür. George war stolz auf seine »immer offene Tür«, aber Ugly hatte eine andere von seinen Maximen vergessen: »Keine Hunde ins Haus.« Georges eigene Hunde, die alle sehr wohlerzogen waren, wohnten in schönen Hundehütten bei der Garage und wurden ins Freie geführt zu Manövern, wie: »Da komm her«, »fang's« und »zur Erde fallen«, wenn die Pfeife des Schiedsrichters erschallte, die George um seinen Hals trug. Steven war noch dabei, seine Koffer aus dem Wagen zu heben, als Ugly mit eingeklemmtem Schwanz wieder herausschoß, gefolgt von George in weiten, blauen Spielhosen und einem gestreiften Sweater, wie ihn die Fischer trugen. Er hatte Sandalen mit aus Seilen geflochtenen Sohlen an, und man konnte jeden Augenblick darauf gefaßt sein, daß er sich eine Pullmannkappe aufsetzte.
»Freue mich, dich zu sehen, Stevie!« rief er. »Aber ich habe dir nicht gesagt, daß du diesen überschäumenden Bastard mitbringen sollst.«
»Heute niemand zu Hause, bei dem ich ihn hätte lassen können«, sagte Steven kurz.
»Nun, man kann ihn in den Zwinger sperren, nicht?« fragte George und zog seine Hose vorne in die Höhe. »Tatsächlich ziehen Hunde diese Art Leben vor. Es ist unnatürlich für sie, im Haus zu leben.« So verbrachte Ugly das Wochenende eingerollt auf dem Hintersitz des Autos, außer wenn er mit Steven ausging, und da machte er diesem Schande, indem er ein Kaninchen bis zum Golfplatz und über ein Grün jagte, auf dem ein Brigadier mit dunkelrotem Gesicht gerade sagte: »Das war nur ein halber!«

»Wo ist Ruth?« fragte Steven, als sie hineingingen.
»Sieht beim Tennis zu, glaube ich«, sagte George und führte ihn geradeaus durch die Halle zur Gartentür. »Wir werden schwimmen gehen, wenn wir unsern Lunch verdaut haben. Es ist das erste Mal in diesem Jahr, daß ich das Bassin habe füllen lassen. Nebenbei, hast du schon zu Mittag gegessen?«
»Noch nicht«, sagte Steven. »Ich wollte mich nicht länger aufhalten, da ich erst so spät wegkam.«
»Mein lieber Junge!« George wandte ihm ein erschrockenes Gesicht zu. »Ich werde dir gleich etwas holen. Es gibt einen nicht ganz ungenießbaren Lachs und einen Brie, der vom Teller herunterrinnen wird, wenn man ihn nicht bald ißt. Aber komm heraus und begrüße zuerst die Leute. Annette und Stewart sind hier und der junge Charles, und die Berrys sind für einen Tag herübergekommen. Du hast sie letztes Mal schon kennengelernt, nicht? Komisch, ich hätte darauf geschworen. Er macht Flugzeuge und hat ein fabelhaftes Haus genau am anderen Ende von Camberley. Wir fahren alle morgen hin zum Cocktail.«
Steven wünschte plötzlich, es wäre Schlafenszeit. Er war sehr müde, als er George quer über den abschüssigen Rasen folgte zu den Leuten, die vor dem schindelgedeckten Gartenhäuschen in Liegestühlen saßen, während auf dem Tennisplatz nebenan zwei junge Männer ein Single spielten. Sobald Ruth ihn erblickte, stand sie auf und lief beinahe über das Gras, hielt sich an seinem Arm fest und machte einen ungeschickten Versuch ihn zu küssen, während er noch im Gehen war. Sie trug ein ärmelloses weißes Piquékleid, zu kurz für ein gewöhnliches Kleid, aber zu lang für ein Tenniskleid, und dazu einen breiten, glänzenden roten Gürtel. Ihr Haar war hinten mit

dem Netz bedeckt, das Steven ihr verboten hatte, zu tragen.

»Liebling!« rief sie, als ob er Monate lang weggewesen wäre. »Ich freue mich so, daß du gekommen bist.« Bei einer jungen Braut wäre solche Glut rührend gewesen.

»Unterhältst du dich?« fragte Steven, aber bevor sie antworten konnte, waren sie von einer Gruppe von Leuten umringt, es gab Ausrufe, und man stellte sich gegenseitig vor. Marions jüngere Schwester Annette, die in einem Liegestuhl saß und ihre bloßen braunen Knie umschlungen hielt, war klein, zart und hübsch genug, um zu verschleiern, daß ihr Intellekt in gar keinem Verhältnis zu ihrer Gestalt stand. Sie war die begabteste Studentin ihres Jahrganges am Lady Margaret Hall College gewesen, hatte auf einer Tour durch Amerika überall gefüllte Säle mit ihren Vorträgen über Volkswirtschaft zum Staunen gebracht und war im letzten Augenblick davor bewahrt worden, den Lehrstuhl für Wirtschaftsgeschichte in Mount Holyoke anzunehmen, indem sie einem Mathematikprofessor wiederbegegnete, den sie schon in Oxford flüchtig gekannt hatte und der ebenfalls Vorträge hielt. Er hatte sich an sie geklammert wie an einen Felsen im stürmischen Strudel der amerikanischen Kultur, aus dem er sich rettete, um sie zu heiraten und nach Hause mitzunehmen. Er hatte einen kurzen gelblichen Schnurrbart, einen rechteckigen Kopf, einen langen Rücken und Beine, die in einem Schwimmanzug schrecklich aussahen, und er las Bücher mit Titeln wie »Höherer Leitfaden zu Spezialproblemen der Integralrechnung« und kicherte bei der Lektüre wie andere bei Büchern von Wodehouse. Er und Annette waren vollkommen glücklich miteinander.

Die zwei Tennisspieler kamen herüber ans Netz und hingen sich daran, indem sie auf Steven losschnatterten wie Affen in einem Käfig. Einer von ihnen war Georges Sohn Rupert, ein frühreifer Jüngling mit den großen Augen seiner Mutter; aber während ihre Wimpern kurz waren und ihre Augenbrauen einen überraschten Ausdruck hatten, besaßen seine Wimpern einen endlos schmachtenden Schwung, und seine dunklen Brauen gingen an den Ecken faunsartig in die Höhe. Wenn er zu näseln vergaß, war seine Stimme jung, frisch und volltönend. Er wollte nächstes Semester nach Oxford, und sein Ehrgeiz im Leben war es, jene Stücke zu schreiben, die niemand kennenzulernen wünschte, und in ihnen aufzutreten in Theatern, die man niemandem zumuten konnte zu betreten.

Der andere junge Mann war sein untersetzter Vetter Charles, ein liebenswürdiges Möbelstück in Georges Büro, den die Frauen ganz brauchbar fanden, um ihr Gepäck zu tragen.

Die Berrys waren ein nicht weiter aufregendes, wohlhabend aussehendes Paar, die lieber gar nicht reisten als dritte Klasse und nichts Impulsives taten, nicht einmal essen.

Steven begrüßte alle, tauschte ein paar Beleidigungen mit Rupert aus, klopfte Stewart auf seinen runden Rücken und sagte: »Gott gnade mir, mein Junge. Wenn du mein Patient wärst, dann würde ich dich für sechs Monate in Gips stecken.« Wieder fühlte er, daß er sich gern schlafen gelegt hätte. Die Fahrt von London heraus war zu kurz gewesen, als daß er die Geschäfte des Morgens hätte abschütteln können. Die Zuckerkurve jenes Diabetikers tauchte fortwährend in seinen Gedanken auf. Warum stieg sie noch immer? Hielt die Oberschwester wohl die Diät ein?

Sollte er es wagen, das Insulin zu erhöhen? Diese Leute hier hatten die Arbeit der Woche beendet und waren entspannt. Er war nicht entspannt; noch nicht. Er war sich seines Stadtanzuges bewußt, und daß der unnatürliche verbindliche Ton des Arztes seiner Konversation anhaftete.
»Ich denke, ich werde mich umkleiden, George«, sagte er. »Dieser Anzug...« Er zog seine Manschetten heraus und blickte auf seine teuren schwarzen Schuhe.
»Ich komme mit und werde deine Sachen auspakken«, sagte Ruth, und Annette rief: »Ruth, um Himmels willen, sei nicht *so mütterlich.* Die Mädchen haben das sicher schon vor einer Ewigkeit getan. Sie vergessen so etwas nur, wenn Marion zu Hause ist und sie in Verwirrung bringt.«
»Nein, meine Liebe,« sagte Mrs. Berry zu ihr, als sie Steven nachsahen, der, flankiert von den etwas gewichtigeren Gestalten Georges und Ruths, ins Haus ging, »ist *der* charmant. Man hat mir von seinem Charme erzählt. Meine Base hat sich von ihm behandeln lassen, weißt du – Mrs. Drexel. Die den Bruder des Abgeordneten geheiratet hat. Ich muß mit Dr. Sheppard über sie sprechen.«
»Ich bin sicher, daß ihn das *sehr* interessieren wird«, murmelte Annette und lehnte sich, die Hände hinter dem Kopf, zurück, um durch ihre riesige schwarze, weißgeränderte Brille Ruperts phantastischen Sprüngen zuzusehen. Stewart lag im Grase und las die Zeitung. Mr. Berry, in der kauernden Haltung, die man annimmt, wenn man auf der Kante eines Liegestuhls sitzt, pfiff durch seine Zähne und zupfte an der Bespannung seines Rackets; er hoffte, daß er gut genug spielen würde. Mrs. Berry, die keinerlei Art Schweigen vertragen konnte, wandte sich ihm strahlend zu.
»Wann kommst denn *du* dran, Arnold?« fragte sie in

dem höflichen Tonfall, den sie annahmen, wenn sie unter Leuten waren. Arnold, der noch nicht zum Spielen aufgefordert worden war, murmelte etwas, und Annette sagte: »Stewart und ich werden mit Ihrem Gatten und Ruth spielen, sobald die Kinder da fertig sind.«

»Ich will niemandem den Platz wegnehmen«, sagte Mr. Berry hastig. »Mir macht es gar nichts, da draußen zu sitzen . . .« »Unsinn. Sie sind doch zum Spielen hergekommen, nicht wahr?« sagte Annette, die seine demütige Art äußerst nervös machte von dem Augenblick an, da er sich beim Lunch geweigert hatte, noch einmal von einer Speise zu nehmen, obwohl er es offensichtlich gerne getan hätte.

»Aber Arnold, du spielst sehr nett«, sagte Mrs. Berry, und Annette meinte: »Oh, Sie werden bei Ruth gut aufgehoben sein. Sie spielt noch immer überraschend gut, wenn man bedenkt, daß der einzige Sport, den sie treibt, der ist, die Welbeck Street hinunter zum Buchklub zu paddeln.«

»Ich dachte, Sie meinten die Wimpole Street, Mrs. Connor«, sagte Mrs. Berry, die Tatsachen liebte und Zeitungsausschnitte sammelte, aus denen sie erfuhr, wie weit die roten Blutkörperchen des menschlichen Körpers aneinandergereiht reichen würden.

»Ist dasselbe.« Annette war angeödet. Sie stieß Stewart mit dem Fuß und lächelte ihn an, um sich zu beweisen, daß nicht alles Leben auf Erden ausgelöscht war.

»Ach, Steven, ich freue mich so, daß du doch kommen konntest«, wiederholte Ruth, während sie zusah, wie er seinen Lunch verzehrte. »Es war schrecklich gestern abend. Wir spielten Bridge, und ich bin eine viel zu schlechte Spielerin für die Leute.«

»Ich glaube nicht, daß das was ausmacht«, sagte Steven und nahm sich noch von der Mayonnaise. »Bridge mit George ist immer ein Witz.«
Ruth suchte sich ein Radieschen aus der Salatschüssel und aß es mit den Vorderzähnen. »Warum hast du Ugly mitgebracht?« fragte sie. »George sagte gestern abend, er hoffe, du würdest ihn nicht mitbringen.«
»Nun, ich habe ihn aber mitgebracht.«
»Wo ist er?«
»Im Wagen.«
»In der Garage? Oh, Steven, er wird ersticken. Carbonmonoxyd, weißt du.«
»Ich habe die Tür offengelassen.«
»Ah!« Ruth suchte sich noch ein Radieschen heraus und biß herzhaft hinein.
»Was für eine Fahrt hast du gehabt?« fragte er.
»Oh, ganz gut. George und ich haben fast einen Rekord gemacht für diese Tageszeit, wir sind erst nach drei Uhr weggefahren und waren hier, bevor sie mit dem Tee begonnen hatten.« Ruth fühlte sich oft verpflichtet, Steven mit leichter Konversation zu unterhalten, als wäre sie seine Tischnachbarin bei einer Gesellschaft und nicht seine Frau.
»Die Berrys sind nett, nicht?« sagte sie. »Ich unterhielt mich vor dem Lunch mit ihr in meinem Schlafzimmer. Sie hat eine wunderschöne Handtasche, Steven. Echt Schweinsleder, mit kleinen Abteilungen für alles – sogar für Aspirin. Sie erzählte mir von ihrem kleinen Mädchen; sie hat eine Drüsenschwellung am Hals, und die ist nicht einmal abgegangen, nachdem man ihr die Mandeln genommen hat. Man weiß nicht genau, ob es Streptos sind oder Tb. Was glaubst du, ist es?«
»Sieh mal Ruth«, sagte Steven und legte Messer und

Gabel hin. »Ich nehme mir nicht oft ein Wochenende frei, und wenn ich es einmal tue, dann will ich für eine kleine Weile nicht an die Medizin denken, verstehst du? Es ist arg genug, daß fast jeder, den man kennenlernt, glaubt, man interessiere sich für nichts anderes, und darum versucht, eine kleine Gratisordination zu erhalten. Fang jetzt nicht auch du noch an.«
»O entschuldige, Steven. Ich hätte dich natürlich nicht damit plagen sollen. Ich habe ihr nur gesagt, ich würde dich fragen –«
»Nun, dann tu das nicht mehr.« Er stellte seinen Teller hinter sich auf die Anrichte, und ließ sich in den Sessel fallen, um nach einer Schüssel mit etwas sehr lecker Aussehendem zu langen. »Was ist das für ein Dreck.«
»Ssh.« Ruth sah sich um. »Man könnte dich hören. Es ist eine Crème. Wunderbar. Wir hatten sie zum Lunch. Willst du nichts davon? Der Käse ist lange nicht so fein. Er ist zu scharf.« Sie kratzte einen Bissen von dem weichen, fast flüssigen Brie ab und leckte sich die Finger mit verzogenem Gesicht. Während Steven seinen Käse aß, kehrte ihr Auge immer wieder bedauernd zur Crème zurück. Schließlich sagte sie: »Wenn du diese Crème nicht ißt, könnte ich sie aufessen. Ich sehe nicht ein, warum wir sie für die Dienstboten zurücklassen sollen.« Sie putzte den Inhalt der Schüssel auf den Teller heraus, der für Steven dagelassen worden war, und gerade als sie ihn an sich heranzog und einen Löffel hineintauchte, öffnete sich die Tür, und Bacon, Georges Diener, kam herein, um abzuräumen. Mit einer ungeschickten Bewegung schob Ruth den Teller weg, räusperte sich verlegen, wurde purpurrot und stieß ein Glas Wasser um. »Oh, es tut mir sehr leid, Bacon.« Sie sprang auf

und wischte die sich verbreiternde Lache mit einer Serviette auf, die ihr Bacon höflich aus der Hand nahm.
»Macht nichts, gnädige Frau, erlauben Sie«, sagte er.
»O danke, es tut mir sehr leid.« Ruth ging zu der offenen Glastür hinüber und blickte in den Garten hinaus. Sobald sie die Tür sich hinter Bacon schließen hörte, wandte sie sich mit einem tragischen Gesicht zu Steven um. » War das nicht *schrecklich?!* Was muß er sich wohl gedacht haben?«
»Wovon sprichst du? Jeder kann mal ein Glas Wasser umwerfen, obwohl ich sagen muß, daß du es etwas öfter tust als die meisten Leute.«
»Ach, das meine ich gar nicht«, sagte sie ungeduldig. »Ich meine, daß ich die Crème gegessen habe. Glaubst du, daß er es bemerkt hat? Ich hatte nämlich schon zwei Portionen beim Lunch, mußt du wissen. Ich habe mir da schon gedacht, daß er mich ein wenig seltsam ansah, weil niemand anderer eine zweite Portion nahm, aber er servierte mir zuerst, und da wußte ich doch nicht, daß sie nicht nehmen würden. Natürlich mußte er gerade jetzt hereinkommen.
O Steven, war es nicht schrecklich?«
»Wenn die Revolution kommt, wird er dir wahrscheinlich den Kopf mit einem Schinkenmesser abschneiden«, sagte Steven und stand auf. »Ich gehe mich zum Tennis umkleiden. Haben wir dasselbe Zimmer?«
»Ja, du kannst lachen«, sagte Ruth. »Du machst dir nie etwas aus dem, was die Dienstboten denken, aber diese Dinge machen mich immer so unglücklich, ich weiß nicht warum.« Sie ließ ein kleines Lachen hören. »Ich bin wahrscheinlich besonders empfindlich.«
Sie folgte Steven hinauf. »Du hast gestern abend

nicht viel geschrieben, wie?« sagte sie und sah ihm zu, wie er die Sachen umordnete, die Marions Mädchen dorthin gelegt hatte, wohin sie nach ihrer Meinung gehörten. »Ich habe die Schreibmaschine kaum gehen gehört. Und dann rief diese Frau *zweimal* an. Es tat mir leid, daß sie dich erwischte; ich versuchte sie daran zu hindern. Nebenbei, ich wollte, du wecktest mich, wenn du heimkommst. Ich sehe dich gern noch vor dem Einschlafen. Geht es dem Baby besser?«

»Nein, es ist gestorben«, sagte Steven und blieb in der Mitte des Zimmers stehen, mit einem Paar weißer Socken in der Hand. Er durchlebte die Szene in Mrs. Crosbys Kinderzimmer wieder. Er konnte das Bild mit seinem inneren Auge sehen: sich selbst, wie er sich von der Wiege aufrichtete, wie er mit der Hand, in der er ein schweres plumpes Gefühl hatte, die Dekke hinaufzog, Mrs. Crosby, die sich an ihren Mann lehnte mit ungläubigem Ausdruck, und der Angestellte der Oxygen-Gesellschaft, der mit seinem Apparat, der nicht mehr gebraucht wurde, in der Tür erschien, und dessen Gesicht verriet, was er darüber empfand, daß man ihn hatte umsonst kommen lassen.

Marion kam am Sonntagmorgen im Auto und brachte einen tschechoslowakischen Flüchtling mit, der einen gehetzten Ausdruck in den Augen hatte. »Seid nett zu ihm, George – Steven«, sagte sie zu ihnen in einer Ecke des Herrenzimmers, wo man darüber debattierte, ob man jetzt telefonieren und Balljungen bestellen oder warten sollte, um zu sehen, wie das Wetter sich anließ.

»Ich lernte ihn gestern abend bei Sybil kennen«, sagte sie. »Er wird in ganz London herumgereicht wie ein Ausstellungsobjekt und ist müde. Er führte mich zum Dinner aus – das heißt, ich führte ihn aus, und er schlief bei Tisch fast ein. Ich glaube, der Kellner hielt ihn für betrunken.«

»Ich dachte, du wolltest bei Gilly zuhause bleiben«, sagte George.

»Ja, aber sie war ganz wohlauf und Nanny hörte nicht auf, mir Geschichten aus meiner Kindheit zu erzählen, so daß ich es einfach nicht mehr aushielt. Du hast mich noch nicht einmal gefragt, wie es ihr geht, Steven. Macht nichts, ich sage es dir schon. Es geht ihr besser. Ich werde sie nächste Woche aufstehen lassen.«

»Du wirst gar nichts tun, bevor ich es dir nicht erlaube.«

»Ist er nicht lieb? Er steigt. Hallo?« Sie griff begierig nach dem Telefon, fast bevor es Zeit gehabt hatte zu läuten. »Dr. Sheppard? Ja, er ist hier.« Sie machte Steven eine Grimasse, als er wie rasend den Kopf schüttelte. »Ich werde ihm was ausrichten, wenn Sie wünschen ... O mein Gott. Hat er eine Bluttransfusion bekommen? Ja? Wie ist der Puls? Nun, an Ihrer Stelle würde – Nein, warte eine Minute, Steven.« Er hatte ihr schon das Hörrohr aus der Hand gerissen. »Hier spricht Dr. Sheppard. Wer ist dort bitte?«

Die Verwirrung, in die Marion den jungen Potter gestürzt hatte, wurde noch größer, als er plötzlich den großen Mann selbst hörte.

»E-e-e-ntschuldigen Sie die Störung, Herr Doktor. Ich habe Sie zu Hause angerufen, und man gab mir diese Nummer. Ich dachte, es wäre besser, ich verständigte Sie wegen des alten J –«, lange Pause, durch Schlucken unterbrochen, »– arvis. Ich wollte nicht, daß Sie nächste Woche herkommen und finden, daß er das Zeitliche gesegnet hat.«

»Was meinen Sie?« fragte Steven scharf. »Der mit dem Zwölffingerdarm? Es war keine Rede von ›das Zeitliche segnen‹, als ich ihn vorigen Donnerstag sah. Wieder eine Hämatemesis? So ein Kerl.« Marion hörte verzückt zu, wobei ihr die Augen fast aus dem Kopf sprangen. »Wieviel Blut hat er bekommen? ... Sie haben es natürlich gestillt. Nun ich bin nicht weit weg. Ich werde in ungefähr einer halben Stunde dort sein. Geben Sie ihm inzwischen etwas Morphium und lagern Sie ihn hoch ... Das haben Sie schon getan? Brav, mein Junge.«

»Hör mal, Steven, du wirst nicht –« sagte Marion, als er abhing.

»Was wird aus unserem Golf?« fragte George und machte ein Mündchen wie ein enttäuschtes Kind.

»Tut mit leid, alter Junge. Ich muß gehen. Er ist einer von meinen Lieblingsfällen. Du kannst doch im Klub einen Vierten bekommen, nicht?«

Als Steven mit dem Wagen aus der Garage fuhr, während Ugly vom Rücksitz Anweisungen bellte, kam Marion vom Haus her gelaufen und der Tscheche hinter ihr. Er trug einen braunen Anzug, der ihm nicht gut saß, und braune Schuhe. Sein dichtes kastanienbraunes Haar war sehr lang und nicht geölt. Er mochte nicht mehr als zwei- bis dreiundzwanzig Jahre zählen.

»Steven, sei so gut und nimm Laszlo mit, nur damit er ein wenig herumkommt. Er fährt riesig gerne Auto, und unter uns, ich weiß nicht recht, was ich mit ihm tun soll. Ich dachte, ich könnte ihn irgendwo hinlegen, damit er schlafe, aber er hat keine Ruhe. Schon gut, er versteht kein Englisch. Er spricht aber Französisch«, fügte sie hinzu, als Steven den jungen Mann mit Gesten aufforderte, in das Auto zu steigen. Steven sprach ganz gut Französisch. Obwohl er we-

nig Gelegenheit hatte, es zu üben und kaum je im Ausland gewesen war, hatte seine Mutter mit ihm Französisch gesprochen von dem Augenblick an, wo er überhaupt sprechen konnte. Sie war eine Halbfranzösin gewesen, ein kosmopolitischer Zugvogel, der auf seinen Wanderungen von Ort zu Ort von dem dunkelhaarigen, schweigsamen Advokaten Gregory Sheppard, der zwischen Kirchen und Galerien Venedigs gewissenhaft einen Ferienaufenthalt verbrachte, eingefangen worden war.
Steven gab Laszlo eine Zigarette und sie tauschten ein paar Allgemeinheiten aus über das Land und das Wetter. Steven hatte Schuldgefühle. Es bedrückte ihn, diesen hageren, niedergeschlagenen Mann, der weiß der Himmel was für Greuel gesehen hatte, da sitzen zu sehen, wie wenn er schweigend ein Land verurteilte, das noch Frieden hatte. Er wollte Laszlo erzählen, was England tun würde, wenn die Deutschen in Polen einbrachen, und was er, Steven, schon vorher tun wollte. Aber der Junge war offenbar mit dieser Art Reden schon überfüttert worden, seit er in England war. Er würde wahrscheinlich auch nicht über seine Flucht sprechen wollen oder über das, was er durchgemacht hatte. Er hatte sicher genug von Sybil zu leiden gehabt, indem er von Leuten wie Sybil ausgefragt worden war.
Das Gespräch stockte. Steven summte vor sich hin und dachte ein wenig an den alten Jarvis. Sie fuhren jetzt einen Hügel hinauf durch einen aquariumgrünen, von Buchen gebildeten Tunnel und kamen auf der Höhe plötzlich aus den Bäumen heraus in das blendende Sonnenlicht; das Tal lag unter ihnen, sauber abgeteilt in Felder und Farmen, und der Fluß glitzerte da und dort auf am Fuße des bewaldeten Abhangs im Schatten drüben.
»C'est beau«, sagte Laszlo und seufzte.

»Sie haben Glück damit«, sagte Steven zu ihm in seinem nachlässigen, seltsamen Französisch. »Wir haben nicht viele solche Tage in England. Die Wolken steigen gewöhnlich tief in dieses Tal hinunter, und dann ist alles grau und feucht.« »Chez moi«, sagte der Junge plötzlich. »Chez moi, dans les Tatras...« Er blickte rasch zu Steven hin, um zu sehen, ob ihn das langweilen würde. »Da sitzt man wochenlang in den Wolken. Die Feuchtigkeit legt sich um alles wie ein Gespinst. Man weiß nicht, ob der Nebel vom Boden aufsteigt oder von oben herunterfällt. Das Haar ist nie trocken, und an den Augenwimpern aller Leute hängen kleine Perlen.«
»Wo sind Sie zu Hause?«
»Stary Smokevecj. Der Ort liegt an einem Bergrücken und blickt über die slowakische Ebene. Man kann bis an die Grenze von Ungarn sehen – aber natürlich nicht, wenn die Wolken unten sind.«
Er sprach es »Starry Smockovecks« aus und es klang wunderschön in seiner Sprache. Er brachte Steven wieder ein Bild in Erinnerung von einem der Dörfer mit den vielen Kirchtürmen, die er in der Wochenschau gesehen hatte. Die Straßen waren mit Steinen gepflastert und gingen von der Hauptstraße aus steil den Berg hinauf und hinunter. Es war Abend und die Wolken schwammen über die Dächer davon, ein Stern erschien auf dem grünlichen Himmel über der weit unten liegenden Ebene, und wohin man schaute, rief das Auge noch einen Stern hervor, bis es Nacht war und nichts vor einem als der schwarze, sternbehangene Vorhang, der gerade in die Tiefe fiel; die war nicht so leer, wie sie schien, denn unten leuchtete ein winziges sich bewegendes Licht auf: ein Zug, der langsam in dem noch tieferen Schatten der ungarischen Berge verschwand.

Schwester Lake, die auf ihrem Weg zum ersten Dinnerservice aus der Poliklinik heraufkam, begegnete Steven auf der Treppe und fiel vor Schreck fast in Ohnmacht. Sie kannte ihn nur in seinem dunklen Stadtanzug, und als sie ihn jetzt in grauen Flanellhosen und Tweedjacket vor sich sah, war das zu viel für sie. Wie sie sich an die Stiegenwand drückte, um ihn vorbeizulassen, blickte er auf, erkannte sie und sagte: »Ah, guten Morgen, Schwester.«

Sie sah seinem Tweedrücken und dem breiten weißen des jungen Potter nach, wie sie beide um die Biegung der Treppe verschwanden, und lief dann, zwei Treppen auf einmal nehmend, auf ihren dünnen, schwarzen Beinen hinauf, um rechtzeitig ans Korridorfenster zu gelangen und ihn ins Auto steigen zu sehen. Sie sah Ugly auf dem Rücksitz – was für ein Hundeliebhaber er doch war! – und Laszlo zusammengekauert und eine Zigarette rauchend auf dem Vordersitz. Wie unhöflich von ihm, wer er auch immer war, daß er Dr. Sheppard nicht die Autotür öffnete. Einen Augenblick lang versetzte sie sich an Laszlos Stelle, wie sie, einen Fruchtkorb auf dem Rücksitz, in einem Sommerkleid, vielleicht einen bunten Schal um ihr Haar, und geschmückt mit ihrem Armband aus Elephantenhaaren, an solch einem Sonntagmorgen aufs Land fuhren.

»Sie sind spät dran, Schwester«, sagte die Schwester Haushälterin die an einem Seitentisch im Eßzimmer zerkochtes kaltes Rindfleisch austeilte.

»Bitte um Entschuldigung, Oberschwester«, sagte Schwester Lake, noch immer rot übergossen. Eine Schwester mußte sich entschuldigen, wenn sie einen Raum betrat oder verließ, in dem eine Oberschwester oder eine rangältere Schwester sich befand, als sei ihre bloße Anwesenheit unanständig. Schwester

Lake trug ihren Teller hinüber zum Tisch der Stationsschwestern und nahm sich mechanisch von den roten Rüben und kaltgewordenen Kartoffeln. Die Stationsschwester aus der Medizinischen Männerabteilung, die heute vormittag frei war, saß in Zivilkleidung da. Eine Schwester durfte keine Mahlzeit versäumen, da man annahm, daß sie dumm genug wäre zu hungern, wenn sie die Gelegenheit dazu hätte.

»Ich sah Dr. Sheppard gerade jetzt aus Ihrem Saal kommen«, sagte Schwester Lake zu ihr. »Was macht er da an einem Sonntagmorgen?«

»Beim alten Jarvis wahrscheinlich. Was für ein Einfall, den armen Kerl aus London kommen zu lassen. Ich möchte wetten, die Oberschwester hat den dicken Potter dazu veranlaßt. Gott sei Dank, ich war heute morgen frei. Sie muß sehr aufgeregt gewesen sein. Ich werde eine schöne Wirtschaft vorfinden, wenn ich zurückkomme.«

»Was hat der Jarvis?« fragte jemand.

»Hämatemesis. Er hat seit einigen Wochen keine Blutungen gehabt, und Steven hat zu Pottsy gesagt, er sollte ihm etwas Blut einpumpen – und wush! kam alles herauf heute morgen um drei Uhr.«

»Wird er durchkommen?«

»Keine Spur. Es wundert mich ohnedies, daß er es so lange ausgehalten hat, besonders da dieser Esel von einer Carter Nachtdienst hat. Ich glaube, sie hat ihn am Leben erhalten, um ihn nicht aufbahren zu müssen.«

Schwester Lake hätte fast gesagt: »Wenn irgend jemand ihn retten kann, ist es Dr. Sheppard«, aber glücklicherweise begnügte sie sich damit, es zu denken. –

»Wie geht es dem kranken Mann?« fragte Laszlo Ste-

ven, als sie durch das große eiserne Tor fuhren und den Hügel hinunter gegen den Fluß.
Steven machte eine gallische Geste mit der Linken, die bedeuten sollte: »Comme çi, comme ça.«
»Ich habe einmal Medizin studieren wollen,« sagte Laszlo in seinem harten mitteleuropäischen Französisch, »aber mein Vater wollte, daß ich das Holzgeschäft übernehme.«
»Nun, Sie haben nicht viel versäumt«, sagte Steven leicht. »Es ist ein Hundeleben.«
Laszlo wandte sich ihm beunruhigt zu. »Sie lieben Ihren Beruf nicht?«
»Oh, ich liebe den Beruf. Zu sehr eigentlich«, fügte Steven halb zu sich selbst – hinzu, »für meinen Seelenfrieden. Nein, der Beruf ist schon recht. Aber die Umstände, unter denen man arbeitet, wachsen mir manchmal zum Hals heraus«, sagte er, weil ihm kein anderes, milderes Wort einfiel.
»Sind die Spitäler denn nicht gut?« Laszlo runzelte seine Stirn. Ihm war das Margaretenspital schmutzig und altmodisch erschienen, im Vergleich mit Spitälern wie das riesige weiße Sanatorium, das in einem Bogen um den Bergrücken nahe seiner Heimatstadt erbaut worden war. Aber das war England. Was neu und modern sein sollte, wie Spitäler, Schulen und Fabriken, war schmutzig und altmodisch, während Dinge, die alt sein sollten, neu waren, wie der Empire-Wein, den er von der »West Kensington Gesellschaft zur Rettung der Tschechoslowakei« an einem Abend vorgesetzt bekommen hatte.
»Nein«, sagte Steven und senkte seinen Fuß, als sie das Ende der Dreißig-Meilen-Zone erreichten, »die Spitäler sind schon recht, so recht, wie sie unter der gegenwärtigen Regierung sein können. Es ist mehr, daß – was weiß ich – daß man nie Zeit für sich

selbst hat, wie weit man es auch als Arzt gebracht haben mag. Und dann wird man in so viele Dinge verwickelt – Leute, Komitees, les politesses diplomatiques ... Ich muß Ihnen sagen, daß, wenn wir Krieg erklären – und wir werden es wahrscheinlich tun –, wissen Sie«, sagte er, als der andere eine skeptische Geste machte, »so werde ich versuchen, zur Marine zu gehen. Dort werde ich vielleicht haben, was ich mir wünsche: die Arbeit ohne all die – das gesellschaftliche Drum und Dran, die – impedimenta.« Er sagte es auf Englisch. »Wie heißt das Wort impedimente, ich weiß nicht. Nun, die impedimenta.«
»Ah, impedimentah«, antwortete der Tscheche in höflichem Nichtverstehen, und dann schwiegen sie.

George war noch draußen, als Steven nach »Four Winds« zurückkehrte. Er, Stewart und Charles kamen in angeregtester Stimmung mitten in den Lunch hinein, und alles mußte umorganisiert werden, weil Marion geglaubt hatte, sie würden im Klub lunchen. Sie sprang sofort vom Tische auf, um dem sehr tüchtigen Bacon zu helfen, der ihr offensichtlich lieber gesagt hätte sie möge sich niedersetzen und ihn allein weiterarbeiten lassen.
»Schade, daß du nicht mitwarst, Steven«, sagte George immer wieder, den Mund voll kalter Wildpastete. »Wir hatten ein unerhörtes Spiel. Wetter gerade recht, Rasen wie ’n Billard – wir waren alle in fabelhafter Form. Der junge Charles hier chauffierte wie ein Gott, nicht wahr mein Junge?«
»Nun, tatsächlich habe ich gut chauffiert«, gab Charles zu und lächelte bei der Erinnerung in sein Bier hinein.
»Wir haben den alten Murchison als Vierten aufgescheucht«, sagte George. »Du kennst den alten Mur-

chison – der Mann, der den Trick mit der halben Krone und einem Weinglas kann – lustiger Junge – bei den Sappeuren. Ich wollte, du wärest mitgewesen.« Steven wünschte dasselbe. Er liebte die dumme, gesunde, maskuline Welt des Golfs. Zweieinhalb Stunden im Freien, nicht zu viel und nicht zu wenig Bewegung, und dann Ausruhen im Schankzimmer und einen Augenblick von dem Gefühl erfüllt sein, daß alle Menschen gut wären. Gerade so einen angenehmen einfachen Morgen zu verbringen, hätte er heute brauchen können. Er hatte schon unendlich lange nicht zum Golfspielen kommen können. »Nebenbei«, erinnerte sich George, nachdem er den ersten Heißhunger mit der Pastete gestillt hatte und den Käse mit etwas ruhigerem Wohlgefallen betrachten konnte, »was ist mit dem alten Kracher? Hast du ihn durchgebracht?« »Ja, ich denke, er wird durchkommen«, sagte Steven kurz. Wenn die Leute nur nicht aufgehört hätten zu sprechen und jetzt darauf warteten, ob er über Medizin sprechen würde. Seltsamer neuer Zug, diese Faszination, die die medizinischen Einzelheiten für den Laien hatten.

Nach dem Lunch spielten sie Tennis, bis der Dunst vom Himmel verschwand und es heiß genug zum Schwimmen war. Das Wasser im Bassin war tiefblau gefärbt durch ein chemisches Mittel, das ein Mann bei der I. C. I. George eigens verschafft hatte. Niemand sonst in England hatte so blaues Wasser im Bassin. George trug eine sehr kurze Badehose, in der er aussah wie eine Eichel, die zu groß für ihre Schale geworden war. Er und Marion waren zu Ostern an die Riviera gereist, und er war sehr braun von gewissenhaftem In-der-Sonne-Liegen und Sich-Einfetten. Marion hatte einen weißen Gummibadeanzug aus Frankreich mitgebracht, der die Mädchenhaftigkeit ihrer Figur zur Geltung brachte. Steven klopfte mit seinen Fingerknöcheln mißbilligend gegen die Knoten, dort, wo die Rippen mit dem Brustbein zusammenhingen, und sagte brummend: »Du bekommst einen richtigen rachitischen Rosenkranz, Marry. Es ist abscheulich, warum tust du nichts dagegen?«

»Ich tue genug«, lachte sie mit dem Leichtsinn der Frau, die essen kann, was sie will, ohne dick zu werden. »Ich esse wie ein Roß. Kohlehydrate, Steven«, fügte sie hinzu mit dem ernsten Tonfall, den sie für alles Wissenschaftliche aufhob. Ihre Augen erschienen wie riesige Kreise in einem Gesicht, das durch die eng anliegende weiße Kappe noch kleiner wirkte.

»Du kannst froh sein«, seufzte Ruth, die voll angekleidet am Rande des Wassers in einem Liegestuhl saß. »Ich muß so sehr achtgeben. Ich esse fast nie mehr jetzt am Vormittag Kaffee und Kuchen.«

»Meine Liebe«, kreischte Marion, »weißt du das nicht? Nichts, was du ißt, hat einen Einfluß, sondern was du zu den Mahlzeiten trinkst. Eine halbe Stunde vorher und eine Stunde nachher soll man ein Glas Wasser trinken, aber nicht während des Essens. Was nützt es, einen Arzt zum Gatten zu haben, der dir nicht einmal so elementare Dinge beibringt?«

»Steven ist nicht für Schlankheitskuren«, sagte Ruth würdevoll, dem Gedanken Ausdruck gebend, mit dem sie sich tröstete, wenn ihre Röcke weitergemacht werden mußten. »Nicht wahr, mein Schatz?«

Er lag auf dem Wasser und hätte sich gewünscht, in besserer Form zu sein, damit sein Körper nicht begänne von den Extremitäten her abzusterben, nachdem er erst kurze Zeit im Wasser war.

»Wird viel Unheil angerichtet durch Abmagerungsku-

ren«, murmelte er faul. »Innen schrumpft alles bei den Frauen ein, und dann wundern sie sich, daß sie keine Kinder bekommen können.«
»Ach, Unsinn, Steven«, sagte Marion. »Du bist schrecklich altmodisch. Das ist sehr dumm von dir. Du könntest eine Menge Geld mit Entfettungskuren verdienen. Fast alle reichen Frauen sind dick, nicht? Oder ist es umgekehrt?« »Steven hat ein gutes Einkommen, ohne ein Quacksalber sein zu müssen«, fing Ruth an, aber Marion war ins Wasser geglitten, und George vom Sprungbrett mit einem ohrenbetäubenden Bauchfall heruntergesprungen, so hörte es niemand.
Später am Nachmittag tranken sie Tee auf dem Rasen vor den Eßzimmerfenstern, und keiner hatte Lust, aufzustehen und zu den Berrys zu fahren, um dort Drinks zu sich zu nehmen.
»Ein paar von euch wenigstens müssen hinfahren«, sagte George. »Es wurde gestern fest abgemacht.«
»Dann ruf an und mach es wieder rückgängig«, sagte Rupert, überrascht, daß seinem Vater eine so einfache Lösung nicht einfiel.
»Liebling«, sagte Marion, »wenn du ein bißchen älter bist, wirst du verstehen, daß das Leben nicht ganz so einfach ist.« »Och, Ma«, sagte Rupert mürrisch »fang um Gottes willen nicht an, mich zu erziehen. Du bist die letzte, die das tun sollte.« Er stand auf, graziös wie eine Katze, und ging ins Haus. Er fuhr jetzt oft ohne Grund auf, und dann wurde Marion besorgt und schlug in ihrem »Handbuch der Psychologie« unter »Pubertät« nach.
»Nun, dann wirst du fahren müssen, George«, sagte sie jetzt, »und Steven muß mit, er ist ein guter Gesellschafter.« Steven stöhnte. »Willst du mit, Ruth?« Ja, Ruth würde mitfahren, wenn Steven fuhr.

Schließlich, nach vielem Hin und Her, fuhren sie alle, außer Stewart, der unauffindbar war.

In seinem Ankleidezimmer in »Firlands« am anderen Ende von Camberley, rief Mr. Berry, der sich nach einem Nachmittagsschläfchen im Garten in die Halsbinde zwängte, verdrießlich: »Ich wollte, wir hätten niemanden eingeladen, du nicht auch, Schatz?«
»Ja«, gab seine Frau zu, die sich im Schlafzimmer mit ihrem Charmeuse-Korsett abplagte. »Aber schließlich waren wir gestern den ganzen Tag bei den Marshalls und wir waren bei einigen Leuten hier herum zu Besuch. Übrigens war es dein Einfall. Das ist das Malheur mit dir, du läßt dich gleich fortreißen, wenn du einen oder zwei Cocktails getrunken hast.«

In Georges Wagen, der auf »Firlands« zusteuerte, sagte jemand düster: »Nun, die Getränke sind wenigstens frei.«
»Halten wir unterwegs und trinken einen, um unseren Mut zu beleben.«
»O nein, fahren wir hin und erledigen wir die Sache,« sagte Marion, »damit wir zu vernünftiger Zeit zum Dinner zurück sein können.«
»Was gibt es denn zum Dinner?« fragte George über die Schulter zurück.
»Hühner-Croquettes, glaube ich. Das heißt, wenn ich nicht vergessen habe, Mutter Bacon zu sagen, sie sollte aus dem Huhn Croquettes machen und nicht feine Mayonnaise. Ja, ich muß es ihr doch gesagt haben, denn ich erinnere mich, ich trug ihr noch auf, keinen Knoblauch zu nehmen. Hühnercroquettes und Schokoladeeis.«
»O Gott«, stöhnte George. »Es wird verderben.«

»Nun, da sie einmal kommen, so wollte ich, sie kämen bald, und es wäre erledigt.«
Mr. Berry machte sich im Salon zu schaffen, öffnete Zigarettendosen und gab den Kissen, die schon vom Stubenmädchen fachmännisch geschüttelt worden waren, zarte kleine Stöße.
»Ich hoffe nur, daß niemand dableibt und erwartet, zum Dinner gebeten zu werden«, sagte seine Frau und ordnete ihre lilafarbenen Dauerwellen vor dem Spiegel. »Das Essen reicht nur für uns zwei. Höre auf, von den Erdbeeren zu essen, Arnold, sie sind für die Gäste bestimmt. Da! Das ist die Glocke. Wisch dir rasch den Mund ab. Kannst du nicht essen, ohne Krumen zu machen?«

Als Mrs. Berry gesagt hatte: »Kommt doch *alle* zu einem Drink morgen zu uns herüber«, hatte sie es nicht buchstäblich gemeint. Es wurde ihr ein wenig schwindlig, als ihrer sieben erschienen – Rupert, der Stevens Wagen chauffiert hatte, war zum Ärger seines Vaters knapp hinter ihm gefahren –, aber sie erholte sich schnell und segelte in einer Wolke von stechend riechendem, weißem Puder heran.
»Wir sehen aus wie ein Schulausflug«, sagte Rupert in der Halle zu Charles. Er wartete noch ein wenig und erschien dann mit blasierter Miene, die zwar unbemerkt blieb, aber der Selbstachtung Genüge tat.
Eine blonde Frau im Leinenkostüm und ihr Gatte, ein großer, hohlwangiger Kavalleriemajor, mit einer Haut wie ein verwitterter Sattel, die neben der mit Hortensien gefüllten Kaminöffnung Cocktails tranken, sahen sich erschrocken um, als Georges Gesellschaft hereinströmte.
Mrs. Berry stellte pedantisch jeden jedem vor, was einige Zeit dauerte und womit es ihr gelang, rasche-

stens jede Konversation zu ertöten, während Mr. Berry außen im Kreis herumlief mit einem Tablett voller Getränke, als spielte er »Der Plumpsack geht um.«
Es kamen noch mehr Gäste. Eine arme Verwandte von Mrs. Berry, die sich endlich ein Herz gefaßt hatte und die Treppe heruntergekommen war, zwei weitere Ehepaare, ein Mädchen in Hosen aus Segelleinen, das bei der Armee sehr bekannt war, und ein vierschrötiger junger Mann mit lockigem Haar, dem nur die Hörner zu einem Herefordshirer Bullen fehlten.
Steven trank rasch zwei Cocktails und ging hinüber, um sich mit der blonden Frau des Majors zu unterhalten. Er ließ Ruth in der Mitte des Zimmers allein, und sie drehte sich langsam um ihre eigene Achse, in der Hoffnung, jemanden zu finden, mit dem sie sprechen könnte.
Mrs. Berry näherte sich ihr. »Aber Sie haben ja noch nichts zum Trinken, Mrs. Sheppard! Arnold, woran denkst du eigentlich? Beatrice, bringen Sie Mrs. Sheppard etwas zu trinken.«
»O bitte, bemühen Sie sich nicht«, sagte Ruth. »Ich trinke nichts, wissen Sie. Oder nur sehr selten. Nur bei Hochzeiten und Geburtstagen und derartigen Anlässen, um nicht die Stimmung zu verderben. Es kommt Ihnen wahrscheinlich seltsam vor, aber ich kann wirklich den Alkoholgeschmack nicht vertragen.«
Mrs. Berry sagte: »Nun, dann müssen Sie eine Limonade trinken. Was möchten Sie haben?«
Ruth hätte gerne gefragt: »Was haben Sie?«, aber da Mrs. Berry sie auf der einen Seite drängte und ein elegantes Stubenmädchen auf der anderen mit: »Was möchten Sie gerne, gnädige Frau?«, bat sie um das erste Getränk, das ihr in den Sinn kam. Sie sah, daß

Mrs. Berry dem Mädchen sagte, sie möchte gehen und eine Flasche Tomatensaft öffnen, und fing an: »O bitte, bemühen Sie sich nicht. Es ist mir alles einerlei. Irgend etwas – ich will wirklich nicht –. « Aber Mrs. Berry überstimmte sie und bestand darauf, daß sie Tomatensaft bekam, und ging sogar hinter dem Mädchen her, um sie zu erinnern, daß sie Eis hineintat. Die Sache war zu einer ganzen Angelegenheit geworden. Sie endete damit, daß Ruth den Tomatensaft überhaupt nicht bekam, denn das Mädchen mußte die Tür öffnen gehen, und nachher vergaß sie es, und man entdeckte Ruth eine halbe Stunde später immer noch ohne etwas zu trinken. Mrs. Berry floß vor Entschuldigungen über und tadelte das Mädchen, das schließlich einen Tomatensaft brachte, der so voll Paprika war, daß Ruth ihn nicht trinken konnte und ihn hinter eine Photographie von Mrs. Berrys talggesichtigem Sohn auf einem kleinen Tischchen verstecken mußte, wo er, in ihrer Einbildung, wie eine Mandragora schrie, sobald jemand sich näherte. Was würden sie von ihr denken, wenn man ihn nachher entdeckte? Sie hätte gewünscht, daß Steven sie in Gesellschaft nicht immer allein ließe.

Die anderen hatten sich gruppiert. Rupert ließ sich gegen eine hagere Frau mit einer Bernsteinkette über T. S. Eliot aus, sein Cousin Charles sprach mit dem Herefordshirer Stier über Golf; Annette hatte sich mit einem Glas, einer Zigarette, einem Teller voll Salzmandeln und einem Magazin in die Fensternische zurückgezogen; George war überall und half Konversation machen, jeden Augenblick konnte er eine »seiner Geschichten« erzählen. Laszlo wurde auf einem Sofa von einer aufgeputzten Frau in einem lila Kleid festgehalten, die auf ihn losredete in einer

Sprache, die er nicht als Französisch erkannte. Er schwitzte ein wenig und warf gequälte Blicke in Marions Richtung, die den Kavalleriemajor entdeckt hatte.

Was Steven früher oder später immer geschah, geschah auch hier: jemand – diesmal Mrs. Berry – fischte nach einer Gratisordination. Er hörte höflich zu, mit den Ohren, aber nicht mit dem Geist, und Mrs. Berry, die sich zuerst ein wenig vor ihm gefürchtet hatte, bemerkte später zu einer Freundin, wie leicht es sei, diese Leute zu unterhalten, indem man mit ihnen über ihr Fach sprach. »Ein reizender Mann, wir hatten ein sehr anregendes Gespräch. Ich glaube, ich habe eine Eroberung gemacht.« Steven gelang es, diesen Eindruck zu erwecken, indem er in geeigneten Augenblicken ein liebenswürdiges Gemurmel hören ließ.

Es war fast acht Uhr, als George sich an die Hühner-Croquettes erinnerte. Er hatte Mr. Berry erläutert, wie er seinen Alpengarten anlegen solle. Sein Wirt, der dazu nickte wie eine Henne, wollte nicht sagen, daß er gar keinen Alpengarten habe, daß er, wenn er einen hätte, es sich nicht einfallen ließe, seinem Gärtner dreinzureden.

Marion möblierte gerade Mrs. Berrys Salon neu und Charles begann mit dem Mädchen in Segeltuchhosen in richtiges Fahrwasser zu kommen, aber leider, wie immer, etwas zu spät.

Nach dem Dinner trat ein, was Ruth gefürchtet hatte. Jemand sagte: »Spielen wir Schreibspiele!« Nach einem kurzen Aufschub, bis man genügend Bleistifte gefunden und dafür gesorgt hatte, daß jeder etwas zu trinken bekam, begann man ein Spiel, genannt »Anagramme«, zu spielen, das George zu einer Spe-

zialität von »Four Winds« gemacht und durch verschiedene Nebenregeln und Vorschriften verschönert hatte; er schrie jeden an, der sie nicht befolgte. Laszlo durfte schlafen gehen, und jeder andere erwies sich als entweder gescheit, wie Stewart, Annette, Rupert und Steven, oder witzig, wie George, Marion und sogar Charles, dem man erlaubt hatte, ein Wörterbuch zu benutzen, und der die unwahrscheinlichsten Wörter vorbrachte, die niemand je gehört hatte. Er durfte schwindeln. Als aber Ruth zu schwindeln versuchte, indem sie sich neben Steven setzte und über seine Schulter guckte, wurde sie angeschrien; denn man sollte Wörter wählen, die mit bestimmten Buchstaben anfingen und endeten, sie möglichst schwierig umschreiben und die Mitspieler raten lassen.
Ruth wählte Wörter wie Katze, das sie mit »Haustier« umschrieb, und konnte nicht verstehen, warum alle »Aber Ruth!« sagten. Auch nicht, warum so eine Aufregung entstand, als sie »Geschenk« mit »geben« umschrieb. Man vergeudete viel Zeit mit den Erklärungen über den Unterschied zwischen einem Hauptwort und einem Zeitwort, aber sie blieb dabei und sagte, daß sie nicht einsehen könnte, was das ausmache. Aber als sie nach London zurückkam, kaufte sie für wenige Pfennige ein Buch, betitelt »Grammatik für jedermann«.
Schließlich sagte Rupert: »Spielen wir doch etwas anderes«, und Steven, der bequem in einem Lehnsessel saß und seine langen Beine auf einen Schemel stützte, sagte: »Mach's aber kurz, denn ich gehe bald zu Bett. Ich muß morgen früh weg. Nebenbei, Marry, könnte ich vielleicht um acht Uhr eine Tasse Kaffee bekommen, wenn es nicht zu viele Scherereien macht?«

»Aber natürlich, Steven. Du *mußt* doch frühstücken. Dabei fällt mir ein, ich habe nichts gesagt ...« Sie sprang auf und ging in die Küche, um dort geheimnisvolle Zeichen auf der Rückseite einer Rechnung zu hinterlassen, für Mrs. Bacon, die schon zu Bett gegangen war.

Rupert hatte den fürchterlichen Vorschlag gemacht: »Spielen wir beichten! Es ist so gut für das Ego, glaubst du nicht auch, Steven?« Er zwinkerte ihm mit einer Augenbraue zu. »Mach dich nicht über deinen Onkel Steven lustig«, sagte Marion, die zurückgekommen war. »Er ist der beste Psychologe in London.«

»Danke, mein Kind.« Steven streckte eine Hand aus, und Marion beugte sich nieder und küßte ihn auf die Stirn. Ruth begann mit ihrem Fuß zu schaukeln und runzelte die Stirn. Als sie sie die dumme Frage fragten, die man allen verheirateten Paaren vorlegte: »Warum hast du Steven geheiratet?« errötete sie und platzte heraus: »Weil ich ihn liebte« und wünschte, sie hätte es nicht gesagt. Es war jedenfalls eine uninteressante Antwort; alle anderen hatten etwas Lustiges gesagt.

Steven streichelte ihre Hand. »Danke schön, Ruth.« Dann erhob er sich aus seinem Sessel und sagte, er wolle Ugly noch hinausführen, bevor er zu Bett ging. Es war finster und still draußen. Kein Mond schien und die Nacht roch nach Fichten. Nachdem Ugly ihn fast niedergerannt hatte, schoß er krachend in irgendwelche Gebüsche hinein, wobei er Geräusche machte, die er wohl für Jagdgeräusche hielt. Steven schlenderte auf und ab und empfand das Knirschen des Kieses unter seinen Tritten als angenehm. Als er gefragt worden war: »Warum hast du Ruth geheiratet?« hatte er gelacht und lustig gesagt: »Nun, wegen ihres Geldes natürlich.«

Ruth mit ihren vierzig Pfund Taschengeld im Jahr und ihren von Londoner Cousinen abgelegten Kleidern... Schon der Gegenstand, der ihre Bekanntschaft vermittelt hatte, war für ihre Art bezeichnend gewesen. Steven erinnerte sich genau an den Reisekorb aus Weidengeflecht, wie ihn die Gouvernanten in Büchern hatten. Ruths Korb war von einem alten Lederriemen umwunden, und das Weidengeflecht war stellenweise aufgegangen wie bei dem Sitz eines abgenutzten Sessels, und dieser Korb hatte ihre Bekanntschaft mit Steven vermittelt, denn er war darüber gestolpert auf dem Deck eines der Raddampfer, die zwischen Portsmouth und der Isle of Wight verkehren. Steven hatte seit fast fünf Jahren eine eigene Praxis in Ryde, die er teilweise mit dem von seinem Vater ererbten Gelde gekauft hatte. Obwohl er endlich seine Mutter hatte dazu bringen können, ihr einsames Shropshirer Haus aufzugeben, an dem sie immer noch hing, war das viereckige gelbe Haus, dessen Schmalseite auf den Solent blickte und das auf halber Höhe jenes Hügels stand, der jedem Gebäude in Ryde einen schiefen Grundriß verlieh, noch immer viel zu groß für sie. Die zerzauste Kinderschar seines Vorgängers hatte es gefüllt, aber Steven schloß mehrere Zimmer ab und war trotzdem imstande, die für die Ordination und Apotheke bestimmten Räume zu erweitern in der sicheren Erwartung einer wachsenden Praxis. Nachdem er gerade zwei von Rydes reichsten Einwohnerinnen entbunden hatte, kehrte er aus London zurück, wo er Instrumente eingekauft hatte.

An Ruths Weidenkorb, den sie – natürlich!– so ungeschickt hingestellt hatte, daß er halb in den Durchgang ragte, war Steven hängen geblieben, als er nachschauen wollte, ob seine kleine Kiste noch

stand, wo der Träger sie hingestellt hatte. Er stolperte und drehte sich fast den Knöchel ab, während er sich bemühte, den kostbaren elektrischen Ohrenspiegel in schwarzem Etui, den er trug, zu retten.
Er fluchte leise und drehte sich um, um den Korb aus dem Weg zu räumen, sehr augenfällig, damit dem, der ihn dort stehen gelassen, nicht wohl zumute würde.
»O bitte *vielmals* um Entschuldigung«, sagte eine verzweifelte Stimme, und Ruth verließ ihren Sitz auf dem seeseitigen Ende der Bank. Sie näherte sich ihm errötend und biß sich in die Lippen; dichte Strähnen ihres kastanienbraunen Haares kamen unter ihrem Hut hervor und hingen ihr ins Gesicht.
»Es war dumm von mir, ihn dort stehenzulassen,« sagte sie mit gesenktem Blick, »aber er ist so schwer. Ich hatte ihn mit Mühe und Not bis dahin gebracht und konnte nicht weiter mit all den Sachen . . .« Sie hatte auch eine zerkratzte grünlederne Hutschachtel, einen schlecht abgerichteten Spaniel an einer Kette, einen Schirm und eine große, abgenützte Sämischtasche.
Sie war vierundzwanzig Jahre damals, sechs Jahre jünger als Steven, und ihre unsichere Miene und vollkommene Unfähigkeit, allein zu reisen, waren ziemlich rührend. Sie hatte eine schöne, etwas sommersprossige Haut und Augen, die zwar zu nahe beieinander standen, aber von einem klaren, reinen Braun waren. Da sie nicht hergerichtet war, sah sie im Freien am besten aus, wo sie Sonne und Wind ohne Angst auf sich einwirken lassen konnte.
Steven, der wahrscheinlich jedes Mädchen auf der Isle of Wight hätte haben können, wenn er nur gewollt hätte, hatte kaum Zeit gehabt, irgendeine zweimal anzusehen. Jetzt war er zu zweieinhalb Stunden

Muße gezwungen und ganz zufrieden, diese mit Ruth zu verbringen. Sie gab sich sehr niedlich, und sie hörte allem, was er sprach, gebannt zu. Als sie am Ryde Pier anlegten, half er ihr mit ihrem Gepäck, nachdem er seine Instrumente versorgt hatte, und lud sie zum Tee in einem Café an der Seepromenade ein.

Ruth wohnte in »Seaview«, eine Meile die Küste aufwärts, und das nächste Mal, als Steven zu einem Patienten hinausfuhr, sah er sie, wie sie von dem Spaniel die Straße hinuntergezogen wurde. Sie hatte den verzweifelten Ausdruck, den die Sorgen des Einkaufens ihr verliehen; als er tutete und mit seinem Wagen an den Gehsteig heranfuhr, war es erfreulich für ihn, zu sehen, wie ihr Gesicht sich erhellte. Sie ließ die Leine fallen, und der Spaniel machte sich unbemerkt davon. Steven brachte sie im Auto nach Hause, und erst nachdem er fort war, bemerkte sie, daß der Hund fehlte, und ihre Mutter, die ihm nicht mehr Vernunft zutraute als ihrer Tochter, schickte sie auf die Suche nach ihm.

Sooft Ruth nach Ryde kam, hielt sie sich in der Nähe von Stevens Haus auf; manchmal sah sie ihn und manchmal nicht. Schließlich geschah das, was sie erhofft hatte. Ein Insektenstich verursachte ihr eine Infektion, ihr alter Hausarzt war verreist, und es gelang Ruth, ihre Mutter zu überreden, sie zu Steven gehen zu lassen. Sie war seine letzte Patientin an diesem Nachmittag. Er war gerade dabei, seinen Tee einzunehmen, und führte Ruth in die Privaträume des Hauses, um sie seiner Mutter vorzustellen.

Ruth, die dazu erzogen worden war, liebenswürdig gegen Mütter zu sein, hatte großen Erfolg bei Mrs. Sheppard. Von da an ging alles leicht. Sie konnte immer kommen und Stevens Mutter besuchen, und wie

vorher, traf sie ihn manchmal, und manchmal traf sie ihn nicht.
Steven gewöhnte sich an sie. Sie verursachte nicht mehr Scherereien im Haus als ein Möbelstück, wenn sie auch nicht ganz so nützlich war. Sie war immer bereit zuzuhören, wenn Steven über etwas sprechen wollte, um es sich selbst klarzumachen. Oft, wenn er am Abend kam, sagte seine Mutter: »Ruth war heute früh da, um mir mein Bibliotheksbuch umzutauschen« oder: »Ruth war zum Tee da. Sie brachte mir Pflaumen mit.« Dies bedeutete ihm nicht mehr als die Besuche der Wäscherin oder des Kehrichtsammlers, über die seine Mutter auch gewöhnlich berichtete, aber es bewirkte, daß er Ruth nicht vergaß. Er hatte einmal versprochen, sie in seinem kleinen Segelboot mitzunehmen. Da kaufte sie sich einen blauweißen Sweater, dessen waagrechte Streifen eine Büste betonten, die dies nicht nötig hatte, und wartete darauf, daß er wieder vom Segeln sprach.
Um diese Zeit hatte Steven eine leidenschaftliche Affäre mit einem Mädchen namens Phoebe Threepmann, die in Bembridge in den Ferien war. Sie war klein und blond und sah aus wie eine Primel, und er hatte beschlossen, sie zu heiraten. Nachdem sie wieder nach London zurückgekehrt war, gab er eine Menge Geld aus und vernachlässigte seine Arbeit, da er oft Reisen nach London machte, um sie auszuführen. Sie verlobten sich inoffiziell, und er nahm sie mit auf die Insel, damit sie Weihnachten in Ryde verbrachte. Seiner Mutter gefiel sie nicht sehr, sie sagte, sie könne nicht ein Wort von dem verstehen, was sie sagte. Phoebe langweilte sich und war böse, daß er seiner Arbeit so viel Zeit widmete. Sie fuhr öfters mit auf seine Runden und einmal, als er länger hatte bei einem Patienten bleiben müssen, als er erwartet hat-

te, fand er beim Herauskommen, daß sie mit dem Auto davongefahren war und es ihm überlassen hatte, im Autobus nach Hause zu kommen.

Sie hatten aus ihrer Entlobung etwas wie einen Witz gemacht: »Liebling, kannst du dir mich als Gattin eines Arztes vorstellen, wirklich?« und waren als Freunde geschieden, aber Steven war sehr verletzt, weil er sah, daß sie ihn nicht genug liebte, um sich ihm anzupassen.

Ruth war natürlich die ganze Zeit in Sehweite gewesen, hatte weiterhin die Bibliotheksbücher seiner Mutter umgetauscht und war zum Tee zu ihr gekommen, wenn Phoebe, vor der sie sich wahnsinnig fürchtete, aus dem Haus war. Sie hatte Steven in einem günstigen Augenblick ergattert, ohne List, einfach dadurch, daß sie da war. Sie hatte gewisse Vorteile, verglichen mit Phoebe. Bei ihr konnte er sich gehenlassen, wenn er müde war, und sie würde nie so etwas tun, wie in seinem Auto davonzufahren. Vor allem konnte sie nicht chauffieren.

Es gab ziemlich viele enttäuschte Mütter in und um Ryde, als Ruths Verlobung mit Steven angekündigt wurde. Ihre eigene Mutter erzählte triumphierend Wochen hindurch jeden Tag bei einem anderen Tee davon.

Erst als Stevens Mutter starb, bekam er eine Ahnung davon, daß er mit Ruth nichts anfangen konnte. Bis dahin hatte es ihm ganz gut gefallen, daß sie in allem von ihm abhing. Sie verlangte so wenig wie ein Hund und war so schmeichelhaft in ihrer Anbetung wie ein Hund. Aber man braucht jemanden, an den man sich lehnen kann, wenn man Kummer hat, jemanden, der dann für eine Zeit die Initiative ergreift und selbst Entscheidungen trifft. Ruth mangelte es nicht an Mitgefühl; sie hatte nur nicht die nötigen

Geisteskräfte, um von Nutzen zu sein. Ihre Mitgefühlsbezeigungen waren aufrichtig und spontan, kamen aber gewöhnlich im unrichtigen Augenblick. »Mein armer Liebling«, murmelte sie oft, wenn sie Steven über einer schwierigen Diagnose brüten sah. »Du denkst an *sie*. Ich weiß, ich weiß«, womit sie nur bewirkte, daß Steven empfand, er hätte an seine Mutter denken sollen.

Als er von den gewöhnlichen Reueanwandlungen heimgesucht wurde, wie: »Ich hätte netter zu ihr sein können; ich hätte mehr für sie tun können«, da machte es Ruth ganz gut, indem sie versicherte, daß es keinen besseren Sohn gebe, aber da sie Steven für vollkommen hielt, was immer er auch tat, so hatte dies nicht viel Gewicht.

Auf jeden Fall tat sie jetzt auch sich selbst leid, denn sie erwartete ein Kind.

Die Schwangerschaft machte ihr, wie allen gesunden, breit gebauten Frauen, nicht viel Beschwerden, und ihre Entbindung durch Steven war, wie er ihrer ungläubigen Mutter erzählte, »ein Kinderspiel«. Ruth war die ganze Zeit sehr dramatisch, und obwohl sie sich wahrscheinlich von niemandem anderen als Steven hätte anrühren lassen, erriet er, daß sie es gerne gesehen hätte wenn er einer jener Gatten gewesen wäre, die eine so entscheidende Sache wie die Entbindung ihrer Frau nicht auf sich nehmen konnten. Aber er wäre lieber gestorben, als jemand anderen an sein Kind heranzulassen. Er war sehr überrascht, zu entdecken, daß während der Geburt Ruth für ihn nicht mehr bedeutete als irgend ein anderer schwangerer Leib. Erst nachdem er sich entfernt, sich gewaschen und etwas getrunken hatte, und als er nach seiner Rückkunft Ruth aus dem Schlaf erwacht und bereits kuhäugig vor mütterlicher Besorgtheit vor-

fand, sah er in ihr nicht nur die Patientin, sondern auch seine Frau. Sie blieben in Ryde wohnen, bis das kleine Mädchen, Carol mit Namen, drei Jahre alt war. Die Praxis, die Steven in Dynsford kaufte, war größer als selbst die in Ryde je geworden war, und er erbte seines Vorgängers Ehrenamt am Margaretenspital. Dynsford war eine vornehme Stadt, weit genug von London entfernt, um nicht Vorstadt zu sein, und doch nahe genug, daß seine größeren Häuser von Leuten bewohnt werden konnten, die untertags in London arbeiteten. Das Margaretenspital besaß einen großen und ziemlich teuren privaten Flügel, der fast immer voll war. In Dynsford hatte Steven angefangen wirklich Geld zu machen, und hier hatte seine Verwandlung aus einem intelligenten und zuversichtlichen, aber noch etwas windigen jungen Mann in den immer liebenswürdigen, taktvollen und selbstsicheren beliebten Arzt begonnen.
Aber Ruth hielt nicht Schritt mit ihm. Obwohl ihrer beider Lebenskreis sich erweiterte durch geschäftliche Verträge, gesellschaftliche Verpflichtungen und ein vergrößertes Einkommen, machte Ruth kaum Fortschritte und besaß immer noch das Benehmen, das gerade genügt hätte für das enge Leben in »Seaview«, das keine besonderen Anforderungen stellte. Schüchternheit steht nur den sehr jungen Leuten, und Ruths vollkommene Abhängigkeit von Steven in allem und jedem hatte schon lange aufgehört, ihm zu schmeicheln. Das ungeheure Leid über den Tod des Kindes, das sie hätte einander näherbringen sollen, machte die Entfernung zwischen ihnen noch größer; hier Steven, selbstgenügsam und fast feindselig in seiner Angst, Ruth eine Gelegenheit zu geben, das Unrichtige zu sagen, und dort die arme Ruth, vollkommen unfähig, mit einer so aufwühlen-

den Gemütsbewegung wie einer Tragödie fertigzuwerden; sie schob sie von sich und wagte ihr nicht ins Gesicht zu schauen oder davon zu sprechen. Zwei Jahre in der Wimpole Street, die erhöhte soziale Stellung und der Besitz des dafür nötigen Geldes hatten Ruth etwas gereift und abgeschliffen. Sie war nicht fehl am Platze in ihrem Rahmen als Frau eines erfolgreichen Westend-Professors – sie war nur unscheinbar.

Die Vordertür des Hauses öffnete sich, und in dem von der Halle erleuchteten Rechteck zeichnete sich Marions zarte Figur in dem enganliegenden schwarzen Abendkleid ab.
»Ste-ven!« rief sie und pfiff, als wäre er ein Hund. Er zog an seiner Zigarette, damit sie leuchtete. »Ich bin hier«, sagte er. »Komm, geh ein bißchen spazieren mit mir.«
»Oh, da bist du ja . . . Wo . . .? Himmel, ist das finster. Steven, wo bist du? Au, das war meine Nase.« Stolpernd und lachend tastete sie nach ihm, bis sie mit ihrem Gesicht an seinen Arm stieß. Sie steckte ihren Arm in den seinen, sie hing ein wenig daran, denn sie war so viel kleiner, und so schlenderten sie die Einfahrt hinunter zu dem kleinen Lärchendickicht am Tor, wo sie Uglys Lärm hörten.

»Es war nett, daß du da warst«, sagte Marion. »Ich wollte, du kämest öfter.«
»Ich habe mich riesig wohl hier gefühlt.«
»O nein, das hast du nicht. Es war ein dummes Wochenende, wenigstens was ihr davon gesehen habt. Wir haben alle dasselbe getan, was wir ebenso gut hätten in der Stadt tun können. Ich wünsche mir oft,

wir hätten ein Haus richtig auf dem Lande, aber George fühlt sich hier so wohl. Ich freue mich, wenn er das bekommt, was er gern hat, und er ist so leicht zufriedenzustellen ... es braucht nicht viel.«
»Du bist eine sehr gute Frau, nicht wahr?« sagte Steven düster. Diese ehelichen Zärtlichkeiten bedrückten ihn.
»Ja, weißt du«, sagte Marion eifrig, »ich habe sehr früh das Rezept für eine glückliche Ehe entdeckt. Man lasse dem Mann in allen Kleinigkeiten seinen Willen, die à la longue nicht so viel ausmachen, dann kann man, wenn es sich um etwas Wichtiges handelt, an dem einem wirklich etwas liegt, seinen Willen durchsetzen, ohne daß er das Gefühl hat, ein Pantoffelheld zu sein. Wo ist dein Hund? Ich will nicht, daß er in meinen Narzissen herumstöbert.«
Steven rief nach Ugly, der plötzlich in der Nähe mit eiskalter Schnauze auftauchte, und sie wandten sich und gingen zum Haus zurück.
»Blödes Spiel war das, nicht?« sagte Marion plötzlich. »Wer hat eigentlich vorgeschlagen, daß man ›Beichten‹ spielen soll?«
»Ich nicht«, sagte Steven. »Meine Patienten beichten mir genug. Viele von diesen Frauen ergehen sich oft in peinlichster geistiger Selbstentblößung.«
»Warum hast du aber wirklich Ruth geheiratet?« fragte Marion impulsiv. »Ich habe dich schon oft fragen wollen, habe es aber nicht gewagt. Aber jetzt, wo es dunkel ist, wage ich es.«
Er wußte, daß ihr Gesicht emporgewandt war zu seinem, voll Neugier, zu sehen, wie die Frage auf ihn wirkte. »Oh –« Er versuchte, darüber hinwegzugehen. »Ich hab es dir ja gesagt – wegen ihres Geldes.«
»Nein, mach keine Witze, Steven. Ich meine es im

Ernst.« »Nun schön«, sagte er trotzig, »weil ich sie liebte.«
»Das habe ich mir gedacht«, seufzte Marion unüberzeugt.
»Weil wir gerade davon reden«, sagte Steven, »warum hast du George geheiratet?«
»Ich hätte es nicht getan, wenn ich gewußt hätte, daß es so etwas wie dich gibt. Aber als ich dich kennenlernte, waren wir beide schon fest verheiratet, nicht wahr?«
»Ja . . . Marion, erinnerst du dich an die Tanzerei in Dynsford, bei der wir zusammen waren, in dem Haus, wo sie künstliche Monde in den Bäumen aufgehängt hatten?«
Sie lachte. »Die Bickersleys. Die hatten nie etwas Wirkliches. Selbst ihre Seife hatte die Form von Äpfeln und Birnen.« »Sie hatten eine Buchsbaumhecke in Form einer Friedhofsmauer, mit Urnen darauf.«
»Und du hast mich hinter der Hecke geküßt, aber du warst so verdammt besorgt um deinen ärztlichen Ruf, daß du schnell hineingingst, bevor du dich hättest vergessen können.« Es war ein Teil von Marions Lebensweisheit, die Dinge hervorzuziehen, sie anzusehen und, wenn nötig, zu lachen – auch über Dinge, die weh taten. Es ersparte einem eine Menge von schlechter Laune.
»Ich wollte –« begann Steven. »Nein, stimmt nicht.« Er schob das plötzlich auftauchende heitere und bezaubernde Bild eines Lebens mit Marion beiseite. So wäre es nicht gewesen, es wäre ein Narrenhaus gewesen.

Ruth bürstete ihr Haar, als er in ihr gemeinsames Schlafzimmer trat. »Ich dachte, du würdest gar nicht mehr kommen«, sagte sie, »darum wartete ich nicht.

Steven, jetzt, wo wir hier waren, brauchen wir für eine lange Zeit nicht wieder herzukommen, nicht?«
Er saß auf dem Rande seines Bettes und zog sich die Schuhe aus. »Warum nicht?« sagte er, beugte sich vorwärts und ließ die Hände zwischen den Knien herunterhängen. »Es gefällt mir hier. Wenn ich nur öfter an Wochenenden abkommen könnte ...«
»Ach nein, Schatz, sag das nicht.« Sie teilte ihr vornüberhängendes Haar, damit sie ihn im Spiegel ansehen konnte. »Ich jedenfalls fühle mich hier nie wohl. Und weißt du warum?« Sie drehte sich auf dem Stuhl herum, um ihm ins Gesicht zu sehen, schüttelte ihr Haar zurück und sagte mit ihrer eindringlichen Stimme: »Ich glaube, Marion ist ein bißchen scharf auf dich. Ich finde es widerlich von einer Frau ihres Alters. Sie ist sicher schon vierzig.«
»Nun, ich bin einundvierzig. Wäre es widerlich, wenn ich scharf auf jemanden wäre, wie du es nennst?«
»Ach, bei Männern ist das etwas anderes.« Ruth setzte sich plötzlich aufrecht und hielt ihre Haarbürste wie eine Waffe. »Ja, es wäre widerlich.«

Drittes Kapitel

Alle sechs Monate mußte einer der unbezahlten Ärzte im Margaretenspital vor einer Klasse höherer Schwestern Vorlesungen halten. Steven hatte die seinen im Frühjahr gehalten, indem er irgendwie vor seiner Donnerstags-Klinik eine Stunde einschob. Der Lehrstoff wurde nie abgeändert, und er konnte immer noch die ursprünglichen Vorlesungen benützen, die er in jenen optimistischen Tagen zusammengestellt hatte, wo er noch erwartete, daß mehr als zwanzig Prozent der Schwestern aus ihnen etwas lernen würden.

Jetzt aber wußte er ganz genau, daß manche von ihnen, besonders die auf Nachtschicht waren, die ganze Vorlesung hindurch auf der hintersten Bank schliefen, und daß andere angespannt und vor Angst versteinert dasaßen, er könnte sie etwas fragen wollen, und wenn er das tat, ihn mit stummer Qual anstarrten, bis er die nächste fragte. Wieder andere nannten ihn, im Sinne des traditionellen Kleinkriegs zwischen dem medizinischen und dem Pflegepersonal, den Stinkenden Steven, ahmten seine Art zu sprechen nach und waren offensichtlich entschlossen, sich weder von seinem Wissen beeindrucken zu lassen noch von seiner Person. Aber es gab immer auch einige in den ersten Bänken, die ein wirklich verständnisvolles Interesse bekundeten, und er konzentrierte sich auf diese und wußte, daß die anderen

sich durchs Examen drücken würden, indem sie die Fragen aus den Handbüchern und den Notizen derer auswendig lernten, die vor ihnen geprüft worden waren.
Seine Sammlung von Anekdoten und Illustrationen von aktuellen Fällen war unter dem Namen »Stevens Erzählungen« den Schwestern schon lange vor der ersten Vorlesung vom Hörensagen bekannt, wurde aber trotzdem von den braven Seelen in den ersten Reihen höflich belacht.
Dieses Jahr saß Schwester Lake dort, eifrig vorwärtsgelehnt in reinen Manschetten und reiner Schürze, die Füllfeder gezückt und den Kopf auf die Seite gelegt, um auch die geringste Silbe zu erhaschen. Ihre Krankengeschichten waren kalligraphische Meisterwerke, und ihre Handschrift war wie sie selbst: dünn und gerade und ohne Kurven. Gegen alle Vernunft hoffend, daß Steven eines Tages ihr Heft zu sehen verlangen würde, plagte sie sich stundenlang in ihrem Schlafzimmer mit Diagrammen in verschiedenfarbigen Tinten und klemmte einen Sessel unter den Türgriff, denn man durfte keine Tinte benützen, damit die Bettdecke nicht beschmutzt würde.
Die letzte Vorlesung an einem Donnerstag im Juni war dazu bestimmt, Mißverständnisse aufzuklären und Fragen über den Kursus, den er ihnen gegeben hatte, zu beantworten. Nach dem Wochenende war das Wetter umgeschlagen, und Schwester Lake, die mit den anderen aufstand, als Steven hereinkam, bemerkte Regentropfen auf den Achseln seines schwarzen Rockes. Er war anscheinend geradewegs von seinem Auto zu ihnen herübergekommen. Sie stellte sich ihn vor, wie er über den Kiesplatz lief und sich mit seinen langen Schritten in das Vorlesungszimmer begab, so daß die Schwester, die ihn am Haupteingang

gang erwartete, hinter ihm herflattern mußte wie eine verzweifelte Henne.
Er kam eilig herein, und seine Männlichkeit zerstörte die feminine Schulzimmeratmosphäre, die in dem Raum mit seinen Pulten und seiner Wandtafel herrschte. Er hatte nicht viel Zeit. Sein »Guten Tag, Schwestern«, als er das Podium betrat, war in demselben Atemzug gefolgt von einem: »Welches sind die beiden Hauptarten von Anämie? Sie dort hinten.« Er konnte sich nie alle ihre Namen merken.
»Ich, Herr Doktor?« fragte eine beleidigte Blonde, indem sie Zeit zu gewinnen suchte.
»Ja, Sie.« Steven warf seinen Koffer auf das hohe Pult und stöberte darin herum; er suchte seine Mappe mit den Vorlesungen, die schon Eselsohren hatte.
Die Blonde spielte mit ihren Locken, die vorne einen dicken Tuff bildeten, so daß man den Eindruck hatte, die dahintersteckende Kappe würde vom Kopfe fliegen. »Ja, Herr Doktor, es hängt alles davon ab –«
»Es hängt von gar nichts ab.« Er schloß den Deckel des Köfferchens. »Ich sage: die zwei Hauptarten von Anämie. Die ändern sich nicht mit dem Wetter, wissen Sie.« Sie verdarb seinen Versuch witzig zu sein, indem sie ihre Lider senkte, was, wie sie wußte, ihre Wimpern noch länger erscheinen ließ.
»Weiß das jemand?« Steven erhaschte einen Blick von Schwester Lake, die mit aufgeworfenen Lippen, einen Arm steif in die Luft gehoben, dasaß und vor Wissen zitterte. Er gab ihr ein leichtes, erkennendes Lächeln, das sie in den hintersten Winkel ihres Herzens steckte. »Nun, Schwester?« Sie stand auf.
»Hören Sie«, sagte er verdrossen. »Ich habe Ihnen in der ersten Vorlesung gesagt, daß ich *nicht* will, daß Sie beim Antworten aufstehen, und wenn ich mich recht erinnere, habe ich Ihnen das in jeder Vorlesung

seitdem gesagt. Könnten Sie es vielleicht dieses letzte Mal unterlassen?«

Purpurrot setzte sich Schwester Lake nieder und sagte mit leiser Stimme: »Die zwei Hauptarten von Anämie sind die primäre und die sekundäre.«

»Mm. Wie teilt man die primäre ein?«

Sie begann aufzusagen: »Perniziöse, aplastische, splenische, chlorotische, i-i-ideopathische, hypochromische . . .«

Sie hatte die meisten ihrer medizinischen Vorlesungen wie ein Papagei auswendig gelernt, und viele von ihnen in Stevens eigenen Worten. Sich blind auf ihn verlassend, hatte sie kaum je ein Handbuch nachgeschlagen oder selbst etwas herauszubekommen versucht. Infolgedessen schwankte sie, da er unmöglich den ganzen Stoff in zwölf Stunden behandeln konnte, zwischen Abgründen von Unwissenheit und Höhen reinen Wissens. Dr. Sheppard hatte zwei ganze Vorlesungen einem seiner Lieblingsgegenstände, den Anämien, gewidmet, aber die Pneumonien nur mit Schlagworten gestreift. Darum, so folgerte Schwester Lakes Gehirn, mußte man die Anämie können wie das Vaterunser, aber man brauchte sich keine grauen Haare wegen der Pneumonie wachsen zu lassen, über die sie von der Schwester Lehrerin unterrichtet worden waren.

Da dies die letzte Vorlesung war, fühlte Steven sich verpflichtet, ein paar Fragen durcheinander zu stellen, auch wenn er die hintersten Bänke aufwecken mußte. Um sie zu ermutigen, fragte er sie nach den Brutstätten der Typhusbazillen, was die ganze Klasse veranlaßte, sich aufzusetzen und zu intonieren: »Lebensmittel, Fliegen, Fäzes« und wieder kichernd zurückzusinken. Dann geriet Schwester Bracken über der Frage nach dem Hirnanhang in Verwirrung, und

Schwester Gibbons, rothaarig und bebrillt, starrte Steven mit versteinerten Augen an, als ob sie das Wort Allergie nie im Leben gehört hätte.
Steven wunderte sich heute wieder einmal – zum hundertsten Mal – über den Unterschied zwischen den Schwestern im Vorlesungssaal und in den Abteilungen. Nach seinem allwöchentlichen Kampf im Lehrzimmer machte er gewöhnlich seine Runde in Erwartung, daß alle seine Patienten gestorben seien, aber statt dessen fand er, daß sie so gute Fortschritte machten, als gewissenhafte Krankenpflege es nur ermöglichte.
Die weise alte Oberin seines Londoner Spitals, die Schwestern erzogen hatte seit den Tagen der langen Röcke, der Blutegel und Schröpfköpfe, hatte einmal zu ihm gesagt: »Meine besten Schwestern sind nicht die, die bei den Prüfungen Auszeichnungen bekommen. Keine Krankenpflegerin kann sich alles das merken, was man ihr sagt, und diejenige, die weiß, was sie sich merken und was sie vergessen soll, die wird eine gute Krankenpflegerin werden. Schließlich ist es für sie ganz nutzlos, wenn sie imstande ist, eine genaue Beschreibung der Struktur des Herzens zu geben, wenn sie nicht die Zeichen kennt, mit denen das Organ mitteilt, daß es zu schlagen aufhören wird.«
Steven sah auf die Uhr und hieß die Mädchen Fragen an ihn richten, falls sie etwas nicht verstanden hätten. Eine oder zwei in der ersten Reihe fragten unwichtige Dinge, die er kurz beantwortete, und es gab eine kleine Auseinandersetzung mit einem irischen Mädchen, das schon immer behauptet hatte, daß die Frauen Hämophilie bekommen und auch andere damit infizieren könnten, weil ihre Patin daran gestorben war, und diese letzte Gelegenheit nicht vorübergehen lassen wollte, ohne es wieder zu behaupten.

Steven blickte wieder auf die Uhr. Merkwürdig, wie sechzig Minuten sich in die Länge ziehen oder vorübereilen konnten, je nach Belieben. Er wollte in die Klinik hinunter, er war der schnaufenden Lil im Korridor begegnet, und sie hatte ihm gesagt, daß die Klinik diesmal sehr voll sei. Er mußte zwei Privatvisiten in Dynsford machen, dann noch mehrere in London, und Ruths Mutter kam zum Dinner, was Mißstimmung bedeutete, wenn er spät daran war.
»Nun – noch etwas?« fragte er. Jede sah so drein, als ob er unmöglich sie meinen könnte. Eine oder zwei Schwestern zermarterten sich verzweifelt das Gehirn nach einer intelligenten Frage; die meisten hatten das Gefühl, von allem so wenig zu wissen, daß es nicht der Mühe wert war, in dieser letzten Viertelstunde die gallertartige Masse ihrer Unwissenheit aufzurühren. Nach kurzem Schweigen, währenddessen man die elektrische Uhr summen hören konnte, sagte Steven, sich wegen seines schwerfälligen Spottes selbst hassend: »Ich muß also annehmen, daß Sie alles wissen, was ich je in diesem Vorlesungssaal geäußert habe? Von allen Perlen der Weisheit, die ich Ihnen vorgeworfen habe, ist Ihnen nicht eine durch die Finger geglitten?« Verlegenes Kichern und Wetzen von blauleinenen Hintern auf harten Stühlen.
Schwester Lake meldete sich verzweifelt, während seltsame Schattierungen von Rot von ihrem steifen weißen Kragen aufwärtsstiegen: »Bitte, Herr Doktor, würden Sie uns noch einmal den Unterschied zwischen einem diabetischen und einem Insulin-Koma erklären?« Sie erinnerte sich noch rechtzeitig, daß sie nicht aufstehen durfte.
»Aber ich hab's Ihnen doch *gesagt*... Sie werden doch nicht wollen, daß ich diese letzten Minuten mit

etwas vergeude, was Sie in jedem Handbuch nachschlagen können?«
»Ich dachte nur, vielleicht, Herr Doktor – « Sie hatte einfach das erste genannt, was ihr in den Sinn gekommen war, aus Angst, daß er, verärgert über den Mangel an Interesse, sie alle stehen lassen würde, bevor die kurze Stunde zu Ende war. In der Ecke beim Fenster schüttelte die Schwester Lehrerin, die immer Aufsicht führen mußte, wenn die Schwestern in demselben Zimmer mit einem Mann waren – eine gefährliche Situation! –, mißbilligend den Kopf.
»Das muß die Schwester doch *wissen?*« wandte sich Steven an sie.
»O ja, Herr Doktor, Sie müßte das wirklich wissen.«
»Nun, vielleicht, sagen Sie es uns selbst, Schwester.«
Schwester Lake stand auf.
»Setzen Sie sich!«
Eine der Nachtschwestern wachte auf und ließ ein Lachen los, bevor sie Zeit gehabt hatte, sich die Hand vor den Mund zu halten.
Schwester Lake wiederholte ihm Wort für Wort, was er ihnen drei Donnerstage früher erzählt hatte.
»Schon gut, schon gut.« Er unterbrach sie, bevor sie geendigt hatte. »Ich habe mir gedacht, daß Sie es wissen. Ich bin nicht so blöd, wie manche von Ihnen zu glauben scheinen.« Danach traute sich niemand mehr eine Frage zu stellen, aber es war schon fünf Minuten vor drei und Steven konnte seine Vorlesungen in sein Köfferchen stecken, die Manschetten herausziehen und sich das Haar mit der Hand glatt streichen. »Wie steht es nun also? Jetzt kommt die Prüfung, nicht wahr? Ich habe die Fragen schon vorbereitet. Ich habe sie Ihnen gegeben, nicht wahr, Oberschwester?« Sie nickte wie eine Henne, die nach Körnern pickt.

»Wie sind sie?« fragte jemand mutig. »Haben wir angenehme Fragen bekommen, Herr Doktor?«
»Wenn Sie sie sehen werden«, antwortete Steven, der sich nicht erinnern konnte, was für Fragen er ihnen gegeben hatte, »werden Sie wahrscheinlich wünschen, Sie wären tot.« Ein Chor von »Aber Herr Doktor!« war die Antwort. Alle waren ganz lebendig geworden, jetzt, wo man auseinander ging.
»Und wenn ich Zeit finde«, fuhr er fort, »werde ich jede von Ihnen auch mündlich prüfen.« Stöhnen und Flüstern: »Meine Liebe, ich werde *sterben!*« Oder: »Was für eine Frechheit, die vorige Gruppe hat das nicht gehabt. Wenn wir nur den alten Baxey als Lehrer hätten.«
»Regen Sie sich nicht auf«, sagte Steven munter. »Denken Sie nur daran, daß Nettigkeit meine Parole ist und ich nicht versuchen werde, herauszufinden, was Sie nicht wissen, sondern was Sie wissen. *Wenn* Sie etwas wissen.« Die Oberschwester machte merkwürdige Zeichen mit ihrem Kopf und zeigte mit ihrer Füllfeder auf Stevens Rücken. Der Augenblick war offenbar gekommen, wo die älteste Schwester die übliche Dankesrede an Dr. Sheppard zu richten hatte dafür, daß er die Freundlichkeit gehabt hatte, seine zwölf Guineas zu verdienen.
Die älteste war Schwester Lake. Sie hatte die Rede seit Tagen im Bad, auf der Straße und vor dem Spiegel bei verschiedener Beleuchtung wiederholt. Nun konnte sie sich mit vollem Recht auf ihr Gedächtnis verlassen und stand auf. An einer Haarsträhne herumdrehend, die aus dem Band geglitten war, begann sie: »Darf ich im Namen der Klasse –« Aber sie mußte noch einmal anfangen, weil Steven nach irgendwelchen Büchern herumsuchte, die er mitgebracht hatte, und sie nicht hörte.

»Darf ich Ihnen im Namen der Klasse für Ihre sehr interessanten Vorlesungen sehr danken, Herr Doktor? Wir haben alle sehr viel gelernt, und wir hoffen, daß wir die Prüfung sehr gut bestehen werden, zum Beweis dafür, daß wir bei Ihnen gelernt haben.«
Zu spät bemerkte sie, daß sie das Wort »sehr« zu oft wiederholt hatte, und setzte sich schwer atmend nieder.
»Danke, Schwester«, sagte Steven höflich. »Ich möchte Ihnen nur noch sagen, was für eine Freude es mir war, Sie zu unterrichten. Ich glaube nicht, daß ich je eine so intelligente Klasse gehabt habe, Oberschwester.« Er sagte dies jedesmal, und jedesmal war sie so stolz als hätte sie diese außerordentlichen Intelligenzen zur Welt gebracht. »Wenn ich anfange, denke ich immer, daß ich eine Gruppe von Kretins vor mir habe, und am Ende bemerke ich, daß sie mehr auf die Seite der Schilddrüsenhypertrophie hinneigen.«
Diese wohlbekannte Anspielung, die, seit der Vorlesung über die innersekretorischen Drüsen, in verschiedenen Varianten immer wieder aufgetaucht war, wurde jetzt mit dem fröhlichen Gelächter des »Ave atque vale« begrüßt. Steven, der verlegen geworden war, wie immer, wenn sie alle zusammen mit raschelnden Schürzen aufstanden und ihn ansahen, verließ eilig das Zimmer.
»Der Stinker kann ganz anständig sein, wenn er will«, sagte jemand.
»Ich halte ihn für einen großen Esel«, widersprach eine andere, im Bemühen, das beunruhigende Pochen zu unterdrücken, das er in ihrem unerweckten Busen erregte.
»Wartet nur, bis wir unsere Fragen morgen sehen«, sagte eine Nachtschwester gähnend. »Ich möchte

ihm nur raten, uns anständige Noten zu geben, das ist alles.«
»Ich hoffe, wir werden alle gut bestehen. Ihr nicht auch?« sagte Schwester Lake in überströmendem Gefühl. Als sie aber sah, was für ein kaltes Echo diese Bemerkung hervorrief, eilte sie davon, um vor Steven in der Klinik zu sein. An Vorlesungsnachmittagen begann der Betrieb nie so reibungslos wie sonst. Schwester Phillimore, die sie vorbereiten mußte, wenn Schwester Lake im Vorlesungssaal war, hatte keine Ahnung, wie . . .
Schwester Lake ließ im Vorbeieilen einen erfahrenen Blick über die Bänke vor der grünen Tür schweifen und bemerkte im Nu, daß Phillimore nicht alle neuen Patienten vorne hingesetzt hatte. Sie sah eine langjährige Besucherin, Mrs. Dollamore, in der ersten Reihe, und ein Mann in blauer Jacke saß ganz hinten, mit einer vollkommen neuen Mappe in der Hand. Sie würde sie neu einteilen, während Dr. Sheppard den ersten Krankheitsfall vornahm. Drinnen in der Klinik saß Schwester Phillimore auf Dr. Sheppards Stuhl und drehte sich darin herum.
»Schwester!«
Das dickliche Mädchen fuhr aus dem Sessel auf und grinste von einem Ohr zum anderen. »Gott, haben Sie mich aber erschreckt. Ich dachte, Sie wären der Gottoberste selbst.« »Er wird gleich da sein. Schwester, das sieht *schrecklich* aus. Sie haben alles falsch eingeteilt und hergerichtet.« Ihre verzweifelten Augen glitten über das Zimmer. Sie stürzte sich auf die Schreibunterlage und rückte sie ein wenig nach rechts, wobei sie die Zähne aufeinanderbiß.
»Aber ich habe bestimmt alles so gemacht, wie es gewöhnlich gemacht wird« sagte Schwester Phillimore. »Es scheint mir alles in Ordnung.«

»Nun es mag so scheinen aber es handelt sich um gewisse *Kleinigkeiten* ...« Sie öffnete die Tür eines Untersuchungszimmers und schloß sie wieder, wobei sie einen Luftzug erregte, in dem ein grünes Röntgenformular aus dem Papierständer flog.
»Was zum Beispiel?«
Schwester Lake hob das Formular auf und richtete sich gerade, sie sah sich vergeblich nach Mängeln um. »Nun – die Tintenfässer, zum Beispiel. Das blaue muß rechts und das rote links stehen.«
»Guter Gott, *das* wird er doch nicht bemerken? Er hat ohnehin eine Füllfeder.«
»Darum handelt es sich nicht, Schwester. Gerade diese kleinen Dinge sind so wichtig. Wenn Sie die vernachlässigen, wie kann man sich auf Sie in größeren verlassen? Der Sessel da! Was haben Sie mit dem gemacht? Wirklich, Schwester, ich werde mich bei der Oberschwester über Sie beklagen müssen.« Schwester Phillimore hatte den Stuhl zu einer unmöglichen Höhe hinaufgedreht, er fiel schon beinahe aus der Schraube heraus. Schwester Lake drehte ihn scharf in der falschen Richtung, er schwankte einen Augenblick wie verrückt, dann fiel er herunter und landete auf dem Boden. Er sah aus wie ein Mann, dem man beide Beine amputiert hatte.
Steven fand bei seiner Ankunft eine Schwester vor, die sich vor Lachen wand, und die andere rasend vor Wut. Der Anblick des Stuhles auf dem Boden belustigte ihn, aber er konnte Schwester Lake nicht einmal dadurch ein Lachen abgewinnen, daß er sich im Sessel mehrmals geschickt herumdrehte, um ihn auf die richtige Höhe zu bringen. Er merkte, daß sie über ihn entsetzt war. Sie schickte die andere Schwester schnell hinaus, bevor diese zuviel von diesem unwürdigen Schauspiel sehen konnte.

Sein Blick blieb auf der Wanduhr haften. »Nun los«, bellte er sie an. »Schicken Sie mir ein paar Patienten herein, oder werden wir beide hier den ganzen Nachmittag ›Musikalische Stühle‹ spielen?«

Sie eilte auf ihren quietschenden Schuhen davon und zog den Mann in der blauen Jacke herein, da er der einzige war, von dem sie bestimmt wußte, daß er ein neuer Patient war. Sie spürte eine beträchtliche Feindseligkeit hinter sich auf den Bänken, denn Schwester Phillimore hatte sie ja schließlich schon in der richtigen Ordnung hingesetzt. Mrs. Dollamore saß in der ersten Reihe, denn sie mußte das klinische Debut ihrer Nichte überwachen, und der Mann in der blauen Jacke war ein alter Patient, dessen Mappe verlorengegangen und durch eine neue ersetzt worden war.

Wenn Mrs. Drage, die Aufnahmebeamtin, Steven sprechen wollte, so kam sie gewöhnlich während der Klinik herein. Nur so konnte sie sicher sein, ihn zu erwischen, denn wenn er aus der Klinik in die Säle eilte und danach zum Auto, war er so schwer zu erwischen, wie ein Schmetterling im Flug. Sie hatte die Methode gefunden, sich zwischen einem weggehenden und einem ankommenden Patienten einzuschalten. Wenn Schwester Lake sie daherkommen sah, versuchte sie gewöhnlich, ihr einen Streich zu spielen, indem sie einen Patienten schon hereinzog, während der andere noch im Hinausgehen begriffen war. Sie billigte es nicht, daß man den Doktor störte. Was sie aber in Wirklichkeit nicht billigte, war, daß Dr. Sheppard Mrs. Drage mit ihrem frühzeitig ergrauten Haar, ihrer zarten Haut und dem leicht kanadischen Akzent sehr anziehend fand.

Er sah sich erfreut um, als sie zur Ausgangstür hereinschlüpfte, aus der gerade Mr. Daker hinausgekommen war mit einem Zeugnis, daß er kein Simulant sei, wie seine Firma gedacht hatte. Schwester Lake, die gerade zur anderen Tür mit einer »Colitis« hereinkam, hielt inne. Mrs. Drage sprach mit Steven, der am Schreibtisch saß, und klopfte mit ihrer Brille auf die Papiere, die sie in der Hand hielt. Sie lachten über etwas. Mrs. Drage besaß wunderschöne Kleider, unzerdrückbare Seidenblusen, gut sitzende Kostüme und Schuhe, die sie in Kanada kaufte, sooft sie heimfuhr, um ihre Familie zu besuchen. Die Leute munkelten, daß sie noch andere Einkünfte haben müsse, denn wie konnte eine Soldatenwitwe wie sie sich von dem Gehalt einer Spitalsbeamtin so elegant kleiden? Man hatte sie sogar zweimal die Woche zum Friseur gehen sehen.

»Einen Augenblick bitte, Schwester«, sagte Steven, ohne sich umzusehen, und Schwester Lake, der ihre Strümpfe noch dicker und schwärzer und ihre Schuhe noch quietschender als sonst vorkamen, führte die »Colitis« wieder hinaus; deren Schwester stürzte sich sogleich mit pessimistischem Triumph auf sie, weil sie dachte, ihre Prophezeiung sei wahr geworden und Dr. Sheppard habe auf den ersten Blick gesehen, daß nichts zu machen sei.

»Übrigens«, sagte Mrs. Drage, als Steven alle Formulare, die sie ihm vorgelegt hatte, unterzeichnet hatte, »ich habe Ihren kleinen Buben wunschgemäß im Heim in Cheshire untergebracht.«

»Kleinen Buben, was für einen kleinen Buben?«

»Garrard, die Frau, die vorige Woche hier war und eine Geschichte von einem betrunkenen Ehemann erzählte; sie benahm sich, als ob die Gestapo hinter ihr her wäre.« Sie sagte »Gestappo« und Steven lachte.

»Ach ja, ich erinnere mich. Eine schreckliche Person.

Ich bekam Claustrophobie, als ich mit ihr sprach. Ich bin froh, daß Sie das erledigt haben. Sonst hätte sie sich noch auf meine Türschwelle gesetzt.«
Schwester Lake kam wieder herein und blieb, ungeduldig von einem knarrenden Fuß auf den anderen tretend, an der Tür stehen.
»Also ich gehe«, sagte Mrs. Drage. »Entschuldigen Sie, wenn ich Sie störte, aber ich muß es tun, da Sie nie zu mir kommen.«
»Ich kann nicht«, sagte Steven. »Ich fürchte mich vor dem Maschinengewehrfeuer der tippenden Frauenzimmer in Ihrem Büro.« Schwester Lake beendete dieses kindische Gerede, indem sie die Colitispatientin wieder hereinbrachte, und die Klinik ging weiter.

Steven, der schon spät fürs Dinner dran war, wartete rasend vor Ungeduld auf den Wechsel der Verkehrslichter der Wigmore und Wimpole Street. Als er zu seinem Haus hinüberschaute, als könnte er sich durch die Kraft seines Willens dorthin versetzen, bemerkte er eine magere, junge Frau, die langsam auf der anderen Seite das Trottoir hinunterging. Wo hatte er die schon gesehen? Das glatte, anämische, von dem grünen Turban eingerahmte Gesicht, die Art, wie die Frau ihren gelblichen Mantel um sich schlug, und ihre unbeweglichen, erwartungslosen Gesichtszüge, so als ob sie nirgendwohin ginge, kamen ihm bekannt vor. Eine Patientin wahrscheinlich.
Die Lichter wechselten. Er raste um die Ecke und hinüber zu seinem Haus auf halber Höhe des nächsten Blocks. Er würde den Wagen nach dem Dinner in die Garage tun oder die Garage anrufen. Jetzt war keine Zeit mehr dazu, wenn er sich noch umkleiden wollte, was Ruths Mutter, die immer entweder in ihrem kaffeebraunen Spitzenkleid oder in ihrem fla-

schengrünen Samtkleid kam, von ihm erwarten würde.
Er schleuderte seinen Koffer auf die eichene Truhe, als werfe er Butterstullen, hängte seinen Hut auf einen Haken, und stürmte die Treppe hinauf. Die Salontüre öffnete sich, als er vorüberkam, und Ruth rief ihm ins zweite Stockwerk nach: »Steven, du bist aber spät dran! Hast du vergessen, daß Mama kommt?«
»Nein!« rief er durch die offene Tür seines Ankleidezimmers zurück.
»Nun, dann finde ich – Steven, du wirst doch nicht jetzt noch ein Bad nehmen!« Der Lärm des rinnenden Wassers übertönte ihre Stimme.
Steven konnte so schnell oder so langsam mit seinem Bad fertig sein, wie niemand sonst. Manchmal, vor dem Schlafengehen, lag er eine volle Stunde in der Wanne und ließ von Zeit zu Zeit heißes Wasser nachrinnen; da hatte er das Radio auf der Korkplatte des Wäschekorbs, einen Whisky-und-Soda, seine Zigarettendose und das Feuerzeug auf dem Rand der Badewanne stehen, und alle die Zeitungen, für die er während des Tages keine Muße gehabt hatte, wurden im Dampf zu Brei. Er hätte das keinem Patienten erlaubt, aber ein Arzt hatte das Recht, mit Herzklopfen und einer Haut wie eine Waschfrau herauszutaumeln.
Zu anderen Zeiten des Tages, wo er immer Eile hatte, konnte sich Steven in acht Minuten abseifen und abtrocknen. Während er sich den Rücken mit einem der riesigen Tücher abrieb, die niemand sonst benutzen durfte, hielt er plötzlich inne, den einen Arm ausgestreckt und den anderen auf dem Rücken. Natürlich! Die hatte er in Wimpole Street gesehen. Mrs. Soundso, die ihrem Mann davongelaufen war, von der Mrs. Drage erst heute nachmittag gesprochen

hatte – Garroulds – Garrard –, das war der Name. Was für ein merkwürdiger Zufall.
Als Welsh nach dem Dinner den Kaffee hereinbrachte, bemerkte Steven, daß etwas wie Trotz in ihrer Haltung lag. Ruth hatte sie gebeten, für ihre Mutter Sahne hereinzubringen, und das Mädchen war hinausgelaufen und hatte die Tür absichtlich hinter sich zugeschlagen.
»Was hat denn *die?*« Steven wies mit dem Kopf gegen die Tür.
»Sie nimmt keine Rücksicht mehr. Sie geht übermorgen. Ich hab's dir ja gesagt. Sie hat mir nur eine Woche Kündigung gegeben.«
»Großer Gott, ich hoffe, du bekommst jemand anderen. Minney wird einen schrecklichen Krawall machen, wenn sie auch nur einen halben Tag lang die Tür öffnen muß, so wie das letztemal, als wir niemanden hatten.«
»Natürlich habe ich jemanden anderen«, sagte Ruth stolz und schenkte den Kaffee ein. »Oder eigentlich du hast jemanden.«
»Ich –« setzte Steven ungläubig an, aber als Ruth zu erklären begann, erinnerte er sich an einen telephonischen Anruf, den er zu machen hatte, und verließ mittendrin das Zimmer.
»Du solltest dir das nicht gefallen lassen, daß er dich so unterbricht«, sagte Ruths Mutter und zog ihre Pillen aus der Tasche. Sie wollte sie zum Kaffee nehmen, wenn Welsh sich herbeigelassen haben würde, mit der Sahne zurückzukehren, »es ist sehr ungezogen.«
Ruth lächelte. »Mutter, er ist doch kein Kind. Und der Anruf war ein beruflicher. Er hat sehr viel zu tun. Manchmal, glaube ich, vergessen wir, was für eine wichtige Stellung er in der Ärztewelt einnimmt.«
Ihre Mutter, die nie verfehlte, vor allen ihren Bekann-

ten in den höchsten Tönen mit dieser Stellung zu prahlen, zog die Luft durch die Nase ein. »Es gibt so etwas wie die einfachste Höflichkeit, auch gegenüber der eigenen Frau.« Nachdem Welsh die Sahne gebracht und sie wieder fortgenommen hatte, nahm Ruths Mutter Digoxin und sagte: »Wie geht sein Buch vorwärts?«
»Ich frage nie mehr danach. Es scheint, er will nicht darüber reden... Er arbeitet aber oft daran am Abend. Das tut er wahrscheinlich auch jetzt, da er nicht wieder zurückgekommen ist.«
»Nun, ich hoffe, er wird geruhen heraufzukommen, um gute Nacht zu sagen, bevor ich gehe«, sagte ihre Mutter und schluckte ein zweites Digoxin, wobei ihr Adamsapfel solche Schwierigkeiten machte, als ob es ein Kieselstein wäre.

Auch da war es Steven noch nicht klargeworden. Er hatte auswärts gegessen an dem Tag, an dem das neue Mädchen ankam, und hatte einen ziemlichen Schrecken, als das Klirren der Teetasse, die um halb acht am nächsten Morgen neben sein Bett gestellt wurde, ihn die Augen öffnen ließ und er in das rätselhafte Gesicht von Mrs. Gerrard sah, das um diese frühe Stunde noch fahler als sonst war. Er richtete sich auf einem Ellbogen auf, legte sich aber augenblicklich wieder hin, indem er knurrend das Laken übers Gesicht zog. Sie war noch immer eine Patientin für ihn, und es schien unanständig und unwürdig, daß sie ihn im Bett sah, noch dazu war er unrasiert, und sein Haar stand ihm hinten in die Höhe und hing ihm vorne in die Augen.

Sie ging Steven auf die Nerven. Sie trug Schuhe mit

Gummisohlen und tat ihre Arbeit sehr ordentlich und still, so daß man nie wußte, wo sie gerade war. Er hatte den Eindruck, daß sie ihm nachspionierte. Sie erschien immer geräuschlos in den Zimmern oder Gängen, wo er sich aufhielt, und sooft er sie ansah, erwischte er sie dabei, wie sie ihn mit ihren Eidechsaugen beobachtete. Sie schaute dann aber sofort weg. Er nahm an, daß sie ihm unendlich dankbar war für das, was er für sie getan hatte, und entschlossen, ihm das einmal zu sagen. Er war ebenso entschlossen, ihr keine Gelegenheit zum Sprechen zu geben, er hatte genug davon in der Klinik gehabt.
Sie fand jedoch eine willige Zuhörerin in Ruth. Steven konnte ihre eintönige Stimme manchmal hören, wenn sie Ruths Frühstückstablett heraufbrachte. Er fing abgerissene Stücke in seinem Ankleidezimmer nebenan auf: was »Er« gesagt und getan hatte und wie hoch des kleinen Toms Temperatur gestiegen war, als er krank war; kein anderes Kind in der Great Ormond Street hatte je solche Höhen erreicht. Ruth setzte sich dann im Bett auf, mit Haarnetz und gestepptem Bettjäckchen; sie hörte ganz gerne zu. Sie bekam nicht viele Briefe, und abgesehen von der Frauenbeilage, lag ihr kaum etwas daran, ob sie die Zeitung las oder nicht. Die Geschichte, die sich in Fortsetzungen über den ganzen Tag hindurch erstrecken konnte, mit vielen Verschönerungen, war auf dem aufgebaut, was Steven schon wußte, und reichte weit zurück in Mrs. Garrards Verlobungs- und sogar in ihre Kinderzeit. Ruth war begeistert von ihr. Sie war eine ausgezeichnete Arbeiterin, gut geschult und gründlich und, vor allem, so leicht zu behandeln. Die Unterwürfigkeit und Demut, die für Steven etwas von Speichelleckerei hatten, wa-

ren für Ruth eine willkommene Abwechslung von der verhüllten frechen Verachtung, die sie an ihren früheren Mädchen gewittert hatte. Sie bestellte nicht gerne die Mahlzeiten bei Mrs. Hankey, die ganz genau wußte, was ihrer Stellung zukam, weil sie wußte, daß Mrs. Hankey wußte, daß sie, Ruth, sehr wenig vom Kochen verstand. Ruth hatte nie viel im Haushalt tun müssen. Als sie noch ein Mädchen war, hatte ihre Mutter sie davor bewahrt in der unbestimmten Hoffnung, daß Ruth eines Tages »etwas mit ihrem Violinspiel anfangen würde«, und als selbst diese Hoffnung zunichte wurde, schonte man aus Gewohnheit immer noch Ruths Hände. Ihre Mutter machte ohnehin die Arbeit schneller und besser.

Als sie Steven heiratete, konnte er sich schon ein Mädchen und eine Bedienerin leisten. Nach Ruths Schwangerschaft und darauffolgender Krankheit hielt man sie von der schweren Arbeit fern, sie staubte nur ein wenig ab und ging ab und zu ein wenig in Ryde einkaufen, was mehr ein Vorwand dafür war, einen Vormittagskaffee mit Kuchen bei Betty in der steilen Hauptstraße einnehmen zu können. Als sie dann nach Dynsford kamen, war Ruth die Frau eines rasch bekannt werdenden Arztes und weder genötigt noch gewillt, etwas zu tun.

In der Küche wurde Mrs. Garrard empfangen, wie ein neuer Zellengenosse von den Mitgefangenen empfangen wird, die sich mit ihm abfinden müssen, ob sie wollen oder nicht. Mrs. Hankey gefiel ihre vornehme Art zu sprechen, und Mabel, das Hausmädchen, bewunderte und ahmte sie darin nach, wie sie Messer und Gabel hielt, und hörte wie gebannt der Saga von Arthurs Lastern zu.

»Erzählen Sie uns noch mal, wie es das letztemal

war, wo Sie ihn sahen – Sie wissen schon, als er Sie schlug«, begann sie immer wieder.

»Was für ein Mädchen!« Mrs. Hankey hob ihre Augen zum Himmel, der der Fußboden von Mr. Nosgoods, des Zahnarztes, Ordinationszimmer war, das über der Küche lag. »Sie grault sich gern, hat sich zweimal hintereinander den ganzen *›Frankenstein‹* angesehn, ja wirklich, weil sie sich nicht davon losreißen konnte.«

»Also wir waren im Schlafzimmer«, sagte Mrs. Garrard, so als ob sie eine Geschichte fortsetzte, die nie aufgehört hatte, wie es ja in Wirklichkeit beinahe auch war. »Ich hatte Tom in seinem Bettchen zugedeckt, und er war endlich eingeschlafen. Das arme kleine Wurm war ganz erschöpft von der Szene, die wir gehabt hatten. Ich habe Ihnen ja erzählt, wie Sie sich erinnern, daß Arthur sich aufgeregt hatte, weil ich Tom aufs Land bringen wollte.«

»Ja ja«, sagte Mabel atemlos wie ein Kind, das »Peter Pan« auswendig gelernt hatte. »Damals als er Sie eine – nannte.« »Schsch!« Mrs. Hankey war purpurrot vor Entsetzen. Es war arg genug, daß Ethel Garrard *das* Wort gesagt hatte, aber es war nicht notwendig, daß die junge Mabel es wiederholte, die kaum wußte, was es bedeutete.

Sie saßen nach dem Abendessen um das Küchenfeuer. Mrs. Hankey mit ihrer Häkelei, Mabel mit ihrem broschierten Roman, der schon längst auf den Boden gefallen war, und Mrs. Garrard mit dem grünen Sweater, den sie für Tom strickte. »Ich habe Grün sehr gern«, hatte sie ihnen gesagt, »habe es immer gerne gehabt. Ich weiß wirklich nicht, warum, da es eine unglückliche Farbe ist. Wahrscheinlich, weil ich ein unglücklicher Mensch bin.

Ich bemerkte, daß er mich merkwürdig ansah«, fuhr

sie fort, und ihre langen Finger bewegten die Stricknadeln glatt und rasch nach der deutschen Art, die eine frühere Herrin sie gelehrt hatte. »Er hatte getrunken, verstehen Sie, ich wußte das, und ich wußte von früheren Malen her, wozu er dann imstande war. Daher kämmte ich mich ruhig weiter. Ich hatte langes Haar, ich habe es mir erst schneiden lassen, als ich heim nach Dynsford kam, um mich vor ihm zu verstecken.« Man gewann den erregenden Eindruck, daß sie ihre roten Zöpfe geopfert hatte, um sich unkenntlich zu machen.

»Also, wie ich schon sagte, er blickte mich an, ich konnte ihn im Spiegel sehen, obwohl er das nicht wußte, verstehen Sie? Er war ganz rot im Gesicht – er war immer ziemlich rot, und seine Augen waren so blau, manchmal waren sie wie Stahl. Er kommt also langsam auf mich zu. Ich wußte, was er wollte –« Mrs. Hankey sah unbehaglich auf Mabel, die mit etwas sabberndem Munde dasaß.

Mrs. Garrards Stahlnadeln klapperten regelmäßig weiter. Sie lehnte sich in ihren Sessel zurück, die Organdyschürze über dem braunen Popelinekleid glatt gestreift, ihr leeres, über die Arbeit gebeugtes Madonnengesicht so leblos, als spräche sie über das Wetter.

»Die Männer sind gemein«, sagte sie. »Ich meine, nach so einem Streit, wie wir ihn gehabt haben ... ich hatte danach nicht mehr mit ihm gesprochen, während ich den kleinen Tom ins Bett brachte. Als ich also versuchte, ihm meine Meinung zu sagen, was glauben Sie, tat er? Er faßte mein Haar, das den Rücken hinunterhing, drehte es um sein Handgelenk wie einen Strick, und bevor ich wußte, was er vorhatte, versetzte er mir einen schweren Schlag über die Wange. Die Wunde ist jetzt geheilt«, sie berührte bedauernd die Wange, »aber sie hat damals alle Regenbogenfarben gehabt. Ich getraute mich tagelang nicht, mein Gesicht auf der Straße zu zeigen, aus Angst, was die Leute denken würden.« Mabel kannte den Abschnitt auswendig; ihre Lippen bildeten bereits lautlos die Worte.

»›Schon gut, du feine Dame‹, sagte er rasend vor Wut, wissen Sie. ›Schon gut, wenn du mich nicht willst, ich weiß schon jemanden, der mich will.‹ Und damit riß er seine Kappe herunter und ging aus der Wohnung; er schlug dabei die Tür so zu, daß ein Toter hätte erwachen können, und gar erst Tom, dem sein armes kleines Herz fast brach vor stundenlangem Schluchzen, nachdem er so schreckhaft geweckt worden war.«

»Und haben Sie ihn wiedergesehen?« keuchte Mabel, die die Antwort schon kannte.

»Nicht eine Spur von ihm. Sicher ist er bald zurückgekommen, aber am nächsten Tag war ich fort, wissen Sie, und er hat eine leere Wohnung vorgefunden, sauer gewordene Milch und das Feuer erloschen.« Bei dieser angenehmen Vorstellung machte sie eine Pause. »Aber ich zweifle nicht, daß er mich sucht und Tom auch, denn er war ganz närrisch mit dem Kind.« Ihre eintönige Stimme brach ab. Unter dem Eindruck dieser Stimme war man fast geneigt, über die Schulter zu blicken aus Angst, daß Arthur in eben diesem Augenblick unter der Anrichte auf der Lauer liegen würde oder im nächsten aus der Speisekammer herausspringen und *das* Wort sagen könnte.

Im Souterrain war Mrs. Garrard von dem Glorienschein der verfolgten Frau umgeben; man hielt es für leichtsinnig, wenn sie auch nur in die Haushaltabteilung zu D. H. Evans ging. In den oberen Stockwerken, sowohl im ärztlichen als auch im privaten Teil des Hauses, schlich sie sich mehr und mehr in aller Gunst ein, ausgenommen in die Stevens.

Mr. Nosgood, der kahlköpfige Zahnarzt, dem Steven das Parterrezimmer gegenüber dem Wartezimmer und noch einen kleinen Raum dahinter vermietet hatte, wo er mit seinen Stößeln und Mörsern herumspielte, hatte mit Mrs. Gerrards Vorgängerin Welsh viel Verdruß gehabt. Trotz all ihrer respektlosen Bemerkungen über Steven konnte man die Tatsache nicht leugnen, daß er dichtes schwarzes Haar, eine berückende Stimme und eine gute Figur hatte, während Mr. Nosgood nur einen Kranz von Haaren über den Ohren besaß und eine hohe weinerliche Stimme hatte, außerdem hatte er einen Bauch, und seine Schultern waren in den vielen Jahren, da er sich über offene Münder gebeugt hatte, krumm geworden. Wenn daher telefonische Aufträge nicht ausgerichtet und Briefe verlegt wurden, so hatte in erster Linie Mr. Nosgood zu leiden. Welsh beeilte sich nie sehr, die Tür zu öffnen, wenn es läutete, da es sie zu sehr erschöpfte, rasch die Küchentreppe hinaufzulaufen, aber während Stevens Ordinationsstunden wurde die Tür rascher geöffnet, als wenn er weg war und in Wimpole Street Nr. 101 nur die Zahnheilkunde praktiziert wurde. Schließlich war Steven der Hausherr, während Mr. Nosgood, obwohl er sehr pünktlich seine Miete zahlte, nur ein Eindringling war, nur tagsüber da, wie Mrs. Fairchild, die im Souterrain die grobe Arbeit machte und nicht ihrem Namen entsprach. Mrs. Marks, Mr. Nosgoods ältliche Sekretärin, deren kleiner Schreibtisch in der Ecke des Hinterzimmers stand, wo Miss Minden in weißem Mantel arbeitete, hatte immer gesagt, daß Welsh nicht in dieses Haus paßte. Der Spezialist, der das Haus vor Steven bewohnt hatte, hielt einen mephistophelischen Diener, der so groß war, daß kleine Patienten unter seinem Arm hindurch eintreten konnten, wenn er ihnen die Tür offen hielt. Er war eine imponierende Erscheinung gewesen. Stevens Sekretärin, Miss Minden, war ebenso besessen in Hinsicht auf den äußeren Anstrich wie Mrs. Marks, aber mehr aus fortschrittlichen als aus altmodischen Gründen. Sie und Welsh waren Feindinnen gewesen seit dem Tag, als Miss Minden, die einen struppigen Etonkopf hatte, andeutete, daß ein ordentlicher netter Bubikopf sich für das Stubenmädchen eines Arztes besser schicke als die strähnige Pagenfrisur, die Welsh trug. Nach diesem Vorfall war sie »die Minden« gewesen und das Opfer hinterhältiger Beleidigungen; auf ihrem Tablett stand zum Beispiel eine angeschlagene Tasse, sie erhielt Margarine anstatt Butter oder etwa einen Rosinenkuchen, der ganz ordentlich aussah, den aber niemand essen wollte, weil Mrs. Hankey zu viel Speisesoda hineingetan hatte. Welsh manövrierte auch sehr geschickt mit der Wäsche herum, so daß es Tage gab, wo Miss Minden, die drei weiße Mäntel besaß, nur einen schmutzigen vorfand, während die andern beiden noch in der Wäscherei waren.

Mrs. Garrard dagegen war *ganz* anders, darin stimmten Mrs. Marks und Miss Minden überein, die, den kleinen Finger gekrümmt, schäumenden Kaffee tranken, den das neue Mädchen ihnen unaufgefordert jeden Vormittag brachte. Sie war auch so still und flink bei ihrer Arbeit und erschien immer geräuschlos, fast noch bevor die Patienten ihre Finger von der Glocke entfernt hatten. Man hatte den Eindruck, daß sie den ganzen Tag hinter der Haustür hocken mußte, aber das tat sie nicht; Steven hätte genaue Auskunft darüber geben können, denn so oft er hinaufging, fand er sie – wenn sie sich nicht demütig irgendwo an die Wand drückte – in seinem Ankleidezimmer, wo sie abstaubte, und während er sein reines Taschentuch herausnahm, ruhten ihre Augen auf seinem Rükken.

Wenn er vor dem Frühstück ins Souterrain hinunterging, um Ugly in dem kleinen Hintergärtchen abzubürsten, richtete es Mrs. Garrard immer so ein, daß sie Ruths Frühstückstablett in der Geschirrkammer herrichtete, wo Bürste und Kamm gehalten wurden. »Ich hab den Hund sehr gern«, sagte sie immer. »Es ist komisch mit mir; ich hab schon immer stumme Kreaturen sehr gern gehabt. Gerade hab ich Mylord einen Kotelettknochen gegeben.« Steven hatte es aufgegeben, ihr zu sagen, daß Ugly nur große Knochen essen durfte, denn da der Hund Mrs. Garrard nicht mochte, aß er nur selten, was sie ihm gab. Er war zu höflich, den Knochen oder das Stück Kuchen oder den übriggebliebenen Toast nicht anzunehmen, aber er trug ihn einfach davon und ließ ihn liegen, wenn sie nicht hinschaute.

Eines Tages hatte Mrs. Garrard gesehen, daß Miss Minden ihre weißen Leinenschuhe in einem Strickbeutel unter ihrem Arm mit nach Hause nehmen wollte. »Sie werden sie doch nicht etwa nach Hause mitnehmen und selbst putzen?« hatte sie ruhig gesagt. »Warum lassen Sie sie nicht hier damit Mabel sie reinigt? Das gehört doch zu ihren Obliegenheiten.«

»O nein, eigentlich nicht.« Miß Minden schüttelte ihren kurzgeschnittenen Kopf unter dem modischen Hut, der ihr so gar nicht zu Gesicht stand. »Sie muß nur Herrn und Frau Doktors Schuhe putzen. Ich wohne ja nicht hier, sehen Sie.« »Nun, dann lassen Sie sie bei mir.« Mrs. Garrard nahm ihr den Beutel ab und zog die Schuhe so energisch heraus, daß man nicht zu widersprechen wagte. »Ich werde sie Ihnen schön herrichten, so daß Sie morgen vormittag nur hineinzuschlüpfen brauchen.«

Miss Mindens Schuhe waren noch nie so blendend weiß gewesen. Sie standen ordentlich, die großen Zehen parallel nebeneinander, jeden Morgen unter ihrem Schreibtisch, und wenn Stevens Glocke Miss Minden ins Ordinationszimmer rief, blickte der jeweilige Patient zu allererst auf ihre blitzenden weißen Schuhe.

Mrs. Hankey, Mrs. Gerrard und Mabel schliefen im obersten Stockwerk des Hauses, wo das abschüssige Dach durch kleine Mansardenfenster unterbrochen war und die Zisterne verriet, daß Steven manchmal noch spät ein Bad nahm. Neben Mrs. Garrards Schlafzimmer gab es einen winzigen Raum, in dem das Küchenmädchen geschlafen hatte, als es diese Art Mägde noch gab. Er wurde jetzt als Ablage für Koffer, medizinische Bücher und Aufzeichnungen benutzt, für die kein Platz mehr in dem mit Glastüren versehenen Bücherkasten im Ordinationszimmer war. Außerdem standen darin, gegen die Wand unter dem abschüssigen Dach gelehnt, ein eisernes Bettgestell und eine dünne Matratze.

Mrs. Garrard war kaum zwei Wochen im Hause, als sie in den Salon trat, wo Ruth Briefe schrieb, und sagte: »Entschuldigen Sie, gnädige Frau. Störe ich?«

»Aber nein.« Ruth drehte sich in ihrem Sessel um. Sie war froh, einen Vorwand zu haben, um den schwierigen Brief an den Fleischhauer unterbrechen zu können, mit dem sie sich abmühte. Seit einiger Zeit war das Fleisch immer zäher geworden, einmal oder zweimal hatte er ihnen mit Rindfleisch anstatt mit Schweinefleisch gefüllte Würste geschickt und hatte Ruth am Telefon wirklich gesagt, daß, wenn sie das beste Fleisch wolle, sie kommen und es sich selbst aussuchen müsse.

Die Sache erreichte ihren Höhepunkt, als Steven eines Tages beim Dinner sagte: »Wie kommt es, daß alle Leute ordentliche Beefsteaks bekommen können, nur wir nicht? Was hat man davon, daß Mrs. H. eine Sauce Béarnaise machen kann? Guy Philipps forderte mich auf, heute abend bei Boulestin mit ihm zu essen. Ich wollte, ich hätte es getan.« Er war ärgerlich; er hatte die Einladung abgelehnt, weil er schreiben wollte, aber der Anlauf, den er vor dem Essen machte, hatte ihm gezeigt, daß es wieder einer von jenen Abenden werden würde, an denen »Der reißende Strom« nur sehr langsam dahinfloß.

»Ich weiß nicht, was mit Thompson los ist.« Ruth runzelte die Stirn. »Er war immer ein so gefälliger kleiner Mann, aber sein Fleisch ist in der letzten Zeit viel schlechter geworden.« »Nun, warum wechselst du nicht? Was hat es denn für einen Sinn, daß wir in diesem Bezirk wohnen, wenn du nicht die Nähe von Selfridge ausnützest? Noch eine Kartoffel, Ethel, bitte, damit ich nicht verhungere.«

»O Steven, das kann ich nicht. Wir haben immer bei Thompson eingekauft, seit wir herkamen. Es wäre unangenehm. Ich muß immer an seinem Geschäft vorbei, wenn ich in die Marylebone Road gehe.«

»Nun, dann nimm einen anderen Weg. Und den Whisky bitte, Ethel. Ich weiß nicht, warum Sie die Flasche nicht auf dem Tisch stehen lassen.« Er wußte, daß Mrs. Garrard es nicht billigte, daß er mehr als einen Whisky beim Dinner trank. Als sie Omeletten aßen, wiederholte Ruth, die darüber nachgedacht hatte: »Es ist so unangenehm, Steven. Was soll ich ihm sagen? Schließlich hat er ja nichts getan, was man ihm nachweisen könnte. Man muß gerecht sein. Und ich glaube, man sollte den Kleinkaufmann unterstützen, wenn möglich. Er kämpft einen aussichtslosen Kampf gegen die Warenhäuser.« Sie hatte das irgendwo gelesen und es war ihr hängengeblieben. »Aber natürlich, wenn du es wirklich vorziehst, bei Selfridge einzukaufen...«

»O Gott,« sagte Steven, der die Anspielung verstand, daß er es ja war, der die Rechnungen zahlte, »mir liegt nichts daran, bei wem wir einkaufen, wenn wir nur genießbares Fleisch bekommen. Dein Haushaltgeld gehört dir, und du kannst damit machen, was du willst. Ich habe nichts dagegen, es zu verdienen, aber ich habe etwas dagegen, daß es nicht richtig ausgegeben wird.«

»Vielleicht, wenn ich Thompson schriebe, daß wir zu einem anderen Fleischhauer gehn werden, wenn er nicht besseres Fleisch schickt...«

»Das ist eine gute Idee.« Steven hatte jetzt genug davon.

»Es wird ein schwieriger Brief werden, Steven, schreibe du ihn. Es würde auch viel mehr Eindruck machen.«

»Ach, Unsinn, Ruth. Sei nicht so unbeholfen; es ist deine Sache. Was würdest du sagen, wenn ich verlangte, du solltest die Diagnose für mich stellen, wenn ich mich nicht auskenne?«

»O das, mein Lieber, das könnte ich aber wirklich nicht«, sagte Ruth, die es ernst nahm.

Sie war nicht weitergekommen als: »Geehrter Mr. Thompson, ich habe mich entschlossen, wenn Sie nicht –«, als Mrs. Garrard sie unterbrach.

Sie hielt einen Brief in der Hand, aber in ihrer Miene zeigte nichts an, ob er eine gute oder schlechte Nachricht enthielt. Sie strich ein Sofakissen gerade und lockerte die Rosen, die Ruth am Morgen gekauft und in einer Vase geordnet hatte. Es war eine große Hilfe für Ruth, das Ethel so gut Blumen zu arrangieren verstand. Sie selbst hatte eine sehr unsichere Hand darin und konnte nie an einer Vase vorbeigehen, die sie geordnet hatte, ohne die Blumen umzugruppieren, was die Sache nie besser zu machen schien. Ethel hatte ihr dies unmerklich abgenommen und hatte sogar die Vasen, die ihr nicht gefielen, auf das oberste Brett der Speisekammer gestellt. Ruth machte sich nichts daraus, daß sie sich schrittweise Verfügungsrechte über die Dinge im Hause aneignete. Es war eine Wohltat, jemanden zu haben, der sich so viel Mühe gab, und sie hatte Ethel so gern, daß sie wünschte, sie möge sich hier heimisch fühlen.

»Ich habe einen Brief von Crosslands bekommen«, sagte Mrs. Garrard und hob einige abgefallene Rosenblätter auf. »Ja?« sagte Ruth ungewiß.

»Das Heim in Cheshire, wissen Sie, gnädige Frau, wo mein kleiner Tom ist.«

»Wie geht es ihm?«

»Nicht sehr gut, fürchte ich, gnädige Frau, soweit ich verstehe. Wollen Sie sehen, was sie schreiben?« Sie reichte Ruth respektvoll den Brief und fing dann an ihr zu erzählen, was darin stand, als bezweifle sie, daß Ruth lesen konnte.

»Er wird zwar körperlich kräftiger, sagen sie, aber es scheint, daß er sich nach mir sehnt, und das hält das Gesundwerden auf. Das kommt davon, wenn man einem Kind zuviel Zuneigung zeigt. Ich bin leider nie imstande gewesen, meine Gefühle zu verbergen, wenn es sich um meinen kleinen Tom handelte, und dann vermissen die Kinder das, wenn sie wegkommen. Sie verstehen, wie ich es meine.«

»Natürlich verstehe ich«, sagte Ruth und gab ihr den

Brief zurück. »Wer sollte es verstehen, wenn nicht . . .«
Mrs. Garrard war nicht interessiert und fuhr fort: »Ich werde fast krank vor Sorge um ihn, gnädige Frau, um Ihnen die Wahrheit zu sagen. Wenn ich dran denke, daß er so weit weg von mir ist, dann wünschte ich, ich hätte dort oben eine Stellung angenommen, dann wäre ich in seiner Nähe.« »Aber Ethel,« rief Ruth mit größter Unruhe, »ich dachte, Sie fühlten sich wohl hier!«
»Bitte, mißverstehen Sie mich nicht, gnädige Frau. Dies hier ist natürlich eine sehr angenehme Stelle, und Sie und der Herr Doktor waren so gut zu mir, daß, was immer ich für Sie täte, nicht genug wäre, Ihnen das zurückzuzahlen. Es ist nur, daß ich meinen Kleinen so vermisse, und besonders seit ich diesen Brief bekommen habe, habe ich nicht eine Minute Ruhe, solche Sorgen mache ich mir, daß er sich nicht erholt, weil er sich sehnt.« In dieser Tonart ging es weiter, bis sie Ruth dort hatte, wo sie sie haben wollte.
»Wenn Sie ihn nur hier – überlegte sie und biß an dem Ende ihres Federstils herum. »Aber Dr. Sheppard meinte, Tom brauchte Landluft, nicht?«
»Ja, gnädige Frau, aber er ist sicher nicht dafür, wenn Tom sich so sehnt, gnädige Frau. Wie ich die Sache ansehe, gnädige Frau, muß man das eine gegen das andere abwägen, wenn Sie mich verstehen.«
Ruth dachte, daß Mrs. Garrard meine, sie müsse Wimpole Street verlassen und nach dem Norden zu Tom gehen. Sie hielt es ganz für ihre eigene Idee, noch dazu für eine gute, daß Tom Cheshire verlassen und nach dem Süden zu seiner Mutter kommen solle. Ethel brauchte nur ein wenig nachzuhelfen, damit sie das begriff.»Da er noch so klein ist, könnten wir

alle Koffer und Sachen in der Kammer lassen, so daß er nur seine kleine Schlafecke hätte, denn in meinem Zimmer ist kein Platz für noch ein Bett. Ich könnte alle seine Sachen bei mir halten. Ich möchte nicht, daß Sie die geringsten Scherereien haben, gnädige Frau, nachdem Sie so gut zu mir waren. Ich bin sicher, Sie werden nicht einmal merken, daß er im Haus ist.« »Oh,ich werde mich freuen, ihn zu sehen«, sagte Ruth. Sie liebte Kinder nicht, aber sie liebte ihre eigene Gesellschaft, von der sie zu viel hatte, noch weniger.

Als Mrs. Garrard Steven am Abend dieses Tages auf der Treppe begegnete, sagte sie zu ihm: »Es ist sehr liebenswürdig von Ihnen, Herr Doktor, daß Sie meinem kleinen Tom erlauben, hierher zu kommen. Sie wissen nicht, was für eine Erleichterung es für mich ist.«

»Danken Sie nicht mir«, sagte Steven hastig. »Ich hatte nichts damit zu tun. Ich habe natürlich nichts dagegen, aber es ist ganz Mrs. Sheppards Werk.«

»Selbstverständlich, Herr Doktor«, antwortete Ethel und sah ihn mit einem Blick an, der ausdrückte, daß sie sehr wohl wußte, wer Anordnungen im Haus traf. Sie hatte ein Talent dafür, einen in Rollen hineinzudrängen, die man keine Absicht hatte zu spielen. »Der Teufel hole das Ganze«, dachte Steven, als er hinaufging. »Ich will nicht ihre Feenpatin sein.«

Mrs. Garrard, die in der Tür des Zimmers der Küchenmagd stand und überlegte, wie viele der Koffer sie wohl in das Behältnis unter die Stiege stellen konnte, ohne daß man es merkte, überlegte vergnügt, was für eine hübsche Summe Geldes sie auf diese Art ersparen würde. Mrs. Drage, die Aufnahmebeamtin im Margaretenspital, hatte erfahren, was für einen Lohn sie bekam, und hatte verlangt, daß sie einen Beitrag an das Erholungsheim leiste. Aber in der Wimpole Street würde Toms geringer Appetit die Ziffern in den Haushaltsbüchern nicht verändern. Und wahrscheinlich könnte sie ein paar von seinen kleinen Sachen mit ihrer eigenen Wäsche einschmuggeln, für deren Reinigung Mrs. Sheppard zahlte. Sie hatte ihr Auge bereits auf ein Stück Shantung geworfen, aus dem man wunderschöne Hemdchen machen könnte.

Viertes Kapitel

Entgegen Stevens Erwartungen bedeutete es keine Schwierigkeit, Tom im Hause zu haben. Ja, man hätte sehr aufmerksam schauen und horchen müssen, um zu bemerken, daß er da war. Er war so still wie seine Mutter, aber ohne ihre Gewohnheit, überall aufzutauchen. Es war ihm von Anfang an eingebläut worden, welche Teile des Hauses er meiden müsse. Seine Welt bestand aus dem Souterrain und der Mansarde, die durch die enge Hintertreppe verbunden waren. Mrs. Hankey erlaubte ihm, die Teller in den Speisenlift zu stellen, und wenn Mrs. Garrard oben daran zog, steckte Tom seinen Kopf in den Schacht und blickte dem entschwindenden Lift nach. Mehr als dies und einen Blick durch die offene Tür, als er die Hintertreppe hinaufging, hatte er vom Speisezimmer nicht erhascht. Der Salon, der ganze zweite Stock, wo Ruth und Steven schliefen, sich ankleideten und badeten, und die Ordinationszimmer waren ihm verboten worden mit der Drohung, nach Cheshire zurückgeschickt zu werden, und waren daher für ihn gleichbedeutend mit der Hölle geworden. Offenbar ging dort etwas Furchtbares vor. Aus dem Küchenfenster erhaschte er manchmal einen verkürzten Anblick des Dr. Nosgood, wie er ankam oder wegfuhr, und dachte sich, daß dies der Hauptfolterer war. Manchmal, wenn er in der Geschirrkammer war,

tönte ein eigentümliches Summen durch die Decke. Es kam plötzlich und hörte plötzlich auf und bewirkte oft, daß der Frigidaire sein periodisches Gurgeln aufnahm.
Das erstemal, als er dieses Geräusch hörte, legte Tom, der Mabel das Geschirr abtrocknen half, seinen roten Kopf auf die Seite und fragte mit singender Stimme: »Hörst du etwas Komisches?«
»Oh, das ist nur der Bohrer des Zahnarztes, Liebling«, sagte Mabel fröhlich. »Man gewöhnt sich daran hier unten, obwohl ich nicht glaube, daß die armen Patienten droben sich je daran gewöhnen.«
Mr. Nosgood hatte also das Zimmer voll von demütigen, ergebenen Leuten, die geduldig ringsherum an der Wand saßen – Tom stellte sie sich auf dem Boden sitzend und wie Stoffpuppen an die Wand gelehnt vor – und darauf warteten, daß Mr. Nosgood sie mit Teufelswerkzeugen folterte. Sooft das Summen begann und der Frigidaire surrte, unterbrach Tom alles, womit er gerade beschäftigt war, blickte hinauf, flüsterte: »Habt Geduld«, und hoffte, daß sie es würden ertragen können.
Er war ein sehr selbständiger kleiner Junge. Stundenlang spielte er vergnügt allein, und seine Mutter konnte ihn ruhig mit einem Buch oder einem Stück Plastilin in der Küche lassen, während sie oben ihre Arbeit machte.
»Ich weiß nicht, warum Sie ihn nicht ein wenig hinauf lassen, während *sie* weg ist und *er* im Ordinationszimmer«, sagte Mrs. Hankey immer wieder. »Er könnte Mabel beim Bettenmachen helfen oder ein wenig abstauben. Er hat einen netten Staub gern, nicht wahr, mein Junge?«
Mrs. Garrard schüttelte den Kopf. »Lieber nicht. Wenn das einmal einreißt, sieht man kein Ende ab.

Wenn er einmal war, wo er nicht hätte sein sollen, so könnte er sich ganz leicht hinaufstehlen, wenn der Doktor oder Mrs. Sheppard in den Zimmern sind, und was würde man von meiner Dankbarkeit halten, wenn ich ihm erlaubte, im ganzen Hause herumzustreifen wie ein Gassenjunge? Tom, komm her, dein Hemd hängt schon wieder aus der Hose heraus.« Sie zog und zerrte immer besitzerhaft an ihm herum, als ob sie ihn sich durch fortwährende Berührungen zu eigen machen könnte.
Merkwürdigerweise lockte es ihn nicht, das verbotene Gebiet zu erforschen. Es war die Hölle, und das genügte. Wie es in der Hölle aussah, wußte er aus seiner Sammlung Geschichten aus dem alten Testament. Er hätte oft genug Gelegenheit gehabt, das ganze Haus zu durchstreifen, wenn er nur gewollt hätte, aber das einzige Zimmer, das ihn anzog, war das Wartezimmer. An seinem ersten Tag im Hause war er seiner Mutter hinaufgefolgt, um die Eingangstür zu öffnen, an der jemand klingelte, bevor ihr klargeworden war, was er tat. Seine Sandalen hatten Gummisohlen wie ihre eigenen hübschen schwarzen Schuhe, und erst als sie die Wartezimmertür hinter dem Patienten geschlossen hatte, erblickte sie Tom, der zwischen der eichenen Truhe und der Stehuhr hockte.
Sie jagte ihn die Stiegen hinunter, und sobald er wieder zu Atem kam, sagte er: »Was ist das für ein Zimmer, Mami?« »Kümmere dich nicht darum, Liebling. Und laß mich dich nie mehr wieder da oben erwischen. Wenn der Doktor dich gesehen hätte.« Der Doktor natürlich war ein noch schrecklicheres Ungeheuer als Mr. Nosgood. Tom hoffte, daß er ihm nie begegnen würde, und er begegnete ihm erst, als er schon eine Woche lang im Hause war.

Das Wartezimmer mit seiner zusammengewürfelten Eleganz und seiner unwohnlichen Atmosphäre, in der man das Gefühl hatte, unerwünscht zu sein, besaß eine starke Anziehung für Tom. Er war noch nie in einem solchen Raum gewesen, und manchmal am Abend, wenn er den Doktor hatte aus dem Hause gehen sehen und seine Mutter beschäftigt war, schlich er sich durch die hohe weiße Tür mit dem Glasgriff und verbrachte eine selige halbe Stunde, indem er auf die Stühle kletterte, um sich die dunklen Seegemälde genau anzusehen und die Enten mit den rötlichen Hälsen an den Wänden zu bewundern, oder sich nacheinander auf alle Stühle setzte, um die Magazine anzuschauen. Er fühlte sich sehr wohl in diesem höchst unbehaglichen Raum. Selbst der Marmorkamin mit dem elektrischen Feuer, das er nie angezündet sah, und den Kupfervasen mit den Wespentaillen auf dem Sims war für ihn eine behagliche Höhle. Man konnte sich hinter den Heizapparat hineinzwängen und geradewegs in den Kamin hinaufschauen und ein winziges Stückchen Himmel sehen.

Eines Abends sah Steven, der von einem Dinner mit Guy Phillips nach einem Konsilium heimkehrte, Licht im Wartezimmer, als er die Vordertreppe heraufkam. »Mein Gott, diese Frauenzimmer sind nachlässig«, dachte er. »Wenn sie die Rechnung zu bezahlen hätten –«

Er öffnete die Tür zum Wartezimmer, knipste das Licht aus, und wollte sich schon entfernen, als ein Geräusch im Kamin ihn bewog, das Licht wieder einzuschalten. Es waren doch sicher keine Mäuse; in dieses Zimmer kamen doch nie Nahrungsmittel.

Zwischen dem elektrischen Kamin und der Kaminwand stand ein winzig kleiner Junge in grünem Sweater und hellroten Haaren, die über der Stirne gerade geschnitten waren, und blickte ihn an. Steven dachte einen Augenblick an Einbrecher, die kleine Knaben durch enge Öffnungen preßten, damit sie ihnen die Türen aufschlossen, erinnerte sich, daß Oliver Twist schon vor hundert Jahren geschrieben worden war, und ihm fiel ein, daß das Ethels Sprößling sein mußte.

»Komm heraus von dort«, sagte er, und als der Knabe vortrat, fiel ihm ein, daß er ihn in der Klinik gesehen hatte. »Was um Himmels willen machst du da drinnen?« fragte Steven. »Du solltest schon längst im Bett sein.«

»Ich habe zu den Sternen hinaufgeschaut«, sagte Tom, als wäre das die einzig mögliche Antwort. »Und ich gehe nie vor zehn schlafen.«

»Nun, das solltest du aber«, sagte Steven. »Ich werde mit deiner Mutter darüber sprechen müssen.« Diese idiotischen Weiber. Auf diese Art machten sie ihre Kinder krank und erwarteten vom Arzt, daß er Wunder an ihnen tue.

»Komm jetzt«, sagte er, und als der Knabe herauskam, erinnerte er sich an etwas und steckte seine Hand in die Tasche. »Da«, sagte er und gab ihm einen riesigen roten Apfel, den er vom Abendessen mitgenommen hatte.

Bis dahin hatte Tom nur Stevens Beine gesehen, wenn sie die Treppe vor dem Küchenfenster, das auf den Vorplatz ging, hinauf- und hinuntergeschritten waren. »Mami,« sagte er jetzt, als er unten angelangt war und die Geschirrkammer von der Küche aus betrat, damit sie nicht erfuhr, daß er oben gewesen war, »weißt du, wer in diesem Haus wohnt?« »Nein, Liebling, wer?« Sie richtete eben das Teebrett für den ersten Morgentee her.

»Der Mann, den wir im Spital in Dynsford sahen, da-

mals, als wir so lange lange warteten und eine Dame mir eine Bäckerei gab.«
»Nun du weißt ja, wer das ist. Das ist der Doktor.«
Nein, das konnte nicht der Doktor sein, der fürchterliche Doktor, der einen töten würde, wenn er einen erwischte, wie es in Tom Tiddlers Reich geschah. Das war der Mann aus Dynsford, und er hatte ihm einen Apfel gegeben.

Sie sahen einander erst am folgenden Sonntag wieder, als Steven Ugly im Garten abbürstete. Tom kam mit einem Buch unter dem Arm aus der Hintertür; er blieb stehen und sah ihm zu.
»Hast du Hunde gern?« fragte Steven. Die Sonne schien, und wenn nicht etwas Besonderes vorfiel, hatte er heute nichts zu tun. Er überlegte, ob er mit dem Auto aufs Land fahren, irgendwo Mittag essen und einen Spaziergang machen sollte. Ruth würde nicht mitkommen wollen, weil sie eine Freundin zum Lunch eingeladen hatte. Sie und Mrs. Hankey sprachen gerade darüber in der Küche.
»O ja!« sagte Tom. Steven bürstete Uglys Kopf und Ugly streckte wollüstig seinen Nacken hin, seine Augen zogen sich zu Schlitzen zusammen, und er war sich dessen bewußt, daß man ihn bewunderte.
»Was für ein Hund ist das?« fragte Tom höflich.
»Es ist ein Cornischer Congerhund«, sagte Steven. George hatte ihn so getauft. Er sah eher aus wie ein Aal mit seinem weißen Bauch und langen flachen Kopf und seiner Fähigkeit, die Wirbelsäule scheinbar ganz aufzulösen. Wenn Steven seine Brust bürstete, fiel Ugly beinahe vornüber, denn eine Reflexbewegung zwang ihn, sein rechtes Ohr mit dem Hinterbein zu kratzen. Tom lachte über seine ekstatischen Verdrehungen, und es fiel Steven ein, daß er schon

lange kein Kind hatte lachen hören. Die Kinder, die er im Spital zu sehen bekam, waren gewöhnlich entweder zu krank oder zu verschreckt, um zu lachen. Plötzlich steckte er den Kamm in die Bürste und richtete sich auf, während Ugly sich streckte und schüttelte. Als er sich dem Haus zuwandte, bemerkte er das Buch, das Tom gegen seine Brust gedrückt hielt.

»Guter Gott!« sagte Steven. »Wo hast du das her?«

»Ich fand es in meinem Zimmer«, sagte Tom und drückte es, erschreckt über Stevens Tonfall, noch fester an sich

»Großer Gott!« sagte Ruth und wandte sich um, als Tom, brüllend und die Fäuste krampfhaft in die Augen gedrückt, in die Küche kam. »Was ist denn los?«

Tom wußte nicht, was los war. Alles, was er wußte, war, daß er einen fürchterlichen Schrecken bekommen hatte, als der Mann, den sie Doktor nannten, plötzlich aufhörte nett zu ihm zu sein, ihm das Buch sehr grob aus den Armen riß und rasch ins Haus und die Küchentreppe hinauf eilte und die Türe zum Ordinationszimmer mit Donnergepolter zuschlug. Vielleicht war er doch ein Menschenfresser.

Eine halbe Stunde später erhob Steven sein verstörtes Gesicht von der letzten Illustration des »Schatzkästleins für die Ferienzeit«. Er saß einen Augenblick da und schaute, ohne ihn wahrzunehmen, auf den Turnerschen Kupferstich, dann stand er plötzlich auf, nahm das »Schatzkästlein« und ging in die Halle. Er pfiff Ugly, antwortete nicht auf Ruths Rufen und ging geradewegs aus dem Haus, um sein Auto zu holen.

Den ganzen Weg bis Portsmouth hinunter kamen die Erinnerungen wieder. So war es immer gewesen; Monate hindurch fand er sich mit der Situation so

selbstverständlich ab, daß es fast wie ein Vergessen schien, bis manchmal ganz ohne Ursache die Gefühle, die er besiegt zu haben glaubte, ihm bewiesen, daß er sie nur in den Hintergründen seiner Seele aufgestaut hatte; sie durchbrachen die Dämme und erfüllten ihn mit dem Elend der nur zu genau wiedererweckten Erinnerungen.
Steven war ein Mann, der infolge seines Berufes und auch aus einem angeborenen Widerwillen gegen mangelnde Selbstbeherrschung bei anderen nicht leicht seine Gefühle zeigte. Damals, als Ruth von dramatischen und fast hysterischen Ausbrüchen zu ebenso dramatischem Verbrennen von Spielzeug und Kleidern übergegangen war, als sie Photographien wegschloß und sich unterbrach, wenn ihr unversehens ein gewisser Name auf die Lippen kam, damals war Steven äußerlich ruhig geblieben. Sein Gesicht hatte ein paar Furchen bekommen, und sein Mund war fester verschlossen und härter geworden, aber er hatte sich niemandem gegenüber ausgesprochen, nicht einmal gegen Marion.
Wahrscheinlich überkam ihn diese tiefe Düsterkeit noch jetzt, nach etwa drei Jahren, eben weil er soviel Selbstbeherrschung geübt hatte. Am Anfang hatte er sich vorgenommen, Carol nicht untreu zu werden, indem er sie wegschloß, als wäre sie nie dagewesen; das war das, was Ruth schließlich erreichte. Er wollte es so weit bringen, sich jederzeit ruhig an sie erinnern zu können, aber seine Gedanken waren nicht so fügsam, sie gingen die gewundenen Seitenwege des Leids und führten ihn von Selbstverurteilung und Reue bis zu neidischer Verdammung anderer und der Suche nach einem Sündenbock.
Wenn sie nur nach Cornwall in die Ferien gefahren wären wie das Jahr zuvor. Warum waren sie nicht

nach Cornwall gefahren? Weil Ruth es nicht wollte. Warum gerade auf die Isle of Wight? Weil Ruth sich's gewünscht hatte. Wenn sie nur das andere Haus in Bembridge gemietet hätten ... wenn es nur an dem Tag nicht so heiß gewesen wäre ... wenn nur diese Idiotin von einer Frau früher geschrien hätte ... Diese fruchtlose, gefährliche und außerordentlich schmerzliche Gedankenkette riß nicht ab. Da er diese Gedanken offenbar nicht beherrschen konnte, hatte er sie verbannt und die Erinnerungen zurückgestoßen, die ihn hätten trösten können.

Es gelang ihm meistens ganz gut, bis seine aufgestauten Gefühle, wie auch diesmal, sich rächten und ihn überwältigten.

Während er durch die hügelige Heide von East Hampshire fuhr, erinnerte sich Steven lebhaft an das letzte Mal, da er nach Portsmouth gefahren war. Er hatte damals einen Rover, eine dunkelrote Limousine, auf deren Rücksitz Ugly etwas unsicher zu stehen und mit rätselhaftem Ausdruck durch das hintere Fenster auf die Fahrzeuge hinter ihnen zu blicken pflegte. Sie hatten für zwei Monate ein möbliertes Haus gemietet. Ruth und Carol hatten sich darin ständig niedergelassen, und Steven war von Dynsford aus immer hingefahren und hatte so viel Zeit auf der Insel verbracht, wie es seine sich erweiternde Praxis erlaubte. Da sie das Haus in Bembridge nicht bekamen, hatten sie ein weißes Landhäuschen am Abhang eines Tals an der Mündung des Wooton Creek genommen. Steven kam es jetzt so vor, als habe er dieses Haus nie nehmen wollen, er vergaß, wie entzückt er von dem mit Eichenholz ausgelegten Miniaturfjord gewesen war, den der sanfte braune Brackbridge-Bach bildete, dort, wo er sacht in den Solent glitt. Das Haus hatte blaue Türen und Fensterläden und eine in den Hügelhang eingebaute Terrasse, auf der sie alle Mahlzeiten einnahmen, wenn es heiß war. Steven erinnerte sich an die Fliegen und Wespen. Ruth ärgerte sich sehr über sie, und Steven konnte sie jetzt noch vor sich sehen, wie sie zur Teezeit mit einer zusammengerollten Zeitung auf die marmeladehungrigen Wespen losschlug, und er hörte Carol sagen: »Ich hab's dir schon gesagt, Mami, sie stechen dich nicht, wenn du sie in Ruhe läßt.« Sie belehrte immer ihre Mutter. Schon mit Sieben verstand sie von den meisten Dingen viel mehr als Ruth. Statt den Raddampfer nach Ryde zu nehmen, pflegte Steven mit der Fähre hinüberzufahren, die gerade im Fishbourne Creek landete, ließ aber seinen Wagen gewöhnlich im Hafen in Portsmouth, da es ihm zu teuer war, ihn jedesmal hinüberzuschaffen. Es war Mitte August. Ruth und Carol waren den Landungssteg hinuntergegangen, um ihn abzuholen, und Carols lange gerade Beine kamen so braun unter ihrem verschossenen Kattunkleid hervor wie die eines italienischen Kindes. Steven dachte sich, daß sie, wenn sie größer geworden, wahrscheinlich eines der Mädchen sein würde, die auch in alten Kleidern sehr reizend aussahen; sie würde aber trotzdem Sinn für Kleider haben, und die Leute würden ihn beneiden, wenn sie einmal ihn in London ausführte, um sich von den zudringlichen jungen Männern zu erholen.

Sie waren so lange in Fishbourne gewesen, daß es ihnen wie Heimkommen schien, als sie in das Haus zurückkehrten. Der kurze Ausblick über das Tal vom Fenster seines Zimmers aus wurde ihm vertraut. Er nahm sich vor, das Haus im nächsten Jahr wieder zu mieten. Er zog sich sofort um, zog die alten Kleider an, die er immer dort hielt, und ging nach dem

Lunch mit Carol hinunter zu ihrem Lieblingsplätzchen, einer Lichtung unter den Bäumen, wo die Felsen zutage traten, und wo sie ihre Sonnenbäder nahmen. Ruth pflegte immer später mit dem Teekorb und ihrem Sonnenschirm herunterzukommen. Sie vertrug die Sonne nicht gut; da sie im vierten Monat ihrer Schwangerschaft war, ruhte sie sich gewöhnlich nachmittags auf ihrem Bett aus.
Carol schwamm seit ihrem fünften Lebensjahre. Mit Sieben konnte sie zur Flutzeit ziemlich weit in dem stillen Wasser der Bucht hinausschwimmen; ihre dünnen Arme und Beine bewegten sich wie bei einem Frosch, und ihre langen, schwarzen Haare flossen hinter ihr her wie Seetang. Steven hatte geschlafen, und als er erwachte, sah er sie durch die halbgeschlossenen Lider unten am Rand des Wassers, bemüht Ugly zum Hineingehen zu überreden. Er folgte ihr überall hin, nur nicht ins Wasser, und während sie schwamm, rannte er immer ängstlich über den kotigen Sand, steckte an verschiedenen Stellen seine Pfote ins Wasser und stöhnte über sich selbst, weil er nicht den Mut hatte, den Sprung zu wagen. Carol schaute sich nach Steven um und sah, daß er erwacht war. »Papa!« rief sie. »Es kommt eine Autofähre herein. Kann ich hinschwimmen?«
»Nein. Es ist zu weit weg.«
»Aber sie kommt schon näher«, sagte sie folgerichtig.
Und jetzt kam das, was er sich nie vergeben und vergessen konnte: daß er wieder einschlief. Aber er hatte damals nicht gedacht, daß sie ins Wasser gehen würde, und wenn er daran gedacht hätte, so wußte er, daß sie schon oft ohne ihn hineingegangen war.
Das Geschrei der Frau weckte ihn. Es kam sogar, bevor Ugly bellte und der das Rad der flachen Fähre

drehende Matrose den Schrei ausstieß; jene fürchterliche Frau in dem rosa geblümten Kleid und dem gelben Strohhut, an deren Stimme unter allen, die nachher auf ihn einschrien, er sich erinnerte, wie sie ihm erzählte, was geschehen war.

»Ich war auf der Landungsbrücke. Ich habe alles gesehen. Oh, mein Gott. Das kleine Mädchen schwamm hinaus, auf das Schiff zu. Ich sagte zu mir, das ist gefährlich, sagte ich. Man sollte sie nicht hinausschwimmen lassen. Aber es wäre ihr nichts geschehen, wenn das Schiff nicht seinen Kurs geändert hätte – nur ein wenig hatte es ihn geändert, um geradewegs an die Landungsbrücke heranzufahren. Ich sah, wie es auf ihren Kopf auffuhr...« Ihre Stimme klang ihm nach, als er sich schnell den Kiesweg hinauf entfernt hatte, mit Carols Körper in den Armen.

Steven verließ den Dampfer in Ryde, ging den Pier hinunter und den Hügel hinauf, an dem Haus vorbei, in dem sie gewohnt hatten und in dem Carol geboren worden war. Der Arzt, der die Praxis von ihm gekauft hatte, als er nach Dynsford übersiedelte, hatte ihn immer beherbergt, sooft seine Zeit es ihm erlaubte, herauszukommen und Ruth in dem Sanatorium zu besuchen, in dem sie ihre Fehlgeburt gehabt hatte. Sie war lange Zeit zu krank gewesen, als daß man sie hätte nach Hause nehmen können. Er erinnerte sich daran, was für ein sonderbares Gefühl es war, sich in einem Haus zu befinden, in dem man einmal gewohnt hatte und das einem nicht mehr gehörte. Die Möbel fielen einem auf, wie einem die eigenen nie aufgefallen waren. Dr. Dakers war so freundlich und schüchtern gewesen und hatte Steven in stummer Qual angeblickt, weil er nicht die Beileidsworte finden konnte, die Steven ohnehin nicht hören wollte. Steven hatte in dem Gastzimmer geschlafen, das er nie hatte leiden können, und die Dakers pflegten gewöhnlich um halb sieben ein kaltes Abendessen einzunehmen, bei dem sie alle erdenklichen Saucen und Pickles auf den Tisch stellten. Steven, der in Dynsford sehr viel zu tun hatte, obwohl sein Vorgesetzter am Margaretenspital ihm angeboten hatte, ihm soviel Arbeit wie möglich abzunehmen, pflegte mit dem letzten Dampfer anzukommen, die Nacht durchzuschlafen, am nächsten Morgen Ruth zu besuchen und wieder geradewegs nach Portsmouth zurückzufahren. Er hatte sich wahrscheinlich sehr unfreundlich benommen.

Ugly war schrecklich gewesen. Er war nie mit Carol in dem Haus in Ryde gewesen, aber er sah immerfort Dinge und spitzte die Ohren bei Geräuschen, die niemand sonst hörte. Er hatte dies dann in Dynsford fortgesetzt, darum wollte Ruth ihn gerne loswerden.

Als Steven nach vierstündiger Reise zu dem kleinen Grab auf dem hochgelegenen Kirchhof kam, von dem man über die ansteigenden Dächer von Ryde und über das Wasser hinüber nach Hampshire blicken konnte, da merkte er, daß es ihm gar nichts bedeutete. Das Kind, das ihm so quälend nahe gewesen war, als er das »Schatzkästlein« in den Händen gehalten und die vertrauten Bilder angeschaut hatte, hatte ihn verlassen. Es war jedenfalls nicht hier.

Er kam um sieben Uhr todmüde nach London zurück.

»Jemand dagewesen?« fragte er Mrs. Garrard, die wie gewöhnlich in der Halle auftauchte.

»Nicht, daß ich wüßte, Herr Doktor. Aber die gnädige Frau hat einmal oder zweimal das Telefon abgenommen.«

Ruth war in ihrem Zimmer und kleidete sich um. »Steven, wo um Himmels willen steckst du? So zu verschwinden! Wenn du mir nicht gesagt hättest, daß du die Absicht hast, auszufahren, hätte ich mich zu Tode geängstigt.«

»Nun, ich hab's dir gesagt!«

»Ja, aber du hast nicht adieu gesagt und auch nicht, wohin du fahren willst und wann du zurück sein wirst. Henty Davies hat zweimal angerufen. Er möchte, daß du noch einmal einen Mann in Hampstead ansiehst, der ein Empyem oder so etwas hat. Du wirst wahrscheinlich wissen, was er meint.«

»Dann fahre ich lieber noch vor dem Dinner hin«, sagte Steven müde. »Aber ich muß zuerst was trinken.«

»Deine Landpartie scheint dir nicht sehr gut bekommen zu sein. Wo warst du überhaupt?«

Steven blieb in der Tür stehen und sah sie ausdruckslos an. »In Ryde«, sagte er. »Das Grab ist gut gehalten.«

»Ich weiß, ich war neulich dort.«

»Guter Gott, warum hast du mir das nicht gesagt?«

»Ich weiß nicht. Warum hast du es nicht gesagt?«

»Ich weiß nicht«, sagte Steven unglücklich und ging, seinen lungenkranken Patienten in Hampstead zu besuchen.

Fünftes Kapitel

Von Ostern an hatte Ruth immerfort gefragt: »Wohin fahren wir diesmal im Sommer?« Jetzt war man in der ersten Juliwoche, und Steven antwortete immer noch: »Gott weiß. Es sieht nicht aus, als ob ich überhaupt würde abkommen können, so viel ist zu tun.« Ruth legte gerne Monate vorher schon Pläne fest, bestellte Zimmer und bestätigte sie zwei- oder dreimal brieflich, suchte Züge heraus und machte sich Sorgen, ob der Fahrplan nicht schon veraltet war und ob man nicht vergessen würde, ihnen dort das Auto an die Bahn zu schicken. Steven stellte sich richtige Ferien so vor, daß man eines Tages, wenn die Sonne schien, sagte: »Komm, stecken wir ein paar Sachen in den Wagen und sehen wir, daß wir ein wenig hier herauskommen – machen wir einen Sprung nach Frankreich hinüber und fahren wir dort herum, wo und wie lange es uns gefällt.« Er sah Leute wie Mark Stainer für zwei oder drei Wochen nach Schottland verschwinden, um ein Buch zu beenden, oder einen anderen Patienten, den Schauspieler Clifford Halliday, zwischen zwei Stücken nach Südfrankreich fliegen, um sich bräunen zu lassen, und er ärgerte sich, daß er nie imstande war, so etwas zu tun, außer wenn er einmal in Pension ging, und dann würde er wahrscheinlich zu alt sein, es zu genießen.

Einmal hatten er und Ruth die Gelegenheit benützt und waren an einem Wochenende, wo es unerwarteterweise wenig zu tun gab, nach Le Touquet hinübergeflogen, wo sie aus besonderer Gefälligkeit ein enges, auf einen Hinterhof gehendes Zimmer bekamen, in dem streitende Männer um fünf Uhr morgens Mistkübel leerten. Ruth verbrachte fast die ganze Zeit damit, die Tatsache zu bejammern, daß sie in Eile gepackt und vollkommen unpassende Kleider mitgebracht hatte, obwohl sie auf einem so sonnüberfluteten Strand nie am rechten Platz gewesen wäre, auch wenn sie sich einen ganzen Monat darauf vorbereitet hätte. Sie hatte den größeren Teil des Tages damit verbracht, unter einem gestreiften Schirm zu sitzen und zu lesen, in der Apotheke Mittel gegen Mückenstiche zu kaufen oder Granatensaft und Patisseries an dem schattigsten Tischchen im Café zu sich zu nehmen. Am Abend im Casino hängte sie sich an Stevens Arm, wollte nicht selbst spielen und bat ihn aufzuhören, bevor er noch mehr verlor.

Eines Abends im Bett verkündigte sie: »Steven, ich denke, es wäre nett, nach Italien zu fahren. Ich habe heute mit Betty zu Mittag gegessen, und sie erzählte mir von einem Ort, wo sie zu Pfingsten waren – am Comersee. Sie bekamen zu jeder Mahlzeit frische Pfirsiche, und in der Nacht fahren dort die Fischerboote hinaus, und die Fischer singen unter den Fenstern. Ist das nicht romantisch?«

Steven, der gerade ein interessantes Buch las, knurrte und wandte eine Seite um, Ruth summte ein Stückchen aus »Ciri, biri, bi«, nicht ganz in der richtigen Tonart. »*Wenn* wir hinfahren, müssen wir natürlich bald mit den Vorbereitungen beginnen. Warum gehst du nicht zu Cook und erkundigst dich?«

»Warum tust du es nicht?« fragte Steven.

»Liebling, du weißt, ich bin vollkommen hilflos in solchen Dingen. Ich könnte niemals allein ins Ausland fahren, und wenn ich mich eine Million Jahre darauf vorbereitete. Diese Zollbeamten! Ich könnte aber hingehen und Prospekte holen. Betty sagte, dort, wo sie waren, seien sie oft mit kleinen Dampfern über den See gefahren und hätten den Tee in einem Ort auf der anderen Seite eingenommen. Sie sagte, die Italiener seien reizend zu ihnen gewesen. Viele von ihnen mögen Mussolini gar nicht; sie müssen aber sein Bild auf die Wände ihrer Häuser malen. Hast du das gewußt? Steven, du hörst nicht zu.«

»Nein.«

»Nun, ich denke, es ist sehr dumm von dir, den Sommer so vorbeigehen zu lassen. Du hast selbst gesagt, du brauchtest eine Ausspannung, und du siehst auch wirklich sehr müde aus. Du solltest eine ordentliche Pause machen vor dem Winter. Denk doch nur, du könntest deine Schreibmaschine mitnehmen und mit deinem Buch wirklich vorwärtskommen. Betty sagte, sie hätten dort einen Balkon gehabt, auf den den ganzen Tag die Sonne schien. Du könntest dort sitzen wie Somerset Maugham, und niemand brauchte dich zu stören. Man könnte dir die Mahlzeiten auf einem Tablett bringen.« Sie sah ihn an, um zu sehen, was für einen Eindruck das auf ihn machte. »Oder würdest du doch wieder lieber nach Wales gehen und fischen? Mir würde es bestimmt nichts ausmachen, obwohl es dort für mich nicht viel Abwechslung gab. Ich würde eine Strickerei mitnehmen, denke ich. Es ist immer sehr angenehm, wenn man etwas mit seinen Händen anfangen kann im Hotel... Was liest du, Schatz? ›So grün war mein Tal‹? Ich habe es angefangen, konnte aber nicht weiterlesen. Es ist sehr seltsam, nicht? So walisisch! Aber du hast ja die Waliser gern, nicht? Es macht wahrscheinlich etwas aus, wenn man unter ihnen gelebt hat. Sprechen sie wirklich so? In Glyncastle hat niemand so gesprochen. Alle Kellner waren anscheinend Cockneys, erinnerst du dich? Und das schreckliche schottische Zimmermädchen, das meine Wärmeflasche ruinierte! Ich bin noch immer der Meinung, das Hotel hätte uns dafür etwas von der Rechnung nachlassen sollen.«

»Sieh mal, Ruth, warum liest du nicht etwas oder warum schläfst du nicht?« schlug Steven sehr freundlich vor.

»Ich bin nicht im mindesten schläfrig. Und ich habe mein Bibliotheksbuch schon fertig.«

»Es gibt einen vollen Bücherschrank im Salon. Warum liest du nicht zur Abwechslung mal etwas Anständiges?«

»Aber Steven, ich tue das sehr oft. Ich las neulich einen Dickens. Es war sehr lustig. Die Leute in der Eisenbahn sahen mich fortwährend an, weil ich laut lachte.«

»Es gibt eine Menge anderer Sachen außer Dickens.« In jahrelanger Übung hatte Steven es gelernt, sich auf ein Buch zu konzentrieren und doch hie und da Bemerkungen zu äußern, um Ruth nicht zu ärgern.

»Nun, es gibt natürlich Shakespeare, aber den haben wir in der Schule durchgenommen. Ich denke oft, ich sollte es noch einmal mit Jane Austen versuchen, aber irgendwie bin ich nie imstande gewesen, mich in sie hineinzufinden. Möchtest du nach Bath auf Urlaub fahren, Steven? Man sagt, es ist sehr schön. Wenn wir nach Italien fahren, werde ich wahrscheinlich ›Vom Winde verweht‹ wieder lesen. Es ist immer besser, wenn man ins Ausland geht, etwas mitzunehmen, was man gern hat, dann

kann es einem nicht passieren, daß man plötzlich ohne Lektüre bleibt.«
Steven beendigte das Kapitel, legte das Buch auf sein Nachttischchen und drehte die Lampe ab. Er lag, die Hände hinter dem Kopf, auf dem Rücken in der Dunkelheit. »Es hat keinen Sinn, jetzt über Auslandsfahrten zu reden, Ruth,« sagte er, »wo jeden Augenblick der Krieg ausbrechen kann. Schön sähen wir aus, wenn wir mitten in Europa steckenblieben und nicht nach Hause könnten. Wie würde es dir gefallen, den Krieg in einem Interniertenlager zu verbringen?«
»Ach Liebling, es kann doch unmöglich schon Krieg geben. Man würde uns sicherlich vorher warnen. Ich kann nicht verstehen, warum du immer sagst, daß es einen geben wird. Du sagtest es schon im vorigen Jahr, und du siehst, du hattest unrecht und ich hatte recht.«
»Ich wünsche zu Gott, daß du diesmal auch recht hättest«, erwiderte Steven.
»Wäre es nicht *furchtbar?* Glaubst du, daß es deine Praxis sehr beeinträchtigen würde? Das wäre schrecklich, gerade jetzt, wo sie so gut geht. Vielleicht müßten wir auch dieses Haus aufgeben, da die Instandhaltung so viel kostet.«
»Wir werden es aufgeben,« sagte Steven, »wenn es mir gelingt, bei der Marine anzukommen.«
Ruth lachte. »Du denkst doch nicht etwa immer noch daran, Schatz? Ich dachte, du hättest das Ganze nach München aufgegeben? Ich glaube, selbst wenn du recht behalten solltest und es Krieg gibt, so leistest du doch viel mehr Nutzen in deinem Fach. Ich weiß, es ist schrecklich patriotisch von dir und so weiter, aber ich sehe wirklich nicht ein, warum du alles das aufgeben sollst, wofür du so lange gearbeitet

hast.« »Um die Wahrheit zu sagen«, antwortete Steven, »habe ich heute einen Mann aufgesucht, der sich bemühen will, mich hineinzubringen.« Er hörte, wie Ruth den Atem anhielt, und streckte in plötzlicher Mitleidsregung die Hand nach ihr aus über den Zwischenraum zwischen ihren Betten hinweg. »Ruthie.« Er nannte sie nicht oft so. »Das würde dir doch nichts ausmachen, wie? Wir wären nicht so reich, ich weiß, aber Geld hat dir doch nie sehr viel bedeutet, nicht wahr? Wir könnten vielleicht ein kleines Haus auf dem Land mieten, und ich würde dort meine Urlaube verbringen. Oder du könntest zu deiner Mutter nach Wimbledon ziehen, wenn du willst.«
»Ich würde mir nichts daraus machen, wenn du dir nichts daraus machst«, antwortete Ruth und drückte seine Hand, so daß ihr Ring ihm Schmerzen verursachte. »Aber du würdest doch nicht gerne alles aufgeben – deine Stellung und die vielen Leute, die du durch sie kennenlernst –«
»Ich würde das von Herzen gerne aufgeben«, sagte Steven leidenschaftlich.
»Aber du wirst doch nicht einberufen werden«, sagte Ruth angstvoll. »Ich glaube ohnehin nicht, daß man dich nehmen wird. Du bist zu alt.«
Steven zog seine Hand weg. »Ich bin nicht zu alt.«
Mit vielem Rascheln, Knarren, Naseputzen und Wassertrinken bereitete Ruth sich für die Nacht vor. »Steven«, kam ihre Stimme von unter der Decke hervor, gerade als er einzuschlafen begann, »glaubst du wirklich, daß es Krieg geben wird?«
»Ich hab's dir schon gesagt: ja«, murmelte Steven.
»Nun, wenn es Krieg gibt, dann werde ich Freiwillige Hilfsschwester. Ich sehe nicht ein, warum ich mehr davon verschont bleiben soll als du. Ich könnte sogar jetzt schon mit Rotekreuzkursen beginnen. Erst

neulich sah ich einen Aufruf. Es wird vielleicht sehr interessant sein. Soli ich es tun, Steven?«

»Ausgezeichnete Idee.«

»Ja . . . ja.« Ruth stellte sich vergnügt vor, wie es sein würde, wenn sie etwas mit ihrem Tag würde anfangen können. Sie sah sich selbst in Schwesterntracht. Würde die Kappe je auf ihrem dichten Haar festsitzen? Sie dachte fünf Minuten lang über Krankenpflege nach und fühlte es wie Berufung über sich kommen. Sie erschien sich bereits als sehr edel. »Glaubst du, daß ich eine gute Krankenschwester sein werde?« fragte sie.

»Eine fabelhafte.«

»Steven . . . Steven . . .«

»Ach, Ruth, was ist denn? Laß uns doch schlafen. Ich habe morgen einen schweren Tag.«

»Du hast mir keinen Gutenachtkuß gegeben.«

Nächtelang vor der Prüfung bei Dr. Sheppard saß Schwester Lake mit brennenden Augen und hämmerndem Kopf wach und studierte Medizin. Oft schlummerte sie dabei ein und erwachte voll Schrekken darüber, daß sie soviel kostbare Zeit vergeudet hatte. Manchmal stand sie nach Mitternacht auf und machte sich in der Küche am Ende des Korridors eine Tasse Tee, um die schwarzen Vorhänge abzuwehren, die fortwährend vor ihren Augen niedergingen.

Die Nachtschwester, die durch das Haus strich, um alle zu erwischen, die zu dem Samstagabend-Bali im »Hirsch und Hund« gegangen waren, hatte sie einmal dabei ertappt, wie sie Wasser aus dem Kessel in die Teekanne goß.

»Schwester!« zischte sie mit einer Stimme, die durch jahrelangen Nachtdienst unfähig geworden war, richtig zu artikulieren; Schwester Lakes Herz fiel wie ein Senkblei in ihre gesteppten schwarzen Hausschuhe. Sie stellte schnell die Teekanne und den Kessel hin und raffte ihren Kattunkimono zusammen den sie unzüchtig offengelassen hatte, weil sie niemand anderen mehr wach glaubte.

»Was machen Sie denn da, Schwester?« flüsterte die Nachtschwester und drehte mechanisch ihre Taschenlampe an, obwohl das Licht in der Küche brannte.

»Ich mache Tee, bitte, Schwester.«

»Sie sind ausgewesen, Schwester.« Es war mehr eine Behauptung als eine Frage. Da sie noch nicht lange am Margaretenspital arbeitete, wußte sie nicht, daß Schwester Lake und die lärmenden Tanzereien im »Hirschen« unvereinbare Gegensätze waren.

»O nein, wirklich nicht, ich bin nicht ausgewesen«, schluckte Schwester Lake und fühlte sich so schuldig, als ob sie ausgewesen wäre.

»Was tun Sie denn dann außerhalb des Bettes? Sie wissen doch, daß das Licht um halb elf abgedreht werden muß.«

»Ich – ich konnte nicht schlafen, Schwester.«

»Nun, ich habe noch nie gehört, daß Tee ein besonders gutes Mittel gegen Schlaflosigkeit ist.« Die Nachtschwester hatte eine Gewohnheit, ihren Kopf zu heben und die Luft ringsherum einzuziehen, wenn sie das Gefühl hatte, daß sie eine gute Bemerkung gemacht habe. Da sie immer gute Bemerkungen machte, waren ihre Nasenlöcher so groß geworden wie die eines Schaukelpferdes. »Ich werde das der Oberin berichten müssen«, sagte sie. »Sagen Sie, Sie sind eine Stationsschwester, nicht?«

»Provisorische Stationsschwester«, murmelte Schwester Lake zerknirscht.

»Und Sie mißbrauchen Ihre Stellung, noch bevor Sie sie haben.« Sie zog wieder die Luft ein und führte ihre Hand zum Lichtschalter. »Leeren Sie diese Teekanne aus und schauen Sie, daß Sie ins Bett kommen. Ich werde es nicht dulden, daß ihr euch zu den unmöglichsten Nachtstunden herumtreibt. Kein Wunder, daß die Tagschwestern sich immer beklagen, weil ihr alle so langsam bei eurer Arbeit seid.« Da sie kaum etwas mit den Tagschwestern zu tun hatte, mußte sie sich das in eben diesem Augenblick ausgedacht haben. Auf alle Fälle hielt die Angelegenheit sie so lange in der Küche auf, daß sie nicht sah, wie Schwester Bracken am anderen Ende des Korridors, das Gesicht mit Lippenstift beschmiert und die Tanzschuhe in der Hand, in ihr Zimmer schlich.

Nicht zufrieden damit, ihr Gehirn zur Nachtzeit zu martern, nahm Schwester Lake auch immer ein Buch zum Dienst mit und benutzte jede Gelegenheit, etwa während des Instrumenteputzens oder wenn die Oberschwester beim Dinner war, um sich noch diese oder jene Einzelheit einzuprägen. Sie wurde ungenau und vergeßlich bei ihrer Arbeit und machte dumme Fehler. Die Rügen, die sie erhielt, ertrug sie stolz als ein Opfer, das sie Steven brachte, und ihr einziges Ziel im Leben war, die Prüfung bei ihm als Beste zu bestehen.

Es hatte auch den Anschein, als würde ihr das gelingen. Die Prüfungsfragen sagten ihr zu, und sie hatte mit ihrer dünnen Feder noch lange weitergekritzelt, nachdem die meisten ihre Blätter schon abgelöscht und alles Mögliche darin rot unterstrichen hatten; jetzt glotzten sie um sich mit dem Gefühl, daß sie, was sie geschrieben hatten, noch einmal durchlesen sollten, was sie aber nicht wagten aus Furcht, daß ihre ungenügenden Antworten sie mißmutig machen

würden. Nachher, während der aufgeregten Leichenschau, die losging sobald die Schwester Lehrerin die Blätter eingesammelt hatte und hinausgegangen war, kam Schwester Lake darauf, daß ihnen die Fragen nicht so zugesagt hatten wie ihr. Sie wußte, daß sie die Diabetesfrage ausgezeichnet beantwortet hatte. War es möglich, daß Dr. Sheppard, in Erinnerung daran, wie sie in der letzten Stunde den Unterschied zwischen Hyper- und Hypoglykämie heruntergeschnurrt hatte, sie ihr zuliebe aufgegeben hatte? Sie schwieg und genoß die angstvollen Ausrufe, wie: »Liebes Kind, ich war wie gelähmt! Mir fielen nicht einmal die Namen der Drüsen ein, geschweige denn, was sie alles tun.« – »Was hat er nur mit der Blutdruckfrage gemeint? Was ist eigentlich systolisch und was diastolisch?« – »Er ist ein Schwein. Uns multiple Sklerose zu geben! Ich habe mich aber doch an das Symptom des Pillendrehens erinnert.« – »Du Idiotin, das ist doch Paralysis agitans. Bei multipler Sklerose ist es Intentionstremor.« – *»Nein!* Ach was, ich bin sowieso durchgefallen, ganz sicher, es hat gar keinen Sinn mehr, daß ich mich ängstige, aber wenn ich daran denke, daß ich mir wieder alle diese Vorlesungen werde anhören müssen!«
Schwester Lake gab gleich den andern vor, zu denken, sie sei durchgefallen. Aber im geheimen glaubte sie, daß sie am besten durchgekommen war. Würde er ihr etwas darüber sagen, wenn er erfuhr, wer die nur mit Nummern angeführten Kandidatinnen waren? Dr. Monroe hatte einmal über Schwester Blacker gesagt: wenn ihre praktischen Leistungen so gut seien wie ihre theoretischen, so sei sie eine der besten Schwestern, die das Spital je gehabt habe. Würde Dr. Shepeard vielleicht dasselbe zur Oberschwester über sie sagen?

Aber er kannte ja ihre praktischen Leistungen von der Klinik her. Sie konnte es kaum erwarten, die Resultate zu hören. Jede Woche nahm sie all ihren Mut zusammen und fragte ihn schüchtern: »Haben Sie schon unsere Prüfungsarbeiten korrigiert, Herr Doktor?«, und als er endlich statt: »Leider nein, ich habe noch nicht einen freien Augenblick gehabt« sagte: »Ja. Ich habe sie gerade gestern abend korrigiert«, wartete sie mit angehaltenem Atem, ob er mehr sage. Die Klinik war vorüber, und er wusch sich die Hände, indem er pedantisch die Nägel rundherum bürstete, wie er es immer tat, auch wenn sie noch so rein waren. Er wußte, daß sie von ihm erwartete, er möge ihr sagen, welche Nummer am besten entsprochen hatte, und schämte sich, daß er sich nicht erinnern konnte. Die Prüfung bedeutete anscheinend so viel für sie, daß er nicht einen solchen Mangel an Interesse zeigen konnte. Er sagte nichts und spülte seine Hände ab, wobei er fühlte, wie ihre Augen seinen Rücken durchbohrten.
Während sie hinter ihm mit dem Handtuch wartete, befeuchtete sie ihre Lippen, räusperte sich, trat von einem knirschenden Schuh auf den anderen und stammelte: »Sie k-k-önnen mir wohl nicht sagen, wer am besten bestanden hat, Herr Doktor?«
»Oh«, er nahm seine Zuflucht zur Schelmerei, »das hieße ja aus der Schule plaudern! Sie müssen schon warten, bis die Oberschwester es Ihnen mitteilt. Jedenfalls kommt ja noch die mündliche Prüfung. Ich werde sie heute abhalten, sobald ich die Saalrunde beendet habe. Die Noten werden dann zusammengezählt.« Er griff nach dem Handtuch.
»Aber, Herr Doktor«, stieß sie heraus, »wenn Sie mir nur sagen könnten, ob wir alle die schriftliche bestanden haben.«

»Ja. Die meisten waren sehr gute Arbeiten. Nach ihnen zu urteilen, können Sie doch nicht alle die ganze Zeit geschlafen haben.« Er schnitt ihr überströmendes Lachen mit den Worten ab: »Nein, warten Sie einen Augenblick, eine habe ich doch durchfallen lassen müssen.«

Das war wahrscheinlich die Nicholson, anerkanntermaßen die Dumme in der Klasse, die nie eine Prüfung bestand, bevor sie nicht dreimal angetreten war.

»O wie schade, Herr Doktor«, sagte Schwester Lake heuchlerisch.

»Ja, ich würde Sie gerne alle durchkommen lassen, denn es ist ja nur ein gutes Zeichen für den Unterricht, den Sie gehabt haben, nicht wahr? Aber die eine hat einen so unverzeihlich blöden Fehler gemacht, daß ich ihn nicht durchgehen lassen konnte. Ich meine, wenn sie in der Praxis täte, was sie niedergeschrieben hat, dann wäre sie eine Gefahr für die Öffentlichkeit.«

Was mochte die Nicholson nur hingeschrieben haben? Sie stellte immer etwas an, so wie damals, als sie Nachtdienst hatte und einem Mann, der gastroskopiert werden sollte, Frühstück zu essen gab, und ein andermal, als man ihr erlaubt hatte, im Operationssaal die Tampons zu zählen und sie beinahe ein Unglück anrichtete.

»Was hat sie ... Darf ich fragen, was ...« Schwester Lake folgte ihm, als er zum Schreibtisch hinüberging, um sein Köfferchen zu holen.

»Die Unglückliche hat ein Insulin mit einem diabetischen Koma verwechselt. Sie hat einem Mann, der schon nach Glukose stank, noch hundert Gramm davon gegeben und hat dagegen fünfzig Insulineinheiten einem andern injiziert, der offenbar gerade eine ganze Ampulle bekommen hatte. In jedem Fall würde sie den Patienten wahrscheinlich töten.« Wieder sank Schwester Lakes Herz ihr wie ein Senkblei in die quietschenden Schuhe, und ihr ganzer übriger Körper wurde kalt. Eine fürchterliche Ahnung dämmerte ihr.

»Es war wahrscheinlich nur ein Versehen,« fuhr Steven fort, der seinen weißen Mantel anzog und sich wunderte, warum sie ihm nicht wie sonst dabei half, »aber ich konnte da unmöglich ein Auge zudrücken. Alles Tatsächliche stimmte, aber ein Mädchen, das so konfus ist, daß es die beiden Sachen verwechseln kann, ist zu allem imstande, darum mußte ich ihr auf diese Frage ›nicht genügend‹ geben, und natürlich hat das die Sache entschieden.« Er wollte sich rechtfertigen. Er hatte gestern abend ein schlechtes Gewissen gehabt, weil er jemanden wegen eines Flüchtigkeitsfehlers durchfallen ließ. Aber er war sehr streng gegen Schwestern, die Flüchtigkeitsfehler machten. Sie hatten ihm schon Patienten getötet, und ihretwegen war er einmal vor Gericht geladen worden.

Er warf seinen weißen Mantel auf den Sessel, von wo er zu Boden fiel. Schwester Lake hob ihn gedankenlos auf; in ihrem Kopf jagten sich fieberhafte Fragen im Kreise. Hyper, hypo: sie hatte immer mehrere Male überlegen müssen, um sich zu erinnern, was das eine und was das andere war. Hatte sie sie verwechselt? Wie hatte sie das tun können? Als sie sich mit dem Mantel in der Hand wieder aufrichtete, war sie überzeugt, daß sie es getan hatte. Sie konnte den Satz in ihrer eigenen Handschrift ganz oben auf der Seite sehen – sie hatte sehr darauf acht gehabt, jede Frage, wie befohlen, auf einer neuen Seite zu beginnen: »Hyperglykämie ist ein Insulin-Koma.« Aber sie hatte doch diese Frage so gut beantwortet! Ja, aber

er hatte ja gesagt, daß alles Tatsächliche richtig war. Das zählte nicht wenn sie jenen schrecklichen Fehler gemacht hatte, der sie verdammte.
»Hören Sie Schwester wo ist mein –?« Steven drehte sich um und sah ihre starren Augen und ihren bebenden Mund. Er hatte ihr Gesicht nie so aschfahl gesehen wie jetzt. In ihrem Kopf war kein Blut, das sie hätte erröten machen können. Kein Wunder, daß sie sich einer Ohnmacht nahe fühlte. Sie fiel beinahe vornüber, während sie mit belegter Stimme fragte, indem sie ihn mit entsetzten Augen ansah: »Was für eine Nummer hatte die, die durchfiel?«
»Guter Gott, Sie glauben doch nicht, daß Sie es waren, wie? Fassen Sie sich doch – setzen Sie sich, Schwester, Sie sehen gar nicht gut aus.« Er drehte den Stuhl zu ihr herum und drückte sie hinein, dann faßte er sie am Nacken und preßte ihren Kopf hinunter zu den Knien, soweit es ihre Starrheit erlaubte. »Halten Sie den Kopf tief hinunter. Es ist wohl die Hitze.«
Aus ihrer zusammengedrückten Stellung heraus, in der sie außerordentlich lächerlich wirkte und einem aus seiner Höhle kriechenden Tier glich, drehte sie ihren Kopf herum und sah zu ihm empor. »Ich glaube, daß ich es war«, flüsterte sie. »Welche Nummer war es?«
»Nein, so etwas!« Das war eine schreckliche Geschichte. Er kam sich vor wie ein Henker. »Sie können's nicht gewesen sein. Einen Augenblick, ich werde nachsehen. Ich habe die Liste hier ... Sehen wir mal ... Nein. Sechs war die Beste. Sind Sie das vielleicht?« Sie schüttelte stumm ihr langes Kinn. »Nummer eins war die, welche ich durchfallen lassen mußte.« Schwester Lakes Kopf fiel vornüber. Das zurückfließende Blut sang in ihren Ohren wie ein Kreisel.

Der Gedanke, daß sie sich zu seinen Füßen erbrechen könnte, beunruhigte sie nicht einmal.
»Es tut mir schrecklich leid, Schwester, aber Sie werden es sicher verstehen. Ich hole Ihnen ein Glas Wasser.« Ein zweckloser Vorschlag. Es war nirgends ein Glas zu sehen. Schwester Lake warf plötzlich den Kopf zurück und stand auf. Ihr Gesicht war noch immer grauweiß, aber etwas Farbe begann schon ihren Hals hinaufzukriechen.
»Entschuldigen Sie, Herr Doktor«, sagte sie und zog an ihrer schiefsitzenden Kappe herum. »Ich weiß nicht, was Sie von mir denken müssen. Aber ich wollte so gerne –« Sie hätte fast gesagt: »die Beste sein«, aber sagte nur: »durchkommen.«
»Freilich, freilich.« Er hätte ihr beinahe auf die Schulter geklopft in seiner Erleichterung darüber, daß sie sich zusammengerissen hatte. »Wer möchte nicht alle Prüfungen bestehen? Aber Sie können ja wieder antreten, nächstes Jahr. Dann werden Sie Dr. Baxter haben, und bei dem wird es viel leichter sein als bei mir. Auf jeden Fall haben Sie ja noch die Möglichkeit, es bei der mündlichen Prüfung wettzumachen. Sie werden alles beantworten, was ich Sie frage, und ich werde Sie durchdrücken, wie?« Seine Freundlichkeit war peinlich. Froh, wegzukommen, ergriff er seine Tasche und ging zur Tür. Sie stand ganz still da und schüttelte nur hoffnungslos den Kopf, mehr zu sich selbst als zu ihm hin. Wie konnte sie hoffen, daß sie irgend etwas in einer halben Stunde würde beantworten können? So war es wahrscheinlich, wenn man einen Schock hatte, den zu behandeln sie gelehrt worden war. Die blödesten Gedanken kamen ihr. Vielleicht sollte sie sich in Decken einwickeln und starken, süßen Tee trinken? Das erinnerte sie daran, wie die Nachtschwester sie in der Küche er-

wischt hatte, und der Gedanke an alles, was sie vergeblich durchgemacht hatte, überkam sie wie eine Flutwoge, die so stark gegen ihre Augen drückte, daß sie kaum noch die Türe hinter ihm schließen konnte und dann in seinen Sessel sank; sie legte ihren Kopf auf den Tisch und heulte in seinen weißen Mantel hinein, der nach ihm roch.

Oben begegnete Steven Dr. Baxter, der gerade aus der Medizinischen Frauenabteilung herauskam in Begleitung seiner Assistenzärztin, einer lebhaften jungen Dame mit Haaren wie schwarze Seide, die den alten Mann behandelte, als ob sie seine Tochter wäre. Der alte Dr. Baxter mit seinen immer herunterfallenden Brillen und seinem dünnen Flaum von flachsfarbenem Haar hatte schon lange zum Mobiliar des Margaretenspitals gehört, bevor Steven nach Dynsford kam, und hatte ihn durch die Schwierigkeiten dieser seiner ersten, unbezahlten Anstellung gesteuert. Er selbst war nie so ehrgeizig gewesen, über Dynsford hinaus zu wollen, und hatte ihn immer ausgelacht, weil er nach London hinstrebte. Jetzt lachte er ihn aus, weil er die Verbindung mit dem Margaretenspital nicht aufgeben wollte.
»Grüß Sie Gott, mein Junge!« rief er und lachte in überquellender Freude, bis er sich daran erinnerte, daß er die Mundwinkel herunterziehen und eine Persönlichkeit sein müsse. »Machen ein bißchen Slumarbeit?«
»Was tun denn *Sie* hier an einem Donnerstag nachmittag, Herr Professor?« fragte Steven, während der junge Potter wie ein Hund an der Leine ein paar Schritte hinter ihm blieb und Dr. Natalie Thorne in ihrem kurzen weißen Mantel und ihren aufregenden Strümpfen anschmachtete.

»Das wollte die Oberschwester auch wissen«, antwortete der alte Mann und blickte zerknirscht auf die Doppeltüren zum Saal, »obwohl nur Gott und der Pflegerinnenstand wissen, warum in drei Teufels Namen man seine Visite nicht am Nachmittag statt am Morgen machen soll. Man könnte glauben, daß dieses Krankenhaus für das Pflegepersonal da ist. Und Gott segne Sie, ich konnte keine Assistenz bekommen, weil alle damit beschäftigt sind, alles für Ihre Ankunft vorzubereiten, als ob Sie der Messias wären.«
»Ich habe Ihnen gesagt, daß man es nicht gerne sehn würde, wenn Sie um diese Zeit Visite machen, Herr Professor«, sagte seine Assistentin.
»Ich hatte vergessen, daß Donnerstag ist. Was ist denn an ihm, Natalie? Ich kann nichts finden.«
»Ich auch nicht«, sagte sie, und dem jungen Potter blieb das Herz stehen über ihre Respektlosigkeit. »Machen Sie sich nichts draus, Herr Professor; als Sie so alt waren wie er, tranken zwei Schwestern und eine Oberin aus Liebe zu Ihnen Lysol, das haben Sie mir selbst erzählt.«
»Wirklich? Es klingt wie eine gut erfundene Geschichte. Sie müssen mir das einmal erzählen.« Er legte eine Hand auf Stevens Arm. »Kommen Sie zu uns zum Tee, wenn Sie hier fertig sind. Ich gehe jetzt nach Hause und werde es Agnes sagen. Sie wird sich sehr freuen. Sie sind schon lange nicht bei uns gewesen.«
»Ich würde sehr gerne –« begann Steven und dachte mit Wärme an das gemütliche alte Haus hinter der Kirche, wo er und Ruth – meistens aber er allein – so viele Mahlzeiten eingenommen hatten, als er in Dynsford wohnte.
Und dann erinnerte er sich. Zu dumm! »Nein, ich

kann nicht, Herr Professor. Ich muß bei den Schwestern eine mündliche Prüfung abhalten. Es wird ohnehin schon spät werden, bis ich in die Stadt zurückkomme.«

»Mündliche Prüfung! Was reden Sie da? Ich unterrichte die Schwestern schon seit dreißig Jahren, aber ich habe nie von so etwas gehört.«

»Oh, ich halte gewöhnlich eine ab«, sagte Steven. »Man kann aus ihren schriftlichen Arbeiten nicht sehen, ob sie einen gesunden Menschenverstand haben, und ich habe so etwas wie ein Gewissen in Hinsicht darauf, was ich auf die leidende Menschheit loslasse.«

»Nun, dann haben Sie mehr Mut als ich. Einige von diesen jungen Damen schüchtern mich schrecklich ein. Und sie können Aufträge so ausgezeichnet verdrehen, als wüßten sie, daß man ein alter Narr ist, der nicht weiß, was er redet.« Dr. Baxter sah oft aus wie eine Verkörperung seiner selbst durch den Schauspieler Lionel Barrymore. »Und diese Dame hier ist nicht besser.« Er wies mit einem Zeigefinger voller Knoten auf Fräulein Dr. Thorne. »Sie hört sich an, was ich ihr sage, und dann geht sie und tut, was sie will, und es ist gewöhnlich für die Patienten viel besser so. Das Ganze ist äußerst deprimierend.«

Natalie sah sehr unschuldig drein. Der junge Potter trat von einem Fuß auf den anderen und räusperte sich. Diese Schäkerei zwischen großen Männern machte ihm Spaß, aber er fürchtete sich ein wenig davor, daß sie anfangen könnten, von ihm zu sprechen.

Steven wäre gerne zum Tee zu den Baxters gegangen. Sie wohnten im alten Pfarrhaus, einem der wenigen wirklich stilvollen Häuser in Dynsford; es hatte eine Fassade aus der Zeit der Königin Anna und roch

innen nach Holzfeuern und Mrs. Baxters Lavendelwasser. Ihre Tochter war eine Witwe, die mit ihrem kleinen Jungen bei den Eltern wohnte, als Steven seine Praxis in Dynsford hatte. Er und sie hatten beinahe miteinander angebändelt, aber die Ereignisse während des Urlaubs auf der Isle of Wight bewirkten dann, daß Steven sich in sich selbst verschloß wie ein Mönch in seine Zelle. Er hatte die Tochter der Baxters seit Carols Tode nicht mehr gesehen.
»Wie geht es Janet?« fragte er.
»Sehr gut, sehr gut. Habe erst vor zwei Tagen von ihr Nachricht gehabt. Sie ist jetzt mit ihrem zweiten Gatten in Burma, wissen Sie. Sie haben ein kleines Mädchen.«
»Ich weiß.« Sie hätte nie den rothaarigen Ingenieur geheiratet, wenn sie weiter mit Steven verkehrt hätte.
»Nun, ich muß jetzt wohl beginnen, Herr Professor. Grüßen Sie Ihre Frau von mir. Vielleicht wird es mir möglich sein, ein andermal zu kommen, wenn ich mehr Zeit habe.« Es gab immer Aniskuchen auf dem Baxterschen Teetisch und knuspriges frisches Brot, dessen Löcher voll mit Butter waren. Der Teufel hole die Schwestern!
Einen Vorteil hatte das mündliche Examen aber doch. Es würde ein guter Vorwand sein, den Tee bei Oberschwester Grainger abzulehnen. Als er durch die Doppeltüre ging, warf ihm eine etwas zerzaust aussehende junge Schwester, die von einem Ende des Saales Bettschirme zum andern schob, einen erschreckten Blick zu, und eine andere, die versuchte, die Blutdruck-Manschette in die Schachtel zu pressen, ließ alles wieder herausspringen und lief die Oberschwester holen, die am anderen Ende des Saales die verstreuten Röntgenaufnahmen des alten Baxter ordnete. Sie steuerte auf ihn zu, indem sie ihre

Ärmel herunterstreifte und nach rechts und links nach ihren Manschetten Ausschau hielt; sie ärgerte sich, denn sie hatte den Saal gern in tadelloser Ordnung für Dr. Sheppard. Er wußte nicht, daß am Donnerstag die fürchterlichen Worte »Dr. Sheppards Nachmittag« auf aller Lippen waren von dem Augenblick an, da die Schwestern vom Mittagessen zurückkehrten, und daß man die Betten seiner Patienten zwischen zwei und vier Uhr sechsmal in Ordnung brachte und diese keinen Tee erhielten, »im Falle er früher kam«.

Die Oberschwester ärgerte sich auch, weil wegen der mündlichen Prüfung bei ihm zwei der Schwestern aus dem Krankensaal abwesend sein würden während des »Waschens«, jener großen Schlacht, die jeden Nachmittag um fünf Uhr begann und während deren man mit Schüsseln und Zahngläsern herumschoß und protestierenden Frauen die Nachtgewänder herunterzog, wobei eine Schwester der andern im Vorbeieilen ängstlich zurief: »Wir werden niemals fertig werden!«

An der Mitte der linken Saalwand saß eine winzige Gestalt im Bett aufgestützt wie eine Puppe; ihr Haar war hinten in einem dünnen Zopf zusammengenommen, der mit einem Stück Verbandzeug zusammengebunden war.

»Großer Gott«, murmelte Steven dem jungen Potter zu. »Ist da nicht die alte Mutter Munn?«

»Ja, Herr Doktor. Ich hätte es Ihnen schon gesagt. Sie wurde vor zwei Tagen mit einem Koma eingeliefert – einfach geladen mit Zucker.«

»Wieviel Einheiten haben Sie ihr gegeben?«

»Fünfzig, Herr Doktor, und noch einmal dreißig am Abend.« »Hm.« Der junge Potter versuchte aus seinem Gesicht abzulesen, ob er zufrieden war. Steven blieb am Fußende von Mrs. Munns Bett stehen und blickte sie streng an. »Sie haben Ihre Diät nicht eingehalten, wie, Mrs. Munn?«

»Ich bin zweimal am Tag in die Allgemeine gekommen«, sagte sie vergnügt und ignorierte seine Frage. »Jeden Tag ob schön, ob Regen. Sie können alle Schwestern fragen.« Steven seufzte. Er wußte, daß nichts ihr die Überzeugung rauben konnte, daß, wenn sie nur morgens und abends ihre Nadelstiche erhielt, alles andere gleichgültig war. »Wissen Sie, ich bekomme diese Anfälle öfters, Herr Doktor«, fügte sie besänftigend hinzu. »Diesmal war es auf der Hauptstraße. Es ist so rasch über mich gekommen, Sie würden es nicht glauben. Eben hatte ich mir noch die Blumentöpfe bei Bennett angesehen, und im nächsten Augenblick erwachte ich in diesem Bett.« Sie glättete bewundernd das Leintuch. »Je nun, Sie werden nächstens einmal einen Anfall haben, von dem Sie nicht mehr erwachen werden.«

Mrs. Munn kicherte. Dr. Sheppard machte immer gute Witze. Er sah nachdenklich eine Minute lang auf sie hinab, strich sich das Seitenhaar empor und wandte sich dann an seinen Sekundärarzt. »Man sollte sie in irgendeiner Anstalt unterbringen«, murmelte er. »Irgendwo, wo sie ihre Diät einhalten müßte. Das wäre viel besser für sie. Sprechen Sie vielleicht mit Mrs. Drage darüber.« Der junge Potter machte sich eine Anmerkung in seinem kleinen braunen Notizbuch. Er machte sich jetzt immer Notizen auf seiner Runde mit Steven, seit jenem schrecklichen Vorfall, wo er vergessen hatte, ein Blutbild machen zu lassen, und Steven ihn vor den Schwestern zu Brei zermalmte.

Oberschwester Grainger ordnete beflissen Tabellen auf der Bettdecke. Hinter ihr waren die Schwestern dem Alter nach aufgereiht, eine mit einem Haufen von Krankengeschichten, eine andere mit den großen Kuverts, in denen die Röntgenaufnahmen waren, und die zerzauste kleine Lehrschwester, die erst zwei Wochen da war und die überlegte, ob es besser wäre, die Hände hinten zu halten, wie man es sie gelehrt hatte, oder vorne, um den Fleck auf ihrer Schürze zu verdecken. »Das sind ihre Zuckertabellen, Herr Doktor«, ließ die Oberschwester sich vernehmen und fuhr mit dem wohlgescheuerten Finger die absteigende Kurve entlang, als wäre Steven ein Kindergartenkind.

»Ja, ja.« Er hatte sie schon mit einem Blick erfaßt. »Wo ist ihr Blutzuckerbefund? Den möchte ich gerne sehen.«

»Schwester!« Die Oberschwester wandte sich vorwurfsvoll an ihre Stationsschwester, die vergeblich Mrs. Munns Papiere durchsuchte und voll Angst aufblickte.

»Nein, nein, Schwester. Auf meinem *Schreibtisch*«, zischte die Oberschwester. »Er ist erst vor einer halben Stunde heraufgekommen. Und suchen Sie meine Manschetten!« fügte sie hinzu, und ihr gewittriges Gesicht verwandelte sich in eitel Sonnenschein, als sie sich wieder Dr. Sheppard zuwandte. Sie ließ immer ihre Manschetten an den unmöglichsten Orten liegen – hinter dem Sterilisierapparat, auf dem Kästchen eines Patienten, im Flickkorb –, und die Schwestern sollten sozusagen riechen, wo sie waren. »Die Manschetten der Oberschwester!« flüsterte die Stationsschwester der ersten Schwester zu, als sie zum Schreibtisch gelaufen kam, und »Die Manschetten der Oberschwester!« fauchte die erste Schwester die neue Lehrschwester an, und sie zerstreuten sich alle wie Fuchshunde, die eine Fährte suchen, so daß

niemand da war, als Steven Wandschirme um das nächste Bett gestellt haben wollte.
Die anderen Patientinnen bedauerten es immer, wenn Wandschirme um ein Bett gestellt wurden und sie nicht sehen konnten, was vorging. Die Ärztevisiten, besonders die des Dr. Sheppard, belebten die Eintönigkeit ihres Alltagslebens. Aber Miss Hannyboy würde ihnen schon alles nachher erzählen.
Steven beendete rasch seine Runde und begab sich in das Büro der Oberin, wo die mündliche Prüfung abgehalten werden sollte. Oberschwester Grainger, die Schokoladekeks gekauft hatte und den elektrischen Kessel in ihrem Wohnzimmer summen hören konnte, als sie davor stand, blickte ihm enttäuscht nach, als er den Korridor hinunterging, sagte aber nichts; geistesabwesend zog sie die Manschetten an, die die ganze Zeit über auf dem kleinen Wandbrett neben der Weihnachtssparbüchse gestanden hatten.

Steven bekam seine Schokoladekeks trotzdem, denn er nahm den Tee bei der Oberin ein, während die Kandidatinnen im Korridor draußen warteten, sich gegenseitig an den Schürzen zupften und abwechselnd einen Schuh an dem Strumpf des anderen Beines putzten. Steven hätte es vorgezogen, schon während des Teetrinkens mit der Prüfung zu beginnen, aber die Oberin, eine gutmütige Alte mit einer Haube, die aussah wie ein Zuckersack aus Musselin, konnte nicht in Gegenwart ihrer Schwestern Tee trinken, und so mußte er warten. Schließlich war sie fertig, läutete dem Mädchen, damit sie das Teebrett hole, und winkte der Schwester Lehrerin, die auf dem Rande eines Sessels hockte und sich bemühte, den Sandkuchen mit der Zunge aus ihren Zähnen zu entfernen, daß die erste Schwester hereinkommen könne. »Nehmen Sie vielleicht an meinem Schreibtisch Platz, Herr Doktor«, schlug sie großmütig vor, und er ging ans andere Ende des Zimmers und setzte sich an den großen sauberen Schreibtisch, auf den die Schwester Lehrerin eine schön linierte Tabelle hingelegt hatte, damit er die Noten darauf eintrage. Dieses Ende des Raumes wurde für offizielle Angelegenheiten und Strafpredigten benützt. Das andere, wo die Oberin in einem Lehnsessel saß, war für gemütliches Plaudern mit Schwestern in Not bestimmt und hatte schon viel Heulerei gesehen.

Die erste Schwester kam herein, warf einen furchtsamen Blick auf die Oberin und sagte: »Bitte um Entschuldigung«, bevor sie Steven anzuschauen wagte. »Guten Tag, Schwester«, antwortete er freundlich. »Kommen Sie, setzen Sie sich.« Er wies auf einen Sessel neben dem Schreibtisch. Die Schwester, die wie eine flachsfarbene Feldmaus aussah, warf noch einen unfreiwilligen Blick auf die Oberin. Man hatte nie zuvor an diesem Ende des Zimmers gesessen. Aber die Oberin lehnte sich behaglich zurück, die Hände im Schoß und das Gesicht voll Wohlwollen, und so setzte die Schwester sich nieder und legte die Enden ihrer Schürze sorgfältig auf ihrem Schoß zusammen, um sie nicht zu zerdrücken. Die Sache sah nicht gar so schlimm aus. Schon zweimal seit dem Frühstück war ihr übel geworden, und sie hatte weder das Mittagessen noch den Tee eingenommen. Sie wurde fast hungrig vor Erleichterung, als Steven sie nach ihrer Nummer fragte, ihr sagte, sie habe eine sehr gute schriftliche Arbeit gemacht, und sie einlud, ihm etwas – was sie wolle – über akute Nephritis zu erzählen.

Steven freute sich, wenn er ängstliche Mädchen beruhigen konnte. Er freute sich auch, wenn er den Auf-

geblasenen einen kleinen Dämpfer geben konnte, wie Schwester Hooley zum Beispiel, die mit herausgestrecktem Busen unter der gespannten Schürze hereinmarschierte und seine Fragen mit so spöttischer Miene beantwortete, als ob sie die ganze Angelegenheit lächerlich fände, was sie den Schwestern draußen auch wiederholt versichert hatte. Er gab ihr zuerst ein paar leichte Fragen, die sie mitleidig beantwortete, als sei sie überrascht über seine Unwissenheit, wobei sie der Oberin triumphierende Blicke zuwarf, um zu sehen, ob diese von ihrer Gescheitheit beeindruckt war. Die Oberin saß noch immer mit wohlwollendem Ausdruck da und wiegte sich leicht rückwärts und vorwärts; sie nahm sich vor, Schwester Hooley nächste Woche Nachtschicht in der Gebärklinik machen zu lassen, wo die unaufhörlich brüllenden Säuglinge und die unaufhörlich scheltende Hebamme im Verein schon manch festeren Ballon als diesen zum Platzen gebracht hatten. Dann begann Steven, der sich aus ihrer schriftlichen Arbeit über die Lücken in ihrem Wissen vollkommen klar geworden war, auf diesen herumzureiten, und beobachtete mit sadistischem Vergnügen, wie sie zuerst auftrumpfte, allmählich etwas kleinlauter wurde, dann nur noch stammelte und schließlich in mürrisches Schweigen versank.
»Nun, weiter«, ermutigte er sie lächelnd. »Beantworten Sie meine Frage.« Ihre schönen Augen blickten ihn haßerfüllt an. Ihr Busen hob sich.
»So sagen Sie doch etwas. Irgend etwas.«
»Ich weiß nicht, Herr Doktor.«
»Ach so!« Er lehnte sich zurück. »Das ist schon besser. Fürchten Sie sich nie davor zu sagen: ›Ich weiß nicht.‹ Das haben schon ganz andere Leute als Sie gesagt.« Er neigte dazu, bei solchen Anlässen etwas

hochtrabend zu werden. »Jedenfalls sind *Sie* hier, um zu lernen, und nicht ich, also hören Sie auf das, was ich Ihnen sagen werde.« Aber sie hörte nicht ordentlich zu. Sie blickte fortwährend mit halbem Lächeln um sich und sagte: »Ich weiß schon«, bis Steven, der sie am liebsten mit einem mit Nägeln bespickten Stock geschlagen hätte, sagte: »Da Sie so viel wissen, mein Fräulein, so werde ich keine Zeit mehr an Sie verschwenden.« Seine sarkastische Freundlichkeit glitt an ihr ab, und sie verließ das Zimmer mit demselben gewichtigen Tritt, unter dem der Boden erzittert war, als sie hereinkam. Sie wartete nicht einmal, bis sich die Tür hinter ihr geschlossen hatte, und rief laut aus: »So ein ekelhaftes Rindvieh!«

Steven freute sich, Schwester Bracken zu sehen. Sie war hübsch, lebhaft und intelligent, und er konnte sie sich in ihrem Zuhause vorstellen. Er hatte die Empfindung, daß sie ihn auslachte, aber das gefiel ihm eher. Sie lachte wahrscheinlich ihren Vater aus, und dem gefiel das wahrscheinlich auch. Carol wäre so geworden als Erwachsene, aber er hätte sie niemals Krankenschwester werden lassen. Was fiel dem Mr. Bracken ein, seine Tochter fortgehn zu lassen, wo er sie doch jede Minute zu Hause hätte genießen sollen? Der Mann wußte nicht, wie glücklich er war.

»Wie alt sind Sie, Schwester?« fragte er plötzlich, ihre eifrige Dissertation über die Schilddrüse unterbrechend.

»Zwanzig, Herr Doktor«, sagte sie überrascht und warf ihm einen ihrer hellen, offenen Blicke zu. Er kam sich sehr alt vor. Er sah sich selbst mit ihren Augen: als einen gepflegten Mann, der etwas zynische Aussprüche von sich gab und dem der Erfolg ein Ersatz für die Freude am Leben geworden war.

Wahrscheinlich dachten die meisten Leute so über ihn. Wenn die Oberin nicht dagewesen wäre, hätte er etwas Lächerliches und Leichtsinniges gesagt, nur um Schwester Bracken zu zeigen, daß es sich nicht so verhielt. Statt dessen sagte er: »Danke Schwester, Sie haben sehr gut bestanden«, und beschloß, ihr die beste Note zu geben; als sie das Zimmer verließ, sah er, wie hübsch ihre schmale Taille in dem steifen Gürtel war.

Schwester Lake jedenfalls hielt ihn nicht für alt. Vor allem dachte sie, er sei der liebe Gott, und das machte ihn alterslos. Sie kam zerschlagen und mit feuchten Augen ins Zimmer hereingeschlichen; die Röte stieg in ihrem Gesicht auf und ab wie Wellen an einer Küste. Sie setzte sich nieder und sah ihn mit dem rotgeränderten flehenden Blick eines Hundes an. Es blieb ihm nichts übrig, als sie Sachen zu fragen, von denen er wußte, daß sie sie wußte. Ihre vollkommene Abhängigkeit von ihm machte ihn in seinem Entschluß wankend, diejenige, die den idiotischen Fehler über Diabetes gemacht hatte, wer immer sie sei, durchfallen zu lassen. Außerdem sah sie so aus, als ob sie beim geringsten Anlaß in Tränen zerfließen könnte. Mit schwacher Stimme forderte er sie auf zu sprechen, über was sie wolle, und sie wiederholte beinahe Wort für Wort das, was er über Anämie gesagt hatte. Die Oberin lächelte und nickte mit dem Zuckersack aus Musselin. Schwester Lake leistete praktisch ausgezeichnete und gewissenhafte Arbeit, und sie freute sich darüber, daß sie auch in der Theorie gut entsprach. Sie würde eine brauchbare, lenksame Stationsschwester werden, aus der man vielleicht später einmal eine Oberschwester machen könnte. Freilich, das Mädchen sah nicht fröhlich aus – hatte nie fröhlich ausgesehen. Da steckte etwas

dahinter – ein Mann vielleicht –, die Oberin würde es eines Tages in einem gemütlichen Plauderstündchen schon aus ihr herausbekommen.
Steven hatte das unbehagliche Gefühl, daß Schwester Lake dachte, er und sie hätten miteinander eine Art Verschwörung. Sie trug die Erinnerung an jene Szene in der Klinik mit sich herum wie ein geheimes Abzeichen, woran sie einander als Mitverschworene erkennen konnten. Als sie aufstand, um zu gehen, warf sie ihm einen langen Blick voll hündischer Dankbarkeit zu. Es war ihm fast, als hätte ihn eine ekelhaft klebrige Hand berührt. Er wandte sich erleichtert der kekken Kleinen aus dem East-End zu, die nach ihr hereinkam; sie hatte feste Locken wie Würstchen und dicke Waden, und wahrscheinlich eine gesunde Neigung, sich im Auto abknutschen zu lassen.
Als sie alle gegangen waren, zählte er die Teilergebnisse zusammen, setzte Schwester Bracken an die erste Stelle und sah, daß Schwester Lake infolge der guten Noten, die sie bei der mündlichen Prüfung bekommen hatte, doch durchgekommen war. Die Schwester Lehrerin kam herein und ließ sich zu ihrer gescheiten Klasse gratulieren; dann stürzte sie wieder hinaus, um die Mitteilung an das grüne Brett in der Halle zu nageln.
Die Oberin wollte noch mehr Tee aufgießen lassen, aber Steven, der in Wimbledon eine Privatvisite machen mußte, hatte es eilig wegzukommen. Sein Bedarf an Frauen war für heute gedeckt. Er ging in das Ärztezimmer, um Hut und Tasche zu holen. Während er sich vor dem an der finstersten Stelle hängenden Spiegel die Krawatte richtete, öffnete sich die Tür und jemand kam herein, räusperte sich befangen und sagte: »Oh – entschuldigen Sie, Herr Doktor«, voll geheuchelter Überraschung darüber, ihn hier zu finden.

Er brauchte sie nicht im Spiegel zu sehen, um zu wissen, wer es war. Mit einem entmutigenden Ausdruck im Gesicht drehte er sich um, als wollte er sagen: »Nun, was ist jetzt wieder los?« Und Schwester Lake, die mit ineinander verkrampften Händen an der Tür stehengeblieben war, sprudelte schnell ihr Sprüchlein herunter:

»Ich habe gerade die Noten gesehen, Herr Doktor. Ich wollte Ihnen nur vielmals danken. Es war sehr lieb von Ihnen, und ich werde es Ihnen nie vergessen, bis an mein Lebensende.«

»Guter Gott! Wovon, um Himmels willen, sprechen Sie eigentlich?«

»Dafür, daß Sie mich haben durchkommen lassen. Ich weiß, ich habe es nicht verdient. Sie haben keine Ahnung, was es für mich bedeutet. Ich wäre gestorben, wenn ich durchgefallen wäre. Ich hoffe, Sie nehmen es mir nicht übel, daß ich hier hereinkam, aber ich mußte Ihnen danken.« Ihr langes Gesicht war ganz auseinandergefallen: strahlendes dreieckiges Lächeln, ernstes Stirnrunzeln und verstörte Gefühle gingen darüber hin wie die Lichter auf einem Schaltbrett. Steven blickte um sich wie ein gefangenes Tier, auf die hohen schmutzigen Fenster, die gelb angestrichenen Wände, die an die braune Wandverkleidung gelehnten Lederfauteuils, aber der einzige Ausweg war die Tür, vor der sie stand. Er nahm seine Tasche auf und schritt auf sie zu, und barmherzigerweise trat sie zur Seite, so daß er sie nicht anzurühren brauchte, um zur Türe zu gelangen.

»Unsinn, Schwester«, sagte er mit fester Stimme. »Sie sind hysterisch. Ich würde niemanden durchkommen lassen, der nicht entsprochen hat. So etwas tue ich nicht.«

Sie streckte die Hand aus und berührte seinen Rock. »Ach, ich weiß schon«, sagte sie leise, »und ich werde es Ihnen nie vergessen. Wenn ich je etwas für Sie tun kann ...« Ihr Geflüster verfolgte ihn, als er den Korridor hinunter entfloh. Er konnte es fühlen, wie sie dastand und ihm nachblickte, und nur unter Aufbietung all seiner Willenskraft gelang es ihm, seinen Schritt zu verlangsamen und normal zu gehen, als er sich der Eingangshalle näherte, die voll von Leuten war.

Er verließ das Gebäude so rasch, daß der junge Potter, der sich in der Nähe herumgetrieben hatte, um ihn zu erwischen, ihm über den kiesbestreuten Autostandplatz nachlaufen mußte, woran er durch einen kleinen Fiberkoffer und ein in die Presse eingespanntes Tennisracket gehindert wurde.

Steven saß schon am Steuer, als Potter herankam. »Ich dachte, ich hätte Sie versäumt, Herr Doktor«, keuchte er.

»Hatte es eilig«, brummte Steven und wandte den Kopf ab, um Uglys Liebkosungen zu entgehen. »'ne Menge zu tun.« »Ich wollte Ihnen nur rasch etwas sagen, Herr Doktor.« Der junge Potter erhob seine Stimme, als Steven den Motor anließ und Gas gab: »Ich dachte, es wird Sie vielleicht interessieren zu hören, daß ich eine Antwort von Sir George Levinson erhalten habe. Er ist bereit, mich probeweise anzustellen. Ist das nicht fabelhaft, Herr Doktor?« Sein Plastilingesicht war freudig erregt.

»Großartig«, sagte Steven und schaltete die Kupplung ein. »Jetzt liegt es an Ihnen, sich bei ihm zu bewähren.«

»Oh, ich hoffe, es wird mir gelingen. Ich möchte Ihnen nicht gerne Schande machen. Ohne Sie hätte ich nie diese Stelle bekommen. Ich bin Ihnen sehr dank-

bar, Herr Doktor.« Er hielt sich am Fenster fest, als Steven den Gang einschaltete und langsam losfuhr. »Danke vielmals, Herr Doktor.« Du lieber Gott! Nahm diese erdrückende Dankbarkeit kein Ende? Steven hatte große Lust, den Wagen plötzlich anfahren zu lassen, damit der junge Potter rücklings auf den Kies geworfen würde und Koffer und Racket nach allen Seiten davonflögen. Statt dessen sagte er, die beiden Sachen und den braunen Anzug, den der Junge statt seiner gewöhnlichen Flanellhosen und des Sportrocks trug, erst jetzt wahrnehmend: »Fahren Sie weg? Soll ich Sie zum Bahnhof mitnehmen?«
»Danke vielmals, Herr Doktor, wenn es für Sie kein Umweg ist. Ich fahre nämlich nach Hause. Ich habe ein langes Wochenende.«
»Steigen Sie ein.« Steven drückte Ugly wieder in den Rücksitz, und der junge Potter lief vorne um den schon fahrenden Wagen herum, der ihn beinahe umgestoßen hätte, und ließ sich ungeschickt in den Sitz neben Steven gleiten. Den Koffer hielt er aufrecht zwischen seinen Knien und seinem Kinn.
»Wo sind Sie zu Hause?« fragte Steven, als sie den Hügel hinunterfuhren.
»In Wimbledon«, sagte der junge Potter in strahlender Unschuld und Steven seufzte innerlich.
»Dort fahre ich auch hin«, sagte er resigniert. »Ich kann Sie mitnehmen, wenn Sie wollen.«
Steven fuhr schweigend und schneller und ungleichmäßiger als gewöhnlich. Der junge Potter, dessen tastende Versuche, Konversation zu machen, nicht ermutigt wurden, beschäftigte sich damit, seinen Hut festzuhalten und sein Herz zur Ruhe zu zwingen, das ihm jedesmal, wenn ein Zusammenstoß unvermeidlich schien, bis zum Hals heraufschlug. Er dachte auch eifrig darüber nach, was geschehen würde,

wenn sie sein Heim erreichten. Im Potterschen Hause war Steven eine legendäre Gestalt. Für Mr. und Mrs. Potter hatte er dieselbe Gottähnlichkeit angenommen, die er für ihren Sohn besaß, der kaum von etwas anderem sprach, wenn er zu Hause war. Potter machte immer Andeutungen über das vertrauliche Verhältnis, das zwischen ihm und seinem Chef bestand, und seine ewigen Bemerkungen: »Dr. Sheppard hat mir gesagt« und »Wie ich zu Dr. Sheppard sagte« hörten sich an wie eine Grammophonplatte. Er wußte, daß seine Mutter an den Wimbledoner Teetischen damit prahlte und sein Vater im Büro und im Klubhaus der Südlondoner Kegel- und Billiardgesellschaft. Es war wichtig, daß sie Zeugen dieser Tatsache wurden: nämlich, daß er in einem teuren, offenen Auto bis an die Tür gebracht wurde.
Aber wenn nun Dr. Sheppard schon weitergefahren war, bevor seine Mutter aus dem Fenster sah oder zum Tor kam? Dann würde er mit nichts beweisen können, daß sein Chef je dagewesen war, außer mit seiner früheren Ankunft und der sorgfältig in seiner Pfeife aufgehobenen Asche von dem duftenden Tabak, den Steven ihm in dem mit seinen alten Schulfarben gestreiften Beutel aus imprägniertem Stoff angeboten hatte. War es denkbar, Dr. Sheppard zu einem Glas von dem Sherry einzuladen, den sein Vater im linken Fach des Speisezimmerbuffets verschlossen hielt? Würde er annehmen? Nicht, wenn er zu einem Patienten unterwegs war. Er war schon spät daran für seine Ordination, darum fuhr er so schnell. Aber, überlegte Potters verliebtes Gehirn weiter, wenn man es so einrichten könnte, daß er zuerst den Patienten besuchte, dann würde er sich schon etwas beruhigt haben, wenn man nach 95, Blenheim Gardens kam. Dr. Sheppard konnte sich das mit dem Nachhause-

bringen natürlich auch überlegen; es würde ein Umweg für ihn sein, wenn er über Parkside und Putney Bridge in die Stadt zurückfahren müßte.

Was sollte er sagen? »Möchten Sie nicht ein wenig hereinkommen und etwas trinken, Herr Doktor?« Nein, das muß besser formuliert werden. »Kommen Sie doch bitte zu einer kleinen Erfrischung herein, Herr Doktor!« – »Kommen Sie doch und gießen Sie schnell ein Gläschen hinter die Binde ...« – »Etwas für die Fahrt ...« Er versuchte, sein Heim mit Dr. Sheppards Augen zu sehen. Es war natürlich klein, aber es sah immer behaglich und sauber aus. Seine Mutter wichste das Linoleum in der Halle, bis es spiegelte, und sie hatten eine hübsche Messingschale, die gewöhnlich mit Blumen oder Laub gefüllt war, und das Lacktablett, auf dem Zirkulare oder Kataloge lagen. Seine Eltern? Er brauchte sich ihrer nicht zu schämen wie viele andere Leute. Er würde nie vergessen, wie er einmal mit Jackie Grenfell nach Hause gegangen war und Jackies Vater ihn betrunken angebrüllt hatte, er solle das Haus verlassen. Lieber Gott, bitte mach, daß Mutter das braune Kleid mit dem Spitzenkragen anhat und nicht das blauseidene, in dem sie so dick aussieht; und mach, daß dem Vater nicht etwa der Sherry ausgegangen ist und daß Marjory oben ist und ihre Schulaufgaben macht, oder bei ihrer Klavierstunde. Ah, fein, es war Donnerstag; da würde sie weg sein.

Stevens Stimme unterbrach seine Gedanken: »Das ist Wimbledon, nicht? Sagen Sie mir, wie ich fahren soll. Ich kenne mich in dieser Dschungelgegend nicht sehr gut aus.« »Nun, eigentlich, Herr Doktor«, sagte Potter, »wohnen wir in Raynes Park, wir nennen es nur Wimbledon.« Er ließ ein kleines Lachen der Entschuldigung hören.

»So?« sagte Steven, der von diesen feinen Unterscheidungen nichts wußte.
Der Junge räusperte sich. »Hm – wo wohnt Ihr Patient, Herr Doktor? Ich möchte nicht, daß Sie meinetwegen einen Umweg machen.«
»Wimbledon Park. In der Nähe der Tennisplätze, hat man mir gesagt. Das Haus heißt ›Treetops‹ – blöder Name: Kennen Sie's?« Es kennen? »Treetops« kennen? Pff – die Vorgänge in diesem Haus waren ein Lieblingsthema seiner Mutter.
»Natürlich, Herr Doktor. Es gehört den Crawleys, den Schokoladenfabrikanten. Sollen steinreiche Leute sein.«
»Glauben Sie, ich ginge hin, wenn sie das nicht wären?« murmelte Steven, und Potter blickte ihn ungewiß an, ob er es ernst meine oder nur scherze. Dr. Sheppard war nicht so. Obwohl er eine so hohe Stellung und eine Unmenge berühmter Leute als Patienten hatte, würde er sich um einen kranken Landstreicher zu Tode mühen. Das wußten alle.
»Da ich den Weg kenne«, sagte er schlau, »wäre es da nicht besser, wenn wir zuerst dorthin führen, Sie können mich dann nachher auf Ihrem Heimweg absetzen.« Raynes Park war ziemlich weit von der Route Wimbledon–London entfernt, aber da Dr. Sheppard die Gegend nicht gut kannte, würde er das vielleicht nicht merken. Jedenfalls würde Potter zu Hause erzählen können, daß er innerhalb der Pfähle von »Treetops« gewesen sei. Vielleicht bekam er sogar den großen Mr. Eustace Crawley selbst zu sehen, wie er auf dem Fahrweg auf und ab ging, in Angst um den Gesundheitszustand seiner Frau. Sicherlich war sie es, die krank war. Sie war immer krank und konsultierte berühmte Ärzte. Es war eigentlich merkwürdig, daß man Dr. Sheppard nicht schon früher zugezogen hatte.

Als Steven vorschlug, mit hineinzukommen und bei der Konsultation zuzuhören, damit er etwas lerne, war er überglücklich. »Glauben Sie, daß ich wirklich mitkommen kann, Herr Doktor?« Er stolperte noch aus dem Wagen heraus, als Steven schon beinahe alle Stufen hinaufgelaufen war, die zum nägelbeschlagenen Tor des Imitationsschlosses führten. »Ich meine, vielleicht ist es den Crawleys nicht angenehm.«
»Geht sie gar nichts an. Lawson wird nichts dagegen haben; ich kenne ihn. Sie können natürlich nicht in das Schlafzimmer der Dame kommen«, fügte er hinzu, als Potter ihn auf der obersten Stufe einholte; dieser zog an seinem Rock herum und streckte seine Arme aus, um die Manschetten seines in der Wäsche eingegangenen Hemdes aus den Ärmeln hervorkommen zu lassen.
Ein Diener, der der Hollywoodschen Vorstellung von einem englischen Butler entsprach, öffnete die eine Hälfte des Tors und nahm ihnen die Hüte ab. Potter folgte Steven die breite, teppichbelegte Treppe hinauf, wobei er versuchte, sein widerspenstiges blondes Haar glattzustreichen. Das war ein Haus! Genauso wunderbar, wie man davon berichtete. Er bemühte sich, so viel wie möglich aufzunehmen, um später davon erzählen zu können. Ein großes viereckiges Treppenhaus bildete die Halle, um die die Stiege in Spiralen anstieg, und im ersten Stock war man auf gleicher Höhe mit einem Lüster, der so hell brannte wie ein neues Kraftwerk; Potters Blicke wanderten ängstlich die Kette hinauf bis zu dem riesigen Haken, mit dem er am Plafond befestigt war. An den Wänden des Korridors, den sie hinunterschritten, hingen Gobelins, auf lackierten Tischchen standen Vasen und Zierstücke, und es gab dünnbeinige Stühle, die so zart gearbeitet waren, daß man sich nicht getraut

hätte, sich daraufzusetzen. Über den Sitz eines Lehnstuhls mit hohem Gobelinrücken und Löwentatzen statt Füßen war ein Seil gezogen, um einem auch schon die bloße Lust dazu zu nehmen.

»Scheußliches Haus«, murmelte Steven über seine Schulter. »Man könnte ebensogut in einem Museum wohnen.« Obwohl er diese Ansicht nicht teilte, war Potter froh, daß Steven es scheußlich fand; Blenheim Gardens gewann vielleicht durch den Vergleich.

Dr. Lawson wartete auf sie in einem mit dicken Teppichen belegten Wohnzimmer. Überall standen Blumen, die Chintz-Überwürfe waren gewachst wie Porzellan, und es gab Regale voll von nie geöffneten Büchern. Durch die Fenster blickte man auf einen Rasen, der von einer in Tierformen geschnittenen Buchsbaumhecke umgeben war, an deren Ende eine Baumgruppe stand. Man hätte nicht denken können, daß man in Wimbledon war. Die einzigen Laute, die man hörte, waren das Surren einer Rasenmähmaschine, das abendliche Lied eines Vogels und das schwache Tönen eines Radios aus dem Nebenzimmer.

Dr. Lawson war mager und aschfahl im Gesicht. Er hatte einen unruhigen Ausdruck in den Augen, und seine Mundwinkel setzten sich in Furchen fort. Potter hatte gelernt, diese Dinge als die Merkmale eines Geschwürs am Zwölffingerdarm zu erkennen. Er würde es Dr. Sheppard nachher sagen.

»Tut mir leid, daß ich so spät dran bin, Lawson«, sagte Steven, als sie sich die Hände reichten. »Ich hatte heute nachmittag eine Poliklinik, und Sie wissen, wie schwer es ist, da rechtzeitig wegzukommen.«

»Bedauern wir das arme Opfer seiner Wohltätigkeit«, sagte Dr. Lawson mit trockener, flacher Stimme und sah fragend auf den jungen Potter.

»Ach – das ist mein Sekundärarzt, Dr. Potter«, sagte Steven. »Ich hoffe, Sie haben nichts dagegen, daß ich ihn mitbrachte, aber ich hatte ihn in meinem Auto sitzen und dachte, es würde interessant für ihn sein, etwas über den Fall zu hören.« »Aber freilich, freilich. Es freut mich immer, ein wenig jugendlichen Eifer zu sehen«, sagte Dr. Lawson melancholisch. »Setzen Sie sich doch, Dr. – hm, und Sie, Sheppard, ich habe die Krankengeschichte bei mir auf dem Tisch, wir können beginnen, wenn Sie soweit sind.«

Der junge Potter bewunderte die Art, wie Steven, die Hände in den Taschen, am Tisch stand und nickte oder brummte, ohne zu unterbrechen, während Dr. Lawson den Fall erläuterte. Dann begann er Fragen zu stellen, treffende Fragen, mit weiten Gedankenstrecken dazwischen, während Potter auf dem Rande des Sofas saß und sich anstrengte, seinen intelligenten Gesichtsausdruck zu bewahren.

»Ja«, sagte Steven schließlich. »Ich glaube, Sie haben recht. Alles deutet auf eine Stoffwechselstörung hin. Ich glaube, wir können den unerklärlichen, immer wiederkehrenden Schmerz als Neurose ausschalten, in Anbetracht der Wesensart der Dame.«

»Es freut mich, meine Meinung bestätigt zu hören«, sagte Dr. Lawson freudlos.

»Ich verstehe nur nicht ganz, warum Sie mich zugezogen haben«, sagte Steven. »Ich dächte, unter diesen Umständen wäre ein Drüsenfachmann – etwa Rayner Jordan –«

Eine Seite von Dr. Lawsons Mund zog sich empor zu etwas, was wahrscheinlich ein Lächeln sein sollte. »Sie wollte Sie haben, alter Junge«, sagte er, »ihre Freunde haben ihr von Ihnen erzählt. Sind Sie jetzt bereit hineinzugehen?« Er wies mit seinem langen

Kopf gegen die Tür des Zimmers, aus dem man das Radio hörte.
Potter war sehr erregt, als er aufstehend sah, wie Dr. Lawson etwas wie eine Tablette aus seiner Westentasche nahm und schluckte. Er war so beunruhigt durch diese etwaige Bestätigung seiner Magengeschwürdiagnose, daß er zusammenfuhr und stammelte, als Dr. Lawson sich plötzlich an ihn wandte mit den Worten: »Nun, junger Mann, lassen Sie mal was hören. Was halten Sie von dem Fall, wie?«
»Oh, ich – hm, ja, Herr Doktor, dem Anschein nach – das heißt – ich würde bestimmt vermuten – ee – eine Stoffwechselerkrankung. Natürlich kann man nie ganz sicher sein, bevor man den Patienten gesehen hat.«
Eine Seite von Dr. Lawsons Mund ging wieder empor. »Das wird, fürchte ich, nicht gehen«, sagte er. »Die Dame ist ein bißchen ärztescheu. Mehr als *ein* neuer Arzt gleichzeitig könnte sie ganz aus der Fassung bringen.«
»Aber natürlich, es würde mir nie einfallen –« Der junge Potter wußte, daß man ihn auslachte. Steven kam ihm zu Hilfe mit einem freundlichen: »Bleiben Sie hier, alter Freund, und riechen Sie an den Blumen. Es wird nicht lange dauern.« Als sie die Schlafzimmertür öffneten, schwoll die Tanzmusik einen Augenblick an und wurde dann rasch abgeschaltet. Potter roch irgendein schweres Parfüm und sah einen Augenblick einen Wall von spitzenbesetzten Kissen, aus dem sich träge ein weißer Tennysonscher Arm emporhob, und dann schloß sich die Tür hinter Dr. Lawsons krummem Rücken. Potter setzte sich wieder auf dem Rand des Sofas nieder und biß an seinen Nägeln. Er hatte Steven nie bei einem Privatpatienten in Aktion gesehen. Obwohl er wußte, daß

er starr vor Schrecken sein würde, wenn er je ein Zimmer betreten müßte wie dieses, aus dem er jetzt sonores Gemurmel und einmal ein hohes affektiertes Lachen hören konnte, so wäre er doch für sein Leben gern dort dringewesen, um zu lernen, wie man es machte. Saß man am Bett oder stand man daran, das Kinn auf die Brust gesenkt, sich leicht auf den Fersen wiegend, was im Spital immer so gute Wirkung tat? Oder ging man auf und ab, stieß hie und da eine Frage aus und tat so, als sei man mehr interessiert an den Büchern auf den Regalen oder der Aussicht, die man vom Fenster hatte, als an der Patientin? Und sprach man die Patientin mit »Mrs. Crawley« oder mit »Meine liebe Dame« oder mit »Gnädige Frau« an? Und wie machte man eine Untersuchung, wenn keine Aufsichtsschwester da war?
Die Tür öffnete sich, Steven steckte den Kopf heraus und sagte: »Seien Sie so gut und holen Sie mir das neurologische Besteck aus dem Wagen.«
Nach einiger Verzögerung, dadurch verursacht, daß er auf dem Weg zum Wagen hinaus die Vordertür geschlossen hatte und nach dem Hollywood-Butler läuten mußte, damit der sie wieder öffnete, klopfte der junge Potter an die Schlafzimmertür und wurde zum Eintreten aufgefordert. Dr. Sheppard saß am Bett, hatte den ausgestreckten Tennysonschen Arm mit aufwärts gewandter Handfläche auf seinem Knie liegen und maß Mrs. Crawleys Blutdruck. Die Skala des Blutdruckmeßapparates stand auf dem Nachttisch zwischen einer mit riesigen Parfümflaschen gefüllten Schüssel, einem feuchtbeschlagenen Krug mit Orangensaft und den in Silber gerahmten Photographien eines Jünglings mit schmalem Kopf und liederlichen Augen und eines schönen Mädchens mit einer Mähne von schwarzen Haaren, deren nackte Schultern

gerade noch rechtzeitig vom Bildrand abgeschnitten wurden. Dr. Lawson stand am Fenster und schloß gleich einer dunklen Wolke das Licht aus; er hielt die Hände auf dem Rücken, den Hals nach vorne gestreckt und das Kinn gesenkt. Mrs. Crawley war eine launenhaft aussehende Dame und hatte ein Morgenhäubchen aus Chiffon an; sie lag mit geschlossenen Augen da, und ihre freie Hand zupfte ungeduldig an dem Oberleintuch, als ginge das Ganze schon über ihre Kraft. Potter hatte Zeit, all dies noch wahrzunehmen, bevor er über einen Fußchemel stolperte, ein nervöses: »Wer . . .?« vom Bett her hörte und hinausstürzte, was ihm durch den dicken Teppich etwas erschwert wurde.

Wieder im Wohnzimmer angelangt, schloß er unendlich behutsam die Tür und fuhr sich mit seiner großen heißen Hand übers Gesicht. Da es das Ziel seines Lebens war, Steven zu gleichen, beabsichtigte er, sich später einmal als Arzt im West End niederzulassen. Aber würde er je diese Leichtigkeit, dieses Gemisch von Nonchalance und guten Manieren erreichen, mit denen Steven in den einschüchterndsten Milieus zu Hause war? Wie er da neben diesem prächtigen Bett saß, hatte er genauso ausgesehen wie neben einem der hohen schwarzen Eisenbetten auf Rädern im Krankenhaus. Sein Puls war bestimmt nicht schneller gewesen, als wenn er Mrs. Munns Hand auf seinem Knie liegen hatte. Potter wußte, daß sein eigener Puls rasen würde bei der Berührung mit so kostbarem Fleisch. Er erinnerte sich an jene plötzliche Blinddarmoperation, das wunderbare Mädchen, das irrtümlich in die Allgemeine Abteilung gebracht worden war und eine Weile dableiben mußte, bevor man sie in ein Privatzimmer bringen konnte. Jedesmal, wenn er sich ihrem Bett genähert hatte, war etwas mit seiner Kehle passiert, so daß er nicht sprechen konnte, ohne sich nach jedem verlegen geäußerten Satz zu räuspern. Er hatte sie flüchtig untersucht mitten in der Nacht, bevor sie in den Operationssaal gebracht wurde, und selbst in ihren ärgsten Schmerzen schienen ihre riesigen Augen mit den schweißverklebten Wimpern sich über ihn lustig zu machen und ihn zu verspotten. Er hatte es gewagt, der Oberschwester am nächsten Tag zu sagen, daß man Wandschirme um das Bett stellen solle, und die Oberschwester, die keine höhere Meinung vom jungen Potter hatte als er selbst, hatte erwidert, daß auch die Königin von England, wenn sie in ihre Abteilung käme, nicht anders behandelt werden würde als jeder andere Patient; übrigens, wenn er die Absicht habe, die Oberschenkelfraktur in Extension zu fixieren, so möge er gefälligst da zuschauen, denn ihre Schwestern hätten viel zu tun, und in einer halben Stunde würde das Essen da sein.

Er dachte oft darüber nach, wie wohl Steven als Sekundärarzt gewesen war, und konnte sich ihn nur als eine jüngere, nie als eine unbedeutendere Ausgabe seiner jetzigen Persönlichkeit vorstellen. Er hatte sie wahrscheinlich schon damals alle um den Finger gewickelt wie Arthur Davies, der Hauschirurg am Margaretenspital, der einen Lagonda und zwei Fräcke besaß und aus freier Wahl arbeitete und nicht, weil er es nötig hatte. Es war natürlich etwas anderes, wenn man in einem Privatpatientenmilieu geboren und erzogen war, als wenn man von der städtischen Hebamme von Penarth zur Welt gebracht worden war. Er wußte wenig über Stevens Milieu, aber jedenfalls würde man nicht an Kampf und Entbehrung denken, wenn man ihn sah. Die Götter hatten ihn immer geliebt, genauso, wie der junge Potter ihn

liebte, mit ergebener Bewunderung die frei war von der Galle der Eifersucht.
Die Tür zur Halle öffnete sich, und ein großer Mann mit wirrem grauem Haar und dickgeränderter Brille kam herein. Sein Mund hatte im Laufe eines Lebens so viele Millionen Worte gesprochen, daß er so biegsam war wie ein alter Maschinentreibriemen.
Er kam, sich die Hände reibend, forsch heran. »Ah, guten Abend, guten Abend!« rief er, als wollte er den Gruß nicht verklingen lassen, ohne ihn voll zur Wirkung zu bringen. »Erlauben Sie, daß ich mich vorstelle: Crawley ist mein Name – Eustace Crawley. Das« – mit einer umfaßenden Geste – »ist mein Haus, und Sie sind der Doktor, nehme ich an. Habe ich recht?«
»Nun, eigentlich habe ich Dr. Sheppard nur begleitet«, stammelte der junge Potter, der aufgestanden war und mit gebogenen Knien höchst unbequem dastand, weil ihn Mr. Crawley zurück gegen das Sofa drängte. »Er ist . . .«
»Natürlich, natürlich, natürlich«, sagte Mr. Crawley, trat plötzlich zur Seite und setzte sich aufs Sofa, indem er mit beiden Händen auf seine Knie schlug. »Wollen Sie eine Zigarette?« Eine silberne Dose sprang unter Potters Nase auf.
»Danke vielmals, ich . . .« Er fuhr zurück, als eine riesige Flamme in gefährlicher Nähe seiner Augenbrauen emporsprang.
»Lassen Sie mich Ihnen von Anfang an klarmachen, junger Mann«, sagte Mr. Crawley, als er ihrer beider Zigaretten angezündet und das Feuerzeug mit einem Knall, der wie ein Pistolenschuß klang, geschlossen hatte, »ich halte nichts von Ärzten, habe nie etwas von ihnen gehalten und werde nie etwas von ihnen halten. Nein, nein! Ich weiß schon, was Sie sagen

wollen.« Er hielt seine Hand abwehrend in die Höhe, obwohl der junge Potter den Mund nur zum Husten geöffnet hatte, denn die Zigarette war sehr stark. »Sie werden mir sagen, daß ich ohne Arzt nie zur Welt gekommen wäre, aber da kann ich Ihnen beweisen, daß Sie unrecht haben, denn meine Mutter gebar mich auf dem Boden einer Eingeborenenhütte in Mitteltanganyika, wo sie und mein Vater auf ihrer Wanderung vom Kap nach Nigeria sich nur gerade lange genug aufhielten, damit dieses Ereignis stattfinden konnte.«

»Wirklich?« murmelte der junge Potter außerordentlich verlegen. »Nach Nigeria, Mr. Crawley?«

»Das schönste Land auf der Welt«, sagte sein Gastgeber, indem er ihn mit der horngeränderten Brille hypnotisierte. »Dort konnte ein unternehmungslustiger junger Mann sein Glück machen, denn das wurde ich, da keine Erziehung die Entwicklung meiner angeborenen Intelligenz hinderte.«

»Ja, ja, natürlich«, murmelte Potter und erinnerte sich der wohlbekannten Plakate, auf denen ein dikkes Kind auf eine riesige dampfende Tasse zukroch: »Crawleys Kakao jeden Tag, wenn gesund man werden mag.« – »Kokosnüsse.«

»Die Bohne, mein Junge, die Bohne!« schrie Mr. Crawley und schlug irrtümlicherweise auf Potters Knie. »Die zauberhafte kleine Kakaobohne, die eine Million von Ihren Pillen wert ist. Ach, aber ich vergesse mich. Sie sind nicht der Doktor, wie?«

»Nun, nicht gerade, Mr. Crawley, aber ich bin ein ...«

»Natürlich, natürlich, natürlich. Nun, sehen Sie mich mal an. Ich sage immer – ha, ha, ha – ich sage immer, ich brauche keinen Reklamefachmann – obwohl ich einen habe, müssen Sie wissen, den besten in England – ich bin eine lebende Reklame für meine eigene Schokolade. Ich bin ein strenger Vegetarianer. Nüsse, Obst und Gemüse, natürlich, aber vor allem Schokolade, in allen Gestalten. Sehen Sie mich mal an! Können Sie ehrlich sagen, daß Sie einen gesünderen Mann finden könnten, und wenn Sie einen Tag lang nach ihm suchten? Ich bin zweiundfünfzig. Ich war heute früh schon um sechs Uhr auf. Ich habe ein Tagewerk in der City hinter mir, das die meisten Leute umbringen würde, und habe gerade eine Runde Golf gespielt, ein kaltes Bad genommen und ein Dutzend Briefe diktiert. Messen Sie mal meinen Puls, junger Mann. Etwa mit dem was nicht in Ordnung?« Er schob den Ärmel zurück, und der junge Potter legte wie gebannt zwei Finger an dessen Handgelenk; er hatte ein unangenehmes Gefühl, als er die kalte, reptilartige Haut berührte.

»War noch nicht einen Tag in meinem Leben krank!« kreischte Mr. Crawley triumphierend. »Sehen Sie mich nur mal an. Haben Sie schon einmal einen gesünderen Mann gesehen? Sagen Sie es mir ganz ehrlich. Ich höre immer gern die Meinung anderer Leute.« Er sprang auf, zeigte mit der Hand auf seinen flachen Bauch und warf seine graue Mähne mit stolzer Kopfbewegung zurück. Der junge Potter, der sich vorkam, als ob man ihn um seine Ansicht über ein Gemälde befragt hätte, starrte ihn an, ohne zu wissen, was er sagen sollte. Mr. Crawley sah wirklich sehr gesund aus. Abgesehen von einem dunklen Mal auf dem Nasenrücken und zweien auf der linken Schläfe, schien er einen Körper zu besitzen, dem fünfzig Lebensjahre nichts hatten anhaben können. Der Körper bewegte sich zum Fenster hin und zurück, wobei der dicke Teppich unter seinem elastischen Schritt knirschte. Plötzlich setzte er sich nieder, und zwar so energisch, daß das Sofaende, auf dem der junge Potter saß, in die Höhe ging wie eine Wippe.

»Ich habe auch meine Kinder so aufgezogen«, verkündete er, »und mit welchem Erfolg? Der Junge hat schon einen Namen in der City, und das Mädchen hat einen Baronatserben mit vierhundert Hektar Grundbesitz geheiratet. Die schönste Braut des Jahres, haben die Leute gesagt, und bei Gott, das war noch zu wenig gesagt. Und wissen Sie, die Kinder waren mir immer dankbar dafür.« Er umfaßte mit einem Blick die Gestalt des jungen Potter. »Wollte, Sie wären mein Sohn«, sagte er. »Ich würde Ihnen dieses Fett in zwei Wochen wegbringen.« Der Junge wetzte auf seinem dicken Hintern herum und blickte gequält auf die geschlossene Tür. Würde Steven ihm denn niemals zu Hilfe kommen?

»Ich sage Ihnen etwas«, sagte Mr. Crawley. »Wollen Sie eine Stelle? Natürlich wollen Sie eine; alle jungen Leute wollen eine. Hören Sie, ich mache Ihnen ein Angebot.«

»Sehr verbunden, Herr Crawley, aber ich habe schon eine sehr gute Stellung am Krankenhaus . . .«

»Hören Sie mal«, sagte Mr. Crawley, sich scharf zu ihm umdrehend, »Sie haben versucht, mich zu hintergehen. Sie sagten mir, Sie wären kein Arzt.«

»Aber ich habe niemals . . .«

»Ich nehme an, Sie dachten, ich würde nicht mit Ihnen sprechen, wenn ich wüßte, daß Sie einer sind, da Ihnen bekannt war, wie ich über Ärzte denke. Sie hätten sich nicht zu beunruhigen brauchen, junger Mann, ich schere mich nicht darum, mit wem ich spreche, sei es ein Herzog oder ein Straßenkehrer, das ist mir ganz gleich. Ich könnte Ihnen morgen einen Posten geben, wo Sie in fünf Jahren ganz obenauf wären. Ich könnte etwas aus Ihnen machen, wissen Sie. Ich habe noch nie etwas angerührt, ohne Erfolg zu haben, wissen Sie. Sie denken vielleicht, daß ich prahle, aber glauben Sie mir, es ist keine Prahlerei, es ist einfach eine Feststellung ... Nein«, sagte er. Sein Gesicht verdüsterte sich plötzlich, und er schlug mit der Faust der einen Hand gegen die Fläche der andern. »Ich habe gelogen.« Seine ganze Energie war jetzt in Melancholie umgeschlagen. »Ich habe gelogen«, wiederholte er. »Es gibt eine Sache, mit der ich nie Erfolg hatte, zu meiner Schande sei's gesagt, und es sieht nicht so aus, als ob ich je welchen damit haben werde.«

»Wirklich?« murmelte der junge Potter mit wiederbelebter Hoffnung.

»Ja.« Mr. Crawley machte eine heftige Kopfbewegung gegen die Schlafzimmertür hin. »Meine Frau. Sie will krank sein. Ich kann sie nicht hindern. Ich habe mich für die Frau zu Tode gearbeitet, aber sie ist entschlossen, krank zu sein und Ärzte zu konsultieren. Bei ihr habe ich versagt. Versagen ist eine bittere Sache, mein Junge.«

»Aber, Mr. Crawley, wenn sie wirklich krank ist, wie können Sie daran schuld sein?«

Mr. Crawley setzte sich wieder aufrecht und schrie: »Aber verstehen Sie denn nicht? Sie ist ja nicht krank! Der Frau fehlt gar nichts. Sie ist einfach den Ärzten in die Hände gefallen und, der Teufel hole es, das gefällt ihr. Sehen Sie, wie es heute ist. Sie hat diesen Quacksalber aus der Harley Street holen lassen, damit er versuche, den Schmerz zu heilen, den ich mit Diät in zwei Tagen heilen könnte – wenn sie sich an meine Vorschrift gehalten hätte, hätte sie ihn überhaupt nicht bekommen. Dieser Kerl und Lawson – das ist der Räuber aus dem Ort hier – haben sich verbunden, um solche Fälle auszubeuten. Sie stecken alle zusammen, die ganze Sippschaft, und sie sieht das nicht.«

»Na, wissen Sie«, begann der junge Potter, der rot geworden war.

»Eigensinnig?« unterbrach Mr. Crawley. »Hören Sie auf mich, mein Junge; wenn Sie je ans Heiraten denken – aber ich gebe Ihnen einen besseren Rat –, heiraten Sie nicht. Die Frauen können einem Mann böse mitspielen, selbst einem Mann wie mir. Ich könnte Ihnen von meiner Frau Dinge erzählen, die Sie überraschen würden. Lassen Sie mich sehen.« Er lehnte sich zurück, streckte seine Beine aus und öffnete den Mund. »Wo soll ich beginnen?«

›Beginnen Sie überhaupt nicht‹, brüllten Potters unausgesprochene Gedanken. Es war gräßlich. Würde das Konsilium dort drinnen nie zu Ende gehen?

»Es geschah, als wir eben nach England zurückgekommen waren«, sagte Mr. Crawley. »Ich war bis über die Ohren verliebt in sie, natürlich – ich war noch jung und dumm –, und sie in mich, wenigstens glaubte ich es. Ich war damals ein wunderbares Exemplar in körperlicher Hinsicht, noch stattlicher als jetzt, wenn Sie sich das vorstellen können. Sehen Sie, was mich an der ganzen Sache so rasend machte, war, daß der andere nichts als ein Jammerlappen war. Ich konnte es nicht verstehen. Wenn ich bescheiden sein wollte, könnte ich sagen, daß ich verstand, daß die Liebe zu mir ein wenig abgenommen hatte; schließlich – so etwas kommt vor – Gewohnheit. Sie wissen, was das ausmacht. Aber was ich nicht verstehen konnte und bis zum heutigen Tag nicht verstehe, war, daß eine Frau wie sie, eine herrliche Frau – sie ist nach dem Asher Bloomfield-System aufgezogen worden, bevor ich sie zu meinem

System bekehrte –, daß also diese Frau einen solchen Mangel an körperlichem Stolz bezeigte.« Wenn er einmal begonnen hatte, war es unmöglich, seine dahinrasende Rede zu unterbrechen. Der junge Potter saß da, die Augen starr auf die Schlafzimmertür gerichtet, und betete um Erlösung.
»Damals begann das alles«, sagte Mr. Crawley. »Das Kranksein, meine ich. Es schien fast, als habe dieses junge Reptil ihren Körper mit seiner eigenen Fäulnis infiziert, aber wie ich Ihnen schon sagte, es war reine Einbildung. Es fehlte ihr nichts. Ich habe sie selbst sehr oft untersucht . . .«
Das unappetitliche Bild, das diese Bemerkung heraufbeschwor, wurde gnädig aus Potters Vorstellung wieder ausgelöscht dadurch, daß sich die Schlafzimmertür öffnete, die beiden Ärzte erschienen und die unheimliche Atmosphäre des Wohnzimmers wieder ins Normale verwandelten.
Der junge Potter sprang auf, und Steven rief ihm zu: »Entschuldigen Sie, daß es so lange gedauert hat.« Dr. Lawson, der gerade eine zweite Tablette genommen hatte, schluckte und sagte: »Ah, guten Abend, Mr. Crawley. Darf ich Ihnen Dr. Sheppard vorstellen? Er hatte die Freundlichkeit, zu einem Konsilium über die Krankheit Ihrer Frau zu kommen.
»Sehr erfreut, Mr. Crawley«, sagte Steven. »Ein sehr interessanter Fall.« Er wies mit dem Kopf in die Richtung des Schlafzimmers. »Ich glaube, Sie brauchen sich nicht zu beunruhigen. Nach meiner Meinung ist Dr. Lawson auf der richtigen Spur, aber ich muß Sie darauf aufmerksam machen, daß es möglicherweise eine langwierige Angelegenheit sein wird.«
Der junge Potter stand im Hintergrund und war untröstlich, weil er Steven gerne darauf aufmerksam gemacht hätte, was für eine Art Mensch Mr. Crawley

war, jedoch nicht mehr als ein paar unwirksame Gesten anbringen konnte, die niemand bemerkte. Wenn Dr. Sheppard doch nur rasch ginge, aber es gehörte natürlich zum Geschäft, den Gatten, der die Rechnungen bezahlte, höflich zu behandeln.
Mr. Crawley schwenkte grob Stevens Hand hin und her, seine Gesichtszüge verzogen sich zu einem abscheulichen Grinsen. »Wenn es nach mir ginge, Herr Doktor«, sagte er ganz freundlich, »so würde ich Sie am Genick packen und Ihnen mit der Fußspitze einen Stoß in Ihren Hintern geben, so daß Sie hier hinausflögen.«
Dr. Lawson, der diese Art gewohnt war, lächelte müde. Steven zog seine Augenbrauen in die Höhe, machte seine Hand frei, sah sie an und sagte: »Es tut mir leid, daß Sie so denken, Mr. Crawley. Ich höre, Sie mögen Ärzte nicht?«
»Der Abschaum der Erde!« schrie Mr. Crawley mit schriller Stimme. »Ich habe noch nie einen holen lassen und werde nie einen holen lassen. Sehen Sie mich an! Wäre ich der Mann, der ich heute bin, wenn ich euch hätte an mir herumpfuschen lassen? Ich war nie auch nur einen Tag krank. Bin auch nie einen Tag von der Arbeit weggeblieben.«
»Oh, ich gebe gerne zu, daß wir oft ganz überflüssig sind«, sagte Steven besänftigend. »Trotzdem könnte die allerstärkste Willenskraft nicht die Medizin ersetzen in einem Fall wie dem Ihrer Frau zum Beispiel, die tatsächlich krank ist. Sie muß wirklich behandelt werden, Mr. Crawley, und mein und Dr. Lawsons ärztliches Gewissen verpflichtet uns, dafür zu sorgen, daß sie die Behandlung bekommt.«
»Nur frisch drauf los, nur frisch drauf los!« Er lachte laut, aber ohne Humor. »Behandeln Sie sie, bis Sie blau im Gesicht werden, mir ist das gleich. Was *sie*

betrifft, habe ich das Spiel schon seit langem aufgegeben. Aber«, seine Augen hinter den dicken Brillengläsern wurden so klein wie Kieselsteine, »erwarten Sie nicht, daß ich die Rechnungen bezahle, das ist alles. Ich bin ein zu alter Spieler, um mich rupfen zu lassen.«

»Aber selbstverständlich«, murmelte Steven höflich, »es würde mir nicht im Traum einfallen . . .«

»Aber Sie brauchen trotzdem keine Angst zu haben, daß Sie Ihr Geld nicht bekommen«, schrie Mr. Crawley ordinär, »denn sie hat selbst eine Unmenge davon.«

Eine Stimme tönte durch die Schlafzimmertür. »Burschi«, rief sie. »Burschi!«

»Entschuldigen Sie«, sagte Mr. Crawley lebhaft, »meine Frau ruft mich. Ich wünsche Ihnen einen guten Abend.« Den jungen Potter, den er vor kaum fünf Minuten als Beichtvater benützt hatte, ignorierte er vollkommen; er reichte Dr. Lawson nicht die Hand, aber dieser erwartete es auch nicht. Hingegen streckte er Steven seine Hand entgegen, der sagte, als er sie schüttelte und die seine rasch zurückzog: »Es tut mir sehr leid, daß Sie so über uns denken, Mr. Crawley. Aber wenn Sie je Ihre Meinung ändern und ärztliche Hilfe benötigen sollten, würde ich mich sehr freuen, Ihnen zu Diensten zu sein.«

»Burschi!« tönte die Stimme wieder langgezogen.

Mr. Crawley gab einen Laut von sich, der wie »puh!« klang, und marschierte in das Schlafzimmer.

Im Auto sagte Steven: »Ein sehr seltsamer Mann. Ein wenig psychologische Behandlung wäre da angezeigt; ich würde mich freuen, wenn mir Gelegenheit dazu geboten würde.« »Nicht viel Aussicht«, grinste der junge Potter. »Sahen Sie nicht, wie wütend er wurde, als Sie davon sprachen, daß er einmal ärztliche Hilfe benötigen könnte?«

»Ja es ist traurig, nicht? Denn er wird sie brauchen, und zwar früher als er denkt.«

»Wie soll ich das verstehen Herr Doktor? Ich meine, mir kam er sehr gesund vor trotz seiner verrückten Ideen.«

»Haben Sie die Auswüchse in seinem Gesicht gesehen?«

»Guter Gott, Herr Doktor. Sie glauben doch nicht . . .?«

»Mja. Bösartig. Ich würde meinen letzten Groschen darauf verwetten.«

Steven merkte ganz gut, daß die Straßen, durch die der junge Potter ihn fahren ließ, nicht die Route nach London waren. Er merkte auch, daß der Junge dachte, er wisse das nicht. Potter wiederholte immer wieder forsch und fröhlich: »Dann können Sie durch die Wimbledoner Hauptstraße zurückfahren, Herr Doktor, Sie kommen bei der Gemeindewiese hinaus und fahren geradewegs nach Parkside.« Man kam sich sehr alt vor, wenn junge Leute anfingen, einem etwas vorzumachen. Fauler junger Kerl, läßt sich da bis nach Hause bringen. Ich sollte ihn eigentlich hinauswerfen und zu Fuß gehen lassen, dachte Steven. Aber es war schon so spät, und er war so müde, daß er nicht die Kraft hatte, etwas anderes zu tun als folgsam so zu fahren, wie man ihm sagte.

»Es ist die nächste Gasse rechts, Herr Doktor; gerade beim Postkasten.« Sie bogen in eine mit Bäumen bepflanzte, mit kleinen viktorianischen Zweifamilien-Häusern besäumte Gasse ein; aus den viereckigen Frontgärtchen ragten vielfach Tafeln von Häuservermittlern heraus.

»Hier ist es, links, Herr Doktor, fünfundneunzig.« Chez Potter unterschied sich von den anderen Häusern dadurch, daß eine Fahnenstange aus einem seiner oberen Fenster herausragte; Mrs. Potter pflegte dort immer den Union Jack herauszuhängen, wenn die königliche Familie sich verheiratete, gekrönt oder begraben wurde. Als Steven an den Rinnstein anfuhr, versuchte der junge Potter, der ängstlich geschluckt hatte, seit sie in die Blenheim Avenue eingefahren waren, noch ein letztes Mal zu schlucken und gleichzeitig sich zu räuspern, wobei er fast erstickt wäre; aber schließlich brachte er doch die Worte heraus: »Kommen Sie doch herein – auf ein Gläschen, Herr Doktor – ja?«

»Nein, mein Junge, danke vielmals. Ich muß zurückfahren.« »Ach, Herr Doktor, kommen Sie doch herein. Nur auf ein Glas Sh-Sh-Sherry. Meine Eltern möchten Sie so gerne kennenlernen.« Er sprach mit rauher Stimme und griff hinter sich nach seinem Koffer.

»Nein wirklich, ich . . .« begann Steven, aber als der Junge den Koffer über die Lehne des Vordersitzes hob, sah er die unverhüllte Enttäuschung in seinem Gesicht, seufzte und sagte: »Also gut. Danke schön. Aber ich kann höchstens eine Minute bleiben.« Der junge Potter glühte vor Freude. Er schleuderte seine Sachen auf den Gehsteig, sich selbst ihnen nach und rannte auf die andere Seite, um Stevens Tür zu öffnen.

»W-was geschieht mit Ugly? Möchten Sie ihn mit hineinnehmen?«

»Er kann im Auto bleiben. Bleib da, Ugly.« Er erhob den Zeigefinger, aber Ugly, der diesem Befehl nur gehorchte, wenn es ihm paßte, sprang, als sie den Pfad durch den Garten hinaufgegangen waren, aus dem Fenster, rannte ihnen zwischen die Beine und schob sich in die sich öffnende Tür, so daß Mrs. Potter laut aufschrie und sich, die Hand vor dem Mund, rückwärts an die Wand lehnen mußte.

Steven haschte nach Ugly und erwischte ihn am Schwanz, so daß er sich umdrehen mußte und Steven ihn am Halsband zu fassen bekam. »Entschuldigen Sie vielmals«, sagte er und richtete sich auf, wodurch sein oberster Westenknopf auf eine Höhe mit Mrs. Potters Augen kam.
Sie sah ihren Sohn an. »Nun, Bubi, das ist eine Überraschung! Wir haben dich nicht so früh erwartet.« Der Kosename, den man gebrauchte, seit er denken konnte, war ihm nie zuvor so peinlich gewesen wie jetzt.
»Herr Dr. Sheppard war so liebenswürdig, mich im Auto mitzunehmen. Hm – das ist meine Mutter, Herr Doktor. Mutter, das ist Herr Dr. Sheppard.«
»Oh, freut mich außerordentlich. Das ist aber schön. Wir haben schon soviel von Ihnen gehört, Herr Doktor.« Sie streckte ihm ihre fette kleine Hand entgegen, und ihr rundes Gesicht zeigte vor Freude alle Grübchen. Gott sei Dank hatte sie das Blauseidene an. Und erst vor fünf Minuten hatte sie ihre Schürze abgenommen. Was für ein Glück!
»Sehr erfreut, Ihre Bekanntschaft zu machen, Mrs. Potter«, sagte Steven. »Ich kann aber leider nicht mehr als eine Minute bleiben.«
»Sie müssen hereinkommen und ein Glas Sherry trinken, Herr Doktor«, sagte Bubi und machte einladende Gebärden mit seinen Händen. Sie konnten doch nicht alle ewig in der Halle stehenbleiben. »Geben Sie mir Ihren Hut, Herr Doktor.«
»Ich werde nur mal den Hund hinauswerfen«, sagte Steven. »Ich muß um Entschuldigung bitten, daß er sich so hereingedrängt hat. Er hat leider sehr merkwürdige Manieren.« Steven lachte und Mrs. Potter lachte auch, froh, daß sie einen Vorwand dafür hatte. Sie lachte sehr viel und oft ganz ohne Grund.

»Nein, nein. Lassen Sie ihn hier, er ist ein lieber Kerl. Ist er nicht ein großer Junge?« Sie zwitscherte Ugly zu, als wäre er ein Kanarienvogel, aber gleichzeitig zog sie sich etwas aus seiner Reichweite zurück.
»Wo ist Papa?« fragte ihr Sohn.
»Im Wohnzimmer. Kommen Sie herein, Herr Doktor. Was für ein Glücksfall, daß wir gerade heute beide zu Hause sind«, rief sie aus, obwohl sie und ihr Mann selten am Abend ausgingen.
Das Wohnzimmer war ein kleiner, aber angenehmer Raum, dessen bis auf den Boden reichende Fenster auf einen abschüssigen Garten hinausgingen, der sorgfältig in ein Rasenstück, einige Blumenbeete, gepflasterte Pfade und einen winzigen Gemüsegarten eingeteilt war. »Es standen zu viele Möbel im Zimmer, und zu viele Bilder hingen an den Wänden; und die vielen Verzierungen machten das Abstauben darin sehr beschwerlich«, sagte Mrs. Potter.
Papa, der die Stimmen in der Halle gehört hatte, hatte seine Pfeife ausgeklopft, Rock und Weste zugeknöpft und stand jetzt in Gastgeber-Haltung vor dem gestickten Kaminschirm. Mrs. Potter war froh, daß er mit Männern so gut umzugehen verstand. Er sprach mit Dr. Sheppard genauso, als wäre dieser einer von seinen Freunden im Süd-Londoner Kegel- und Billardklub. Er liebte Hunde, und Ugly gab daher ein gutes Konversationsthema ab.
»Soll ich den Sherry holen, Papa?« winkte sein Sohn mit dem Zaunpfahl; denn niemand außer Mr. Potter bekam den Schlüssel zur linken Buffettür je in die Hand.
»Nein, nein, ich werde ihn holen«, sagte Mr. Potter. »Sie werden ein Gläschen mit uns trinken, nicht wahr, Herr Doktor? Es ist ein ganz ordentlicher Wein, obwohl ich selbst es sage. Ich bekomme ihn von ei-

nem Mann, der ins Büro kommt. Das ist ein Nebengeschäft von ihm, und er gibt sich nicht mit minderwertiger Ware ab. Man muß heutzutage mit Wein vorsichtig sein; es ist eine Menge Gift im Umlauf.«
»Danke sehr«, sagte Steven, in Angst vor dem, was er vorgesetzt bekommen würde. »Ich werde ein Glas trinken, aber dann muß ich gehen.«
Überraschenderweise war der Sherry sehr gut. Steven begann Mr. Potter mit ganz anderen Augen anzusehen und dachte nach, was es wohl hieß, in einem so vollgestopften Haus zu leben, an einem Ort, in den zu gelangen man von überallher Stunden brauchte, ein so ertötend gleichförmiges Leben zu führen: Arbeit, Schlaf, langweilige Sonntage, wenig Urlaube und Sorgen wegen zu bezahlender Rechnungen; einen Sohn wie den jungen Potter zu haben, mit so einer glorifizierten Haushälterin wie Mutter P. verheiratet zu sein, die da auf dem Rand des unbequemsten Sessels hockte, Sherry schlürfte, als schmecke er ihr nicht, und die Zigarette, die sie rauchte, genau in der Mitte ihres Mundes hielt. Bubi saß ebenfalls auf dem Rand seines Sessels und gab auf jedes Wort und jede Bewegung acht wie ein Regisseur, der seinen Schauspielern nicht ganz traut. Sooft er den Mund öffnete, sagte er »wir«, indem er von sich und Dr. Sheppard gemeinsam sprach als von Kollegen bei der Arbeit und Freunden in der Freizeit. Daß sie das waren, konnte man auch aus der angenehmen, natürlichen Art schließen, mit der Dr. Sheppard sich benahm. Da saß er in dem Sessel, in dem seine Mutter gewöhnlich ihre Flickarbeiten machte, bequem zurückgelehnt, die Beine übereinandergelegt. Er hatte gefragt, ob er seine Pfeife anzünden dürfe. Was dachte er über sie? Er schien sich beinahe wohl zu fühlen. Schließlich machte es nichts aus, daß seine Mutter

das häßliche blaue Seidenkleid trug. Sie hatte bereits eine ihrer sinnlosen Bemerkungen gemacht, über die die Familie immer lachte, die aber ein Außenseiter vielleicht nicht verstand, und Dr. Sheppard hatte tatsächlich mitgelacht und sie anscheinend nicht für dumm gehalten. Selbst Ugly lag flach auf der Seite ausgestreckt ganz gemütlich auf dem wollenen Kaminvorleger. Er tat das in der Untergrundbahn, in Geschäften oder manchmal sogar mitten auf der Straße, während er auf Steven wartete.

»Übrigens, wir waren heute abend bei den Crawleys, Mutter«, sagte der junge Potter so nebenbei und streifte die Asche auf den Teppich ab.

»Nimm einen Aschenbecher, Liebling.« Sie lief zu ihm hinüber mit einer Messingschüssel, die in Japan gemacht und in Dawlish gekauft worden war. »Nein, so etwas! Wie interessant! Wegen – wegen eines Falles?«

»Ja, Dr. Sheppard wurde zu einem Konsilium bei Mrs. Crawley zugezogen.«

»O-oh!« Sie machte einen runden Mund und runde Augen und hätte für ihr Leben gern gefragt, was mit dieser bekannten Wimbledoner Persönlichkeit los war, aber das schickte sich natürlich nicht. Bubi sprach immer von ärztlicher Etikette. So lachte sie nur.

Steven lachte auch. »Ja, Sie haben ganz recht, Mrs. Potter. Es ist ein komisches Haus. Waren Sie schon einmal drin?« Sie schüttelte den Kopf. Er hätte ebensogut fragen können, ob sie schon auf dem Mond gewesen sei.

»Ich höre, Mr. Crawley ist ein etwas seltsamer Kauz auf seine Art«, warf Mr. Potter ein. »Ein sehr kluger Geschäftsmann! Besitzt sicher Millionen, und man sagt, er habe mit nichts angefangen. Ich lernte neulich einen Mann kennen, der geschäftlich mit ihm zu tun hatte, und nach dem, was der erzählte, sah ich, daß Mr. Crawley nicht – nun, nicht ganz wie Sie und ich ist. Noch ein Glas Sherry, Herr Doktor? Ich meine, *ein* Glas Sherry, wie man bei der Marine sagt. Bubi, mach du den Butler.«

»Nein, auf keinen Fall. Ich muß jetzt gehen.« Er erhob sich halb, mußte sich aber wieder niedersetzen und sein Glas hinhalten, um zu verhindern, daß der junge Potter den Sherry auf den Teppich goß.

»Das ist wirklich ein guter Wein«, sagte er und hielt das Glas gegen das Licht. »Was für eine Marke ist es, sagten Sie? Ich könnte mir auch welchen davon beschaffen.«

Der junge Potter war im siebten Himmel. Dr. Sheppard bat *seinen Vater* um Rat wegen Sherry! Damit war alles gerechtfertigt: die Geschichten, die Papa immer wegen des Buffetschlüssels machte und daß er diesen Sherry nur für besondere Gelegenheiten aufbewahrte und sie alle fortwährend damit anödete, wie gut er sei. Vielleicht verstand er doch etwas von Weinen? Potter betrachtete seinen Vater plötzlich mit anderen Augen.

Steven merkte, daß er seinen Sherry langsam schlürfte, statt ihn hinunterzugießen und zu gehen. Merkwürdig, er unterhielt sich ganz gut. Nichts am jungen Potter, seiner Familie oder der Konversation war im geringsten anregend, aber etwas an dieser unschuldigen Atmosphäre wirkte so lächerlich beruhigend, und er merkte plötzlich, wie müde er war und wie wenig Lust er hatte, sich in den Kampf der Fahrzeuge auf dem Weg nach London zu stürzen. Es war so eine Erleichterung, sich nicht anstrengen, nicht witzig, diplomatisch, weise oder geduldig sein oder darüber nachdenken zu müssen, was man von ihm

hielt. Er wollte nichts von diesen Leuten hier, und sie wollten nichts von ihm, vielleicht war es das.
»Mr. Crawleys fixe Idee ist, daß er Ärzte nicht mag, erzählte er ihnen. »Wir wurden so gut wie hinausgeworfen.« »Nein!« Ungewiß, ob das ein Scherz war oder nicht, beschloß Mrs. Potter, auf jeden Fall zu lachen. »Wie schrecklich! Ich möchte gerne hingehen und ihm ein paar grobe Wahrheiten sagen. Wo wären wir denn alle ohne Ärzte? Das möchte ich gerne wissen.«
»Wahrscheinlich viel besser dran«, murmelte Steven.
»Ich bin ganz sicher, daß ...« Er war, wie Potter wußte, gerade im Begriff, etwas Geistreiches zu sagen, als Potters ungezogene Schwester ins Zimmer stürmte, in einem ekelhaften grünen Turnanzug, der viel zu kurz war; sie hatte Tintenflecken auf dem Kragen ihrer Bluse und ihren Fingernägeln, und ihre schwarzen Strümpfe bildeten Spiralen um die dünnen Beine.
Sie blieb stehen, schob ihre Brille zurück und zog mit einer ungeschickten Bewegung einen Strumpf hinauf. »Oh – Besuch«, sagte sie enttäuscht und wandte sich zum Gehen. »Nein, nein, Margie«, schrie ihre Mutter. »Komm ordentlich herein, Liebling, und laß dich vorstellen. Das ist Herr Dr. Sheppard, Bubis Vorgesetzter im Spital. Herr Doktor, das ist meine Jüngste, Marjory. Sie geht noch in die Schule. Marjory glotzte und zog den anderen Strumpf hinauf, dann kam sie langsam heran, schüttelte Stevens Hand und ließ sie wieder fallen, als hätte sie einen Frosch berührt. »Daß *Sie* uns besuchen?« sagte sie, indem sie unanständigerweise jedermanns Gedanken aussprach.
Der Reiz der Pubertät dachte Steven und fragte sich, ob Carol je so geworden wäre. Nein.

»Ich dachte du hättest heute Klavierstunde«, sagte ihr Bruder. Sie schnitt ihm eine Grimasse: »Die alte Robbie hat sich das Handgelenk verstaucht. Drum ist nichts.«
»Du hast wohl deine Schulaufgaben noch nicht gemacht, wie, Margie?« fragte ihr Vater hoffnungsvoll.
»Doch.« Sie holte sich einen Fußschemel und setzte sich zu seinen Füßen nieder, indem sie ihr scharfes Rückgrat gegen seine Beine lehnte und aufmerksam zu Steven hinüberstarrte, der auf der andern Seite des Kamins saß.
»Bubi wird ein Doktor werden, wissen Sie«, verkündete sie. »Das da ist Bubi«, und sie wies mit dem Kopf auf ihren Bruder.
»Ich weiß.« Steven lachte. »Und er wird ein sehr guter Doktor werden, denke ich, hoffe ich. Er wird was von mir zu hören bekommen, wenn er mich enttäuscht.«
»Oh, ich glaube nicht, daß er es je zu etwas bringt«, sagte sie.
»Margie!« rief ihre Mutter entsetzt.
»Ich meine, er ist jetzt vielleicht ganz tüchtig, aber können Sie sich ihn mit einer eigenen Praxis vorstellen? Ich nicht.«
Steven konnte es eigentlich auch nicht, aber er sagte: »Warum denn nicht? Er hat genau solche Möglichkeiten wie jeder andere. Er ist vernünftiger als ich in seinem Alter war – und weiß auch wahrscheinlich mehr –, aber ich bin eben ein wenig geschwommen und habe den Leuten was vorgemacht, bis ich festen Grund unter meinen Füßen spürte.«
Bubi, der bescheiden murmelnd abwehrte, sog diese Worte ein wie Honigseim, hätte aber beinahe das Zimmer verlassen vor Angst, daß sie fortfahren könnten, über ihn zu reden. Um diese Gefahr abzuwen-

den, sagte er kühn: »Sie haben mir noch nie von Ihren ersten Anstellungen erzählt, Herr Doktor. Ich meine, ich kann Sie mir nie anders als ›arriviert‹ vorstellen. Nicht wahr, Dynsford war nicht Ihre erste Praxis? Nein, natürlich nicht, Sie waren vorher auf der Isle of Wight, haben Sie mir erzählt.«

»Ja, es war ein langer Weg, bis ich nach Ryde kam«, sagte Steven. »Eine Zeitlang war ich in Chester und in Wales, dazwischen ging ich auch mal an mein Londoner Spital zurück als erster Assistenzarzt, während ich mich auf mein spezialärztliches Examen vorbereitete. Chester!« Er lachte. »Mein Gott, ich hatte die Stadt fast vergessen. War das für einen jungen Mann eine seltsame Einführung in die allgemeine Praxis!«

Es war genau wie auf dem Bild »Die Kindheit Raleighs«. Sie saßen alle im Kreis und hingen seinen Erinnerungen nach, selbst Margie, die entdeckt hatte, daß Ugly es sehr liebte, wenn man mit seinen Ohren spielte.

»Hm – wieso ›seltsam‹ Herr Doktor?« half der junge Potter nach.

Steven lachte wieder und erinnerte sich an seinen Schrecken, als er vor jenem greulichen kleinen, steinernen Schilderhaus – denn so sah das Haus aus – angekommen war, das sein Heim sein sollte und das auf einem Wall außerhalb der Stadtmauern zwischen zwei ganz gleich aussehende Häuser hineingebaut war. Es hatte nicht einmal den Vorteil, in dem schönen Teil von Chester zu liegen. Er konnte noch jetzt die schlurfenden Schritte hören, die auf sein Läuten hin hörbar wurden. Als die alte Hexe ihr Gesicht zur Tür heraussteckte, war er beinahe davongelaufen.

»Alles war alt«, sagte er. »Das Haus, die Möbel, die Dienstboten, die Patienten, die Apparate, selbst der

Hund – und das Essen natürlich; man mußte sich durch die Kuchen beim Tee mit Picke und Schaufel einen Weg bahnen. Und der Doktor – ich sollte sein Assistent sein, denn die Praxis wurde ihm schon zu beschwerlich –, er war das älteste von allem. Er zerfiel vor meinen Augen. Ich erwartete immer, daß er eines Tages nicht zum Frühstück herunterkommen würde und daß ich in sein Zimmer hinaufgehen und ihn so vorfinden würde – Sie wissen – wie der Mann in der Geschichte von Poe, wie ging das nur – eine abscheuliche, beinahe flüssige Masse von unbeschreiblicher Fäulnis.«

»Nein«, unterbrach Marjory. »Eine beinahe flüssige Masse von ekelhafter – von abscheulicher Fäulnis.«

»Ja, so heißt es«, sagte Steven überrascht. »Haben Sie es gelesen?«

»Natürlich«, sagte sie voll Verachtung. »Wir haben es in der Schule durchgenommen.«

»Margie geht in eine sehr fortschrittliche Schule«, erläuterte ihr Vater.

»Ach so. Nun, jedenfalls lag etwas sehr Poeartiges über dem ganzen Etablissement. Es war immer halbdunkel darin, denn es gab dauernd Kurzschluß, und wir mußten zwei Petroleumlampen benützen, die nie geputzt wurden und immer am Ausgehen waren. Alles schlich in Filzpantoffeln herum, und in der Halle stand eine unheimliche alte Uhr ohne Minutenzeiger, die wie ein Sarg aussah und immer fünf Minuten lang rasselte, bevor sie »Bumm!« machte, mitten in der Nacht – wie die Geräusche in den Gewölben des Hauses Usher. Aber die Haushälterin – die war das ärgste. Sie sprach nie ein Wort mit mir während der ganzen sechs Monate, die ich dort war, und sie hatte nur einen Zahn und eine verkümmerte Hand. Brr!« Er schauderte. Es war schon lange her, seit er

von diesen Dingen erzählt hatte: Ruth hatte sich nie dafür interessiert. Das alles würde natürlich in den »Reißenden Strom« hineinkommen, mit kleinen Verschönerungen. Es war ganz gut, daß er jetzt darüber sprach; so erinnerte er sich an Dinge, die er schon vergessen zu haben glaubte. Zu Hause würde er sich einige Notizen machen, den Spitalsteil vielleicht vorläufig sein lassen und seinen Helden in dieser Situation zeigen, während sie ihm noch gegenwärtig war.
»Aber warum haben Sie denn überhaupt so eine Stelle angenommen, Herr Doktor?« fragte der junge Potter. »Ich meine, Sie haben doch ...«, womit er andeuten wollte, daß die Welt es mit Steven doch sicherlich von Anfang an gut gemeint habe.
»Ach, was weiß ich. Um Praxis zu bekommen, glaube ich. Ich brauchte auch rasch einen Posten. Ich hatte Krach im Spital gehabt und wollte weg. Irgendeine dumme Sache – ich kann mich jetzt nicht einmal erinnern, was es war. Ich war schon zu lange dort gewesen, glaube ich. Sie wissen, wie es ist, wenn man in einem Internat lebt; länger als eine gewisse Zeit hält man es nicht aus.«
Sein Sekundärarzt nickte. Ob er es wußte! Hatte er sich nicht neulich mit Jackie Grenfell fast geschlagen aus keinem anderen Grund, als weil sie sich neun Monate hindurch über den Frühstückstisch hinweg hatten ansehen müssen?
»Natürlich«, fuhr Steven fort, »da ich geradewegs von einem Londoner Spital kam, das so gut ausgestattet und sauber und in allem so auf der Höhe war, erschien mir das Haus in Chester noch viel fürchterlicher. Sie hätten die Apotheke des Alten sehen sollen! Es wundert mich, daß er nicht alle seine Patienten tötete. Aber die meisten von ihnen waren ohnehin im Sterben begriffen, und so machte es nicht viel

aus. Sie haben sicher noch nie so eine Kollektion von alten Debilen und Chronischen gesehen. Es war eine gute Einführung in die Symptome von Gicht, Arthritis, Sklerose, Bronchitis, varikösen Geschwüren – jede Phase, durch die der Körper in den letzten Stadien der Auflösung geht. Natürlich war keine Rede von Diagnose, die war schon vor Jahren gemacht worden, und die Behandlung – den meisten nützte keine Behandlung mehr. Es war recht entmutigend. Jetzt wundere ich mich, daß ich mir nicht die Kehle durchschnitt. Aber jemand anderer hätte das zum Schluß beinahe für mich besorgt.«

»Sie scherzen, Dr. Sheppard«, sagte Mrs. Potter und bereitete sich zum Lachen vor.

»Nun, sagen wir, daß sie zufällig das Vorlegemesser in der Hand hielt und daß sie zufällig auf das Bett loshumpelte, in dem ich lag; aber was sie mit einem Vorlegemesser im Halbdunkel in meinem Schlafzimmer wollte, darüber schweigt die Geschichte. Nun, jedenfalls sprang ich ziemlich rasch auf der andern Seite hinaus, und am nächsten Tag packte ich meine Koffer. Damals löste sich der alte Doktor fast in Ihre beinahe flüssige Masse auf, Marjory. Er brach zusammen und weinte und sagte, er habe mich liebgewonnen – wie einen Sohn. Ich glaube, er hatte Angst, er würde keinen andern Assistenten bekommen, wenn ich wegginge. Aber es war schauerlich. Als ich schon im Zug nach London saß, überlief es mich immer noch kalt. Ich mußte dann ein türkisches Bad nehmen.«

Mrs. Potter lachte. »Es klingt wie ein Roman, wie Sie's erzählen, Dr. Sheppard. Erzählen Sie weiter. Es ist riesig spannend.«

»Oh, ich weiß nicht. In der Erinnerung klingt alles viel besser. Damals war es nichts als niederdrükkend.« Er saß einen Augenblick in Gedanken versunken und beobachtete, wie die Abenddämmerung an den Glastüren heraufkroch. Leise füllte der junge Potter ihm wieder das Glas voll. Seine Mutter gab ihm ein Zeichen, es nicht auch bei den andern zu tun. Es würde ohnedies schon wenig für Papas Geburtstagsgesellschaft nächste Woche übrigbleiben, aber der große Dr. Sheppard stieg ja nicht jeden Tag vom Olymp herunter, um unter ihnen zu weilen und sich so natürlich zu unterhalten, als ob er bei sich zu Hause mit seiner eigenen Familie beisammen wäre. Ihre Fleischpastete, die inzwischen im Bratrohr ausdörrte, hatte sie vollkommen vergessen.

»Dann natürlich«, nahm Steven den Faden wieder auf und merkte nicht, daß sein Sherryglas das letztemal, als er es zum Mund geführt hatte, fast leer gewesen war, »ging ich nach Wales. Das war was ganz anderes.«

»Waren Sie da mit einem andern Arzt zusammen, Herr Doktor?« fragte Bubi. »Ich hörte Sie einmal sagen, daß Sie nie wieder mit jemand anderem eine ärztliche Partnerschaft eingehen würden.«

»Das würde ich auch nicht. Und tun Sie's auch nicht, wenn Sie's vermeiden können. In der Theorie ist alles sehr schön, aber die menschliche Natur und die Theorie gehen nicht immer Hand in Hand. Zwei Männer können, scheint es, ebensowenig ohne Streitigkeiten miteinander leben wie zwei Frauen. Es gibt keine andere dauernde Teilhaberschaft als die Ehe, und die dauert oft nicht.«

»Anwesende ausgeschlossen«, warf Mr. Potter ein und lächelte seiner Frau zu.

»Ja, natürlich.« Steven trank ihnen zu. Wie würde Marion lachen, wenn sie sehen könnte, wie gut er sich in diese Atmosphäre von traulicher Familienunterhaltung einfügte. Aber es gefiel ihm.

Das Haus in Llandovery war diesem sehr ähnlich gewesen. Rein, bequem, unprätentiös und unendlich geschmacklos. »In Wales hatten wir ein Mädchen, das hieß Betty«, sagte er. »Das war eine Perle. Kochte wie ein Engel und hielt das Haus blitzblank, wollte aber nie um einen herumwischen – verstehen Sie?« Er nickte Mr. Potter zu, und alle lachten. Sie verstanden. Mrs. Potter putzte immer um die Leute herum und bat sie, sich nicht stören zu lassen, machte ihnen aber das Leben so unmöglich, bis sie es doch taten.

»Sie heiratete den Kohlenmann. Er war einer von unseren Patienten, ein Basedowkranker, das hat sie angezogen – die Art, wie seine Augen glänzten. Ich habe immer den Eindruck gehabt, daß ihr Weggehen der wirkliche Anlaß zum Bruch der Teilhaberschaft war. Wir hatten es nie mehr so behaglich. Über den kleinen Willie Pugh – so hieß der andere Arzt – kam eine Rastlosigkeit, und er begann auf sein Nonkonformisten-Gewissen zu hören.«

»Aha«, sagte Mrs. Potter. »alle Waliser sind Nonkonformisten, nicht wahr? Wir gingen auch in die Dissenterkirche, als wir in Cornwall waren, aber seit wir hier sind und die Kirche so nahe ist und wir einen so gescheiten Vikar haben – denken Sie, er spricht manchmal im Radio –, sind wir davon abgekommen.«

»Es war eines von jenen strengen Bekenntnissen«, fuhr Steven fort. »Die ›Brüder‹ oder die ›Feurigen Evangelisten‹ oder die ›Heiligen Wälzer‹ oder so etwas. ›Ein Christ sein‹, nannte er es. Ich hatte immer gedacht, daß jeder, der in der Kirche getauft war, ein Christ sei, aber anscheinend ist das nicht so. Man muß ›das Licht‹ gesehn haben. Er versuchte immer, mich zu seinem ziemlich düsteren Glauben zu bekehren, und ich ermutigte ihn noch und erweckte in ihm den Eindruck, daß er wirklich etwas erreichte; und wenn er sich dann zwei Stunden lang heiserge-redet hatte und nach etwas zum Trinken lechzte, was ihm aber gemäß seinen Ansichten verboten war, machte ich irgendeine schrecklich blasphemische Bemerkung – es war wahrscheinlich gemein von mir, aber er zwang mich dazu –, und er mußte wieder von vorne mit mir beginnen.«

»Versuchte er seine Patienten zu bekehren?« fragte Mr. Potter.

»Nun, viele von ihnen waren schon angesteckt. Aber die andern? Nein. Er war ein zu geriebener Geschäftsmann, um zu riskieren, daß er sie dadurch verlor. Er hatte sich eine ganz hübsche kleine Praxis erarbeitet. Es war eine von jenen langen, schmalen Städten, in denen mehr Leute wohnen, als man glauben würde, und unser einziger Konkurrent war ein betrunkener alter Gauner am Slum-Ende der Stadt, der die Stunden, in denen er etwas nüchterner war, damit zu verbringen pflegte, daß er bei den Kühen im Ort die Hebamme machte. Ich war eineinhalb Jahre dort. Ich habe da sehr viel gelernt und möchte die Erfahrung nicht missen. Wir hatten zweimal Ausbrüche von Poliomyelitis . . .«

»Kinderlähmung, Mutter«, erklärte Bubi leise.

» – und dieser Pugh und ich arbeiteten miteinander ein neues System von Heilgymnastik aus, um die Paralyse zu bekämpfen. Dasselbe, was man jetzt mit soviel Erfolg in Amerika macht, nur natürlich mit viel moderneren Methoden, als wir sie hatten. Aber wir erzielten viele, gute Resultate. Ich benützte diese Sache als Thema für meine Doktordissertation.« »Ach, das Doktorat haben Sie gemacht, als Sie noch in Wales waren, Herr Doktor?«

»Ja, ich hatte es immer wieder aufgeschoben. Schreckliche Plackerei, wissen Sie, so eine lange Sache zu schreiben; warten Sie nur, bis Sie soweit sind.« Der Gedanke an diese Tortur hatte aufgehört, den jungen Potter zu erschrecken. Er wußte einfach, daß er nie dazu imstande sein werde. »Bald danach begann Willie Pughs Gewissen ihn zu plagen. Es hatte ihm anscheinend schon die ganze Zeit zugeflüstert, daß er ein Missionar werden und nach Zentral-Nyassaland oder irgendeiner andern dessen bedürftigen Gegend gehen solle, aber die Tatsache, daß die Praxis so gut ging, ließ es nicht so laut werden. Deswegen hatte er eigentlich einen Teilhaber gesucht. Er beabsichtigte, seinen Anteil dem anderen zu verkaufen und davonzugehen, um das Werk Gottes unter den Schwarzen zu tun. Ich hätte ihn natürlich nicht auskaufen können, selbst wenn ich gewollt hätte, aber er wußte das nicht, denn ich kam mit ein paar ganz anständigen Londoner Anzügen, einem Auto und allerhand Sachen an. Nun, wie ich schon sagte, er pflegte zeitweilig ganz mystisch zu werden, besonders nachdem Betty fort war, und dann hörte er Stimmen, die ihm sagten, was er tun solle. Das war ganz recht, solange er sich darauf beschränkte, daß er Gott für ihn am Morgen die Krawatte wählen ließ und Brot und Bratensaft zu Abend aß. Aber dann begann er so lange im Hause herumzusitzen und auf eine ›Stimme‹ zu warten, ob er Mrs. Williams in Bryndydwy entbinden gehen solle, daß ich mitten in meiner Ordination selbst gehen mußte, und da wurde mir die Sache ein bißchen zu arg. Wir hatten einen Streit, und dann versöhnten wir uns wieder, und er betete ein wenig über mir und sagte schließlich, sein Gewissen wolle sich nicht länger zufriedengeben und er würde am nächsten Morgen nach Lon-

don fahren, um sich für das ›Gefilde‹ anwerben zu lassen.«
»Für die Jagd?« fragte Mrs. Potter erstaunt.
Steven lachte. »Das ›Missionsgefilde‹ war es, was er im Sinn hatte. Nun, ich hielt es für überflüssig, ihm vorzuhalten, daß der Nutzen, den er den Leuten von Nord-Wales erwies, viel sicherer war als der problematische, den er den Eingeborenen von Zentralafrika vielleicht erweisen würde, die Jahrhunderte hindurch ganz gut mit ihren eigenen Medizinmännern ausgekommen waren, und sagte ihm daher nur, er solle mir einen anderen Teilhaber suchen.«
»Da, nehme ich an, versuchte er Sie zu überreden, seinen Anteil an der Praxis zu kaufen?« fragte Mr. Potter.
»Ja. Und das schönste war, daß er nicht verstehen konnte, daß die Sache in Wales für mich nur ein Sprungbrett zu etwas Höherem war. Er konnte nicht begreifen, warum ich nicht bereit war, in Llandovery zu leben und zu sterben, ein behagliches kleines Einkommen zu verdienen, enorm viel zu arbeiten und nie wieder was von mir hören zu lassen. In dem Alter, in dem ich damals war, brachte mich diese Vorstellung zum Lachen. Jetzt denke ich manchmal darüber nach. Es wäre kein schlechtes Leben gewesen . . . ein einfaches Leben, wissen Sie.«
Mrs. Potter lachte. Offenbar scherzte er jetzt.
»Wo der kleine Willie jetzt wohl ist«, sagte Marjory. »Bei lebendigem Leib aufgefressen, glauben Sie nicht?«
»Es würde mich nicht wundern. Ich hoffe aber nicht. War im Grunde kein schlechter Kerl, der Kleine. Er war eher rührend am Schluß, als er so herumging und seine Ausstattung einkaufte. Sie müssen alles mitnehmen, wissen Sie: Kochgeschirr, Waschbecken,

Löffel und außerdem die ganze medizinische Ausrüstung. Wie er dann alles beisammen hatte, konnte man sich im Hause nicht mehr rühren. Ich mußte ihm helfen, es in Kisten zu verpacken. Damals habe ich mir meinen Daumen zerquetscht.« Er zeigte ihnen seinen linken Daumen, der einen Knoten am Gelenk hatte, wo er gebrochen war.

»Ich habe oft darüber nachgedacht, wie Ihnen das passiert ist, Herr Doktor«, sagte der junge Potter, der Stevens Hände so oft bei der Arbeit beobachtet hatte, daß er sie so gut kannte wie seine eigenen.

»Um Gottes willen!« sagte Steven plötzlich. »Geht diese Uhr richtig? Großer Gott, ich muß gehen. Entschuldigen Sie, ich bin dagesessen und habe stundenlang von mir gesprochen. Warum, um Himmels willen, haben Sie mich nicht schon früher zum Schweigen gebracht?« Er stand auf. Vor der Glastür lag der Garten in blaue Schatten gehüllt. Es war zwanzig Minuten vor acht. Ruth würde wütend sein.«

»Wir haben uns sehr gut unterhalten«, sagte Mrs. Potter. »Es war sehr liebenswürdig von Ihnen, zu uns zu kommen.«

»Es war riesig interessant«, sagte ihr Gatte und stand auf. Es hatte ihn interessiert, und Steven gefiel ihm sehr gut, aber jetzt wollte er sein Dinner haben.

»Ach, gehn Sie noch nicht, Herr Doktor«, sagte der junge Potter. »Trinken Sie – trinken Sie noch ein Glas«, bat er verzweifelt. »Eines für den Weg. Jedenfalls«, fügte er hinzu, indem er Steven und der Mutter in die Halle folgte, »haben Sie die Geschichte nicht zu Ende erzählt. Sie sind noch in Wales und schlagen Nägel in Kisten. Was geschah nachher?«

»Was dann geschah, war, daß ich das einzige gute Geschäft meines Lebens machte. Ich entdeckte einen Mann, der bereit war, die Praxis für einen ganz anständigen Betrag zu kaufen; ich kaufte den kleinen Willie aus, halb mit dem, was ich verdient hatte, während ich bei ihm war, und halb mit dem, was ich künftig zu verdienen versprach, und als er fort war, verkaufte ich die Praxis, zog aus und bezahlte den kleinen Willie oder die ›Feurige Bibelgesellschaft‹, die all seinen Reichtum geerbt hatte. Verstehen Sie?«

»O ja, Herr Doktor, fabelhaft, fabelhaft«, sagte der junge Potter, der nicht ganz gefolgt war. Wirklich, es kostete ihn ein Lächeln, daß er sich einbildete, er könnte es eines Tages Dr. Sheppard gleichtun. Um ein Arzt zu sein, mußte man soviel mehr verstehen als die bloße Anwendung der Medizin. Wie würde er je mit der geschäftlichen Seite der Sache fertigwerden: Verträge und Teilhaberschaften, Geld in eine Praxis investieren, Geld, das man noch nicht einmal verdient hatte, im voraus verpfänden auf die bloße Möglichkeit hin, es zu verdienen? Er konnte nicht einmal mit seinen Wochenrechnungen fertigwerden, die sich kaum je aus mehr als seinen Fahrten nach Wimbledon, Marken, Wäsche und einem gelegentlichen Abendbrot im »Dynsford Dive« zusammensetzten. Er seufzte. Steven, der sich in der Halle den Hut aufsetzte und seiner Mutter Höflichkeiten sagte, war bereits wieder ein Wesen aus einer anderen Welt geworden, obwohl er im Wohnzimmer noch einer von ihnen gewesen war. Aber nach seinem Weggehen würde nichts mehr da sein als die rasch verschwindende Druckstelle im Armsessel und der unbestimmte Duft seiner Pfeife, als Zeichen, daß er dagewesen.

Er würde sie vergessen, sobald die Vordertür sich hinter ihm geschlossen hatte, und es würde sich wahrscheinlich nie wieder eine Gelegenheit zu einem zweiten Besuch ergeben. Nur ein Wunder hatte ihn diesmal hergebracht. Schon jetzt konnte der junge Potter kaum glauben, daß es wirklich geschehen war.

In der Halle roch es stark nach Fleischpastete. Mrs. Potter sparte nicht mit den Zwiebeln, wenn Bubi heimkam.

»Sagen Sie«, rief Steven, »habe ich Sie von Ihrem Abendbrot abgehalten? Warum haben Sie mich nicht hinausgeworfen?«

»Aber nein, keineswegs, Herr Doktor«, log Mrs. Potter. »Wir essen nie vor acht Uhr zu Abend.« Ihr Sohn trat heftig nach hinten, als er Marjory hinter sich zum Sprechen einatmen hörte, und verwandelte ihr: »aber Mami, du weißt, wir...« in ein Quietschen und Zischen, während sie ihren eigenen Fuß zurückzog, um ihren Bruder ins Schienbein zu treten.

Ruth machte keine Umstände, weil er die Zeit nicht eingehalten hatte, zu der sie gewöhnlich ihr Abendessen einnahm. Sie hatte es schon halb verzehrt, als Steven nach Hause kam. »Du kommst aber spät«, sagte sie mit vollem Mund. »Wo bist du gewesen?«

»Ich habe in einem Zweifamilienhaus in Wimbledon die Geschichte meines Lebens erzählt«, sagte Steven müde und goß sich Whisky ein.

»Red keine Dummheiten«, schalt sie. »Und beeile dich mit dem Dinner, denn ich habe Ethel versprochen, sie dürfe ins Kino gehen.«

»Was ist das?« fragte er und stieß mit der Gabel in dem Essen herum, das Mrs. Garrard mit einer ihrer exakten, glatten Bewegungen vor ihn hingestellt hatte.

»Pilzsoufflé. Darum habe ich nicht auf dich gewartet, sonst wäre es verdorben.«

Es war verdorben. Steven aß, ohne viel zu

schmecken, teilte seinen Käse mit Ugly und trug seinen Kaffee ins Ordinationszimmer hinunter, um mit dem »Reißenden Strom« fortzufahren, solange die Erinnerungen noch frisch in seinem Gehirn waren.

Sechstes Kapitel

Am 4. August 1939 hatte Ruth einen welterschütternden Gedanken. Sie äußerte ihn von ihrem Bett aus zu Steven, der sich in seinem Ankleidezimmer nebenan rasierte. Er benützte seinen elektrischen Rasierapparat und hörte sie nicht.

»Steven, du könntest wenigstens antworten, wenn ich mit dir spreche.« Sie erhob die Stimme. »Ich sagte . . .«

»Was ist los?« Er drehte ab und wartete geduldig, den Rasierapparat an der Wange haltend.

»Ich sagte, der Weltkrieg begann heute vor fünfundzwanzig Jahren, und jetzt gehen wir wieder einem Kriege entgegen.« Diese Tatsache war jetzt sogar Leuten wie Ruth klargeworden.

Als wüßte er es nicht! Er würde heute noch einmal auf die Admiralität gehen. Die einzige Art, etwas bei diesen Leuten zu erreichen, war, sie nicht in Ruhe zu lassen und ihnen so lästig zu werden, daß sie einem, um Ruhe zu haben, schließlich den Willen taten.

»Was?« fragte er.

»Ich sagte, der Weltkrieg begann heute vor fünfundzwanzig Jahren –«

»Schon gut, schon gut, ich habe gehört, was du sagtest.«

»Warum hast du dann ›was?‹ gesagt? Das tust du immer.«

»Entschuldige. Aus Gewohnheit wahrscheinlich.« Der Rasierapparat summte wieder.
»Nun, dann ist es eine sehr unangenehme Gewohnheit. Schatz, ich sorge mich schrecklich wegen heute.«
»Warum?« mummelte er, denn er hatte den Kiefer auf die Seite gedreht.
»Du weißt es genau. Ich hab's dir doch erzählt; ich habe heute mein Pflegerinnenexamen. Ich werde sicher nicht durchkommen. Sie verlangen so schrecklich viel.«
»Ach, du wirst sehr gut bestehen.« Er kam durch die Tür auf sie zu, während er sich das Gesicht an einem Handtuch abtrocknete. »Was ist es – Erste Hilfe? Alles, was man da wissen muß, ist, wie man einen Schock behandelt, wie man eine Blutung stillt – und das habe ich dir schon bis zum Überdruß eingehämmert und daß man den Patienten nicht bewegen soll, bevor ein Arzt den Fall diagnostiziert hat.«
»Aber du verstehst ja nicht, mein Lieber. Es ist viel mehr als nur das. *Wir* müssen den Fall diagnostizieren.« Er lachte laut heraus, und sie sah gekränkt drein. »Es ist ganz anders, als es zu deiner Zeit war. Die Hilfsschwestern werden jetzt so geschult, daß sie im Notfall alles allein machen können.«
»Alles in zwölf Lektionen!«
»Oh, wir haben alles gelernt, was notwendig ist. Wie man einen gebrochenen Schädel von einem gebrochenen Rückgrat unterscheidet, wie man ein Schlüsselbein – clavicula, meine ich – einrenkt. Wie man erkennt, ob es eine Vergiftung durch Opium, Belladonna oder Alkohol ist, aber das habe ich vergessen; es hat etwas mit der Pupille zu tun. Oder kommt das bei Gehirnblutungen vor?«
»Man hat da ungleiche Pupillen und –«
»Ja, das weiß ich«, sagte sie. »Aber Steven, es gibt so

eine Unmenge von Dingen, die sie fragen könnten, und dann ist da noch die ganze Hauspflege und die praktische Arbeit. Ich werde ganz bestimmt durchfallen, ich habe nie gut Prüfungen manchen können. Ich könnte es nicht verwinden, wenn ich durchfiele. Man muß dann den ganzen Kursus noch einmal durchmachen, und ich könnte die Wanderungen nach Chelsea hinunter jedesmal nach dem Essen nicht mehr aushalten. Die haben mich vollkommen erschöpft.«

»Du bist doch immer im Taxi gefahren –«

»O nein, ich bin sehr oft mit dem Bus gefahren. Ich glaube, wir sollten das Geld jetzt so viel wie möglich zusammenhalten«, fügte sie hinzu, indem sie die Lippen schürzte. »Wir wissen nicht, was uns bevorsteht. Steven, hast du's eilig heute?«

»Nicht besonders. Um halb elf habe ich Klinik, aber bis dahin bin ich frei. Ich hatte vor, mit Ugly in den Park zu gehen.«

»Dann sei so lieb und stelle mir einige Fragen, während du dich anziehst. Hier«, sie klatschte auf die Daunendecke. »Komm und setze dich zu mir aufs Bett. Ach, gib acht auf das Tablett! Schau her, du hast beinahe den Kaffee verschüttet. Das ist ein hübsches Hemd, Schatz.« Sie prüfte den Ärmelstoff zwischen den Fingern, dann steckte sie ihre Hand in die Manschette und streichelte seinen Arm. »Ich könnte dir noch einige solche zum Geburtstag kaufen, wenn du willst. Wo habe ich es gekauft?«

»Du hast es gar nicht gekauft. Ich selbst habe es bei Justin gekauft.«

»Wirklich? Möchtest du, daß ich dir noch ein paar schenke oder willst du lieber etwas anderes? Es ist so schwierig bei dir mit Geschenken, du suchst dir immer die Sachen am liebsten selbst aus, und dann ist es keine Überraschung. Ich weiß, daß du die

Aschenschale, die ich dir vorige Weihnachten gab, nie benützt hast, obwohl du sagtest, sie gefalle dir; ich fand sie aber neulich ganz hinten in einer Lade. Dabei war sie schrecklich teuer – echter Alabaster.«

»Schau, Ruth«, er wollte sie auf etwas anderes bringen, »wenn du willst, daß ich dich ›Erste Hilfe‹ abhöre, dann los damit, denn ich will ausgehen, bevor es zu heiß wird.«

»Dann gebe ich dir das Buch.« Sie wühlte in dem Durcheinander auf ihrem Nachttisch herum Steven nahm ein Stück Toast von ihrem Tablett und strich sich Butter darauf. »Ich brauche das Buch nicht«, sagte er. »Wer prüft dich, ein Arzt? Dann werde ich dich das fragen, was ein Arzt von dir braucht.«

»Aber es muß das sein, was –. Also gut.« Sie gab es auf, da sie sah, daß er es entweder auf seine Art machen würde oder überhaupt nicht. »Fang an.«

Er saß auf dem Rand ihres Bettes, mit herunterhängenden Hosenträgern und offenem Kragen, und aß den Toast, und sie lehnte sich zurück in die Kissen mit geschlossenen Augen, bereit, ihren Verstand zu benützen.

»Dann sage mir,« begann er, »wie du einen einfachen Bruch erkennen würdest.«

»Oh, das ist leicht. Es geht nach den Vokalen: a, e, i, o, u. – A ist – nein, das ist etwas anderes. Nein, es geht nach den Anfangsbuchstaben eines Satzes. Wie lautet er nur? ›Sieh das hübsche Bild an, Kind!‹ S ist natürlich Schmerz ...«

»Bringt man euch so die Sachen bei?«

»Ja, natürlich, das ist die moderne Methode. Unterbrich mich nicht. S ist Schmerz, D ist Deformität; jetzt kommt ein H ...«

»Heißt das, daß du in einer regnerischen Nacht, mit-

ten auf der Straße stehend, während auf beiden Seiten Fahrzeuge vorüberrasen, Verse aufsagen mußt, um zu wissen, ob jemand sich den Kragen gebrochen hat? Eine reizende Vorstellung.«
»Sei still, Steven; damit hilfst du mir gar nicht. Mir fällt das H nicht ein. Was könnte es sein?«
»Herzklopfen?« schlug er vor und nahm sich noch ein Stück Toast.
»Nein. Ich weiß, was es ist. Es lautet: ›Sieh das *schöne* Bild an, Kind‹, nicht: ›das hübsche‹. S ist Schwellung.«
»Klingt plausibel.«
»B für Bluterguß. ›Bild an‹ – A ist Abnorme Beweglichkeit; das heißt, wenn jemand sich den Arm gebrochen hat und man ihn nach allen Seiten drehen kann – so ist es doch, nicht wahr?«
»Jawohl.« Er strich sich Marmelade auf den Toast, wobei er sich alle Orangenschalen nahm.
»K für Krepitation. Man bewegt die Knochen und kann hören, wie sie knirschen. Huch! Das würde ich nicht gerne tun.«
»Hoffen wir zu Gott, daß du es nie wirst tun müssen«, sagte Steven. »Wenn du gebrochene Beine aufheben und sie auf und ab bewegen mußt, um zu probieren, ob du die Krepitation hörst, dann wirst du eine öffentliche Gefahr sein, Ruth.«
»Ich sage dir nur, was sie uns lehren, und sie werden es doch wissen.« Sie öffnete die Augen und streckte eine Hand nach ihrem Frühstückstablett aus. »Steven! Du hast meinen ganzen Toast aufgegessen! Das ist gemein von dir; wo du dein Frühstück in einer Minute unten bekommst.«
»Entschuldige, ich dachte, du seist fertig.«
»Keine Spur. Ich habe einen sehr anstrengenden Vormittag vor mir.«

»Dann läute, daß sie dir mehr Toast bringt. Es ist ja noch kein Brotmangel oder?«
»Ich verlange nicht gerne von Ethel, daß sie die vielen Treppen heraufläuft.«
»Mein Gott!« Er erhob sich von ihrem Bett. »Man könnte glauben, daß wir von diesem Weib bezahlt werden, nach der Art, wie du sie behandelst.«
»Also dann geh zur Hintertreppe und ruf hinunter. Ich will ihre Gutwilligkeit nicht ausnützen. Du scheinst dir nicht klar darüber zu sein, was wir für Glück mit ihr haben.«
»Fällt mir nicht ein, drei Treppen hinunterzubrüllen, als ob dies eine Mietskaserne wäre«, sagte er und drückte auf die Glocke über Ruths Bett. »Ich persönlich kann diese Person nicht ausstehen. Ich würde mich nicht kränken, wenn sie morgen ginge. Und ihr Balg dazu. Er hat alle Tennisbälle verloren, die ich ihm gab, und jetzt erwartet man wohl von mir, daß ich ihm andere beschaffe.«
»Jetzt redest du einfach Blödsinn«, sagte Ruth ruhig. »Stelle mir noch ein paar Fragen. Du hast mir bis jetzt nicht viel genützt.«
Steven ging in sein Ankleidezimmer. Er war am Morgen in guter Laune aufgestanden, aber diese schwand jetzt rasch. »Also gut«, sagte er brummig und suchte sich eine Krawatte heraus. »Erzähle mir etwas von einem Vorderarmbruch.«
»Oh, das ist leicht. Eßlöffel-Deformität.«
»Wovon, zum Teufel, sprichst du? Ist das wieder so eine moderne Idee?«
»Du weißt, was ich meine – eine Gabel.«
»Kannst du es zeichnen?«
»Wir brauchen keine graphischen Darstellungen zu machen. Es ist nur eine Prüfung, bei der wir schreiben müssen.«

»Nun, wie würdest du ihn immobilisieren?«
»Warte. Man steckt ihn in eine Carr'sche Schiene und tut eine Schlinge darüber.«
»Und wo, um Gottes und aller Heiligen willen, willst du mitten in einem gebombten und brennenden Haus eine Carr'sche Schiene finden?«
»Du brauchst nicht Gott zu lästern deswegen. Ach Ethel, würden Sie so gut sein und Mrs. Hankey bitten, mir noch etwas Toast zu machen? Halten Sie mich nicht für gefräßig; der Herr Doktor hat den größten Teil meines Frühstücks gegessen. –
Wenn ich nicht die richtige Schiene zur Hand habe«, fuhr Ruth fort, nachdem Mrs. Garrard wortlos hinausgegangen war, »dann gebe ich dem Patienten etwa einen Bleistift oder einen Kork zu halten und schiene den Arm mit einem Schirm.«
»Ein Schirm und ein Kork, ich verstehe«, sagte Steven liebenswürdig.
»Und jetzt etwas über Pflege«, sagte Ruth. »Aber darüber weißt du wohl nichts, wie?«
»Meine liebe Ruth«, sagte Steven und trat in die Verbindungstür, indem er seine Schultern rollte, damit der Rock besser sitze. »Ich habe nicht fast zwanzig Jahre an Krankenhäusern gearbeitet, ohne etwas über den ›hohen Beruf‹ zu lernen. Sage mir, wie du Wundliegen verhindern würdest.«
»Immer wird man über Wundliegen gefragt«, sagte Ruth ärgerlich. »Ich habe es schon satt.«
»Du wirst es wahrscheinlich als Prüfungsfrage bekommen.«
»Nun, das kann ich, damit brauchen wir uns nicht aufzuhalten. Sag, Steven, hast du die Oberin schon wegen meiner fünfzig Stunden Praxis am East Central gefragt?«
»Ich habe mit ihr darüber gesprochen, aber sie hat

momentan nichts frei. Sie sagte, sie würde dich aufnehmen, sobald sie könne.«

»Gott weiß, wann das sein wird, inzwischen kann der Krieg kommen, und ich werde nirgends eine Stelle bekommen, wenn ich nicht meine Ausbildung beendet habe.« Jetzt, da sie sich mit der Tatsache, daß es Krieg geben würde, abgefunden hatte, freute sich Ruth geradezu darauf, da sie nicht die geringste Vorstellung davon hatte, was ein Krieg bedeutete.

»In Anbetracht deiner Stellung dort hätte sie mich wohl sofort aufnehmen können. Frage sie noch einmal, Steven.«

»Ja, sobald sich die Gelegenheit ergibt«, sagte er nervös, »aber ich bekomme die Dame kaum je zu Gesicht. Ich habe schon genug Arbeit dort, weißt du, auch ohne sie im ganzen Spital suchen zu müssen.«

»Nun . . . O danke vielmals, Ethel. Entschuldigen Sie, daß ich Sie bemühte. Könnte vielleicht, wenn ich angezogen bin, Ihr kleiner Tom ein wenig heraufkommen, damit ich an ihm wieder ›Verbinden‹ übe? Es war ihm nicht unangenehm letztes Mal, wie? Er hat sich, glaube ich, ganz gut dabei unterhalten.«

»Selbstverständlich, gnädige Frau. Er wird es sicher sehr gerne tun. Läuten Sie bitte, wenn Sie fertig sind, dann schicke ich ihn sofort hinauf. Er hat gar nichts zu tun; er weiß nie, was mit sich anzufangen, wenn ich zu arbeiten habe.«

»Er sollte eigentlich in die Schule gehen, nicht?«

»Der Inspektor war gestern wieder da, gnädige Frau, aber es ist alles so schwierig. Sie wissen ja, daß ich nicht will, daß er in eine städtische Schule geht und mit so ungezogenen Kindern beisammen ist. Ich hatte mir für meinen Jungen etwas Besseres gewünscht – das war ja einer der Gründe, warum ich ihn von seinem Vater wegnahm, Sie verstehen – aber jetzt im Augenblick, wo ich noch meiner Mutter helfen muß, die Raten für das Schlafzimmer abzubezahlen, bin ich nicht in der Lage, Schulgeld für ihn zu bezahlen.«

»Ethel, ich habe Ihnen schon gesagt, daß Sie sich deswegen nicht zu sorgen brauchen«, hörte Steven Ruth sagen und stöhnte bei sich.»Sie wissen, daß ich genauso gern wie Sie möchte, daß Ihr kleiner Tom alles bekommt, was er braucht. Ich habe ihn sehr gern – wir haben ihn beide sehr gern, Herr Doktor und ich.«

Als Mrs. Garrard fort war, kam Steven, der zum Hinuntergehen fertig war, zur Verbindungstür. Ruth, die gerade den Mund geöffnet hatte, um etwas zu sagen, sah, daß es nicht der richtige Augenblick war, um wieder mit Toms Schulgeld zu beginnen, und sagte statt dessen munter:»Also adieu, Lieber. Ich wünsche dir einen angenehmen Spaziergang. Du kommst zum Lunch, nicht wahr?« Sie würde ihn in einem günstigeren Zeitpunkt wieder deswegen angehen. Aber gegenwärtig schien es so wenig günstige Zeitpunkte bei ihm zu geben. Er brauchte einen Urlaub, das war es, und natürlich sorgte er sich wegen des Krieges.

»Du weißt, daß ich heute nicht nach Hause komme, Ruth«, sagte er. »Ich habe es dir gestern gesagt.«

»Du hast es mir bestimmt nicht gesagt. Ach, und wir haben Fleischpastete. Mrs. Hankey hat sie sicher schon gemacht.«

»Nun, das hält doch, nicht?« Steven küßte sie zum Abschied drei Zentimeter hoch über ihrer Stirn. »Heb mir welche für heut abend auf – mit einem Kopfsalat. Wir hatten schon lange keinen Kopfsalat mehr.«

»Das kommt daher«, sagte Ruth mit unruhigem Blick, »daß Mrs. Fairchild zum Lunch bleibt, und da noch dazu der kleine Tom einen so guten Appetit hat, essen sie immer unten alles auf. Und ich sage ih-

nen nicht gerne, daß sie Sachen übriglassen sollen. Es sähe so aus, als gönnte ich ihnen das Essen nicht.«
Mrs. Garrard, die ihm sein Frühstück brachte, schien das Wort »Schulgeld« anklagend in jedes ihrer starren Augen eingraviert zu haben. Er wußte, er würde sich schließlich mit dieser Sache zu beschäftigen haben, und er war nicht abgeneigt, Tom auf der harten Straße des sozialen Aufstiegs einen Start zu geben. Das Kind war so gescheit, daß es sich lohnte, aber er wollte sich nicht durch diese Verschwörung, so als sei die Sache selbstverständlich, dazu zwingen lassen. Er wurde ungeduldig, während Mrs. Garrard sich im Zimmer zu schaffen machte, überflüssigerweise Kaffeekannen von ihrem Platz rückte und den Toastständer in die Höhe hob, als ob sie nicht auch so hätte sehen können, ob genug Toast darin war.
»Schon gut, Ethel, danke«, sagte er. »Ich brauche nichts mehr.« Die Person schien nicht zu wissen, daß das Frühstück eine Mahlzeit war, die ohne Zeugen eingenommen werden sollte. Wenn er in Pension ging und sein Haus auf dem Land hatte – in Shropshire würde es sein, irgendwo an den weichen Wellen des Long Mynd –, so hatte er sich's mit dem Frühstück schon genau ausgerechnet; er würde früh aufstehen und einen Ritt machen oder ein wenig schreiben, und das Frühstück würde für ihn bereitstehen, wann immer er es wollte, in einem Zimmer, wo die Morgensonne auf den Tisch fiel und durch die Marmelade golden hindurchschien. Es würde Speck und Eier oder Nieren oder Würstchen auf der einen heißen Platte geben und Kaffee und heiße Milch auf einer andern, einen kalten Schinken auf dem Tisch, daneben ein langes, biegsames Messer, schon hergerichtete Hälften von Grapefruit, jede mit einer kandierten Kirsche in der Mitte, blauweiße Kaffeetassen so groß wie Schüsseln, alle

Morgenzeitungen, blasse, feuchte Butter in Kügelchen und Röllchen, Orangenmarmelade, die voll von dikken, dunkelbraunen Stückchen Schale war und – zur Abwechslung, wenn man von ihr genug hatte – schwarze Kirschenjam. Wenn Gäste da waren, bekämen alle Damen ihr Frühstück ins Bett und die Herren würden hereinschlendern, wann es ihnen beliebte, ohne sich die Hände reiben und Pläne für den Tag machen oder warten zu müssen, bis man ihnen die Sachen auf dem Tisch reichte.

Und Hafergrütze würde es geben – in einem Spezialkocher – mit dicker gelber Sahne und feuchtem braunem Zucker. Oder lieber goldenen Sirup? Als er ein Knabe war, pflegte er so lange mit dem vom Löffel rinnenden Sirup Muster zu machen, daß sein Haferbrei gewöhnlich kalt wurde, bevor er zu essen anfing. Daher hatte ihm seine Mutter einen Teller gekauft, der unterhalb eine Abteilung für heißes Wasser und oben ein Bild mit Schlittschuh laufenden Bären hatte, das allmählich sichtbar wurde, während man den Haferbrei aufaß. Er hatte den Teller überallhin mitgenommen, auch als er schon erwachsen war, und dieser hatte sich als sehr nützlich erwiesen zum Warmhalten der Speisen, wenn er erst spät von einem Patienten heimkam. Dann hatte Carol ihn benutzt, aber nachdem sie gestorben war, hatte Ruth ihn versteckt; Steven fand ihn auf dem Grund einer Kiste, als sie in die Wimpole Street einzogen, und bestand darauf, ihn wieder zu benutzen, aber Phyllis gelang es, ihn ziemlich bald zu zerbrechen.

Im Regents Park war der wolkenlose Himmel blaßblau, und in dem frühen Dunst, der die Sonne bedeckte, erschien alles wie mit Wasserfarben gemalt. Steven schritt am Teich entlang, an Leuten vorbei,

die zur Arbeit eilten, als ob sie an Stricken hingezogen würden, überquerte die Brücke am Bootsteich und kam zu dem freien, mit ausgedörrtem Gras bedeckten Gelände. In dem dunstigen Licht sahen die Häuser und Bäume in der Prince Albert Road entfernter aus, als sie es tatsächlich waren, und die Leute auf den Zickzackwegen erschienen winzig klein. Ein Mädchen kam aus weiter Ferne auf ihn zu; er beobachtete es, während es herankam. Seine langen, geraden Beine und seine Füße bewegten sich parallel; sie gingen nicht krumm, watschelten und wackelten nicht und kippten auch nicht in den Knöcheln um wie bei den meisten Frauen. Als es näher kam, sah er, daß es ein Leinenkleid trug, das am Halse viereckig ausgeschnitten und bis hinunter aufzuknöpfen war; seine Farbe war wie Brombeersaft, gemischt mit Sahne. Seine Beine waren bloß, und es trug einen Stoß Bücher. Es ging an ihm vorüber, und dann blieben sie beide stehen, drehten sich um und sahen sich unsicher lächelnd an.
»Ich glaube« – begann er.
»Herr Dr. Sheppard, nicht wahr?« fragte sie. Er hatte keine Ahnung, wie sie hieß, aber er erinnerte sich jetzt, daß er sie im Frühjahr bei einer von Mark Stainers Gesellschaften gesehen hatte. Damals hatte sie ein schwarzes Kleid mit einer Kameenbrosche getragen, und ihr Haar war aufwärts gekämmt gewesen; jetzt aber schwang es wie ein glänzender brauner Vorhang um ihre Schultern. Sie hatte damals Cocktails und Zigaretten herumgereicht, nicht gerade wie eine Wirtin, aber wie offenbar etwas mehr als ein Gast in Mark Stainers Wohnung. Seine Freundin wahrscheinlich. Sie reichten sich nicht die Hände, da sie die Arme voll hatte. »Wie geht das Buch vorwärts?« fragte sie, und er erinnerte sich, daß er ihr

beim fünften Glas Sherry seine Hoffnungen und Pläne in bezug auf den »Reißenden Strom« gestanden hatte, den er damals gerade zu schreiben begann.
»Es geht leider nicht vorwärts. Guter Gott, daß Sie sich daran erinnern!«
»Oh, ich habe seitdem M. S. schon öfters davon reden hören. Ich bin nämlich seine Sekretärin. Ich wollte, Sie würden ihm alles schicken, was Sie bis jetzt geschrieben haben. Er würde es gerne veröffentlichen, wenn es nur einigermaßen brauchbar ist. Die Leute interessieren sich gegenwärtig sehr für Bücher über Ärzte, aber Sie müssen sich beeilen, wenn Sie nicht wollen, daß vorher die ganze Ärzteschaft ihre Memoiren veröffentlicht.« Sie hatte ein reizendes Lächeln, dessen Wirkung noch dadurch verstärkt wurde, daß ihr gewöhnlicher Gesichtsausdruck ein ernster war. Wenn sie lächelte, senkte sich ihre Unterlippe gerade nach unten, und ihre Augen zogen sich nicht zusammen oder zwinkerten, sondern sahen einen weiter groß und voll und aufrichtig an. Es war ein wirkliches, ehrliches Lächeln, nicht nur ein gesellschaftliches.
»Wie hieß es nur?« fragte sie. »Ich habe es vergessen.«
»›Der reißende Strom‹.« Es klang dumm, und er überlegte, ob er es ändern sollte. Oder klangen alle Titel, laut ausgesprochen, den Autoren dumm? »Es ist aber nichts wert; es wird ganz anders, als ich beabsichtigte. Ich habe Stainer noch nichts davon geschickt, aus Angst, er könnte mir einen Dämpfer geben. Wenn er das tut, dann weiß ich, daß ich nie wieder den Mut haben werde, noch einmal zu beginnen oder etwas anderes zu schreiben.« Sie war rasch gegangen, aber jetzt blieb sie stehen auf einem Bein, als wäre sie in Eile weiterzugehn.
Darum sagte er: »Gehen Sie ins Büro? Ich werde mit

Ihnen gehen, wenn ich darf. Ich wollte nur meinen Hund spazierenführen.« Ugly war weit voran und belästigte eine rote Chow-Hündin, die immer wieder nach ihm schnappte, mit eingezogenem Schwanz ein paar Meter weit lief und dann stehenblieb, um sich zu vergewissern, ob er ihr noch folgte. Steven pfiff ihm, aber als er sich nicht darum kümmerte, sagte er: »Ach, er wird schon kommen, wann *er* will«, wandte sich um und schritt den Weg entlang neben Mark Stainers Sekretärin dahin. Er wünschte, er hätte sich ihren Namen gemerkt.

»Ich bin überzeugt davon, daß das Buch sehr gut ist«, sagte sie liebenswürdig. »Haben Sie es schon jemandem gezeigt? Ihrer« – sie wußte nicht, ob er verheiratet war – darum sagte sie: »Ihrer Familie?«

»Nein. Ich sagte Ihnen schon, es ist nichts wert«, erwiderte er.

»M. S. ist natürlich oft schrecklich grob in seiner Kritik. Er nimmt kein Blatt vor den Mund, etwa um junge Autoren zu ermutigen ... Ich habe einmal eine Geschichte geschrieben.« Sie lachte. »Ich dachte, sie sei ziemlich gut, und stellte mir schon vor, wie es sein würde, wenn ich eine Schriftstellerin wäre und keine Sekretärin mehr. Dann zeigte ich sie ihm und – nun, ich bin immer noch Sekretärin.«

»Wahrscheinlich wollte er Sie nicht verlieren«, meinte Steven.

Ihr Haar flog, als sie den Kopf drehte, um ihn anzusehen. Sie war wahrscheinlich so groß wie die meisten Männer, aber sie mußte ihren Kopf ein wenig schief halten, um zu Steven aufblicken zu können. »Sehr lieb von Ihnen, das zu sagen«, antwortete sie, »aber – nein. Die Geschichte war wirklich furchtbar. Ich habe sie neulich wieder gelesen und wurde rot vor Scham. Ich bin aber froh, daß ich ein ehrliches

Urteil darüber bekommen habe, denn ich hätte mir ja noch weiter eingeredet, daß ich schreiben könnte. So aber habe ich mich vollkommen damit abgefunden, daß ich nie schreiben werde. Es ist wie mit dem Theater. Die meisten Mädchen sind überzeugt, daß sie schauspielerisches Talent haben und ihnen nur die Gelegenheit fehlt, es zu zeigen, und sie kränken sich so lange darüber und fühlen sich degradiert, bis man sie auf die Probe stellt und sie sehen, daß sie kein Talent haben. Aber schicken Sie ihm Ihren Roman. Wenn er findet, daß er einen gewissen Wert hat, dann könnte er Ihnen ein paar nützliche Ratschläge geben, wie Sie ihm Schliff verleihen könnten.«
»Es ist so ein Durcheinander. Ich müßte es erst ordnen und dann anständig tippen lassen. Leider kann ich nie lange genug dabeibleiben. Wenn ich mich einmal einige Stunden hintereinander richtig dazusetzen könnte, wäre ich vielleicht imstande, es in eine Form zu bringen.«
»Sie haben wohl sehr viel zu tun«, sagte sie. Sie sagte nicht: ›Es muß sehr interessant sein, ein Doktor zu sein‹ oder: ›Ich wäre auch sehr gerne Ärztin geworden.‹
»Wahrscheinlich nicht mehr als die meisten Leute, denke ich«, antwortete er.»Aber ich brauche immer so lange, um mich zu konzentrieren. Ich trödle herum und habe den Kopf voll anderer Dinge, und bis ich richtig zu arbeiten beginne, muß ich gewöhnlich schon wieder aufhören. Wenn ich es wie andere machen und mich wochenlang auf eine Insel an der schottischen Küste zurückziehen könnte – aber wahrscheinlich würde ich auch dort nicht arbeiten. Ich würde fischen oder etwas ähnliches tun.« Er drehte sich um, und da er sah, daß Uglys Aufmerksamkeiten gegen die Chow-Hündin etwas lauer zu

werden begannen, pfiff er ihm wieder. Froh darüber, sich mit Würde aus der Situation ziehen zu können, denn die Hündin hatte ihn in die Nase gebissen, kam Ugly sogleich mit sich drehendem Schweif über die Wiese gesprungen.

»Ist das Ihr Hund?« fragte das Mädchen. »Was für ein schöner Kerl. Er hat Fuchshundblut in sich, nicht wahr?«

»Ja«, sagte Steven überrascht.»Die meisten Leute merken das nicht, denn es ist eigentlich nur aus seiner Zeichnung zu ersehen.«

»Wir pflegten junge Jagdhunde spazierenzuführen, als wir auf dem Land lebten«, sagte sie. Sie waren bei der linksseitigen Brücke über den Teich angekommen. »Ich werde hier hinübergehen«, sagte sie, »und über die Albany Street quer durch zum Bloomsbury Square. Sie brauchen mich nicht weiter zu begleiten. Da ich aber heute schon spät dran bin, werde ich mir, glaube ich, ein Taxi nehmen müssen, wenn ich aus dem Park hinauskomme.«

»Dann gehe ich mit Ihnen und werde Ihnen eins holen, wenn ich darf«, sagte Steven. »Es ist auf meinem Heimweg.«

Als sie auf dem Gehsteig an der Ecke von Albany Street und Euston Road standen und keines der vorbeifahrenden Taxis frei war, so daß Steven sich schon sehr ungeschickt vorkam, sagte das Mädchen: »Sie werden mich wohl für unverschämt halten, wenn ich Sie frage, ob ich mir einmal Ihr Buch ansehen darf? Ich verstehe zwar nicht sehr viel davon, natürlich – ›ich weiß nur, was mir gefällt‹, wie man sagt –, aber ich bin nicht umsonst zwei Jahre lang die Sekretärin eines Verlegers gewesen. Ich habe doch eine gewisse Erfahrung darin, was gekauft wird und was nicht.«

»Was, würden Sie das wirklich tun wollen?« Steven vergaß die Taxis. »Aber nein. Das Buch ist sehr schlecht. Ich könnte Ihnen das nicht zumuten.«

»Auf mein Wort, ich täte es gern, wenn es Ihnen recht ist. Ich habe nämlich auch das übliche morbide Interesse an allem, was mit Medizin zusammenhängt. Nein – das ist nicht wahr.« Sie lächelte ihn an. »Ich würde es gerne lesen, aber natürlich nur, wenn Sie wollen.«

»Ich wäre sehr froh, wenn mir ein intelligenter Mensch seine Meinung darüber sagte, nur müßte ich sicher sein, daß es wirklich Ihre ehrliche Meinung ist. Nicht wahr, Sie werden mir nicht sagen, es wäre gut, nur um mich nicht zu kränken?«

»Natürlich nicht. Wollen Sie es mir schicken? Ins Büro? Ich öffne ohnehin alle Briefe und Manuskripte zuerst.« Dumme Gans, sagte sie zu sich selbst. Da denkst du dir alles so schön aus, während man durch den Park geht, und dann sagst du ihm, er solle es schicken. Aber er gab ihr noch eine Chance.

»Ich möchte es lieber nicht schicken«, sagte er, »denn ich habe nur ein Exemplar. Ich schlage Ihnen etwas vor: Hätten Sie Lust, einmal nach der Arbeit mit mir etwas trinken zu gehen? Ich könnte das Manuskript dann mitbringen.«

»Gut«, sagte sie. »Wann?«

»Ganz gleich. Heute, wenn Sie wollen. Ich glaube nicht, daß ich für heute abend sehr besetzt bin. Einen Augenblick, Bloomsbury Square ... Wie wär's mit der Bodega, wissen Sie, beim Rundfunkhaus. Paßt Ihnen das?«

»Ja, sehr gut. Ich könnte ungefähr um halb sieben dort sein.« Er mußte irgendeinmal ihren Namen herausbekommen. Es wäre besser gewesen, sie gleich

am Anfang des Spazierganges danach zu fragen, anstatt es bis jetzt zu lassen.
»Sie wissen sicher nicht, wie ich heiße«, sagte sie. »Man nimmt bei Gesellschaften nie die Namen auf, nicht wahr? Mein Name ist Stephanie Baird.«
»Natürlich weiß ich Ihren Namen«, sagte er.»Er fiel mir damals auf, denn er ist die weibliche Form zu meinem eigenen – ich heiße Steven.«
»Ach, wie merkwürdig – o schauen Sie, da ist ein Taxi. Brüllen Sie. Taxi!« Es blieb vor ihr stehen, bevor er auch nur die Möglichkeit gehabt hatte zu rufen, und sie glitt gewandt hinein und beugte sich nach vorne, wobei sie ihre langen Beine zur Seite streckte. »88, Bloomsbury Square. Bitte, sagen Sie's ihm«
»Also auf heute abend«, rief er durchs Fenster.»Vergessen Sie es nicht.«
Er ging nach Hause und machte sich über sich selbst lustig, weil er sich jung und übermütig fühlte und gütig gesinnt war gegen die unangenehmsten Leute, denen er auf der Straße begegnete. Du alter Narr, sagte er zu sich. Du bist bestimmt doppelt so alt wie sie. Du wirst sie wahrscheinlich nie wiedersehen nach dem heutigen Abend. Sie tut das nur aus Nettigkeit und weil du sie an ihren Onkel Joe erinnerst oder so etwas. Sie wird dir das Buch, bevor sie auch nur Zeit hatte, es richtig zu lesen, durch einen Boten zurückschicken, mit einem höflichen kleinen Brief, daß sie es riesig interessant finde und daß sie sich so darauf freue, es zu lesen, wenn es fertig sei. Sie ist nicht für dich bestimmt. Sie ist für irgendeinen ungeleckten jungen Kerl mit breiten Schultern und schmaler Taille bestimmt, der am Beginn seines Lebens steht – so fühle ich mich im Augenblick –, und sie wird ihn heiraten, und er wird in dem Krieg, der

kommen wird, getötet werden, und sie wird eine Witwe sein mit einem Kind, das sie ernähren muß, und sie wird spindeldürr werden und in zehn Jahren zur dir kommen, damit du ihr Injektionen in ihre Krampfadern machst. Denn selbst wenn sie dich jetzt bei der Marine aufnehmen und du nicht von einem deutschen Unterseeboot versenkt wirst, werden sie dich nach dem Krieg wieder hinauswerfen, und du wirst nicht in Pension gehen können, denn du wirst mit der Schriftstellerei nie genug für dich und Ruth verdienen; aber während deiner Abwesenheit wird jemand anderer das Westend-Geschäft ergattern, und du wirst ein allgemeiner Arzt in Raynes Park oder so irgendwo sein, so daß deine Honorare für sie erschwinglich sein werden.

Aber völlig uneingeschüchtert von diesem Ausblick ging er fröhlich seinen Wagen holen. Der alte Jarvis strich gerade die Gummireifen weiß, die ein Straßenkehrer angespritzt hatte, während das Taxi die Nachtklubs abgraste. Steven klopfte ihm auf den Rücken und fuhr ins East Central, um seine Klinik zu beenden, bevor es Zeit war, zur Admiralität zu gehen.

Ruth schlief gewöhnlich sehr fest, aber wenn Steven spät nach Hause kam, wachte sie immer auf, wenn er sich niederlegte. Er zog sich leise in seinem Ankleidezimmer aus, ließ das Wasser im Badezimmer vorsichtig laufen und schlich sich im Dunkel ins Schlafzimmer; er kam sich vor wie der ungetreue Gatte auf einer komischen Ansichtskarte.

Ruth drehte das Licht an und setzte sich auf; ihr Haarnetz fiel ihr über die Augenbrauen, und ihr Gesicht glänzte von der Coldcream, die sie entweder zu reichlich oder überhaupt nicht benützte. »Steven«, sagte sie und sah auf die Uhr, »du kommst aber spät. Wo, um Himmels willen, warst du? Im letzten Augenblick anzurufen, um zu sagen, daß du nicht zum Abendessen kommst! Und dann nur Ethel aufzutragen, es auszurichten ... Ich wollte mit dir sprechen. Man hat um sieben Uhr vom Spital angerufen, daß eine deiner Privatpatientinnen eine Perforation gehabt hat – Mrs. Rowntree, glaube ich, sagten sie – und daß sie operieren würden.«

»O Gott«, sagte Steven. »Nun, ich hätte, glaube ich, auch nichts machen können. Sie heißt aber Ringtree, nicht Rowntree. Wer wollte operieren?«

»Was weiß *ich?* Das war alles, was sie sagten. Ich sagte ihnen, ich würde es dir ausrichten, sobald du nach Hause kämst, aber du bist ja nicht gekommen. Wo warst du denn nur? Du warst nicht bei George, das weiß ich, denn Marion rief an und fragte, ob du das Kreuzworträtsel in der ›Times‹ gemacht hättest, und wenn ja, was zwanzig senkrecht sei.«

»Ach, ich habe einen Freund getroffen, den ich hundert Jahre schon nicht gesehen habe«, sagte Steven verdrießlich. »Wir aßen irgendwo zu Abend.«

»Ich hatte dir die kalte Fleischpastete aufgehoben – und sogar einen Kopfsalat. Ich werde mich von nun an nicht mehr bemühen, dir Sachen zu beschaffen, die du gerne ißt.« Ruth ließ sich ins Bett zurückfallen und zog die Bettücher über ihre Schultern.»Beeile dich und dreh das Licht ab«, sagte sie schlecht gelaunt. »Von meinem Rote-Kreuz-Examen werde ich dir morgen erzählen, da du dich so sehr dafür zu interessieren scheinst.«

Er setzte sich auf den Rand seines Bettes und schaltete die Nummer des East Central-Spitals ein. Die Nachtschwester berichtete ihm, daß Mrs. Ringtree eine halbe Stunde nach ihrer Rückkehr aus dem Operationssaal gestorben war und Mr. Ringtree einige unangenehme Dinge darüber geäußert hatte, daß Steven nicht da war und daß er eine Obduktion beantragen werde.

Siebtes Kapitel

Es war Schwester Lakes freier Tag. Sie wachte um acht Uhr auf, sah nach der Zeit, sprang voller Aufregung aus dem Bett und griff nach ihrer Uniform; dann aber erinnerte sie sich und legte sich, die Hände hinter dem Kopf, wieder auf das Kissen zurück. Sie dehnte ihren mageren Körper wollüstig, bis ihre Zehen die Eisenstange am Fußende des Bettes berührten, und betrachtete ihr Boudoir.

Außer dem hohen schwarzen Bett auf Rädern, in dem sie lag, enthielt es einen Schrank, der ein wenig vornüber geneigt stand, so daß die Koffer, die oben lagen, unvermerkt bis an den Rand glitten und ungefähr einmal in der Woche mitten in der Nacht mit einem Krach herunterfielen. Neben dem Schrank stand ein hölzerner Stuhl; über seine Lehne war ihr Schwesternkleid drapiert, und aus dessen Tasche ragte, gleich Miss Murdstones Schlüsseln, ein Arsenal von Stecknadeln heraus. An der Tür hing Schwester Lakes Uniformmantel mit Cape und bedeckte zur Hälfte die dort befestigten Schlafzimmer-Regeln, die eine frühere Inwohnerin ungezogenerweise über und über bekritzelt hatte. Schwester Lake hatte versucht, das Geschmier auszuradieren, denn man hätte ja sie deswegen verdächtigen können, aber die ungezogene Schwester, die eines Nachts davongelaufen war, um einen Matrosen zu heiraten, hatte es vor ihrer

Flucht mit einem Tintenstift gemacht, als ihr ›In memoriam‹.
Ein anderes Vermächtnis von ihr war der große Tintenfleck auf dem grünen Vorleger vor dem Toilettentisch, der an einer Stelle stand, wo weder elektrisches noch Tageslicht seinen Spiegel erreichen konnte. Man durfte die Möbel im Zimmer nicht verrücken. Wenn man sie vorsichtig mitten in der Nacht verschob, fand man sie das nächste Mal, wenn man hereinkam, wieder an der alten Stelle. Schwester Lake hatte den Toilettetisch mit einem gestickten Läufer von daheim bedeckt. Auf der einen Seite stand eine Photographie von ihrem Vater und ihrer Mutter, die vor drei Jahren in den Ferien aufgenommen worden war und nach der ihnen sehr heiß zu sein schien. Auf der andern war ihre jüngere Schwester, mit finsterem Gesicht, in einem Turnanzug; ihr schwarzes Haar bauschte sich wirr ums Gesicht. Auf einem Porzellanteller, der das Eastbourner Wappen zeigte, lagen die großen schwarzen Stecknadeln, die Schwester Lakes Uniformkappe an ihrem Kopf befestigten. Auf dem Fensterbrett standen eine Schulausgabe des »Goldenen Schatzes englischer Lyrik«, ein Roman aus der Zweipfennig-Bibliothek, betitelt »Romany Wildcat«, eine Bibel, ein Wörterbuch, mehrere Lehrbücher über Krankenpflege und die kostbaren Schreibhefte, die Stevens Äußerungen enthielten. Die meisten Schwestern waren darauf gekommen, daß das Fensterbrett nicht gerade ein idealer Bücherkasten war, denn wenn man die untere Fensterhälfte offen ließ, dann konnten die Bücher durch einen plötzlichen Regenschauer beschädigt werden, aber Schwester Lake öffnete nie die untere Hälfte. Sie fror immer, selbst im Sommer.
Acht Uhr. Jetzt räumten sie die Kliniken auf, wischten

den Schreibtisch und die Messinghähne glänzend und öffneten die Fenster, um den Geruch der Katzen zu entfernen, die die Poliklinik als Nachtklub benutzten. Es war Montag. Heute war Dr. Baxter auf Nr. 1, die Gynäkologische auf Nr. 2, Zahnklinik natürlich und Ohren, Nasen, Kehlkopf auf Nr. 4. Würde Schwester Phillimore je die Ohrentupfer richtig machen? Sie hatte ihr schon unzählige Male gezeigt, wie man die Wolle auseinanderzupfen und dann um die Stäbchen winden mußte, aber den meisten Schwestern wurde es nie klar, wieviel Sorgfalt auf diese kleinen Dinge zu verwenden war. Dr. Bellenger hatte geschworen, er werde zur Oberin gehen, wenn die Tampons diese Woche wieder nichts taugten, und natürlich würde Schwester Lake schuld sein, selbst wenn sie nicht in der Klinik gewesen war. Es stand gar nicht dafür, sich während der Woche einen Tag oder ein paar Stunden frei zu nehmen, denn wenn man zurückkam, dann war immer irgend etwas schiefgegangen, und man war verantwortlich. Die Blutdruckmessungen auf der Gynäkologischen waren auch ein Problem. Miß Knatchbull wollte immer, daß man die neuen Patientinnen abfertigte, bevor sie kam. Wenn die Oberschwester sich nur daran hielte – aber die trank immer mit der Operationsschwester Tee nach dem Lunch und erschien erst zwei Minuten, bevor die Klinik begann. Selbst Schwester Lake hatte vorige Woche Verdruß gehabt, weil sie bei einer blutarmen Patientin einen Blutdruck von zweihundert maß, was Miss Knatchbull als unwahrscheinlich bezeichnet hatte; sie hatte darauf bestanden, den Blutdruck noch einmal selbst zu messen, hatte über die Zeitvergeudung gebrummt und vor der Patientin eine sarkastische Bemerkung gemacht, als sie fand, daß er nur hundertachtzig war. Das war nicht anständig, denn jeder wußte, daß der Blutdruck eines nervösen Patienten um mindestens zehn Millimeter in der halben Stunde variieren konnte. Schwester Lake hatte das später zur Oberschwester gesagt, aber die hatte nur geschnauft und gesagt: »Regen Sie sich nicht so auf, Schwester. Die Ärzte müssen ein wenig brummen – das erhält sie bei Humor, aber Sie brauchen keine Notiz davon zu nehmen.« Die hatte leicht reden. Sie war nicht vor den Patientinnen und triumphierenden Lehrschwestern ausgespottet worden.

Diese Woche würde Stationsschwester Anderson, die an Schwester Lakes freiem Tag Dienst machte, die Blutdruckmessungen vornehmen, und obwohl sie ihr Staatsexamen abgelegt hatte, wußten alle, wie schlampig sie war. Und würde sie wohl wissen, daß man die Reagenzgläser von physiologischer Kochsalzlösung in warmem Wasser halten muß? Schwester Lake konnte sich nicht entsinnen, ob sie es ihr gesagt hatte. Sie hatte sie sich gestern nach dem Abendbrot wegen einiger dieser Dinge vorgenommen, aber die Anderson war so dumm gewesen, hatte nur halb zugehört und sie abgewehrt mit den Worten: »Schon gut, schon gut, Lakey. Ich war schon in der Poliklinik, bevor du geboren wurdest. Tu nicht immer so, als ob du die einzige wärst, die etwas davon versteht. Wir werden sehr fein ohne dich auskommen – wahrscheinlich sogar viel besser.« Das hatte man davon, wenn man gewissenhaft war.

Sie hörte, wie die Mädchen in den Korridor kamen und in den anderen Zimmern zu rumoren begannen. Schwester Lake zog ihren Kattunkimono und die schwarzen gesteppten Hausschuhe an und ging in das Zimmer nebenan, wo Amy sich die Photographien ansah, während sie mit einem Staubtuch auf

dem Toilettetisch herumfegte; ihre Spitalskappe, die einer gekräuselten Puddingform glich, hing ihr dabei an einer Haarnadel vom Hinterkopf herunter.
»Könnte man vielleicht etwas Tee bekommen, Amy?« wagte Schwester Lake schüchtern zu fragen.
»Bedaure«, sagte Amy gleichgültig. »Die Oberschwester hat Dienst und hat die Teebüchse eingesperrt; darum gibt's keinen Tee, selbst wenn Milch da wäre, was aber nicht der Fall ist.«
»Schon gut«, sagte Schwester Lake. »Ich habe nur gefragt.« Sie ging in ihr Zimmer zurück, um das Handtuch und den Schwammbeutel für das Bad zu holen. Manchen Schwestern gelang es immer, Tee von den Mädchen zu bekommen, selbst wenn die Hausschwester herumspukte. Es war merkwürdig, denn Schwester Lake gab sich immer Mühe, möglichst höflich zu den Mädchen zu sein, nannte sie oft »meine Liebe« und ließ ihr Zimmer nie in Unordnung zurück; trotzdem würden sie alles tun für Leute wie die Parker, die einmal Amy »Sie dicke, diebische Kuh« genannt hatte und deren Zimmer greulich aussah; überall war darin Puder verschüttet, die Schuhe waren unters Bett geworfen, und auf dem Fußboden lagen ihre schmutzigen Schürzen herum.
Schwester Lakes Angehörige wohnten unweit von Eastbourne, und das war zu weit, als daß sie an ihren freien Tagen hätte hinfahren können. Manchmal besuchte sie eine Tante in London, aber meistens blieb sie im Spital und ging zu allen Mahlzeiten ins Eßzimmer wie gewöhnlich, denn es wäre ihr als eine Geldverschwendung erschienen, zum Essen auszugehen, wo sie es hier umsonst haben konnte. Die andern Schwestern, die nicht nach Hause fuhren, durften ihr Frühstück im Bett einnehmen, wenn eine Freundin es ihnen in der Neun-Uhr-Pause brachte,

aber seit Audrey Lakes intime Freundin das Spital verlassen hatte, um ihren Hebammenkurs zu machen, war niemand da, den sie hätte bitten können, ihr ein Frühstückstablett zu bringen.

Nachdem sie also ihr Bad genommen und das braungelbgemusterte Seidenkleid angezogen hatte, schritt sie über den Hof hinauf in den Speisesaal, wo die diensthabenden Schwestern Tee und Käsebrot bekamen. Wer am Abend zuvor seinen Namen in ein Buch eintrug, dem wurde ein warmes Frühstück aufgehoben, aber Schwester Lake hatte soviel damit zu tun gehabt, der Anderson Erläuterungen über die Gynäkologische zu geben, daß sie es vergessen hatte.

Eines der Eßzimmermädchen stapelte um den Teekessel auf dem Seitentischchen saubere Teetassen auf. »Glauben Sie, daß ich ein Frühstück bekommen kann, Mabel? fragte Schwester Lake und sah mehr einem Pferd ähnlich, das Hafer haben wollte, als einer Krankenschwester, die Speck verlangte.

»Sie haben aber Ihren Namen nicht eingetragen, wie?« sagte Mabel schlecht gelaunt.

»Nein, ich habe es vergessen, aber ich dachte, daß vielleicht welches übrig sei –«

»Tut mir leid, Schwester.« Mabel nahm ihr Tablett auf. »Ich getraue mich nicht. Die Köchin ist heute sehr schlechter Laune.«Schwester Lake trank Tee und aß mehrere dicke Schnitten Käsebrot. Die andern Schwestern hatten es eilig und schlangen ihre Brote rasch hinunter, denn sie mußten ins Heim hinübergehen, um ihre Betten zu machen und die Schürzen zu wechseln. Es war angenehm, noch dasitzen und in Ruhe eine zweite Tasse Tee trinken zu können, für die man an den andern Tagen der Woche nie Zeit hatte.

»Sind Sie heute frei, Lakey?« fragte Schwester Brakken, als sie aufstand. »Haben Sie was Schönes vor?«
»Ich werde vielleicht nach London fahren und mir die Geschäfte ansehen und ins Kino gehen.« Sie konnte sich das am Anfang des Monats leisten, ja vielleicht sogar einen kleinen Lunch bei Lyons nehmen.
»O, wie fein«, sagte Schwester Bracken liebenswürdig und dachte, wie traurig es sein müsse, nicht zu einer zärtlichen Familie und seinem eigenen Bett und einer Mutter fahren zu können, die die ganze Woche darüber nachdachte, was sie einem zu essen geben sollte. »Ich muß jetzt laufen. Wir haben drei Fälle für den Operationssaal, und ich habe nicht einmal die erste Vorbereitung gemacht. Der mit der partiellen Gastrektomie hat sich entschlossen zu erbrechen, und ich mußte ihm den Magen ausheben – mitten im Bettenmachen. Gute Unterhaltung!«
Schwester Lake wunderte sich, wie Schwester Brakken bei alledem so heiter sein konnte. Wenn sie so viel zu tun hätte, wäre sie in der größten Aufregung und würde den ganzen Tag noch in der Schürze von gestern herumgehen, weil sie nicht Zeit hätte, sie zu wechseln, geschweige denn ins Eßzimmer zu kommen, um eine Tasse Tee zu trinken, obwohl es die Regel war, daß man seine Mahlzeiten einhielt, was immer auch geschah. Sie war einmal gezwungen worden, während einer Leichenwäsche zum Dinner zu gehen, und hatte zurückgehen und fertigmachen müssen, wobei der Siruppudding ihr so schwer auf die Brust drückte wie der Sandsack, den sie zur Stütze für das Kinn des Toten dagelassen hatte.

In London wanderte sie, ohne sich dessen bewußt zu sein, gegen die Oxford Street zu. Sie wollte es sich selbst nicht eingestehn, daß sie eigentlich nicht nach London gefahren war, um sich die Geschäfte anzusehen, sondern mehr, um sich in der Nähe der Wimpole Street aufzuhalten, wo sie vielleicht Dr. Sheppard zu Gesicht bekommen konnte. Sie tat das seit einiger Zeit jede Woche. Es gab nichts, was sie lieber getan hätte, denn alle ihre wachen und auch viele der Stunden, wo sie schlief, waren mit Gedanken an ihn erfüllt. Er wurde mehr und mehr zu einer Besessenheit bei ihr, einer Besessenheit, die nicht mehr durch die zauberhaften Stunden in der Donnerstag-Klinik befriedigt wurde.

Sie würde ihn nicht ansprechen, wenn sie ihn sah; sie wollte ihn nur sehen. Vorletzte Woche hatte sie sich vor dem Schaufenster der Leihbibliothek der »Times« herumgetrieben, dessen Inhalt sie schon auswendig kannte, als sein Wagen aus der Wimpole Street in die Wigmore Street eingebogen und direkt auf sie zu gefahren war. Sie war in den Laden und die Treppe hinauf gestürzt und hatte sich in ein Regal mit Büchern vertieft, von wo aus sie den Tisch mit den Anfangsbuchstaben NUT bis SO sehen konnte; vielleicht kam er sein Buch umtauschen. Sie wußte, daß er hier abonniert war, denn sie hatte den Bibliothekszettel auf einem Buch gesehen, als sein Koffer einmal offen auf dem Schreibtisch in der Klinik stand.

Selbst wenn sie ihn nicht zu Gesicht bekam, war sie ihm wenigstens nahe, näher, als wenn sie in Dynsford geblieben wäre, das für ihn nur am Donnerstag existierte. Sie ging in alle Warenhäuser in der Oxford Street, besah sich die Ladentische in den Schnittwarenabteilungen, kaufte ein Paket Stecknadeln, ein Paar Schuhbänder, suchte eine Geburtstagskarte aus, die sie ihrer Mutter nächste Woche schicken wollte, und schob den Höhepunkt ihres Tages immer mehr hinaus, da sie mit klopfendem Herzen auf der einen Seite der Wimpole Street hinauf und auf der anderen hinuntergehen würde. Sie nahm sich vor, nicht mehr als zweimal an seinem Haus vorüberzugehen. Wenn sie nicht streng gegen sich selbst war, so könnte sie den ganzen Tag unter der gegenüberliegenden Straßenlampe zubringen, bis man sie wegen vorsätzlichen Herumlungerns einsperrte. Wenn er etwa herausschaute und sie ein- oder zweimal vorübergehen sah, so konnte er es dem Zufall zuschreiben, aber wenn er sie wie eine Schildwache auf- und abgehen sähe, würde er vielleicht Verdacht schöpfen.

Entweder knapp vor oder knapp nach dem Lunch war die beste Zeit, denn da würde er wahrscheinlich hineingehen oder herauskommen. Da sie heute morgen kein richtiges Frühstück gehabt hatte, beschloß sie, einen frühen Imbiß bei Lyons zu nehmen und gegen zwei Uhr in die Wimpole Street zurückzukehren. Während sie die bevölkerte Straße hinunterging, stießen die Leute sie an und rannten in sie hinein, Kinderwagen schürften ihre Knöchel, und Hunde wanden die Leinen um ihre dünnen Beine, aber sie hielt ihren Kurs ein wie eine Schlafwandlerin; sie lebte in einem Traum, der in Fortsetzungen ablief und in den sie jeden Augenblick des Tages verfiel, wenn sie nicht unbedingt an etwas anderes denken mußte. Es war ein Traum mit unendlich vielen Variationen, aber immer mit demselben Thema: Steven war in irgendeiner Situation, wo er Schwester Lake unbedingt brauchte, wo er ihrer gewahr werden mußte – ein Gewahrwerden, das sich allmählich zu einer wundervollen Vertraulichkeit entwickelte; diese Vertraulichkeit hielt sich gewöhnlich auf ziemlich geistiger Ebene, verstieg sich aber manchmal, je nach dem Zustand von Schwester Lakes Drüsen, in Gebiete, wo sie ihrer Phantasie mit Büchern und Filmen nachhelfen mußte. Noch nie hatte jemand Schwester Lake geküßt, aber Steven hatte sie im Traum geküßt, auf eine Art, die ihn sehr überrascht haben würde.

Obwohl es nur Phantasien waren, die sie ausspann, gab sich ihr nüchterner Verstand unendliche Mühe, die Folge der Ereignisse logisch zu gestalten. In einem ihrer Träume waren sie und Steven miteinander auf einer wüsten Insel, aber sie gelangten nicht zufällig dorthin; der Traum begann schon lange vorher nach einem genau ausgedachten Plan: sie begleitete eine seiner Patientinnen nach Amerika, damit diese sich irgendeiner neuen Behandlung unterzog. Steven fuhr auch mit, um die Wirkung zu beobachten. Alles war genau ausgedacht, selbst die Lage ihrer Kabinen und ihre Mahlzeiten. Das war ja ein Teil des Vergnügens – das lange Ausspinnen der Vorgeschichte, so daß der aufregende Moment immer weiter hinausgeschoben wurde, wo sie einander endlich unter den Palmen begegneten oder wo sie ihn auf ihr Floß zog, oder seinen Körper mitten im Ozean über Wasser hielt (natürlich hatte sie in den Anfängen der Traumgeschichte schwimmen gelernt). Manchmal wurde seine Frau vor der Abfahrt krank, manchmal kam sie mit und ertrank bei einem Schiffbruch.

In einem anderen Traum lebte Schwester Lake allein in einem einsamen Dorf an einem Moor. Als sie eines Tages ausging, begegnete sie einem Auto, das in eine Telegraphenstange hineingefahren, da der Fahrer, todmüde von der Arbeit für andere, eingeschlafen war. Sie zog Steven aus den Trümmern heraus, knapp bevor das Auto in Flammen aufging; ein gutmütiger Bauer half ihr aus Dankbarkeit, weil sie sei-

ne Frau von einem Sohn entbunden hatte, Steven auf einer Zaunlatte in ihre Hütte zu tragen. Dort mußte er liegenbleiben und sich von ihr pflegen lassen, weil er sein Bein gebrochen hatte. Nur ihrer geschickten und aufopfernden Pflege war es zu verdanken, daß er überhaupt wieder gehen konnte. Dies war einer von den Träumen, die manchmal von ihren Drüsen beeinflußt wurden.
Es gab auch Träume, in denen Stevens Frau starb oder sich von ihm scheiden ließ und er Schwester Lake heiratete. Dazu war sehr viel Phantasie nötig. Manchmal wurde er von Räubern angegriffen und als tot liegengelassen, manchmal zog er sich durch seine Liebe zur Medizin eine tödliche Krankheit zu. Es gab einen Traum, in dem er sogar in einem afrikanischen Dschungel an Malaria starb und Schwester Lake mit ihm; sie hatte ein Paar Leinenhosen und ein weißes Hemd an, das am Halse offen war.
In einem der besten, jenem, in den sie sich an jenem Montagmorgen vertiefte, als sie die Oxford Street hinunterwandelte, den Kopf in den Lüften, während eine Strähne ihrer fettigen schwarzen Haare unter dem grünen Filzbarett heraushing, wurde Steven von Gangstern gezwungen, ihren Führer, der in einer Schießerei mit der Polizei verwundet worden war, zu verbinden. Schwester Lake, die durch die Straßen Londons ging, wie sie es jetzt tat, blieb, im Begriff, die Straße zu überqueren, am Rande des Gehsteigs stehen, um die Fahrzeuge vorüberzulassen. Zufällig blickte sie in eine unheimlich aussehende schwarze Limousine, die von einem narbigen Mann mit herabgezogenem Filzhut gelenkt wurde, und sah unter einer Decke auf dem Rücksitz, auf der ein anderer narbiger Mann saß, eine Hand herausragen mit dem Siegelring, den sie von ihren genauen Beobachtungen

in der Klinik her als den Stevens erkannte. Mit dem Aufschrei: »Verfolgen Sie dieses Auto!« sprang sie in ein vorüberfahrendes Taxi, und nach einer rasenden Jagd, während der allein ihre Klugheit verhinderte, daß die schwarze Limousine ihnen entkam, landete sie mitten in der Nacht zwischen Lagerhäusern, an deren Mauern man Wasser plätschern hörte.

»Warten Sie hier auf mich«, befahl sie, die bei den seltenen Gelegenheiten, wo sie sich ein Taxi nahm, dem Chauffeur ein zu großes Trinkgeld gab, weil sie sich vor ihm fürchtete.

»Fällt mir nicht ein, Fräulein«, sagte er. »Ungemütliche Gegend das. Ich habe keine Lust, hier mitten in der Nacht herumzustehen. Steigen Sie lieber ein und fahren Sie mit mir zurück.«

»Nein«, sagte sie, warf den Kopf zurück und faßte die kleine schwarze Tasche, die sie in der Hand hielt, fester. Sie war bei diesen Gelegenheiten gewöhnlich eine Hebamme, damit es einleuchtete, daß sie die Instrumente zur Hand hatte, mit denen sie Steven vernähte, wenn sie ihn vollkommen zerschlagen und aus offenen Wunden blutend auffand. »Nein, lieber Freund, ich bleibe hier. Ich habe hier noch zu tun.«

»Na, Sie haben Courage, das kann man nicht leugnen«, sagte er bewundernd und fuhr davon und ließ sie mitten unter den drohenden Schatten der Lagerhäuser allein. Sie fand eine Tür und ging die Stiege hinauf; oben war Licht, und sie hörte Männerstimmen. Mutig schritt sie durch die Tür, und alle Männer im Zimmer rissen ihre Mäuler auf, als sie eine Frau dastehen sahen. Steven, der sich in Hemdärmeln über ein Lager in der Ecke beugte, blickte auf, und sie sah, wie sein Gesicht vor Freude strahlte; aber er gab ihr sofort ein Zeichen, daß sie sich nicht zu ihm bekennen solle.

»Eine Krankenschwester! Bei allen Heiligen!« rief einer der vernarbten Männer. »Die kommt uns gerade recht.« Sie faßten sie, zogen sie grob zum Bett hinüber – in diesem Teil des Traumes kam eine ganze Menge masochistischer Vergnügungen vor –, und dann taten Steven und sie, als kennten sie einander nicht, und flüsterten nur aus den Mundwinkeln miteinander, während sie dem Führer der Bande eine Bluttransfusion gaben. Als sie bei Lyons durch die Tür ging, sah sie weder die vielen Leute noch die Tische mit Semmeln und Brot und Schokoladen, nicht die Pfirsiche noch die Blumen, noch das Theaterkartenbüro, sondern nur Stevens bloßen Unterarm unter dem aufgerollten Hemdärmel, dessen Muskeln herausstanden und dessen Braun gegen das Weiß ihres eigenen Arms abstach, der dicht daneben arbeitete. Steven hatte eine Schnittwunde am Kopf. »Es ist nichts Gefährliches«, flüsterte er ihr zu.
Sie ging ins Souterrain und setzte sich an einen leeren Tisch an der Wand; sie merkte undeutlich, daß die Musik eine Auswahl von Wiener Walzern spielte. Jetzt kam der beste Teil des Traumes. – Die Gangster verkündeten, daß sie keineswegs die Absicht hätten, Steven nach Beendigung seiner Arbeit freizulassen, sondern ihn erschießen würden, bevor sie gingen, damit er sie nicht verraten könnte. »Erschießt das Mädel auch!« rief einer.
»Ja«, rief ein anderer, »machen wir sie beide fertig.« Manchmal waren die Gangster Amerikaner, manchmal Cockneys. Schwester Lake war mit keinem der beiden Dialekte vertraut.
Steven, der durch den Blutverlust aus seiner Kopfwunde bereits sehr schwach wurde, obwohl Schwester Lake das Blut mit ihrem Taschentuch gestillt hatte, rief vom Boden her:

»Was wünschen Sie?« Eine abgehetzte Kellnerin schleuderte eine Speisekarte auf den Tisch und beugte sich seitlich davon weg, sozusagen schon gegen die Küchen hin.

»Oh!« Schwester Lake fuhr zusammen und blickte mit nicht sehenden Augen auf die Karte. »Kaffee bitte, und eine – und eine –« Es fiel ihr nicht ein, was sie wollte, und so sagte sie: »Zwei Rosinensemmeln«, obwohl sie diese nicht besonders liebte.

»Kaffee und zwei Rosinensemmeln!« Die Kellnerin warf den Schrei in die Luft, kritzelte auf ein Stückchen Papier, riß es ab, schleuderte es auf den Tisch, nahm die Karte auf und war fort – Steven aber sagte:

»Nein, nein. Schont das Mädchen. Sie hat euch nichts getan, sie wird euch nicht verraten. Sie wird mir das Wort geben, daß sie die ganze Angelegenheit vergißt.« Er versuchte, sie zu retten, der Edle, aber ihre Ehre und die Heiligkeit der britischen Justiz erlaubten es nicht.

»Nein«, sagte sie und sank neben ihm auf den Boden in die Knie – an dieser Stelle gaben sie sich auch oft die Hände –, »wenn Sie mich fortschicken, dann gehe ich geradewegs zur Polizei. Wenn einer von uns sterben muß, dann soll er nicht allein sterben!« Dieser Teil war sehr tragisch. Sie erlaubte sich nicht, auf eine mögliche Rettung zu hoffen, sondern stellte sich wirklich vor, daß ihr Leben und auch das Stevens jetzt zu Ende sei. Es war ein schrecklicher Gedanke. Ihr Gesicht war rot, und sie blickte mit feuchten, nicht wahrnehmenden Augen auf den Dirigenten des Orchesters, der grüne Seidenhosen und ein gekräuseltes Hemd trug und seine Ziehharmonika fast bis zum Bersten auseinanderzog, um sich dann in die leidenschaftlichen Eröffnungsakkorde von »Wien, du Stadt meiner Träume« zu stürzen.

Der verwundete Gangsterführer, der so anständig war, zu Steven zu sagen: »Danke, Kamerad, du hast mir das Leben gerettet«, wurde aus dem Auto geschafft, und der Mann mit den allerschrecklichsten Narben zielte aus der gegenüberliegenden Ecke des Lagerraumes auf Steven und Schwester Lake. An dieser Stelle konnte der Traum zwei verschiedene Wendungen nehmen. Nach der einen warf Schwester Lake, die von dem ersten Schuß beinahe getötet worden war, sich eine Sekunde lang auf Steven und rettete ihm dadurch das Leben, was der Gangster, der wegen Mangels an Kugeln geflohen war, aber nicht wußte. Nach der anderen war sie nur leicht verwundet, stellte sich aber tot und sprang, als der narbige Mann fort war, auf und stillte Stevens Wunde. Der erste Schluß war besser, wenn die Zeit kurz war, wie zum Beispiel zu Mittag, wenn die Oberin ihre Serviette zusammenrollte, sie in den Ring steckte und sich zum Tischgebet erhob. Der zweite Schluß steckte voll der interessantesten Möglichkeiten und konnte fast beliebig lange hinausgezogen werden.

»Tee und Welsh, Fräulein?« fragte die Kellnerin.

»Nun, eigentlich habe ich Kaffee und . . .«

»Richtig.« Die Kellnerin schob den Teller weg, drehte sich um und sah die qualvollen SOS-Signale des Mannes, der Welsh Rabbits bestellt hatte.

»Kaffee und zwei Rosinensemmeln, Fräulein.« Der Kaffee war sehr heiß. Schwester Lake begann eine der Semmeln zu essen. Es war erst ein Uhr; sie würde den zweiten Schluß wählen.

Der erste Schuß streifte entweder ihr Bein oder ihre Hand. Mehr durfte er nicht anrichten, denn sie mußte ja handlungsfähig bleiben. Sie hatte noch etwas zu vollbringen. Mit geschlossenen Augen fiel sie nach hinten und hörte das Summen einer zweiten Kugel

und den dumpfen Ton, als sie in die Holzwand hinter ihr eindrang. Steven ließ ein dumpfes Stöhnen hören und fiel auf sie. Sie öffnete ihre Augen. Der Mann mit den Narben war fort. Steven hatte einen Schuß durch den Hals und verblutete aus der rechten Herzschlagader. Während sie Stückchen von der Semmel abbröckelte und mit raschen, mechanischen Bewegungen in ihren Mund steckte, kniete Schwester Lake sich jetzt hinter Steven und setzte die Erste-Hilfe-Lektionen, die sie so fleißig besucht hatte, in die Praxis um. Man mußte den Daumen in die Höhlung unter der Schulter legen und die Arterie gegen den Knochen vorwärts drücken, bis die Blutung aufhörte. Wie lange sie dort kniete, wußte sie nicht. Es schien eine Ewigkeit zu dauern, bis das Blut gerann, so daß sie aufhören konnte zu drücken und ihr Taschentuch über die Wunde legen und es mit dem Gürtel ihres Uniformmantels festbinden konnte. Steven war natürlich inzwischen ohnmächtig geworden, daher behandelte sie ihn auf Schock, indem sie ihn mit ihrem Mantel und einigen Säcken zudeckte und ihm aus seiner Arzttasche, die er für den Gangsterhäuptling gebraucht hatte, etwas Morphium gab. Im Rauschgiftgesetz hieß es, daß Morphium, Kokain, Ecgonin und Heroin und ihre entsprechenden Salze usw. usw. nie verabreicht werden dürften, wenn sie nicht von einer diplomierten Krankenschwester überprüft waren, daher machte sie sich im Traum immer zu einer diplomierten Krankenschwester, um ihr Gewissen zu beruhigen.
Glücklicherweise war noch etwas konserviertes Blut von dem Gangster in einem Reagenzglas übrig, so daß sie jetzt mit demselben Apparat Steven eine Bluttransfusion geben konnte. Es wäre besser gewesen, aus ihren eigenen Venen direkt etwas Blut ein-

fließen zu lassen, aber sie wußte nicht genau, wie man das machte, und auch nicht, ob so etwas ohne Assistenz gemacht werden konnte, und sie schwindelte nie in ihren Geschichten.

Der Rest des Traumes spielte sich so ab, daß sie Steven viele Tage und Nächte lang in dem einsamen Lagerhaus pflegte und sich nur in der Abenddämmerung hinausstahl, um Milch und Essen zu holen. Aus irgendeinem Grund konnte sie keine Hilfe holen. Alles wäre verdorben, wenn die Polizei käme und ihn ins Spital brächte, selbst wenn es das Margaretenspital wäre, denn es war klar, daß niemand als die Oberschwestern dort zu ihm gelassen würden.

Während sie ihren Kaffee trank, wobei sie ihren kleinen Finger steif in die Luft streckte, dachte sie darüber nach, ob es sehr frech von ihr wäre, wenn sie aus einem der Gangster Stevens Onkel oder seinen Vetter machte; Steven wäre dann – trotz der Bereitschaft des Onkels, ihn zu töten, um seine eigene Haut zu retten – durch Rücksicht auf Familienbande und -ehre verhindert, Lärm zu schlagen, bis dieser nichtswürdige Verwandte das Land verlassen hätte. Etwas Derartiges mußte es sein. Schwester Lake würde nicht auf die gemütlichen Nächte unter den Säkken verzichten.

Es war ein Viertel vor zwei. Sie wanderte zwischen den Tischen durch und an der Kasse vorbei hinaus, wurde vom Türhüter wieder hereingeholt, um ihre Rechnung zu bezahlen, trat bei Marble Arch zwinkernd in den Sonnenschein hinaus, wandte sich in der geschäftigen Menschenmenge nach links und steuerte auf die Wimpole Street zu mit dem verzückten Gesichtsausdruck eines Mädchens, das im Begriffe ist, ihren Liebhaber zu treffen.

Steven und Stephanie Baird aßen im zweiten Stock eines kleinen und teuren Restaurants in Soho zu Mittag. In diesem Saal standen nur noch drei andere Tische, an denen Ausländer saßen, die zu sehr mit dem Essen beschäftigt waren, um mehr auf das Paar im Fenster achtzuhaben, als Steven und Stephanie auf sie sahen. In einer Zeit, wo die meisten Mädchen ihre Köpfe mit nach oben frisierten Puffen und Rollen verlängerten, lag Stephanies Haar flach über dem Scheitel; es wurde auf der einen Seite von einer kindlichen Spange zusammengehalten und war glatt hinuntergebürstet, der Form ihres Hinterkopfes folgend; unten drehte es sich dann nach außen und bildete jene Rinne von weichen Locken, die um ihren Nacken schwang wie eine Glocke. Sie sah sehr sauber aus. Ihre Kleider waren immer fleckenlos und gebügelt, ihre Nägel blendend weiß an den Spitzen, und Gesicht und Hals waren so rein, daß niemand auf die Idee gekommen wäre, daß sie in einer Millionenstadt lebte. Sie sah aus wie das Ideal der Frauenzeitschriften: das Mädchen, das nie – wie müde es auch sein mochte – seine Schönheitspflege am Abend versäumte, das jeden Abend seine Strümpfe wusch und nie vergaß, das Kleid auf einen Hänger zu tun, an den ein Säckchen mit Lavendel gebunden war. Es zog offenbar jeden Tag reine Unterwäsche an und schickte seine Schuhe zum Reparieren, bevor es zu spät dazu war. Es war die Art Mädchen, die man sich nicht anders als ordentlich aussehend vorstellen kann, unter was für Umständen auch immer. Wenn so eins in ein Kohlenbergwerk ginge und mit Schmutzflecken auf dem Gesicht herauskäme, würde es noch immer nicht schmutziger aussehen als ein Filmstar, den man im Schminkzimmer sorgfältig mit Kohlenstaub bemalt hat. Stephanie wirkte so, weil ihr

Reinlichkeit angeboren und sie immer arm gewesen war und in winzigen Einfamilienhäusern oder Wohnungen gewohnt hatte, wo sie nur ein kleines Schlafzimmer hatte und der Aufenthalt darin unmöglich wurde, wenn man nicht peinliche Ordnung hielt. Als sie ihren Stenotypistinnenkurs machte, hatte sie es damit sehr ernst genommen und war selten abends ausgegangen, aus Furcht, am nächsten Tag bei der Arbeit zu müde zu sein. Daher hatte sie immer sehr viel Zeit für Waschen, Ausbessern, Haarpflege und Maniküre gehabt. Als sie Mark Stainers Sekretärin wurde, ging sie noch seltener aus, weil sie fürchtete, daß sie sonst am nächsten Tag den Anforderungen dieses Postens nicht genügen würde, und verwendete sogar noch mehr Sorgfalt auf ihr Äußeres, um damit etwaige Mängel in ihrer Leistung aufzuwiegen. So war ihr denn jetzt, wo sie das Leben meisterte und mit Mark Stainer und seinen Geschäften ebenso leicht fertig wurde wie mit den Männern, mit denen sie nun ausging, so oft sie Lust dazu hatte, Ordentlichkeit zur zweiten Natur geworden, und mit einem fehlenden Knopf an der Manschette auszugehen, wäre ihr so arg erschienen, wie wenn sie ohne Rock ausgegangen wäre.
Sie wohnte noch immer bei ihren Eltern; ihr Gehalt hatte es ermöglicht, daß man eine etwas größere Wohnung nahm. Und obwohl sie ein Mädchen für tagsüber hatten, machte sie immer noch ihr Bett selbst und brachte das Zimmer in Ordnung, bevor sie zur Arbeit ging. Nie ließ sie offenstehende Schminktiegel und schmutzige Wattebäusche auf ihrem Toilettetisch zurück, wenn sie sich einmal in Eile ankleidete, um am Abend auszugehen. Wenn sie kochte, wusch sie immer alle Geräte, die sie benutzte, gleich ab, seihte immer die Kartoffeln, bevor sie

sie passierte, und verstand es, Salate in hübschen Zipfeln und Formen anzurichten: die Tomaten und Rettiche sahen darauf aus wie rote Wasserlilien. Nach dem Essen stellte sie immer das Silberbesteck in einen Krug zum Abspülen und die Küchenmesser in einen anderen, ließ aber die Griffe nie ins Wasser tauchen; sie wischte immer die Teller ab, obwohl sie schon im Gestell abgelaufen waren, und benützte ein eigenes Tuch für die Gläser.

Ihre Mutter sagte, sie würde für gewisse Männer eine ideale Gattin sein, aber ihr Vater meinte, sie würde innerhalb einer Woche jeden Mann zum Wahnsinn treiben.

Sie war fünfundzwanzig Jahre alt und noch nie verliebt gewesen. Sie hatte es oft versucht und es war ihr beinahe gelungen, bis ein Morgenkatarrh oder Flecken auf der Weste oder Mitesser auf dem Nacken sie abschreckten. Sie hatte sich zu vielen Männern hingezogen gefühlt und fühlte sich jetzt sehr zu Steven hingezogen.

Und das machte es noch schwerer, ihm begreiflich zu machen, was sie von seinem Buch hielt. Da sie wußte, wie unsicher er selbst war, hätte sie es gerne gelobt und ihm gesagt, er solle nur so fortfahren und brauche nichts daran zu ändern. Aber sie hatte versprochen, ihm ihre ehrliche Meinung zu sagen. Das hätte sie zwar auf jeden Fall getan, ob sie es versprochen hatte oder nicht.

Als sie bei Mousse-aux-Marrons, einer Spezialität des Restaurants, angelangt waren, war er schon sehr niedergeschlagen.

»Sagen Sie mir nichts mehr«, stöhnte er, indem er in der weichen lavendelfarbenen Crème mit einer Gabel herumstocherte. »Ich weiß schon alles. Alles, was Sie bis jetzt über das unglückliche Buch gesagt haben, ist wahr. Sie haben sehr viel kritische Fähigkeiten, Miss Baird.«

»Es tut mir sehr leid«, sagte sie. »Ich wollte Sie nicht verletzen, und wenn ich nicht glaubte, daß vieles darin sehr gut ist, so würde ich mir nicht die Mühe nehmen, es zu zerfetzen. Ich weiß ohnehin nicht, wo ich den Mut dazu hernehme, denn es ist zehnmal besser als irgend etwas, was ich je schreiben könnte. Sie werden weiter daran arbeiten, nicht wahr? Es muß nur ein bißchen umgeschrieben werden in den Teilen, wo es zu sehr zusammengestoppelt ist, und in eine Form gebracht werden – wissen Sie, mehr Zusammenhang zwischen den einzelnen Episoden, damit der Leser nicht so aus der Fassung gerät durch die plötzlichen Sprünge.«

»Ach was, ich werde das Ganze aufgeben«, sagte er schnell. »Ich habe einfach keine Zeit dazu.« Er war ein bißchen böse auf sie. Jetzt, da sie das Buch so unbarmherzig zerpflückt hatte – und trotz all ihrer Liebenswürdigkeit und ihres Taktes hatte sie es übel heruntergemacht –, begann er zu glauben, daß es gar nicht so schlecht sei. Es war nicht schlechter als viele der Romane, die heutzutage veröffentlicht wurden von Leuten, die nichts anderes zu tun hatten, als den ganzen Tag an der Schreibmaschine zu sitzen. Er hätte den sehen mögen, der was Besseres zusammenbrächte in den kurzen, seiner Berufsarbeit abgestohlenen Augenblicken und Minuten, die ihm zur Verfügung standen.

»Sie ärgern sich über mich, nicht wahr?« sagte sie. »Aber es ist nicht *meine* Schuld. Schuld daran ist nur, daß Sie ein so erfolgreicher Arzt sind. Sie wollen schreiben, und Sie könnten schreiben, aber das größte Genie könnte nicht schreiben, wenn es keine Zeit dazu hätte.« Sie lehnte sich zurück und freute sich, als sie sah, daß sie gesagt hatte, was er hören wollte.

»Sie haben ganz recht«, sagte er lebhaft. »Das war mein ganzes Unglück. Darum fehlt dieser verdammten Geschichte der Zusammenhang, denn ich konnte daran immer nur augenblicksweise und mit Unterbrechungen arbeiten, und so sieht es auch aus – abgebrochen und stückweise.« Sie sprachen eigentlich schon sehr lange über ihn, aber ihr schien das nichts auszumachen.

»Wissen Sie, ich finde, daß es eine sehr interessante Geschichte ist«, sagte sie. »Ist es die Geschichte Ihres Lebens?«

»Mehr oder weniger.« Er grinste. »Mit Ausschmükkungen.«

»Ich hoffe, Sie setzen sie fort. Aber, hören Sie – schicken Sie sie nicht M. S., ohne sie ein wenig umzuarbeiten. Er ist schrecklich geradezu und hat Vorurteile, und wenn er einmal etwas nicht mag, dann will er es gewöhnlich nicht mehr ansehn, und wenn der Autor noch so viel daran ändert. Manchmal ändern die Autoren den Titel und geben vor, daß es ein anderes Buch ist, und kriegen ihn so dran.«

»Wenn Sie wüßten, was für eine Qual es für mich war, auch nur das niederzuschreiben, was da ist«, Steven wies mit einer Kopfbewegung auf das Manuskript, das auf einem Stuhl zwischen ihnen lag, »dann würden Sie nicht so vergnügt von Umarbeiten sprechen. Es wäre zehnmal qualvoller, es noch einmal durcharbeiten zu müssen. Da möchte ich lieber das Ganze ins Feuer werfen und ein Buch über Bienen schreiben. Wollen wir Kaffee trinken? Ich muß in einer Minute laufen, denn ich werde um halb drei im Spital erwartet, und Sie werden wahrscheinlich auch in Ihr Büro zurückwollen.«

Sie erzählte ihm nicht, daß Mark Stainer ihr zwei Kar-

ten für das Freilichttheater gegeben und ihr gesagt hatte, sie solle sich den Nachmittag freinehmen und einen Freund einladen, da er wegfahren müsse und sie nicht brauchen werde. Sie nahm einen Spiegel aus der Handtasche und freute sich zu sehen, daß ihr Gesicht und Haar tadellos waren. Es war eine schöne schweinslederne Handtasche, die sie in regelmäßigen Abständen mit Sattelseife behandelte; das Monogramm darauf reinigte sie mit Spiritus und stülpte immer das Futter heraus, um es abzubürsten.
»Ich dachte«, sagte sie und beugte sich vorwärts, um ihren Kaffee umzurühren, wobei ihr das Haar über die Wange hing, »da Sie mehr für die Darstellung von kurzen, unzusammenhängenden Episoden begabt zu sein scheinen als für zusammenhängende Erzählung – und manche der Episoden sind, jede für sich genommen, sehr lebendig, muß ich Ihnen sagen –, warum machen Sie nicht daraus ein Buch aus lauter Kurzgeschichten oder Skizzen? Alle sollen natürlich irgendwie mit Spital und Medizin zusammenhängen; Sie werden doch nicht das ganze wunderbare Material wegwerfen! Eventuell können sie auch alle von demselben Arzt und demselben Spital handeln. Aber jede Geschichte sollte in sich abgeschlossen sein. Manche könnten so kurz sein, daß es sogar möglich wäre, sie in einer Sitzung niederzuschreiben. Das würde Ihnen doch viel mehr liegen, nicht?«
»Ich weiß nicht. Ich selbst habe Kurzgeschichten nicht sehr gerne. Sie sind sehr unbefriedigend. Das wäre natürlich viel leichter zu machen. Wenn Sie wüßten, wie viele Stunden ich damit verbracht habe, bis ich meinen unmöglichen jungen Mann aus der Schule ins Spital brachte und bis aus dem unreifen jungen Sekundärarzt ein Hauschirurg wurde, der das ganze Spital am Schnürchen hat...«

»Ich kann es mir vorstellen«, sagte sie mitfühlend. »Darum habe ich das andere vorgeschlagen.«
»Kindergartenübungen für die Kleinen?« Sie dachte also, er könnte keinen Roman schreiben.
»Verspotten Sie mich nicht«, sagte sie. »Ich versuche nur, Ihnen zu helfen.«
»Gott weiß, warum Sie das tun. Daß es nicht geschieht, weil Sie denken, ich hätte eine literarische Zukunft, das weiß ich. Sie tun es, weil Sie mich mögen – und das klingt eingebildeter, als es ist, denn ich habe Sie gern, sogar sehr gern, und darum könnte es schon gleich gegenseitig sein.«
Sie begann sich zum Weggehen herzurichten, zog die Jacke ihres Leinenkostüms zurecht und schob den Sessel zurück. »Ich muß jetzt gehen«, sagte sie, »und Sie müssen auch gehen, wenn Sie wirklich um halb drei im Spital sein wollen.«
»Ich wollte, wir könnten heute nachmittag miteinander ausgehen«, sagte er und sah sie an. Sie war außerordentlich angenehm anzusehen. »Ich möchte Sie ins Auto packen und irgendwohin aufs Land fahren – zur Themse vielleicht – und mit Ihnen in einem Obstgarten Tee trinken und dort so lange bleiben, bis die Mücken zu stechen anfangen. Auf dem Heimweg würden wir dann in einem jener gemütlichen kleinen, altmodischen Landwirtshäuser zu Abend essen, die es kaum mehr gibt, und dann könnten wir in die Stadt zurückkommen und tanzen gehen.« Wie war doch jenes Lied? ›Ich bin ganz toll und von Jugend voll.‹ Er fühlte sich wirklich ganz lächerlich jung und dachte daran, ob wohl seine Knie krachen würden beim Tanzen.
»Das wäre lustig.« Von dem freien Nachmittag und den zwei Karten fürs Freilichttheater sagte sie ihm nichts.

Als sie durch den unteren Saal gingen, stand von einem der Tische Marion auf und legte ihre Hand auf Stevens Arm. »Nein so was, der große Dr. Jekyll in höchsteigener Person! Ich dachte, du seist immer viel zu sehr beschäftigt, um zum Lunch auszugehen. Wer ist das Schätzchen?« Stephanie war weitergegangen; sie hatte nicht gesehen, daß Steven stehengeblieben war.

»Ach, laß das, Marry«, sagte Steven unbehaglich; er merkte, daß die drei Damen in riesigen Hüten, mit denen sie zu Mittag aß, ihn beobachteten und zuhörten.

»Schon recht, mein Schatz«, sagte sie, »ich werde es Ruth nicht erzählen. Ich stehe auf deiner Seite.«

»Rede keinen Unsinn. Es handelt sich nicht um ...«

»Ach, reg dich nicht auf. Ich weiß, wie sehr ein berühmter Arzt auf der Hut sein muß. Hmm ...« Sie wies mit dem Kopf und einer Augenbraue nach oben. »Darum wohl auch der obere Saal?«

»Der Teufel hole den oberen Saal, und der Teufel hole das Arztsein – und der Teufel hole dich, Marion«, knurrte Steven und wandte sich ab, gefolgt von kleinen Lachtrillern Marions und ihrer Freundinnen in den Riesenhüten.

Es war merkwürdig, dachte Schwester Lake, daß nicht jeder, der die Wimpole Street hinaufging, bemerkte, wie die Nummer 101 aus den übrigen Häusern hervorstach: ein Juwel in einer Kette von Kieselsteinen. Aber die Leute gingen ohne hinzusehen an dem glänzenden grünen Haustor, den beiden bogenförmigen Parterrefenstern mit ihren gestärkten Musselinvorhängen, den schwarz-weiß gewürfelten Stiegen und dem grünen Vorplatzgitter mit den vergoldeten Spitzen vorbei. Wie sie so vom Südende der

Straße herankam, konnte sie das Haus schon von fern sehen. Es rief nach ihr, immer lauter, und am lautesten, als sie ihm gerade gegenüber war; sie blieb einen Augenblick stehen und ging dann weiter, während das Rufen des Hauses ihr das Rückgrat hinunter nachlief.

Sie ging bis zum Briefkasten, tat so, als ob sie einen Brief einwerfen würde, und kehrte um. Die Erscheinung des Hauses traf sie voll ins Gesicht wie das Geglitzer eines Sonnenunterganges. Langsam ging sie darauf zu, um diese letzte Begegnung hinauszuschieben, denn sie würde es sich nicht gestatten, ein drittes Mal daran vorbeizugehen, sondern hatte vor, geradeaus weiter in die Oxford Street zu gehen und mit einem Autobus zum Piccadilly Circus zu fahren; dort würde sie sich in irgendein Kino setzen, um im Dunkel an ihrem Traum weiterzuspinnen.

In einer ihren Geschichten stand sein Auto vor dem Haus, und er kam, als sie vorbeiging, heraus und fragte sie, ob er sie irgendwohin mitnehmen könne. Das war ein vielversprechender Beginn, aus dem sich alles mögliche entwickeln konnte. Manchmal fuhr er nach Dynsford und nahm sie den ganzen Weg hin mit, und einige von den Schwestern oder vielleicht sogar die Oberin sahen sie in all ihrer Herrlichkeit vorüberfahren. Manchmal eilte er zu einem dringenden Fall und bat sie mitzukommen, um ihm zu helfen, manchmal hatten sie einen Autounfall, und sie zog ihn unter dem brennenden Auto hervor und ging dann noch einmal zurück, um seinen Hund zu retten.

Sie blieb gegenüber von Nr. 101 stehen und blickte über die Straße. Sie kannte die innere Einteilung des Hauses nicht, aber sie war so sicher, daß das Fenster rechts von der Haustür das seines Ordinationszimmers war, als ob sein Name in goldenen Buchstaben quer darüber gestanden wäre. Und wirklich – als sie hinblickte, bewegte sich eine Gestalt vor dem Licht, und hinter den Musselinvorhängen beugte sich ein undeutlicher Schatten nach vorne, genau auf die Art, wie sich Steven vornüber neigte, wenn er zu einer kleinen oder sitzenden Person sprach. Wenn er sich wieder aufrichtete, solange er am Fenster stand, dann würde er über den Vorhang hinweg geradeaus auf sie blicken. Beunruhigt ging sie weiter und blickte über ihre Schulter zurück, aber da das Fenster jetzt in einem Winkel zu ihrer Sehachse stand, konnte sie nichts wahrnehmen. Sie hatte ihn jedenfalls gesehen; jetzt konnte sie wieder bis zum nächsten Donnerstag leben.

»Öffnen Sie den Mund etwas weiter, bitte«, sagte Mr. Nosgood im Vorderzimmer rechts und beugte sich noch tiefer über seinen Patienten. »Ja, so-o-o ist's besser. Ich muß jetzt noch an diesem ein bißchen bohren – es wird gar nicht weh tun.«

Achtes Kapitel

Da Steven ihr jetzt nie mehr von seinen Verhandlungen mit der Admiralität erzählte, die sich etwas hinzogen, dachte Ruth, er habe die verrückte Idee, zur Flotte zu gehen, aufgegeben.

»Er sieht endlich ein, was ich die ganze Zeit gesagt habe«, erzählte sie ihrer Mutter bei einem vegetarischen Lunch in der Oxford Street. »Er würde viel Wichtigeres leisten auf dem Posten, wo er ist, selbst in einem Krieg.«

»Der nicht kommen wird«, sagte ihre Mutter, die ein Stück Sellerie mißhandelte. »Ich habe es schon vorigen Sonntag gesagt. Nichts in den Sternen deutet darauf hin.«

»Trotzdem glaube ich, daß du dir eine Gasmaske besorgen solltest, Mutter. Sie kostet dich ja nichts.«

»Nein, das werde ich nicht tun. Die Leute brauchen nicht zu glauben, daß sie mich zu etwas zwingen können, was ich nicht tun will. Wir sind doch schließlich noch freie Bürger! Und wie stellen sie sich vor, daß ich in so etwas atmen soll? Ich habe es ohnehin schon manchmal schwer, Atem zu bekommen.« Ihr Busen hob und senkte sich bei der Vorstellung.

»Was sollen wir jetzt nehmen?« Ruth griff nach der Speisekarte. »Möchtest du einen Auflauf? Außerdem gibt's noch Obstkuchen, Caramel Crème und Brom-

beertörtchen.« Sie verzog den Mund. »Die werden vielleicht zu sauer sein. Man bekommt hier sehr gutes Eis mit Nüssen und Schokoladesauce.«
»O nein, meine Liebe«, sagte ihre Mutter mit einem traurigen Lächeln. »Das ist nichts für meine Neuralgie. Du bestell dir aber eines. Ich werde die Kellnerin rufen. Guter Gott, sieh dir mal die an! Schaut absichtlich nicht her. Das wird tagtäglich bolschewistischer.«
»Vielleicht wäre es besser, ich äße nur ein Wassereis«, sagte Ruth voll Bedauern »Ich habe in der letzten Zeit wieder zugenommen.«
»Unsinn, du bist gerade recht so.«
»Steven sagt . . .«
»Steven sagt, Steven sagt. Ich höre immer nur, Steven sagt. Er hat dich doch nicht mit Haut und Haar gekauft. Du gibst ihm viel zu sehr nach, finde ich. Wenn du es ein bißchen gescheiter bei ihm angefangen hättest, dann hätten wir nicht diesen ganzen Unsinn mit der Marine gehabt.«
Ruth stieg die Röte ins Gesicht vor Eifer, ihn zu verteidigen. »Er hat das Recht zu tun, was er für richtig hält, Mutter. Ich kritisiere ihn nie, obwohl ich ihm gesagt habe, daß ich es für verrückt halte, eine so gute Position, für die man schwer gearbeitet hat, jetzt einfach wieder wegzuwerfen.«
»Aus falsch verstandenem Patriotismus. Aber er hat viel zu viele Bedürfnisse, als daß er je mit der Bezahlung eines Schiffsarztes auskommen könnte. Darüber hat er wahrscheinlich nicht nachgedacht. Und was wird mit dir sein? Darüber hat er sicherlich auch nicht nachgedacht. Wovon, denkt er, wirst du leben?« So zerkauten sie stundenlang das Thema Steven wie Hunde einen alten Knochen. Ruths Mutter schnippste der trägen Kellnerin mit den Fingern und

sagte: »Wir möchten gerne unseren Nachtisch bestellen, Fräulein, wenn Sie Zeit dazu haben.«

»Ich bin vollkommen bereit, mich zu opfern, wenn es wirklich notwendig ist«, sagte Ruth in ihrer gefühlsgeladenen Art, wobei sich ihre Augen noch näher zusammenschoben. Ihre Mutter bestellte, indem sie mit einem bläulichen Nagel auf der Karte herumstach. »Er meinte, wir sollten ein kleines Haus auf dem Land mieten, und er würde dort seine Urlaube verbringen. Oder ich könnte zu dir ziehen, sagte er, wenn ich wollte.«

»Danke schön«, sagte ihre Mutter. »Ich hatte daran gedacht, Tante Margot als Pensionärin im Gastzimmer unterzubringen den Winter hindurch – obwohl ich dich natürlich gerne zu mir nehmen würde.« Ein Teller wurde vor sie hingestellt, und sie stocherte unzufrieden mit der Gabel darin herum. »Das soll ein Auflauf sein! Es tut mir leid, daß ich nicht den Obstkuchen genommen habe.«

»Auf jeden Fall«, sagte Ruth, indem sie ihren Löffel in die Crème eintauchte, von der ihr Eis umgeben war, »scheint er den Plan aufgegeben zu haben, wie ich schon sagte. Er beschäftigt sich auch wieder mit seinem Buch. Er hatte schon gar nicht mehr daran gearbeitet.«

»Es wäre nachgerade Zeit, denke ich, daß dieses Meisterwerk fertig würde«, sagte ihre Mutter. »Ich bin sicher, daß ein wirklicher Schriftsteller nicht so lange Zeit braucht, um ein Buch zu schreiben.«

Ruth sprach auch mit Mrs. Garrard über Steven. Sie sprach über alles mit ihr, glücklich, eine Vertraute zu haben. Mrs. Garrard war nie anderer Meinung und widersprach nie; sie saugte einfach alles auf, was man ihr erzählte, als wollte sie es aufheben, so wie ein Schutzmann eine Aussage zu Protokoll nimmt,

um sie dann vor Gericht zu verwenden. Sie unterhielten sich auch endlos über Ruths Tätigkeit als Hilfsschwester, was sogar interessanter war als Stevens Eigenheiten.
Das East Central Spital hatte eine Warteliste von mindestens dreißig freiwilligen Hilfsschwestern, die ihre fünfzig Stunden Praxis machen wollten. Man konnte anscheinend auch nicht mit der Gattin eines ihrer ersten ehrenamtlichen Ärzte eine Ausnahme machen. Ruth war sicher, daß Steven nicht energisch genug dahinter her war.
»Warum gehst du nicht selbst hin und sprichst mit der Oberin?« fragte er. »Versuch, ob du mehr Glück bei ihr hast als ich.«
»Ach, Steven, ich kann das nicht, ich würde es nicht wagen, selbst hinzugehen«, sagte Ruth, und die gleiche Antwort hatte sie ihm auch gegeben, als er sagte, sie solle es doch an einem der anderen Londoner Spitäler versuchen. Da hatte er mit der Oberin des Margaretenspitals ihretwegen gesprochen, und Ruth fuhr jetzt jeden Donnerstag mit ihm hin und verbrachte drei Stunden in der Gebärabteilung, während er seine Klinik und Visite absolvierte. Es würde lange dauern, bis sie auf diese Art ihre fünfzig Stunden beisammen hatte, aber ihr machte das nichts aus. Sie war ganz zufrieden damit. Die Tyrannin der Gebärklinik, Oberschwester Archer, die eine hohe römische Nase hatte und Hüften, die aussahen, als trüge sie Hüftpölsterchen unter ihrer Schürze, behandelte Ruth, als wäre sie eine Königin. Die meisten Hilfsschwestern verbrachten ihre Zeit damit, Butterbrote zu schneiden, das Geschirr zu spülen, wenn das Mädchen frei hatte, die Schmutzwäsche zusammenzulegen und das »Kleinzeug« zu waschen. Aber Oberschwester Archer konnte es ebensowenig über

sich bringen, Ruth zu bitten, eine schmutzige Windel auszuwaschen, wie sie Steven hätte darum ersuchen können. Abgesehen von dem Abglanz, der für sie auf Ruth als Dr. Sheppards Frau lag, war Oberschwester Archer stolz darauf, die genaue Rangordnung von Personen und Dingen zu kennen, und hier war eine Gelegenheit, es zu beweisen. Sie richtete es immer so ein, daß sie Donnerstag nachmittag Dienst hatte, und Ruths erste Aufgabe war, im Wohnzimmer der Schwester eine Tasse Tee zu nehmen, nachdem sie ihren dunkelblauen Mantel und die Kappe, die sie tief heruntergezogen auf ihrem Kopf trug wie ein kanadischer Trapper, aufgehängt und die weiße Haube und Schürze, die für sehr viel Geld von der Wigmorer Handwäscherei gewaschen worden waren, angezogen hatte. Oberschwester Archer war schon seit zehn Jahren am Margaretenspital, daher hatte niemand mehr Lust, ihren Geschichten von dem großen Haus ihres Vaters bei Huddersfield zuzuhören, von seinen zwei Autos und seiner Bibliothek voller Klassiker, die Oberschwester Archer alle gelesen hatte, bevor sie erwachsen war. Aber Ruth hörte gerne zu. Die anderen Schwestern waren es müde geworden, nie ein Stück, einen Film oder ein Buch erwähnen zu können, das Oberschwester Archer nicht schon gesehen oder gelesen und in dem sie irgendeinen tieferen Sinn gefunden hatte, der oberflächlicheren Geistern entgangen war, aber Ruth war es nicht müde und erzählte Steven, was für eine intelligente Person Oberschwester Archer war. Würde er ihr vielleicht sein Schulpreis-Exemplar der Gedichte Alfred Tennysons leihen, da Ruth es ihr versprochen hatte?
Nach dem Tee durfte Ruth eine der schon rekonvaleszenten Mütter waschen. Diese, die aus dem häufigen liebenswürdigen Auftauchen der Oberschwester

Archer hinter dem Bettschirm entnahm, daß das keine gewöhnliche Hilfsschwester war, wagte nicht zu verlangen, daß Ruth die Seife abspüle, bevor sie sie abtrocknete.
Dann sagte die Oberschwester zur Stationsschwester: »Mrs. Sheppard kann den Säugling Thompson füttern«, und diese sah voraus, daß sie nachher stundenlang würde den Säugling Thompson auf den Popo klopfen müssen, um seine Blähungen zu erleichtern. Wenn er umgewickelt werden mußte, dann wikkelte Ruth ihn um, mit gespitzten Lippen und einem beunruhigten Gesichtsausdruck. Sie hatte das bei Carol nie gut gemacht und es nur sehr ungern getan, aber wie sie der Oberschwester Archer gesagt hatte, wollte sie alles *genauso* machen wie die anderen Schwestern und scheute vor nichts zurück.
»Wenn man bedenkt, daß sie eine verheiratete Frau ist«, sagte die Stationsschwester, die hinter Ruth das Badezimmer in Ordnung brachte, »so ist sie das ungeschickteste Frauenzimmer, das ich je gesehen habe. Hat sie keine Kinder?«
»Sie haben eines gehabt, glaube ich«, sagte Schwester Hooley, »aber es ist gestorben oder so etwas. Kein Wunder, bei ihrer Pflege. Der arme stinkende Steven! An so einen Elefanten gefesselt zu sein.«
»Kein Wunder, daß ihm andere gefallen«, sagte die Stationsschwester, die gerne dunkle Andeutungen machte darüber, was zwischen ihr und Steven vorgegangen war, als sie noch an der Poliklinik war.
Um halb vier kam Ruth dann mit dem Teewagen in den Saal gepoltert und gab jeder Mutter eine andere Diät als die vorgeschriebene. Eine Lehrschwester folgte ihr auf dem Fuße, brachte alles wieder in Ordnung und blieb da, um die zweiten Tassen Tee herumzureichen, wenn Ruth ins Wohnzimmer der Ober-

schwester geholt werden würde. Die anderen Hilfsschwestern nahmen ihren Tee im Eßzimmer der Schwestern, aber Oberschwester Archer hielt es weder für richtig noch für passend, daß auch Mrs. Sheppard das tat. Die Schwester, die Donnerstag vormittag frei hatte, mußte immer hausgemachte Kuchen in der »Dynsforder Bäckerei« kaufen gehen; das bemalte Teebrett der Oberschwester wurde hergerichtet mit einem Spitzendeckchen und dem versilberten Teeservice, das sie von zu Hause mitgebracht hatte, und dann goß sie den Tee auf und servierte ihn mit viel Zeremoniell und »hochgeistiger« Konversation, die dauerte, bis sie sicher war, daß die Schwestern die »Waschschlacht« hinter sich hatten. Hierauf durfte Ruth mit der Stationsschwester ein paar Betten machen, ein schwieriges Unterfangen, das für den Patienten viel Unbequemlichkeit und für die Stationsschwester viel Nervenbeanspruchung mit sich brachte, da sie ihr Tempo um die Hälfte verlangsamen und in Gedanken an die vielen Verbände, die sie noch zu machen hatte, in schweigender Wut dastehen mußte, während Ruth das Leintuch wieder und wieder um eine Matratzenecke schlug, fest entschlossen, daß sie so aussehen müsse wie auf dem Bild im Buch.

Nachdem sie dann einen strampelnden Säugling gebadet hatte, gab ihr die Stationsschwester, da die Oberschwester ihren Dienst beendet hatte, eine oder zwei unnötige Nebensachen zu tun, nur um sie zu beschäftigen, und dann läutete das Haustelephon und es hieß, daß Dr. Sheppard bereit sei nach Hause zu gehen.

Um diese Zeit sah Ruth schon immer so mitgenommen aus, als ob sie einen ganzen Tag schwer gearbeitet hätte. Ihr weiches, dichtes Haar kam auf allen

Seiten unter der Haube hervor, die wunderbarerweise die ganze Stärke der Wigmorer Handwäscherei eingebüßt hatte, ihre Schuhe waren mit Talkpuder bestreut und ihre Schürze und sogar das Kleid triefnaß. Die Stationsschwester unterbrach sich im Verbandmachen, um Ruths Rotes-Kreuz-Buch zu unterzeichnen, was bedeutete, daß sie sich noch einmal die Hände waschen mußte, und Ruth zog ihren Mantel und die Trapperkappe an, verfehlte ihren Weg, als sie aus dem Haus ging, und erschien schließlich beim Auto, in dem Steven auf sie wartete, da er sich nicht mit ihr in solchem Zustand in der Halle sehen lassen wollte.

Den ganzen Heimweg hindurch unterhielt sie Steven mit Geschichten von ihrer Tapferkeit und leicht entstelltem medizinischem Tratsch, der ihn nicht so sehr zu interessieren schien, wie er sollte. Am ersten Donnerstag war sie so müde gewesen, daß sie das Abendessen im Bett einnahm. Steven rechnete damit, daß sie es in der folgenden Woche ebenso machen würde, und hatte Stephanie eingeladen, mit ihm zum Dinner auszugehen.

Im Auto sagte Ruth: »Ich bin lange nicht so müde wie vorige Woche. Ich gewöhne mich natürlich schon etwas an die Arbeit, das ist es. Die Oberschwester sagte, sie habe noch nie jemand gesehen, der alles so schnell erlernte wie ich. Sollten wir zum Dinner ausgehen, Schatz? Wir haben nur kaltes Essen zu Hause, so daß Mrs. Hankey sich nicht ärgern würde. Wir könnten zu dem neuen Film im »Empire« gehen. Die Oberschwester hat ihn an ihrem freien Tag gesehen: sie sagt, er sei ausgezeichnet.«

»Es tut mir sehr leid, Ruth«, erwiderte Steven. »Jeden anderen Abend wäre ich sehr gerne gegangen, aber heute habe ich eine Dinnerverabredung. Ich habe es dir am Morgen schon gesagt, aber du warst so damit beschäftigt, Ethel zu erzählen, wie es ist, eine Krankenschwester zu sein, daß du es wahrscheinlich überhört hast.«

»Sie interessiert sich sehr für meinen Pflegekurs«, sagte Ruth aggressiv. »Sie wäre sogar gerne selbst Pflegerin geworden, aber sie war nicht kräftig genug.«

»Die!« rief Steven kurz auflachend. »Das möchte ich sehen, daß die einmal etwas für jemand anderen tut als für sich selbst.«

»Wie unnett von dir, so etwas zu sagen.« Ruth wandte ihm ein gekränktes Gesicht zu und schob ihre Haare zurück unter die Kappe. »Und dabei weißt du, daß es nicht wahr ist. Du redest nur so, um zu zeigen, wie gescheit du bist. Ich kann es nicht leiden, wenn du in so einer Stimmung bist.«

»Man muß nicht sehr gescheit sein, um zu sehen, daß die liebe Mrs. G. die habgierigste Person von der Welt ist«, sagte Steven. »Ich will dir zugestehen, daß sie die Dinge nicht immer direkt verlangt; sie saugt sie nur auf eine passive Art auf – wie ein Schwamm, der das Recht hat, so viel Wasser aufzusaugen, wie er halten kann.«

»Ich weiß nicht, wovon du sprichst«, erwiderte Ruth in dem kalten Tonfall, den sie gebrauchte, wenn sie dachte, Steven rede dummes Zeug. Sie summte ein bißchen ohne Melodie und tat so, als ob sie an den Fabriken auf der Great West Road sehr interessiert wäre. »Mit wem gehst du heute abend aus?« fragte sie plötzlich.

»Oh – mit einem Bekannten. Es ist jemand, der mit Mark Stainer in Verbindung ist. Ich will mit ihm mein Buch besprechen.« Er fühlte sich schuldig und versuchte, sein schlechtes Gewissen zu erleichtern, indem er sich soweit wie möglich an die Wahrheit hielt.

Er und Stephanie sprachen bei ihren Zusammenkünften ziemlich viel über das Buch. Da keiner von beiden des anderen sicher war, klammerten sie sich als eine gute Entschuldigung daran, um in Verbindung zu bleiben. Sie gab weiter vor, daran interessiert zu sein, und er zwang sich, daran zu arbeiten, um dieses Interesse zu rechtfertigen und um sie anrufen und sagen zu können: »Ich habe wieder ein Kapitel fertig. Würden Sie so lieb sein und es durchsehen? ... Nein, ich möchte es nicht gerne per Post schicken. Wo könnte ich Sie treffen? Haben Sie morgen abend etwas vor?«
Obwohl er zuerst keine Lust gehabt hatte, es in der von ihr angedeuteten Richtung umzuarbeiten, so gefiel ihm doch nach einiger Überlegung ihr Einfall, es in einzelne Geschichten zu zerlegen. Als er anfing sich mit der Idee zu befreunden und sie zu entwikkeln, begann er allmählich zu glauben, es sei seine eigene Idee gewesen, und sich dazu zu gratulieren, einen neuen Antrieb für den so träge dahinfließenden »Reißenden Strom« gefunden zu haben.
Jetzt hieß das Buch nicht mehr »Der reißende Strom«, es hieß »Mut um drei Uhr morgens«. Er und Stephanie waren zusammen in eine öffentliche Bibliothek gegangen und hatten sich durch ein Zitatenlexikon hindurchgearbeitet und diesen Titel gefunden. Er hatte schon drei Geschichten geschrieben – zwei von dem jungen Arzt und eine sehr rührende von einem Operationssaalwärter, der in die Spitalärztin verliebt war, die kaum von seiner Existenz wußte. Er hatte noch viele Embryos im Kopf, die nur auf die Zeit warteten, um auf dem Papier auszurei-

fen. Bei der Marine würde er Zeit haben. Es würde sehr viele freie Abende geben, an denen er allein sein und sich als Schriftsteller entwickeln konnte. Bis der Krieg vorüber war, konnte er eine Unmenge Bücher schreiben. Vielleicht würde es ihm dann sogar möglich sein, den Arztberuf aufzugeben, das Haus am Long Mynd zu mieten und nichts als ein Schriftsteller zu sein.
Er sagte dies, ermutigt durch ihren Glauben an ihn, am Abend zu Stephanie. Die letzte Geschichte hatte ihr gefallen: sie schien wirklich der Meinung zu sein, daß er imstande war, die Art Sachen zu schreiben, die das Publikum verlangte. Sie trug ein schwarzes Kleid mit einem viereckigen weißen Kragen, der ihre Schultern sehr breit und ihre Taille unendlich schmal erscheinen ließ.
»Aber Sie werden doch sicherlich nicht Ihren Arztberuf aufgeben wollen?« fragte sie. »Sie haben mir selbst gesagt, wieviel er Ihnen bedeutet – und was für ein Erlebnis es ist, wenn jemand nur durch Ihr Eingreifen gesund wird.«
»Ach ja, wir reden uns ein, daß es durch unser Eingreifen geschieht«, sagte Steven leichthin. »Aber das ist gar nicht wahr. Alles, was wir tun können ist, den natürlichen Widerstandskräften ein wenig nachzuhelfen. Ich bin wahrscheinlich gerne Arzt, weil es meinem Ego schmeichelt und ich meinen Schöpfertrieb auf diese Art sublimieren kann. Wenn ich schriebe, würde ich ihn auf eine andere Art sublimieren und hätte dann vielleicht keinen Drang, ein Arzt zu sein. Mein Ego wäre dann auch ganz zufrieden.«
»Muß jeder seinen Schöpfertrieb sublimieren?« fragte sie.
»Mm – hm.«
»Ich sublimiere meinen nicht. Es liegt nichts Schöp-

ferisches darin, auf einer Schreibmaschine zu klappern und M. S. zu helfen, Verabredungen, die er gemacht hat, nicht einzuhalten.«
»Nun, Sie sind eine Frau. Eine sehr anziehende Frau sogar, und besitzen wahrscheinlich eine sehr starke Sexualität. Ich werde das nie wissen – leider.« Er warf manchmal derartige Bemerkungen hin, um sowohl sich selbst als auch sie zu reizen.
»Bleiben Sie bei der Sache«, sagte sie. »Weiter.«
»Ihr Körper bereitet sich auf die unvermeidliche Zeit vor, wo Sie heiraten und Kinder haben werden. Ihre Drüsen arbeiten alle miteinander auf dieses Ziel hin und werden sich nicht davon abbringen lassen und Ihnen Antriebe geben, Gipsbüsten zu machen oder das Wohnungsgesetz zu reformieren oder einen aus dreihunderttausend Worten bestehenden Bestseller über das Leben im Alten Rom zu schreiben.«
»*Darum* also habe ich keines von allen diesen Dingen je tun wollen!« sagte sie und lachte vergnügt. »Aber was ist mit den Frauen los, die schreiben und malen und sich ins Parlament wählen lassen? Warum bringen deren Drüsen sie dazu, daß sie das tun wollen?«
»Nach dem Gesetz der Kompensation, mein liebes Kind«, sagte er. »Diese Frauen sind gewöhnlich so häßlich wie die Sünde, darum wissen ihre Drüsen, daß es keinen Sinn hat, sie auf ein voll erfülltes Sexualleben vorzubereiten, da sie nie den Mann finden werden, der ihnen dazu verhilft.« Marion hätte sich bei diesem Gespräch wohl gefühlt, dachte er. Es war genau die Art von pseudo-wissenschaftlichem Gerede, die sie liebte. Es war ihm nicht klar, warum er es bei Stephanie anwandte, außer daß es ganz gleich war, worüber sie sprachen; sie unterhielten sich immer gut. Als er aufblickte, sah er, daß das Restaurant sich um sie herum geleert hatte, ohne daß sie es bemerkt hatten.

»Was sollen wir jetzt tun?« fragte er. »Haben Sie Lust zu tanzen? Es ist schon ein bißchen spät fürs Kino. Und überhaupt –« Und überhaupt beschloß Ruth vielleicht, sich ins Kino zu begeben, obwohl sie selten abends allein ausging. Er konnte sich nicht erinnern, welchen Film sie hatte sehen wollen, und als er sich vorstellte, daß er sie treffen könnte, kam er sich wieder wie der Gatte auf jener komischen Postkarte vor.

»Ich muß eigentlich nach Hause gehen«, sagte Stephanie. »Ich habe morgen einen schweren Tag; es ist eine Sitzung der Direktoren. Ich sollte wirklich früh schlafen gehen.« Sie hatte noch nie mit Steven getanzt und hatte keine große Lust dazu. Sie fürchtete sich davor, zu entdecken, daß er vielleicht nicht gut tanzte, daß es Dinge gab, die jüngere Männer besser machten als er. Sie wollte nicht zu Quaglino gehen und sich auch nur einen Augenblick bei dem Wunsch ertappen: »Ach, wäre doch Peter hier!«

Steven brachte sie nach Hause, bis zu dem schmucklosen Wohnungsblock hinter der Kensington High Street. Er hatte sie an dem Abend, als sie nach Great Fosters fuhren, das erstemal geküßt, und da das Eis einmal gebrochen war, küßten sie sich von da an jedesmal, wenn sie sich gute Nacht sagten, auf eine verständige, zurückhaltende und zivilisierte Art. Sie schien damit vorläufig ganz zufrieden und Steven wollte keine Zurückweisung riskieren, indem er noch weiterging. Auf jeden Fall war sie nicht die Art Mädchen, die sich in Autos abknutschen ließen, und jahrelange Rücksicht auf seinen ärztlichen Ruf hatte ihm solche Dinge schon längst abgewöhnt. Er hatte nicht die kleinste Affäre mit irgend jemandem gehabt seit der unbefriedigenden Angelegenheit mit Margot

Ainsthorpe, nach der er sich so elend gefühlt hatte, daß er wochenlang zu Ruth besonders nett war.
Als er durch den Park nach Hause fuhr, hatte er ein sehr seltsames Gefühl, das Gefühl, nicht wirklich zu sein. Er wußte, daß er aus Fleisch und Blut war, denn er konnte seine Hände auf dem Steuerrad sehen, konnte sehen, wie sich die Sehnen unter der Haut bewegten, als er sie drehte; er konnte seine Beine sich auf- und abbewegen sehen, wenn er Gas gab oder abwechselnd Kupplung und Fußbremse betätigte. Aber er hatte plötzlich das Gefühl, nur ein Hampelmann zu sein, ein Abbild, eine unechte, aufgeputzte Puppe, die ein sehr schwieriges Spiel spielte, das keinen Sinn hatte. Es war ganz schön, zum Wohl des Patienten eine Rolle anzunehmen, aber wenn sein Arbeitstag zu Ende war, dann hätte er ein wirkliches Ich haben sollen, um hineinschlüpfen zu können wie in ein Paar Hausschuhe. Aber wo war sein wirkliches Ich, seine grundehrliche Männlichkeit? Hatte er es verloren in all diesen Jahren der Verstellung, in denen er das gewesen war, was die Leute von ihm erwarteten? Selbst bei Stephanie fühlte er, daß er sich bemühte, ihrer Vorstellung von ihm zu genügen; es war ihm nicht möglich, ganz natürlich zu sein, weil er immer nach den ersten Anzeichen spähte, daß sie ihn für einen langweiligen Menschen hielt. Er fühlte sich leer. Er hatte ein leeres Gefühl im Kopf, und er konnte nicht glauben, daß dreieinhalb Liter warmen Blutes in seinem Körper kreisten und in seinem Herzen und seinen Lungen aus- und einströmten.
Zu Hause angekommen, ging er ins Souterrain und fand Ugly in seinem aus einer Schachtel bestehenden Bett unter der Küchentreppe. Es war ein ziemlich übelriechendes Bett, aber Steven liebte den Tierge-

ruch. Er zog das Fell des Hundes am Nacken in die Höhe und vergrub sein Gesicht in den warmen elektrischen Haaren, die im Licht der Korridorlampe voller Lebendigkeit schimmerten.
»Was ich brauche, Ug, ist mehr männliche Gesellschaft«, murmelte er. »Ich bin im Begriff, eine zahme Katze zu werden.« Ugly rollte seine Augen rückwärts, bis das Weiße sichtbar wurde, und keuchte ein wenig in seiner leidenschaftlichen Freude über den mitternächtlichen Besuch. »Ich werde Guy oder jemand anderes anrufen«, sagte Steven zu ihm, »und wir werden dieses Weekend Golf spielen. Ja, und du darfst auch mitkommen. Du wirst auch schon fett und weibisch.«
Guy Phillips war ein Orthopäde, der seine Berühmtheit der Erfindung einer besonders teuflischen Nadel verdankte, die, durch die Ferse des Patienten getrieben, das gebrochene Bein in gestreckter Lage hielt. Er war so klein, daß er beim Operieren auf einem Holzkistchen stehen mußte. Wenn er in Pflegeheimen und Spitälern operierte, in denen man ihn nicht kannte, entstand manchmal Verwirrung, weil er die für die Oberschwester oder die Schwester vorbereiteten Handschuhe anzog. Er war sehr häßlich, hatte dreieckige Augen und eine vorstehende Oberlippe wie ein Affe, aber alldas wurde wettgemacht durch sein angenehmes, offenes, liebenswürdiges Lächeln, seine flinken, leichten Bewegungen und seine rasche, hauchige, mokante Sprechweise. Er und Steven hatten zusammen studiert, hatten die Verbindung verloren, als jeder von ihnen seinen eigenen Weg in die Provinz ging, aber als sie beide nach London zurückkehrten, so natürlicherweise wieder zusammengefunden wie zwei Quecksilberkugeln.
Noch als Student hatte Guy ein stattlich gewachsenes

Mädchen geheiratet; sie hatte flache Schuhabsätze getragen, als sie zum Altar ging, und war immer noch größer gewesen als ihr Bräutigam. Sie schenkte ihm einen Sohn, Terence, den sie jede Woche angstvoll, aber ohne Erfolg an der Kinderzimmertür maßen, und der jetzt als Leutnant von zweiundzwanzig Jahren, nur um weniges größer war als sein Vater. Guy hatte auch zwei halbwüchsige Töchter, die es vorgezogen hatten, nach der Mutter zu geraten, und noch lustig weitersproßten. Maimie, die Vierzehnjährige, konnte ihres Vaters Hand schon vollkommen verdecken, wenn sie ihre eigene darauflegte. »Mein Wort«, sagte Guy zu Steven mit mehr Ehrfurcht als Verzweiflung, »ich glaube, das Mädel hat Akromegalie.«

Steven bat Miss Minden, Guy anzurufen und für Sonntag ein Golfspiel vorzuschlagen. Er schickte eine Patientin zum Auskleiden ins Untersuchungszimmer und wartete, während er mit den Fingern auf dem Tisch trommelte und sich wunderte, daß er nicht mehr Interesse an Lady Nortons chronischem Asthma aufbringen konnte. Miß Minden kam mit einigen Papieren herein, räusperte sich wie immer, bevor sie sprach, und sagte mit leiser Stimme: »Ich habe Mr. Phillips jetzt erreicht, Herr Doktor. Es tut ihm leid, er ist Sonntag verhindert, aber er fragt, ob Sie statt dessen am Samstag spielen könnten.«

»Samstag?« Steven griff nach dem in Saffianleder gebundenen Vormerkblock. »Guter Gott, nein, ich habe am Vormittag Klinik und am Nachmittag einige Patienten – und die Frau in Pinner draußen. Ist er am Telephon? Ich möchte ihn sprechen.«

»Ich werde hereinverbinden«, sagte Miss Minden und ging hinaus mit einem warnenden Blick auf die Tür des Untersuchungszimmers, nicht zu laut zu

sprechen. Sie billigte es nicht, daß Steven während der Geschäftsstunden seine Abmachungen für die Freizeit traf.
»Guy?« fragte Steven. »Hör mal, warum kannst du nicht am Sonntag? Golf oder Tennis, ist mir ganz gleich. Ich werde verrückt, wenn ich nicht etwas anständige Körperübung mache.«
»Ich würde gerne kommen, Steve, aber Terences Schiff ist in Chatham im Trockendock, und ich habe versprochen, zum Lunch an Bord zu kommen. Sie haben auf dem Heimweg anscheinend einen ganz wunderbaren Sherry in Spanien erwischt, und – hör mal, vielleicht kommst du mit? Du interessierst dich doch sehr für Schiffe, nicht? Terences Kapitän ist ein fabelhafter Kerl – ich möchte gerne, daß du ihn kennenlernst.«
»Aber ich kann doch nicht so hineinschneien«, sagte Steven, der riesig gerne angenommen hätte. »Ich meine, schließlich geht man nicht einfach auf ein Schiff, als ob es ein Restaurant wäre, und sagt: ›Legen Sie noch ein Gedeck für meinen Freund auf‹.«
»Sorge dich nicht, alter Junge. Ich werde Terry anrufen und uns ansagen. Er wird sich sehr freuen, daß du kommst. Schließlich bist du doch sein Taufpate.«
»Du lieber Gott!« sagte Steven. »Das bin ich, und ich habe seinen Geburtstag schon wieder vergessen.«
»Ich weiß«, sagte Guy, »darum habe ich dich erinnert.« Steven hörte ein Knacksen, als Miss Minden ihr Telefon abhob, um zu hören, ob sie noch immer sprachen.
»Ich muß aufhören«, sagte er. »Ich sollte eigentlich jetzt ordinieren und nicht telefonieren. Wo treffe ich dich also am Sonntag, wenn du wirklich glaubst, daß es geht?«
»Hol mich von hier ab. Wir werden dein Auto neh-

men. Ich habe keine Lust, die Trambahnlinien entlangzufahren. Die Zeit werde ich dich wissen lassen, wenn ich mit Terence gesprochen habe.«
»Wunderbar. Adieu.« Steyen hing schnell auf, als Miss Minden hereinkam, an der Tür stehenblieb und ihn anblickte. »Sehen Sie nach, ob die Patientin fertig ist, bitte«, sagte er und wies mit dem Kopf nach der Tür des kleinen Nebenzimmers. Miß Minden ging in ihren großen weißen Leinenschuhen über den Teppich, klopfte an die Tür, öffnete sie gerade nur so weit, um den Kopf hineinstecken zu können; dann hielt sie sie für Steven offen, damit er das Zimmer betreten konnte, wo Lady Norton über die Couch quellend in einem geblümten Seidenschlafrock dalag; ihre Strümpfe hingen über die Schuhe herunter.

Am Sonntag morgen, als Steven gerade sein Auto holen ging, telefonierte die Oberin seines um die Ecke gelegenen Lieblingssanatoriums, daß Mr. Fletcher sage, er sterbe; Herr Dr. Sheppard möge so gut sein, herüberzukommen und einzugreifen.
Steven ging auf dem Weg zur Garage ins Sanatorium hinüber. Der Teufel hole Mr. Fletcher! Jetzt würde er zu spät zu Guy kommen. Was für ein unheiliger Beruf das doch war, der einen sogar am Sonntag in den Dienst des Bodensatzes der Menschheit stellte; denn Mr. Fletcher war, wenn nicht gerade der Bodensatz, so doch dem Boden der Flasche ziemlich nahe. Er lag ausgestreckt im Bett, sah so erschreckt aus, als habe er wirklich den Todesengel gesehen, und bat Steven in ersticktem Flüsterton, ihm etwas zu geben, was der Sache ein Ende machen würde.
»Sie sollen eigentlich aufsitzen«, sagte Steven, »bei Ihrer angegriffenen Lunge.« Er brauchte sich nicht zu bemühen, liebenswürdig mit Mr. Fletcher zu sein,

der ihn blind anbetete und ein wenig Zurechtweisung liebte.
»Ich weiß, ich weiß«, stöhnte der Patient, indem er seinen kleinen Kopf auf dem Kissen von einer Seite zur andern drehte, »aber mein Rücken! Ich kriege so schreckliche Rückenschmerzen.«
»Das Malheur bei Ihnen ist, daß Sie schon zu lange im Bett liegen«, sagte Steven. »Sie sind jetzt bereits so weit, daß Sie aufstehen können. Wie Sie wissen, habe ich das sogar angeordnet als einen Teil Ihrer Kur, aber die Oberin sagte mir, daß Sie nicht aufstehen wollen, wenn die Schwestern kommen, um Sie aus dem Bett zu heben.«
»Nein, ich will nicht, lieber Herr Doktor, ich will nicht. Ich bin noch nicht gesund genug dazu; glauben Sie mir, ich kann noch nicht. Sie dürfen nicht vergessen, Herr Doktor, daß ich sehr krank war. Das ist nicht so spurlos an mir vorübergegangen, ich fühle die Nachwirkungen. Ich werde nie wieder derselbe sein, der ich vorher war.« Mr. Fletcher war vor sehr langer Zeit mit einer Lungenentzündung ins Sanatorium gebracht worden. Obwohl er seit Wochen geheilt war, klammerte er sich verzweifelt an die Krankheit und weigerte sich, sein Bett und das Zwölf-Guinea-Zimmer zu verlassen. Er verlangte nichts, als daß man ihm erlaubte, von Nährmitteldosen und -paketen umgeben dazuliegen, sich von Schwestern, die für höhere Dinge geschult worden waren, in allem bedienen zu lassen und in regelmäßigen Abständen Zuckerpillen, Pfefferminzwasser oder etwas ähnlich Harmloses zu schlucken, von dem er in scheuem Flüsterton als von »seinem Trank« sprach.
»Nun«, fragte Steven scharf, »aus welchem besonderen Grund haben Sie mich heute holen lassen?« Er

sehnte sich danach, hinaus und nach Chatham zu kommen.

»Ich hatte gehofft, Sie würden mir etwas für meinen Kopf geben, Herr Doktor«, wimmerte Mr. Fletcher und drückte seine Handrücken gegen die Schläfen. »Ich hatte eine schreckliche Nacht – habe überhaupt nicht geschlafen, und ich dachte, wenn ich Sie nur sehen könnte ... Sie tun mir so gut.«

»Konnten nicht schlafen, wie? Warum nicht? Hat der Straßenlärm Sie nicht schlafen lassen?«

»O nein, ich sage immer, dies ist einer der ruhigsten Winkel von London, was *das* betrifft. Es ist nur – aber nein, ich möchte den Schwestern keine Unannehmlichkeiten bereiten – aber die neue Nachtschwester ist so geräuschvoll. Dann kam Lärm aus der Küche, und Türen wurden auf- und zugeschlagen. O mein Gott! Niemand weiß, was ich gelitten habe. Und dann, um das Maß voll zu machen, ließen sie, gerade als ich im Einschlafen war, den Lift gehen – mitten in der Nacht!« Er sah Steven mit tragischem Ausdruck an, und seine Augen flossen über vor Mitleid mit sich selbst.

»Wahrscheinlich wurde ein dringender Fall eingeliefert«, sagte Steven kurz. »Sie werden doch nicht verlangen, daß man die Patienten die Stiegen hinauftragen soll, nur weil Sie den Lärm des Lifts nicht vertragen, wie?«

»Oh, haha, Sie scherzen natürlich, Herr Doktor, aber ... Vielleicht könnten Sie wenigstens mit der Schwester sprechen. Von Ihnen wird Sie es sich gefallen lassen. Sie halten alle sehr viel von Ihnen hier, wissen Sie.«

»Wirklich?« murmelte Steven. »Danke sehr. Aber ich weiß nicht, wie Sie sich vorstellen, daß ich mit der Nachtschwester sprechen soll, die wahrscheinlich

schon seit ein paar Stunden im Bett liegt und schläft. Die Schwestern arbeiten nicht die ganze Nacht hindurch und noch den ganzen Tag, müssen Sie wissen.«
Mr. Fletcher ließ wieder sein sykophantisches kleines Lachen hören, das seinen lächerlich schwachen Husten hervorrief, den er verzweifelt durch Keuchen und Schweratmen zu verschlimmern suchte.
»Ts, ts«, macht Steven, »die Lunge ist wirklich noch schlimm, nicht wahr? Ist aber kein Wunder, daß Sie keinen Atem kriegen können, wenn Sie so daliegen. Kommen Sie, Sie *müssen* sich aufsetzen.«
»Ich kann mich nicht ohne Hilfe aufsetzen, Herr Doktor. Ich bin viel zu schwach dazu.«
Steven hatte keine Lust, den kleinen Mann selbst anzurühren; darum läutete er der Schwester, die in ihren drall abstehenden, knisternden Röcken herbeigelaufen kam, mit einem Ausdruck, als wollte sie sagen: »Was ist denn nun schon wieder los?« Sie besänftigte sich aber, als sie Steven sah.
»Oh, ich bitte um Entschuldigung, Herr Doktor. Ich wußte nicht, daß Sie hier sind«, sagte sie. »Wünschen Sie etwas?«
»Mr. Fletcher wünscht, daß man ihm hilft sich aufzusetzen, sonst nichts, Schwester«, sagte Steven, mit der Hand auf das Bett weisend. »Ich will, daß er aufsitzt und so sitzen *bleibt,* und wenn Sie ihn anschnallen müssen.«
»Jawohl, Herr Doktor!« sagte die Schwester befriedigt. »Kommen Sie, Mr. Fletcher, hoppauf!« Sie legte beide Arme um ihn und hob ihn in die Höhe, als wäre er eine Puppe; dann ließ sie ihn auf seinen kleinen Hintern herunter und schüttelte seine Polster so kräftig auf, als ob sie wünschte, er wäre es selbst, den sie aufschüttelte.
»Sie sind so stark, Schwester«, stöhnte er. »O Gott,

Sie schütteln mich aber durch.« Er rollte seine Augen gegen Steven hin, als wollte er sagen: Sehen Sie, wie sie mich behandelt!
Mit aufgerollten Ärmeln, die Hände in die Hüften gestemmt, stand die Schwester da und sah ihn drohend an, im Falle er Miene machen sollte, wieder ins Bett hinunterzurutschen. Steven griff nach seinem Hut. »Nun, jetzt ist Ihnen besser, nicht wahr, Mr. Fletcher?« Es war eher eine Behauptung als eine Frage. »Ich werde in ein paar Tagen wieder nachschauen kommen, wie es Ihnen geht. Schwester, Sie können ihm jetzt eine Tablette geben – gegen sein Kopfweh.« Er zwinkerte ihr mit der Seite seines Gesichtes zu, die Mr. Fletcher nicht sehen konnte, und eilte davon.
Die Oberin des Sanatoriums erwischte ihn in der Halle. Sie war enggeschnürt, hatte stählerne Augen und eisgraue Haare, die hoch auf ihrem Hinterkopf zu einem Knoten gedreht waren, der ihre Kappe nach vorne schob wie einen Helm. Sie und Steven waren alte Freunde.
»Ah, Herr Dr. Sheppard«, sagte sie. »Ich wollte Sie noch sprechen, bevor Sie gehen. Es handelt sich um Mr. Fletcher.«
»Hören Sie, Frau Oberin«, sagte Steven, indem er versuchte, an ihr vorbeizukommen, »wenn ich noch ein Wort über Mr. Fletcher höre, werde ich verrückt. Noch dazu am Sonntag. Ich will ausgehen und mich unterhalten.«
»Natürlich«, sagte sie besänftigend. »Aber bevor Sie gehen, müssen Sie mir versprechen, daß Sie Mr. Fletcher bald heimschicken. Mein Sanatorium ist kein Hotel. Er ist nicht mehr krank, und er macht meine Pflegerinnen verrückt, indem er den ganzen Tag und die ganze Nacht läutet; die Köchin hat mit der Kündigung gedroht, wenn er noch einmal verlangt, daß

sie ihm Nußschnitzel macht – und ich brauche sein Zimmer.«

»Soweit es von mir abhängt, kann er jederzeit nach Hause gehen«, sagte Steven leichthin. »Sobald Sie wollen. Sie können ihm das von mir sagen. Entschuldigen Sie, Frau Oberin, ich muß wirklich gehen; ich bin ohnehin schon spät dran.«

Sie stand noch immer zwischen ihm und der Tür und trat gewandt auf die Seite, als er an ihr vorbeizukommen versuchte. »Sie wissen ganz gut«, sagte sie, »daß er nicht auf mich hören wird. Glauben Sie, ich habe es nicht schon Dutzende Male versucht? Sie sind der einzige, der ihn dazu überreden kann, und ich möchte Sie bitten, es heute zu tun, da Sie schon einmal hier sind. Ich kenne Sie, Sie werden jetzt tagelang nicht herkommen, da Sie im Augenblick keine anderen Patienten hier haben.«

»Schauen Sie, Frau Oberin«, plädierte Steven. »Nicht jetzt. Ich bin in großer Eile. Ich komme wieder, bestimmt. Morgen, wenn Sie wollen.«

»Herr Dr. Sheppard.« Sie sah ihn fest mit ihren kalten grauen Augen an und klopfte mit dem Fuß auf den Boden. »Sie gehen sofort in das Zimmer zurück, oder Sie werden dieses Haus nicht verlassen.« Sie kreuzte ihre Arme über der Brust.

»Ich habe Ihnen schon gesagt, Frau Oberin – ich habe keine Zeit.«

»Werden Sie jetzt hinaufgehen?«

»Ich kann nicht. Ich – o, zum Teufel!«

Er warf wütend seinen Hut auf den Tisch in der Halle, drehte sich um, lief die Stiegen hinauf und stürmte, ohne anzuklopfen, in Mr. Fletchers Zimmer, wo er den kleinen Mann vergnügt an einer Zigarette ziehend vorfand, während er die »Nachrichten aus aller Welt« vor sich an die Knie gelehnt hatte. Er senkte diese sofort und mit ihnen die Zeitung, ließ die Zigarette in das Glas Wasser auf seinem Nachttisch fallen und warf seinen Kopf zurück, indem er die Augen schloß.

»Aha!« sagte Steven bissig. »Es freut mich, daß Sie so viel besser aussehen, Mr. Fletcher. Ich bin noch einmal zurückgekommen, um Ihnen zu sagen, daß ich über Sie nachgedacht habe und zu dem Schluß gekommen bin, daß Sie nie wirklich gesund werden können, wenn Sie nicht hier herauskommen und nach Hause zurückkehren. Sie brauchen frische Luft – eine andere Umgebung – Sie müssen unter Ihren eigenen Leuten und Sachen sein.«

»Aber ich habe Ihnen doch gesagt, Herr Doktor, ich bin nicht imstande –«

»Ja, Sie sind imstande, Sie sind schon gesund genug. Wir können nichts mehr für Sie tun. Es kommt eine Zeit, wissen Sie, wo der Patient keine Fortschritte mehr macht, wenn er nicht aus der Krankenzimmeratmosphäre herauskommt. Außerdem, denken Sie doch, was für eine Menge Geld Sie hier vergeuden.«

»Was das betrifft, daraus mache ich mir gar nichts. Ich kann es mir ganz gut leisten.« ›Na warte, bis du meine Rechnung siehst‹, dachte Steven.

»Aber hören Sie«, fuhr Mr. Fletcher weinerlich fort, »wer soll mich zu Hause pflegen? Die Dienstboten – alles recht und schön – aber man kann doch nicht von ihnen verlangen, daß sie auch noch Krankenpflegerinnen sind. Meine Kinder sind den ganzen Tag weg und meine Frau – der kann ich wirklich nicht noch diese Last dazu aufbürden.« Mr. Fletcher wußte ganz gut, daß niemand ihn zu Hause so bedienen würde.

»Nun, das müssen Sie irgendwie einrichten«, sagte Steven. »Ich kann nicht länger die Verantwortung für

Sie übernehmen, wenn Sie hierbleiben. Warum nehmen Sie sich nicht eine private Pflegerin, wenn Sie glauben, daß Sie eine brauchen? Obwohl ich Ihnen versichern kann, daß Ihnen nur dann besser werden wird, wenn Sie selbst ein wenig mitarbeiten.«

»Ich weiß wirklich nicht, was meine Frau dazu sagen würde, wenn ich ihr eine Pflegerin ins Haus brächte. Sie wissen ja, die machen oft so viel Scherereien –«

»Das können Sie sich noch überlegen«, sagte Steven, die Hand am Türgriff. »Aber folgen Sie meinem Rat. Gehen Sie heim, und Sie werden gesund werden.«

Mr. Fletcher wandte den Kopf auf den Kissen zur Seite. »Ich bin Ihnen sehr lästig, nicht wahr?« sagte er weinerlich. »Ich habe mich bemüht, nicht lästig zu fallen, aber Sie wollen mich loswerden, das ist klar. O, mein Gott!« Er legte eine Hand auf seine Brust. »Warum klopft mein Herz so, wenn ich aufgeregt bin?«

»Blähungen wahrscheinlich«, sagte Steven. »Und Sie sind auf ganz falscher Fährte: wir wollen Sie keineswegs loswerden. Ich rate Ihnen nur um Ihretwillen, nach Hause zu gehn.« Er stieß die Worte langsam hervor; er kochte vor Ärger.

»Sehr liebenswürdig von Ihnen, Herr Doktor, adieu inzwischen«, sagte Mr. Fletcher und schmiegte sich in die Kissen, als beabsichtige er, sein Leben lang da zu bleiben. Die dralle Pflegerin saß an dem Pult im Korridor und schrieb. Sie erhob sich, als Steven herauskam, und lächelte ihn an.

»Das ist ein Mann!« sagte er und wischte sich die Stirn.

»Ein süßer Schatz, nicht wahr? Wir lieben ihn alle.«

»Ich kann mir's vorstellen. Nebenbei, Schwester, möchten Sie nicht eine leichte, angenehme Privatpflege übernehmen, wenn die Oberin Sie gehen läßt?«

»Gerne, Herr Doktor. Ich habe schon daran gedacht, zur Abwechslung etwas private Pflege zu übernehmen. Was ist es für ein Fall?«
»Mr. Fletcher«, sagte er, lief die Stiegen hinunter, sauste durch die Halle und entwischte auf die Straße.

Guy war schon fertig und wartete auf ihn in seinem Haus in Chelsea. Er saß mit der Uhr in der Hand im Salon. Durch die Glastüren konnte Steven Guys großgewachsene Frau sehen, die gemächlich im Garten arbeitete.
»Du kommst spät, Steve«, sagte Guy. »Warum bist du nie pünktlich. Ich kenne den Weg die Docks entlang nicht sehr gut und hätte gern etwas Spielraum gehabt, im Falle daß wir uns verirren.«
»Entschuldige«, sagte Steven. »Mußte zu einem Patienten.«
»Mußte zu einem Patienten, mußte zu einem Patienten«, sagte Guy mürrisch. »Am Sonntag! Ihr Internisten habt euer Leben äußerst schlecht eingeteilt. Du bist noch immer so ein Arbeitssklave, als ob du ein Landarzt wärst. Ich wollte dir etwas zu trinken anbieten, aber jetzt ist keine Zeit mehr dazu.«
»Kann nichts dafür«, sagte Steven. »So etwas kommt eben vor. Und ich möchte doch etwas trinken, wenn du erlaubst. Ich habe es nötig. Ich bin eben von einer Oberin attackiert worden.«
»Du armer Kerl. Nun, in diesem Fall mußt du etwas trinken.« Guy drückte auf eine Glocke neben dem Kamin. »Bringen Sie uns zwei Likörgläschen, so schnell wie möglich, ja, Annie?« sagte er zu dem Mädchen.
»Ich werde nur rasch Elizabeth begrüßen, während sie die Gläser holt«, sagte Steven und ging gegen den Garten zu. Guy stöhnte. »Dann werden wir nie-

mals wegkommen. Terence wird rasend sein. Er bat mich, nicht zu spät zu kommen, denn sein Kapitän hält ungeheuer darauf, daß man pünktlich die Mahlzeiten einhält.«

»Wenn ich einen Sohn hätte«, sagte Steven, »dann würde ich mich nicht so vor ihm fürchten, wie du dich vor deinem Jungen fürchtest.« Als er in den Garten kam, blickte Elizabeth auf, erfreut ihn zu sehen. Ihr Gesicht war vor der Zeit verheert, wie bei vielen sehr mageren Frauen in mittleren Jahren, aber sie hatte ein angenehmes Lächeln und freundliche, gutmütige Augen. Sie gab ihm eine Rose für sein Knopfloch, klopfte ihm auf den Rücken und stellte sich in einiger Entfernung von ihm auf, um ihn zu bewundern.

»Sie werden täglich hübscher und hübscher, Steve,« sagte sie. »Es wundert mich nicht, daß die Hälfte aller Londoner Frauen in Sie verliebt sind. Haben Sie eine Freundin? Ich hoffe; Sie verdienen es.« Guy und sie waren einmal mit Steven und Ruth in den Ferien gewesen. Damals hatte sie jeden Abend in ihrem Schlafzimmer zu Guy gesagt: »Ich habe Steven zwar sehr gerne, aber ich werde nie wieder mit dieser Frau zusammen in die Ferien fahren.«

Nach einer verrückten Fahrt nach Chatham und einer abenteuerlichen durch die Werft, auf der sie einmal fast in einen Zug hineingefahren wären, zweimal rasch anhalten mußten, während die Vorderräder des Wagens über dem Rande eines Bassins schaukelten, und einmal gezwungen waren, in einen Schuppen hineinzufahren, um einem Lastauto auf dem schmalen Fahrweg auszuweichen, ratterten sie über eine Brücke, welche so aussah, als ob sie jeden Augenblick in die Luft gezogen werden könnte, und Guy

rief: »Da ist es!« Terences Schiff hatte vier Jahre im Mittelländischen Meer zugebracht; es war blaßgrau angestrichen, jetzt schon nicht mehr ganz einheitlich und hier und da mit rosafarbenen und dunkleren Flecken besprenkelt, als hätte ein Maler darauf seine Farben ausprobiert. Es war ein kleiner Zerstörer und sah in dem Trockendock, das die »Hood« hätte beherbergen können, wie ein Säugling in der Badewanne der Eltern aus.
Guys Sohn winkte ihnen vom Deck her, und Steven und Guy, der zitterte wie ein aufgeregter Terrier, schritten die Laufplanken hinunter; unten empfingen sie Terence mit keckem Gruß und ein rothaariger, mit Sommersprossen und Pusteln übersäter junger Mann recht feierlich. Steven schürfte sich das Schienbein an einem Stück Eisen.
»Entschuldigen Sie die Unordnung«, sagte Terence. »So sieht es immer aus, wenn wir restauriert werden. In ein paar Wochen werden Sie uns nicht wiedererkennen.« Er war erst seit zwei Monaten auf dem Schiff und gebrauchte, wann immer es möglich war, die erste Person pluralis.
Auf dem Schiff herrschte Chaos. Überall hingen Matrosen herum, die Kappen auf dem Hinterkopf, überall lagen Farbtöpfe, Ölspritzen und fettige Lappen. Werftmaate, die seltsam aussahen in ihren Zivilkleidern, saßen über das ganze Schiff verstreut und benahmen sich, zum Unterschied von den höflichen Matrosen, betont frech. Ein alter Mann in einer Tuchkappe und einem schmutzigen weißen Schal, der mit einer Hunderennzeitung und einer Kanne Tee in einer Luke saß, zog nicht einmal die Beine ein, als sie vorbeigingen. Sie stiegen alle behutsam über seine mit Stricken zusammengebundene Kordhose, aber einen Meter weiter vorne schalt Terence einen Matro-

sen heftig aus, weil er eine winzige Ölkanne hatte im Wege stehen lassen.
Steven dachte darüber nach, ob er den Mann ihnen zuliebe so gescholten hatte, merkte aber, daß er nichts Außergewöhnliches daran fand – übrigens auch der Matrose nicht. Das gehörte zum Spiel, das gespielt werden mußte, wenn das Schiff je von Nutzen sein sollte.
In der Offiziersmesse, wo es dumpf und heiß war und wo die Ventilatoren surrten und das Radio brüllte, fanden sie drei andere junge Männer vor und eine etwas zerzauste Gestalt mit einem schmalen blauen Streifen auf dem Arm, Chiefie mit Namen. Sie tranken mehrere Gläser von dem wunderbaren Sherry, und dann kam der Kapitän, untersetzt und dickwangig wie ein Amerikaner, die Kajütentreppe heruntergeklettert, hängte seine Kappe auf und mischte sich sehr bescheiden unter sie. Er behandelte die anderen Offiziere fast wie Gleichgestellte, und sie behandelten ihn ebenso. Nur in ihrem Bestreben, ihm alles zuerst zu reichen, was er brauchte, bevor man sich selbst nahm, und zu allen seinen mäßig guten Späßen zu lachen, zeigte es sich, daß er der Kapitän war.
»Drehen Sie dieses verdammte Radio ab, bitte«, sagte er zu dem rothaarigen Jungen. »Wie soll man denn seinen Lunch verdauen bei so einem Lärm ... kein Wunder, daß schon so junge Burschen wie ihr Magengeschwüre bekommen. Nicht wahr, Dr. Sheppard?«
»O ja, ja, freilich«, sagte Steven und lachte mit den anderen über den anscheinend schon bekannten Witz.
Der Kapitän und Guy kannten sich von früher. Sie sprachen eine Weile miteinander, und Terence, der sich freute, daß die beiden alten Männer aneinander

Gefallen fanden, beobachtete sie dabei. Dann wandte sich der Kapitän zu Steven und versuchte auf eine etwas rauhe Art ein Gespräch mit ihm anzuknüpfen. Als er sah, wie interessiert Steven an der Marine war, löste sich seine Steifheit sichtlich, und er ging aus sich heraus. Er, der sich in seiner Welt zu Hause fühlte und sie meisterte, war scheu vor Leuten, die aus einer anderen Welt außerhalb seines abgeschlossenen Bereichs kamen.
Das Essen war ausgezeichnet. Obwohl es ein heißer Tag war, wurde zum Dessert Portwein in großen Gläsern gebracht. Danach ließen sich die älteren Herren in tiefe Lehnsessel fallen, während die Jungen auf dem Kamingitter und auf dem Sofa saßen, das unterhalb der Luken entlang lief. Die Atmosphäre war behaglich. Steven fühlte sich wohl und erinnerte sich an seine seltsame Empfindung von gestern abend, als er durch den Park fuhr. Er empfand sich jetzt als wirklich und wußte nicht, warum. Weil er mehr als gewöhnlich zum Lunch zu trinken bekommen hatte? Vielleicht. Oder weil das die Marine war, zu der er sich immer, seit seiner kurzen Dienstzeit im vorigen Krieg, hingezogen gefühlt hatte? Ja. War es, weil keine Frauen da waren? Wahrscheinlich. Oder weil es nicht nur unnötig, sondern auch unmöglich war, hier sein gesellschaftliches Theater zu spielen? Wie er so den jungen Männern nachsah, die zur Arbeit zurückgingen, beneidete er sie sehr; ja, er beneidete sogar den rothaarigen Leutnant um seine Pusteln und Unreife. Er beneidete sie um die Leichtigkeit, mit der sie diese männliche, verantwortungsvolle, ungehemmte Welt akzeptierten.
Er begann mit dem Kapitän über seine Hoffnungen zu sprechen, als Arzt bei der Marine angenommen zu werden. Der Kapitän war entsetzt. Er kannte Ste-

vens Ruf und Stellung. Schiffsärzte – das war eine ganz andere Rasse. Man konnte ein Dr. Sheppard werden, nachdem man ein Schiffsarzt gewesen war, obwohl das nicht sehr wahrscheinlich war, aber man wurde nicht ein Schiffsarzt, nachdem man ein Dr. Sheppard gewesen.

»Sie werden einrosten«, sagte er, »Sie werden vollkommen einrosten.«

»Nicht, wenn es Krieg gibt«, lachte Steven.

»Oh, Krieg.« Der war unvermeidlich. Sie hatten ja alle seit Dartmouth dafür trainiert.

»Aber was geschieht mit Ihrer Praxis? Die werden Sie doch nicht verlieren wollen?«

Steven küßte seine Fingerspitzen mit wegwerfender Gebärde. »Mit dem größten Vergnügen. Ich habe genug von Privatpatienten bis an mein Lebensende.«

»Jetzt redest du Unsinn, alter Junge«, sagte Guy und legte sein Affengesicht in Falten.

»Nein, auf mein Wort. Ich würde sie nicht vermissen, wenn ich genug zum Leben verdiente. Schließlich habe ich ja keine Kinder wie du.« Er wies mit dem Kopf nach Terence, der mit untergeschlagenen Beinen auf dem Sofa saß. »Sie sind es, die einen an die Tretmühle ketten.«

»Aber wenn Sie zur See gehen«, sagte sein Täufling, »werden Sie vor Langeweile verrückt werden. Zwischen den einzelnen Aktionen werden Sie nichts zu tun haben, als dem Bootsmann die Hühneraugen zu schneiden und in der Messe herumzusitzen und zu warten, ob Ihnen jemand etwas zum Trinken offeriert. Sie sollten nur unsere Ärzte sehen! Ich hörte von einem, der jemandem die Niere herausnahm, nur um in Übung zu bleiben, und erst nachher bemerkte, daß der Patient die andere auch schon nicht mehr hatte. Tatsache!«

»Sie könnten natürlich leicht einen Posten an einem Hafenspital bekommen«, sagte der Kapitän. »Ich denke, in so einem Spital wird es im Krieg sehr viel zu tun geben. Oder Sie könnten sich in die Liste der Spezialisten eintragen lassen; es gibt nur eine für alle Waffengattungen. Ich glaube, diese Herren können dabei noch eine kleine Privatpraxis aufrechterhalten.«

»Das ist aber nicht das, was ich will.« Steven schüttelte den Kopf. »Ich möchte zur See gehen – möchte für eine Zeitlang weg vom Lande und von allen Leuten darauf.«

»Ich wiederhole«, sagte Terence, »Sie werden vor Langeweile verrückt werden. Was wetten Sie?«

»Worum willst du wetten?« fragte Steven. »Ich wette mit dir, wenn du willst, um alle Geburtstagsgeschenke, die du nie bekommen hast. Ich könnte ja auf ein Spitalsschiff kommen, dort wird es eine Menge zu tun geben, denke ich, außer bei den Ausfahrten. Aber ich werde schon genug zu tun finden. Ich könnte dann alle die Bücher lesen, die ich immer lesen wollte, aber für die ich nie die Zeit fand. Und ich – ich könnte ein wenig schreiben«, warf er hin.

»Ich habe einmal eine Geschichte geschrieben«, sagte der Kapitän sinnend, sein Blick haftete an der Gegend von Dogger Bank und schweifte dann hastig durch die Kajüte, um zu sehen, ob jemand es gehört hatte. Es fiel Steven ein, obwohl er selbst seinen Wirt sehr respektvoll behandelte, daß der Kapitän wohl beinahe zehn Jahre jünger war als er. Aber sein Gesicht war voller Falten und gezeichnet und gereift, und sein gelocktes Haar war schon mit mehr Grau untermischt als Stevens Haar. Er hatte sicher in seiner kurzen Zeitspanne schon viel vom Leben gesehen, in seinem hochgeschlossenen Sweater und sei-

nen Wassertiefeln: wirkliches, ehrliches, elementares Leben, die Befriedigung, welche körperliche Anstrengung und ein erreichtes Ziel geben ... »Sie bekommen wahrscheinlich viel Interessantes zu sehen«, sagte der Kapitän, als schriebe er von ihm ab.
»Zu viele Menschen«, sagte Steven. »Zu viele Frauen.« Er sank tiefer in den ledernen Lehnsessel und streckte seine Beine, bis er den Fuß auf das Kamingitter stellen konnte. Terence hatte sich bei dem magischen Wort aufgesetzt. »Ja, aber hören Sie mal. Was für Gelegenheiten, meine ich.« Er kicherte. »Schließlich, ein Arzt ... Eine Bekannte hat mir einmal gesagt, sie fände alle Doktoren anziehend, weil sie das Gefühl habe, daß sie soviel von ihr wüßten.«
»Das muß man dem armen Steven nicht sagen«, gluckste Guy, dessen heruntergebrannte Zigarre nicht mehr so riesig aussah im Verhältnis zu seinem Gesicht. »Erzähl ihnen die Geschichte von der Herzogin im Bad – ohne Namen natürlich.«
Steven erzählte sie saftig, amüsant. Alles das, diese Seite von ihm, diese Person, die sich mit so glatter Sicherheit in den Schlafzimmern der Reichen und Verwöhnten bewegte, kam ihm jetzt sehr fern vor.
Plötzlich erhob sich der Kapitän mit einem Knurren aus seinem Sessel und entschuldigte sich, daß er zu seiner Arbeit zurückkehren müsse. Terence bot sich an, seinem Vater und Steven das Schiff zu zeigen. Er bestand darauf, sie überallhin zu führen, und Steven, der ihm die eiserne Leiter zum Maschinenraum hinunter nach Landrattenart rücklings nachfolgte, wünschte, er hätte nicht gerade den weichen, dunkelgrauen, weißgestreiften Flanellanzug an. Er liebte diesen Anzug sehr, hängte ihn immer mit besonderer Sorgfalt auf und ließ ihn regelmäßig durch den »Abhol- und Liefer-Putzdienst« reinigen und bügeln,

aber es schien ihm jetzt nichts auszumachen, daß Hosen und Manschetten fleckig geworden waren, obwohl er wußte, daß er sich später darüber ärgern würde.

Im Maschinenraum – einem vollgepfropften Purgatorium – reparierte ein Matrose in mittleren Jahren namens Fat eine Handlampe. Wie er sich je durch die kleine runde Öffnung im Deck über der eisernen Leiter hindurchgequetscht hatte, war ein Geheimnis. Entweder war das Schiff um ihn herum gebaut worden, oder er war als Junge heruntergekommen und seitdem nicht mehr hinaufgegangen. Wenn die Rinnen aller seiner Kinne jetzt schon von Schweiß troffen, wie mußte er erst aussehen, wenn das Schiff mit Volldampf fuhr?

Er war offenbar ein Freund von Terence. »Mein Vater und Dr. Sheppard interessieren sich sehr für die Boiler«, sagte dieser, obwohl weder Steven noch Guy die geringsten Anzeichen von Neugier nach den mit Schlacke bedeckten Mammutzylindern verraten hatten.

»Wenn die Herren hierherkommen wollen ...« Fat bewegte sich im Kesselraum wie der Wächter von Wookey Hole, legte seine Hände liebevoll auf unheimlich aussehende Maschinenteile und streichelte einen der Boiler, als wäre er sein Lieblingselefant. Er ließ sie hineinschauen, damit sie die Öffnungen der Myriaden von Röhren sahen, die so unglaublich zahlreich waren wie die Zellen im Auge einer Fliege.

Er war ein Herrscher in seiner eigenen kleinen Welt, wie der Kapitän einer in der Messe gewesen war. Wenn der Kapitän in die Wimpole Street gekommen wäre, hätte er sich geräuspert, an seiner Krawatte gezupft, mit seiner Brieftasche gespielt, im Zweifel, ob man wirklich bar bezahlte, und wenn ja, wem und wann, und hätte Steven Dinge erzählt, die er als Engländer nie auch nur seiner Frau erzählt haben würde. Das gleiche wäre es mit Fat gewesen. Wenn er in Stevens Klinik aufgetaucht wäre – ein fetter Mann und sonst nichts –, wäre er starr vor Angst gewesen, hätte die Kappe auf den Knien gehalten, wäre sich, wie um Sicherheit in den vertrauten Formen seiner eigenen Gesichtszüge zu finden, immer wieder mit den Würstchenfingern übers Gesicht gefahren und hätte sein Leben, seine Liebschaften, Gewohnheiten, Abneigungen und persönlichen Krisen demütig vor Steven enthüllt. Aber hier unten war er das Orakel, würdig durch sein Wissen und seine Erfahrung, und bewirkte, daß die andern drei Männer sich minderwertig vorkamen.

Sie sahen sich das ganze Schiff an, selbst die Tageskabine des Kapitäns, wo er, umgeben von Yachtmodellen und den Photographien einer hübschen englischen Dame und noch hübscherer kleiner Söhne, in einem Lehnsessel einen Roman las.

»Er hält Gesellschaft nicht sehr lange aus«, sagte Terence mehr zur Erklärung als zur Entschuldigung.

Sie gingen über die Laufbrücke an Land und stiegen durch ein Loch im Quai hinunter auf den Grund des Trockendocks. Die steinerne Treppe war grün und schlüpfrig, und Steven schritt sie hinunter wie ein alter Mann, der unsicher auf seinen Beinen ist. Es schien beinahe eine Ungehörigkeit dem Schiff gegenüber, so auf seinem schamlos entblößten Unterteil herumzuklettern, das sonst nur die Fische zu Gesicht bekamen.

Ein Koch goß, ohne hinzusehen, einen Kübel Schmutzwasser aus einer Luke in der Schiffsseite; aber er mußte dann den Kopf hindurchstecken, als wäre er im Block, und Schelte wegen zweier Vergehen einstecken: weil er sie beinahe getroffen hätte und er das Dock beschmutzt hatte.

»Einer von jenen Kerlen, die überall Asche auf den Teppich werfen«, sagte Terence. »Wir werden vielleicht wochenlang hier bleiben müssen. Wäre schön, wenn wir die ganze Zeit von Abfall umgeben wären.«

Steven versuchte sich vorzustellen, daß die anderen Jungen von zweiundzwanzig sich über Abfall oder Asche auf dem Teppich aufregten oder Besuchern Einrichtungen in der Küche zeigten, wie Terence es im Gang unten getan hatte. Aber in einer ganz männlichen Welt waren die Männer interessiert an weiblichen Dingen.

Während er auf dem Heimweg den Trambahnen und Sonntagsrädern auswich, kam Steven zu dem Schluß, daß Frauen beinahe vollkommen überflüssig waren. Es wurde alles genauso ohne sie gemacht, nur mit weniger Gerede. Steven wäre sehr häuslich gewesen, wenn er die Zeit dazu gehabt hätte und dazu ermutigt worden wäre. In seiner Jugend, in Llandovery, nachdem Betty gegangen war, und später in Ryde, war er manchmal in die Küche eingedrungen, um ein Omelett zu machen, aber die jeweilige Köchin hatte sich immer über Stevens Methode, ein Omelett zu machen, aufgeregt: er machte es, aß es und vergaß, die Pfanne zu säubern. In der Wimpole Street war man natürlich der Meinung, daß er viel zu hoch über diesen Dingen stehe; man ließ ihn nur die Sicherungen ersetzen, und selbst das hielt Mrs. Hankey für nicht sehr angemessen und war erleichtert, als Mrs. Garrard ohne Aufsehen diese Sache übernahm, die immer Stevens Angelegenheit gewesen war. Als er das letzte Mal sein Ritual zelebriert hatte, das darin bestand, jemanden um Draht für Sicherungen zu schicken, seinen Rock ablegte, die Leiter holte und eine Person dazu, die ihn festhalten mußte, während er oben stand und alle Sicherungen entfernte, um diejenige zu finden, die Ruth durchgebrannt war, indem sie das Bügeleisen fallen ließ, war Mrs. Garrard auf ihren Gummisohlen in der Küchentür erschienen und hatte gesagt: »Ich habe das schon erledigt, Herr Doktor.«

Guy, der ein wenig geschlafen hatte, war aufgewacht. »Du solltest Terence bitten, dich einmal aufs Meer hinaus mitzunehmen«, sagte er. »Er hat mich einmal die Ostküste entlang mitgenommen. Ich war seekrank wie ein Hund. Es war großartig. Höre, es war doch ein Fehler, mitten am Tage soviel Portwein zu trinken.« Er nickte wieder ein.

Jeden zweiten Sonntag hatte Mrs. Garrard den ganzen Tag frei, außer ihren Halbtagen am Mittwoch, an denen Miss Minden die Haustür öffnen mußte, denn Mabel war taub, seit sie als Kind eine verpfuschte Mittelohrentzündung gehabt hatte.

Mrs. Hankey, die behaglich dasaß in dem Bewußtsein, daß sie sich nicht zu rühren brauchte, bis es Zeit war, das Abendessen zu bereiten, sagte fortwährend zu ihr: »Es läutet wieder, Mabel.«

»Ach, gehn Sie«, pflegte dann Mabel zu antworten. »Das ist nur ein Fahrrad.«

»Es ist nicht meine Gewohnheit, Lügen zu sagen.«

»Nun, ich habe nichts gehört.«

»Ich glaube, Sie sollten hinaufgehen, meine Liebe. Die Patienten des Herrn Doktor warten nicht gerne.«

Bis sie mit ihrer Debatte fertig waren, hatte die Glokke gewöhnlich noch einmal geläutet und Miss Minden die Tür geöffnet. Darum gehörte Miss Minden zu den Leuten, die Mrs. Garrard vermißten, wenn diese ihren freien Nachmittag hatte. An diesem bekam sie auch nicht so einen Tee wie den, an den Ethel sie gewöhnt hatte. Mabel hatte eine schwere Hand mit dem Brotmesser, und daher brachte Miss Minden gewöhnlich Kuchen aus dem A. B. C. für sich und Mr. Nosgoods Sekretärin mit.

Mr. Nosgood vermißte Ethel ebenfalls. Sie verstand es, ihm seinen Tee immer taktvoll in der Zwischenzeit zwischen zwei Patienten zu bringen; Mabel dagegen stellte ihn immer in die kleine Apotheke, wenn er gerade mit einem Patienten begonnen hatte, so daß er ihn entweder kalt werden lassen oder den Patienten mit offenem Munde dasitzen lassen mußte unter dem Vorwand, eine Füllung herzurichten. Wenn er das tat und seinen Tee rasch hinunterschluckte, dann war Gefahr, daß Luft mit hinunterging und unangenehme Augenblicke erzeugte, wenn er sich nachher über den Patienten beugte. Und wenn es Sandwiches mit Fischpastete gab, dann mußte man nachher ein Pfefferminzbonbon lutschen, und das alles kostete Zeit.

Auch Ruth vermißte Mrs. Garrard und sagte ihr das auch, als sie zurückkam; Ethel saugte dieses Kompliment auf, wie sie alles aufsaugte, als sei es nicht mehr, als ihr gebühre. »Ach, gnädige Frau, wir können nicht alle vollkommen sein«, antwortete sie auf Ruths Gejammer über Mabels Art, das Dinner aufzutragen. »Nicht jeder kann bei Tisch aufwarten, aber ich bin ja auch darin angelernt worden, wissen Sie. Sir Manton Noakes war sehr genau. Und vorher, als ich bei Lady Noakes war, hat uns der Butler so gedrillt, daß Sie es nicht glauben würden.«

Ruth hatte den Mädchen früher nie den ganzen Sonntag freigegeben; ihr Stubenmädchen pflegte nach dem Lunch fortzugehen. Aber die Beine von Mrs. Garrards Mutter hatten dieser wieder einen Streich gespielt, so daß man sie mindestens einmal in vierzehn Tagen besuchen mußte. Und alle Nachmittagszüge waren praktischerweise so unpraktisch – sie fuhren so langsam! Und da sie rechtzeitig zurück sein mußte, um den kleinen Tom zu Bett zu bringen, war es für Mrs. Garrard kaum der Mühe wert, wegzufahren, wenn sie nicht den 10.30-Zug von Waterloo nehmen konnte.

Darum war das Sonntagsfrühstück das einzige der Woche, das Steven genoß. Da gab es keine Mrs. Garrard, die ihn nicht aus den Augen ließ und ihm noch Toast brachte, wenn er keinen mehr brauchte. Sobald sie alles ins Eßzimmer gebracht hatte, pflegte sie hinaufzugehen, wobei sie unterwegs schon ihr Häubchen abnahm, und sich das grüne Maroquainkleid und die orangenfarbene Jacke anzuziehen, die das sommerliche Gegenstück bildeten zu ihrem langen Drapmantel und den grünen Hosen. Dann wand sie den unvermeidlichen Schal um ihr glatt anliegendes rotes Haar, zog ihre schwarzen Schuhe mit den Gummisohlen aus und ein Paar spitze Spangenschuhe aus Imitationsglacéleder an, nahm ihre Handschuhe und die schwarze lederne Handtasche heraus, die Ruth ihr zum Geburtstag geschenkt hatte, und ging hinunter, um Tom vom Küchenstuhl herunterzuholen. Dort hatte man ihn hingesetzt, damit er sich nicht schmutzig machte, denn er hatte die blauen Leinenhosen und das seidene Hemd an, die Ruth ihm geschenkt hatte, als es für Sweater zu heiß geworden war.

An dem Sonntag, als Steven nach Chatham fuhr, nahmen Mrs. Garrard und Tom den Zug nach Dynsford. Es war ein schwüler, dumpfer, sonnenloser, aber erstickend heißer Tag, und Tom zeigte Anzeichen, daß er vor der Heimkehr noch einen Wutanfall bekommen würde. Das Wetter hatte nie eine Wirkung auf Mrs. Garrard, und sie hatte nie Wutanfälle. Als eine schwere Frau mit scharfen Absätzen ihr beim Einsteigen in den Waggon auf den Fuß trat, da schluckte Mrs. Garrard nur und sah sie an, ohne ihre Entschuldigung zu beantworten. Die schwere Frau setzte sich nieder, öffnete ihren Mantel, zählte ihre Pakete, sah nach ihrer Fahrkarte, öffnete ihre Zeitung und blickte auf, als der Zug anfuhr; da sah sie, daß Mrs. Garrards Blick noch immer rätselhaft auf sie geheftet war. Dies verursachte ihr Unbehagen. Sie las einen oder zwei Absätze, ohne zu wissen, was sie las, und wagte noch einen Blick hinüber. Vielleicht war etwas nicht in Ordnung an ihrem Hut oder ihrem Haar. Sie fuhr mit der Hand über beides, aber alles schien in Ordnung. Vielleicht hatte sie einen Schmutzfleck im Gesicht; gleich würde sie ihren Spiegel herausnehmen, wenn diese kaltblickende Frau sie nicht mehr beobachtete. Die sah so aus, als ob sie, wenn man ihr nicht gefiel, imstande wäre, zu Hause Nadeln in ein wächsernes Abbild zu stecken.

Mrs. Garrard blickte eine Weile auf die Füße der dikken Frau und dann auf alle Füße auf der gegenüberliegenden Seite des Waggons. Allie Leute lasen irgendeine Sonntagszeitung, aber Mrs. Garrard las selten die Zeitung. Sie war viel zu sehr an ihren eigenen Angelegenheiten interessiert, um sich damit zu beschäftigen, was die Welt tat. Wenn die Leute darüber sprachen, daß es Krieg geben würde, dachte sie: Na ja, sollen sie Krieg machen. Es ging sie nichts an.

Tom las ein Witzblatt, schlenkerte ohne Unterlaß mit den Beinen und fragte manchmal etwas, wobei er das *»Warum?«* in die Länge zog, was seiner Stimme den eigentümlich singenden Tonfall gab.

In Dynsford mußten sie eine halbe Stunde auf den Bus warten, der sie nach Reddage brachte, dem Dorf, wo Mrs. Garrards Mutter lebte. Tom wollte in das Bahnhofscafé gehen, um eine Limonade zu trinken und eine Semmel zu essen, aber Mrs. Garrard fand, daß es keinen Sinn hätte, für etwas Geld zu bezahlen, was nur seinen Appetit für ein Gratis-Mittagessen verderben würde.
Als der Autobus kam, war es zu Toms Entzücken ein Doppeldecker, und Tom mußte natürlich hinaufgehen und ganz nach vorne laufen. Sie waren die einzigen Passagiere oben, und der Schaffner, ein fröhlicher Mann mit einem runden roten Gesicht und einer glänzenden Verdauung, machte eine scherzhafte Anspielung darauf, daß er nur ihretwegen die Treppe hatte heraufkommen müssen.
»Ja, sehen Sie«, sagte Mrs. Garrard ernst, »es bedeutet soviel für meinen kleinen Jungen, oben zu fahren, und es ist wahrscheinlich dumm von mir, aber ich kann ihm das nicht nehmen.«
»Ich kenne das«, sagte der Schaffner und drehte den Griff seiner ländlich-primitiven Fahrkartenmaschine. »Hab selbst drei, und sie machen mit mir, was sie wollen. *Was* sie wollen! Erst letzten Samstag . . .«
Aber Mrs. Garrard hatte keine Lust, über seine Kinder zu sprechen. »Darum sage ich immer«, fuhr sie fort, »wir wissen nicht, was das Leben ihnen noch bringen wird, drum sollten wir ihnen soviel Spaß wie möglich gönnen, den armen kleinen Dingern.«
Das brachte den Schaffner zum Lachen. Er zog einen langen Streifen Fahrkarten heraus und gab ihn Tom. »Da hast du, kleiner Horace«, sagte er. »Ja, wie ich schon sagte, was, glauben Sie, haben meine drei Spitzbuben vorigen Samstag mit mir gemacht? Sie haben . . .«

»Schlenkere nicht so mit deinen Schuhen herum, Tom«, sagte Mrs. Garrard. »Du wirst sie ruinieren. Und sieh mal, wie deine Krawatte aussieht! Was machst du denn mit ihr, daß sie sich so herumdreht?« Sie begann an seinen Kleidern zu zupfen und zu zerren, und der Schaffner sagte: »Sie sollten meine drei sehen – die reinen Vogelscheuchen! Wo sie den vielen Schmutz herkriegen, weiß der Teufel.«

»Ich versuche immer, meinen kleinen Tom so nett wie möglich zu halten«, sagte Mrs. Garrard, machte ihr Taschentuch feucht und wischte damit um den Mund ihres Sohnes, »selbst wenn ich mir deshalb persönlich etwas versagen muß. Ich denke, das ist auch nur in Ordnung so.«

Der Schaffner ging pfeifend, die Glocke zu läuten, und war froh, daß er frühe Schicht hatte und in einer Stunde in jenes Haus voll Lärm und Unordnung zurückkehren konnte, wo seine dicke Frau, deren Gesicht eine andere Schattierung Rot hatte als sein eigenes (ihres war eher lilafarben, da sie ihr krankes Herz zu sehr überarbeitet hatte), kalte Fleischpastete, Kartoffeln und Salat aus dem eigenen Garten für ihn auftragen würde.

Mrs. Anderson, Toms Großmutter, bewohnte eine Hälfte eines steinernen kleinen Hauses, des letzten am Ostende von Reddage. Reddage war nicht eigentlich ein Dorf, denn es war von der nächsten Fabriksiedlung nur durch eine halbe Meile Äcker und Krautfelder getrennt. Außer der Rückständigkeit seiner Geschäfte und der Dumpfheit seiner Bewohner war nichts Ländliches an Reddage. Selbst die einzige Farm, die es besaß, hatte eine glatte, verrußte Fassade, Wellblechdächer auf den Wirtschaftsgebäuden und schmutzige Kühe, die ebensowenig einer auf der Weide großgezogenen Herde glichen, wie ob-

dachlose Londoner Straßenkinder Kindern gleichen, die auf dem Land aufgewachsen sind. Die Felder waren flach und mit Stacheldraht statt Hecken umgeben, und das Lebendigste in der Gegend war der Flughafen einer Privatgesellschaft, die ihre Flugzeuge Tag und Nacht dicht über die Dächer von Reddage entsandte. Die drei Wirtshäuser des Dorfes waren nüchterne Gebäude, in denen der Empfang kälter war als das Bier. Es gab eine Kirche der Dissenter mit einem Blechdach und warnenden Anschlägen über den Grimm Gottes, der da kommen würde, und eine anglikanische Kirche mit einem schiefergedeckten Turm und zinnernen Glöckchen, einem Pastor, der aussah, wie wenn er eine Kartoffel in der einen und eine Pflaume in der anderen Wange hielte, und einen Kirchendiener, der an einer schwachen Form von Paralysis agitans litt. Es bestand für niemanden ein Grund, dort zu leben, es sei denn Gewohnheit oder Mangel an Initiative. Die beweglicheren Einwohner flüchteten, wann immer sie konnten, auf Bus und Fahrrad zu den wilden Freuden Dynsfords, und die anderen blieben zu Hause und rackerten sich in unergiebigen Gärten ab, hörten wahllos Radio und lasen den »Dynsforder Kurier« von einem Ende zum anderen.
Es war ein langweiliger Ort, und die Andersons waren langweilige Leute. Er arbeitete sauertöpfisch bei einer Installationsfirma in Dynsford und brachte Düsternis in jedes Haus, das er mit seiner Reisetasche besuchte; seine Frau hatte jede Woche denselben Speisezettel, und wenn sie nicht mit den Vorbereitungen dafür und dem Kampf gegen den Schmutz beschäftigt war, der von der Fabriksiedlung herüberwehte, ruhte sie ihre Beine aus.
Sie hatte die Füße aufgestützt, als Tochter und Enkel

ankamen, und wollte sie nicht wieder senken, um die Haustür zu öffnen; daher gingen Ethel und Tom den Seitenpfad neben dem Haus entlang nach hinten und betraten die Küche durch den schuppenartigen Abwaschraum. Mrs. Anderson war im Vorderzimmer; sie trug ein schwarzes Hauskleid mit gelben und grünen Blumen und ruhte in *einem* Stuhl, und ihre mit Baumwollstrümpfen bekleideten Beine, die Schlummerrollen glichen, überbrückten den Zwischenraum bis zu einem anderen Stuhl. Sie bekam ihren üblichen Kuß, und dann stellte sich Tom ans Erkerfenster und hielt den Spitzenvorhang zur Seite, um den nächsten Autobus vorbeifahren zu sehen.

»Na, Ethel«, sagte Mrs. Anderson. »Na, Mutter«, sagte die Tochter. »Da sind wir wieder, wie du siehst.« Sie fragte nicht, wie es den Beinen gehe. Von denen hatte sie genug; das dauerte schon zu lange. Ihre Mutter würde mit einem neuen Symptom kommen müssen, wenn sie erwartete, daß man Interesse zeige, und weiter reichte Ethels Mitgefühl nicht.

Aber Mrs. Anderson hatte etwas sogar noch Wichtigeres mitzuteilen. Sie hatte unaufhörlich darüber gebrütet, seit es geschehen war, und in ihrem schweren Flußpferdgesicht arbeitete es heftig, als sie jetzt den besten dramatischen Ausdruck dafür zu finden suchte. Ethel begann vom Wetter zu reden: Es war schwül, nicht wahr? Und die Reise war so ermüdend gewesen, und der Autobusverkehr wurde immer schlechter – aber ihre Mutter unterbrach sie, neigte sich vor und nahm sogar ihre Beine herunter, so wichtig war das, was sie mitzuteilen hatte.

»Ich muß dir etwas sagen, Ethel«, begann sie heiser. »*Er* war hier.« Nachdem sie ihre Bombe abgefeuert hatte, lehnte sie sich zurück, um die Wirkung auf ihre Tochter zu beobachten. Wenn Ethel nicht ohnehin schon so blaß gewesen wäre, wäre sie es jetzt geworden. So aber bewegten sich nur ihre gewöhnlich ruhigen Augenlider auf und ab, und sie sog an ihrer Unterlippe und hielt sie mit den Zähnen fest, um das Zittern zu verhindern. Sie brauchte nicht zu fragen, wer »er« war. Seit Arthur, ihr Mann, sich in seiner wahren Natur – als brutales Ungeheuer – gezeigt hatte, war er mit »er« bezeichnet worden.

»Was wollte er?« fragte sie und schloß eine Sekunde die Augen.

»Dich«, sagte ihre Mutter. »Und den kleinen Tom. Vater war gerade zu Hause. Vorigen Sonntag kam ›er‹. Ich wollte dir schreiben, aber dann überlegte ich mir, daß es besser wäre, zu warten und es dir selbst zu sagen. ›Er‹ ist mit dem Bus um drei Uhr dreißig gekommen. Wir wollten ihn nicht hereinlassen, aber natürlich ist er zur Hintertür gegangen und geradewegs hereingekommen, so kaltblütig wie nur möglich. Er sah schrecklich aus. Man konnte es an seinen Augen sehen, daß er vor nichts zurückschrekken würde.«

»O mein Gott«, sagte Ethel. »Du hast ihm doch nicht etwa gesagt, wo ich bin?«

»Was fällt dir ein!« Mrs. Anderson stützte ihre Füße wieder auf. Es tat ihnen nicht gut, wenn das Blut in ihnen zu lange nach unten lief. »Vater hatte große Lust, es zu sagen – du weißt ja, wie dumm er oft ist –, aber ich sagte zu ›ihm‹, wir wüßten nicht, wo du bist. Ich sagte, du seist ins Ausland gefahren. Er glaubte es natürlich nicht, das konnte man ihm ansehen.«

Ethel fuhr sich mit der Zunge über die Lippen. »Was tat er darauf?«

»Oh, er wütete und schrie und drohte – du weißt ja, wie er es macht –, und er hatte sicher schon gut ein paar Gläser hinuntergegossen, aber aus mir hat er nichts herausbekommen. Nachher war mir tagelang sehr elend zumute. Meine Beine sind schrecklich angeschwollen.« Sie blickte stolz auf diese. »Das ist gar nichts, wie sie jetzt aussehen. Es scheint, daß er mit dem Frauenzimmer aus dem Wohnungsblock gelebt hat, seit du ihn verlassen hast, aber er ist jetzt verkracht mit ihr und will dich zurückhaben, und ich glaube fest, er wird keine Ruhe geben, bis er dich findet.« Der Autobus war vorbeigefahren, und Tom hatte das Fenster verlassen und lehnte sich jetzt gelangweilt an seine Mutter.

»Geh, spiel etwas, Liebling«, sagte Mrs. Anderson. »Er soll es nicht *hören*«, formte sie mit den Lippen.

»Was soll ich nicht hören?« fragte Tom neugierig, und Mrs. Garrard sagte: »Ach, es macht nichts. Er hat schon soviel gehört. Ein Wunder, daß sein kleines Hirn nicht davon verrückt geworden ist. Wo ist Vater?«

»Wo er gewöhnlich ist.« Mr. Anderson ging jeden Sonntagmorgen in den »Earl Grey« und trank dort im Schankzimmer ein Glas Bitteres, wobei er zu niemandem sprach und sein Bier mit kleinen wehleidigen Schlückchen, sichtlich ohne besonderen Genuß, hinunterschlürfte.

Zum Mittagessen kam er nach Hause. Ethel, die dabei war, den Tisch im Erker auszuziehen und zu dekken, sah ihn in seinem Halbzylinder, dem hohen Sonntagskragen und der gemusterten Masche mit etwas gebogenen Knien den Weg heraufkommen. Er trug sehr große, dicke Schuhe mit soliden, runden, etwas aufgebogenen Vorderteilen. Die Schuhe sahen nie aus, als ob sie zu ihm gehörten, sondern marschierten selbständig dahin und führten Mr. Anderson mit sich. Er besaß noch ein anderes Paar, ebenso groß und dick, die aber nicht so knirschten wie diese Sonntagsschuhe. Ethel konnte durch das geschlossene Fenster hören, daß er kam. Sie hob einen Zipfel des Vorhangs, und er nickte ihr zu, dann aber sog er die Luft ein, wobei er Nasenlöcher und Mundwinkel hinunterzog. Auf diese Art pflegte er sein Gesicht nach allen Gemütsbewegungen wieder in Ordnung zu bringen.

Er kam zur Hintertüre herein und reinigte seine Schuhe zuerst am Abstreifer und dann an der Matte. Ethel, die herauskam, um die Kartoffeln zu holen, begegnete ihm in der Küche und küßte ihn ohne Begeisterung. Von ihm hatte sie den unbeweglichen Gesichtsausdruck und die roten Haare und Augenbrauen geerbt. Mr. Andersons Hände und mageren weißen Arme waren über und über mit Sommersprossen bedeckt; aber die Arme hatte noch nie jemand zu Gesicht bekommen. Sein graues Haar besaß stellenweise noch die frühere rötlichgelbe Farbe, die zu den Tee- und Tabakflecken seines Schnurrbarts paßte.

»Na, Ethel.«

»Na, Vater.«

»Wo ist der Junge?« Er liebte sein Enkelkind auf eine nicht zur Schau getragene Art und hatte ihm einmal eine Miniaturbadewanne gemacht mit einem wirklichen Abfluß und Hähnen, die an die Wasserleitung angeschlossen und geöffnet und zugedreht werden konnten. Er hatte beinahe ein Jahr dazu gebraucht, und als sie fertig war, wollte er sich nicht von ihr trennen; daher behielt man sie in Reddage, und Tom durfte als besondere Belohnung mit ihr spielen, wenn er seine Großeltern besuchte. Sie bildete für Tom den einzigen Anreiz bei diesen Besuchen, denn das Essen war nicht großartig. Jetzt kam er aus dem

Garten hinter dem Haus herbeigelaufen, tanzte um seinen Großvater herum und rief: »Die Wanne, Großvater, die Wanne!«

»Nach dem Essen«, sagte Mrs. Garrard. »Hast du dir die Hände gewaschen?«

Aber seit ihrem letzten Besuch hatte ihr Vater den Badeofen fertiggestellt, der durch einen Spirituskocher von unten her geheizt wurde, und er entführte Tom sofort zum Werkzeugschuppen, der auch seine Werkstatt war.

Die Achseln zuckend, trug Ethel die Kartoffeln durch das Vorderzimmer und begann diese, das kalte Fleisch, die Roten Rüben und einen dunkelgrünen, weichen Salat auf die vier Teller zu verteilen. In diesem Haus nahm man sich nie selbst. Jemand legte vor, und man aß, was man bekam, ohne Genuß, aber auch ohne Widerwillen. Wenn man noch wollte, sagte man: »Ich möchte noch eine Portion davon, weil wir keine Suppe hatten«, oder: »falls keine Nachspeise kommt«, niemals: »Weil es so gut ist«.

Mrs. Anderson hob mit einem Seufzer ihre Beine herunter und schob ihren Sessel an den Tisch, und plötzlich trugen Mr. Andersons Schuhe ihn herein und setzten ihn im Zimmer mit dem Rücken gegen das Fenster ab. Er bedeckte seine hellbewimperten Augen eine Sekunde lang mit der Hand und schlug ohne besonderen Nachdruck vor, daß Gottes heiliger Name für diese und alle anderen Gaben gepriesen sei. Tom saß auf einem Stuhl mit zwei Polstern und bemühte sich angestrengt, das Stück Fleisch, das seine Mutter ihm abgeschnitten hatte, unter einem Salatblatt zu verstecken.

»Also, Ethel«, sagte Mr. Anderson, während sein Schnurrbart sich rhythmisch auf und ab und manchmal, wenn er auf ein Stück Knorpel stieß, auch von einer Seite zur andern bewegte, »die Mutter hat dir wohl gesagt, daß ›er‹ hier war.« Ethel nickte und suchte behutsam in der Pickle-Flasche nach einem Stück Blumenkohl.

»Nun, was gedenkst du zu tun?«

»Was kann ich tun, Vater? Ich werde verhindern, daß er mich findet. Ich gehe nicht zu ihm zurück – niemals mehr. Ich werde mich nicht so erniedrigen. Und ich würde lieber sterben, als meinen kleinen Tom zu so einem Leben zurückkehren zu lassen, besonders jetzt, wo er so gute Möglichkeiten hat. Mrs. Sheppard wird zum Schulgeld beisteuern für die Tagesschule des St.-Leonard-Hauses in der Nähe der Baker Street. Sie hat Tom sehr gern. ›Er darf nicht in eine städtische Schule gehen Ethel‹, hat sie gesagt. ›Er ist zu gut, um mit dieser Art Kinder zu verkehren‹.«

»Nun, dann soll sie was zahlen«, sagte ihre Mutter. »Du kannst es dir, weiß Gott, nicht leisten von dem Lohn, den du bekommst. Aber eigentlich ist es ja *er*, der zahlt, nicht wahr? Sie besitzt doch keinen Pfennig.« Diesmal war *›er‹* Steven und nicht, wie sonst, Arthur Garrard.

»Es wäre besser, du bereitest sie darauf vor, daß Arthur vielleicht hinkommen wird«, sagte Mr. Anderson. »Schau, ob sie in der Sache etwas machen können. Es ist nicht in Ordnung, daß Mutter und ich solche Unannehmlichkeiten haben – die Sache hat sie fürchterlich erschreckt; nebenbei: Ich war auch für den ganzen Tag erledigt. Sie sollten in der Sache was tun. Schließlich haben sie dich ja ersucht, zu ihnen in Stellung zu kommen; es ist nur in Ordnung, daß sie jetzt die Verantwortung übernehmen.« Diese Verdrehung der Umstände von Ethels Anstellung in der Wimpole Street hatte sich allmählich herausgebildet,

und jetzt war man fest davon überzeugt, daß die Sheppards Mrs. Garrard verpflichtet waren und nicht sie ihnen.
»Jawohl«, sagte Mrs. Anderson. »Sie sollten was in der Sache tun. Ich möchte noch ein paar Kartoffeln, Ethel, du hast mir eine so kleine Portion gegeben das erstemal.«
»Trotzdem weiß ich nicht, was sie tun sollten«, sagte ihre Tochter. »Iß dein Fleisch auf, Tom, sonst bekommst du keinen Pudding!« Mit einem energischen Schwung ihrer Gabel entfernte sie das Salatblatt und enthüllte das sorgfältig versteckte Fleisch, das teilweise zerkaut und wieder ausgespuckt worden war.
»Man kann natürlich zur Polizei gehen«, sagte ihr Vater mit polternder Stimme.
»Mit welcher Begründung? ›Er‹ hat, alles in allem, kein Verbrechen begangen. Man kann nicht einen Mann einsperren lassen dafür, daß er seine Frau und sein Kind sucht; versteht ihr? – Und auf keinen Fall darf Arthur erfahren, wo ich bin. Ich würde mich nicht getrauen, meine Nase auch nur einen Augenblick zur Tür hinauszustecken, wenn ich das befürchten müßte. Ich werde ohnehin zittern heute abend, wenn ich von hier weggehe; ›er‹ könnte mir ja auflauern. O mein Gott, ich wünschte, wir wären nicht hergekommen. Warum habt ihr mir das nicht geschrieben?«
»Zu gefährlich«, sagte ihre Mutter, die keine Absicht gehabt hatte, auf das Drama der persönlichen Mitteilung zu verzichten.
»Nun«, sagte Mr. Anderson und versuchte, einen Sonntagswitz zu machen, »was kommt Besseres nach, wie man sagt?« »Butterbrotpudding«, antwortete seine Frau. »Den hast du doch gern.«
»*Ich* nicht«, rief Tom.

»Sch-sch, Liebling«, sagte seine Mutter, »das gehört sich nicht. Und zupf nicht wie letztes Mal alle Korinthen heraus, während du das ganze Brot übrigläßt.« Genau das aber begann Tom zu tun, und da der Pudding nur spärlich mit Korinthen gespickt war, brauchte er nicht sehr lange dazu. Dann saß er da, schlug mit den Absätzen gegen das Stuhlbein und wartete, bis die andern das weiche Brot aus ihren falschen Zähnen entfernt hatten. Er ängstigte sich nicht. Er kannte seine Mutter haargenau und merkte, daß sie ihn nicht zwingen würde, den Pudding fertigzuessen, weil sie viel zu sehr mit dem Ungeheuer ›Er‹ beschäftigt war. Er stellte es sich in einem blauen Hemd vor, wie sein Vater eines trug, aber mit dem Kopf eines undefinierbaren Tiers mit geiferndem Maul. An gewissen Tagen hätte seine Mutter ihn nicht vom Tisch aufstehen lassen, bevor er den Pudding fertiggegessen hatte, oder hätte ihm diesen zum Tee wieder vorgesetzt, aber heute hatte sie seinen Teller mit dem zerkauten Fleisch ohne jede Bemerkung entfernt, und als jetzt Mrs. Anderson sagte: »Was für eine sündhafte Vergeudung! Du solltest ihn zwingen, das bis aufs kleinste Krümchen aufzuessen, Ethel«, antwortete sie nur: »Er hat einen empfindlichen Magen. Seit seiner Krankheit ist er so heikel, der arme kleine Kerl. Aber ich glaube, du hast recht, Vater, ich sollte mit dem Doktor darüber sprechen. Er soll tun, was er für richtig hält, denn weiter so leben wie ein gejagtes Tier kann ich nicht.«

Der von Dynsford zurückkommende Zug war voll. Ethel und Tom stiegen in ein Abteil, das auf jeder Seite schon die richtige Personenanzahl enthielt, von der viele noch durch große Blumensträuße, Gemüse in Papiersäcken und andere von einem Tag auf dem Lande mitgebrachte Beute vergrößert waren. Sie blickten feindselig auf die Neuankömmlinge, und die Männer entfalteten Zeitungen und versteckten sich hinter ihnen, um ihren Entschluß zu bekunden, ihren Sitz nicht aufzugeben. Eine magere Frau hatte jedoch unvorsichtigerweise zwischen sich und dem Fenster ein Eckchen frei gelassen, und dahinein zwängte Ethel sich so energisch, daß alle Leute auf dieser Seite gezwungen waren, unangenehm dicht zusammenzurücken. Ein kleiner Mann in einer Tuchkappe am andern Ende wurde so herausgedrängt wie ein Kirschkern zwischen Daumen und Zeigefinger und mußte den Rest der Reise auf der Kante der Bank in der Schwebe verbringen.

Mrs. Garrard nahm Tom aufs Knie, wo er mit herunterhängenden Beinen dasaß, die aussahen wie schlaffe kleine Bologneser Würstchen; seine Socken hingen ihm über die Schuhe. Ein- oder zweimal verzog er den Mund, als ob er weinen wollte, aber statt dessen schlief er bald ein; seine Mutter saß da, starrte über seinen heißen, zerrauften roten Kopf hinweg und überlegte, was sie erzählen würde. Die Geschichte würde in der Küche sehr viel Erfolg haben, und der Glorienschein, den sie als ein sich versteckt haltender Flüchtling trug und der schon etwas im Schwinden begriffen war, weil sie jetzt schon so viele Wochen unbelästigt in der Wimpole Street lebte, würde einen neuen Glanz erhalten. Dann würde sie es Mrs. Sheppard erzählen, von der man sicherlich Interesse, wenn schon nicht praktische Hilfe erwarten konnte. Mrs. Sheppard würde es dem Doktor erzählen, der am Anfang nicht interessiert sein, aber die Geschichte allmählich durch Wiederholungen und fortwährende Anspielungen in sich aufnehmen würde, bis er seine eigene Rolle darin erkannte; so

war es auch mit dem Schulgeld gewesen. Mrs. Garrard selbst würde immerfort Nebenbemerkungen machen; sie würde ihn um Auskunft ersuchen, wie ein gewisser hypothetischer Fall gesetzlich läge, oder traurig fragen, ob er glaube, daß das Heim in Cheshire Tom zurücknehmen würde, da er dort sicherer wäre – »obwohl ich nicht weiß, wie ich es ertragen werde, mich von meinem Kleinen zu trennen«. Je mehr sie darüber nachdachte, desto mehr war sie überzeugt, daß der Doktor sich der Sache annehmen müsse. Sie würde sich nicht den Kopf darüber zerbrechen, was er tun *konnte:* das war seine Sache. Aber etwas tun *mußte* er.
Sie war sehr enttäuscht, als sie, nach Hause zurückgekehrt, niemanden vorfand, dem sie die Sache erzählen konnte. Dr. und Mrs. Sheppard waren irgendwohin gefahren, daher war Mrs. Hankey ins Kino gegangen, und Mabel, der befohlen worden war, in Miss Mindens Zimmer zu bleiben und auf die Türglocke und das Telephon achtzugeben, lag im Bett. Mrs. Garrard legte Tom schlafen und nahm sich etwas Abendbrot, wobei sie zart auf dem Teller herumstocherte, als sei sie in Gesellschaft; dunkle Sätze der Enttäuschung gingen ihr durch den Kopf: Ich könnte elend zugrunde gehen, und niemand würde sich darum scheren. Nicht einmal den Teekessel haben sie für mich aufgestellt. Es ist nicht ratsam für mich, allein in einem so großen Haus zu sein, nur mit einem Kind und einem schwachsinnigen Mädchen. Sie beschloß, wie eine gut erzogene Zofe auf Ruth zu warten und ihr die Geschichte nach ihrer Rückkunft zu erzählen.
Steven hatte mit Ruth eine Bootpartie auf der Themse gemacht. Er war gut gelaunt aus Chatham zurückgekommen und hatte zwei Stunden an der Geschich-

te einer Nachtschwester und eines sterbenden Patienten gearbeitet, die ihn beim Überlesen zu seiner Befriedigung sehr rührte. Dies und ein Gläschen brachten ihn in noch bessere Stimmung. Gegen Abend waren die Wolken, die auf London niedergedrückt hatten, aufgebrochen und davongeschwommen und segelten jetzt langgestreckt und goldgerändert am Horizont umher. Mit ihnen war die drückende, stickige Hitze des Tages verschwunden, und der Himmel, blaßblau und gegen Westen grünlich, war so rein und klar, als ob die Wolkendecke während des ganzen Tags ihn gerade für diese Stunde aufbewahrt hätte.

Auf dem Cavendish Square sangen die Vögel, und alle Vorderzimmer des Hauses waren mit dem letzten Licht der Sonne gefüllt, bevor sie hinter den gegenüberliegenden Dächern verschwinden würde. Es wäre der richtige Abend gewesen, um Stephanie auszuführen und mit ihr, die immer so sauber und vom Wind wunderbarerweise ganz unzerrauft dasaß im Auto zu fahren. Ihre Lippen sprangen nie auf, und der Lippenstift wurde nie brüchig wie bei andern Frauen, wenn sie im offenen Auto fuhren. Ihr Rock wurde nie vom langen Sitzen hinten ausgedehnt, und wenn sie eine Sonnenbrille trug, hinterließ diese nie einen roten Strich auf ihrem Nasenrücken. Er hatte Stephanie auf dem Rückweg von Chatham von einer Telephonzelle aus angerufen, und ihre Mutter hatte ihm leider gesagt, daß sie das Weekend bei ihrer Freundin Ida verbringen und vor Montag früh nicht zurück sein werde. Daher konnte er sein schlechtes Gewissen Ruth gegenüber ein wenig beschwichtigen, indem er ihr vorschlug, auf dem Fluß zu Abend zu essen. Sie hatten das früher oft getan, aber dieses Vergnügen aufgegeben seit jenem

Abend, als sie bis nach Staines gefahren waren und dort kein Boot mehr bekamen, weil Steven unterwegs noch einen Patienten hatte besuchen müssen. Ruth war tief gekränkt und weigerte sich, das mitgenommene Abendbrot statt im Boot auf dem Heimweg zu verzehren. Steven hatte eine wunderschöne Stelle an einem Feldweg abseits von der Landstraße gefunden und meinte, wenn sie dort eine Decke im Grase ausbreiteten, könnten sie sich vorstellen, sie seien auf dem Lande. Aber Ruth sagte, sie sei nicht hungrig, und weigerte sich, das Auto zu verlassen. Darauf setzte sich Steven eigensinnig mit Ugly hinter die Zauntüre ins Gras und aß ohne viel Genuß Lachs und Erdbeeren, bis ein vorübergehendes Liebespaar, das auf den Feldweg hinstarrte, ihm die Lächerlichkeit seiner Lage klarmachte und er aufstand. Nach Hause gekommen, hatte Ruth seinen Vorschlag, mit ihm noch Kaffee und Sandwiches zu essen, abgelehnt, war aber, als sie ihn eingeschlafen glaubte, aufgestanden und in die Küche hinuntergeschlichen. Aber das war eine alte Geschichte, und heute nahm sie seinen Vorschlag freudig an. Es war nett von Steven, an so etwas zu denken. Sie wußte, daß sie ihm in der letzten Zeit mehr auf die Nerven gegangen war als gewöhnlich, aber je mehr Mühe sie sich gab, desto ungeduldiger schien sie ihn zu machen. Sie hatte sich deswegen sehr gesorgt, hatte gebetet und sogar mit ihrer Friseuse darüber gesprochen, aber da schlug er etwas vor, was an die alten Zeiten erinnerte, und im Augenblick war wieder alles rosenrot.

»Fabelhaft, Schatz!« Sie glühte wie ein junges Mädchen und ging hinüber, um ihm einen Kuß zu geben.

»Gib acht, Ruth! Zum . . .! Du hast mein Glas umgestoßen.«

»O je. Macht nichts, ich stelle den Sessel darauf, dann kann Ethel den Fleck nicht sehen.«
»Es ist nicht wegen des Teppichs . . .«
»Ich gehe hinunter und packe das Abendessen ein, während du den Wagen holst«, sagte sie eifrig; sie fühlte Häuslichkeit durch ihre Adern strömen und sah sich schon, wie sie den Brotlaib aufstellte, das Messer in einen Krug heißen Wassers tauchte und rasch und geschickt Sandwiches schnitt.
»Also pack etwas Gutes ein«, sagte Steven. »Nicht Sandwiches, um Himmels willen. Ist vielleicht noch etwas von dem Huhn da, das wir gestern abend hatten? Ein kalter Flügel und etwas Salat und ein paar von den Birnen vielleicht, die Marion geschickt hat? Ich werde eine Flasche Wein holen, und etwas Eis können wir in einer Thermosflasche mitnehmen.«
Mit dem Stoßgebet: »Hoffentlich haben sie das Huhn unten noch nicht aufgegessen!« lief Ruth in die Küche und schritt auf Zehenspitzen zur Speisekammer, um nachzusehen, aber Mrs. Hankey hörte sie dennoch und kam den Korridor entlang: »Wünschen Sie etwas, gnädige Frau?« Sie hatte es nicht gerne, wenn Ruth ins Souterrain herunterkam. Es schickte sich auch nicht. Eine Dame hatte zu läuten, wenn sie etwas brauchte.
»Ja . . . der Herr Doktor und ich dachten, wir könnten auf dem Fluß zu Abend essen, da es so schön draußen ist. Darum wollte ich nachsehen, was wir mitnehmen könnten. Ich hätte Sie nicht bemüht.« Es war unangenehm, von dem Huhn zu reden, bevor sie herausgefunden hatte, ob es noch da war. Sie schob sich gegen die Speisekammer, wobei sie etwas vor sich hinsummte.
»Warum haben Sie mir das nicht früher gesagt, gnädige Frau?« fragte Mrs. Hankey, die ihr folgte. »Ich

hätte Ihnen etwas Gutes vorbereitet. Eine Fleischpastete oder Wurstpastetchen.«
»Wir haben uns erst jetzt entschlossen. Was haben Sie fürs Abendessen vorbereitet?«
»Eigentlich wollte ich Ihnen das kalte Huhn und einen Salat geben . . .«
»Aber das ist ja wunderbar!« Ruth lachte vor Erleichterung. »Dann nehmen wir das.« Sie öffnete die Tür zur Speisekammer und sah das halbe Huhn im Fleischfach. »Bitte tranchieren Sie es mir, dann können wir es in die Salatblätter wickeln.«
»Aber Sie werden es doch nicht so essen, gnädige Frau, mit den Fingern«, sagte Mrs. Hankey und stellte sich vor sie hin, um das Huhn herauszunehmen. »Ich werde Ihnen schöne Sandwiches daraus machen. Der Herr Doktor hat Sandwiches gern.«
»Der Herr Doktor *mag keine* Sandwiches«, sagte Ruth triumphierend. »Er hat es mir eben gesagt. Er will einen Flügel vom Huhn und etwas Salat. Ach – und diesen Käse nehmen wir auch. Er sieht sehr gut aus. Was ist es für einer?«
»Gru-er nennen sie ihn, gnädige Frau. Er ist erst gestern gebracht worden. Ich habe ihn nicht hinaufgeschickt, weil er so stark riecht.«
»O nein, ich finde, er sieht gut aus. Sind von den Wasserkeks, die der Herr Doktor so gerne ißt, noch welche da? Guter Gott! Ich habe gar nicht gewußt, daß wir diese grünen Dosenfeigen haben. Die müssen Sie uns einmal geben.« Sie begann die Sachen auf den Regalen zu verschieben. Es geschah nicht oft, daß sie in die Speisekammer kam. »Was ist mit den Pflaumen in Cognac geschehen, die die Patientin damals schickte?«
»Die haben Sie bekommen, als Sie Sir Herbert und Lady Harriman zum Dinner hatten, wenn Sie sich er-

innern. Das ist Dosenlachs, gnädige Frau«, sagte sie, als Ruth eine Dose mit zerrissenem Etikett aufnahm. »Das ist nur billiges Zeug; es würde Ihnen nicht schmecken. Ich kaufe ihn hier und da für den kleinen Tom. Der ist einfach närrisch darauf, und er hat einen so schwachen Appetit, daß ich mich bemühe, ihm das zu geben, was er gern hat. Und manchmal helfen wir uns damit aus, wenn nichts anderes da ist.«

»Aber ich habe Dosenlachs riesig gern!« rief Ruth aus und drückte die Dose zärtlich an sich. »Ich möchte gerne öfters welchen haben. Er erinnert mich an meine Jugend.« Sie kicherte. »Dosenlachs und Butterbrot zum Tee – das ist lange her.« Sie wartete darauf, daß Mrs. Hankey sagte: »Doch wohl nicht so sehr lange, gnädige Frau«, aber diese war viel zu sehr damit beschäftigt, Ruth aus ihrer Speisekammer hinauszumanövrieren, um auf ihr Stichwort achtzugeben. »Wollen Sie bitte herkommen und mir zeigen, welche Stücke Sie haben möchten?« drängte sie.

Ruth warf eine Dose mit eingelegten Brombeeren herunter, stellte sie wieder so hin, daß Mrs. Hankey die Druckstelle nicht sehen konnte, und folgte ihr zurück in die Küche, wobei sie die Speisekammer offen ließ. Ugly, der das noch nie erlebt hatte, ließ sein Fressen stehen, das er in einer Blechschüssel am Fuß der Treppe hin und her geschoben hatte, und schlüpfte in die Speisekammer; dort schlang er das Stück Gruyère hinunter, das Ruth auf dem untersten Brett hatte liegenlassen, während seine Augen und Ohren sich schuldvoll rückwärts wandten.

Steven, der in den Weinkeller herunterkam, fand Ugly im Gang; er schluckte und würgte wie eine Schlange, die ein Kaninchen zu verzehren sucht. Da er die Speisekammer offen sah, schloß er die Tür und hoffte, daß es Ugly gelingen würde, das, was er genommen hatte, hinunterzuschlucken, bevor es ihm aufstieg. Als er in die Küche kam, um das Eis aus dem Frigidaire zu holen, packte Ruth das Proviantköfferchen, während Mrs. Hankey Kaffee machte. Er beugte sich über die Schulter seiner Frau.

»Schau, Liebling, wenn du diese Dose so legtest und die Tassen der Länge nach, dann hätte alles Platz, auch noch die beiden Thermos. Oder heißt es Thermi?«

»Mich darfst du das nicht fragen«, sagte Ruth vergnügt, »du weißt, daß ich solche Sachen nicht weiß. Ach, der Käse ist noch nicht drinnen. Ich habe ein großes Stück starken Gruyères gefunden, Schatz. Ich dachte, wir könnten ihn mit ein paar Wasserkeks essen – und da ist etwas Sellerie.«

»Gut.« Er schlug sich mit dem Eisbrett herum, fiel fast hintenüber, als es plötzlich herausfiel, und ging mit den Worten: »Ich gehe den Wagen holen. Schau, daß du in ungefähr zehn Minuten fertig bist« aus der Küche.

»O Steven, das geht nicht! Ich muß mich umkleiden.«

»Wozu, um Himmels willen? Bleib in dem, was du anhast«, rief er zurück, obwohl er keine Ahnung hatte, was sie trug. »Es ist sehr hübsch.« Er liebte also ihr grünes Leinenkleid. Ihr selbst hatte es im Geschäft auch gefallen, aber kaum zu Hause angekommen, bedauerte sie den Kauf. Sie hatte es Steven gezeigt, als sie es das erstemal trug, aber er las gerade und sah nur einen Augenblick auf und murmelte etwas. Also gefiel es ihm, obwohl ihre Mutter behauptete, daß Grün ihr unmöglich zu Gesicht stand. Wie komisch die Männer waren; sie sagten nie, was sie dachten. Das war wieder ein Beweis, daß man sie nur kennen mußte, um glücklich mit ihnen zu leben. Heute abend fühlte sie, daß sie Steven kannte und daß sie miteinander glücklich waren. Sie würde auf dem Fluß das grüne Leinenkleid anhaben, und es würde ein vergnügter Abend werden.

»Das ist doch merkwürdig«, sagte sie, als sie mit zusammengezogenen Brauen aus der Speisekammer zurückkam. »Ich kann den Käse nirgends finden. Ich habe ihn doch nicht etwa schon hereingebracht, oder?« Sie durchsuchten die Küche. Sie durchsuchten beide nochmals die Speisekammer. »Sie haben wahrscheinlich die Tür offen gelassen«, sagte Mrs. Hankey, »und seine Hoheit haben sich hereingeschlichen. Er hat Käse sehr gern, der Hund.«

»Aber die Tür war geschlossen, als ich wegging. Ich verstehe nicht, wie er hineinkonnte.«

»Ich verstehe es auch nicht, gnädige Frau.« Ruth hatte das unangenehme Gefühl, daß Mrs. Hankey dachte, sie hätte den Käse aus irgendeinem Grunde genommen; daher fühlte sie sich verpflichtet, abzulehnen, als Mrs. Hankey ihr statt dessen ein Stück Edamer anbot, der offenbar dem Küchenpersonal gehörte, obwohl Steven vielleicht enttäuscht sein würde. Sie würde etwas Paste nehmen; damit konnte man die Kekse bestreichen.

Sie und Mrs. Hankey verschlossen das Proviantköfferchen, öffneten es wieder, um Salz hineinzutun, schlossen und öffneten es ein zweites Mal, um die Servietten hineinzulegen, auf deren Mitnahme Mrs. Hankey bestand. »Wenn Sie die Henne mit der Hand essen ...« Es hätte sie wirklich beruhigt, wenn sie Fingerschalen genommen hätten.

»Nebenbei«, fragte Ruth in plötzlicher Angst, »was haben Sie denn gestern zum Abendessen gehabt, da

Sie nicht das Huhn gegessen haben? Ich mag es nicht, daß Sie Sachen übriglassen die wir hinunterschicken, das wissen Sie.«

»Oh, das ist schon in Ordnung, gnädige Frau«, sagte Mrs. Hankey und zog ihr Pflaumengesicht mit wehleidigem Ausdruck in die Länge. »Wir haben uns ganz gut verköstigt.« Sie hielt es nicht für nötig zu erwähnen, daß ihre Verköstigung auch aus den geräucherten Heringen bestand, die der Fischhändler am Samstagnachmittag extra geschickt hatte. Es war ohnehin besser, wenn man sie frisch aß.

»Wo ist Mabel?« fragte Ruth, als sie hinausging.

»In ihrem Zimmer. Sie liest irgendeine Liebesgeschichte. Womit das Mädel sich den Kopf anfüllt! Kein Wunder, daß sie nicht ganz richtig ist.«

»Nun, sie kann doch hier unten sitzen, wo sie das Läuten hört. Warum gehen Sie nicht ein wenig aus? Ich weiß, es ist nicht Ihr Tag, aber Sie würden doch sicher gerne ausgehen bei diesem herrlichen Wetter.«

»Danke schön, gnädige Frau. Ich möchte eigentlich diesmal lieber den Film im ›Regal‹ ansehen gehn«, sagte Mrs. Hankey die gleich ans Ausgehen gedacht hatte, als sie hörte, daß Ruth und Steven nicht zu Hause zu Abend essen würden. »Aber natürlich, wenn Sie lieber wollen, daß ich zu Hause bleibe ... Ich möchte nicht, daß ein Patient anruft oder herkommt und nicht behandelt wird, wie es sich gehört.«

»Unsinn. Mabel hat es schon früher zusammengebracht. Sie wird es schon richtig machen.« Ruth hatte einen schönen Abend vor sich; sie würde sich gut unterhalten. Sie wollte, daß andere Leute sich auch unterhielten. Sie wollte eine großmütige, beliebte Herrin sein, von der die Dienstmädchen sagten: »Für die würde ich alles tun«.

Sie fuhren nach Staines, wo der krummbeinige Bootsverleiher sich erinnerte oder zu erinnern vorgab, daß sie vor vielen Jahren dagewesen waren. Steven konnte sehr gut punten. Es war dies eines seiner Talente, er hatte es in Cambridge erlernt und machte es selbst jetzt, wo er außer Übung war, elegant und ohne naß zu werden. Ruth lag ihm gegenüber auf den Kissen, hielt eine Hand hinter ihrem Kopf und tauchte die andere ins Wasser; ihre Beine waren ausgestreckt und sahen sehr mächtig aus. Ugly saß im Bug und bellte vorbeifahrende Boote arrogant an oder stand wie versteinert da und starrte in den Fluß, als ob er sich hinabstürzen wollte, obwohl ihn keine zehn Pferde hätten ins Wasser bringen können. Steven kam allmählich in den richtigen Rhythmus hinein. Die Stange tauchte ins Wasser, schlug unhörbar auf dem Grund auf, und der Kies knirschte unter dem eisernen Haken. Ein langer, gerader Stoß, der das Bootsheck weder unter die Stange brachte noch von ihr wegtrieb, ein Stoß, soweit die Arme reichten, und dann ging er abwechselnd mit der rechten und linken Hand die Stange hinunter, die wieder in die Höhe stieg, indes das Boot vorwärtsglitt, – behutsame Bewegungen mit gekrümmten Handgelenken, damit ihm das Wasser nicht in den Ärmel rann. Und jetzt, im entscheidenden Augenblick, da die Spitze der Stange so hoch schwebte, daß sie fast umkippte, löste er die rechte Hand von ihr, und sie fiel gerade im richtigen Winkel durch die lockere linke Hand zurück ins Wasser, bis sie wieder aufschlug, der Kies knirschte und Steven zum nächsten Stoß ausholte.
Steven rief sich einen alten Traum wieder in Erinnerung, eines von den vielen Dingen, die sie immer

hatten tun wollen, aber wegen seines Berufs nicht getan hatten.

»Wir sagten immer, wir würden einmal für einen Sommer ein Haus am Fluß mieten, Ruth, erinnerst du dich?«

»Das wäre fein gewesen. Aber wenn es gerade in diesem Sommer viel geregnet hätte, wären wir überschwemmt worden in einem Bungalow.«

»Es wäre kein Bungalow gewesen.«

»Am Fluß gibt es fast nur Bungalows.«

»Und du sagtest immer, du würdest fürchten, daß Carol in den Fluß fällt.« Er hätte jetzt gerne über Carol gesprochen, aber Ruth bekam sofort einen starren Ausdruck, spitzte die Lippen und blickte von ihm weg auf die vorüberfliegenden flachen Häuser auf der gegenüberliegenden Seite. So dachte er über Carol nur nach. Er hatte sie im letzten Jahr ihres Lebens im Punten unterrichtet. Als sie in Dynsford wohnten, nahm er sie oft an heißen Sommerabenden im Auto an den Fluß mit. Sie trug dann einen Badeanzug unter dem Kattunkleidchen und zog es vor dem Punten aus, weil sie dabei immer naß wurde. Wenn Ruth mitkam, ging das Punten nie so gut, denn sie rief immer Ratschläge herüber und warnte sie vor anderen Booten und Schwänen. Er dachte oft, daß er und Ruth besser miteinander ausgekommen wären, wenn Carol am Leben geblieben wäre, oder wenn sie noch ein Kind gehabt hätten. Aber wenn er es überlegte, so hatte es genauso viele Meinungsverschiedenheiten und Mißstimmungen gegeben, als Carol noch da war. Mehr sogar, denn das Kind war oft ein Anlaß zum Streit zwischen ihnen gewesen, während sie jetzt nichts gemeinsam besaßen, an dem jedem von ihnen so viel lag, daß sie ernstlich darüber gestritten hätten.

Sie zankten nie wirklich miteinander, denn Ruth war zu sehr von ihm abhängig, um lange gegen seine Meinungen und Entscheidungen aufzutreten. In der Hoffnung, ihm zu gefallen, gab sie ihre eigene Meinung auf und widersprach sich sogar; sie konnte dann nicht verstehen, warum ihn das noch mehr aufbrachte.
Nachdem er eine Zeitlang schweigend gerudert hatte, rief er: »Sag es, wenn du essen willst, und ich werde einen hübschen Platz zum Landen suchen.«
»Wann du willst, Schatz, ich bin nicht hungrig – wir werden essen, wann du willst. Wähle einen hübschen Platz.« Sie hoffte, daß er nicht mehr an den Käse dachte. Sie beschattete die Augen mit der Hand, um ihm beim Rudern zuzusehen. Kein Wunder, daß die anderen Frauen auf dem Fluß übers Wasser zu ihm herüberschauten. Er war überaus hübsch in seinem weißen Hemd und den weißen Flanellhosen, wie er da vor der Sonne stand; das Wasser troff von seinen starken Unterarmen mit den aufgekrempelten Ärmeln. Er verlor nie seine Bräune, selbst nicht nach einem Jahr ohne Urlaub in der Stadt. Sein Gesicht war auch immer leicht gefärbt, von einer gleichmäßigen Bräune. Es war nicht gerötet, und die Adern traten nicht darauf hervor wie bei andern Männern, und es sah nie grau und gedunsen aus, selbst wenn er müde war. Dann wirkten seine Augen nur dunkler und eingesunken, seine Backenknochen schienen mehr hervorzuragen, und seine Lippen waren fester geschlossen als gewöhnlich, als bemühte er sich, sich aufrecht zu halten. Zu solchen Zeiten pflegte sie zu sagen: »Du strengst dich zu sehr an, Schatz. Das solltest du nicht tun. Ruf die Patientin an und sag ihr, daß du morgen früh hinkommen wirst«, oder: »Schreib heute nicht mehr« oder:

»Warum sagst du nicht einmal deiner Klinik ab? Andere tun es auch. Der Sekundärarzt kann dich vertreten.«

Steven sagte dann immer: »Ach Ruth, um Himmels willen! Auf diese Art kann man nichts leisten. Und wie könnte ich mich denn ausruhen, wenn diese ganze Last auf mir liegt? Es hilft mir gar nichts, wenn du mir sagst, ich solle es nicht tun.« Die einzige Hilfe für ihn wäre etwas Praktisches gewesen: wenn man ihm das Auto geholt, einen Brief geschrieben oder einen Anruf gemacht hätte, zu dem ihm die Zeit fehlte, oder wenn eine beruhigend aussehende Frau ihm schweigend etwas zu trinken gereicht und nicht gesprochen hätte, bis er Lust dazu hatte. So hatte Stephanie es gemacht das letzte Mal, als sie sich zum Dinner trafen und er eine Stunde zu spät gekommen und so müde gewesen war, daß er ernsthaft daran gedacht hatte, ihr abzusagen. Aber als er einmal da war, hatte er sich gefreut, daß er es nicht getan. Nachdem sie ihn beruhigt hatte, begann sie ihn anzuregen, und zauberhafterweise ließ er sich anregen und bildete sich ein, nicht mehr der abgehetzte Mann mittleren Alters zu sein, den er im Spiegel der Herrengarderobe gesehen hatte und der so abgenutzt aussah, daß er es kaum wagte, hineinzugehen und sich neben ihre blühende Jugend zu setzen.

Er ruderte stromaufwärts, bis sie zu einem Uferstück kamen, wo es keine Bungalows und Bootshäuser gab und auf dem linken Ufer Weiden wuchsen; sie suchten einen Platz, wo nicht schon andere Leute einander küßten oder Stout tranken oder Grammophon spielten. Es gab viel Verkehr auf dem Fluß an so einem Sonntagabend im August. Männer ohne Kragen, in Doppelskullern, fingen bedächtige Krabben zur Belustigung von quietschenden Mädchen, die ihnen gegenübersaßen und das falsche Steuerseil zogen. Väter, durch das Gewicht ihrer im Bootsheck sitzenden Familien fast aus dem Wasser gehoben, ruderten mannhaft, tauchten die Ruder sehr tief ins Wasser und streckten sie sehr hoch in die Luft, wie die Fischer es bei stürmischer Flut tun. Magere Männer in Trikotleibchen, mit Gesichtern, die so scharf waren vor Konzentration wie die Büge ihrer Rennruderboote, glitten rückwärts und vorwärts auf Sitzen, die nur wenig größer waren als Rollschuhe. Männer, die punten konnten, taten es gewissenhaft, wie Steven, mit einem Anflug von Hochmut; Männer, die es nicht konnten, versuchten es trotzdem und drehten ihre Boote im Kreis herum, was ihre Weibsleute, die alle rasend gegeneinander ruderten, zu korrigieren versuchten, um zu verhindern, daß der Dampfer mit seinem Gelärm und Gesang in sie hineinfuhr. Dann war er vorbei, und alle, die ihn gesehen hatten, sagten: »Ich möchte nicht einer von denen sein«, obwohl die an Bord sich offensichtlich sehr gut unterhielten. Die Wellen hinter dem Dampfer riefen entzückte Schreckensschreie hervor, verbreiteten sich bis zu den festgebundenen Booten, wiegten die Liebespaare ein und ließen die Grammophonnadeln stottern und ein paar Furchen überspringen.

Es gab schöne Mädchen in Canoes und Badekostümen, es gab weniger schöne Mädchen, die sich trotzdem wie die schöne Helena vorkamen, weil sie in Begleitung eines Mannes waren, der sie ruderte, während sie sich in anziehenden weiblichen Stellungen zurücklehnten. Radfahren war lustig, aber es hielt den Vergleich mit dem Fluß nicht aus, wenn es darauf ankam, einen Mann auf sich aufmerksam zu machen. Besonders das Tandemfahren nicht; er konnte einen ja nicht einmal sehen, was vielleicht ganz gut war, aber man hatte von ihm auch nichts anderes als den Geruch seines schwarzen Alpaka-Radfahrerrockes, wenn ihm heiß wurde, statt wie jetzt diese Gestalt im Polohemd zu sehen, die sich rhythmisch bewegte, während er einem zulächelte.

Steven fuhr in einen Seitenarm und auf eine einsame Stelle zu, wo das Ufer eine kleine Bucht bildete.

»Bleib liegen«, rief er, aber natürlich setzte Ruth sich auf und drehte sich um, um zu sehen, wohin sie ruderten; es war ein Glück, daß der Weidenzweig, der sie heftig auf den Kopf traf, ihr nicht die Augen verletzte. Nachdem sie eine Weile ihre Hand über die Augen gehalten und gesagt hatte: »Es ist schon gut, es ist schon gut«, während Steven, der wußte, daß man in so einem Fall besser in Ruhe gelassen wird, das Boot festband, war es in der Tat schon gut, und sie wollte, daß Steven ihr auf die Stelle einen Kuß gab. Aber da er am Ufer stand und das Boot mit ihr in den Fluß hineinschwang, schickte er ihr nur einen Luftkuß. Ugly war ans Ufer gesprungen und verschwunden.

»Wo sollen wir essen?« fragte Steven. »Am Ufer oder im Boot?«

»Im Boot. Es ist vielleicht feucht am Ufer, und wir haben keine Decke. Reich mir den Koffer herüber, und ich werde das Essen auspacken.«

»Wir wollen zuerst etwas trinken.« Er öffnete die Weinflasche am Ufer, stieg wieder ins Boot und setzte sich ihr gegenüber auf die Kissen; seine Füße lagen neben ihrem grünen Leinenkleid, und ihre braunweißen Wildlederschuhe berührten seine Hüfte. Ruth öffnete den Koffer, sah die eine Thermosflasche mit dem Kaffee und erschrak. Hatte sie dennoch den Abend verdorben? Das mit dem Käse war schon unangenehm gewesen, aber – »Steven, ich habe das Eis vergessen!« stöhnte sie und erhob ihr geängstigtes Gesicht zu ihm.

Er grinste. »Ich weiß. Darum habe ich es mitgenommen.«

Er nahm die Thermosflasche aus der Tasche, in der der Wein gewesen war, und Ruths Gesicht entspannte sich wieder. Sie willigte sogar ein, etwas zu trinken. »Es schmeckt mir ja eigentlich nicht«, rief sie aus. »Alkohol scheint mir immer bitter; ich verstehe nicht, was die Leute daran finden. Mit Wein ist es etwas anderes, nicht wahr? Ich weiß, die Leute denken immer, ich wäre komisch, wenn ich Cocktail ablehne, aber ich kann den Geschmack wirklich nicht vertragen. Nicht, daß ich eine Spielverderberin sein will. Sherry – das geht eventuell noch. Der Sherry, den wir bei den Watsons vor dem Dinner bekamen, hat mir ganz gut geschmeckt.«

»Das will ich meinen!« sagte Steven und füllte ihr Glas. »Es war Bristol Cream.«

»Nun, ich kenne natürlich nicht all die Namen. Auf unser Wohl, Steven!« Sie hob ihr Glas.

»Auf unseres«, sagte er, »und das aller Leute in England. Und auf den Krieg! Und daß wir glücklich hindurchkommen, wie immer er sich anlassen wird.«

»Ach Schatz«, Ruth machte ein Schmollmündchen. »Verdirb nicht einen so schönen Abend, indem du von Krieg sprichst. Ich hatte ihn ganz vergessen. Vielleicht kommt es gar nicht dazu. Sicher wird etwas geschehen, um ihn zu verhindern, wie letztes Jahr.« Sie schmiegte sich behaglich in die Kissen.

»Kommt nicht dazu?« rief Steven. »Er ist schon da. Liest du keine Zeitung?«

»Ach, du meinst, weil die Russen mit den Deutschen den Pakt geschlossen haben? Ich weiß, daß du das für eine entscheidende Sache hieltest, aber ich habe darüber nachgedacht, und ich meine, heutzutage spielt doch jede versöhnliche Geste eine Rolle, ganz gleich, wer sie macht und wem gegenüber. Sollen wir mit dem Essen beginnen? Ich habe einen feinen kalten Flügel für dich. Zuerst fürchtete ich, daß sie vielleicht das Huhn in der Küche aufgegessen hätten, aber glücklicherweise war es noch da. Die Armen, ich weiß nicht, wovon sie leben; sie sind wirklich anständig. Weißt du, Schatz, daß wir sehr viel Glück mit unseren Dienstboten haben? Manche Leute müssen sich von ihnen derartig *beherrschen* lassen! Marjorie Watson erzählte mir, als wir bei ihr zum Abendessen waren –«

»Hör, Ruth«, sagte Steven. »Dies ist unser freier Abend. Sprechen wir nicht von den Dienstboten, ja?«

»Bitte sehr«, antwortete Ruth gekränkt. »Entschuldige, ich wußte nicht, daß ich dich langweile.« Sie reichte ihm ein in ein Salatblatt gewickeltes Stück Huhn, und er nahm es und begann langsam daran zu kauen; er dachte über den Krieg nach und war sich nicht bewußt, mehr angerichtet zu haben, als sie nur einen Augenblick lang zu verletzen.

»Ist Brot da?« Sie reichte ihm eine Semmel. »Danke.« Dann saß sie da und sah ihn an, ohne mit ihrem eigenen Stück Huhn zu beginnen, das sie in der Hand hielt. Wenn ihr nur etwas einfiele, um ein Gespräch in Fluß zu bringen!

»Ja, richtig!« begann sie munter. »Du hast mir noch nichts von dem Lunch auf dem Schiff erzählt. War es lustig?«

»Was? O ja, sehr. Ja, es war sehr lustig. Guy hat einen netten Sohn.«

»Terence? Na, der war früher nicht so nett. Erinnerst du dich nicht, wie er schon mit zwanzig Jahren mit

diesem schrecklichen Mädchen, der Ledbury, herumlief?«
»Er hat früh angefangen wie sein Vater. Guy heiratete, bevor er die Hochschule beendet hatte. Die Alleswisser sagten damals, jetzt sei er erledigt, er würde niemals seine Prüfungen machen, wenn eine Frau ihn von der Arbeit abhielte, aber tatsächlich hat er sie nur um so besser bestanden.«
Das gefiel Ruth. Sie biß ein Stück von dem Huhn ab, beugte sich vorwärts und sagte mit Gefühlsbetonung: »Elizabeth war ihm also eine Hilfe in seiner Karriere?«
»Jawohl. Ja, ich glaube, das war sie. Sie hat ihm Selbstvertrauen gegeben, und sie versteht es sehr gut, den Leuten, auf die es ankommt, die richtigen Dinge zu sagen.«
Ruth seufzte. »Ich wollte, ich verstünde das.« Sie wartete ein wenig, ob er sagen würde: »Das tust du ja auch!« und fuhr dann fort: »Steven, ich möchte, daß du mir ehrlich sagst: War ich dir eine Hilfe oder ein Hindernis in deiner Karriere?« Sie hatte ihr ernstes Gesicht aufgesetzt – die Augen waren sehr nahe beisammen, die Zähne bissen in die Unterlippe. »Ich weiß, ich habe kein Talent für all die gesellschaftlichen Angelegenheiten und dafür, den Leuten das Richtige zu sagen, aber ich habe mich immer für deine Arbeit interessiert. Denkst du manchmal, daß es besser gewesen wäre, du wärest ein Junggeselle geblieben? Bist du vorwärtsgekommen, obwohl du mich hattest, und nicht, weil du mich hattest?« Die Dämmerung stieg aus dem Wasser rings um sie und schloß sie in eine Stille ein, die durch das Klatschen des Wassers gegen den flachen Bug des Bootes eher verstärkt als gestört wurde. Schon hielten die Bäume und Büsche am Ufer Dunkelheit in ihren Zweigen. Es war eine sehr gute Stunde für

Vertraulichkeiten. Die Abendstille erforderte fast, daß man mit leiser, tiefer Stimme über intime, ernste Dinge sprach. Sie warf ihren Hühnerknochen weg; er klatschte leicht im Wasser auf und segelte davon.

»Ruth, was redest du für Unsinn«, sagte Steven. »Das einzige Hindernis für mich in meiner Karriere war – meine Karriere.«

»Ich fürchte, das ist mir zu hoch.« Sie lächelte dorthin, wo sein Hemd weiß in der Dunkelheit schimmerte. »Was meinst du damit?«

»Ich meine, daß ich nicht sicher bin, ob ich die richtige gewählt habe. Ich glaube nicht, daß ich für diese Art Leben geschaffen bin. Ich liebe die Menschen nicht genug.«

»Aber Schatz! Jetzt redest *du* Unsinn.« Sie liebte es, seine Worte zu wiederholen. »Du weißt, daß du gern Arzt bist – gerne Leute kurierst. Du könntest es nicht so gut machen, wenn du es nicht gerne tätest.«

»Oh, Arzt sein, ja, das ist schon recht. Aber du kennst mich – ich muß erfolgreich sein bei allem, was ich tue – muß es besser machen als ein anderer –, und anscheinend kann man nicht ein erfolgreicher Arzt sein, ohne allen Idioten der Schöpfung fortwährend zur Verfügung zu stehen.«

Obwohl er mit leichtem Tonfall sprach, wußte Ruth, daß es ihm ernst war. Er redete nicht oft ernst mit ihr. Sie suchte nach einer intelligenten Frage, um ihn zu noch weiterem Sprechen zu veranlassen, und als sie keine fand, begann sie unter den Dingen im Proviantköfferchen herumzukramen, und sagte rasch, um den Eindruck zu verwischen, den es machen würde: »Leider habe ich den Käse doch nicht mitgebracht, Schatz, aber es gibt Keks mit Paste. Willst du einen?«

Der Bootsmann hatte zu ihnen gesagt: »Um zehn

Uhr müssen Sie zurück sein. Ich habe es gern, wenn alle meine Boote um zehn Uhr wieder daheim sind.« Daher begann Ruth schon zu drängen, als es ungefähr halb zehn war und Steven noch döste. »Es ist zwar sehr schön hier, Schatz«, sagte sie und schlug auf die Mücken los, die ihr durch die Strümpfe hindurch die Beine zerbissen, »aber sollten wir nicht lieber aufbrechen? Sonst werden wir nicht um zehn Uhr zurück sein. Der Mann wird wütend, wenn wir zu spät kommen.« Sie hatte eine eingeborene Furcht vor jedem Menschen, den sie bezahlte – vor Dienstboten, Taxichauffeuren, Geschäftsleuten, Friseuren – und war fortwährend bemüht, alle diese Leute zu besänftigen.

»Er wird sich nichts daraus machen«, murmelte Steven träge. »Er wird uns nur etwas mehr berechnen.«

»Wo ist Ugly? Ugly, Ugly, Ugly!« rief sie mit durchdringender, schriller Stimme, obwohl er nie kam, wenn sie ihn rief. Es begann im Boot unbehaglich zu werden, als sie sich dann umherwälzte, den Freßkorb wieder einpackte, Steven aufforderte, den letzten Wasserkeks zu essen, ihre Wollweste anzog und ihre Handtasche suchte. Daher richtete Steven sich seufzend auf und trat ans Ufer, um das Boot loszumachen und Ugly zu pfeifen. Der Hund sprang mit solcher Heftigkeit ins Boot, daß Ruth, die darin kniete, beinahe ins Wasser gefallen wäre. Sie war erschrocken und ließ scheltend ihren Ärger an Ugly aus. Steven war immer überrascht über Ruths gelegentliche Wutausbrüche. Ihn selbst schalt sie nie aus und schrie ihn auch nie an. Vielleicht wäre es besser gewesen, wenn sie es getan hätte. Er hätte dann zurückgeschrien und vielleicht etwas nach ihr geworfen, und sie hätte geheult, und es hätte ihnen beiden sehr gutgetan.

Als er sie, ohne sich besonders dabei anzustrengen, auf dem dunkel werdenden Fluß zurückruderte, dachte Steven an Stephanie und überlegte zum hundertsten Mal, was Ruth wohl sagen würde, wenn sie von ihrer Existenz wüßte. Sie würde entweder die Märtyrerin spielen und ihm sagen, daß er *natürlich* tun solle, wozu er Lust habe, und daß sie ihm nicht im Weg stehen würde; oder sie würde die Sache hochtragisch nehmen und behaupten, daß ihr Leben erledigt sei und Steven ihr Herz gemordet habe. Auf jeden Fall würde sie die Angelegenheit zu ungeheuren Dimensionen vergrößern. Steven wußte ganz gut, daß es keine Affäre war, wegen der man Berge versetzte und Revolutionen machte oder Ehen zerbrach. Es war eine reizende Freundschaft, die fast schon eine Liebesaffäre war, weder hektisch noch kompliziert. Stephanie gab ihm Fröhlichkeit und Kameradschaft. Sie strahlte etwas aus, was seiner eigenen Persönlichkeit verwandt war, etwas, was er noch bei keiner der Frauen gefunden hatte, die ihm nachgelaufen waren. Sie machte ihn glücklich, und er hatte durch sie etwas, auf das er sich freuen konnte. Aber wie sollte er dies Ruth erklären, die so geartet war, daß sie eine Scheidung herbeiführen würde, wo eine solche weder nötig noch wünschenswert war, so daß am Schluß keiner glücklich sein würde?

Bevor Steven seinen Schlüssel im Schloß hatte umdrehen können, wurde die Vordertür von innen geöffnet.

»Ach, Ethel!« sagte Ruth. »Sie hätten nicht aufzubleiben brauchen. Wie hübsch Sie in Zivil aussehen.«

»Es ist nur mein altes Grünes, gnädige Frau«, erwiderte Mrs. Garrard und nahm Steven den Eßkorb ab. »Entschuldigen Sie, gnädige Frau, haben Sie ein we-

nig Zeit für mich? Es handelt sich um eine Sache, die ich Ihnen mitteilen muß, und ich könnte bestimmt in der Nacht kein Auge schließen, wenn ich es Ihnen nicht heute noch sagte.«
»Du lieber Gott«, sagte Ruth, der sofort das fürchterliche Wort »Kündigung« vorschwebte, wenn Mrs. Garrard etwas wollte, und wenn es nur neue Geschirrtücher waren. Sie blickte auf Steven, der die Halle durchquert hatte, um seinen Hut aufzuhängen. »Was wirst du inzwischen tun, Steven?«
»Ich werde ein bißchen über einen Fall nachdenken. Warte nicht auf mich, wenn du zu Bett gehen willst.«
»Dann gehe ich hinauf. Wenn Sie wollen, können Sie mitkommen und mit mir sprechen, während ich mir die Haare bürste, Ethel.«
»Jawohl, gnädige Frau.« Sie folgte Ruth hinauf.

Ruth, die voller Sorgen im Bett lag, hörte Steven in sein Ankleidezimmer kommen und öffnete den Mund, um ihm von Arthur Garrard zu erzählen. Dann erinnerte sie sich daran, was er auf dem Wasser gesagt hatte: daß sie nicht von den Dienstboten sprechen solle, und schloß den Mund wieder. Wenn sie ihm jetzt erzählte, würde er nicht ordentlich zuhören, und es würde schwierig sein, mit der Sache später wieder zu beginnen. Besser zu warten und es ihm in einem günstigen Augenblick zu erzählen. Er würde wissen, was man tun sollte. Etwas mußte geschehen. Die arme Ethel konnte nicht weiter in diesem Zustand der Ungewißheit gelassen werden. Und abgesehen davon konnte man sich nicht vorstellen, wie das Leben auf Wimpole Street Nr. 101 weitergehen sollte, falls ihr Mann sie fand und mitnahm.
Sie war froh, daß sie über die Sache nicht gespro-

chen hatte, als Steven rief: »Schwester Sheppard!«, ein Scherz, den sie liebte, wie er wußte.
»Jawohl, Herr Doktor«, ging sie sofort auf das Spiel ein.
»Ich werde Ihr medizinisches Wissen prüfen. Eine Frau von fünfundvierzig Jahren. Sekundäre Anämie und hoher Blutdruck –«
»Das kann nicht stimmen«, unterbrach Ruth triumphierend. »Wenn man zu wenig Blut hat, hat man einen niedrigen Blutdruck.«
»Nun, es stimmt aber. Es ist möglich, wenn die Arterien verkalkt sind. Ich bin aber noch nicht fertig. Taubheit, leichte geistige Konfusion. Erbrechen nach dem Essen, Schmerzen in den Gliedern, fortschreitender Gewichtsverlust und allgemeine Debilität. Sie würden sagen: aplastische Anämie, nicht, Schwester?«
»Es sieht danach aus, ja«, sagte Ruth, die noch nie etwas von aplastischer Anämie gehört hatte. Sie liebte es, wenn man so mit ihr sprach.
»Ist aber falsch«, grunzte Steven. »Probepunktion des Sternums: O. B. Denken Sie nach.«
»Ich weiß es wirklich nicht«. Ruth zog ihre Augenbrauen zusammen und dachte krampfhaft nach. Wenn sie nur die richtige Antwort fände!
»Ich auch nicht«, sagte Steven. »Fein hilfst du mir.« Er begann lustig zu singen. Also war es in Ordnung, und er ärgerte sich nicht über sie wegen ihrer Unwissenheit.

Neuntes Kapitel

Es war ein recht behagliches Büro, solide, altmodisch und vernünftig, aber nicht übertrieben luxuriös. Es gab darin keine weichen Teppiche, keine exotischen Tintenfässer, hochmodernen Möbel oder Aquarelle an pastellfarbenen Wänden. Die Fenster waren hoch und nicht besonders sauber, und Bücherkästen, gefüllt mit gebundenen Hauptbüchern und Nachschlagewerken, bildeten die drei Seiten des Vierecks um den schweren alten Schreibtisch herum, der mehr einem Felsbrocken glich als einem Möbelstück. Es war ein Raum, in dem man stundenlang gute, harte Arbeit tun und vernünftige Entscheidungen treffen konnte.

Die Entscheidung, zu der der kahlköpfige, rotgesichtige Regimentsarzt hinter dem Schreibtisch im Augenblick jetzt kam, schien Steven die vernünftigste, die je in diesem Büro getroffen worden war.

»Abgemacht, Herr Dr. Sheppard«, sagte er. »Sie werden bei Kriegsbeginn einberufen werden. Wir wissen natürlich nicht, wann das sein wird ...« Sie lächelten einander zu wie Eingeweihte. »Aber jedenfalls werden Sie noch Zeit bis dahin haben, um – wie sagt man – um Ihr Haus zu bestellen. Ich brauche Ihnen natürlich nicht zu sagen, wie sehr die Admiralität das Opfer schätzt, daß Sie Ihre gute Stellung aufgeben wollen.« Steven murmelte etwas. »Wir werden noch

viele Ärzte einberufen müssen, bevor es zu Ende ist«, fuhr der Seeoffizier fröhlich fort; er freute sich förmlich auf den Krieg. »Und ich glaube nicht, daß sie alle so willig kommen werden wie Sie.«
Er stand auf und streckte ihm seine Hand hin, wie Steven es so oft tat, wenn es Zeit war, die Leute zu verabschieden. »Es ist also sicher, ja, daß ich auf ein Schiff komme?« fragte Steven und nahm Hut und Stock auf. »Denn das ist es, was ich möchte. Darum habe ich Sie all die Wochen hindurch so belästigt.«
»Das hängt natürlich nicht von mir ab«, sagte der andere und begleitete ihn zur Tür, »aber ich werde mein möglichstes tun.«
»Danke sehr.« Steven blieb stehen. »Sehen Sie, ich . . .« Dann wurde ihm klar, daß das, was er sagen wollte, so klingen könnte, als melde er sich eher aus egoistischen als aus patriotischen Gründen, und er änderte es ab und sagte: »Ich hoffe sehr, daß Sie es für mich deichseln können.« Sie schüttelten sich die Hände. »Also, ich danke Ihnen nochmals, Herr Hauptmann, für alles, was Sie für mich getan haben.«
»Keine Ursache, keine Ursache, lieber Herr Doktor. Und machen Sie sich keine Sorgen.« Er wurde fast barsch. »Ich werde alles für Sie tun, werde alles für Sie tun.«
Als Steven gegangen war, stürzte Hauptmann Ramsay über den Korridor in das gegenüberliegende Bürozimmer.
»Beschäftigt, Scottie?«
»Nicht besonders.« Der hakennasige Mann mit dem wirren grauen Haar blickte auf.
Hauptmann Ramsay setzte sich mit dem Oberschenkel auf die Ecke des Schreibtisches und langte hinüber nach der silbernen Dose mit der Gravierung »J. H. C. McDermott von seinen Freunden und Patienten

in der ›Polyphemus‹«, um sich eine Zigarette zu nehmen.
»Haben Sie ein Zündholz?« Hauptmann McDermott hielt ihm schweigend das brennende Feuerzeug hin und erhob fragend seine dreieckigen Augenbrauen. Ramsay kam alle Augenblicke über den Korridor herüber. Das beste war, ihn gleich erzählen zu lassen, was er auf dem Herzen hatte, dann würde er gehen, und man konnte weiterarbeiten.
»Gerade war dieser Sheppard wieder bei mir«, sagte er und schaukelte sein Bein, so daß er vom Schreibtisch hinunterglitt, dann ging er zum offenen Fenster, um sich die glitzernde Horse Guards-Parade anzusehen.
»Der Harley Street-Doktor, der zur See durchgehen will?«
»Derselbe. Anständiger Kerl; gefällt mir sehr gut. Er wird uns auch sehr nützlich sein – ein Mann mit soviel Praxis.«
»Haben Sie ihn angenommen?«
»Mehr oder weniger. Er ist so aufgeregt wie ein kleiner Junge, der nach Dartmouth kommen soll. Komisch, nicht? Er ist ganz oben auf dem Gipfel angelangt, und jetzt ist er wie rasend darauf aus, hinunterzuspringen. Ich möchte ihn für das Hafenspital in Somerset rekommandieren. Man wird dort einen guten Arzt brauchen.«
»Sie werden also nicht versuchen, Ihren Einfluß dahin geltend zu machen, daß man ihn auf See schickt?«
»Guter Gott, nein. Wir können es uns nicht leisten, mit so erstklassigem Material so umzugehen. Eben das hat man im vorigen Krieg gemacht. Man schickte alle Spezialisten an die Front zu Arbeiten, die weniger nützliche Leute hätten machen können. Diesmal will man es anders machen. Rationalisierung der Arbeitskraft nennen sie's. Man wird den Leuten Arbei-

ten geben, die ihrer Zivilbeschäftigung so ähnlich sind wie möglich.«
»Hm. Ja, das ist vernünftig. Bitte, seien Sie so gut und entfernen Sie Ihren Finger aus dem Loch im Vorhang. Sie machen es nur noch größer –«
»Da geht er«, sagte Hauptmann Ramsay. »Frisch wie ein junger Vogel. Steigt gerade in einen sehr anständigen Wagen. Zieht den reichen alten Damen wahrscheinlich einen Haufen Geld aus der Tasche. Dummer Kerl! Ich würde ein so gutes Geschäft nicht aufgeben . . . Feinen kurzen Einschlag hat er für so einen langen Wagen. Hui, Sie hätten sehen sollen, wie elegant er aus dem Autostandplatz hinausgefahren ist, sehr schön.«
Hauptmann McDermott hatte während dieses fortlaufenden Berichts wieder zu schreiben begonnen. Er mußte noch eine lange Arbeit vor dem Lunch fertigmachen.
»Na, ich gehe wieder.« Hauptmann Ramsay wälzte sich aus dem Zimmer. »Adieu. Auf später.«

Stephanie nahm die Nachricht auf die ganz richtige Weise entgegen. Ruth hatte »Oh« gesagt und ein bestürztes Gesicht gemacht, sich dann aber erinnert, daß sie sich zusammennehmen und interessierte Fragen stellen müsse. Aber Stephanie freute sich sofort und sagte: »Alles scheint Ihnen plötzlich zu gelingen, nicht? Ich sprach heute mit M. S. über Ihre Geschichten. Sie scheinen ihm zu gefallen. Er möchte einmal mit Ihnen darüber sprechen.«
»Will sich wahrscheinlich eine Gratis-Ordination erschleichen. Nebenbei, er ist mir noch Geld schuldig. Was sind Sie denn für eine Sekretärin, nicht dafür zu sorgen, daß diese Rechnungen bezahlt werden?«

»Ich habe nichts mit seinen Geldangelegenheiten zu tun. Das macht alles der Buchhalter.«
»Dann werden nicht Sie mir die ungeheuren Tantièmen bezahlen, die ich mit ›Mut um drei Uhr morgens‹ verdienen werde?«
»Nein.« Sie streckte ihm ihre Hand über den Tisch hin. »Steven, ich hoffe das Buch hat einen großen Erfolg.«
Er nahm ihre Hand und betrachtete sie. Die Glätte und schöne Form dieser Hand machte ihm immer viel Vergnügen. Ihre Nägel waren tadellos; glänzend korallenrot mit Halbmonden von derselben Form wie die weißen Spitzen. Das Handgelenk, das aus der gestärkten Manschette ihrer Bluse herauskam, war klein und zart, aber geschmeidig; nicht das gebrechliche kleine Gelenk, das gewöhnlich mit Beinen wie Hühnerknochen und spitzen Knien zusammengeht. »Ich werde es Ihnen zu verdanken haben, wenn es gutgeht«, sagte er. »Ich glaube wirklich, diese Kurzgeschichten sind mein Metier. Ich habe schon mehrere andere Geschichten im Kopf, mit denen ich beginnen werde, sobald ich meine Angelegenheiten geordnet habe.«
»Das wird sicher eine schwierige Sache werden. Was geschieht mit Ihrer Praxis?«
»Nun, ein Spezialist ist nicht dasselbe wie ein allgemeiner Arzt. Ich habe nicht gerade eine Praxis. Man hat so und so viele regelmäßige Privatpatienten. Alle meine Spitalsfälle werden von den anderen Ehrenamtlichen übernommen. Die Agenten hoffen, daß sie das Haus in der Wimpole Street sofort, wenn ich fortgehe, vermieten können. Ein Röntgenologe interessiert sich bereits dafür.«
»Was geschieht mit Ihrer Frau?«
»Sie wird zu ihrer Mutter gehen und ihre geliebte Ethel samt Bankert mitnehmen.«

»Wo werden Sie dann Ihre Urlaube verbringen?«
»Oh, ich werde sie wahrscheinlich dort verbringen.« Steven schnitt ein Gesicht. »Aber ich habe die Absicht, ein Häuschen auf dem Land zu suchen – in Shropshire. Ruth kann hinziehen oder nicht, wie sie will, aber ich werde immer dorthin nach Hause kommen können. Ich dachte auch« – er sagte es leichthin –, »daß Sie manchmal hinkommen könnten.«
Stephanie lachte. »Mit Ruth?«
»Ohne Ruth.«
»Ach so.« Ihr Haar fiel ihr über die Wangen, als sie zu Boden blickte. »Nun, vielleicht.« Steven machte sich keine Sorgen wegen der Zukunft. Er war zu glücklich in der Gegenwart. Die Zukunft war jedenfalls ganz klar und einfach, obwohl sie beide Frauen, Stephanie und Ruth, zu beinhalten schien.
»Ich freue mich für Sie, daß Sie bekommen, was Sie sich wünschen«, sagte sie im Auto, als sie in die Nähe ihres Hauses kamen. »Aber ich werde Sie sehr vermissen.«
»Das werden Sie nicht«, sagte er. »Was ist denn mit allen Ihren Kavalieren?«
»Ich mag sie eigentlich alle nicht sehr, wissen Sie«, sagte sie nachdenklich. »Wird es Ihnen lästig sein, wenn ich Ihnen sehr viel schreiben werde?«
»Ich hoffe darauf. Ich werde nur von Ihren Briefen leben.« Sie begannen beide sentimental und angenehm melancholisch zu werden. Er wurde zum Helden, der in den Krieg zog, während sie, die kleine Frau, auf ihn zu Hause wartete und ›sich für ihn schön erhielt‹. Wie irgendein junger munterer Leutnant würde er zu ihr auf Urlaub kommen mit jungenhafter Glut. Für die arme Ruth war kein Platz in diesem Bild! Er würde natürlich einen großen Teil seines Urlaubs mit ihr verbringen, und sie würden

sich nach der Trennung viel besser vertragen. Aber sie würde bei ihrer Mutter leben. Sie würde dort gut aufgehoben sein. Sie plante schon, in ein Spital in Guildford als freiwillige Hilfsschwester einzutreten.

Am nächsten Tag war Stephanie zum Lunch mit ihrer Freundin Ida verabredet. Sie aßen Salat und schwarzes Brot mit Butter und tranken Kaffee an einem niedrigen Tischchen in einem reinlichen kleinen Damenlokal neben dem Bloomsbury Square. Die Kellnerinnen trugen Kretonne-Mäntel, die Tische hatten grüne Glasplatten, und man aß aus grünweißgetupftem Porzellan und bekam Porzellanlöffel für den Obstsalat. Es war weder merkwürdig noch indiskret, daß sie Ida alles über Steven erzählte. Sie hatte ihr immer alles von ihren Freunden erzählt und Ida von den ihrigen, in einem Ton erstaunten Interesses über die ewigen Seltsamkeiten der Männer. Selbst als Ida geheiratet hatte, hatte sie Stephanie am nächsten Morgen angerufen, und wenn Stephanie heiratete, würde sie wahrscheinlich dasselbe tun. Das machte sie nicht zu weniger netten Mädchen; es gehörte einfach zu ihnen.

»Es wird also ›Liebe auf dem Lande‹ sein«, sagte Ida sinnend. Sie trug ihr Haar oben auf dem Kopf zusammengenommen, und ihr Hut, der aus vier Blumen bestand, saß mitten in den aschblonden Locken.

»Offenbar«, sagte Stephanie. Als arbeitende Frau war sie einfacher, aber nicht weniger sorgfältig gekleidet als Ida.

»Willst du es?« fragte Ida interessiert.

Stephanie zuckte die Achseln. »Es ist noch so lange bis dahin. Man weiß nie, was passieren kann. Er ist aber sehr nett. Er ist wirklich reizend, und ich habe ihn sehr gern. Ich kann mich nicht erinnern, daß ich je jemanden so gern gehabt hätte.«

»Er ist natürlich ein bißchen alt«, sagte Ida kritisch. »In ein paar Jahren wird er ein unappetitlicher alter Mann sein.«

»Ida, das ist schrecklich, was du da sagst. Das wird er nie sein! Aber natürlich ist er ein bißchen alt. Ich wollte, ich hätte ihn früher kennengelernt – ich meine, wenn ich gleichalt wäre.«

»Er muß ein fabelhafter Kerl gewesen sein, als er noch jung war«, sagte Ida.

»Er ist es noch immer«, sagte Stephanie aggressiv. »Und er ist so sauber! Ich habe es gern, wenn ein Mann sauber ist.«

Die Sache mit Miss Minden war sehr unangenehm. Sie kam eines Morgens mit Stevens Briefen herein, und er diktierte ihr die Antworten wie immer, ohne sie anzusehen, indem er sich in seinem Stuhl hin und her drehte, ein medizinisches Magazin durchblätterte, sich zurücklehnte und die Augen zur Decke wandern ließ, im Zimmer herumging oder beim Fenster stand und einen Zipfel des Vorhangs lüftete, um auf das Gewirr von Hintermauern und Dächern hinunterzuschauen, oder sich in der Taille drehte wie zu einem Miniatur-Golfschwung. Sie saß dabei immer auf dem Patientensessel neben dem Schreibtisch, den Block auf den Knien, die weißen baumwollenen Beine ordentlich geschlossen und die Leinenschuhe leblos nebeneinander, als seien sie zum Reinigen hingestellt. Aber an diesem Morgen bat sie ihn zweimal zu wiederholen, was er gesagt hatte, was bei ihr sonst nicht vorkam, und als er mitten in einem Brief sagte: »Nebenbei, haben Sie meine verdammte Tasche vielleicht gesehen? Ich habe sie wieder verlegt –«, da bewirkte die vertraute Frage, daß ihre Stimme zitterte und schwach wurde. Da erst sah er sie an.

»Ist Ihnen nicht gut, Miss Minden«, fragte er freundlich. »Kann ich Ihnen helfen?« Ihre lange dünne Nase war rot und glänzte stärker als sonst, und ihre Augen glichen denen eines Angorakaninchens, so als hätte sie die ganze Nacht nicht geschlafen; sie war auch fest überzeugt, daß sie die ganze Nacht nicht geschlafen hatte.

»Entschuldigen Sie, Herr Doktor«, sagte sie, blickte auf ihren Block nieder und kritzelte wie rasend unsinniges stenographisches Zeug. »Kümmern Sie sich nicht um mich. Es wird gleich vorüber sein. Es ist nur der erste Eindruck der Nachricht. Veränderungen regen mich immer auf.«

»Mein Gott, ich wußte nicht, daß Sie der Stellenwechsel aufregt. Ich dachte, wir hätten alles neulich besprochen. Sie schienen ganz zufrieden, zu Mr. Walter Curd zu gehen, wenn ich einberufen werde. Aber auf jeden Fall kann es noch eine Zeitlang dauern. Ich weiß nicht – wir alle nicht, wann der Ballon steigen wird. Aber wenn Sie nicht zu Mr. Curd gehen wollen, so brauchen Sie es nur zu sagen. Ich hätte das nicht für Sie arrangiert, wenn ich nicht gedacht hätte, die Arbeit würde Ihnen zusagen.«

»Oh, das ist es nicht, Herr Doktor, das ist es nicht.« Sie erhob wieder ihre roten Augen zu ihm. »Ich bin überzeugt davon, daß der Posten bei Mr. Curd sehr angenehm für mich sein wird; ich höre, daß er ein besonders netter Herr sein soll. Wir erfahren solche Dinge über die anderen Mitglieder der Ärzteschaft, wissen Sie.«

»Na also. Wo sind wir bei Mrs. Madden stehengeblieben? Ach ja, wegen des Calcium Sandoz.« Er wollte seine Briefe rasch erledigen, denn er hatte noch viel andere Arbeit vor sich.

Sie blickte ihn noch immer an, der wunderbar gespitzte Bleistift bewegte sich nicht. »Es ist nur der Gedanke, von Ihnen wegzugehn, Herr Doktor«, sagte sie, »der mich im Augenblick schmerzt. Nach all diesen Jahren zusammen ... Sie waren immer so nett zu mir ...« Ihr bebender Gesichtsausdruck glich so sehr dem von Schwester Lake, daß Steven sich an jene gräßliche Szene in der Klinik erinnerte. Miß Minden würde doch nicht zu weinen anfangen? Sie hatte nie geweint. Aber eine große birnenförmige Träne stand auf ihrer rechten Wange, so groß, als hätte sie die zwei Jahre von Miss Mindens Arbeit bei ihm zum Entstehen gebraucht, und fasziniert sah er zu, wie sie herunterfiel und das Bleistiftstenogramm auf ihrem Block verwischte.

»Aber, Miss Minden, machen Sie doch keine Dummheiten«, sagte er mit gekünstelter Jovialität. »Ich weiß, es ist immer schwer abzubrechen, wenn man sich so gut eingearbeitet hat, aber Sie müssen doch Ihre Karriere im Auge behalten. Vergessen Sie das nicht! Mr. Curd ist ein sehr bedeutender Mann in seinem Fach, bedeutender als ich es je sein werde. Sie tun sich nur was Gutes, wenn Sie zu ihm gehen, das kann ich Ihnen sagen.«

Sie schüttelte traurig den Kopf. »Ich will nicht von Ihnen weggehen, Herr Doktor; das ist die reine Wahrheit.«

»Und ich möchte nicht, daß Sie weggehen. Ich gebe Sie sehr ungern her, glauben Sie mir. Ich habe Ihnen doch schon gesagt, wie dankbar ich Ihnen für alles bin, was Sie für mich getan haben. Sie haben mir unschätzbare Dienste erwiesen, Miss Minden, unschätzbare Dienste.« Er setzte sich forsch nieder und begann die Papiere auf seinem Schreibtisch zu ordnen, um die sentimentale Stimmung zu zerreißen. Sollte er ihr vielleicht jetzt den Scheck geben, den er ihr zu geben beabsichtigte? Nein, lieber nicht. Vielleicht wäre es auf jeden Fall besser, ihr ein mehr persönliches Geschenk zu geben, obwohl er wußte, daß sie das Geld brauchte. Aber er konnte ihr unmöglich eine Flasche Parfüm oder ein Armband geben oder irgendeine andere unbrauchbare Aufmerksamkeit, wenn sie so vor ihm zerfloß. Es war kaum je ein Wort zwischen ihnen gefallen, das nicht die Arbeit betraf; gerade das machte die Sache ja so peinlich.

Tapfer schluckte sie, wischte mit dem Nagel ihres Mittelfingers die Träne unter ihrem Auge weg und las bedrückt: »Geehrte Frau Madden! Bezüglich der Injektionen, die Sie zweimal in der Woche bekommen haben, seit – – – Ich werde das für Sie nachsehen, Herr Doktor.« Sie zog mit der Nase auf.

»Ja, bitte. Nebenbei, bevor ich es vergesse, wo ist also meine Tasche? Sie wissen es ja immer?«

Aber das war zu viel für sie. »Sie ist im Zwischenstock, Herr Doktor, wo Sie sie immer liegenlassen, wenn Sie am Morgen in Eile herunterkommen und wieder zurückgehen müssen, um Ihr Stecktuch zu holen«, hauchte sie und floh aus dem Zimmer.

Mark Stainer traf Steven zum Lunch und brachte das maschinengeschriebene Manuskript seines Buches mit. Er legte es auf die Heizung hinter sich, und obwohl Stevens Augen immer wieder zu dem umfangreichen Paket hinwanderten, wollte er nicht davon zu reden beginnen, bevor Mark davon anfing. Während des Essens sprach Mark von allem und jedem außer von »Mut um drei Uhr morgens«.

Steven aß kalte Wildpastete mit Salat und nachher Käse und Keks, aber Mark, der einen Cocktail abgelehnt hatte und dann zum Kellner »wie gewöhnlich«

gesagt hatte, aß langsam seinen gekochten Fisch und passierten Spinat und spielte dann mit einem ekelhaft aussehenden Teller mit gemahlenem Reis herum.
Steven, der nicht gern außerhalb der Ordinationszeit über Krankheiten sprach, machte beim Fisch keine Bemerkungen, aber beim gemahlenen Reis hob er seine Augenbrauen und sagte: »Ich dachte, ich hätte Sie kuriert. Das letzte Mal, als ich Sie sah, sagte ich Ihnen doch, daß Sie kleine Mengen von allem essen können, was Ihnen schmeckt, im Bereich des Vernünftigen. Sie werden doch nicht behaupten, daß Sie dieses Zeug mit Vergnügen essen?«
Mark blickte auf den vollen Löffel, den er schon zum Mund gehoben hatte, und legte ihn wieder mit einer Grimasse auf den Teller. »Das ist alles, was ich momentan vertrage.«
»Die alten Schmerzen?« Er nickte.
»Nun, dann sollten Sie sich wieder mal von mir untersuchen lassen«, sagte Steven. »Aber Sie müssen es bald tun, denn es wäre möglich, daß ich in kurzer Zeit meine Bude zusperre, wie ich Ihnen ja schon erzählte. Ich möchte wirklich, daß Sie einen Chirurgen konsultieren.«
Mark erhob seine zarten, kleinen Hände mit den manikürten Nägeln. »Der Himmel bewahre mich davor«, sagte er weinerlich. »Sie haben mir schon einmal so einen Streich gespielt mit ihren Geheimmitteln oder was das war. Ich hatte gehofft, daß Sie meine rebellischen Eingeweide wieder beruhigen werden. Abgesehen davon, daß ich eine wahnsinnige Angst vor dem Messer habe, habe ich auch gar keine Zeit, mich in ein Spital zu legen und operieren zu lassen.«
Da sah Steven seine Chance. »Dann haben Sie wohl auch keine Zeit gehabt, mein Manuskript zu lesen«, sagte er zaghaft.

»Dafür habe ich Zeit gehabt«, sagte Mark und begann vom Ballett zu sprechen. Erst als der Tisch abgeräumt war und Kaffee gebracht wurde, aber nur für Steven, langte er nach hinten und legte das Paket zwischen sie auf den Tisch. Nun also, sagte er und blickte fest auf Steven unter dem Schatten seiner großen gewölbten Stirn hervor, »was also das Meisterwerk angeht –«

»Gefällt es Ihnen?«

»Natürlich gefällt es mir. Sogar sehr. Sie werden aber noch eine Menge daran arbeiten müssen. Ein paar von den Geschichten müssen noch zurechtgestutzt und verschönert werden, und die letzte ist natürlich ein Entwurf nur von dem, was Ihnen vorschwebt. Sie werden das noch auszuarbeiten haben.«

»Natürlich«, antwortete Steven und sagte nichts davon, daß die letzte Geschichte, so wie sie war, eine zarte kleine Vignette darstellen sollte. »Ich werde genug Zeit dafür haben, denke ich, wenn ich meine neue Arbeit beginne, viel mehr, als ich jetzt habe.«

»Ja, ja.« Mark dachte nach und streichelte das Paket. »Ich möchte es gerne herausbringen; es würde mir sehr viel Vergnügen machen, aber ich denke vor allem an Sie. Wenn Sie ein Schriftsteller werden wollen, müssen Sie auf die richtige Art beginnen. Ihr erstes Buch muß schon so sein, daß das Publikum es ins Herz schließt. Durch ein unangemessenes oder zu hastig entworfenes erstes Buch kann unendlicher Schaden angerichtet werden. Die nachfolgenden können noch so gut sein, ihre Chance ist in Frage gestellt, vielleicht für immer, noch bevor sie erscheinen. Das Gedächtnis der Öffentlichkeit, mein lieber Sheppard, gleicht dem eines Elefanten, und ihre Vorurteile sind Legion. Die Wahrheit ist, sie wollen kurze, bissige Sachen nicht annehmen, außer von einem bekannten Liebling. Wonach sie dürsten, sind Romane.«

»Aber Stephanie hat mir gesagt...«

»Das ist ein liebes Kind!« sagte Mark. »Ich kann Ihnen nicht sagen, wie gern ich sie habe.« Steven sah ihn scharf an – aber nein, er war ganz sicher, daß Stephanie ihm die Wahrheit gesagt hatte; die Neigung des kleinen Mannes zu ihr hatte nichts mit Sexualität zu tun.

»Ich meine«, sagte er, »sie sagte mir nicht, daß das Publikum Kurzgeschichten will, aber sie gab mir den Rat, das Buch lieber in dieser Form zu schreiben anstatt als zusammenhängenden Roman. Ich habe mit der Romanform begonnen, aber es ging nicht recht. Diese Art Sachen mache ich viel besser.«

»Zweifellos«, sagte Mark. »Zweifellos. Kellner, Sie haben mein Glas heißes Wasser nicht vergessen, wie?« Er sah auf seine Uhr, eine damenhaft kleine Uhr mit ovalem Zifferblatt an einem dünnen goldenen Band. »Während ich so mit Ihnen sprach, hatte ich keine Idee, daß es schon so spät ist«, sagte er. »Ich muß wirklich gehen. Zahlen bitte!« sagte er zum Kellner, der ihm sein heißes Wasser brachte.

»Nein«, sagte Steven energisch. »Heute zahle ich.«

»Nein, bitte.« Mark sah ihn vorwurfsvoll an. »Keine Idee. Sie werden mir doch das Vergnügen gönnen, einen *meiner* Autoren zum Essen einzuladen?«

»Nun, es war nicht meine Absicht«, sagte Steven, »aber danke schön. Und was soll ich jetzt tun? Ich werde das mitnehmen und überarbeiten und es Ihnen dann wieder bringen, ja?«

»Ja, bitte«, sagte Mark und putzte seine Aufschläge ab, obwohl er nichts gegessen hatte, was Krumen hätte hinterlassen können. »Tun Sie das. Nebenbei, ich bin nicht sehr begeistert von dem Titel. Ich weiß nicht warum, aber er sagt mir nichts.«

»Es ist ein Zitat«, sagte Steven. »A-a-, aus Thoreau. Ich dachte, es vermittle die Stimmung, die in einem Spital herrscht.«

»Ja, ja, schon«, sagte Mark. »Aber irgendwie geht es einem nicht ein. Vielleicht wählen Sie einen anderen, hm?« sagte er, als wüchsen die Titel auf den Büschen.

»Und wenn ich Zeit zum Arbeiten finde«, sagte Steven, der schon geglaubt hatte, daß er mit »Drei Uhr morgens« beinahe fertig war, und nicht viel Lust hatte, sich damit noch weiter herumschlagen zu müssen, »was, glauben Sie, soll ich jetzt beginnen? Sie möchten, daß ich einen Roman beginne, nicht wahr?«

»Ja, das möchte ich. *Sehr* sogar. Ich bin überzeugt davon, daß Sie es können. Ich sehe allen Ihren künftigen Arbeiten mit dem größten Interesse entgegen.«

»Ich brauche Ihnen wohl nicht zu sagen, wie dankbar ich Ihnen dafür bin, daß Sie mir eine Chance geben«, sagte Steven, als sie aufstanden. »Es ist doch ein Unterschied, ob man etwas speziell *für* einen Verleger schreibt oder ob man es nur als Spekulation macht mit der Aussicht, es bis in alle Ewigkeit einer Firma nach der anderen anbieten zu müssen und nicht einmal sicher zu sein, daß sie es lesen.«

»Davor brauchen Sie keine Angst zu haben«, sagte Mark mit seinem sanften Lächeln. »Ich werde also Stephanie beauftragen, mit Ihrer Sekretärin auszumachen, wann ich zur Ordination kommen soll. Sie müssen mich noch in Ordnung bringen, bevor Sie London verlassen. Ich habe zu niemandem sonst Vertrauen.« Er wand sich durch das Restaurant hinaus, wobei er unzähligen Leuten zunickte, und Steven folgte ihm, sein Paket zärtlich an sich drückend, viel mehr interessiert an den vagen Ideen, die ihm durchs Gehirn gingen und darauf warteten, unter seinen Fingern auf der Schreibmaschine Gestalt anzunehmen, als an Mark Stainers Magengeschwür.

Einige Tage später setzte sich Mark Stainers Direktorstellvertreter, ein kluger, exzentrischer junger Mann namens Ambrose Braine, auf die Ecke von Stainers Schreibtisch und sagte: »Nebenbei, M. S. Was beabsichtigen Sie mit diesem Doktor, dessen Manuskript hier herumgelegen ist? Wollen Sie was damit machen?«

»Nicht im Augenblick, Amby, nein. Ich habe es ihm zurückgegeben ›zum Aufpolieren‹.« Marks Anführungszeichen beim Sprechen waren immer sehr bezeichnend. »Es ist nicht auf unserer Linie. Das Material ist ganz gut, aber die Ausführung ist ziemlich dilettantisch. Ich zweifle, ob wir je Erfolg mit dem Buch haben würden. Schade, daß er nicht bei seinem Leisten bleibt. Ich habe ihm aber gesagt, er solle einen Roman probieren; das wird ihn eine Zeitlang beschäftigen.«

»Was hat es dann für einen Sinn, ihn anzuspornen, wenn Sie es nicht ernst meinen? Es liegt schon genug Kram hier im Büro herum, auch ohne daß Sie es mit den Manuskripten aller Ihrer unfähigen Schützlinge anfüllen.«

»Mein lieber Amby.« Mark besah seine Nägel, blickte finster auf einen von ihnen, nahm eine wie ein Storchschnabel geformte Nagelschere aus seiner Innentasche und knipste ein winziges Stückchen Haut ab. »Er ist der einzige Doktor, vor dem mein Magen Respekt hat. Außerdem schulde ich ihm Geld.«

Es gab vier Gasthäuser in Reddage und außerdem

zwei unbehagliche, schäbige Hotels: Die »Bischofsmütze«, wo man etwas zu trinken, aber keine anständige Mahlzeit bekommen konnte, und Richardsons »Alkoholfreies Hotel«, wo man nicht einmal etwas zu trinken bekam. Andere Lasterhöhlen waren »Der Lustige König«, erbaut in modernem Tudorstil, wo man Cocktails fertig gemixt in Flaschen bekam; »Der Pferdekopf«, wo gutes Bier und riesige Kekse, an denen man sich die Zähne ausbrechen konnte, in Glasdosen am Schanktisch verkauft wurden und wo die Liebhaber des Darts-Spieles zusammenkamen; »Zum Königssaal«, das gemütlich und stickig war, kleine Fenster und ein großes Kaminfeuer im Winter hatte und viel von alten Männern mit knorrigen Händen heimgesucht wurde, und der »Earl Grey«, ein viereckiges, granitenes Gebäude, das in der würdigsten Ecke des Dorfes stand und innen und außen die Farbe seines Namens hatte. Es war charakteristisch für Mrs. Garrards Vater, daß er nirgends anderswo hinging als in den »Earl«. Außer am Sonntag morgen trugen ihn seine Schuhe manchmal auch am Abend nach dem Tee dorthin. Er stieß gewöhnlich die Tür auf, in deren obere gläserne Hälfte die Aufschrift »Schankzimmer« eingeätzt war, blieb stehen und blickte finster auf die schweigende Gesellschaft; dann stapfte er zum Schanktisch und bestellte ein Bitteres bei Miss Parkinson, die weiterstrickte oder einen broschierten Roman weiterlas oder Zahlen addierte, als habe sie nichts gehört. Plötzlich aber legte sie mit einem Seufzer das hin, womit sie gerade beschäftigt war, stand auf und langte nach einem Glas, wobei die verschwitzte Armhöhle ihres schwarzen Kleides sichtbar wurde. Sie drehte einen Zapfen um, stellte das Glas zwischen die feuchten Ringe auf dem Schanktisch und strich es mit einem hölzernen Spatel

ab. In ihren Sessel zurücksinkend, warf sie dem Gast einen vorwurfsvollen Blick zu, weil er sie so über Gebühr in Anspruch nahm.
An einem Abend der letzten Augustwoche saß Mr. Anderson zusammengekauert in einer Ecke des grünen Ledersofas im »Earl«; sein Glas Bier stand auf einem Pappdeckelring vor ihm auf dem von Zigaretten vielfach verbrannten Tisch. Er las die Abendzeitung, die er ganz klein zusammengelegt hatte, und zeigte durch ein gelegentliches Einziehen von Luft und ein noch weiteres Senken seiner herunterhängenden Backen an, wie sehr ihm mißfiel, was er darin fand.
Es waren nicht viele Gäste da. Miss Parkinson saß auf ihrem Stuhl und häkelte einen beigefarbenen Seidenschal, der nie länger zu werden schien. Ein Mann, den steifen Hut auf dem Hinterkopf, starrte hoffnungslos über ein kleines Porter hinweg ins Leere. Zwei sauertöpfische Frauen mittleren Alters füllten sich mit Gin auf der hölzernen Bank, die aussah, als stamme sie aus einem Waggon dritter Klasse auf dem Kontinent. Und ein kleiner, bescheiden aussehender Mann mit einer karierten Kappe, die er ganz gerade aufgesetzt hatte, die sich aber bauschte wie ein Schwammsäckchen, da ihr Druckknopf aufgegangen war, stand am Schanktisch, weil er sich dort wohler fühlte als zu Hause, wo seine Frau und seine Schwägerin über ihn hinweg, aber nie zu ihm sprachen. Er sehnte sich danach, mit jemandem zu plaudern, sah aber keine Aussicht auf Erwiderung, bis die Milchglastür sich öffnete und ein Fremder hereinkam, ein dicker gewalttätig aussehender Mann mit tief in die Stirne wachsenden schwarzen Haaren und einem roten Gesicht. Er umfaßte die Anwesenden mit einem starren Blick, marschierte zum Schanktisch und leerte das Glas Bier, das Miss Parkinson, von sei-

ner an diesem Ort voller Todeskandidaten ungewöhnlich wirkenden Männlichkeit erschreckt, sehr rasch für ihn abzapfte, auf einen Zug; dann wandte er sich um, indem er sich mit seinem riesigen Handrücken den Mund abwischte.

»Ein wenig kühler heute abend, denke ich«, versuchte es der Mann mit der karierten Kappe. Ohne zu antworten oder ihn auch nur anzusehen, verließ Arthur Garrard den Schanktisch und ging geradewegs zu Mr. Anderson hinüber, der noch immer ahnungslos über dem Quadratdezimeter seiner zusammengefalteten Abendzeitung brütete.

»'n Abend, Vater«, sagte Arthur, indem er die Anrede zu einer Beleidigung machte, und Mr. Anderson blickte auf und sah den anderen, der ihn überragte wie ein Baum. Er machte eine Abwehrbewegung, um aufzustehen, aber Arthur setzte sich ihm gegenüber nieder und legte seine Arme in ihren zu kurzen Rockärmeln und den ausgewetzten blauen Hemdärmeln auf den Tisch. »Ich war gerade bei dir zu Hause«, sagte er und wies mit dem Kopf irgendwohin. »Konnte nichts Vernünftiges aus der Alten herauskriegen, aber ich dachte, ich würde dich hier finden.« Er hatte eine heisere Nikotinstimme, die Art nachlässiger Cockney-Aussprache, die die Konsonanten wegläßt, und einen leichten Sprachfehler, der ihn die Zischlaute gelegentlich verstärken ließ, so, als sei seine Zunge zu groß für seinen Mund.

»Ich weiß nicht, warum du uns wieder belästigst«, brummte Mr. Anderson. »Wenn es Ethel ist, die du suchst, so hab ich dir letztesmal, wo du kamst, schon gesagt, ich weiß nicht mehr, wo die ist, als du weißt. Hat wo eine Stelle – kann in John O'Groats, kann in Land's End sein, ich weiß nicht.«

»Laß das bleiben«, sagte Arthur grob. Du bist ein

dreckiger alter Lügner und ein so nichtsnutziger Kerl wie deine Alte. Sie hat mir auch grade einen Haufen von Lügen erzählt. Jetzt fang also an, aber denk nicht, daß ich dir glauben werde.

Mr. Anderson wünschte, er hätte gewußt, was seine Frau Arthur erzählt hatte. Sie hätten sich für eine solche Gelegenheit eine Geschichte ausdenken sollen. Er zog die Luft ein. »Warum bleibst du nicht weg?« sagte er. »Ich denke, du hast schon genug Unheil angerichtet, es ist nicht nötig, daß du uns belästigst. Ethel will dich sowieso nicht mehr haben.«

»Aber ich will sie«, sagte Arthur. »Und ich will meinen kleinen Tom haben. Sie gehören mir, beide, nach gesetzlichem Recht, und wer mir mein Recht nehmen will – der soll nur achtgeben, das ist alles, was ich zu sagen habe.« Seine Hände, die er auf der Tischplatte ballte und wieder öffnete, waren mit schwarzen Haaren bedeckt.

Mr. Anderson rutschte auf dem Sofa herum und nahm einen Schluck von seinem Bier, um sich Mut zu machen. »Du ekelst mich an«, sagte er mürrisch.

»Ich ekle dich an!« Es machte keinen Unterschied, daß Arthur die Stimme erhob, denn die anderen Gäste im Schankzimmer hörten ohnehin zu. *»Ich* ekle dich an! Und was, glaubst du, tust du mich, du lausiger kleiner Bastard von einem Instaliationsgehilfen?«

Mr. Anderson war wütend. Er nahm alle Schimpfwörter wörtlich. Daß die Anschuldigung, er sei lausig, illegitim und nicht einmal ein selbständiger Installateur, von Miss Parkinson, dem Mann mit dem steifen Hut, den zwei schnapstrinkenden Frauen und dem Mann mit der karierten Kappe gehört worden war, war zu viel.

»Trau dich nicht, so mit mir zu reden, Arthur Garrard«, begann er mit polternder Stimme, die aus den Höhlungen seiner riesigen Schuhe zu kommen schien.

»Du weißt nicht einmal, wo deine eigene Tochter und dein Enkelkind sind!« höhnte Arthur. »Ho, das ist komisch, das kannst du mir nicht aufbinden.« Er wandte sich um und zeigte auf Mr. Anderson: »Wie gefällt euch dieser arme alte Niemand?« brüllte er die Zuhörer an. Er drehte sich wieder zu seinem Schwiegervater um, die Hände auf den Tischrand gestützt, mit gespannten Unterarmen und gespreizten Ellbogen. »Ich möchte dir sehr gerne mit meiner bloßen Faust etwas Vernunft in deinen dummen alten Kopf hämmern, aber du bist es nicht wert, daß ich mir die Knöchel an dir zerschlage. Du weißt nichts. ›Ich weiß nicht, wo meine Tochter ist.‹« Er versuchte linkisch, den anderen nachzuahmen. »Mehr kann ich wohl von so einem elenden alten Idioten nicht erwarten.«

Zu sehr gereizt, als daß er noch an Vorsicht hätte denken können, sagte Mr. Anderson: Ich weiß mehr, als du denkst. Ich weiß besser als du, Arthur Garrard, wo unsere Ethel ist, aber ich werde es dir nicht verraten, laß dir das gesagt sein. Und jetzt gehe ich nach Hause. Er trank sein Bier aus und versuchte aufzustehen. Er hatte die Absicht, Arthur würdevoll zu verlassen, aber dieser hatte mit seinem riesigen Körper den Tisch so nahe an das Sofa geschoben, daß er nicht herauskonnte.

»Du willst wohl zeigen, wie gescheit du bist?« sagte Arthur. »Das ist ein guter Witz. Du weißt genauso wenig, wo Ethel ist wie mein Fuß.« Mr. Anderson kam sich sehr lächerlich vor, als er so mit gebeugten Knien zwischen dem Tisch und dem Sofa stand. Er stieß sein langes Gesicht vorwärts wie ein Pferd, das in seinen Zaum beißt. »Jawohl, ich weiß es«, sagte er kindisch. »Da hast du's. Ich weiß genau, wo sie ist. Geh mir aus dem Weg und laß mich hinaus, sonst werd ich dich wegen Behinderung meiner Freiheit einsperren lassen.« Arthur saß noch da; jetzt lehnte er sich mit gekreuzten Armen und gegen die Tischbeine gestützten Füßen zurück. »Du dreckiger alter Lügner«, sagte er. »Versuch du nicht, mich zum besten zu halten. Also gut, wo ist sie also? Sag's mir, sag's mir, wenn du es so gut weißt. Oder fürchtest du dich?«

»Vor dir!« Mr. Anderson zog die Luft ein. Er versuchte, mit seinem Bauch den Tisch zu verrücken, aber der gab nicht nach. »Das eine werde ich dir sagen«, rief er von seinem Pranger. »Sie ist dort, wo du sie nie finden wirst und von wo du sie nie zurückkriegen wirst, selbst wenn du sie findest. Sie ist bei einem besseren Mann, als du in einer Million Jahre je werden wirst, einem wohlhabenden Mann, der für sie sorgt, wie es sich gehört.« Er blickte den Schanktisch entlang, um zu sehen, ob die anderen zuhörten. »Und der auch für Tom sorgt. St. Leonards Tagesschule, Bakerstreet, West One, dort geht er hin, wie es zu seiner Herkunft paßt von der Mutterseite, wohlgemerkt. Gott helfe ihm, wenn er bei dir geblieben wäre, um in die Gosse hinuntergezerrt zu werden.« Er zog wieder die Luft ein, um sein Gesicht in Ordnung zu bringen, das während dieser Rede ganz lebendig geworden war.

»Ah, dort sind sie, wie?« Arthur ließ die Vorderbeine seines Stuhles mit einem Krach sinken. »Und wer ist dieser Gott-der-Allmächtige *wenn* es ihn gibt? Irgendein Zweieinhalb-Groschen-Kuppler . . .«

»Er ist ein sehr berühmter Arzt«, sagte Mr. Anderson. »Jeder kennt ihn. Frag irgend jemanden um Dynsford herum, ob sie nicht den Dr. Sheppard im Spital droben kennen.« Die Zuschauer murmelten leise. Jeder kannte Dr. Sheppard.

»Du bist ein verlogener alter Bastard«, sagte Arthur ärgerlich. »Ich habe genug mit dir herumgespielt.« Er stand so plötzlich auf, daß der Tisch schwankte und Mr. Anderson, der an ihm lehnte, vorwärts stolperte. Arthur ging mit schwingenden Armen zur Tür hinüber; er sah aus wie ein Gorilla, dem man einen schäbigen Arbeiteranzug angezogen hatte.

»Ich bekomme acht Pfennige«, verkündete Miss Parkinson mit einer Stimme, die infolge seltenen Gebrauchs knirschte. »Der Alte soll zahlen«, warf Arthur über seine Schulter hin. »Das werde ich«, sagte Mr. Anderson und kam um den Tisch herum. »Schon um dich loszuwerden. Und laß mich dir sagen, Arthur Garrard, wenn du es wagst, dein Gesicht wieder hier zu zeigen, so werde ich die Polizei auf dich hetzen.«

»Geh und häng dich auf«, grunzte Arthur und schlug die Tür hinter sich so heftig zu, daß das Milchglas in seinem Kitt zitterte.

Mr. Anderson zog seine kleine lederne Börse, und während er etwas Geld auf den Schanktisch legte, sah der Mann mit der karierten Kappe endlich eine Gelegenheit zu einem Gespräch zu kommen.

»Ein sehr übler Geselle«, sagte er. »Darf ich Ihnen gratulieren zu der Art, wie Sie die Situation beherrscht haben?«

»Kümmern Sie sich um Ihre eigenen Angelegenheiten«, sagte Mr. Anderson sehr unfreundlich, und dann trugen ihn seine Schuhe über das Linoleum und in den violetten Abend hinaus.

Zehntes Kapitel

Steven hatte so wenig Leuten wie möglich im Margaretenspital erzählt, daß sie ihn vielleicht bald verlieren würden. Er hatte keine Lust, sich die Adieus und Ausdrücke des Bedauerns vom weiblichen Personal anzuhören. Aber als er am Donnerstagnachmittag mit Ruth zu seiner vielleicht letzten Poliklinik eintraf, fand er, daß alle es schon wußten. Er hatte vergessen, wie rasch sich Klatsch im Spital verbreitete. Der alte Dr. Baxter, der seine Patienten übernahm, hatte es der Operationsschwester erzählt, was so viel bedeutete, wie wenn er es durch einen Sprechtrichter von den Dächern herabgerufen hätte.

Der erste war der Türsteher, ein mit Medaillen bedeckter Veteran aus dem vorigen Krieg; er verließ seine Loge, um Steven nachzulaufen, wie er durch die Halle schritt.

»Ich höre, daß Sie uns verlassen, Herr Doktor?« sagte er. »Erlauben Sie mir, Ihnen zu sagen, wie sehr wir Sie vermissen werden.«

»O – danke sehr, Roberts«, sagte Steven und überlegte im Geiste, wieviel er ihm geben solle. »Und ich danke Ihnen auch für alles, was Sie für mich getan haben. Mir wird das Spital auch abgehen, aber ich muß sagen, ich bin ganz froh, daß ich zur Marine komme.«

Das Gesicht des Portiers belebte sich wie ein altes

Kriegsroß. »Ich wollte, ich könnte mit Ihnen gehen, Herr Doktor«, sagte er. »Ich würde meinen rechten Arm hergeben, wenn ich in dieses Scharmützel mit könnte.« Was nicht von großem Nutzen gewesen wäre, da er schon den linken verloren hatte.

Ruth, in ihrem ofenröhrenartigen dunkelblauen Mantel und dem Trapperhut, drängte sich dicht an Steven, als sie den Korridor hinuntergingen. Jetzt, da sie sich an den Gedanken gewöhnt hatte, daß Steven sie verließ, begann sie auf ihn stolz zu sein. »Diese Art Leute sind das Rückgrat des Landes, nicht?«

Als sie an seinem Zimmer vorübergingen, kam die Spitalssekretärin heraus. »Wir verlieren Sie also, Herr Doktor«, sagte sie. »Viele Leute werden Sie vermissen in diesem Haus, nicht zum wenigsten ich.« Er streckte ihr die Hand hin. »Wenn ich Sie nicht wiedersehen sollte, möchte ich Ihnen viel Glück wünschen und Ihnen danken für all Ihre wertvolle Arbeit für dieses Spital, und ich hoffe, wir werden Sie wieder hier zurückerwarten dürfen.«

»Sie halten viel von dir hier«, sagte Ruth mit Befriedigung, als sie weitergingen. An der Treppe trennten sie sich, Ruth ging in die Gebärabteilung hinauf, wo sie der Oberschwester Archer die entsetzliche Nachricht mitteilen mußte, daß sie vielleicht nicht mehr kommen würde, und Steven ging hinunter in die Klinik. »Ich werde dich anrufen, wenn ich fertig bin«, sagte er. »Ich werde versuchen, Miss Graingers Tee zu schwänzen. Ich möchte so früh wie möglich fortkommen, damit ich Ugly auf dem Weg nach Hause ein wenig herumlaufen lassen kann. Der arme alte Kerl hat die letzten Tage eine ziemlich schlechte Zeit gehabt, weil ich so viel zu tun hatte.« Er war innerlich noch nicht zufrieden mit Uglys Zukunft. Ruth hatte ihm angeboten, ihn mit zu ihrer Mutter zu nehmen, aber Steven dachte, er könnte versuchen, für ihn ein Heim irgendwo auf dem Land zu finden – eine kleine Hundezucht vielleicht oder bei einem Farmer. Später, wenn er sein Landhäuschen hatte, würde er ihn dort lassen können bei einem idealen Gärtner-Dienstmann, den er sicher war zu finden. Wenn man den Hunden nur erklären könnte, warum man sie verließ, und ihnen den Schrecken ersparen könnte, zu entdecken, daß man sie verlassen hatte. Er könnte sich vorstellen, wie Uglys Ohren so flach an seinen Kopf geleimt sein würden wie sein Schwanz an seinen weißen Aalbauch. Er würde eine Zeitlang oft das Weiße seiner Augen zeigen. Steven kränkte sich sehr, daß er ihn zurücklassen mußte.

Es klapperte auf den Stiegen, und der junge Potter sauste herunter, so daß er beinahe mit Ruth zusammenstieß, die eben hinaufging.

»Sehr leid, Herr Doktor«, keuchte er. »Hatte eine venaesectio für die Injektion zu machen. Ich kam sofort in die Ader hinein, aber die Schwester zog die Nadel heraus, als sie die Binde anlegte, und so mußte ich die Vene herauspräparieren. Sonst wäre ich dagewesen, um Sie zu empfangen.«

»Schon gut«, sagte Steven. »Ich brauche Sie noch nicht. Ich werde meine Runde nach der Klinik machen.«

»D-d-d-darf ich Ihnen sagen, Herr Doktor«, fragte der junge Potter, indem er sich an den Geländerpfosten hing und sein Bein schwang, »wie ich mich um Ihretwillen freue, daß Sie erreicht haben, was Sie sich wünschten. Es wird hier schrecklich sein ohne – ich meine, es tut mir sehr leid, daß – ich meine, wir werden Sie alle sehr vermissen. Meine Eltern lassen Sie schön grüßen, Herr Doktor«, plapperte er, fürchtete dabei aber, daß Steven wegen der Erwähnung von Wimbledon während der Arbeitszeit beleidigt sein würde, »und lassen Ihnen sagen, daß sie Ihnen alles Gute – und recht viel Glück, viel Glück –«

»Das ist sehr lieb von ihnen«, sagte Steven. »Grüßen Sie sie von mir, wenn Sie das nächstemal nach Hause fahren.« Er wandte sich, um nach unten zu gehen. »Nebenbei«, sagte er und hielt inne, »ich wußte, es war noch etwas. Wie geht es meiner Patientin auf der Privatabteilung – dem Carcinoma oesophagi?«

»Leider nicht sehr gut, Herr Doktor. Man wird ihr morgen eine Gastrostomie machen, aber –« Er zuckte die Achseln. »Das Gewächs scheint jetzt auf die Luftröhre zu drücken. Dr. Monroe glaubt, sie wird nicht mehr lange leben, will aber doch operieren.«

»Guter Gott«, sagte Steven. »Arme Frau. Ich sag Ihnen was, ich werde mal schnell zu ihr hinaufschauen, damit mir das nicht mehr auf der Seele liegt.«

»Ich werde jetzt auch nicht mehr lange hierbleiben, Herr Doktor«, sagte der junge Potter, als sie miteinander die Stiege hinaufgingen. »Ich soll nächsten Monat am Londoner Allgemeinen beginnen, obwohl ich noch immer meinem Glück nicht traue, daß ich zu Sir George Levinson komme. Ich bin sicher, daß etwas passieren wird, um das zu verhindern; ich bin so darauf versessen.«

»Warum soll etwas passieren?« fragte Steven.

»Nun, ich könnte einberufen werden.«

»Ja, das ist wahr.« Steven war so mit seinen eigenen Zukunftsplänen beschäftigt gewesen, daß er keine Zeit gehabt hatte, darüber nachzudenken, ob auch andere Leute zum Militär gehen würden.

»Wenn sie mich einberufen, dann werde ich natürlich gerne gehen«, sagte Potter tapfer. »Aber es wird mir sehr leid tun, diese Gelegenheit zu versäumen, besonders nachdem Sie sich so für mich bemüht ha-

ben. Ich kann Ihnen nicht sagen, Herr Doktor, wie dankbar...«
»Vergessen Sie's«, sagte Steven und schnitt ihm die Litanei ab, die er schon so oft gehört hatte, daß ihm übel dabei wurde.
»Ja, aber es ist nicht nur das, Herr Doktor«, keuchte Potter unterhalb von Dr. Sheppards rechter Schulter, als er die Stiege eine oder zwei Stufen unter ihm hinaufeilte. »Die ganze Zeit, die ich hier verbracht habe, sie hat mir so viel bedeutet...«
Steven tat so, als hätte er nichts gehört. »Sie brauchen nicht mit mir hinaufzukommen«, sagte er. »Ich brauche Sie nicht, und Sie haben sicher viel zu tun.«
Im dritten Stock schüttelte er ihn ab und betrat durch die Doppeltür die von Blumenduft erfüllte Atmosphäre des Privatkorridors, wo man nur auf leisen Sohlen ging. Die Oberschwester kam aus ihrem Zimmer. »Ach, Herr Dr. Sheppard«, rief sie mit ihrer Gesellschaftsstimme, die sie für die Ärzte, die sie gerne hatte, und die höchststehenden Patienten aufhob, »ich fürchtete schon, wir würden Sie nicht mehr zu Gesicht bekommen, bevor Sie weggehen. Dr. Baxter sagte mir, daß er Ihre Patienten übernommen habe.«
»Sie werden doch nicht glauben, ich würde weggehen, ohne meinen alten Freunden adieu zu sagen, Schwester?« fragte Steven auf eine Art, die sie liebte. »Kann ich Mrs. Pagett sehen? Wie geht es ihr?«
»Sie gefällt mir gar nicht, Herr Doktor.« Die Schwester stand neben ihm in ihrer metallisch knisternden Schürze, die nie genug Arbeit tat, um schmutzig zu werden oder die Stärke zu verlieren.
»Die Frage ist nur, ob sie früher verhungert oder erstickt, nicht?« fragte Steven.
»O ich weiß, daß es unvermeidlich ist, Herr Doktor, aber ich gebe nie die Hoffnung auf. Ich gebe nie ei-

nen Patienten verloren, bis der letzte Atemzug aus seinem Körper kommt.« Sie legte ihre Hand auf Mrs. Pagetts Türklinke. »Wollen Sie, daß ich mit hineinkomme, Herr Doktor?«
»Nein, bemühen Sie sich nicht, Schwester. Ich werde allein hineingehen«, sagte Steven. »Ich werde nicht lange drin bleiben. Ich sehe Sie noch, wenn ich herauskomme.«
Sie öffnete ihm die Tür mit einer Fanfare: »Herr Dr. Sheppard ist hier, Mrs. Pagett, um Sie zu sehen«, sagte sie mit ihrem süßen Lächeln und trat zurück, um ihn hineinzulassen; sie schloß hinter ihm die Tür so behutsam, als ob das Zimmer ein Kartenhaus wäre.
Es war ein Jammer, daß die Person, die Mrs. Pagett an diesem Morgen gewaschen hatte, ihr ein blaues Band um das dünne Haar gebunden hatte. Es wäre besser gewesen, wenn sie es nur von ihren hageren Backenknochen, den glänzenden weißen Ausbuchtungen ihrer Schläfen nach hinten gebürstet hätte. Sie hatte vielleicht einmal blaue Augen gehabt, die das blaue Band zur Geltung gebracht hätte. Sie war vielleicht einmal eine hübsche Frau gewesen. Das konnte man jetzt nicht mehr feststellen. Das wochenlange schmerzhafte Schlucken hatte ihre Schädelknochen herausgedrückt; in ihren verblaßten, eingesunkenen Augen lag die Angst vor jedem Atemzug. Sie trug Oxygenbrillen: einen Rahmen, der eine winzige Röhre in jedem Nasenloch hielt und mit dem Zylinder neben dem Bett verbunden war.
Die Schwester, die mit einem Arbeitskorb und einem Haufen Flickwäsche neben ihr saß, erhob sich, als Steven hereinkam. Es war Schwester Bracken.
»Tag, Schwester«, sagte er und dachte, wie wenig ihre blühende Schönheit in diesen Raum paßte, der schon nach Tod roch. »Wie geht es unserer Patien-

tin?« Er lächelte Mrs. Pagett an, und sie lächelte ihn an, wobei ihre enge Brust mühsam arbeitete. »Ist es etwas leichter mit den Brillen? Nicht wahr, ja? Was bekommt sie, Schwester?« Er sah auf das Zifferblatt auf dem Zylinder. »Fortwährendes Oxygen?«

»Jede Viertelstunde fünf Minuten, Herr Doktor.« Schwester Bracken sah auf ihre Uhr. »Jetzt muß es ausgeschaltet werden.« Sie drehte an einer Schraube, und das schwache Zischen hörte auf. Sie blieb stehen, unsicher, ob Steven wollte, daß sie im Zimmer blieb oder hinausging.

»Es ist gut, Schwester«, sagte er. »Sie brauchen nicht hierzubleiben. Ich werde Mrs. Pagett Gesellschaft leisten, und Sie können inzwischen etwas anderes tun.«

Mrs. Pagetts Hände hatten geduldig auf der Bettdekke gelegen, so unbeweglich, als seien sie aus Papier ausgeschnitten. Als Schwester Bracken hinausgegangen war, bewegte sie sie und griff nach einem Papierblock, der mit einem Bleistift von einem an ihrem Nachttisch gebundenen Strick herunterhing. Sie hatten ihn ihr gegeben, als ihr die Stimme zu versagen begann. Während sie etwas darauf schrieb, sah Steven die abgerissenen Blätter, die mit einer großen, unsicheren Schrift bedeckt waren. Sein Auge blieb auf einzelnen Sätzen haften. »Sie sehen müde aus, Schwester«, las er und: »Möchten Sie das Fenster aufmachen« und: »Ich habe kalte Füße.«

Sie zeigte ihm, was sie geschrieben hatte:

»Dr. Monroe wird mich morgen operieren.«

»Ich weiß«, sagte er, und seine Antwort klang ihm unnatürlich laut, weil sie nicht gesprochen hatte. »Es ist das beste so, dann haben Sie es hinter sich, nicht? Sie bekommen Lokalanästhesie, brauchen sich also wegen des Atmens nicht zu sorgen.«

»Wird es mir danach besser gehen?« schrieb sie.
»Natürlich«, sagte Steven. »Dann werden Sie etwas essen können und stärker werden.«
Sie lächelte ihn wieder an. Ihr Lächeln war noch immer sehr angenehm. Sie schrieb: »Ich bin schläfrig. Zu viele Injektionen.« Ihre Augen schlossen sich eine Sekunde, dann öffnete sie sie wieder und schrieb: »Fürchte mich einzuschlafen, Atem hört vielleicht auf.«
»Unsinn«, sagte Steven. »Sie atmen viel besser, wenn Sie schlafen. Ihr Körper tut es dann weiter für Sie, viel gleichmäßiger und rhythmischer, als wenn Sie es bewußt tun.« Plötzlich schloß sie wieder die Augen, und ihr Unterkiefer fiel herunter. In den langen Intervallen zwischen den Atemzügen sah sie vollkommen leblos aus. Steven blickte mit einem schwachen Schuldgefühl, daß er indiskret war, wieder auf die Papierbogen, die auf dem Nachttisch verstreut lagen. »Mein Haar hatte die gleiche Farbe wie Ihres, als ich jung war«, las er. »Machen Sie mir nichts vor, liebes Kind. Sie wissen, ich werde nicht.« »Ich wollte, ich könnte nach Hause gehen.« Plötzlich kam ihm ein Einfall.
Seit dem Lunch mit Mark Stainer hatte er sich abgemüht, eine Romanhandlung zu finden, hatte versucht, überlegt, verworfen. Wie erfanden die Leute eigentlich Romanhandlungen? Preßten sie sie in stundenlangem, geduldigem Nachdenken aus sich heraus oder überkam es sie wie eine plötzliche Erleuchtung, wie sein Plan – so glaubte er – ihm in diesem Zimmer gekommen war? Er würde ihn aus den Zetteln entwickeln, die von einer Frau geschrieben waren, welche nicht sprechen konnte. Die medizinischen Einzelheiten würde er natürlich abändern müssen – eine Kehlkopfoperation vielleicht, einen Luftröhrenschnitt bei Diphtherie. Nein, das war et-

was zu ungewöhnlich bei einer erwachsenen Person. Sollte er daraus eine Frau machen, die versucht hatte, Selbstmord zu begehen, indem sie etwas wie Lysol trank? Die Verätzungen konnten leicht eine solche Entzündung im Kehlkopf zur Folge haben, daß man eine Tracheotomie machen mußte. Der Selbstmordversuch würde den Endpunkt eines Lebens darstellen, dessen einzelne Phasen durch das Gekritzel eingeleitet werden konnten, das ihre schweifende Erinnerung hervorbrachte.

Als er so mit gekreuzten Armen auf Mrs. Pagett hinunterblickte, während sein Gehirn aufgeregt arbeitete, studierte er sie sachlich, schon mehr als Autor denn als Arzt, mehr interessiert an ihr als einem Romanstoff denn als einer Patientin. Er war in der Zukunft und sah sich selbst, wie er an diesem Roman arbeitete, den Plan auswog, seine Möglichkeiten erkannte.

Er fuhr zusammen, als die sich öffnende Tür, die Mrs. Pagett weckte, ihn wieder in die Gegenwart zurückbrachte; sein Mitleid war verstärkt durch das Gefühl, daß er sie ausbeutete, und er sah sie jetzt weder als Patientin noch als Romanstoff, sondern als ein menschliches Wesen an.

»Entschuldigen Sie, Herr Doktor«, sagte Schwester Bracken, »es ist Zeit fürs Oxygen.« Sie ging zu dem Zylinder hinüber und drehte die Schraube, indem sie den Strom sorgfältig gemäß dem Zifferblatt einschaltete. Mrs. Pagett lächelte sie an und schrieb auf ihren Block: »Ist sie nicht hübsch?«, zeigte es aber nur Steven.

Er lachte. »Da haben Sie recht«, sagte er, und Schwester Bracken, die merkte, daß sie von ihr sprachen, tat so, als wäre sie noch immer mit dem Zifferblatt beschäftigt, obwohl es jetzt stimmte.

Als Steven sich von Mrs. Pagett verabschiedete, sagte er ihr nicht, daß er sie vielleicht nicht wiedersehen würde. Es hätte wie Desertion geklungen. Auf jeden Fall würde sie nicht mehr da sein, auch wenn er nächste Woche noch ins Spital käme.

Er hatte schon viele Menschen sterben sehen, und er hatte um seiner selbst willen gelernt, den Tod so rasch aus seinem Gedächtnis auszulöschen, wie ein Chirurg sich die Hände vom Blut reinigt. Aber als er den Korridor hinunterlief, damit ihn die Oberschwester nicht erwischte, und rasch die Treppe hinuntereilte, stieg ihm der Gegensatz zwischen dem Leben, das dort oben so schmerzhaft erlosch, und seinem eigenen auf, das jetzt so vielversprechend vor ihm lag. Wie war es, wenn man wußte, was Mrs. Pagett zweifellos wußte? Würde man sich kränken, daß man nicht alles das fertigmachen konnte, was man noch zu tun hatte? Würde man sich nach der Möglichkeit sehnen, in letzter Minute noch einen Versuch zu machen, sein Leben zu rechtfertigen, oder würde man, wie es die Patienten taten, diese Welt als etwas aufgeben, was äußerst unwichtig war im Angesicht dessen, was danach kam? Aber die Welt *war* wichtig, solange man in ihr lebte.

Wenn die Menschen starben, verließen sie einfach ihre Körper, das konnte man sehen. Gerade noch lag eine Person da auf dem Bett; im nächsten Augenblick war diese Person fort und hatte nur eine wertlose Hülle zurückgelassen. Darum war nichts Schreckliches oder auch nur Mitleiderregendes an einem Leichnam, nachdem man den ersten Todesfall erlebt hatte. Es war niemand da, den man zu bemitleiden hatte. Man empfand Mitleid mit den Menschen, bevor sie starben, wie mit Mrs. Pagett. Seit vorigen Donnerstag wußte Schwester Lake, daß sie die

Prüfung bestanden hatte, die sie berechtigte, eine Schleife unter ihrem Kinn zu tragen und den Zettel auf ihrer Schlafzimmertür in »Prov. Stat.-Schwester Lake« abzuändern. Im nächsten Jahr, wenn sie ihr Staats-Endexamen bestanden hatte, würde sie einen dunkelblauen Gürtel tragen und auf ihrer Tür würde stehen: »Stationsschwester Lake«. Aber Steven würde dann vielleicht nicht mehr da sein.

Dieser Gedanke verfolgte sie in ihren Träumen und hämmerte in ihrem Gehirn, wenn sie wach war. Sie war in ihren Studierstunden so besessen davon, daß sie fürchtete, sie würde das Staatsexamen nie bestehen. Es war ihr Lebensziel gewesen, aber jetzt schien es ihr nicht so wichtig angesichts der fürchterlichen Gerüchte, daß Steven wegging. Sie wollte ihn diesen Donnerstag fragen, ob es wahr sei.

Wenn es Tatsache war, dann würde er sich wahrscheinlich nichts daraus machen, daß sie ihn fragte, und wenn es nicht stimmte, würde sie so erleichtert sein, daß sie seinen Unwillen über die Verbreitung falscher Gerüchte ruhig ertragen konnte. Man sagte, er gehe zur Marine. Nun, wenn sie diplomiert war, würde sie eine Marineschwester werden. Ihre Wege würden sich kreuzen, und sie würde wieder für ihn arbeiten. Sie würden als wunderbares Gespann zusammenarbeiten und das Leben vieler tapferer Matrosen retten. Diese vielversprechende Traumgeschichte, die sich aber erst zu entwickeln begann, war das einzige, was die Düsternis erhellte, in die Schwester Lake eingehüllt war, seit sie gehört hatte, daß er wahrscheinlich nicht mehr lange ins Spital kommen würde.

Aber es gab jedenfalls noch diesen Donnerstag, der ein besonders aufregender war, weil er sie noch nicht mit ihrer Schleife gesehen hatte. Sie würde vor

ihm aufgehen mit der vollen Herrlichkeit einer exotischen Blume, die sich über Nacht geöffnet hat.
Statt an diesem Vormittag zum Essen zu gehen, verbrachte sie die halbe Stunde in ihrem Zimmer und richtete sich her. Zuerst zog sie eine reine, neue Schürze an, die mit Stärke emailliert und ein wenig zu lang war, weil sie noch nicht genug gewaschen worden war, um zu einer weniger archaischen Länge zusammenzuschrumpfen. Dann befestigte sie einen reinen weißen Gürtel um ihre Taille, deren Schlankheit nie bemerkt wurde, weil weder oben noch unten Rundungen vorhanden waren. Sie zog die schäbigen Nachtdienstschuhe aus, die für die orthopädische Klinik heute morgen genügt hatten, und ihr bestes Paar an, die sie gestern abend fünfzehn Minuten lang, auf dem Boden kniend, gebürstet hatte. Noch länger hatte sie gebraucht, eine saubere Haube herzurichten, wobei sie sich zweimal während der Arbeit die Hände wusch und die Falten mit mathematischer Genauigkeit ordnete, während sie die Bänder zusammenzog. Jetzt lag die Haube auf ihrer Nachthemdtasche wie eine Krone, die auf einem Samtkissen in der Westminster Abbey die Zeremonie erwartet.
Sie nahm ihre schwarzen Stecknadeln heraus und legte die alte Haube und den gedrehten Strumpf ab, um den sie ihr Haar gerollt hatte. Eine der Schwestern hatte ihr geraten, einen Strumpf statt eines Bandes zu benützen, und die Rolle wurde durch ihn wirklich sauberer und fester, sogar bei ihrem eigensinnigen Haar. Sie dachte darüber nach, ob wohl Steven bemerkt hatte, daß ihr seit ein paar Wochen keine Haarenden mehr herausstanden.
Sie bürstete ihr schwarzes, fettiges Haar und kämmte es, bis der Kamm hindurchglitt wie durch Wasser.

Nach drei Versuchen gelang es ihr, es ordentlich um den Strumpf zu rollen und vorne auseinanderzuziehen, ohne daß er irgendwo sichtbar wurde. Ihre Schleife war auf ein Stück Band genäht, das sie hinter den Ohren um den Kopf gelegt und oben zugebunden hatte. Ohne die Haube sah es sehr seltsam aus, aber Schwester Lake stand eine Weile vor dem Spiegel und entzückte sich an der Wirkung, nach der sie immer schon Verlangen getragen hatte, seit sie während ihres ersten Monats als schüchterne junge Lehrschwester einmal gesehen hatte, wie eine der Stationsschwestern ihre Haube in einem Abteilungsbadezimmer kühn herunternahm und ihr Haar vor dem Spiegel der Patienten ordnete.
Die Schleife bedeutete einen Unterschied. Sie verlieh einem Autorität. Die Rangjüngeren würden jetzt mehr Achtung vor ihr haben, sagte sie sich, obwohl außer den allergrünsten, die noch nichts von »der alten Lake« wußten, niemand je die geringste Andeutung davon gezeigt hatte. Schwester Phillimore sprach sie zwar bei jeder Gelegenheit mit Betonung als »Stationsschwester« an, aber das war nur ihre langweilige Vorstellung von einem Witz.
Schwester Lake nahm die reine Haube auf, hob sie – wie der Erzbischof von Canterbury – hoch und senkte sie hinter ihrer Haarrolle auf die richtige Höhe. Jetzt kamen die schweren Eisenklammern, die die Haube zu gewohnter Enge zusammenzogen. Die Schleife unter ihrem Kinn ließ ihr Gesicht länger erscheinen als je. Leute mit einem runden Gesicht wie Schwester Bracken, die eben erst auch ihre Schleife bekommen hatte, sahen damit wie hübsche kleine aufgeputzte Kätzchen aus. Schwester Lakes Schleife, die sich immer lockerte und drei Zentimeter unter ihrem Kinn hing, sah mehr wie die Medaille an ei-

nem preisgekrönten Pferd aus. Die Tür öffnete sich, und der graue Kopf der den Innendienst versehenden Oberschwester schaute herein, worauf sie die Tür mit ihrem Körper noch weiter öffnete. »Warum sind Sie nicht beim Essen, Schwester?« fragte sie.

Schwester Lake, die vor dem Toilettetisch stand, hatte sich herumgedreht und steckte instinktiv ihre Hände hinter den Rücken. »Ich – ee – ich – o, ich möchte keines, bitte, Schwester. Ich hatte Schmerzen.«

»Dann hätten Sie sich um neun Uhr krank melden sollen.«

»Da hatte ich aber noch keine Schmerzen.«

Die Hausschwester betrachtete dies als keinen Einwand. »Sie müssen dann am Morgen zur Oberin gehen, Sie wissen ganz gut, daß Sie keine Mahlzeit versäumen dürfen.«

»Ja, Schwester. Es tut mir leid, Schwester.«

»Es soll Ihnen auch leid tun. Sie als Stationsschwester. Wie wollen Sie die Jüngeren anlernen, wenn Sie ihnen nicht ein Beispiel geben? Das geht wirklich nicht, Schwester.« Ihr Gesicht war so böse, daß Schwester Lake wirklich zu glauben begann, ein Verbrechen begangen zu haben. Nach fast drei Jahren Spitalsdienst wußte sie auch, daß es ein Verbrechen war. Als die Hausschwester hinausging, stürzte sie gehorsam vor, um ihr die Tür zu öffnen.

Ein letzter Blick in den Spiegel, dann zog sie ihre reinen Manschetten an und ging hinaus in den Korridor, durch das Tor und über den Hof in das Hauptgebäude und die steinerne Hintertreppe hinunter in die Poliklinik. Sie wollte, sie müßte nicht morgen zur Oberin gehen. Aber sie warf ihr Kinn in die Höhe: das war alles für Dr. Sheppard.

Sie hörte seinen bekannten raschen Schritt durch

den Wartesaal sich nähern, sprang von seinem Drehstuhl auf und führte die Hand zur Schleife, um sie gerade zu richten, bevor er eintrat.
Sie wußte genau, wie er aussah, wußte genau, wie seine Stimme klang, sie kannte die angenehme Anwandlung von Schwäche, die sie immer gerade unterhalb des Brustbeins überkam, sooft sie ihn erblickte, aber jedes Mal war sie wieder aufs neue überrascht von dem vollen Glanz seiner Erscheinung. Sogar die Luft schien elektrisch geladen, wenn Steven in den Raum trat. Alles war bedeutungsvoller. Selbst die Möbel und die langen Messinggriffe an den Hähnen glänzten schöner. Sie hatte von Leuten gelesen, die eine Aura hatten, verschiedenfarbige Ausstrahlungen, nur für die psychisch Begabten sichtbar. Die Aura von Stevens Persönlichkeit, innerhalb der er sich bewegte, war blendend sichtbar für sie. Sie konnte ihre Augen nicht von ihm abwenden.
Er warf seine Tasche auf den Schreibtisch und fuhr in den weißen Mantel, den sie ihm hinhielt. »Tag, Schwester. Viele für mich?« Er schien heute noch mehr in Eile als sonst. Vielleicht hatte er nicht Zeit gehabt, ihre Schleife zu bemerken. Sie stellte sich vor den Schreibtisch, damit er sie sehen konnte, und antwortete: »Vierunddreißig, Herr Doktor, außer den allwöchentlichen Injektionen. Zehn neue Patienten.« Er hatte ein Stück Papier aus dem Briefständer gezogen und kritzelte etwas darauf. »Gut«, sagte er, ohne aufzublicken. »Injektionen und Rezepterneuerungen zuerst, dann die neuen. *Sie* wissen es doch. Rasch bitte.« Er warf ein paar Notizen für seinen Roman hin, während sie noch frisch in seinem Kopf hafteten.
Schwester Lake hatte sich ausgedacht, daß er sagen werde: »Gratuliere, Schwester« oder: »Es ist irgendeine Veränderung an Ihnen. Was ist es? Ach ja, Sie

haben Ihre Schleife. Sehr gut!« Oder vielleicht sogar: »Wie nett Sie in Ihrer Schleife aussehen.« Aber er fuhr fort zu kritzeln, und so ging sie mit quietschenden Schuhen zur Tür hinüber und rief den ersten Patienten. Steven hatte den ganzen Nachmittag vor sich, um es zu sehen. Er mußte es bald bemerken.
Er machte die Injektionen. Er machte intramuskuläre Injektionen immer selbst und pflegte zu sagen, man könne es keiner Schwester zutrauen, daß sie den Ischiasnerv vermied. Schwester Lake nahm das nicht als persönliche Beleidigung auf. Es war einfach ein Beweis dafür, was für ein gewissenhafter Arzt er war. Nur, fand sie, könnte er es sie jetzt, wo sie ihre Schleife bekommen hatte, schon machen lassen. Aber er wußte ja noch nicht, daß sie schon ihre Schleife hatte. Wenn er bis zum Ende des Nachmittags nichts sagte, dann würde sie schon einen Weg finden, es nebenbei zu erwähnen, in jenem kostbaren Augenblick, wo der letzte Patient gegangen und sie mit ihm allein war. Da würde sie sagen: »Entschuldigen Sie die persönliche Frage, Herr Doktor, aber ist es wahr, daß Sie uns wahrscheinlich bald verlassen?« Die fünfte neue Patientin war eine derbe alte Aufwartefrau in einem Hut, der einer Tonschüssel ähnelte, und in Männerschuhen. Sie hatte einen Bartanflug, eine heisere Baßstimme und Augen wie kleine schwarze Schuhknöpfe. Sie nannte Steven »Mein lieber Schatz«, und sie und er machten zusammen viele Witze, von denen Schwester Lake keinen komisch fand. Steven bestand darauf, daß sie ihrem an Thrombose leidenden Bein Ruhe geben und die Arbeit eine Zeitlang sein lassen sollte, und sie humpelte unter Gekicher und Versprechungen hinaus; aber als sie draußen war, sagte er zu Schwester Lake: »Die alte Hexe. Sie denkt nicht daran, zu tun,

was ich sage. Sie wird so lange arbeiten, bis sie sich den Tod holt. Ich kenne den Typ. Ich weiß nicht, warum sie überhaupt einen Arzt aufsuchen. Aber ich freue mich, daß sie kommen. Ich habe diese lebensvollen alten Vögel gern.« Er lachte, und Schwester Lake lachte gehorsam mit. Er sah sich ihren Rükken an, als sie zur Tür hinüberging, um den nächsten Patienten hereinzurufen. Sie sah heute etwas anders aus. Was hatte sie mit sich gemacht? Na, Frauen sahen immer anders aus, aber diese gehörte ja nicht zu dieser Sorte Frauen. Sie war einfach eines von den Kreuzen, die er zu tragen hatte und die er bald los sein würde. Er würde ihr, wenn möglich, nicht adieu sagen. Der Himmel bewahre ihn vor einer Szene.

Die Szene, welche nun folgte, war so schnell vorüber, daß Schwester Lake hinterher nie einen zusammenhängenden Bericht davon geben konnte, obwohl man sie immer wieder ausfragte. Der sechste Patient war ein plumper großer Affe von einem Mann, mit einem roten Gesicht und tief in die Stirne wachsenden schwarzen Haaren. Er kam herein, blieb bei der Tür stehen und blickte drohend drein. Sie schloß die Tür und berührte seinen Arm. »Setzen Sie sich neben den Schreibtisch, bitte.« Er schüttelte sie ab, als sei sie ein Insekt, und sie sah, daß er betrunken war. Sie hatte das nicht bemerkt, als er noch draußen war. Er hatte zusammengekauert auf der ersten Bank gesessen, mit ausgestreckten Füßen und anscheinend halb eingeschlafen. Jetzt stand er da, die eine Hand in der Tasche seiner schmutzigen Jakke, während die andere die grüne Mappe zerknüllte, und schwankte leicht vor- und rückwärts. O Gott, sie hätte ihn niemals hereinlassen dürfen. Sie mußte ihn hinausschaffen. Vielleicht würde Steven das gelingen.

Er hatte beide Hände auf den Tisch gestützt, wie wenn er sich von seinem Stuhl erheben wollte.
»Sie Dr. Sheppard?« fuhr ihn der Patient an.
»Ja.«
»Dr. Steven Sheppard?« Der Mann verstärkte die Zischlaute etwas.
»Ja. Wollen Sie herkommen und sich . . .«
»Sie sind also der Hund, der meine Frau und mein Kind gestohlen hat, Sie lausiges, dreckiges, betrügerisches Schwein – Ich werde . . .« Der Rest ging in dem betäubenden Knall der Pistole unter, die er aus der Tasche zog und abfeuerte. Der verdutzte Ausdruck war noch auf Stevens Gesicht, als seine Arme zusammensanken und er sich langsam über seinen Schreibtisch neigte.
Es ging genauso zu wie in der Geschichte, die Schwester Lake sich ausgedacht hatte, mit den Gangstern, die Steven in die Herzschlagader schossen. Nur stürzte sie diesmal nicht hin, um die Stelle zu suchen, wo man die Blutung gegen das Schlüsselbein stillte. Sie versuchte nicht, den Mann aufzuhalten, als er die Pistole gegen sie schleuderte und aus der Tür taumelte, während man draußen zusammenlief. Sie stand nur händeringend da und wimmerte wie ein Tier, während Stevens Leben aus dem großen Loch in seinem Nacken sickerte.